Zu diesem Buch

Mo Yans Roman liefert ein schillerndes Porträt einer Familie am Übergang vom traditionellen zum modernen China. Zugleich ist er ein Dokument einer der düstersten Epochen chinesischer Geschichte. Japanische Besatzer und die chinesische Armee liefern sich in diesen Jahren Kämpfe von unsagbarer Brutalität. Die Felder sind bald blutgetränkt, ein gespenstisches rotes Meer. Die junge Besitzerin einer Hirseschnapsbrennerei versucht sich in diesen finsteren Zeiten mit ihren Leuten durchzuschlagen.

Mo Yan wurde 1956 in Gaomi in der chinesischen Provinz Shandong geboren. Für seine drei Romane und zahlreichen Erzählungen wurde er mit sämtlichen bedeutenden chinesischen Literaturpreisen ausgezeichnet. Er gilt als der bedeutendste Gegenwartsautor seines Landes. «Das rote Kornfeld», sein erster in deutscher Übersetzung veröffentlichter Roman, erschien 1993 im Rowohlt Verlag.

Nicolaus Schröder, geboren 1958, lebt als freier Journalist in Hamburg.

Mo Yan

Das rote Kornfeld

Roman

Das Buch zum Film

rororo

Rowohlt

Die gegenüber dem Manuskript gekürzte Erstausgabe
erschien 1987 unter dem Titel «Hong gaoliang jizzu»
bei People's Liberation Army Publishing House, Beijing, und
ungekürzt 1988 bei Hungfan Book Co., Taipei.
Der vorliegenden Übersetzung liegt die Ausgabe von 1988 zugrunde;
herangezogen wurde die 1993 bei Viking, New York,
erschienene englische Übersetzung von Howard Goldblatt.

Deutsch von Peter Weber-Schäfer
Mit einem Nachwort von Nicolaus Schröder

Einmalige Sonderausgabe Februar 1995

Veröffentlicht im Rowohlt Taschenbuch Verlag GmbH,
Reinbek bei Hamburg, Februar 1995

Umschlaggestaltung Walter Hellmann
(Foto: Kinoarchiv Peter W. Engelmeier)
Gesamtherstellung Clausen & Bosse, Leck
Printed in Germany
1600-ISBN 3 499 12095 x

Mit diesem Buch beschwöre ich die erzürnten Geister der Helden, die durch die grenzenlosen roten Hirsefelder meiner Heimat schweifen. Ich, euer unwürdiger Nachkomme, bin bereit, mir das Herz aus der Brust zu reißen, es in Sojasauce einzulegen, durch den Fleischwolf zu drehen, auf drei Eßschälchen zu verteilen und es euch in den Hirsefeldern als Opfergabe darzubringen. Guten Appetit!

Erstes Kapitel

Rote Hirse

I

Am neunten Tag des achten Monats des Jahres 1939 nach dem alten Kalender schloß sich mein Vater, Sproß einer Familie von Rebellen und gerade fünfzehn geworden, dem Trupp des Kommandanten Yu Zhan'ao an, eines Mannes, der später zu einem sagenumwobenen Helden werden sollte. Sie hatten vor, auf der Landstraße von Jiao nach Pingdu eine japanische Lastwagenkolonne zu überfallen. Großmutter, die eine warme Jacke übergeworfen hatte, begleitete sie bis zum Rand des Dorfes. «Bleib stehen», befahl Kommandant Yu. Großmutter blieb stehen.

«Douguan, höre auf deinen Pflegevater», ermahnte Großmutter meinen Vater, der schwieg. Der Anblick von Großmutters hochaufgeschossener Gestalt und der Duft ihrer gefütterten Jacke ließen ihn erschauern. Er zitterte, und sein Magen knurrte.

Kommandant Yu strich ihm übers Haar und sagte: «Gehen wir, Pflegekind.»

Himmel und Erde waren in Aufruhr, die Landschaft verschwamm vor dem Auge, das gedämpfte Getrampel des Trupps klang aus weiter Ferne herüber. Vater konnte sie noch hören, aber die Männer selbst waren hinter einem weißblauen Nebelvorhang verschwunden. Vater hielt sich am Zipfel von Kommandant Yus Mantel fest und rannte stampfenden Schrittes voran. Das stürmische Nebelmeer kam immer näher, und Großmutter verschwand am fernen Ufer. Er hielt sich an Kommandant Yus Mantel fest wie an der Reling eines Bootes.

So eilte mein Vater dem unbehauenen Granitfelsen entgegen, der ihm inmitten der roten Hirsefelder seiner Heimat zum Grabstein werden sollte. Jahre später führte ein kleiner Junge mit nacktem Hintern einen weißen Ziegenbock an das unkrautüberwucherte Grab, und während der Bock ruhig und zufrieden graste, pißte der kleine Junge voll Inbrunst auf das Grab und sang aus voller Kehle: «Die Hirse ist rot, der Japaner kommt, Landsleute, seid bereit, feuert aus allen Rohren!»

Irgend jemand hat behauptet, der kleine Ziegenhirt sei ich gewesen, aber ich weiß nicht, ob das stimmt. Damals liebte ich die Gemeinde Nordost-Gaomi von ganzem Herzen und haßte sie gleichzeitig mit zügelloser Wut. Erst als Erwachsener habe ich erkannt, daß Nordost-Gaomi der zweifellos schönste und abstoßendste, einzigartigste und gewöhnlichste, heiligste und korrupteste, heroischste und feigste, trinkfreudigste und liebestollste Ort auf der Welt ist. Damals, zur Zeit meines Vaters, aßen die Dorfbewohner mit Vorliebe Zuckerhirse und pflanzten so viel davon an, wie sie nur konnten. Im Spätherbst, im achten Monat nach dem alten Kalender, schimmerten die üppigen roten Hirsefelder wie ein Meer von Blut. Die rote Hirse war der Glanz von Gaomi; kühl und lieblich war sie und mächtig; süß und leidenschaftlich waren ihre Wellen.

Der Herbstwind ist frisch und kühl, die Sonne strahlt hell. Weiße, pralle runde Wolken treiben am tiefblauen Himmel und werfen purpurne, pralle runde Schatten auf die Hirsefelder. Jahrzehntelang, über Jahrzehnte, die nur ein Moment der Ewigkeit sind, huschten scharlachrote menschliche Gestalten durch die Hirsefelder und verwoben sich zu einem gewaltigen menschlichen Netz. Sie töteten, sie plünderten, sie verteidigten ihr Land in einem tapferen, aufwühlenden Ballett, neben dem wir, ihre getreuen Nachkommen, die heute das Land bewohnen, blaß erscheinen. Inmitten des Fortschritts ahne ich beunruhigt den Rückschritt der menschlichen Gattung.

Nachdem sie das Dorf verlassen hatten, marschierte der Trupp einen engen Feldweg entlang. Der Klang ihrer Schritte verschmolz mit dem Rascheln des Unkrauts. Der dichte Nebel war seltsam belebt und bunt. Kleine Wassertropfen liefen auf Vaters Gesicht zu großen Tropfen zusammen; die Haare klebten ihm an der Stirn. Der leichte Pfefferminzduft und der süßliche, durchdringende Geruch der Hirse, die ihn vom Wegrand her umwehten, waren vertraut. Das alles war nicht neu. Aber als sie durch den dichten Nebel marschierten, entdeckte seine Nase einen neuen, ekelerregenden süßlichen Geruch, irgend etwas zwischen Gelb und Rot. Er mischte sich mit dem Duft von Pfefferminze und Hirse und rief tief in seiner Seele verborgene Erinnerungen wach.

Sieben Tage später, am fünfzehnten Tag des achten Monats, dem Tag des Mittherbstfestes. Ein heller voller Mond stieg langsam am Himmel über den feierlich stummen Hirsefeldern auf und badete die Rispen in schimmerndem Quecksilber. Zwischen den scharf umrissenen Lichtflecken roch Vater einen ekelerregenden, intensiv süßen Duft, wie man ihn heute nirgends mehr riechen kann. Kommandant Yu führte ihn an der Hand durch die Hirse, in der dreihundert Dorfgenossen lagen. Die Köpfe ruhten auf den Armen, frisches Blut verwandelte die Erde zu klebrigem Schlamm, der das Laufen schwermachte. Der Gestank verschlug ihnen den Atem. Ein Rudel aasfressender Hunde kauerte im Feld, sie starrten Vater und Kommandant Yu aus glühenden Augen an. Kommandant Yu zog die Pistole und feuerte; ein Paar Augen schloß sich. Noch ein Schuß, noch ein Paar Augen. Aufheulend stoben die Hunde auseinander, dann, außer Schußweite, kauerten sie auf den Hinterläufen, begannen wütend zu bellen und starrten gierig lechzend auf die Leichen. Der ekelerregende Geruch wurde immer stärker.

«Japanische Hunde!» schrie Kommandant Yu. Er leerte das Magazin seiner Pistole, und die Hunde verschwanden spurlos. «Komm, mein Sohn», sagte Kommandant Yu, «gehen wir.» Zu zweit, ein alter und ein junger Mann, suchten sie im Mondlicht ihren Weg durch das Hirsefeld. Der widerliche süßliche Geruch über den Feldern tränkte die Seele meines Vaters und blieb in den grausamen, brutalen Monaten und Jahren, die vor ihm lagen, sein ständiger Gefährte.

Wirr zischten und dampften Hirsehalme und -blätter im Nebel. Das dröhnende Rauschen des Schwarzwasserflusses, der sich träge durch die sumpfige Niederung wälzte, war mal laut, mal leise, mal nah, mal fern von hinter dem Nebelvorhang zu hören. Als sie den Trupp einholten, hörte mein Vater Fußgetrampel und schweres Atmen von allen Seiten. Zwei Gewehrkolben schlugen gegeneinander. Ein Fuß trat auf etwas, das wie menschlicher Knochen knirschte. Der Mann unmittelbar vor meinem Vater hustete laut. Es war ein vertrautes Husten, das an große Ohren erinnerte, die blutrot wurden, wenn ihr Besitzer nervös war. Große, durchscheinende Ohren, von kleinen Äderchen durchzogen, waren das hervorstechende Merkmal von Wang Wenyi, einem kleinen Mann, der den Kopf gebeugt zwischen den Schultern trug. Mein Vater blinzelte und kniff die Augen zusammen, bis sein Blick durch den Nebel drang: Es war Wenyi, dessen Kopf mit jedem Hustenanfall von rechts nach links zuckte.

Vater erinnerte sich, wie Wang von Adjutant Ren auf dem Exerzierplatz geschlagen worden war und wie mitleidheischend er damals mit dem Kopf gewackelt hatte. Er hatte sich gerade erst Kommandant Yu angeschlossen. Adjutant Ren kommandierte: «Rechtsum kehrt!» Wang Wenyi trat freudig und kräftig auf, aber niemand hätte erkennen können, in welche Richtung er seine Kehrtwendung machen wollte. Adjutant Ren schlug ihm die Peitsche über den Hintern, und er schrie auf: «O Mutter meiner Kinder!» Es war nicht zu bestimmen, ob er lachte oder weinte. Hinter der Mauer johlten freudig ein paar Kinder.

Kommandant Yu trat Wang Wenyi in den Hintern. «Wer hat dir erlaubt zu husten?»

«Kommandant Yu», Wang Wenyi unterdrückte einen Hustenanfall, «mein Hals kratzt.»

«Das ist kein Grund. Wenn du unsere Stellung verrätst, bist du dran.»

«Jawohl», antwortete Wang und brach in neues Husten aus.

Mein Vater spürte, wie Kommandant Yu vorsprang und Wang Wenyi mit beiden Händen am Hals packte. Wang stöhnte und keuchte, aber das Husten hörte auf.

Mein Vater fühlte auch, wie die Hände des Kommandanten von Wangs Hals abließen; er spürte sogar die blauen Flecke, die sie hinterließen und die aussahen wie reife Trauben. Wangs dunkle, ängstliche Augen füllten sich mit gekränkter Dankbarkeit.

Der Trupp marschierte schnell durch das Hirsefeld. Instinktiv wußte mein Vater, daß sie nach Südosten zogen. Der Feldweg war die einzige direkte Verbindung zwischen dem Schwarzwasserfluß und dem Dorf. Bei Tageslicht war er blaßgrau. Die ursprünglich ebenholzschwarze Erde war zertrampelt und von Fährten zahlloser Tiere bedeckt: den gespaltenen Hufspuren von Ochsen und Ziegen, den halbmondförmigen Spuren von Maultieren, Pferden und Eseln; da waren wurmige Kuhfladen, trockene Pferdeäpfel und kleine schwarze Ziegenböhnchen. Vater war diesen Weg so oft gegangen, daß er ihn später häufig vor sich sah, als er in der japanischen Aschengrube lag. Er hat nie erfahren, wie viele sexuelle Komödien meine Großmutter auf diesem Feldweg aufgeführt hat; aber ich weiß es. Er hat nie erfahren, daß ihr glänzender, jadefarbener nackter Körper im Schatten der Hirsehalme auf der schwarzen Erde gelegen hat; aber ich weiß es.

Der Nebel, der sie umgab, wurde zähflüssiger, als sie das Hirsefeld erreichten, und zog sich so dicht zusammen, daß Vater sich kaum mehr bewegen konnte. Die Halme quietschten in geheimer Empörung, wenn die Männer oder ihre Ausrüstung sie berührten, und ließen große, traurige Wassergüsse zu Boden fallen. Das Wasser war eiskalt, klar und sprudelnd, wunderbar erfrischend. Mein Vater sah nach oben, und ein großer Tropfen fiel ihm in den Mund. Als der Nebelvorhang sich langsam lüftete, sah er die Hirserispen sich schwer und gemächlich beugen. Die zähen, biegsamen, tauschweren Blätter sägten an seinen Kleidern und seinem Gesicht. Eine kurze Brise ließ die Halme über ihm flüstern; das Dröhnen des Schwarzwasserflusses wurde lauter.

Vater hatte so oft im Schwarzwasserfluß gebadet, als sei er im Wasser geboren. Großmutter behauptete, der Anblick des Flusses sei ihm lieber als das Bild seiner eigenen Mutter. Mit fünf Jahren konnte er tauchen wie ein Entchen, sein kleines rosa Arschloch tanzte über dem Wasser, und die Füße wedelten in der Luft. Er wußte, daß das modrige Flußbett schwarz und glänzend und schwammig wie weicher Talg war und daß die Ufer von blaßgrünem Schilf und daunenfarbenem Wegerich bedeckt waren. Gewundene Ranken und hartes Gras bedeckten den Schlamm, über den Krabben hin und her huschten.

Herbstwinde begannen zu wehen, die Luft wurde kühler, und am Himmel sah man Wildgänse nach Süden ziehen. Ständig wechselte ihre Flugordnung, mal flogen sie in einer Linie, dann in einem Keil. Wenn die Hirse rot wurde, kletterten nachts Scharen von Krabben, so groß wie Pferdehufe, ans Ufer und suchten unter dem Flußgras nach Nahrung. Krabben sammeln sich um frischen Kuhmist und faulendes Aas.

Das Rauschen des Flusses erinnerte Vater an die Herbstnacht in seiner Kindheit, in der Onkel Liu Luohan, der Vorarbeiter unseres Familienbetriebes, ihn zum Krabbenfang am Flußufer mitgenommen hatte. In jener purpurgrauen Nacht wehte eine goldene Brise über dem Fluß. Der saphirfarbene Himmel war tief und grenzenlos, und die Sterne schienen in grünlichem Licht: die Deichsel des Großen Wagens – Herr des Nordens, Herr des Todes – der Korb des Schützen – Herr des Südens, Herr des Lebens – der achteckige Gläserne Brunnen, dem eine Seite fehlt, Atair, der melancholische Kuhhirt, der sich erhängen wird. Vega, die trauernde Weberin, die sich im Fluß ertränken wird. Onkel Liu Luohan hatte jahrzehntelang die Schnapsbrennerei der Familie geleitet, und Vater hörte auf ihn, als sei er sein eigener Großvater.

Der Docht einer Petroleumlampe, eine Blechbüchse mit vier Glasscheiben, wies Vater den Weg. Das schwache Licht bohrte einen fünf Meter breiten hellen Kegel in den dunklen Nebel. Im Schein des Lichtkegels nahm das Wasser kurz die appetitliche Farbe reifer Aprikosen an, bevor es weiterströmte. Der Sternenhimmel spiegelte sich im Dunkel des Wassers. Die Regenmäntel über die Schultern geworfen, saßen mein Vater und Onkel Luohan im gedämpften Licht der Lampe und lauschten dem tiefen, ruhigen Murmeln des Flusses. Von Zeit zu Zeit erklang aus dem Hirsefeld am Ufer das erregte Bellen eines Fuchses. Vom Licht angezogen, trippelten Krabben auf die Lampe zu. Schweigend saßen mein Vater und Onkel Luohan im Wind, der den Schlammgestank des Flusses mit sich trug, und lauschten ehrfürchtig den Geheimnissen des Landes. Scharen von Krabben umkreisten ruhelos die Lampe. Vor Aufregung wäre mein Vater fast aufgesprungen, aber Onkel Luohan hielt ihn an der Schulter fest.

«Immer mit der Ruhe», sagte er. «Der Gierhals bekommt am wenigsten Brei.» Mein Vater versuchte sich zu beherrschen und blieb still sitzen. Sobald sie den Lichtkreis der Lampe erreicht hatten, blieben die Krabben stehen. Kopf an Schwanz gereiht, bedeckten sie den Boden. Über grünen Schalen öffneten sich unzählige Knopfaugen auf langen Stielen. Aus Mäulern, die unter fallenden Köpfen verborgen waren, strömten bunte, schäumende Blasen und weckten den Jagdeifer der Krabbenfischer. Vaters Haare sträubten sich unter dem Regenmantel. «Jetzt», rief Onkel Luohan. Noch bevor der Ruf verklungen war, hatte mein Vater zwei Ecken des enggeknüpften Netzes gepackt, das sie auf dem Boden ausgebreitet hatten. Sie hoben es in die Luft, sammelten eine Schicht Krabben auf und legten einen klaren Erdflecken frei. Schnell verknoteten sie die Ecken, warfen das Netz beiseite und hoben genauso schnell und geschickt das nächste auf. Die schweren Bündel enthielten Hunderte, wenn nicht Tausende von Krabben.

Vater folgte den anderen ins Hirsefeld, dabei bewegte er sich unbewußt seitwärts wie eine Krabbe. Er traf die Zwischenräume zwischen den Halmen nicht, stieß sie an und ließ sie wild erschauern und wogen. Immer noch hielt er sich an Kommandant Yus Mantelzipfel fest und wurde so schnell mitgezogen, daß seine Füße den Boden kaum berührten. Aber er wurde müde; sein Hals war steif, und seine Augen wurden matt und glanzlos. Alles, woran er denken konnte, war, daß er nie mit leeren Händen nach Hause kommen würde, solange er Onkel Luohan zum Ufer des Schwarzwasserflusses folgen konnte.

Vater aß Krabben, bis ihm schlecht wurde. Großmutter aß Krabben, bis ihr schlecht wurde. Sie hatten keine Lust mehr auf Krabben, aber sie brachten es nicht übers Herz, den Rest wegzuwerfen. Schließlich hackte Onkel Luohan die Reste fein, mahlte sie unter dem Mühlstein und legte die Masse in Salz ein. Sie aßen jeden Tag Krabbenpaste, bis auch die verdarb. Den Rest verwendeten sie als Kompost für den Mohn. Großmutter muß wohl Opiumraucherin gewesen sein. Aber sie war nicht süchtig, und deshalb hatte sie eine pfirsichfarbene Haut, ein sonniges Gemüt und einen wachen Geist. Die krabbengedüngten Mohnblumen waren groß und fleischig, rosa, rot und weiß, und ihr Geruch füllte meine Nase. Der schwarze Boden meiner Heimat war besonders fruchtbar, und die Menschen, die ihn bestellten, waren besonders anständig, eigenwillig und ehrgeizig. Die weißen Aale im Schwarzwasserfluß waren so fett wie gespitzte Fleischkeulen und so dumm, daß sie jeden Angelhaken schluckten.

Vater dachte an Onkel Luohan, der vor einem Jahr auf der Landstraße von Jiao nach Pingdu gestorben war. Sie hatten die Leiche in Stücke gehackt und in der Gegend verstreut. Als sie ihm die Haut abzogen, zitterte und bebte das Fleisch wie ein großer geschundener Frosch. Der Gedanke an seine Leiche ließ Vater bis ins Mark erschauern. Dann dachte er an eine andere Nacht vor sieben oder acht Jahren. Großmutter, die betrunken war, stand neben einem Haufen Hirseblätter im Hof der Brennerei und hatte die Arme um Onkel Luohans Schultern gelegt. «Onkel», flehte sie ihn an, «geh nicht fort. Wenn nicht um des Mönches willen, bleib um Buddhas willen. Wenn nicht für den Fisch, dann für das Wasser. Wenn nicht meinetwegen, dann bleib für den kleinen Douguan. Du kannst mich haben, wenn du willst. Du bist wie mein eigener Vater.» Vater sah, wie er sie wegstieß und in den Stall stolzierte, um Maultierfutter zu mischen. Wir besaßen zwei schwarze Maultiere, und als wir die Brennerei aufmachten, wurden wir zur reichsten Familie im Dorf. Am Ende ist Onkel Luohan doch nicht fortgegangen. Statt dessen leitete er unsere Brennerei, bis zu dem Tag, an dem die Japaner unsere beiden Maultiere für die Arbeit an der Landstraße von Jiao nach Pingdu beschlagnahmten.

Jetzt konnten Vater und die anderen die langgezogenen Schreie der Maultiere hören, die sie im Dorf zurückgelassen hatten. Gespannt riß Vater die Augen auf, aber er konnte nichts sehen außer dem dichten, aber gleichwohl durchsichtigen Nebel vor seinen Augen. Hinter der Dunstwand bildeten aufrechte Hirsehalme dicke Mauern. Hinter jeder Wand verbarg sich eine neue, scheinbar ohne Ende. Er wußte nicht, wie lange sie schon durch das Feld gingen, denn seine Aufmerksamkeit war auf den fruchtbaren Fluß gerichtet, der in der Ferne rauschte, und er war in seine Erinnerungen versunken. Er fragte sich, warum sie es so eilig hatten, diesen dichten, traumartigen Ozean von Hirse zu durchqueren. Plötzlich verlor er die Orientierung. Er hatte sich vor ein paar Jahren einmal in den Hirsefeldern verirrt, aber das Geräusch des Flusses hatte ihm die Richtung gewiesen.

Er lauschte aufmerksam nach einem Zeichen des Flusses und stellte bald fest, daß sie nach Ostsüdosten marschierten, auf den Fluß zu. Als ihm die Marschrichtung klar wurde, erkannte er auch, daß sie vorhatten, die Japaner in einen Hinterhalt zu locken, daß sie Menschen töten würden, wie sie die Hunde getötet hatten. Auf dem Weg nach Ostsüdosten würden sie bald die Landstraße zwischen Jiao und Pingdu erreichen, die von Nord nach Süd durch die sumpfige Tiefebene führte. Die Japaner und ihre Lakaien hatten die Einheimischen mit Bajonett und Peitsche gezwungen, die Straße zu bauen.

Die erschöpften Männer, Köpfe und Hälse vom Tau klitschnaß, versetzten die Hirse immer wieder in heftige Bewegung. Trotz der ständigen Wutausbrüche des Kommandanten hustete Wang Wenyi immer noch. Vater spürte die Landstraße in unmittelbarer Nähe; blaßgelb konnte er sie undeutlich erkennen. Unmerklich öffneten sich kleine Löcher in dem dichten Nebelvorhang, und eine taugetränkte Hirserispe nach der anderen blickte meinen Vater traurig an; ehrfurchtsvoll starrte er zurück. Plötzlich wurde ihm klar, daß sie lebende Geister waren. Mit Wurzeln, die tief in der dunklen Erde vergraben waren, saugten sie die Kraft der Sonne und die Stärke des Mondes auf. Von Tau und Regen genäßt, wußten sie um die Wege des Himmels und die Gesetze der Erde. An der Farbe der Hirse konnte er ablesen, daß die Sonne den verborgenen Horizont bereits in leidenschaftliches Rot getaucht hatte.

Dann geschah etwas Unerwartetes. Vater hörte irgendwo vor sich einen schrillen Pfiff und einen lauten Knall.

«Wer hat geschossen?» brüllte Kommandant Yu. «Welches dumme Arschloch war das?»

Vater hörte, wie das Geschoß den dichten Nebel durchdrang, durch die Hirseblätter und -halme flog und eine der Rispen abschlug. Alles hielt den Atem an, als die Kugel durch die Luft flog und irgendwo landete. Der süßliche Geruch von Schießpulver durchzog den Nebel. Wang Wenyi schrie mitleiderregend auf: «Kommandant, mein Kopf ist ab! Kommandant, mein Kopf ist ab!»

Kommandant Yu erstarrte für einen Moment, dann versetzte er Wang Wenyi einen Fußtritt und knurrte: «Vollidiot! Wie könntest du ohne Kopf reden?»

Kommandant Yu stieß meinen Vater beiseite und ging nach vorne. Wang Wenyi wimmerte immer noch. Vater drängte sich vor, um den seltsamen Ausdruck in Wangs Gesicht besser sehen zu können. Eine dunkle Flüssigkeit strömte ihm über die Backe. Vater berührte sie mit dem Finger. Sie war warm und klebrig und roch fast so wie der Schlamm des Schwarzwasserflusses, nur frischer. Der Duft überdeckte das Pfefferminzaroma und die durchdringende Süße der Hirse und rief eine Erinnerung wach, die immer näher herankam. Wie Perlen auf einer Schnur verband sie den Schlamm des Schwarzwasserflusses, die schwarze Erde unter der Hirse, die ewig lebendige Vergangenheit und die unaufhaltsame Gegenwart miteinander. Zu manchen Zeiten schleudert dir alles auf der Welt den Geruch menschlichen Bluts entgegen.

«Onkel», sagte Vater, «du bist verwundet.»

«Douguan, bist du das? Sag deinem alten Onkel, ob sein Kopf noch auf den Schultern sitzt.»

«Er ist noch da, Onkel, genau da, wo er hingehört. Nur dein Ohr blutet.»

Wang Wenyi berührte sein Ohr und zog eine blutige Hand zurück. Erst schrie er erschreckt auf, dann blieb er wie erstarrt stehen. «Kommandant, ich bin verwundet! Ich bin verwundet!»

Kommandant Yu kehrte von seinem Aussichtsposten zurück und legte die Hände um Wang Wenyis Kehle. «Hör auf zu schreien, oder ich erwürge dich!»

Wang Wenyi wagte keinen Ton mehr von sich zu geben.

«Wo bist du verwundet?» fragte Kommandant Yu.

«Mein Ohr ...», weinte Wang Wenyi.

Kommandant Yu zog ein weißes Stoffstück aus dem Gürtel, riß es durch und gab es Wang Wenyi. «Halte das darauf und sei ruhig. Bleib im Glied, und wenn wir an der Straße sind, kannst du dein Ohr verbinden.»

«Douguan!» rief Kommandant Yu barsch. Vater antwortete, und Kommandant Yu nahm ihn bei der Hand und führte ihn beiseite. Wimmernd folgte Wang Wenyi.

Der Unglücksschuß ging auf das Konto eines großen Kerls, den man den Stummen nannte. Er marschierte an der Spitze des Trupps und trug einen Rechen über der Schulter. Er war gestolpert, und dabei war sein Gewehr losgegangen, das ihm auf dem Rücken hing.

Der Stumme war ein alter Freund des Kommandanten, ein Held der Wildnis, der mit ihm in den Hirsefeldern von Handkuchen gelebt hatte. Er hatte von Geburt ein verkürztes Bein und hinkte beim Gehen, aber deswegen war er nicht langsamer. Vater hatte ein wenig Angst vor ihm.

Mit dem Morgengrauen hob sich endlich der dichte Nebelvorhang. In diesem Augenblick erreichte Kommandant Yu mit seinem Trupp die Landstraße von Jiao nach Pingdu. In meiner Heimat ist der August der Nebelmonat, vielleicht weil es in der Tiefebene so viele Sümpfe gibt. Als er die Straße betrat, fühlte sich Vater plötzlich leicht und behende. Endlich konnte er Kommandant Yus Mantelzipfel loslassen und federnden Schrittes weitergehen. Wang Wenyi dagegen, der das Stoffstück an sein verwundetes Ohr hielt, sah unglücklich in die Welt. Kommandant Yu legte ihm einen vorläufigen Verband an, der seinen halben Kopf einhüllte. Wang knirschte vor Schmerz mit den Zähnen.

«Das Schicksal meint es gut mit dir», sagte Kommandant Yu.

«Mein ganzes Blut ist verströmt», winselte Wang. «Ich kann nicht mehr.»

«Quatsch!» rief Kommandant Yu. «Das ist doch nur ein Mükkenstich. Hast du deine drei Söhne vergessen?»

Wang ließ den Kopf hängen und murmelte: «Nein, ich habe sie nicht vergessen.»

Er trug eine langläufige Vogelflinte mit blutrotem Kolben über der Schulter. Eine flache Pulverbüchse aus Metall hing ihm an der Hüfte.

Letzte kleine Nebelschwaden wehten durch die Hirsefelder. Der Kies zeigte keine Spuren von Menschen oder Tieren. Die dichten Hirsewände neben der verlassenen Landstraße und die widernatürliche Situation, in der sie sich befanden, ließ die Männer ahnen, daß ein Verhängnis in der Luft lag. Vater hatte von Anfang an gewußt, daß Kommandant Yus Trupp nicht stärker als vierzig Mann war, selbst wenn man die Tauben, die Stummen, die Hinkenden und die Krüppel mitzählte. Aber solange sie im Dorf im Quartier lagen, hatten sie unter dem Gegacker der Hühner und Bellen der Hunde so viel Lärm gemacht, daß man sie für ein ganzes Garnisonskommando hätte halten können.

Draußen auf der Landstraße rückten die knapp vierzig Mann so eng auf, daß sie einer träge ruhenden Schlange glichen. Ihre bunt zusammengewürfelte Waffensammlung bestand aus Schrotflinten, Vogelbüchsen, alten Hanyang-Gewehren und einer Revolverkanone, die von zwei Brüdern namens Fang Sechs und Fang Sieben getragen wurde. Der Stumme trug einen Rechen mit sechsundzwanzig Metallzinken. Drei weitere Soldaten trugen ähnliche Waffen. Vater wußte immer noch nicht, was ein Hinterhalt war, und selbst wenn er es gewußt hätte, es wäre ihm schleierhaft geblieben, warum man dazu vier Rechen mitnahm.

2

In die Gemeinde Nordost-Gaomi bin ich zurückgekehrt, um eine Chronik meiner Familie zu schreiben, nicht zuletzt auch über das berühmte Gefecht am Ufer des Schwarzwasserflusses, in dem mein Vater gekämpft und in der ein japanischer General den Tod gefunden hat. Eine Zweiundneunzigjährige aus dem Dorf sang mir ein Lied: «Nordöstlich von Gaomi / Männer ohne Zahl / Am Schwarzwasserfluß die Schlacht begann / Yu, der tapfere Krieger, / hob dort die Hand / und die Kanonen donnerten laut / Die Teufel von jenseits des Meeres / stürzten, und keiner stand je wieder auf / Die schönste der Frauen, / die Heldin Dai Fenglian, / brachte Rechen aufs Schlachtfeld. / Der Japaner blieb stehn ...» Die runzlige Greisin war so kahl wie ein Tontopf, und ihre rissigen Handrükken mit den vorspringenden Sehnen sahen aus wie Melonenschalen. Sie hatte das Herbstmassaker von 1939 nur überlebt, weil sie auf ihren entzündeten Beinen nicht laufen konnte und ihr Mann sie im Keller unter den Yamwurzeln versteckt hatte. Auch mit ihr hatte es das Schicksal gut gemeint. Die Dai Fenglian, von der sie sang, war meine Großmutter. Ich konnte meine Aufregung kaum unterdrücken, als ich ihr zuhörte, denn ihre Erzählung war der Beweis dafür, daß der Plan, den japanischen Konvoi mit Rechen aufzuhalten, von einer Angehörigen meiner Familie, einem Mitglied des schwachen Geschlechts, stammte. Als Pionierin des antijapanischen Widerstands verdiente es meine Großmutter, als Volksheldin gefeiert zu werden.

Als sie auf meine Großmutter zu sprechen kam, wurde die Greisin gesprächig. Ihre Erzählung war wirr und unstet wie Herbstlaub im Wind. Sie sagte, meine Großmutter habe die kleinsten Füße unter allen Frauen im Dorf und der Schnaps aus unserer Brennerei Nachwirkungen wie kein anderer gehabt. Der Faden der Erzählung glättete sich, als sie anfing, von der Landstraße von Jiao nach Pingdu zu sprechen: «Als die Straße bis hierher reichte ... die Hirse ging uns erst bis zur Hüfte ... Die Teufel holten alle Männer zur Zwangsarbeit ... Die Arbeit ging nicht voran ... Sabotage ... Sie nahmen deiner Familie die beiden großen schwarzen Maultiere weg ... Bauten eine steinerne Brücke über den Schwarzwasserfluß ... Luohan, der Leiter in eurem Betrieb ... Irgend etwas hatte er mit deiner Großmutter, jedenfalls haben das alle gesagt ... ei, ei, ei! Als deine Großmutter jung war, ist sie vielen Versuchungen erlegen ... Dein Vater war ein tüchtiger Junge. Mit fünfzehn hat er seinen ersten Mann umgelegt. Aus acht oder neun von zehn Bastarden wird nichts ... Luohan hat den Maultieren die Vorderbeine gefesselt ... Die japanischen Schweine haben ihn erwischt und ihm die Haut abgezogen ... Die Japse haben Leute umgebracht, in ihre Kochtöpfe geschissen, in ihre Wasserbecken gepißt. Einmal wollte ich in dem Jahr Wasser holen, und du glaubst nicht, was in meinem Eimer war: ein menschlicher Kopf, an dem noch der Zopf hing ...»

Onkel Liu Luohan spielte eine beachtliche Rolle in der Geschichte meiner Familie, aber es gibt keine wirklichen Beweise dafür, daß er mit meiner Großmutter geschlafen hat, und ich glaube nicht, daß es stimmt. Ich verstand schon, was die alte Frau mit dem Kopf wie ein Tontopf sagen wollte, aber es war mir trotzdem peinlich. Onkel Luohan hat meinen Vater behandelt wie einen Enkel, also bin ich so etwas wie sein Urenkel. Und wenn mein Urgroßvater etwas mit meiner Großmutter hat, dann ist das doch Inzest, oder etwa nicht? Aber das ist alles Schwachsinn, weil meine Großmutter Onkel Luohans Chefin war und nicht seine Schwiegertochter, und die Bande zwischen ihnen waren wirtschaftlicher und nicht familiärer Natur. Er war ein loyaler alter Mann, der unserer Familiengeschichte zum Schmuck gereicht und ihr mehr Ruhm verliehen hat, als sie ohne ihn hätte. Ob meine Großmutter ihn geliebt hat oder ob er je zu ihr ins Bett geklettert ist, hat keinerlei moralische Bedeutung. Und wenn sie ihn geliebt hat? Ich bin fest davon überzeugt, daß sie tun durfte, was sie wollte, denn sie war eine Heldin des Widerstands, eine Vorkämpferin der sexuellen Freiheit, das Musterbild einer emanzipierten Frau.

In den Gemeindearchiven habe ich entdeckt, daß örtliche Arbeitskräfte aus den Bezirken Gaomi, Pingdu und Jiao im siebenundzwanzigsten Jahr der Republik insgesamt 400 000 Arbeitstage im Einsatz waren, um auf Befehl des japanischen Militärs die Landstraße von Jiao nach Pingdu zu bauen. Der Verlust für die landwirtschaftliche Produktion war enorm, und in den Dörfern entlang der Landstraße gab es keinerlei Zugtiere mehr. Liu Luohan, der damals auf dem Feld arbeitete, ging mit einer Hacke auf die Maultiere los. Er wurde erwischt, und am nächsten Morgen banden ihn die japanischen Soldaten an einen Pfahl, zogen ihm bei lebendigem Leibe die Haut ab und hackten seine Leiche vor den Augen seiner Landsleute in Stücke. Seine Augen zeigten keine Furcht, und seinem Mund entströmten bis zum Augenblick seines Todes Flüche und Beschimpfungen.

3

Genau so war es, wie sie erzählte. Als der Ausbau der Landstraße unser Dorf erreichte, stand die Hirse hüfthoch in den Feldern. Außer ein paar winzigen Dörfern, zwei Flüssen, die sie durchzogen, und ein paar Dutzend gewundenen Feldwegen gab es auf der sumpfigen Ebene von fünfunddreißig mal dreißig Kilometern nichts als Hirse, die Wellen schlug wie ein grüner Ozean. Von unserem Dorf aus konnte man den Berg des Weißen Pferdes sehen, eine gewaltige Felsformation am Nordrand der Ebene, die aussah wie ein Pferd. Wenn die Bauern, die ihre Felder bestellten, nach oben blickten, sahen sie das Weiße Pferd, wenn sie nach unten blickten, die schwarze Erde, die ihren Schweiß trank und ihren Herzen Ruhe schenkte. Als sie hörten, daß die Japaner eine Straße durch die Ebene bauen wollten, wurden sie nervös. Sie ahnten die Katastrophe, die kommen mußte.

Vater schlief, als die Japaner und ihre chinesischen Marionetten kamen, um Zwangsarbeiter mitzunehmen und die Pferde und Maultiere der Bauern zu beschlagnahmen. Der Tumult auf dem Brennereigelände weckte ihn. Großmutter nahm ihn bei der Hand, und sie rannten so schnell, wie es mit Bambusschuhen geht, zur Brennerei. Dort stand damals ein gutes Dutzend Fässer, jedes einzelne von ihnen randvoll von dem weißen Hirsebrand erster Qualität, dessen Duft über dem ganzen Dorf schwebte. Zwei japanische Soldaten in Khaki führten mit aufgepflanztem Seitengewehr die Aufsicht über zwei chinesische Marionettensoldaten in Schwarz, die mit umgehängtem Gewehr bemüht waren, unsere zwei großen schwarzen Maultiere von dem Katalpabaum auf dem Hof loszubinden. Onkel Luohan wollte sich auf den kleineren

Chinesen stürzen, der den Haltestrick losmachte, aber der größere von beiden stieß ihn mit dem Gewehrlauf zurück. In der frühsommerlichen Hitze trug Onkel Luohan nur ein dünnes Hemd, und die Gewehrmündung hinterließ überall auf seiner entblößten Brust kleine runde blaue Flecken.

«Brüder», beschwor er die Soldaten, «wir können doch darüber reden. Wir können doch darüber reden.»

«Verschwinde, Bauerntrottel!» brüllte ihn der größere Soldat an.

«Die Tiere gehören doch jemandem», sagte Onkel Luohan. «Die könnt ihr doch nicht einfach mitnehmen.»

Bedrohlich knurrte der Marionettensoldat: «Noch ein Wort, und ich schieß dir den Pimmel ab.»

Die japanischen Soldaten hielten ihre Gewehre im Präsentiergriff und standen still wie Lehmfiguren.

Als Großmutter und mein Vater das Gelände betraten, rief Onkel Luohan: «Sie wollen uns die Maultiere wegnehmen.»

«Meine Herren», sagte meine Großmutter, «wir sind anständige Leute.»

Die Japaner blickten Großmutter mit zusammengekniffenen Augen an und grinsten.

Der kleinere Marionettensoldat machte die Maultiere los und versuchte sie wegzuführen, aber sie warfen stur die Köpfe hoch und rührten sich nicht. Also mischte sich sein Kumpel ein und stieß das Tier mit dem Gewehr in den Bauch. Wütend schlug das Tier mit den Hinterbeinen aus. Die Hufeisen glänzten unter dem Schlamm, der dem Soldaten ins Gesicht spritzte.

Der größere Soldat richtete das Gewehr auf Onkel Luohan und brüllte: «Los, komm her und bring die Maultiere zur Baustelle!»

Onkel Luohan kauerte auf dem Boden und sagte nichts.

Einer der Japaner trat dazu, wedelte mit dem Gewehr vor Onkel Luohans Gesicht herum und schrie etwas Unverständliches. Das glänzende Bajonett vor Augen, setzte sich Onkel Luohan auf den Boden. Der Soldat stieß zu, und eine kleine Wunde öffnete sich auf Onkel Luohans Kopf.

Großmutter fing an zu zittern und rief: «Onkel, bring ihnen die Maultiere!»

Der andere japanische Soldat schlich sich immer näher an Großmutter heran. Vater fiel auf, wie jung und hübsch er war und wie seine schwarzen Augen funkelten. Aber wenn er lächelte, gaben seine Lippen einen vorstehenden gelben Zahn frei. Großmutter schwankte auf ihren gebundenen Füßen zu Onkel Luohan hinüber, dessen Kopfhaut und Gesicht blutverschmiert waren. Grinsend kamen die japanischen Soldaten näher. Großmutter legte Onkel Luohan die Hände auf den Kopf und schmierte sich sein Blut ins Gesicht. Wie eine Wahnsinnige raufte sie sich die Haare und sprang mit aufgerissenem Mund in die Höhe. Sie sah zu drei Teilen aus wie ein Mensch, zu sieben wie ein Dämon. Die japanischen Soldaten erstarrten vor Schreck.

«Um Gottes willen», sagte der kleinere Marionettensoldat, «die Frau ist verrückt.»

Der eine Japaner murmelte irgend etwas vor sich hin und gab einen Schuß über Großmutters Kopf ab. Sie hockte sich auf den Boden und begann laut zu klagen.

Der größere Marionettensoldat stieß Onkel Luohan mit dem Gewehr in die Seite und befahl ihm aufzustehen. Onkel Luohan nahm dem kleineren Marionettensoldaten den Strick aus der Hand. Die Maultiere warfen die Köpfe zurück, und ihre Beine zitterten, aber sie ließen sich von ihm führen. Die Straße war ein Chaos von Maultieren, Pferden, Ochsen und Ziegen.

Großmutter hatte keineswegs den Verstand verloren. Sobald die Japaner und ihre chinesischen Marionetten abgezogen waren, nahm sie den hölzernen Deckel von einem der Schnapsfässer und betrachtete ihr blutiges und verängstigtes Spiegelbild. Vater sah, wie die Tränen auf ihren Wangen rot wurden. Großmutter wusch ihr Gesicht in dem Schnaps, der sich blutrot färbte.

Wie die Maultiere, die er am Halfter führte, mußte auch Onkel Luohan an der Straße arbeiten, die sich in den Hirsefeldern abzuzeichnen begann. Die Landstraße am Südufer des Schwarzwasserflusses war fast fertiggestellt, und von der neuen Straße her kamen Autos und Lastwagen mit Steinen und gelbem Kies, den sie am Flußufer entluden. Da es nur eine einzige Holzbrücke über den Fluß gab, hatten die Japaner beschlossen, eine große steinerne

Brücke zu bauen. In den Hirsefeldern nördlich des Flusses, wo man auf beiden Seiten der Straße schwarze Erde aufgeschüttet hatte, zogen Dutzende von Pferden und Maultieren schwere Steinwalzen, die zwei große quadratische Flächen inmitten eines Meeres von Hirse plattwalzten und den grünen Getreidevorhang um die Baustelle zerstörten. Die Männer führten die Tiere kreuz und quer durch das Feld, zertrampelten die zarten Sprosse, die sich unter beschlagenen Hufen bogen, und walzten sie in den Boden; und die glatten Steinwalzen färbten sich im Saft der Hirsepflanzen dunkelgrün. Das durchdringende Aroma grüner Hirseknospen hing wie eine schwere Wolke über der Baustelle. Onkel Luohan wurde auf die Südseite des Flusses geschickt, um Steine ans Nordufer zu schleppen. Zögernd übergab er die Maultiere einem alten Mann mit entzündeten Augen. Die kleine Holzbrücke schwankte so wild, als wolle sie einstürzen. Am Südufer versetzte ihm ein chinesischer Aufseher mit einer purpurfarbenen Rattangerte einen leichten Schlag auf den Kopf und sagte: «Also los, trag die Steine ans andere Ufer!» Onkel Luohan rieb sich die Augen; das Blut aus der Kopfwunde hatte seine Augenbrauen verschmiert. Er hob einen Stein mittlerer Größe auf und schleppte ihn ans andere Ufer, wo der alte Mann mit den Maultieren stand. «Behandle sie gut», sagte er, «sie gehören der Familie, bei der ich arbeite.» Der Alte nickte stumm, wandte sich ab und führte die Maultiere zu den anderen Gespannen, die an der Verbindungsstraße arbeiteten. Auf den glänzenden Leibern der Maultiere spiegelte sich in hellen Flecken die Sonne. Onkel Luohan bückte sich, sammelte ein wenig schwarze Erde und rieb sie über die immer noch blutende Kopfwunde. Ein dumpfer, schwerer Schmerz durchfuhr ihn vom Kopf bis in die Zehenspitzen, und sein Kopf tat weh, als wolle er platzen.

Bewaffnete japanische Soldaten und ihre chinesischen Marionetten standen rund um die Baustelle, und der Aufseher strich mit der Peitsche in der Hand wie ein Gespenst hin und her. Mit verstohlenen Blicken sahen die verängstigten Arbeiter zu, wie Onkel Luohan mit blut- und schlammverschmiertem Kopf einen Stein hochhob und ein paar Schritte machte. Plötzlich hörte er ein lautes

Knallen hinter sich und spürte einen stechenden Schmerz im Rükken. Er ließ den Stein fallen und sah dem grinsenden Aufseher ins Gesicht.

«Herr Vorgesetzter», sagte er, «wenn Sie mir etwas sagen wollen, warum schlagen Sie mich dann?»

Wortlos ließ der grinsende Aufseher seine Peitsche durch die Luft zischen und sie sich um Onkel Luohans Taille winden. Es fühlte sich an, als habe man ihn in der Mitte durchgeschnitten, und zwei Ströme brennend heißer Tränen sprangen aus seinen Augenwinkeln. Das Blut stieg ihm zu Kopf, und die Wunde unter dem blutigen, schlammbedeckten Schorf begann zu klopfen, als wolle sie aufspringen.

«Herr Vorgesetzter!» rief Onkel Luohan.

Der Aufseher versetzte ihm noch einen Peitschenschlag.

«Herr Vorgesetzter», fragte Onkel Luohan, «warum schlagen Sie mich?»

Der Aufseher schnalzte mit der Peitsche und verzog sein grinsendes Gesicht, bis die Augen nur noch schmale Schlitze waren. «Nur so zum Angewöhnen, du Hurensohn.»

Mit tränennassen Augen unterdrückte Onkel Luohan sein Schluchzen. Er bückte sich, nahm einen großen Stein vom Haufen und taumelte damit auf die kleine Brücke zu. Sein Kopf schien zu explodieren, ein weißer Vorhang war vor seinen Augen. Die rauhen Kanten des Steins gruben sich in seinen Brustkorb, aber er fühlte den Schmerz nicht mehr.

Der Aufseher blieb unbeweglich stehen, die Peitsche in der Hand, und Onkel Luohan zitterte vor Furcht, als er den Stein an ihm vorbeischleppte. Diesmal traf ihn der Peitschenhieb im Nakken. Er fiel vornüber auf die Knie und preßte noch immer den Stein an die Brust. Der Stein riß ihm die Haut an den Händen auf und hinterließ einen tiefen Schnitt im Kinn. Verwirrt begann er zu wimmern wie ein Säugling. Eine dunkelrote Flamme loderte in der Leere seines Schädels auf.

In diesem Augenblick kam ein Mann mittleren Alters vorbei; er mochte vielleicht vierzig Jahre zählen. Der Mann, der von einem Ohr zum anderen grinste, zog ein Päckchen Zigaretten aus der

Tasche und bot sie dem Aufseher an. Der öffnete die Lippen, ließ sich eine Zigarette in den Mund stecken und wartete dann, bis der Mann ihm Feuer gab.

«Hoher Herr», sagte der Mann, «ein stinkender alter Bauerntölpel wie der hier ist Eurer Wut nicht würdig.»

Der Aufseher blies Rauch durch die Nase und schwieg. Onkel Luohan starrte gebannt auf die Peitsche zwischen seinen gelben, nervös zuckenden Fingern. Der Mann mittleren Alters steckte dem Aufseher den Rest des Päckchens in die Tasche. Der tat, als merke er nichts, klopfte auf seine Tasche, schnaubte durch die Nase und ging weiter.

«Bist du neu hier, älterer Bruder?» fragte der Mann.

Onkel Luohan bejahte.

«Und du hast ihm nichts gegeben, um ihn ein bißchen zu schmieren?»

«Diese irren Hunde haben mich ohne jeden Grund hierhergeschleppt.»

«Gib ihm ein bißchen Geld oder ein Päckchen Zigaretten. Er prügelt weder die guten noch die schlechten Arbeiter, sondern nur die, die sich nicht auskennen.»

Der Mann ging zu den anderen Arbeitern hinüber.

Den ganzen Vormittag schleppte Onkel Luohan wie ein Besessener Steine. Der Schorf auf seinem Kopf trocknete in der Sonne und verursachte unerträgliche Schmerzen. Seine Hände waren rauh und blutig, und der Speichel lief ihm über das Kinn. Die purpurrote Flamme hörte nicht auf, über die Innenseite seines Schädels zu streichen. Manchmal brannte sie stärker, manchmal schwächer, aber sie erlosch keinen Augenblick.

Gegen Mittag quälte sich ein Lastwagen über die kaum befahrbare Straße. Benommen hörte Onkel Luohan ein grelles Pfeifen und sah, wie die Arbeiter halb bewußtlos auf den Lastwagen zutaumelten. Er saß willenlos auf dem Boden und fragte sich nicht, warum der Lastwagen gekommen war oder wozu er da war. Er fühlte nichts als das Dröhnen der dunkelroten Flamme, die in seinem Schädel brannte.

Der Mann mit den Zigaretten kam wieder, zog ihn hoch und

sagte: «Komm, älterer Bruder, es ist Essenszeit. Probier den japanischen Reis.»

Onkel Luohan stand auf und folgte ihm.

Aus dem Lastwagen wurden ein Paar Eimer mit schneeweißem Reis und ein Korb ausgeladen, in dem Tonschalen mit einem blauen Blumenmuster lagen. Neben den Eimern stand ein hagerer Chinese mit einem Messingschöpfer. Neben dem Korb stand ein fetter Chinese, der Schalen an die Männer ausgab, die sich in einer Schlange anstellten. Der andere teilte den Reis aus. Die Arbeiter standen um den Lastwagen herum und stopften sich das Essen mit bloßen Händen in den Mund.

Der Aufseher näherte sich, die Peitsche in der Hand. Noch immer stand das gleiche rätselhaft kalte Grinsen in seinem Gesicht. Die Flamme in Onkel Luohans Schädel loderte auf und warf ihr Licht auf Erinnerungen, die er zu vergessen versuchte. Er dachte an den Alptraum von jenem Vormittag. Die bewaffneten japanischen und chinesischen Wächter versammelten sich um einen Emailkübel, der ihr Mittagessen enthielt. Ein Wachhund mit langer Schnauze und gestutzten Ohren saß hinter dem Kübel. Mit hängender Zunge blickte er auf die Arbeiter.

Onkel Luohan zählte das knappe Dutzend Japaner und das knappe Dutzend Marionettensoldaten, und das Wort *Flucht* schoß ihm in den Sinn. *Flucht!* Wenn er es bis zu den Hirsefeldern schaffte, würden ihn die Schweine nicht einholen. Seine Fußsohlen waren heiß und feucht von Schweiß. Nachdem er angefangen hatte, über eine Flucht nachzudenken, wurde er nervös und ängstlich. Irgend etwas verbarg sich hinter dem kalten, ruhigen Grinsen des Aufsehers. Was war es? Onkel Luohans Gedanken verwirrten sich, wenn sein Blick auf dieses grinsende Gesicht fiel.

Der fette Chinese sammelte die Schalen wieder ein, noch bevor die Arbeiter zu Ende gegessen hatten. Sie leckten sich die Lippen und starrten gierig auf die Reiskörner, die an den Essenskübeln klebten, wagten aber keine Bewegung. Am nördlichen Flußufer schrie laut ein Maultier. Onkel Luohan erkannte die vertraute Stimme. Die Tiere waren neben der neu angelegten Trasse an Walzsteine angebunden. Überall lagen geknickte Hirsehalme.

Träge knabberten die Maultiere an zertrampelten Zweigen und Blättern.

An diesem Nachmittag rannte ein Mann von etwa zwanzig Jahren in das Hirsefeld, als er glaubte, der Aufseher sähe ihn nicht. Eine Kugel folgte seinem Fluchtpfad. Regungslos blieb er am Feldrand liegen.

Der braune Lastwagen kam wieder, als die Sonne im Westen unterging. Onkel Luohan aß seine Schale Reis. Sein Verdauungssystem, das an Hirse gewöhnt war, wollte den schimmeligen weißen Reis ausstoßen, aber er zwang sich, das Essen herunterzuschlucken. Der Gedanke an Flucht war stärker als je zuvor. Er sehnte sich nach dem heimischen Brennereigelände im nahen Dorf und nach dem durchdringenden Schnapsgeruch, der dort in der Luft lag. Alle Brennereigehilfen waren geflohen, als die Japaner kamen; und der dampfende Brennkessel war kalt geworden. Noch stärker war seine Sehnsucht nach meiner Großmutter und meinem Vater. Er hatte die Wärme und Zufriedenheit nicht vergessen, die sie ihm neben dem Hirsehaufen geschenkt hatte.

Nach dem Essen wurden die Arbeiter in eine Art Verschlag aus Holzpfählen und aufgespannten Zeltplanen getrieben. Die Pfähle waren durch Drähte in der Dicke von Mungobohnen verbunden, und das Lagertor bestand aus dicken Metallstäben. Die Japaner und ihre chinesischen Gehilfen waren ein paar Meter vom Lager entfernt in eigenen Zelten untergebracht. Der Wachhund war vor einem der japanischen Zelte angebunden. An einem hohen Mast vor dem Tor waren zwei Laternen befestigt. Darunter hielten japanische und chinesische Soldaten abwechselnd Wache. Die Maultiere und Pferde waren auf einem planierten Grundstück westlich des Lagers an Holzpfosten angebunden.

Die Luft im Lager war erstickend. Ein paar Männer schnarchten laut, andere erleichterten sich in einen Eimer am Zaun. Das Plätschern des Urins klang wie Perlen, die auf eine Jadeschale fallen. Im fahlen Licht der Laternen bewegten sich unruhig die langgezogenen Schatten der Wachposten.

Im Verlauf der Nacht wurde die Kälte unerträglich. Onkel Luohan konnte nicht schlafen. Er dachte immer noch an Flucht, und rund um das Lager erklangen die Schritte der Wachen. Er lag da und wagte nicht, sich zu rühren. Schließlich fiel er in unruhigen Schlaf. Im Traum fühlte sich sein Kopf an, als durchbohre ihn ein scharfes Messer, und es war, als hielten seine Hände Brandeisen. Er erwachte schweißgebadet, und seine Hose war uringetränkt. Aus einem fernen Dorf erklang ein schriller Hahnenschrei. Pferde und Maultiere stampften und schnaubten. Schüchtern zwinkerten die Sterne durch die löchrige Plane, die als Dach diente.

Leise richtete sich der Mann auf, der ihm am Vortag geholfen hatte. Selbst im Dunkel des Lagers konnte Onkel Luohan seine leuchtenden Augen sehen, und er wußte, daß das kein gewöhnlicher Mensch war. Still lag Onkel Luohan da und beobachtete jede seiner Bewegungen.

Der Mann saß am Lagereingang und hob langsam und kontrolliert die Arme. Onkel Luohans Augen klebten an seinem Rücken und seinem Kopf, der von einer geheimnisvollen Aura umgeben schien. Der Mann atmete tief ein, lauschte mit vorgeneigtem Kopf, ließ seine Hände vorschießen wie die Pfeile aus einem Bogen und griff zwei Metallstäbe. Aus seinen Augen sprühte ein grünes Licht, das zu knistern schien, wenn es auf Widerstand traf. Leise öffneten sich die Metallstäbe. Durch die Öffnung fielen Laternenlicht und Sternenschein. Ein Schuh mit einem großen Loch in der Sohle wurde sichtbar. Ein Wächter näherte sich. Onkel Luohan sah, wie sich ein dunkler Schatten aus dem Tor stürzte. Der japanische Wächter gab einen Grunzlaut von sich und sank dann im stahlharten Griff des Mannes zu Boden. Der Mann hob das Gewehr des Japaners auf und verschwand lautlos im Dunkeln.

Es dauerte lange, bis Onkel Luohan verstand, was geschehen war. Offenbar handelte es sich um einen Meister der Kriegskunst, und er hatte ihm den Weg gewiesen. Zeit zur Flucht. Vorsichtig kroch Onkel Luohan durch die Öffnung. Der tote Japaner lag auf dem Rücken; ein Bein zuckte noch.

Onkel Luohan kroch ins Hirsefeld. Dann richtete er sich auf und folgte vorsichtig den Furchen. Auf dem ganzen Weg zum Schwarzwasserfluß achtete er sorgsam darauf, die Halme nicht anzustoßen, damit sie nicht raschelten. Das Dreigestirn des Orion stand im Zenit. Die schwere Dunkelheit, die vor der Dämmerung herrscht, umgab ihn. Im Schwarzwasserfluß spiegelten sich funkelnde Sterne. Als er kurz am Ufer stehenblieb, zitterte er vor Kälte. Seine Zähne klapperten, und der Schmerz an seinem Kinn breitete sich über die Wangen und die Ohren aus, um schließlich mit dem klopfenden Schmerz unter seiner eiternden Kopfhaut zu verschmelzen. Die rauhe Luft der Freiheit, die den Duft der Hirse durchwehte, drang in seine Nüstern, seine Lungen, seine Eingeweide. Das schummrige Licht der beiden Laternen schien schwach durch den Nebel. Die dunklen Umrisse des Lagerzauns glichen einem riesigen Friedhof. Erstaunt, wie leicht es gewesen war, zu entkommen, betrat er die baufällige Holzbrücke über den springenden Fischen und dem plätschernden Wasser. Eine Sternschnuppe huschte über den Himmel. Es war, als sei nichts geschehen. Er konnte ins Dorf zurückkehren, sich verstecken, warten, daß seine Wunden heilten, weiterleben. Aber als er auf der Brücke stand, hörte er vom Südufer her den klagenden Schrei eines Maultiers. Um der Maultiere willen ging er zurück, und so nahm die Tragödie ihren Lauf.

Auf einem Grundstück in der Nähe des Lagers, das nach Maultiermist und Pferdepisse stank, waren an einem Dutzend Haltepfählen Pferde und Maultiere angebunden. Die Pferde schnaubten, die Maultiere knabberten an den Pfählen. Die Pferde fraßen Hirsehalme, die Maultiere schissen. Onkel Luohan, der bei jedem Schritt dreimal ins Stolpern kam, schlich sich zwischen die Tiere. Er atmete den willkommenen Geruch zweier schwarzer Maultiere ein, und seine Augen erkannten die vertrauten Gestalten. Er wollte seine Leidensgefährten befreien. Aber die Maultiere, denen die Welt der Vernunft fremd ist, wandten ihm den Rücken zu und schlugen mit den Hufen nach ihm.

«Schwarze Maultiere», murmelte Onkel Luohan, «schwarze Maultiere, laßt uns gemeinsam fliehen.» Zornig stampften die Maultiere, die ihr Gebiet verteidigen wollten, mit den Hufen. Sie erkannten ihren Herrn nicht, und er wußte nicht, daß der Geruch von getrocknetem Blut und frischen Wunden ihn für sie zum Fremden gemacht hatte. Verwirrt und ärgerlich machte er einen

Schritt vorwärts und rannte gegen einen Maultierhuf, der ihn an der Hüfte traf und in die Luft schleuderte. Er lag auf dem Boden und fühlte sich wie betäubt. Das Maultier bockte noch immer und schlug aus. Die Hufeisen glänzten wie kleine Mondsicheln. Onkel Luohans geschwollene Hüfte fühlte sich nutzlos und unbrauchbar an. Mühsam richtete er sich auf, nur um wieder hinzufallen. Sobald er auf dem Boden lag, versuchte er wieder auf die Füße zu kommen. Wieder krähte im Dorf mit schwacher Stimme der Hahn. Die alles einhüllende Dunkelheit wich dem Licht der Sterne. Die Leiber und die Augäpfel der Maultiere wurden sichtbar.

«Ihr blöden Viecher!»

Wut stieg in seinem Herzen auf. Er torkelte über das Grundstück und suchte nach einer Waffe. Neben einem Bewässerungskanal fand er eine scharfe Metallhacke. Jetzt, wo er bewaffnet war, fluchte er laut, während er umherging, und vergaß die Männer und den Hund, die keine hundert Schritt weit entfernt waren. Er fühlte sich frei: Nur Angst kann die Freiheit verhindern.

Ein roter Hof umgab die Sonne, die im Osten aufging, und die Hirse war so still, als wolle sie bersten. Onkel Luohan ging auf die Maultiere zu. Er trug die Rosenfarbe des Morgengrauens in den Augen und bitteren Haß auf die schwarzen Maultiere im Herzen. Die Maultiere standen ruhig und reglos da. Onkel Luohan holte mit seiner Hacke aus, zielte auf das Hinterbein des einen Maultiers und schlug mit aller Kraft zu. Ein kalter Schatten fiel über das Bein. Das Maultier schwankte ein paarmal hin und her, richtete sich auf und gab ein tierisches, wütendes, betäubendes, gewaltiges Wiehern von sich. Dann richtete sich das verwundete Tier auf und überschüttete Onkel Luohans Gesicht mit einem Schwall von heißem Blut. Er schlug die Hacke in das andere Hinterbein. Dem schwarzen Maultier entfuhr ein Seufzer. Sein Rumpf fiel der Erde entgegen, und es senkte sich schwer auf den Boden. Mit den Vorderbeinen hielt es sich aufrecht, der Hals wurde vom Halfter hochgerissen. Aus weit geöffnetem Maul schrie es den blaugrauen Himmel an. Die Hacke, die unter dem Rumpf des Maultiers eingeklemmt war, zerrte Onkel Luohan in die Hocke. Unter Aufbietung aller Kräfte gelang es ihm, die Hacke herauszureißen, deren scharf geschliffene Kante mit dem Schienbein des Maultiers verwachsen schien.

Das zweite Maultier schaute blöd auf seinen gestürzten Gefährten und stieß mitleiderregende Schreie aus, als weine es oder flehe um sein Leben. Onkel Luohan ging auf das Tier zu und schleifte seine Hacke hinter sich her. Das Maultier wich so erschreckt zurück, daß der Haltestrick fast gerissen wäre und der Pfosten knirschte. Dunkelblaue Lichtstrahlen entströmten seinen faustgroßen Augen.

«Hast du Angst? Verdammtes Vieh! Was ist aus deinem Stolz geworden? Verdammtes Vieh! Du verkommener, undankbarer, schmarotzender Bastard! Du verlogener, verräterischer Hurensohn!»

Onkel Luohan schleuderte dem Tier eine obszöne Beschimpfung nach der anderen entgegen, riß seine Hacke in die Höhe und schlug nach dem langen rechteckigen Gesicht. Aber er traf den Pfosten. Er zerrte und zog, und schließlich gelang es ihm, die Hacke aus dem Holz zu ziehen. Das schwarze Maultier wehrte sich so heftig, daß seine Hinterbeine sich durchbogen, während sein schütterer Schwanz den Boden peitschte. Onkel Luohan zielte sorgfältig auf den Kopf des Tiers. Krachend landete die Hacke mitten auf der breiten Stirn. Dröhnend schlug Metall auf Knochen. Die Schwingungen durchfuhren den Stiel und erreichten Onkel Luohans Arme als stechender Schmerz. Aus dem geschlossenen Maul des schwarzen Maultiers drang kein Laut. Seine Beine und Hufe zuckten zornig, bevor es wie eine einstürzende Mauer zu Boden fiel und den Haltestrick durchriß. Ein Ende schaukelte vom Pfosten, das andere lag als Schleife neben dem Kopf des Maultiers. Onkel Luohan blieb schweigend stehen. Seine Arme hingen herab. Der glänzende Holzstiel der Hacke, die tief im Kopf des Tiers vergraben war, wies in spitzem Winkel zum Himmel.

Hundegebell, Rufe, Morgengrauen. Der geschwungene Umriß einer blutroten Sonne erhob sich über dem östlichen Hirsefeld, und ihre Strahlen fielen hell in die schwarze Öffnung, die Onkel Luohans Mund war.

4

Im roten Sonnenlicht, das soeben die Nebelwand durchbrochen hatte, zog die Kolonne zum Fluß herunter. Das Gesicht meines Vaters schimmerte wie die Gesichter der anderen auf einer Seite rot, auf der anderen grün, und wie die anderen starrte auch er in den Nebel, der sich über dem Schwarzwasserfluß zu lichten begann. Die vierzehn Bogen einer steinernen Brücke verbanden den südlichen mit dem nördlichen Teil der Landstraße. Weiter im Westen sah man noch die alte Holzbrücke. An manchen Stellen waren ihre verrotteten Planken ins Wasser gestürzt, und nur die braunen Pfosten standen aufrecht in der weißen Gischt, die den Fluß hinab trieb. Die roten und grünen Farbtöne zwischen den Nebelschwaden und ihr Spiegelbild im Wasser waren von erschreckender Ernsthaftigkeit. Von der Böschung streifte der Blick über endlose Hirseflächen, ein ruhiges, glattes, ebenes Meer reifer roter Gesichter. Natürlich war mein Vater zu jung, um das, was er sah, mit so gewählten Worten zu beschreiben. Die Metaphern stammen von mir.

Die Hirse wartete ebenso wie die Männer auf die Ernte, die der Zeit der Blüte folgen mußte.

Die Landstraße zog sich schnurgerade gen Süden, wurde schmaler und schmaler und verschwand schließlich zwischen den Hirsefeldern. Fern am Horizont, wo die Getreidehalme mit dem blassen Himmelszelt verschmolzen, bot der Sonnenaufgang einen trüben, feierlichen und dennoch erregenden Anblick.

Voll Neugierde beobachtete Vater die schweigsamen Partisanen. Wo kamen sie her? Wo gingen sie hin? Warum legten sie sich in den Hinterhalt? Was würden sie tun, wenn alles vorbei war? In der feierlichen Stille klang das Plätschern des Wassers an den Brückenpfosten lauter denn je zuvor und viel, viel frischer. Reste der Nebelwand, die die Sonnenstrahlen zerschlagen hatten, legten sich über das Wasser, und die Farbe des Schwarzwasserflusses wandelte sich von tiefem Karmin zu brennendem Goldrot. Der Fluß war voll von Farbe. Eine einsame welke Wasserpflanze trieb vorüber. Die einst aggressiv strahlenden Blüten hingen matt und bleich wie Seidenraupen zwischen dem dunklen Blattwerk. «Es ist wieder Krabbenzeit», dachte Vater. «Die Herbstwinde wehen, die Luft wird kühler, ein Schwarm Wildgänse zieht nach Süden ...» Onkel Luohan ruft: «Jetzt, Douguan, jetzt!» Das verworrene Muster der Krabbenscheren bedeckte den weichen, schwammigen Uferschlamm. Vater roch den zarten fischigen Geruch von Krabben, der vom Fluß herüberwehte. Vor dem Krieg benutzte meine Familie Krabbenpaste als Dünger für den Mohn, der groß und breit in strahlenden Farben blühte und einen überwältigenden Duft verströmte.

«Geht hinter der Böschung in Deckung», sagte Kommandant Yu. «Stummer, bring deine Rechen in Stellung.»

Der Stumme nahm ein paar Drahtschlingen von der Schulter und band die vier Rechen aneinander. Er grunzte seinen Kameraden etwas zu, und sie halfen ihm, die Kette von Rechen an die Stelle zu tragen, wo die Steinbrücke auf die Landstraße traf.

«In Deckung, Männer», befahl Kommandant Yu. «Bleibt in Deckung, bis der japanische Konvoi auf der Brücke ist und Zugführer Lengs Trupp ihm den Rückweg abgeschnitten hat. Schießt nicht, bevor ich den Befehl gebe. Dann macht die japanischen Schweine nieder und werft sie den Aalen und Krabben zum Fraß vor!»

Der Stumme führte die Hälfte der Männer in das Hirsefeld westlich der Landstraße, wo sie sich versteckten. Wang Wenyi folgte dem Trupp des Stummen, aber sie schickten ihn zurück. «Ich will, daß du bei mir bleibst», sagte Kommandant Yu. «Hast du Angst?»

Wang Wenyi nickte ein paarmal und sagte: «Nein.»

Kommandant Yu ließ die Brüder Fang auf der Böschung ihre Kanone aufstellen. Dann sagte er zum Hornisten Liu: «Alter Liu, sobald wir das Feuer eröffnen, bläst du so laut du kannst dein Signalhorn. Davor haben die blöden Japaner einen Wahnsinnsschiß. Hörst du mich?»

Hornist Liu war ein alter Kumpel des Kommandanten Yu, aus der Zeit, als dieser Sänftenträger und Liu Begräbnismusiker gewesen war. Er hielt sein Horn wie ein Gewehr in beiden Händen.

«Eine letzte Warnung an euch alle», ermahnte Kommandant Yu den Trupp. «Ich werde jeden Feigling unter euch erschießen. Wir dürfen uns vor Leng und seinen Männern nicht blamieren. Die Armleuchter protzen mit ihren Fahnen und Signalhörnern. Das ist nicht mein Stil. Er glaubt, er könne uns dazu bringen, daß wir uns ihnen anschließen.»

Als die Männer zwischen den Hirsepflanzen saßen, zog Fang Sechs Pfeife und Tabak, Feuerstein und Stahl hervor. Der Stahl war schwarz, der Stein braun wie gekochte Hühnerleber. Der Feuerstein knisterte, als er auf den Stahl traf, und versprühte große dicke Funken, von denen einer auf dem Hirsedocht landete, den Fang Sechs zwischen den Fingern hielt. Er pustete darauf, und ein weißer Rauchfaden stieg auf. Der Docht wurde rot. Er steckte seine Pfeife an und nahm einen tiefen Zug. Kommandant Yu atmete schwer aus und rümpfte die Nase. «Mach die Pfeife aus», sagte er. «Glaubst du, die Japaner trauen sich auf die Brücke, wenn sie den Rauch riechen?»

Fang Sechs nahm rasch noch ein paar Züge, bevor er seine Pfeife ausmachte und wegsteckte. «Also jetzt, alle Mann, verteilt euch über den Abhang, damit wir bereit sind, wenn die Japaner kommen.»

Allmählich wurden die Trupps, die mit der Waffe in der Hand am Abhang lagen, nervös, denn sie wußten, daß sie einem starken Feind gegenüberstanden. Vater lag neben Kommandant Yu. Der fragte: «Hast du Angst?»

«Nein», antwortete Vater energisch.

«Gut», sagte Kommandant Yu. «Du bist ein echter Sohn deines Pflegevaters. Du wirst mein Adjutant sein. Wenn es losgeht, rühr dich nicht von meiner Seite. Ich werde dich brauchen, um Befehle weiterzugeben.»

Vater nickte. Seine Augen klebten voll Gier an den Pistolen in Kommandant Yus Gürtel: einer großen und einer kleinen.

Die eine, größere, war ein deutscher Selbstlader, die andere, kleinere, ein französischer Browning. Beide hätten spannende Geschichten erzählen können.

Aus Vaters Mund drängte sich ein Wort: «Pistole!»

«Willst du eine haben?»

Vater nickte. «Pistole!»

«Weißt du, wie man damit umgeht?»

«Ja!»

Kommandant Yu zog den Browning aus dem Gürtel und inspizierte ihn sorgfältig. Er war abgenutzt, und die Emaillierung war schon lange abgegangen. Er zog den Bolzen zurück und ließ eine Patrone mit Kupferhülse herausspringen. Er warf sie in die Luft, fing sie auf und schob sie in das Magazin zurück.

«Da», sagte er, «benutze sie so, wie ich es getan habe.»

Vater nahm die Pistole in die Hand. Er mußte daran denken, wie Kommandant Yu damit vor ein paar Tagen eine Trinkschale zerschmettert hatte.

Die Mondsichel stieg am Himmel auf und lastete schwer auf den laublosen Zweigen. Vater ging mit einem Krug und einem Messingschlüssel zur Brennerei, um Schnaps für Großmutter zu holen. Er öffnete das Tor. Das Gelände war vollkommen ruhig, der Maultierstall pechschwarz, über der Brennerei lag der Gestank von faulendem Getreide. Er nahm den Deckel von einem der Fässer, und im Mondlicht spiegelte sich sein hageres Gesicht im weißen Schnaps. Er hatte kurze Augenbrauen und dünne Lippen. Seine eigene Häßlichkeit überraschte ihn. Er tauchte den Krug in das Faß. Leise gurgelnd füllte er sich. Als er den Krug hob, fiel die übrige Flüssigkeit laut plätschernd ins Faß zurück. Er erinnerte sich an das Faß, in dem Großmutter ihr blutüberströmtes Gesicht gewaschen hatte. Jetzt saß sie im Haus und trank mit Kommandant Yu und Zugführer Leng. Leng war schon ziemlich betrunken; jedenfalls war er Großmutter und Kommandant Yu nicht gewachsen.

Vater ging zu dem anderen Faß hinüber. Ein Mühlstein lag auf dem Deckel. Er stellte den Krug ab und mühte sich, den Mühlstein herunterzuschieben. Der rollte gegen ein anderes Faß und schlug ein Loch in den Boden. Aus dem lecken Faß tropfte Hirsebrand auf die Erde. Er kümmerte sich nicht um das beschädigte Faß, sondern öffnete den Deckel des Fasses, vor dem er stand. Sofort stieg ihm der Geruch von Onkel Luohans Blut in die Nase, und er sah Onkel Luohans blutenden Kopf und Großmutters blutverschmiertes Gesicht vor sich. In dem Schnapsfaß erschienen und verschwanden zwei blutende Gesichter. Vater tauchte den Krug ins Faß, füllte ihn mit dem blutgetränkten Hirsebrand und trug ihn mit beiden Händen ins Haus.

Auf dem Tisch, an dem Kommandant Yu und Zugführer Leng saßen, brannten helle Kerzen. Die beiden starrten einander schwer atmend an. Großmutter stand zwischen ihnen. Ihre linke Hand lag auf Lengs Pistole, die rechte auf Yus Browning. Vater hörte, wie Großmutter sagte: «Auch wenn ihr euch nicht einigen könnt, dürft ihr Ehre und Gerechtigkeit nicht vergessen. Dies ist weder die Zeit noch der Ort, zu streiten. Laßt eure Wut an den Japanern aus.»

Wütend knurrte Kommandant Yu: «Bilde dir nicht ein, daß mir Wangs Regimentsfahnen und Signalhörner imponieren, du Arschloch! Hier bin ich der König. Ich habe zehn Jahre im Feld gelebt, und ich scheiße auf deinen Idioten von Wang!»

Zugführer Leng grinste böse und sagte: «Bruder Zhan'ao, ich will nur dein Bestes, und Kommandant Wang auch. Wenn du uns dein Waffenlager übergibst, machen wir dich zum Bataillonskommandeur. Wang sorgt für Gewehre und Sold. Das ist doch etwas anderes als ein Banditenleben.»

«Wer ist hier ein Bandit? Und wer ist eigentlich kein Bandit? Jeder, der gegen die Japaner kämpft, ist ein Patriot und ein Held. Im letzten Jahr habe ich drei japanische Wachposten erwischt und drei Sturmgewehre eingesammelt. Du bist vielleicht kein Bandit, aber wie viele Japaner hast du umgebracht? Du hast doch keinem Japaner auch nur ein Haar gekrümmt.»

Zugführer Leng setzte sich und steckte eine Zigarette an.

Vater benutzte die Gesprächspause, um den Schnapskrug an den Tisch zu bringen. Großmutters Gesichtsausdruck veränderte sich, als sie den Krug nahm. Ärgerlich starrte sie Vater an. Dann füllte sie drei Schalen.

«In diesem Hirsebrand ist Onkel Luohans Blut», sagte sie. «Wenn ihr Männer seid, trinkt ihr ihn und geht dann los und vernichtet den japanischen Konvoi. Danach können von mir aus die

Hühner nach links gehen und die Hunde nach rechts. Brunnenwasser und Flußwasser mischen sich nun einmal nicht.»

Sie hob ihre Schale und schlürfte geräuschvoll.

Kommandant Yu hob seine Schale, warf den Kopf in den Nakken und trank sie aus.

Zugführer Leng hob seine Schale, dann stellte er sie halbgeleert wieder ab. «Kommandant Yu», sagte er, «mehr vertrage ich nicht. Bis bald!»

Die Hand noch immer an der Pistole, fragte Großmutter: «Werdet ihr kämpfen?»

«Du brauchst nicht zu betteln», stieß Kommandant Yu hervor. «Ich werde kämpfen, egal, ob er kämpft oder nicht.»

«Ich werde kämpfen», sagte Zugführer Leng.

Großmutter ließ den Revolver los, und Leng steckte ihn zurück ins Halfter.

«Zhan'ao», sagte Großmutter, «ich vertraue dir Douguan an. Nimm ihn übermorgen mit.»

Kommandant Yu sah meinen Vater an und fragte lächelnd: «Traust du dir das zu, Pflegesohn?»

Vater starrte verächtlich auf die festen gelben Zähne zwischen Kommandant Yus geöffneten Lippen und sagte kein Wort. Kommandant Yu nahm eine der Trinkschalen und stellte sie auf Vaters Kopf. Dann befahl er ihm, sich unter den Türrahmen zu stellen. Er zog seinen Browning und ging langsam in die Zimmerecke.

Vater sah zu, wie Kommandant Yu drei lange Schritte in Richtung Zimmerecke ging, drei langsame, gemessene Schritte. Großmutters Gesicht wurde aschfahl. Zugführer Lengs Mundwinkel verzogen sich zu einem verächtlichen Lächeln.

In der Ecke blieb Kommandant Yu stehen und drehte sich ruckartig um. Vater sah, wie er den Arm hob. Seine schwarzen Augen leuchteten in dunkelrotem Glanz. Die Pistole spuckte weißen Rauch. Vater hörte die Explosion über seinem Kopf. Rings um ihn fielen Tonscherben zu Boden. Eine davon landete auf seinem Hals. Achselzuckend ließ er sie in seine Hose gleiten, ohne einen Laut von sich zu geben. Großmutters Gesicht war blutleer und bleich. Zugführer Leng ließ sich schwer auf seinen Hocker fallen.

«Ein guter Schuß», sagte er nach einer Pause.

«Ein tapferer Junge», sagte Kommandant Yu stolz.

Die Pistole in Vaters Hand schien Tonnen zu wiegen.

«Ich brauche es dir nicht beizubringen», sagte Kommandant Yu, «schießen kannst du. Sag dem Stummen, seine Männer sollen sich bereitmachen.»

Die Pistole mit festem Griff umklammernd, schoß Vater durch das Hirsefeld, überquerte die Landstraße und stürzte auf den Stummen zu, der mit gekreuzten Beinen auf dem Boden saß und an einem grünlichen Stein sein Messer wetzte. Ein paar seiner Männer saßen, die anderen lagen auf dem Boden.

«Deine Männer sollen sich bereitmachen», sagte Vater.

Der Stumme blickte ihn aus einem Augenwinkel an und fuhr schweigend fort, sein Messer zu wetzen. Dann nahm er ein paar Hirseblätter, wischte die Klinge blank und riß einen Getreidehalm aus, um die Schärfe zu prüfen. Der Halm war in zwei Teile gespalten, kaum daß er das Messer berührt hatte.

«Deine Männer sollen sich bereitmachen», wiederholte Vater.

Der Stumme steckte das Messer in die Scheide und legte es neben sich auf den Boden. Ein wildes Lächeln zog über sein Gesicht. Mit einer seiner gewaltigen Hände winkte er Vater näher heran.

«Uff, uff», grunzte er.

Vater stolperte und blieb einen Schritt vor dem Stummen stehen. Der griff nach ihm, packte ihn am Ärmel und zog ihn auf seinen Schoß. Er kniff Vater so stark ins Ohr, daß der sich einen Aufschrei verkneifen mußte. Der Stumme griff nach Vaters Nase und zwickte ihn so stark, daß ihm Tränen in die Augen schossen. Ein seltsames Lachen entrang sich dem Mund des Stummen.

Die Männer, die herumsaßen, brachen in rauhes Gelächter aus.

«Er sieht Kommandant Yu ähnlich, oder etwa nicht?»

«Sein würdiger Sprößling.»

«Douguan, ich habe Sehnsucht nach deiner Mutter.»

«Douguan, ich möchte an ihren kleinen Datteltörtchen knabbern.»

Vaters Schüchternheit wich wilder Wut. Er zog seine Pistole, zielte auf den Kopf des Mannes, der so gerne Datteltörtchen geknabbert hätte, und drückte ab. Der Hahn schnappte ein, aber kein Schuß löste sich.

Der Mann, sein Gesicht aschfahl, sprang erschreckt auf und riß Vater die Pistole aus der Hand. Immer noch wütend, stürzte sich Vater mit Händen, Füßen und Zähnen auf seinen Gegner.

Der Stumme stand auf, packte Vater am Kragen und schleuderte ihn zur Seite. Vater flog durch die Luft und landete in einem Haufen Hirsehalme. Ein schneller Purzelbaum, und schon war er wieder auf den Füßen. Tobend und fluchend stürzte er sich auf den Stummen, der nur ein paar Grunzlaute ausstieß. Der stahlharte Blick, den er ihm zuwarf, ließ Vater erstarren. Der Stumme hob die Pistole auf, zog den Bolzen zurück und ließ das Geschoß in seine Hand fallen. Er sah sich die Delle an, die die Zündnadel in der Patronenhülse hinterlassen hatte, und gab Vater ein Handzeichen. Dann steckte er ihm die Pistole in den Gürtel und schlug ihm anerkennend auf die Schulter.

«Was hast du da drüben angestellt?» fragte Kommandant Yu.

Vater war peinlich berührt. «Sie ... sie haben gesagt, sie wollten mit Mama schlafen.»

«Und was hast du gesagt?» fragte Kommandant Yu streng.

Vater wischte sich mit dem Ärmel über die Augen. «Ich habe auf ihn geschossen.»

«Du hast auf ihn geschossen?»

«Die Pistole ist nicht losgegangen.» Vater überreichte Kommandant Yu den glänzenden Blindgänger.

Kommandant Yu nahm die Patrone, betrachtete sie und warf sie lässig in die Luft. Sie beschrieb einen vollkommenen Bogen, bevor sie in den Fluß fiel.

«Gut gemacht», sagte Kommandant Yu. «Aber benutze deine Pistole erst einmal für die Japaner. Wenn du sie erledigt hast, schieß jedem in den Bauch, der sagt, er wolle mit deiner Mutter schlafen. Nicht in den Kopf, nicht in die Brust, merk dir das: in den Bauch!»

Vater lag neben Kommandant Yu auf dem Bauch. Die Brüder

Fang lagen auf der anderen Seite. Die Kanone war mit Zielrichtung auf die Brücke aufgebaut. Der Lauf war mit Baumwollfetzen gestopft, am hinteren Ende hing die Lunte heraus. Fang Sieben hatte ein Bündel trockener Hirsehalme neben sich aufgestapelt; einer davon schwelte bereits. Eine Kürbisflasche voll Pulver und eine Dose Eisenkugeln lagen neben Fang Sechs.

Wang Wenyi hatte sich links von Kommandant Yu zusammengerollt und klammerte sich an seine Vogelflinte. An seinem verwundeten Ohr klebte der weiße Verband.

Die Sonne stand so hoch wie ein Zaunpfahl, ein rosa Ring umgab ihren weißen Kern. Das Wasser im Strom funkelte kristallklar. Ein Schwarm von Wildenten stieg aus dem Hirsefeld auf, umkreiste das Gelände dreimal und ließ sich auf einer grasbewachsenen Sandbank nieder. Einige von ihnen landeten auf der Wasseroberfläche und ließen sich stromabwärts treiben. Ihre Körper ruhten schwer auf dem Wasser, aber unablässig drehten und wendeten sie ihre Köpfe. Vater überkam ein warmes, kitzelndes Gefühl. Seine taufeuchten Kleider begannen zu trocknen. Er schmiegte sich an den Boden und fühlte einen stechenden Schmerz in der Brust, als liege er auf einem Stein. Als er sich aufrichtete, um nachzusehen, wurden sein Kopf und sein Oberkörper über dem Deich sichtbar. «Runter!» befahl Kommandant Yu. Widerwillig folgte er dem Befehl. Fang Sechs fing an zu schnarchen, Kommandant Yu nahm einen Erdklumpen und warf ihn ihm ins Gesicht. Fang Sechs wachte auf und gähnte so gewaltig, daß zwei kleine Tränen aus seinen schlafverschmierten Augenwinkeln flossen.

«Sind die Japaner da?» fragte er mit lauter Stimme.

«Schnauze!» knurrte Kommandant Yu. «Hier wird nicht geschlafen.»

Über den Flußufern herrschte vollkommene Stille. Die breite Landstraße lag schwer und leblos in ihrem Bett von Hirse. Die steinerne Brücke über dem Fluß war von hinreißender Schönheit. In grenzenloser Weite begrüßte die Hirse die Sonne, schüchtern errötend, immer höher emporsteigend, in immer hellerer Röte erstrahlend. Die Wildenten trieben auf dem flachen Wasser am Ufer und suchten mit ihren flachen Schnäbeln quakend nach Futter.

Vater blickte gebannt auf ihre prächtigen Federn und ihre flinken, aufmerksamen Augen. Er zielte mit dem schweren Browning auf den glatten Rücken einer Ente und wollte gerade abdrücken, als Kommandant Yu ihm die Pistole aus der Hand schlug.

«Was soll denn das, du kleines Schildkrötenei?»

Vater wurde nervös. Die Landstraße streckte sich hin wie eine Verkörperung des Todes. Die Hirse hatte sich in tiefes Scharlach gefärbt.

«Dieser Hund von Leng bildet sich ein, er könne seine Spielchen mit mir treiben», zischte Kommandant Yu wütend. Das Südufer war still, keine Spur von Leng und seinen Leuten. Vater wußte, daß es Leng war, der herausbekommen hatte, wo der Konvoi vorbeikommen mußte, und daß er Kommandant Yus Trupp nur zur Hilfe gerufen hatte, weil er nicht glaubte, es allein schaffen zu können.

Eine Zeitlang war Vater nervös und gereizt, aber allmählich entspannte er sich und wandte seine Aufmerksamkeit wieder den Wildenten zu. Er erinnerte sich ans Entenjagen mit Onkel Luohan. Der hatte eine Vogelflinte mit einem tiefroten Kolben und einem Lederriemen gehabt. Jetzt trug Wang Wenyi die Flinte.

Tränen stiegen ihm in die Augen, aber er unterdrückte sie. Alles war genau wie damals vor einem Jahr. Unter den warmen Strahlen der Sonne überkam ihn eisige Kälte.

Die Japaner nahmen Onkel Luohan und die beiden Maultiere mit, und Großmutter wusch ihr blutiges Gesicht in dem Schnapsfaß, bis es knallrot war und nach Alkohol stank. Ihre Augen waren geschwollen, und die Vorderseite ihrer blaßblauen Baumwolljacke war von Hirsebrand und Blut durchnäßt. Sie stand stockstill und unbewegt neben dem Faß und starrte auf ihr eigenes Spiegelbild. Vater erinnerte sich daran, wie sie auf die Knie gefallen war und sich dreimal vor dem Faß verneigt hatte. Dann stand sie auf, schöpfte mit den Händen einen Schluck Schnaps und trank. Die ganze Röte ihres Gesichts war in den Wangen konzentriert, aus ihrer Stirn und dem Kinn war alle Farbe gewichen.

«Knie nieder», befahl sie Vater, «mach Kotau!»

Er fiel auf die Knie und verneigte sich.

«Trink!»

Er schöpfte eine Handvoll und trank.

Wie rote Fäden sanken Blutspuren zum Boden des Fasses. An der Oberfläche schwamm eine winzige weiße Wolke neben Großmutters und Vaters Gesichtern. Durchdringende Strahlen schossen aus Großmutters Augen. Vater wandte den Blick ab. Sein Herz schlug wie wild. Er streckte die Hände aus und schöpfte noch etwas von dem Hirsebrand. Die Flüssigkeit rann ihm durch die Finger, und die Tropfen zerbrachen ein großes und ein kleines Gesicht unter dem blauen Himmel und der weißen Wolke. Er trank einen Schluck und spürte den klebrigen Geschmack von Blut auf der Zunge. Die Bluttropfen sanken auf den bauchigen Faßboden, wo sie zu einem faustgroßen, trüben Klumpen gerannen. Vater und Großmutter blickten lange mit festem Blick darauf, bevor sie den Deckel wieder auf das Faß legten. Dann ging Großmutter zur Hofecke, rollte einen Mühlstein heran und stemmte ihn mühsam auf den Deckel.

«Rühr das nicht an!» sagte sie.

Er blickte auf den angesammelten Schmutz und die graugrünen Kellerasseln, die sich in der Höhlung des Mühlsteins tummelten, und nickte.

In dieser Nacht lag er schlaflos auf dem gemauerten Bett und lauschte, wie Großmutter im Hof auf und ab ging. Das Trappeln ihrer Schritte und das Rauschen der Hirse drangen in Vaters wirre Träume, in denen er das Wiehern unserer beiden stattlichen schwarzen Maultiere hörte.

Am Morgen wachte Vater auf und rannte nackt in den Hof, um zu pinkeln. Da stand Großmutter wie angewurzelt und starrte in den Himmel. Er rief «Mutter!» Aber sein Schrei stieß auf taube Ohren. Als er fertig war, nahm er sie bei der Hand und brachte sie ins Haus. Sie folgte ihm wie willenlos. Kaum waren sie im Haus, da hörten sie wirre Geräusche aus Südosten, dann das Knallen einer Gewehrsalve wie das Reißen eines straff gespannten Seidenfadens, den man mit einem Messer durchtrennt.

Heute lag Vater auf der nackten Erde, aber an jenem Tag hatten die polierten weißen Steinplatten, die Kopfsteine und der grobe gelbe Kies auf der Böschung ausgesehen wie eine Reihe von Grabhügeln. Melancholisch, ernst und reglos stand die Sommerhirse des vergangenen Jahres jenseits der Böschung. Hinter der niedergetrampelten Hirse streckten sich die glänzenden Umrisse der Landstraße schnurstracks nach Norden. Damals gab es die Steinbrücke noch nicht, und die kleine Holzbrücke war vom Vorbeimarsch Zehntausender trampelnder Füße und den Hufeisen der Pferde und Maultiere erschöpft und ausgebeult. Der scharfe Geruch grüner Knospen in der niedergewalzten, gebrochenen Hirse durchdrang den nächtlichen Nebel. Überall weinte die Hirse bitterlich. Kurz nachdem Großmutter und Vater das Gewehrfeuer gehört hatten, trieben japanische Soldaten sie und die anderen – Alte, Kinder, Kranke und Gebrechliche – aus dem Dorf zusammen.

Die Sonne stand über den Spitzen der Hirse. Vater, Großmutter und die anderen Dorfbewohner standen südlich vom Fluß an der Westkante der Landstraße und zertrampelten die gebrochenen Reste der Hirsepflanzen. Vor ihnen lag ein gewaltiges umzäuntes Gelände, das wie eine Viehweide aussah, und hinter dem Zaun drängte sich eine Schar abgerissener Arbeiter. Zwei chinesische Marionettensoldaten trieben die Arbeiter am Westrand der Landstraße neben Vater und den anderen zu einem zweiten Menschenhaufen zusammen. Die beiden Gruppen blickten auf einen Platz, an dem sonst das Vieh angebunden wurde, einen Platz, dessen Anblick die Menschen später vor Furcht erbleichen ließ. Sie standen eine Zeitlang schweigend dort, bis ein schmalgesichtiger japanischer Offizier mit roten Epauletten und einem langen Degen aus einem der Zelte trat. Mit einer weiß behandschuhten Hand führte er einen Wachhund. Dem Hund hing die rote Zunge schief aus dem Maul. Hinter dem Hund trugen zwei Marionettensoldaten die starre Leiche eines Japaners. Den Schluß des Zuges bildeten zwei japanische Soldaten, zwischen denen zwei chinesische Kollaborateure den blutig geprügelten Onkel Luohan heranzerrten: Vater drängte sich so eng an Großmutter, wie er nur konnte. Sie schloß ihn in die Arme.

Der japanische Offizier führte seinen Hund an die Stelle, wo das Vieh angebunden war. Vom Schwarzwasserfluß her flog eine Schar von etwa fünfzig weißen Vögeln mit lautem Flügelschlag auf, durchschnitt den blauen Himmel über den Köpfen der Zuschauer und wandte sich dann nach Osten, der goldenen Sonne zu. Vater sah die Zugtiere mit ihrem ungepflegten Fell und den verschmutzten Köpfen und unsere beiden schwarzen Maultiere, die auf dem Boden lagen. Das eine war tot, die Hacke steckte noch schräg in seinem Kopf. Das andere Maultier hatte sich auf die Hinterbeine gesetzt. Sein blutgetränkter Schwanz fegte über den Boden, die Bauchhaut zuckte geräuschvoll. Die Nüstern schlossen und öffneten sich pfeifend. Wie hatte Vater die beiden schwarzen Maultiere geliebt!

Großmutter, die stolz auf dem Rücken des Maultiers saß und Vater auf dem Schoß hielt; und dann flogen sie alle drei über den schmalen Lehmweg durch das Hirsefeld, und das Maultier schwankte im Galopp und schleuderte Großmutter und Vater auf und ab. Die dürren Beine des Maultiers besiegen den Straßenstaub. Vater schreit vor Aufregung. Gelegentlich blickt ein Bauer, die Hacke oder sonst ein Gerät in der Hand, unter der Hirse zum hellen gepuderten Gesicht der Brennereibesitzerin auf, und sein Herz ist voll Neid und Abscheu.

Jetzt lag das eine unserer großen schwarzen Maultiere mit offenem Maul tot auf dem Boden, und seine langen weißen Zähne bissen in die Erde. Das andere saß da und litt schwerer als sein toter Gefährte. «Mama», sagte Vater zu Großmutter, «unsere Maultiere!» Sie hielt ihm mit der Hand den Mund zu.

Sie legten die Leiche des japanischen Soldaten vor den Offizier mit dem Degen, der immer noch den Hund an der Leine hielt. Dann zerrten die beiden Marionettensoldaten den wundgeprügelten, blutenden Onkel Luohan zu einem hohen Holzgerüst. Zuerst erkannte Vater ihn nicht. Er sah nur eine fremde, blutende Kreatur, die gerade noch Ähnlichkeit mit einem Menschen hatte. Als sie ihn zum Gerüst zerrten, drehte er den Kopf nach links und rechts, und das angetrocknete Blut auf seinem Schädel sah aus wie der glänzende Schlamm am Flußufer, wenn ihn die Sonne ausgedörrt hat, bis er Falten wirft und brüchig wird. Seine Füße zeichneten Muster in den Staub. Langsam wich die Menge zurück. Vater spürte, wie Großmutters Hände sich in seine Schultern gruben. Die Menschen schienen zu schrumpfen, ihre Gesichter wurden tonfarben und schwarz. Die Krähen und Spatzen verstummten plötzlich, und man konnte das Hecheln des Wachhunds hören. Der Offizier, der ihn an der Leine hielt, furzte laut. Bevor die Marionettensoldaten das seltsame blutige Wesen zu dem Gerüst hinüberzerrten, ließen sie es wie einen toten Haufen knochenloses Fleisch auf den Boden fallen.

«Onkel Luohan», schrie Vater auf.

Großmutter hielt ihm wieder den Mund zu.

Onkel Luohan begann, sich unter dem Gerüst auf dem Boden hin und her zu wälzen. Er bäumte sich auf und streckte den Hintern in die Luft. Dann hob er sich auf die Knie, stützte sich auf die Hände und streckte die Arme aus. Sein Gesicht war so geschwollen, daß die Haut glänzte. Die Augen waren nur noch Schlitze, aus denen schmale grünliche Lichtstrahlen drangen. Vater war überzeugt, daß Onkel Luohan ihn sehen konnte. Sein Herz schlug wie ein Hammer gegen den Brustkorb, aber er wußte nicht, ob vor Angst oder vor Wut. Er wollte schreien, aber Großmutters Hand lag fest auf seinem Mund.

Der Offizier mit dem Hund rief der Menge etwas zu, und ein Chinese mit kurzgeschorenem Haar übersetzte.

Vater hörte nicht alles, was der Übersetzer sagte. Großmutters Hand war so fest auf seinen Mund gepreßt, daß er kaum atmen konnte und seine Ohren rauschten.

Zwei Chinesen in schwarzen Uniformen zogen Onkel Luohan nackt aus und banden ihn an das Gerüst. Der japanische Offizier gab ein Handzeichen, und zwei weitere Männer in schwarzen Uniformen zerrten und schoben Sun Fünf, den geschicktesten Schweinemetzger im Dorf, ja in der ganzen Gemeinde Nordost-Gaomi, aus der Umzäunung.

Sun Fünf war ein kleingewachsener, fetter kahlköpfiger Mann mit einem gewaltigen Wanst, einem roten Gesicht und winzigen, eng beieinanderstehenden Augen, die beinahe unter dem Nasenrücken verschwanden. Er hielt ein Metzgermesser in der linken Hand und einen Eimer Wasser in der rechten. So taumelte er auf Onkel Luohan zu.

Der Übersetzer sagte: «Der Kommandant will, daß du ihn häutest. Wenn du keine anständige Arbeit leistest, wird sein Hund dir das Herz aus dem Leib reißen.»

Sun Fünf gab undeutlich murmelnd zu verstehen, daß er den Befehl verstanden hatte. Seine Augen zuckten nervös. Das Messer zwischen den Zähnen haltend, hob er den Eimer und goß Wasser über Onkel Luohans Schädel. Als ihn das kalte Wasser traf, riß Onkel Luohan den Kopf hoch. Blutiges Wasser strömte ihm über Gesicht und Nacken und sammelte sich in schmutzigen Pfützen vor seinen Füßen. Einer der Aufseher brachte einen zweiten Eimer Wasser vom Fluß. Sun Fünf tränkte einen Lappen mit Wasser und säuberte Onkel Luohans Gesicht. Als er fertig war, zuckte sein Hintern. «Älterer Bruder ...»

«Bruder», sagte Onkel Luohan, «bring mich schnell um. Ich werde es dir nicht vergessen, wenn ich bei den Gelben Quellen bin.»

Der japanische Offizier brüllte irgend etwas.

«Mach schon!» sagte der Übersetzer.

Sun Fünfs Gesicht verdunkelte sich, während er nach Onkel Luohans Ohr griff und es zwischen zwei Fingern festhielt. «Älterer Bruder», sagte er, «ich kann nichts daran ändern ...»

Vater sah, wie Suns Messer sich mit sägender Bewegung in die Haut über Onkel Luohans Ohr bohrte. Onkel Luohan schrie vor Schmerz, und ein Strahl gelber Pisse fiel zwischen seinen Beinen zu Boden. Vater zitterten die Knie. Ein japanischer Soldat mit einer Porzellanplatte stellte sich neben Sun Fünf. Der legte das große knubbelige Ohr auf die Platte. Dann schnitt er das andere Ohr ab und legte es neben das erste. Vater sah, wie die Ohren auf der Platte zuckten. Es machte ein pochendes Geräusch.

Der japanische Soldat marschierte langsam an den Zwangsarbeitern und den Dorfbewohnern vorbei und hielt ihnen die Platte vors Gesicht. Vater blickte auf die blassen schönen Ohren. Das Pochen war jetzt noch deutlicher zu hören.

Der japanische Soldat präsentierte die Ohren dem japanischen Offizier, der ihm zunickte. Dann stellte er die Platte neben die Leiche seines toten Kameraden. Nach einem Augenblick des Schweigens nahm er sie wieder und stellte sie dem Hund vor die Schnauze.

Die hin und her schlenkernde Zunge des Hundes zog sich in das Maul zurück. Mit seiner spitzen, feuchten schwarzen Nase schnüffelte er an den Ohren. Dann schüttelte der Hund den Kopf, ließ die Zunge heraushängen und setzte sich auf die Hinterbeine.

Der Übersetzer schrie Sun Fünf an: «Los, mach weiter!»

Sun Fünf lief wie verloren im Kreis umher und murmelte unverständlich vor sich hin. Vater sah ihm in das schweißüberströmte, fettige Gesicht. Seine Augenlider zuckten wie der Kopf eines pickenden Huhns.

Ein schmaler Blutfaden tröpfelte aus den Löchern, die Onkel Luohans Ohren gewesen waren. Ohne sie glich sein Kopf einem glatten, formvollendeten Ei.

Wieder brüllte der japanische Offizier etwas.

Der Übersetzer befahl: «Los, mach schneller!»

Sun Fünf bückte sich und schnitt mit einem Streich Onkel Luohans Geschlechtsteile ab. Dann legte er sie auf die Platte, die der japanische Soldat hielt. Der trug die Platte in Augenhöhe vor sich her und marschierte wie eine Puppe vor der Menge vorbei. Vater fühlte, wie sich Großmutters eisige Finger in seine Schultern bohrten.

Der japanische Soldat stellte dem Hund die Platte vor die Schnauze. Der knabberte ein wenig daran und spuckte das Zeug aus.

Onkel Luohan brüllte vor Schmerz. Sein hagerer Körper hing wild zuckend an dem Gerüst.

Sun Fünf ließ das Metzgermesser fallen, warf sich auf die Knie und begann laut zu weinen.

Der japanische Offizier ließ die Leine los, und der Wachhund stürzte vor, grub seine Klauen in Suns Schulter und entblößte die Zähne vor seinem Gesicht.

Der japanische Offizier pfiff, und der Hund sprang, die Leine hinter sich herschleifend, zu seinem Herrn zurück.

«Zieh ihm die Haut ab, und mach schnell!» verlangte der Übersetzer.

Sun Fünf erhob sich mühsam, hob sein Metzgermesser auf und torkelte auf Onkel Luohan zu.

Alle richteten ruckartig die Köpfe auf, als sich aus Onkel Luohans Mund eine Flut von Beschimpfungen ergoß. Sun Fünf bat: «Älterer Bruder … älterer Bruder … versuch es noch eine Weile auszuhalten …»

Onkel Luohan spuckte ihm blutigen Schleim ins Gesicht.

«Zieh ihm die Haut ab! Verflucht seien deine Vorfahren. Zieh ihm schon die Haut ab!»

Sun Fünf setzte die Klinge an der Stelle an, wo sich auf Onkel Luohans Kopfhaut eine Schorfkruste gebildet hatte. Einmal, zweimal … exakt geführte Schnitte. Onkel Luohans Kopfhaut fiel ab und legte zwei grünblaue Augen und ein paar unförmige Fleischklumpen frei.

Vater hat mir später erzählt, daß sich noch nachdem Onkel Luohan kein Gesicht mehr hatte, Schreie und gurgelnde Geräusche dem Mund entrangen, der jede Form verloren hatte, und endlose Ströme von hellem rotem Blut über seinen blassen Kopf liefen. Sun Fünf schien keinem Menschen mehr zu gleichen. Sein makelloses Messer erzeugte einen perfekt geschnittenen Balg. Als sich Onkel Luohan in einen Haufen Fleischbrei verwandelt hatte, kochten und wallten seine Eingeweide, und Schwärme von grünen Fliegen tanzten über ihm in der Luft. Die Frauen lagen auf den Knien und heulten herzzerreißend. In dieser Nacht fiel ein schwerer Regen und wusch den Platz von jedem Tropfen Blut rein. Er schwemmte Onkel Luohans Leiche und die Haut, die sie umgeben hatte, weg. Die Nachricht, daß die Leiche verschwunden war, verbreitete sich im Dorf. Sie ging von einem Mund zu zehn anderen, zu Hunderten, von dieser Generation zur nächsten, bis sie zu einer wunderschönen Legende wurde.

«Wenn er sich einbildet, er kommt mit seinen Spielchen durch, reiß ich ihm den Kopf ab und benutze ihn als Pißpott!» Die Sonne schien kleiner zu werden, als sie am Himmel aufstieg und weißglühende Strahlen aussandte. Ein Schwarm Wildenten flog durch den sich schnell zerstreuenden Nebel über den Hirsefeldern, dann noch ein Schwarm. Die Trupps von Zugführer Leng waren immer noch nicht aufgetaucht. Allenfalls ein wilder Hase störte gelegentlich den Frieden der Landstraße. Ein wenig später flitzte ein Rotfuchs aufmerksam über die Straße. «He!» rief Kommandant Yu, nachdem er Zugführer Leng ausgiebig beschimpft hatte. «Alles aufstehen. Es sieht aus, als hätte dieser Schweinehund, der pokkennarbige Leng, uns reingelegt.»

Genau darauf hatten die Männer, die es müde waren, herumzuliegen, gewartet. Sie waren schon aufgestanden, noch bevor Kommandant Yus Befehl verklungen war. Einige saßen auf der Böschung und rauchten eine Zigarette, andere, die lange genug gewartet hatten, pißten erleichtert.

Vater sprang auf die Böschung. Sein Kopf war voller Erinnerungen an das vergangene Jahr. Der Kopf des gehäuteten Onkel Luohan schwamm vor seinen Augen vorbei. Vom plötzlichen Auftauchen der Männer am Ufer aufgescheucht, ließen die Wildenten sich in kleinen Gruppen wieder auf einer nahegelegenen Sandbank nieder und watschelten dort umher. Ihr smaragdgrünes und gelbes Gefieder leuchtete zwischen den Wasserpflanzen.

Der Stumme ging zu Kommandant Yu hinüber. In der einen Hand hielt er sein Messer, in der anderen die alte Hanyang-Flinte. Er sah niedergeschlagen aus, und seine Augen wirkten leblos. Er zeigte auf die Sonne, die im Südosten stand, und dann auf die verlassene Landstraße. Schließlich deutete er auf seinen Bauch, grunzte und zeigte ausdrucksvoll in die Richtung, wo das Dorf lag. Kommandant Yu dachte kurz nach und rief dann den Männern auf der Westseite der Straße zu: «Kommt alle hierher!»

Der Trupp überquerte die Straße und stellte sich auf der Böschung auf.

«Brüder», sagte Kommandant Yu, «wenn Pockennarbe Leng versucht, seine Spielchen mit uns zu treiben, reiß ich ihm seinen verdammten Kopf ab. Noch steht die Sonne nicht ganz im Zenit, also werden wir noch ein bißchen warten. Wenn der Konvoi bis Mittag nicht gekommen ist, ziehen wir zum Wasserloch der Familie Tan und rechnen mit Leng ab. Jetzt legt euch erst einmal ins Hirsefeld und ruht euch aus. Ich schicke Douguan Essen holen. Douguan!»

Vater blickte zu Kommandant Yu auf.

Kommandant Yu befahl: «Sag deiner Mutter, die Frauen sollen Handkuchen backen. Sie soll dafür sorgen, daß das Essen bis zum Mittag hier ist. Sag ihr, sie soll es selber bringen.»

Vater nickte, zog die Hosen hoch, steckte den Browning in den Gürtel und rannte die Böschung entlang. Ein kurzes Stück lief er auf der Straße nach Norden, dann nahm er die Abkürzung durchs Hirsefeld in Richtung Nordwesten und schlängelte sich zwischen den Pflanzen durch. Im Hirsemeer stieß er auf die Gebeine eines Maultiers. Er trat gegen einen Knochen, und ein paar kurzschwänzige pelzige Erdmäuse, die sich am Knochenmark gütlich getan hatten, huschten heraus. Sie sahen ihn furchtlos an und krochen dann wieder zurück in die Knochen. Der Anblick erinnerte ihn an die zwei Maultiere der Familie, erinnerte ihn daran, wie der durchdringende Gestank des Todes noch lange nachdem die Straße gebaut war, jedesmal im Dorf zu riechen war, wenn Südostwind aufkam.

Im Jahr davor hatte man die aufgetriebenen Kadaver von Dutzenden von Maultieren gefunden, die den Schwarzwasserfluß hinabgetrieben waren und sich im flachen Schilfgelände am Ufer verfangen hatten. Ihre aufgeblähten Bäuche platzten unter der Hitze der Sonne und gaben Gedärme frei, die prachtvoll waren wie blühende Blumen. Langsam vermischten sich Pfützen dunkelgrüner Flüssigkeit mit dem strömenden Wasser.

5

Als meine Großmutter sechzehn war, verlobte ihr Vater sie mit Shan Bianlang, dem Sohn von Shan Tingxiu, einem der reichsten Männer in der Gemeinde Nordost-Gaomi. Die Familie Shan besaß eine Brennerei und stellte aus billiger Hirse einen starken Schnaps von hoher Qualität her, der in der ganzen Gegend berühmt war. Die Gemeinde Nordost-Gaomi besteht im wesentlichen aus einer sumpfigen Tiefebene, die im Herbst vom Regen überflutet wird. Aber weil die hohen Hirsehalme wasserunempfindlich sind, wurde überall Hirse angebaut und brachte regelmäßig Rekordernten. Weil sie für ihren Schnaps billiges Getreide verwendete, verdiente die Familie Shan gut, und für meinen Urgroßvater war es ein großer Erfolg, daß er seine Tochter an sie verheiraten konnte. Viele Familien in der Gegend hatten davon geträumt, in die Familie Shan einzuheiraten, auch wenn das Gerücht umlief, Shan Bianlang habe die Lepra. Sein Vater war ein runzliger, kleiner Mann mit einem schäbigen Zopf, und obgleich seine Schränke voll von Gold und Silber waren, trug er zerfetzte, schmutzige Kleider und benutzte oft einen alten Strick als Gürtel.

Daß Großmutter in die Familie Shan einheiraten sollte, war der Wille des Himmels. Der Wille des Himmels manifestierte sich an einem Tag, an dem sie und ihre Spielkameradinnen mit ihren kleinen Füßen und langen Zöpfen auf der Schaukel saßen. Es war das Frühlingsfest, der Tag, an dem man die Gräber der Ahnen pflegt. Die Pfirsichbäume trugen helle Blüten, die Weiden waren grün, ein leichter Regen fiel, und die Gesichter der Mädchen glichen Pfirsichblüten. Für sie war es ein Tag der Freiheit. In diesem Jahr hatte Großmutter die stattliche Größe von einem Meter sechzig erreicht und wog sechzig Kilo. Sie trug eine geblümte Baumwolljacke über grünen Samthosen, die an den Knöcheln von scharlachroten Seidenbändern gehalten wurden. Wegen des Nieselregens trug sie bestickte Pantoffeln, die mit Holzöl imprägniert waren. Wenn sie durch das nasse Gras lief, gab es ein schlappendes Geräusch. Ihre langen geölten Zöpfe glänzten, und um den Hals trug sie eine schwere Silberkette. Urgroßvater war Silberschmied. Meine Urgroßmutter, eine Grundbesitzerstochter, die bessere Zeiten gesehen hatte, wußte, wie wichtig gebundene Füße für ein Mädchen sind, und hatte, als ihre Tochter sechs war, damit begonnen, Großmutters Füße abzubinden und die Bandagen jeden Tag enger zu wickeln.

Die meterlangen Stoffbinden wurden so um den Fuß gewunden, daß nur der große Zeh frei blieb, und so hart angezogen, daß die Knochen splitterten und die Zehennägel in die Fußsohle einwuchsen. Der Schmerz war entsetzlich. Auch meine Mutter hatte gebundene Füße, und ihr Anblick machte mich so traurig, daß ich glaubte aufschreien zu müssen: «Nieder mit dem Feudalismus! Ein Hoch den befreiten Füßen!» Das Ergebnis der Leiden, die meine Großmutter ertragen mußte, waren zwei Goldlotosknospen von drei Zoll Größe, und mit sechzehn Jahren war sie zu einer gut entwickelten Schönheit herangereift. Wenn sie beim Gehen die Arme frei schwingen ließ, bog sich ihr Körper wie eine Weide im Wind.

Shan Tingxiu spazierte mit einem Düngerkörbchen in der Hand durch das Dorf meines Urgroßvaters, als er Großmutter unter den anderen Blüten des Dorfs erblickte. Drei Monate später trug eine Brautsänfte sie von dannen.

Großmutter wurde es in der ungelüfteten Sänfte schwindlig. Ein roter Vorhang, der nach Schimmel roch, versperrte ihr den Blick nach draußen. Sie griff danach und hob ihn ein klein wenig an. Urgroßvater hatte ihr verboten, ihren roten Schleier abzunehmen. Ein schweres Armband aus gedrehtem Silber glitt über ihr Handgelenk, und als sie die gewundene Silberschlange ansah, verwirrten sich ihre Gedanken. Ein warmer Wind wehte durch die smaragdgrünen Hirsehalme neben dem schmalen Lehmweg. In den Feldern gurrten die Tauben. Zarter Puder von Blütenblättern schwebte über den silbergrauen jungen Hirserispen, die im Wind wogten. Der Vorhang, der auf der Innenseite mit einem Drachen und einem Phönix bestickt war, war nach vielen Jahren ausgeblichen und hatte einen großen Fleck in der Mitte.

Der Sommer wollte dem Herbst weichen, und draußen rings

um die Sänfte schien die Sonne hell. Die hüpfenden Schritte der Träger ließen die Sänfte langsam hin und her schaukeln. Die Lederbeschläge der Tragstangen ächzten und quietschten, der Vorhang schwang leicht im Wind und ließ von Zeit zu Zeit einen Sonnenstrahl oder eine frische Brise ins Innere dringen. Großmutter schwitzte stark, und ihr Herz schlug heftig, während sie den rhythmischen Schritten und dem schweren Atem der Träger lauschte. Einmal fühlte sich ihr Schädel von innen kalt an, als sei er voll von glänzenden Kieselsteinen, dann wieder heiß, als habe man ihn mit geschrotetem Pfeffer vollgestopft.

Nachdem Shan Tingxiu Großmutter entdeckt hatte, riß der Strom der Besucher nicht ab, die Urgroßvater und Urgroßmutter gratulieren wollten. Großmutter träumte davon, beim Klang klimpernden Goldes aufs Pferd zu steigen und beim Klang klimpernden Silbers abzusteigen, aber was sie wirklich wollte, war ein anständiger, gebildeter, hübscher Mann, ein Mann, der sie gut behandeln würde. Als junges Mädchen hatte sie ihre Aussteuer und mehrere liebliche Bilder für den Mann gestickt, der einmal mein Großvater werden sollte. Sie freute sich auf die Hochzeit, aber dann deuteten ihre Freundinnen an, der junge Shan habe Lepra, und ihre Träume schwanden dahin. Als sie ihren Eltern von ihren Sorgen erzählte, drehte und wand sich Urgroßvater, und Urgroßmutter beschimpfte ihre Freundinnen und sprach von sauren Trauben.

Später erzählte Großvater, wie gebildet und wohlerzogen der junge Shan sei, daß er immer im Haus geblieben sei und deshalb den blassen Teint eines jugendlichen Gelehrten habe. Großmutter war verwirrt; sie wußte nicht, was stimmte und was nicht. Ihre eigenen Eltern würden sie doch nicht belügen. Vielleicht hatten sich ihre Freundinnen das alles ausgedacht. Sie begann, sich wieder auf ihren Hochzeitstag zu freuen. Großmutter strahlte in ihrer jugendlichen Fülle starke Ängste und einen Hauch von Einsamkeit aus. Sie sehnte sich danach, die Ängste und die Einsamkeit in den Armen eines starken, edlen jungen Mannes zu verlieren. Endlich nahte zu ihrer Erleichterung der Hochzeitstag. Man setzte sie in die von vier Trägern gehaltene Sänfte. Die Hörner und Flöten intonierten vor und hinter ihr eine melancholische Melodie, und ihr traten Tränen in die Augen. Die Sänfte setzte sich schwebend in Bewegung, ihr war, als reite sie auf den Wolken oder segle durch den Nebel.

Kurz nachdem sie das Dorf verlassen hatten, hörten die faulen Musiker auf zu spielen, und die Sänftenträger schlugen eine geschwindere Gangart an. Der Duft der Hirse drang ihr ins Herz. Seltsame und unbekannte Vögel sangen aus voller Kehle in den Feldern. Aus den dünnen Sonnenstrahlen, die durch den Vorhang ins Dunkel der Sänfte drangen, formte ihre Phantasie ein Bild des erhofften Bräutigams. Schmerzliche Nadelstiche bohrten sich ins Herz.

«Alter Mann im Himmel, beschütze mich!» Das stumme Gebet ließ ihre zarten Lippen erzittern. Ein leichter Flaum lag über ihrer Oberlippe, ihre zarte Haut war feucht. Jedes sanfte Wort, das sie sprach, verschlangen die rauhen Wände der Sänfte und der Vorhang vor ihrem Gesicht. Sie riß sich den Schleier, der einen säuerlichen Geruch verströmte, vom Gesicht und legte ihn auf die Knie. Sie befolgte die örtlichen Heiratssitten, die vorschrieben, daß eine Braut oben und unten drei Schichten neuer Kleider tragen mußte, egal, wie warm es war. Das Innere der Sänfte war verschlissen und schrecklich schmutzig. Wie ein Sarg hatte sie die Körper vieler junger Bräute umschlossen. Die Wände waren mit fettschwitzend schmieriger gelber Seide bespannt. Von den fünf Fliegen, die in der Sänfte gefangen waren, summten drei über ihrem Kopf, und die anderen beiden saßen auf dem Vorhang vor ihrem Gesicht und rieben sich mit schwarzen, dünnen Beinen die blanken Augen. Um der bedrückenden Atmosphäre in der Sänfte ein wenig zu entfliehen, schob Großmutter eine ihrer bambusknospengleichen Zehen unter den Vorhang und hob ihn etwas an, um wenigstens kurz etwas von der Außenwelt zu sehen.

Sie konnte die Umrisse der langen, wohlgewachsenen Beine der Träger unter ihren weiten schwarzen Samthosen erkennen und ihre großen, fleischigen Füße in den Strohsandalen. Mit jedem Schritt wirbelten Staubwolken auf. Neugierig, wie ihre kräftigen, muskulösen Brustkörbe wohl aussehen mochten, hob Großmutter ihren Fuß weiter und beugte sich vor. Sie konnte die polierten Tragstangen aus rotem Akazienholz und die breiten Schultern der Träger sehen. Am Wegrand bildeten feste und aufrechte Hirsepflanzen eine ununterbrochene Reihe von Mauern. Dicht aneinandergedrängt betrachteten sie einander mit noch immer geschlossenen hellgrünen Augen aus Rispe und Korn. Ununterscheidbar standen sie, so weit der Blick reichte, wie ein gewaltiger grüner Fluß. Stellenweise war der Pfad so eng, daß er kaum passierbar war und die wurmzerfressenen, saftigen Blätter geräuschvoll gegen die Sänfte scheuerten.

Die Körper der Sänftenträger verströmten einen säuerlichen Schweißgeruch. Von dem männlichen Duft bezaubert, atmete Großmutter tief ein. Meine Vorfahrin muß vor Leidenschaft fast zersprungen sein. Die Träger trugen ihre Last den Weg entlang, und ihre Füße hinterließen keilförmige Spuren in der Erde. Diese Spuren nannte man «Trampelpfade», und die Kunden belohnten das Muster auf dem Boden meist durch ein Trinkgeld. Den Trägern verlieh es ein Gefühl professionellen Könnens. Es galt als unziemlich, in ungleichmäßigem Rhythmus zu «trampeln» oder die Tragstangen mit der Hand zu halten, und die besten Träger ließen die Hände die ganze Zeit auf den Hüften ruhen und wiegten die Sänfte im Rhythmus der lieblichen und doch melancholischen Melodien der Musiker, die jeden, der sie hören konnte, daran erinnerten, wieviel Leiden die bevorstehende Freude barg.

Als die Sänfte die Ebene erreichte, schlugen die Träger eine unregelmäßige Gangart ein, um Zeit zu gewinnen, aber auch um die Braut in der Sänfte zu plagen. Manchmal wurden Bräute so heftig auf und ab geschleudert, daß ihnen schlecht wurde und sie sich übergaben und ihre Festkleider und Pantoffeln beschmutzten. Die stöhnenden und röchelnden Geräusche, die aus der Sänfte kamen, gaben den Trägern das befriedigende Gefühl, ihren Aggressionen Ausdruck gegeben zu haben. Die Mühen, die diese starken Männer auf sich nahmen, um ihre Last ins Brautgemach zu befördern, verbitterte sie, und deshalb erschien es ihnen nur natürlich, die Bräute zu quälen.

Einer der vier Männer, die damals Großmutters Sänfte trugen, sollte eines Tages mein Großvater werden: der spätere Kommandant Yu Zhan'ao. Damals war er ein zwanzigjähriger muskulöser Sarg- und Sänftenträger auf dem Höhepunkt seiner beruflichen Laufbahn in der Gemeinde Nordost-Gaomi. Die jungen Männer der Generation meines Großvaters waren so kräftig und widerstandsfähig wie die Zuckerhirse der Region. Wir nachgeborenen Schwächlinge können ihnen das Wasser nicht reichen. Damals war es üblich, daß die Sänftenträger die Braut neckten, solange sie sie trugen, wie die Brennereiarbeiter vom Schnaps trinken, den sie herstellen. Diese Männer hätten selbst die Braut des Himmelsherrn nicht in Ruhe gelassen.

Unbarmherzig kratzten die Hirseblätter an den Wänden der Sänfte. Plötzlich wurde die tödliche Eintönigkeit der Reise von Klagegesängen unterbrochen, die von weit her aus den Feldern erklangen. Die Klage ähnelte erschreckend den Melodien der Musiker, die sie begleiteten. Großmutter lauschte der Musik und versuchte, sich die Instrumente in den Händen der Musiker vorzustellen. Sie hob mit dem Fuß den Vorhang höher, bis sie die schweißüberströmte Taille eines der Träger sehen konnte. Ihr Blick fiel auf ihre eigenen bestickten roten Pantoffeln, die sich schlank verjüngten und aufsässige Trauer ausstrahlten. Von leuchtenden Ringen widergespiegelten Sonnenscheins umgeben, sahen sie aus wie Lotosblüten oder winzige Goldfische, die sich am Boden ihres Glases niedergelassen haben. Zwei winzige Tränen, so durchsichtig und rosa wie unreife Hirsekörner, benetzten Großmutters Lider und glitten über ihr Gesicht in die Mundwinkel.

Kummer und Seelenqual überfielen sie, und vor ihren Augen verschwamm das Bild eines gelehrten und gebildeten Ehegatten mit hohem Gelehrtenhut und breiter Schärpe, wie man ihn auf der Bühne sieht, und an seine Stelle trat das ekelerregende Gesicht Shan Bianlangs, dessen leprabefallener Mund von fauligen Geschwüren bedeckt war. Ihr Herz erstarrte zu Eis. Waren diese schmalen Lotosfüße, ein Gesicht so frisch wie Aprikosen und Pfirsiche, tausenderlei Zeichen der Schönheit und zehntausend Zeichen der Eleganz allein für die Lust eines Leprakranken bestimmt? Lieber wäre sie gestorben.

Unter das Klagen und Weinen im Hirsefeld mischten sich einzelne Worte: «Ach, hellblauer Himmel – ach, tiefblauer Himmel – ach, bunter Himmel, der in Farbe strahlt – mit mächtigem Knüppel – mein großer Bruder – erschlug dich der Tod – für deine einsame Schwester – stürzte der Himmel ein.»

Ich muß euch sagen, daß die Klagegesänge der Frauen von Nordost-Gaomi zur schönsten Musik der Welt gehören. 1911, im ersten Jahr der Republik, kamen professionelle Klageweiber aus Qufu, der Geburtsstadt des Konfuzius, hierher, um die Klagetechnik unseres Dorfes zu lernen. Das Zusammentreffen mit einer Frau, die um ihren toten Gatten klagte, erschien Großmutter wie ein unheilverkündendes Vorzeichen an ihrem Hochzeitstag, und ihre Verzweiflung wuchs weiter.

Gerade da rief ihr einer der Träger zu: «He, du da, kleine Braut in deiner Sänfte, sprich mit uns! Wir langweilen uns zu Tode.»

Schnell griff Großmutter nach ihrem roten Schleier, bedeckte züchtig das Gesicht, zog den Fuß unter dem Vorhang zurück und ließ es in der Sänfte wieder dunkel werden.

«Sing für uns, und wir tragen dich.»

Als erwachten sie aus tiefem Schlummer, ließen die Musiker ihre Instrumente erklingen. Von hinten schmetterte eine Trompete: Tadamm … tadamm.

«Papamm … papamm», ahmte vorne einer der Träger die Trompete nach, und alle brachen in wildes Gelächter aus.

Großmutter war schweißüberströmt. Als man sie zu Hause in die Sänfte gehoben hatte, hatte Urgroßmutter sie ermahnt, sich nicht auf ein Gespräch mit den Sänftenträgern einzulassen. Sänftenträger und Musiker gehören zur Unterschicht, sind ungehobelte Kerle, und man kann nur das Schlimmste von ihnen erwarten.

Die Träger begannen, die Sänfte so wild zu schaukeln, daß sich meine arme Großmutter am Sitz festklammern mußte.

«Keine Antwort? Na gut, schaukelt! Sie läßt kein Lied aus sich herausschaukeln? Dann schaukeln wir, bis sie sich naß macht.»

Die Sänfte glich einem kleinen Boot auf stürmischer See, und Großmutter hielt sich verzweifelt an dem hölzernen Sitz fest. Die zwei Eier, die sie zum Frühstück gegessen hatte, lagen ihr schwer im Magen. Die Fliegen summten um ihre Ohren, und es schnürte ihr den Hals zu. Der Geschmack der Eier kam ihr hoch. Sie biß sich auf die Lippen. «Übergib dich nicht! Du darfst dich auf keinen Fall übergeben!» ermahnte sie sich selbst. «Übergib dich nicht, Fenglian! Wenn man sich in der Brautsänfte übergibt, bedeutet das Unglück für das ganze Leben.»

Die Scherze der Träger wurden immer anzüglicher. Einer beschimpfte meinen Urgroßvater als einen geldgierigen Geizkragen, ein anderer erzählte etwas über ein niedliches Blümchen, das man in die Kuhscheiße steckt, und wieder ein anderer nannte Shan Bianlang ein lepröses Ungeheuer, das Eiter schwitzte und gelbe Flüssigkeit ausschied. Er sagte, man könne im Hof der Familie Shan den Gestank von verfaultem Fleisch riechen und das Haus sei voll von Schmeißfliegen.

«Kleine Braut, wenn du Shan Bianlang erlaubst, dich anzufassen, wird auch deine Haut verfaulen!»

Die Hörner und Flöten schmetterten und tönten, und der Geschmack der Eier in Großmutters Mund wurde immer stärker. Sie mußte sich kräftig auf die Lippen beißen, und ihr Hals fühlte sich an, als habe ihr jemand einen Stoß in die Kehle gegeben. Schließlich konnte sie nicht mehr länger an sich halten und öffnete den Mund. Ein Strom von Erbrochenem schoß heraus und beschmutzte den Vorhang vor ihr. Die fünf Fliegen stürzten sich wie auf ein Kommando darauf.

«Kotz nur, kotz nur!» rief einer der Träger. «Schaukelt sie weiter, schaukelt nur immer weiter! Irgendwann wird sie schon etwas sagen.»

«Verschont mich, ältere Brüder, bitte verschont mich», stieß Großmutter unter quälendem Würgen hervor. Dann brach sie in Tränen aus. Sie fühlte sich gedemütigt, sie empfand die Gefahren, die vor ihr lagen, sie wußte, daß sie den Rest ihres Lebens in einem Meer der Bitterkeit verbringen würde. «Ach Papa, ach Mama! Du kleinlicher Vater, du herzlose Mutter, ihr wart mein Untergang!»

Großmutters bittere Klagen ließen die Pfade in den hintersten Hirsefeldern erzittern. Die Träger hörten auf, die Sänfte zu schaukeln, und beruhigten die tobenden Wellen. Die Musiker nahmen die Instrumente von den Lippen und überließen die Lüfte den Seufzern meiner Großmutter und den klagenden Weisen einer einsamen Flöte, deren weinender Klang bezaubernder war als die Stimme jeder Frau. Unter den Klängen der Flöte hörte Großmutter auf zu weinen, als folge sie einem Befehl des Himmels, um der Musik zu lauschen, die der wilden Natur zu entspringen schien. Ihr Gesicht sah alt und eingefallen aus und war naß von Tränen. In der sanften Melancholie des Flötenspiels hörte sie den Klang des Todes und konnte seinen Atem riechen. Sie sah den Todesengel mit Lippen so rot wie Hirse und einem goldenen, kornfarbenen Gesicht.

Mit schweren Schritten zogen die Träger schweigend weiter. Die halberstickten Klagen des Opferlamms in der Sänfte und die Flötenbegleitung, die von weiter hinten erklang, hatten sie unruhig und unsicher gestimmt, hatten ihre Seelen aus der gewohnten Ruhe gebracht. Es schien kein Hochzeitszug mehr zu sein, den sie über den Feldweg führten, sondern ein Trauerzug. Der Träger unmittelbar vor Großmutters Fuß – es war Yu Zhan'ao, der eines Tages mein Großvater werden sollte – fühlte eine seltsame Vorahnung, die in seinem Inneren aufglühte und den Pfad beleuchtete, den sein Leben nehmen sollte. Großmutters Weinen und Klagen hatten die Samenkörner der Zuneigung geweckt, die tief in seinem Herzen schlummerten.

Es war Zeit für eine Pause, und die Träger ließen die Sänfte auf den Boden herab. Großmutter, die vor Verzweiflung alles um sich vergessen hatte, merkte nicht, daß einer ihrer winzigen Füße unter dem Vorhang hervorsah. Der Anblick dieses unglaublich zarten, lieblichen Fußes ließ die Träger beinahe den Verstand verlieren. Yu Zhan'ao trat an die Sänfte, bückte sich und nahm Großmutters Fuß zart, sehr zart in die Hand, so zart, als hielte er einen neugeborenen Vogel, dessen Federn noch nicht trocken sind, und schob ihn dann zurück in die Sänfte. Das Zartgefühl, das er bewies, rührte sie so tief, daß sie es kaum lassen konnte, den Vorhang zurückzuziehen, um zu sehen, was für ein Mann dieser Sänftenträger mit der warmen jungen Hand war.

Ich habe immer daran geglaubt, daß Ehen im Himmel geschlossen werden und daß ein unsichtbarer Faden die verbindet, die füreinander bestimmt sind. Seit er Großmutters Fuß berührt hatte, spürte Yu Zhan'ao den Drang, sich ein neues Leben zu schaffen. Dieser Augenblick wurde zum Wendepunkt seines Lebens wie des ihren.

Die Sänfte setzte sich wieder in Bewegung. Da schmetterte plötzlich heller Trompetenklang laut durch die Luft, um dann im Ungewissen zu vergehen. Der Wind wehte nun von Nordost, und am Himmel sammelten sich dunkle Wolken, verbargen die Sonne und hüllten den Brautzug in Finsternis. Großmutter konnte das Rascheln der Hirse im Wind hören. Eine Woge folgte der anderen und trug den Ton in die Ferne. Im Nordosten hörte sie Donnergrollen. Die Träger gingen schneller. Sie fragte sich, wie weit das Haus der Familie Shan noch sei. Wie ein gefesseltes Lamm, das man zum Schlachthaus trägt, wurde sie mit jedem Schritt ruhiger. In ihrem Mieder hatte sie eine Schere versteckt. Niemand weiß, ob sie für Shan Bianlang oder für sie selbst bestimmt war.

Der Überfall auf Großmutters Brautsänfte am Krötenloch ist ein wichtiger Teil meiner Familiengeschichte. Das Krötenloch ist ein großes Sumpfgebiet mitten im Moor. Die Erde ist dort besonders fruchtbar, es gibt reichlich Wasser, und die Hirse steht besonders dicht. Als Großmutters Sänfte diese Stelle erreichte, erhellte ein dunkelroter Blitz den nordöstlichen Himmel, und aprikosenfarbene Scherben von Sonnenlicht fielen klirrend durch die dichten Wolken auf den Feldweg. Die keuchenden Träger waren schweißüberströmt, als sie unter der drückenden Gewitterluft das Krötenloch betraten. Die Hirsepflanzen am Wegrand glänzten dicht und undurchdringlich wie Ebenholz. Unkraut und wilde Blumen wuchsen so dicht, daß sie die Straße zu versperren schienen. Wo immer man hinsah, standen schlanke Feldblumen zwischen dem üppigen Unkraut und ließen stolz ihre purpurfarbenen, blauen, rosafarbenen und weißen Blüten wehen. Aus der Tiefe der Hirse erklangen der melancholische Ruf der Kröten, das eintönige Zirpen der Heuschrecken und der klagende Ruf der Füchse. Plötzlich spürte Großmutter in ihrer Sänfte einen kühlen

Luftzug und bekam eine Gänsehaut. Sie wußte nicht, was geschah, und war noch immer ahnungslos, als sie von vorne den Ruf hörte:

«Hier kommt ihr nicht ohne Wegezoll vorbei!»

Großmutters Atem stockte. War es Angst? War es Freude? Mein Gott, es ist ein Bandit, ein Mann, der Handkuchen ißt!

In der Gemeinde Nordost-Gaomi wimmelte es von Banditen, die sich in den Hirsefeldern so sicher fühlten wie Fische im Wasser. Sie schlossen sich zu Banden zusammen, um zu rauben, zu plündern und Menschen zu entführen, aber neben ihren bösen Taten vollbrachten sie auch gute Werke. Wenn sie Hunger hatten, überfielen sie zwei Leute, von denen sie einen bei sich behielten und den anderen ins Dorf schickten, um zwei Handspannen breite Brotfladen mit Eiern und grünen Zwiebeln zu verlangen. Weil sie die zusammengerollten Fladen mit beiden Händen in den Mund stopften, nannte man sie «Handkuchen».

«Ohne Wegezoll kommt ihr hier nicht durch», brüllte der Mann. Die Träger blieben wie angewurzelt stehen und starrten den Straßenräuber an, der breitbeinig mitten auf dem Weg stand. Er war nicht besonders groß, hatte sein Gesicht schwarz bemalt und trug einen kegelförmigen Regenhut aus Hirsehalmen, einen offenen Regenmantel mit breiten Schultern, eine Jacke mit schwarzen Knöpfen und einen breiten Ledergürtel, in dem ein in rote Seide gehüllter Gegenstand steckte. Seine Hand lag auf dem verhüllten Gegenstand.

Großmutter schoß der Gedanke durch den Kopf, daß sie nichts zu fürchten hatte. Wenn der Tod sie nicht schreckte, was gab es noch zu fürchten? Sie hob den Vorhang, um einen Blick auf den Mann zu werfen, der Handkuchen aß.

«Zahlt mir Wegezoll, oder ich erschieße euch alle!» Er streichelte den Gegenstand in dem roten Bündel.

Die Musiker griffen in ihre Gürtel, holten die Schnüre mit Kupfermünzen heraus, die Urgroßvater ihnen gegeben hatte, und warfen sie dem Mann vor die Füße. Die Träger setzten die Sänfte ab, holten ihre Kupfermünzen hervor und folgten dem Beispiel der Musiker.

Er schob die Münzschnüre mit dem Fuß auf einen Haufen.

Seine Augen waren starr auf Großmutter gerichtet, die in ihrer Sänfte saß.

«Alle Mann hinter die Sänfte! Sonst schieße ich.» Er klopfte auf den Gegenstand in seinem Gürtel.

Langsam versammelten sich die Träger hinter der Sänfte. Yu Zhan'ao, der als letzter ging, drehte sich um und warf dem Wegelagerer einen haßerfüllten Blick zu. Die Miene des Straßenräubers veränderte sich, und er klammerte sich an den Gegenstand in seinem Gürtel. «Die Augen geradeaus! Wenn du dich noch einmal umdrehst, bringe ich dich um!»

Die Hand noch immer am Gürtel, näherte er sich mit schleppendem Gang der Sänfte, streckte die Hand aus und zwickte Großmutter in den Fuß. Ein leichtes Lächeln fuhr über ihr Gesicht, und der Mann zog die Hand zurück, als habe er sich verbrannt.

«Steig aus und komm mit!» befahl er.

Großmutter saß unbeweglich da. Das Lächeln erstarrte in ihrem Gesicht.

«Steig aus!»

Sie erhob sich von ihrem Sitz, trat mit majestätischer Geste auf die Tragestange und landete in einem Büschel Feldblumen. Ihr Blick schweifte von dem Mann, der Handkuchen aß, zu den Trägern und Musikern.

«Ins Hirsefeld!» sagte der Wegelagerer, und seine Hand ruhte noch immer auf dem rot verhüllten Gegenstand in seinem Gürtel.

Großmutter stand ruhig und voll Selbstvertrauen da, und ein Blitzschlag hoch oben in den Wolken ließ ihr strahlendes Lächeln in Millionen von umherwirbelnden Scherben zerspringen.

Der Wegelagerer versuchte, Großmutter ins Hirsefeld zu zerren. Seine Hand löste sich keinen Augenblick von dem Gegenstand in seinem Gürtel. Großmutter sah Yu Zhan'ao mit fieberndem Blick an.

Mit entschlossener Miene und verzogenen Mundwinkeln trat Yu Zhan'ao auf den Straßenräuber zu.

«Bleib stehen», befahl der Räuber mit schwacher Stimme.

«Wenn du einen Schritt weitergehst, schieße ich.» Seine Hand ruhte auf dem rot verhüllten Gegenstand in seinem Gürtel.

Ruhig ging Yu Zhan'ao auf den Mann zu, der ein paar Schritte zurückwich. Grünes Feuer schien seinen Augen zu entströmen, kristallklare Schweißperlen standen auf seinem erschreckten Gesicht. Als sich Yu Zhan'ao ihm auf drei Schritt genähert hatte, entrang sich seinem Mund ein beschämter Schreckenslaut. Er wandte sich um und lief davon. Wie ein Blitz war Yu Zhan'ao hinter ihm her und trat ihm geschickt in den Hintern. Auf seinem Flug durch die Luft schwamm er wie ein unschuldiger Säugling, mit Armen und Beinen um sich schlagend, über das Meer von wilden Blumen und landete schließlich im Hirsefeld.

«Verschont mich, meine Herren! Ich habe eine achtzigjährige Mutter, und einen anderen Beruf habe ich nicht.» Yu Zhan'ao stand bedrohlich über ihm, und der Straßenräuber versuchte, sich zu verteidigen. Yu packte ihn am Kragen, schleppte ihn zurück zur Sänfte, warf ihn dort zu Boden und trat ihn in den geschwätzigen Mund. Der Mann schrie vor Schmerzen; der halbe Schrei sprang ihm aus dem Mund, die andere Hälfte schluckte er hinunter. Seine Nase blutete.

Yu Zhan'ao beugte sich vor, nahm den Gegenstand aus dem Gürtel des Räubers und streifte die rote Stoffhülle ab. Sie gab einen runzligen Astknoten frei. Die Männer schnappten erstaunt nach Luft.

Der Mann lag auf den Knien, schlug die Stirn auf den Boden und flehte um sein Leben. «Jeder Straßenräuber behauptet, er habe zu Hause eine achtzigjährige Mutter», sagte Yu Zhan'ao und trat beiseite. Er blickte die Träger und Musiker an wie der Anführer einer Meute, der sich ein Urteil über die restlichen Hunde bilden will.

Fluchend und schreiend stürzten sich die Träger und Musiker auf den Wegelagerer und griffen ihn mit Füßen und Fäusten an. Dem ersten Ansturm antworteten Schmerzensschreie und schrille Klagen, aber bald ließen sie nach. Großmutter stand am Straßenrand und lauschte dem dumpfen Aufprall von Fäusten und Füßen auf menschliches Fleisch. Sie warf Yu Zhan'ao einen Blick zu und sah dann auf zum blitzdurchwühlten Himmel. Auf ihrem Gesicht lag noch immer wie angefroren ein strahlendes, goldenes, edles Lächeln.

Einer der Musiker hob seine Trompete und schlug sie dem Räuber hart auf den Schädel. Die gebogene Kante fraß sich so tief in den Kopf ein, daß er sie nur mühsam wieder herausziehen konnte. Glucksende Geräusche kamen aus dem Magen des Räubers, und sein verkrampfter Körper bewegte sich nicht mehr. Er lag mit ausgestreckten Armen auf dem Boden, und aus dem tiefen Riß in seinem Schädel quoll langsam eine weißlichgelbe Flüssigkeit.

«Ist er tot?» fragte der Musiker, der das verbogene Mundstück seiner Trompete untersuchte.

«Der Armleuchter ist hin. Besonders gewehrt hat er sich ja nicht.»

Der trübe Gesichtsausdruck der Träger und Musiker sprach von ihren Befürchtungen.

Yu Zhan'ao sah wortlos erst den Toten, dann die Lebenden an. Er riß eine Handvoll Hirseblätter aus und wischte den Schmutz auf, den Großmutter in der Sänfte hinterlassen hatte, dann hielt er das Holzstück in die Höhe, wickelte es wieder in das rote Tuch und warf es so weit fort, wie er konnte. Der Astknoten löste sich im Flug aus dem Tuch, das zu Boden flatterte wie ein großer roter Schmetterling.

Yu Zhan'ao hob Großmutter in die Sänfte. «Es fängt an zu regnen», sagte er, «gehen wir.»

Großmutter riß den Vorhang der Sänfte ab und stopfte ihn hinter den Sitz. Sie atmete die frische Luft ein und betrachtete Yu Zhan'aos breite Schultern und seine schmale Taille. Er war ihr so nah, daß sie ihr Bein hätte ausstrecken können und seine straffe, helle rasierte Kopfhaut berühren.

Der Wind wurde stärker, und die Hirsehalme neigten sich in immer tieferen Wogen. Die Pflanzen am Straßenrand verneigten sich, um Großmutter ihre Ehrerbietung zu bezeugen. Die Träger eilten über die Straße, doch die Sänfte war so ruhig wie ein Boot, das über weiße Gischtkronen gleitet. Frösche und Kröten entboten dem heraufziehenden Sommergewitter ihr Willkommen.

Der niedrig gespannte Vorhang des Himmels umhüllte dunkel

die silbernen Gesichter der Hirse, über denen sich blutrote Blitze entluden und ohrenbetäubende Donnerschläge nach sich zogen. In wachsender Erregung starrte Großmutter furchtlos gebannt auf die grünen Wellen, die der schwarze Wind vor sich hertrug. Der Donner wirbelte um sie wie ein Mühlstein, die Windrichtung wechselte ständig und zwang die Hirse nach links und rechts, bis alles im Chaos verschwamm.

Die ersten Regentropfen ließen die Pflanzen beim Aufprall erzittern. Das Unkraut bebte vor Angst, der Staub ballte sich zusammen und wurde wieder in die Luft zerstreut. Der Regen hämmerte seinen harten Rhythmus auf die Sänfte und fiel auf Großmutters bestickte Pantoffeln. Er fiel auf Yu Zhan'aos Kopf und sprühte von dort in Großmutters Gesicht.

Yu Zhan'ao und die anderen Sänftenträger rannten wie aufgescheuchte Kaninchen, aber sie konnten der vormittäglichen Sintflut nicht entgehen. Der wilde Ansturm des Regens zermalmte die Hirse. Kröten suchten Zuflucht unter den Pflanzen und bliesen verwirrt ihre weißen Backentaschen auf. Füchse versteckten sich in ihren dunklen Bauten und sahen zu, wie kleine Wassertropfen von den Hirsehalmen fielen. Die Straße wurde schnell zum Sumpf, zertrampelte Kräuter klebten am Boden, und ernsthafte Feldblumen hoben die durchnäßten Häupter hoch in den Himmel. Die weiten schwarzen Hosen der Sänftenträger klebten an der Haut und ließen sie elegant und graziös erscheinen. Das Regenwasser wusch Yu Zhan'aos Kopf so sauber, daß er glänzte wie der junge Mond. Auch Großmutters Kleider waren durchnäßt. Sie hätte sich mit dem Sänftenvorhang bedecken können, aber sie tat es nicht. Sie wollte es nicht, weil ihr die offene Vorderseite der Sänfte einen Blick auf die Außenwelt in all ihrem Aufruhr und ihrer Wirrnis gestattete.

6

Mühsam bahnte Vater sich einen Weg durch die Hirse. So schnell ihn die Beine trugen, machte er sich auf den Weg nach Nordwesten, zum Dorf. Dachse mit fußähnlichen Pfoten kreuzten schwerfällig die Wassergräben, aber er beachtete sie nicht weiter. Als er endlich die Straße erreicht hatte und keine Angst mehr haben mußte, sich in den Hirsepflanzen zu verstricken, fing er an zu rennen wie ein aufgescheuchtes Kaninchen. Das Gewicht des Browning ließ seinen roten Baumwollgürtel durchhängen wie eine Mondsichel. Die Pistole schlug schmerzhaft gegen seine Hüfte, aber das Gefühl von Betäubung, das sich allmählich einstellte, erschien ihm männlich: Er war stark und unbesiegbar. In der Ferne konnte er das Dorf sehen. Der düstere welke Ginkgobaum, der schon seit einem Jahrhundert den Eingang zum Dorf bewachte, entbot ihm seinen trübsinnigen Gruß. Im Laufen zog er die Pistole aus dem Gürtel und zielte auf die Vögel, die am Himmel über ihm ihre anmutigen Schleifen zogen.

Die Straße war verlassen, nur ein lahmer blinder Esel war an der zerfallenden Mauer festgemacht. Bewegungslos und mit hängendem Kopf stand er da. Eine einsame Krähe mit nassem dunkelblauem Gefieder saß auf einer Steinwalze. Die Dorfbewohner hatten sich im Hof der Brennerei versammelt, der einst mit rotem Kies gepflastert war und wo die angekaufte Hirse gelagert wurde. Damals torkelte Großmutter, einen weißen Fliegenwedel aus Pferdehaar in der Hand, oft unsicher auf ihren winzigen Füßen herbei, um die betrunkenen Hilfsarbeiter zu beaufsichtigen, die mit hölzernen Schöpfbechern die Hirse abmaßen. Ihr Gesicht leuchtete dann wie der strahlende Morgen. Diesmal blickten die Leute gespannt nach Südwesten und warteten auf das Geräusch von Schüssen. Selbst die Altersgenossen meines Vaters waren ungewöhnlich brav, so gern sie sich ihren üblichen wilden Spielen gewidmet hätten.

Vater und Sun Fünf, der Metzger, der ein Jahr zuvor Onkel Luohan geschlachtet und gehäutet hatte, stürzten aus verschiedenen Richtungen auf den Platz. Sun Fünf war nie wieder der Mann geworden, der er vor dem Ereignis gewesen war. Mit zuckenden Armen und Beinen, die Augen ins Leere gerichtet, Schaum und Geifer vor dem Unverständliches lallenden Mund, fiel er auf die Knie und rief: «Älterer Bruder, älterer Bruder, der Kommandant hat mich dazu gezwungen, ich kann nichts dafür ... du bist nach dem Tod in den Himmel gekommen, du reitest auf einem weißen Pferd mit reich verziertem Sattel, du trägst schöne Kleider, du hast eine goldene Reitgerte ...» Als die Dorfbewohner ihn in diesem Zustand sahen, ließ ihr Abscheu vor dem Metzger nach. Ein paar Monate nachdem er den Verstand verloren hatte, wurde Suns Benehmen erst richtig verrückt: Er fing unvermittelt an zu schreien, Mund und Augenwinkel zogen sich nach oben, Rotz und Schleim liefen ihm über das Gesicht, und niemand konnte sein pausenloses Gestammel verstehen. Die Dorfbewohner sprachen von einer Strafe des Himmels.

Außer Atem, den Browning in der Hand, den Kopf mit weißer Hirse und rotem Staub bedeckt, stürzte Vater heran. Der zerlumpte Sun Fünf stolperte mit seinem steifen linken und seinem gummiweichen rechten Bein auf den Platz. Niemand kümmerte sich um ihn; aller Augen waren auf die eindrucksvolle Erscheinung meines Vaters gerichtet.

Großmutter kam ihm entgegen. Damals war sie gerade dreißig geworden. Sie trug das Haar hochgesteckt, und dunkle Ponyfransen fielen wie ein Vorhang über ihr glänzendes Gesicht. Ihre Augen waren feucht wie Herbstregen. Man schob das auf die Alkoholdünste. Fünfzehn Jahre romantischer, seelenbewegender Abenteuer hatten das keusche kleine Mädchen in eine elegante Dame verwandelt.

«Was ist los?» fragte sie.

Vater rang noch nach Atem, als er den Browning wieder in den Gürtel steckte.

«Sind die Japaner nicht gekommen?»

«Wir werden kein Erbarmen mit diesem Schweinehund Leng haben!» rief Vater.

«Was ist passiert?»

«Macht Handkuchen!»

«Wir haben nichts von einem Gefecht gehört.»

«Macht Handkuchen», wiederholte Vater, «mit viel Eiern und Zwiebeln!»

«Sind die Japaner nicht gekommen?» fragte Großmutter noch einmal.

«Kommandant Yu hat gesagt, ihr sollt Handkuchen machen, und du sollst sie bringen.»

«Freunde», sagte sie, «geht nach Hause und macht Handkuchen.»

Vater wollte sich auf den Rückweg machen, aber Großmutter hielt ihn auf. «Erzähl, was mit Zugführer Leng war, Douguan», sagte sie.

Vater wand sich los und knurrte wütend: «Die Schweine haben sich nicht blicken lassen. Das wird ihnen Kommandant Yu nie verzeihen.»

Er rannte fort, und Großmutter blickte seiner schmalen Gestalt seufzend nach. Sun Fünf stand vornübergeneigt auf dem Hof, starrte Großmutter an und gestikulierte wild, wobei ihm der Speichel über das Kinn lief.

Ohne sich um ihn zu kümmern, ging Großmutter zu einem Mädchen mit schmalem Gesicht, das traurig lächelnd an der Mauer lehnte und dann auf die Knie fiel. Sie schlang die Arme fest um Großmutters Hüfte und begann, schrille Schreie auszustoßen.

«Lingzi», sagte Großmutter und strich ihr tröstend über das Gesicht, «sei vernünftig. Hab keine Angst.»

Lingzi, die damals siebzehn war, war das hübscheste Mädchen im Dorf. Als Kommandant Yu seine Truppen rekrutierte, sammelte er im Dorf etwa fünfzig Männer um sich. Einer davon war ein hagerer junger Mann mit bleichem Gesicht und langem schwarzem Haar, der schwarze Kleider und weiße Schuhe trug. Man munkelte, Lingzi sei in ihn verliebt. Er sprach gepflegten Pekingdialekt und lächelte nie. Seine Stirn, von drei senkrechten Falten durchzogen, war immer gerunzelt. Man nannte ihn Adjutant Ren. Lingzi spürte hinter Adjutant Rens kaltem hartem Äußeren ein tosendes Feuer, das sie beunruhigte.

Yu Zhan'aos Männer exerzierten jeden Morgen auf dem Platz, wo wir unsere Hirse kauften. Liu Sishan, der Hornist, blies zum Appell, und wenn der Trompetenklang an Lingzis Ohren drang, stürzte sie aus dem Haus, rannte zum Exerzierplatz und kletterte auf die Mauer, um auf Adjutant Ren zu warten. Sein Browning steckte in einem breiten Ledergürtel.

Mit stolzgeschwellter Brust marschierte Adjutant Ren vor seine Männer und ließ sie Haltung annehmen. Zackig schlugen zwei Reihen Soldaten die Hacken zusammen.

Adjutant Ren kommandierte: «Ach...tung! Beine gerade, Bauch einziehen, Brust raus, Augen geradeaus, wie ein Panther vor dem Sprung.»

Er trat Wang Wenyi vor das Schienbein. «Wie zum Teufel stehst du da? Du spreizt die Beine wie ein pissendes Maultier. Ich würde dich prügeln, bis du gerade stehst, wenn das ginge.»

Lingzi mochte es, wenn Adjutant Ren die Leute herumkommandierte, und sie mochte die Art, wie er sie beschimpfte. Sein Imponiergehabe wirkte berauschend auf sie. Wenn er sonst nichts zu tun hatte, stolzierte er meist auf dem Exerzierplatz auf und ab, die Hände hinter dem Rücken verschränkt. Dann kletterte Lingzi auf die Mauer, um den Anblick zu genießen.

«Wie heißt du?» fragte Adjutant Ren.

«Lingzi.»

«Wen beobachtest du denn von dahinten?»

«Dich.»

«Kannst du lesen?»

«Nein.»

«Willst du zur Armee?»

«Nein.»

«Ach so.»

Lingzi bereute ihre Antwort, und sie erzählte meinem Vater, das nächste Mal würde sie ja sagen. Aber Adjutant Ren fragte sie nie wieder, ob sie zur Armee wolle.

Lingzi und mein Vater machten es sich auf der Mauer bequem und sahen zu, wie Adjutant Ren seinen Männern Revolutionslieder beibrachte. Damals war Vater noch so klein, daß er auf einen

Steinhaufen klettern mußte, um zu sehen, was auf der anderen Seite der Mauer vor sich ging. Lingzi stützte ihr liebliches Gesicht auf die Mauer und starrte auf Adjutant Rens von Morgensonne umflutetes Gesicht, während er ihnen ein Lied beibrachte:

«Die Hirse ist,
Die Hirse ist rot.
Der Japaner kommt,
Der Japaner kommt.
Das Vaterland ist verloren,
Die Familien sind zerstreut.
Landsleute, erhebt euch,
Greift zu den Waffen.
Vertreibt die Japaner,
Beschützt eure Heimat...»

Die Bauern mit ihren Blechohren und Holzzungen lernten nie anständig singen, aber die Kinder hinter der Mauer konnten das Lied bald auswendig. Mein Vater hat es nie vergessen.

Eines Tages nahm Lingzi all ihren Mut zusammen und machte sich auf die Suche nach Adjutant Ren. Versehentlich geriet sie in die Stube des Quartiermeisters. Yu Daya war ein vierzigjähriger Säufer, gefräßig und ein Hurenbock, außerdem ein Onkel von Kommandant Yu. Er war damals ziemlich betrunken, und als Lingzi in sein Zimmer stürzte, war es, wie wenn sich eine Motte ins Feuer stürzt oder ein Lamm in die Höhle des Tigers marschiert.

Adjutant Ren befahl zwei Soldaten, den Mann zu fesseln, der das Mädchen Lingzi entjungfert hatte.

Damals hielt sich Kommandant Yu in unserem Haus auf, und als Adjutant Ren ihn suchte, um Bericht zu erstatten, lag er auf dem gemauerten Bett meiner Großmutter und schlief. Sie hatte sich schon gewaschen und die Haare gekämmt und war dabei, ein paar kleine Fische zum Wein zu braten. Adjutant Ren stürzte wutschnaubend ins Zimmer und erschreckte sie fast zu Tode.

«Wo ist der Kommandant?» fragte Adjutant Ren.

«Er liegt auf dem Bett und schläft.»

«Weck ihn!»

Großmutter weckte Kommandant Yu. Der kam verschlafen aus dem Zimmer, reckte sich, gähnte und fragte: «Was gibt's?»

«Kommandant, wenn ein Japaner meine Schwester vergewaltigt hätte, sollte man ihn dann erschießen?»

«Natürlich», antwortete Kommandant Yu.

«Kommandant, wenn ein Chinese meine Schwester vergewaltigt hätte, sollte man ihn dann erschießen?»

«Natürlich.»

«Gut, Kommandant. Das wollte ich nur hören», sagte Adjutant Ren. «Yu Daya hat das Mädchen Cao Lingzi aus dem Dorf entjungfert, und ich habe Befehl gegeben, ihn in Fesseln zu legen.»

«Bist du sicher?»

«Wann wird er erschossen, Kommandant?»

Kommandant Yu ließ den Atem über die Lippen streichen. «Seit wann ist es ein schweres Verbrechen, mit einer Frau zu schlafen?»

«Kommandant, niemand steht über dem Gesetz! Nicht einmal ein König.»

«Und was hältst du für die angemessene Strafe?» fragte Kommandant Yu.

«Erschießen», antwortete Adjutant Ren, ohne zu zögern.

Kommandant Yu ließ wieder den Atem über die Lippen streichen und begann in wachsendem Zorn auf und ab zu laufen. Schließlich lächelte er und sagte: «Adjutant Ren, was hältst du davon, wenn wir ihm fünfzig Peitschenhiebe vor versammelter Mannschaft verpassen und Lingzis Familie mit zwanzig Silberdollar entschädigen?»

«Weil er dein Onkel ist?» fragte Adjutant Ren sarkastisch.

«Also achtzig Peitschenhiebe, und er muß Lingzi heiraten. Ich bin sogar bereit, Tantchen zu ihr zu sagen.»

Adjutant Ren öffnete seinen Gürtel und warf ihn mitsamt dem Browning Kommandant Yu zu. Er hob die Hand zum militärischen Gruß und sagte: «So ist es einfacher für uns beide.» Dann drehte er sich auf dem Absatz um und marschierte hinaus auf den Hof.

Die Pistole in der Hand, starrte Kommandant Yu auf den Rükken des Adjutanten, der sich entfernte, und knurrte zwischen zusammengebissenen Zähnen hervor: «Hau doch ab! Seit wann kann ein verdammter kleiner Junge wie du mir erzählen, was ich zu tun habe! In den zehn Jahren, die ich in den Feldern gelebt und Handkuchen gegessen habe, hat sich noch keiner so etwas erlaubt.»

«Zhan'ao», sagte Großmutter, «du kannst Adjutant Ren nicht gehen lassen. Soldaten kann man immer finden, aber einen General kann man nicht mit Gold aufwiegen.»

«Davon verstehen Frauen nichts», sagte Kommandant Yu verärgert.

«Und ich habe dich immer für einen harten Mann, nicht für einen Schwächling ohne Rückgrat gehalten», sagte sie.

Kommandant Yu richtete die Pistole auf sie. «Bist du lebensmüde?» zischte er.

Großmutter riß sich die Bluse auf und zeigte zwei zarte Fleischhügel. «Also los, schieß doch», forderte sie ihn heraus.

«Mama!» brüllte Vater und verbarg seinen Kopf zwischen ihren Brüsten.

Beim Anblick von Vaters glattem rundem Kopf und Großmutters schönem Gesicht übermannte Großvater eine Flut von Erinnerungen. Seufzend ließ er die Pistole sinken. «Mach deine Bluse zu», sagte er und schritt, die Reitgerte in der Hand, aus dem Haus. Er band sein schlankes braunes Pferd los und ritt ohne Sattel zum Exerzierplatz.

Als die Soldaten, die an der Mauer herumlungerten, Kommandant Yu heranreiten sahen, sprangen sie auf und nahmen Haltung an.

Yu Daya war mit auf den Rücken gefesselten Händen an einen Baum gebunden.

Kommandant Yu stieg vom Pferd und ging auf Yu Daya zu. «Hast du es wirklich getan?»

«Zhan'ao», sagte der, «binde mich los! Ich verschwinde.»

Die Soldaten starrten Kommandant Yu mit aufgerissenen Augen an.

«Onkel», sagte er, «ich werde dich erschießen lassen.»

«Du Schweinehund!» brüllte Yu Daya. «Du willst deinen eigenen Onkel erschießen lassen? Hast du vergessen, was ich alles für dich getan habe? Als dein Vater gestorben ist, habe ich für deine Mutter und dich gesorgt. Ohne mich wärst du schon lange Hundefutter.»

Kommandant Yu schlug ihm die Reitgerte ins Gesicht. «Du verdammtes Schwein!» beschimpfte er ihn, und dann fiel er auf die Knie und weinte: «Onkel Daya, ich werde deine Güte nie vergessen. Du, der mich großgezogen hat. Nach deinem Tod werde ich Trauerkleidung tragen und die Totengebete für dich sprechen und an den Feiertagen dein Grab pflegen.»

Damit sprang er auf, bestieg sein Pferd, versetzte ihm einen Peitschenhieb in die Flanke und galoppierte hinter Adjutant Ren her. Die Erde erbebte unter dem Hufschlag seines Pferdes.

Vater war dabei, als Yu Daya erschossen wurde. Der Stumme und zwei weitere Soldaten schleppten ihn an die westliche Dorfmauer. Die Hinrichtungsstätte lag an einer halbmondförmigen Bucht mit brackigem schwarzem Wasser, über dem sich Insekten tummelten. Am Ufer stand eine einsame Weide mit gelben abgestorbenen Blättern. Umherhüpfende Kröten störten die Stille des toten Wassers. Neben einem Haufen feuchter Haare lag ein einsamer zerschlissener Frauenschuh.

Die Soldaten zerrten Yu Daya ans Ufer der Bucht und ließen ihn dort stehen. Dann richteten sie den Blick auf den Stummen, der das Gewehr von der Schulter nahm und den Hahn spannte. Eine Kugel fiel in die Kammer.

Yu Daya wandte sich zu dem Stummen um und lächelte. Vater empfand es als ein freundliches, herzliches Lächeln. Es glich den elenden letzten Strahlen der untergehenden Sonne.

«Löse meine Fesseln, stummer Bruder. Es ist nicht richtig, daß ich gefesselt sterbe.»

Der Stumme dachte einen Moment lang nach, dann trat er mit dem Gewehr in der Hand auf ihn zu, nahm das Messer aus dem Gürtel und durchtrennte mit geschicktem Schnitt die Seile. Yu Daya rieb sich die Arme, machte eine Vierteldrehung und rief:

«Schieß, Bruder! Ziel auf meine Schläfe! Laß mich nicht unnötig leiden!»

Vater fand, jeder, der dem Tod ins Auge sah, habe die Achtung der anderen verdient. Schließlich war Yu Daya ein Kind der Gemeinde Nordost-Gaomi. Zwar hatte er ein schweres Verbrechen begangen, das selbst der Tod nicht sühnen konnte, aber als er sich auf den Tod vorbereitete, gebärdete er sich wie ein richtiger Held. Vater war so gerührt, daß er einen Luftsprung machen wollte.

Yu Daya blickte auf das Brackwasser, in dem ein paar grüne Lotosblätter und eine einsame weiße Blüte trieben. Dann fiel sein Blick auf die glitzernden Hirsehalme am andern Ufer. Mit lauter Stimme begann er zu singen: «Die Hirse ist rot, die Hirse ist rot. Der Japaner kommt, der Japaner kommt. Das Vaterland ist verloren, die Familien sind zerstreut ...»

Der Stumme legte das Gewehr an, dann ließ er es sinken, legte erneut an und ließ es wieder sinken.

«Stummer», baten die Soldaten, «leg ein gutes Wort bei Kommandant Yu ein und laß ihn laufen!»

Die Hände um das Gewehr geklammert, hörte der Stumme den falschen Tönen zu, mit denen Yu das Lied vergewaltigte.

Die Augen von Zorn geweitet, drehte sich Yu Daya um und brüllte: «Los, Bruder, schieß! Oder soll ich es vielleicht selber tun?»

Zum letztenmal hob der Stumme das Gewehr, zielte auf Yu Dayas flache Stirn und drückte ab.

Noch bevor der dumpfe Knall des Schusses an sein Ohr drang, sah Vater, wie Yu Dayas Stirn in kleine Stücke sprang. Der Stumme stand mit gesenktem Kopf da. Das Echo des Schusses hing hoch in der Luft, weiße Rauchfäden stiegen vom Lauf seines Gewehrs auf. Der Körper Yu Dayas erstarrte für einen Augenblick, bevor er wie ein gefällter Baum ins Wasser stürzte.

Der Stumme und seine beiden Gefährten verließen den Ort der Hinrichtung. Er schleifte das Gewehr hinter sich her.

Vater und noch ein paar Kinder schlichen ängstlich an die Bucht und starrten auf Yu Daya, der mit dem Gesicht nach oben im Wasser lag. Von seinem Gesicht war nur noch der wohlgeformte

Mund zu erkennen. Aus der zerrissenen Kopfhaut war das flüssige Gehirn in die Ohren gelaufen. Ein Augapfel hing wie eine große Beere nebem dem Ohr aus der Augenhöhle. Im Fall hatte sein Körper den weichen Schlamm aufgewirbelt. Mit gebrochenem Stengel lag die weiße Lotosblüte neben seiner Hand. Vater konnte den Duft der Blume riechen.

Als alles vorüber war, brachte Adjutant Ren einen dick lackierten Sarg aus Zypressenholz mit gelbem Seidenfutter. Er legte den sorgfältig gekleideten Leichnam in den Sarg, und nach einer angemessenen Zeremonie wurde Yu Daya unter dem kleinen Weidenbaum begraben. Zur Beerdigung trug Adjutant Ren seine sauber geputzte schwarze Uniform. Sein Haar war sorgfältig gekämmt. Am rechten Ärmel trug er ein Armband aus roter Seide. Kommandant Yu trug Trauerkleidung aus Hanf und weinte laut. Als sie das Dorf verließen, schmetterte er mit aller Kraft eine Tonschale gegen einen Ziegelstein.

An jenem Tag nähte Großmutter einen weißen Traueranzug für Vater. Sie selbst trug traditionelle Hanfkleidung. Vater, der hinter Großmutter und Kommandant Yu ging, trug eine frischgeschnittene Weidenrute in der Hand. Er sah zu, wie die Tonschale an dem Ziegelstein zerbrach. Er sah die Scherben durch die Luft fliegen, und sie erinnerten ihn an Yu Dayas zerschmetterten Schädel. Er ahnte dunkel, daß die beiden Ereignisse auf undurchsichtige Weise etwas miteinander zu tun hatten. Das Zusammentreffen eines Ereignisses mit einem zweiten führt unausweichlich zu einem dritten.

Vater sah den Trauernden tränenlos und ungerührt zu. Der Trauerzug bildete einen Kreis um die Weide, dann ließen sechzehn starke junge Männer den schweren Sarg an acht dicken Seilen langsam in das offene Grab hinab. Kommandant Yu nahm eine Handvoll Erde und warf sie auf den glänzenden Sargdeckel. Der dumpfe Klang drang allen ins Herz. Die Männer begannen, schwarze Erde in das Grab zu schaufeln, und der Sarg schrie zornig auf, als die Erde ihn bedeckte, höher und höher stieg, das Grab füllte und schließlich einen Hügel über dem Grab bildete, wie aufquellender Teig, wenn man Hefeklöße dämpft. Kommandant Yu zog die Pistole und feuerte drei Schüsse in die Luft über der Weide. Die Kugeln flogen eine nach der anderen durch die Baumkrone und rissen gelbe Blätter ab, die wie zarte Augenbrauen in der Luft schwebten. Drei glänzende Patronenhülsen fielen in das schmutzige Wasser. Ein kleiner Junge sprang hinterher, stapfte mit nackten Füßen durch den grünen Schlamm und sammelte die Hülsen ein. Adjutant Ren zog seinen Browning und schoß dreimal in die Luft. Die Kugeln strichen mit schrillem Hahnenschrei über die Hirse. Die rauchenden Pistolen in der Hand, standen sich Kommandant Yu und Adjutant Ren gegenüber. Adjutant Ren nickte: «Er war ein guter Kämpfer.» Er steckte die Pistole in den Gürtel und ging mit gemessenem Schritt ins Dorf zurück.

Vater sah die Pistole in Kommandant Yus Hand langsam steigen, bis sie auf Adjutant Rens Rücken gerichtet war. Alle Teilnehmer der Trauerfeier standen wie gebannt, keiner gab ein Geräusch von sich. Adjutant Ren, der nichts von dem bemerkte, was hinter seinem Rücken vor sich ging, marschierte stolz und zuversichtlich mit erhobenem Haupt ins Dorf zurück. Die strahlend gelbe Scheibe am Himmel leuchtete ihm ins Gesicht. Vater sah, wie die Pistolenhand einmal zuckte, aber die Explosion war so fern und leise, daß er nicht einmal sicher war, sie gehört zu haben. Er sah die flache Flugbahn der Kugel, die durch Adjutant Rens glänzendes schwarzes Haar flog und weiter ihre Bahn zog. Ohne auch nur den Kopf zu wenden oder stehenzubleiben, marschierte Adjutant Ren weiter zum Dorf.

Vater hörte, wie Adjutant Ren ein Lied pfiff. Er kannte die Melodie: «Die Hirse ist rot, die Hirse ist rot.» Heiße Tränen stiegen ihm in die Augen. Adjutant Ren entfernte sich immer weiter, und doch wurden seine Umrisse immer größer. Kommandant Yu feuerte noch einen Schuß ab. Diesmal war er so laut, daß es schien, als bebe die Erde und der Himmel erzittere. Die Kugel traf eine Hirsepflanze und riß ihr die Rispen vom Stengel wie einen Kopf vom Körper. Während sie zu Boden sank, traf sie eine zweite Kugel. Undeutlich nahm Vater wahr, wie Adjutant Ren sich bückte und die goldgelbe Blüte einer Bitterkrautstaude am Wegrand pflückte. Er hielt sie an die Nase und genoß ihren Duft.

Vater erzählte mir, Adjutant Ren sei eine außergewöhnliche Figur gewesen: ein wahrer Held. Leider ist es das Schicksal der Helden, jung zu sterben. Drei Monate nachdem er den Begräbnisort so stolz verlassen hatte, ging sein Browning los, als er ihn reinigte, und tötete ihn. Die Kugel drang durch das rechte Auge ein und trat durch das rechte Ohr aus. Die eine Gesichtshälfte war von metallisch blauem Staub bedeckt. Nur drei oder vier Blutstropfen fielen aus dem rechten Ohr, und bis die Leute, die den Schuß gehört hatten, an die Unglücksstätte geeilt waren, lag Adjutant Ren tot auf dem Boden.

Kommandant Yu hob wortlos den Browning auf.

7

Großmutter, die zwei Körbe mit Handkuchen an einer Tragstange über der Schulter trug, und Wang Wenyis Frau mit zwei Eimern voll Mungobohnensuppe eilten auf die Brücke am Schwarzwasserfluß zu. Zunächst wollten sie geradeaus nach Südosten durch das Hirsefeld gehen, aber der Weg wurde ihnen zu beschwerlich. «Nehmen wir die Straße, Schwägerin», riet Großmutter, «der Umweg ist der schnellste Weg.»

Großmutter und Wang Wenyis Frau glichen zwei Vögeln, die hoch am Himmel dahinschießen. Großmutter trug eine scharlachrote Jacke und hatte ihr Haar geölt, bis es glänzte wie Ebenholz. Wangs Frau, eine lebhafte kleine Frau, war gut zu Fuß. Damals, als Kommandant Yu seine Truppen zusammenstellte, hatte sie ihren Mann zu uns gebracht und Großmutter gebeten, bei Kommandant Yu ein gutes Wort für ihn einzulegen. Großmutter hatte es ihr versprochen, und Kommandant Yu war ihrer Bitte gefolgt.

«Hast du Angst vor dem Tod?» fragte Kommandant Yu.

«Ja», antwortete Wang Wenyi.

«Wenn er ja sagt, meint er nein», erklärte Wangs Frau. «Japanische Flugzeuge haben unsere drei Söhne massakriert.»

Wang Wenyi war nicht zum Soldaten bestimmt. Er reagierte zu langsam, und er verwechselte rechts und links. Bei Marschübungen auf dem Exerzierplatz bezog er mehr Prügel von Adjutant Ren, als man sich vorstellen kann. Da kam seine Frau auf eine Idee: Er sollte einen Hirsehalm in der rechten Hand tragen und sich beim Kommando «Rechtsum» zur Hirse drehen. Da er keine Waffe besaß, schenkte ihm Großmutter unser Jagdgewehr.

Als die beiden das Ufer des Schwarzwasserflusses erreichten, machten sie sich, ohne auf die Chrysanthemen am Ufer oder das dichte blutrote Hirsegestrüpp jenseits des Flusses zu achten, auf den Weg nach Süden. Wang Wenyis Frau hatte ein entbehrungsreiches Leben geführt, Großmutter eines voll von Privilegien. Großmutter war schweißüberströmt, Wang Wenyis Frau war knochentrocken.

Inzwischen war Vater zum Brückenkopf zurückgekehrt und berichtete, daß die Handkuchen unterwegs waren. Kommandant Yu strich ihm lobend über den Kopf. Die meisten Soldaten lagen im Hirsefeld und sonnten sich. Nervös und voller Ungeduld schlenderte Vater zum Feld westlich der Straße, um nachzusehen, was der Stumme und seine Männer taten. Der Stumme wetzte immer noch sein Messer. Vater stand, die Hand an der Pistole im Gürtel und das Lächeln eines Siegers im Gesicht, vor ihm. Der Stumme blickte auf und grinste über das ganze Gesicht. Einer der schlafenden Soldaten schnarchte laut. Die anderen, soweit sie noch wach waren, lagen faul herum. Keiner sprach Vater an. Der sprang auf die Straße, die erschöpft in der Sonne lag. Der gelbe Belag war von weißen Flecken durchbrochen.

Vater war überzeugt, daß die vier aneinandergeschnürten Rechen, die mit nach oben gerichteten Zähnen die Straße versperrten, am Ende ihrer Geduld angekommen sein mußten. Die Steinbrücke über dem Fluß sah aus wie ein Kranker, der gerade beginnt zu gesunden. Er setzte sich an die Böschung und blickte nach Osten, dann nach Westen, dann auf den Fluß unter ihm und schließlich auf ein paar Wildenten. Der Fluß mit seinem Reichtum an lebendigen Pflanzen und kleinen geheimnisvollen Schaumkronen war schön. Er entdeckte Haufen von sonnengebleichten

Maultier- und Pferdeknochen im dichten Ufergras. Der Anblick erinnerte ihn an unsere zwei schwarzen Maultiere.

Im Frühling hüpfen Scharen von Kaninchen über die Felder. Großmutter reitet, das Gewehr in der Hand, auf einem der Maultiere und jagt Kaninchen. Vater sitzt hinter ihr und hat den Arm um ihre Taille geschlungen. Vom Maultier aufgeschreckt, sind die Kaninchen leichte Beute für Großmutters Schüsse. Jedesmal wenn sie nach Hause kommt, umrankt ein Kranz von Kaninchen den Hals des Maultiers. Einmal, als sie Wildkaninchen aß, blieb eine Schrotkugel zwischen Großmutters Backenzähnen stecken und war nicht mehr herauszubekommen.

Vater sah einer Kolonne von dunkelroten Ameisen zu, die Schlammkügelchen über die Böschung transportierten. Er legte ihnen einen Erdklumpen in den Weg, aber statt einen Umweg um ihn zu machen, kletterten sie angestrengt darüber weg. Er hob ihn hoch und warf ihn in den Fluß, in dem er lautlos versank. In der Mittagshitze trug die Luft den Geruch von Fisch herbei. Helle Lichtstrahlen glitzerten überall, als würde die Erde kochen. Vater schien es, als sei der Zwischenraum zwischen Himmel und Erde von rotem Hirsestaub und vom Duft nach Hirsebrand erfüllt. Er streckte sich auf der Böschung aus, und in diesem Augenblick sprang ihm das Herz in die Kehle. Später sah er ein, daß Geduld immer belohnt wird und daß die Folgen seines Wartens gewöhnlich, normal, unbedeutend und natürlich waren. Denn er hatte vier seltsame käferähnliche Gegenstände entdeckt, die geräuschlos auf der Straße durch das Hirsefeld auf ihn zukrochen.

«Lastwagen», murmelte er unsicher. Niemand hörte auf ihn.

«Japanische Lastwagen!» Erschreckt sprang er auf und starrte auf die Lastwagen, die wie Meteore auf ihn zustürmten. Lange, dunkle Rauchfahnen folgten ihnen, flimmernde, schwankende Lichtstrahlen eilten ihnen voraus.

«Da kommen die Lastwagen!» Seine Worte glichen einem Schwert, das die Mannschaft mit einem Streich enthauptet. Dumpfes Schweigen breitete sich über dem Hirsefeld aus.

«Männer», donnerte Kommandant Yu freudig, «endlich sind sie da. Macht euch bereit! Schießt nicht, bevor ich es befehle!»

Am westlichen Straßenrand sprang der Stumme auf und schlug sich gegen die Hüfte. Dutzende von Guerillakämpfern kauerten, die Waffe im Anschlag, am Abhang.

Sie konnten das Dröhnen der Motoren hören. Vater lag neben Kommandant Yu und umklammerte den schweren Browning so fest, daß sein Handgelenk zu jucken begann und die Handfläche von Schweiß klebte. Das Fleisch zwischen Zeigefinger und Daumen fing an zu jucken und sich zu verkrampfen. Erstaunt sah er zu, wie das mandelförmige Fleischstück rhythmisch pulsierte, wie ein Küken, das die Eischale durchbricht. Er wollte an sich halten, aber dabei verkrampfte er sich so, daß sein ganzer Arm zu zittern begann. Kommandant Yu legte ihm beruhigend die Hand auf den Rücken, und das Zucken ließ augenblicklich nach. Vater griff mit der Linken nach dem Browning, aber die Muskeln der rechten Hand waren so verkrampft, daß es ihm wie eine Ewigkeit vorkam, bis er die Finger ausstrecken konnte.

Die schnell herannahenden Lastwagen wurden immer größer, und die beiden pferdehufgroßen Augen auf ihrer Vorderseite durchbohrten die Luft mit weißen Strahlen. Das Donnern der Motoren klang wie der Sturm vor einem Regenguß und trug zugleich die Spuren einer fremdartigen bedrückenden Erregung mit sich. Vater, der noch nie einen Lastwagen gesehen hatte, nahm an, diese seltsamen Geschöpfe ernährten sich von Gras oder Heu und tränken Wasser oder Blut. Sie bewegten sich schneller als unsere beiden starken Maultiere mit ihren schlanken Beinen. Die mondförmigen Reifen drehten sich so schnell, daß sie gelbe Staubwolken in die Luft wirbelten. Allmählich konnte man erkennen, was sich in den Lastwagen befand. Als sie sich der Steinbrücke näherten, verlangsamte der erste Wagen seine Fahrt, so daß die Staubwolken ihn überholten, sich auf der Kühlerhaube niederließen und die zwanzig oder mehr Männer in Khakiuniform mit glänzenden Stahltöpfen auf dem Kopf verhüllten, die auf der Ladefläche standen. Später erfuhr Vater, daß man diese Töpfe Helme nannte. (Während der Kampagne für Hochöfen im Hinterhof wurde 1958 unser metallener Wok konfisziert. Also nahm mein Bruder einen Stahlhelm von einem Schrotthaufen mit nach Hause, und wir kochten darin über dem Holzkohlenfeuer. Vater starrte auf den Helm, dessen Farbe sich in Feuer und Rauch veränderte. Damals waren seine grünen Augen erfüllt von dem tragisch bewegenden Ausdruck eines alten Pferdes im Stall.)

Die zwei mittleren Lastwagen waren mit kleinen Bergen von weißen Säcken beladen. Der hinterste beförderte wie der erste zwanzig oder mehr behelmte japanische Soldaten.

Die Lastwagen hatten schon fast die Uferböschung erreicht. Die Reifen, die sich jetzt langsamer drehten, waren gewaltig und ungeschickt. Der quadratische Kühler des ersten Wagens erschien Vater wie der Kopf einer gewaltigen Heuschrecke. Der gelbe Staub legte sich, und laut furzend stießen die Wagen dunkelblauen Nebel aus.

Eine Kälte, wie er sie noch nie verspürt hatte, stieg von Vaters Füßen in den Bauch auf, zog sich dort zusammen und erzeugte einen entsetzlichen Druck. Er zog den Kopf zwischen die Schultern. Seine Blase machte sich bemerkbar, und er mußte so dringend pinkeln, wie ein Huhn mit dem Kopf wackeln muß. Er preßte die Arschbacken zusammen, um nicht in die Hose zu machen. «Keine Bewegung, du kleiner Scheißer», sagte Kommandant Yu streng.

Vater, der nicht mehr an sich halten konnte, fragte seinen Pflegevater, ob er den Hang hinabkriechen und pissen dürfe.

Mit Kommandant Yus Einverständnis zog er sich ins Hirsefeld zurück und gab einen gewaltigen Strahl in der Farbe der roten Hirse von sich. Außerordentlich erleichtert warf er, als er fertig war, einen zufälligen Blick auf die Gesichter der Guerillakämpfer. Ihre Mienen waren so bösartig und furchteinflößend wie die Dämonenmasken im Tempel. Wang Wenyi starrte mit zwischen den Lippen hervorragender Zunge geradeaus. Seine Augäpfel waren reglos wie die einer Eidechse.

Die Lastwagen glichen riesigen Raubtieren auf der Jagd, die den Atem anhalten, während sie vorankriechen. Vater roch einen aromatischen Duft. Gerade in diesem Augenblick tauchten Großmutter in ihrer verschwitzten roten Seidenjacke und Wang Wenyis keuchende Frau am Ufer des Schwarzwasserflusses auf.

Großmutter trug Handkuchen an der Tragestange, Wang Wenyis Frau schleppte zwei Eimer mit Mungobohnensuppe. Entspannt blickten sie auf die elende kleine Brücke über dem Schwarzwasserfluß. Großmutter wandte sich zu Wang Wenyis Frau und sagte erleichtert: «Wir haben es geschafft, Schwägerin.» Seit ihrer Heirat hatte Großmutter ein bequemes und behagliches Leben geführt, und die Stange mit ihrer schweren Last hatte sich tief in ihre zarte Schulter gegraben und eine dunkle purpurfarbene Spur hinterlassen, die sie auf ihrer Reise aus dieser Welt ins Königreich des Himmels begleiten sollte. Der blaue Fleck wurde zum ruhmreichen Symbol einer heroischen Widerstandskämpferin.

Vater sah Großmutter als erster. Während die anderen mit starrem Blick die langsam nahenden Lastwagen beobachteten, ließ ihn eine geheime Kraft nach Westen blicken. Er sah sie heranschweben wie einen prächtigen roten Schmetterling: «Mama...»

Sein Schrei wirkte wie ein Kommando. Ein Kugelhagel aus drei japanischen Maschinengewehren, die auf dem Führerhaus der Lastwagen montiert waren, pfiff durch die Luft. Der Klang war gedämpft und dumpf wie wehmütiges Hundegebell in einer Regennacht. Vater sah, wie zwei Kugeln zwei Löcher in Großmutters Jacke rissen. Erschreckt schrie sie auf und sackte dann zu Boden. Die Tragstange fiel über ihren Rücken. Ein Korb voll Handkuchen rollte die südliche Seite der Böschung herab, der andere die Nordseite. Schneeweiße Teigfladen, grüne Frühlingszwiebeln und gehackte Eier lagen auf beiden Seiten der Böschung im Gras verstreut.

Erst stürzte Großmutter zu Boden, dann spritzte eine Mischung von roter und gelber Flüssigkeit aus dem eckigen Schädel von Wang Wenyis Frau bis hinüber zu den Hirsehalmen neben der Böschung. Vater sah, wie die winzige Frau zurückstolperte, als die Kugel sie traf, und dann über den Südhang der Böschung ins Wasser rollte. Die Mungobohnensuppe strömte aus den Eimern auf die Erde wie das Blut der Helden. Der erste Blecheimer verschwand klappernd über die Böschung in den Schwarzwasserfluß und tauchte dann auf den Wellen tanzend wieder auf. Er schwamm an dem Stummen vorbei, schlug ein- oder zweimal gegen einen steinernen Brückenpfeiler, wurde von der Strömung mitgerissen und schwamm an Kommandant Yu, an meinem Vater, an Wang Wenyi, an Fang Sechs und Fang Sieben vorbei.

«Mama!» schrie Vater, als reiße man ihm die Eingeweide aus dem Leib. Er sprang auf die Böschung. Kommandant Yu versuchte ihn festzuhalten, aber es war zu spät. «Hierher!» brüllte er. Vater hörte den Befehl nicht, er hörte überhaupt nichts mehr. Sein hagerer kleiner Körper flog im Sonnenlicht glänzend über den schmalen Grat der Böschung. Er warf den Browning weg, der unter den goldenen Blättern einer Bitterkrautstaude landete. Er rannte wie der Wind, die Arme vor sich ausgestreckt wie die Schwingen eines Vogels, er rannte gerade auf Großmutter zu. Die Böschung war ruhig, aber der Staub tanzte hörbar, das glitzernde Wasser darunter hörte auf zu fließen. Die Hirse jenseits der Böschung stand still und feierlich. Vaters hagere Gestalt rannte noch immer die Böschung entlang. Vater war ein Riese, Vater war großartig. Vater war wunderbar. Er schrie mit aller Kraft seiner Lungen: «Mama... Mama... Mama!» Das eine Wort, das er noch hatte, war in Menschenblut und Tränen, in Liebe zur Familie und große Anliegen getränkt. Als er das Ende der östlichen Böschung erreicht hatte, sprang er über die Straßensperre aus Rechen und kletterte die westliche Böschung hoch. Unter der Böschung huschte das versteinerte Gesicht des Stummen an ihm vorüber.

Vater warf sich über Großmutter und rief erneut «Mama...» Sie lag im wilden Gras, das Gesicht nach unten. Der Duft von Hirsebrand drang aus den beiden Wunden in ihrem Rücken. Vater griff nach ihren Schultern und rollte sie auf den Rücken. Ihr Gesicht war unverletzt und sah aus wie immer. Kein Haar war verrutscht. Die Ponyfransen bedeckten ordentlich ihre Stirn, und ihre Augenbrauen waren gesenkt. Die Augen waren halb geöffnet, die Lippen in ihrem blassen Gesicht waren leuchtend rot. Vater griff nach ihrer warmen Hand und rief noch einmal: «Mama.» Großmutter öffnete die Augen weit, und ein unfaßbar unschuldiges Lächeln breitete sich über ihr Gesicht aus. Sie streckte ihm die Hand entgegen.

Die Motoren der japanischen Lastwagen, die am Brückenkopf hielten, heulten in unregelmäßigen Abständen auf.

Eine hochgewachsene Figur tauchte kurz auf der Böschung auf und zog Vater und Großmutter mit sich herunter. Das war das Verdienst des Stummen. Bevor Vater wußte, wie ihm geschah, köpfte und zerschmetterte eine neue Salve unzählige Hirsepflanzen.

Die vier Lastwagen schlossen genau jenseits der Brücke eng auf und blieben dann stehen. Acht auf dem ersten und dem letzten Wagen montierte Maschinengewehre versprühten so viele Kugeln, daß die Geschoßspuren harte, trockene Lichtbänder bildeten, die sich wie die Flügel eines zerbrochenen Fächers mal am östlichen, mal am westlichen Wegrand kreuzten. Die Hirsepflanzen heulten auf, ihre gebrochenen, verwundeten Zweige hingen matt herab oder bäumten sich wild auf. Kugeln, die die Böschung trafen, ließen gelbe Staubwolken aufsteigen und verursachten ein Geräusch wie gedämpfter Trommelwirbel.

Die Soldaten an den entfernteren Hängen warfen sich flach in das wilde Gras und auf die schwarze Erde und blieben regungslos liegen. Die Maschinengewehre mähten etwa drei Minuten im Dauerfeuer über die ganze Gegend, dann stellten sie das Feuer so abrupt ein, wie es begonnen hatte. Der Boden rund um die Lastwagen war mit den goldenen Funken leerer Patronenhülsen übersät.

«Nicht feuern!» sagte Kommandant Yu leise.

Die Japaner standen still. Dünne Rauchwolken des Mündungsfeuers schwebten über dem Fluß und trieben in leisen Luftströmen nach Osten.

Vater hat mir erzählt, daß Wang Wenyi in diesem Augenblick absoluter Stille auf den Grat der Böschung taumelte. Dort blieb er, das Jagdgewehr in der Hand, mit aufgerissenen Augen und offenem Mund stockstill stehen. «Mutter meiner Kinder», kreischte er. Bevor er einen Schritt tun konnte, rissen Dutzende von Maschinengewehrkugeln einen fast durchsichtigen Halbmond in seinen Bauch. Blutige Kugeln rauschten über Kommandant Yus Kopf durch die nasse Luft.

Wang Wenyi fiel von der Böschung und rollte genau gegenüber der Leiche seiner Frau ins Wasser. Sein Herz schlug noch, und sein

Kopf und Gesicht wiesen keine Spuren von Gewalt auf. Ein Gefühl vollkommener Einsicht breitete sich in ihm aus.

Vater hat mir einmal erzählt, daß Wang Wenyis Frau ihrem Mann drei Söhne hintereinander geschenkt hatte. Sie fütterte sie so gut, daß sie rundlich, munter und gesund heranwuchsen. Eines Tages waren Wang Wenyi und seine Frau zur Arbeit in die Hirsefelder gegangen und hatten ihre Kinder im Hof beim Spiel gelassen. Ein japanischer Doppeldecker war mit seltsam knurrendem Geräusch durch die Luft über dem Hause geflogen und hatte ein einziges Ei gelegt: ein Volltreffer direkt in Wang Wenyis Hof. Alle drei Kinder wurden in Fetzen gesprengt, die zum Dachfirst hochflogen, von den Ästen der Bäume hingen, die Wand mit Flekken übersäten. Am Tag, an dem Kommandant Yu die Flagge des Widerstands gegen die Japaner hißte, brachte Wang Wenyis Frau ihren Mann in unser Haus.

Zähneknirschend, wutstarrend blickte Kommandant Yu auf Wang Wenyi herab, der mit dem Kopf zur Hälfte im Flußwasser lag. «Keine Bewegung», zischte er leise.

8

Hirsekörner tanzen über Großmutters Gesicht. Ein Korn fällt zwischen ihre leicht geöffneten Lippen und bleibt auf den makellos weißen Zähnen liegen. Vater sieht auf ihre Lippen, die allmählich blaß werden, und seufzt: «Mama.» Seine Tränen fallen auf ihre Brust. Unter einer Perlendecke von Hirse öffnet sie die Augen. Regenbogenfarben schimmert Perlenglanz in ihren Augen. «Sohn», sagt sie, «dein Vater ...»

«Er kämpft. Vater kämpft.»

«Er ist dein wirklicher Vater ...», sagt Großmutter. Vater nickt.

Großmutter versucht, sich aufzurichten, aber wenn sie sich bewegt, quellen Blutströme aus den beiden Wunden.

«Warte, Mama, ich hole ihn», sagt Vater.

Sie macht eine abwehrende Handbewegung und setzt sich auf. «Douguan, mein Sohn, hilf deiner Mutter. Wir wollen nach Hause gehen, nach Hause...»

Vater fällt auf die Knie, legt ihre Arme um seinen Hals und richtet sich dann mühsam auf. Das frische Blut fließt über seinen Hals, und der Duft von Hirsebrand steigt ihm in die Nase. Unter dem Gewicht ihres Körpers werden seine Beine schwach, als er über das Hirsefeld taumelt. Kugeln pfeifen über ihre Köpfe und schlachten die Hirsehalme um sie. Die dicht wuchernden Pflanzen auseinanderschiebend, bewegt er sich mühsam Schritt für Schritt voran, und Schweißtropfen und Tränen legen sich zusammen mit Großmutters frischem Blut wie eine Maske über sein Gesicht. Im Vorübergehen peitschen die Hirseblätter seinen Körper, und Großmutter scheint immer schwerer zu werden. Er stürzt, und Großmutters Körper fällt über ihn. Mühsam kriecht er unter ihr hervor, und als er sie auf den Rücken gebettet hat, blickt sie zu ihm auf, stößt einen langgezogenen Seufzer aus und lächelt schwach. Hinter diesem Lächeln liegt ein unergründliches Geheimnis, das sich wie ein Brandzeichen in sein Gedächtnis gräbt.

Großmutter liegt auf dem Boden, und langsam schwindet die Wärme aus ihrer Brust. Vage bemerkt sie, daß ihr Sohn ihr die Jacke aufknöpft, daß seine Hände erst die Wunde über ihrer Brust bedecken, dann die Wunde unter ihrer Brust. Ihr Blut färbt seine Hand erst rot, dann grünlich. Ihr eigenes Blut färbt ihre makellose Brust erst grün, dann rot. Kugeln haben ihre stolze Brust durchbohrt und die rosafarbene Honigwabe darunter entblößt. Vater leidet Höllenqualen bei dem Anblick. Er kann das Blut nicht stillen, und während er es verströmen sieht, kann er sehen, wie ihr Gesicht blasser wird. Ihr Körper wird so leicht, daß er jeden Augenblick in die Luft zu schweben droht.

Zufrieden blickt Großmutter in die feingeschnittenen Gesichtszüge meines Vaters, des Kindes, das Kommandant Yu und sie im Schatten der Hirse gezeugt haben. Lebendige Bilder einer unwiederbringlichen Vergangenheit rasen vor ihren Augen vorbei wie Rennpferde.

Es regnete, als sie in der Brautsänfte saß wie in einem Boot auf dem Meer und zu Shan Tingxius Gehöft getragen wurde. Die Straßen waren überschwemmt, und auf der Wasserfläche schwamm eine Schicht von Hirsekörnern. Als die Sänfte am Eingangstor ankam, empfing sie ein zusammengeschrumpfter alter Mann mit einem winzigen Zopf, der aussah wie eine weiße Bohne. Der Regen hatte aufgehört, aber platschend fielen noch einzelne Tropfen auf den nassen Boden. Die Musiker mit ihren Instrumenten hatten ihre Ankunft angekündigt, aber niemand war gekommen, um das Spektakel zu bestaunen, und Großmutter wußte, daß das ein schlechtes Zeichen war. Zwei Männer, einer von etwa vierzig, einer von etwa fünfzig Jahren, kamen ihr entgegen, um sie bei der Empfangszeremonie zu unterstützen. Der Fünfzigjährige war niemand anderes als Onkel Liu Luohan, der andere war ein Brauereigehilfe.

Die Musiker und Sänftenträger standen wie begossene Hühner im Wasser und sahen mit ernsthafter Miene zu, wie die zwei vertrockneten Männer meine Großmutter mit ihren weichen Gliedern und rosenfarbenen Wangen in das dunkle Brautgemach trugen. Eine dichte Wolke von Alkoholdünsten umwaberte die beiden Männer, und Großmutter kam es vor, als habe man sie in Fässern voll Hirseschnaps eingeweicht.

Als sie die Empfangshalle betrat, bedeckte der übelriechende, beklemmende Schleier noch ihr Gesicht. Vom fauligen Geruch brennender Kerzen umgeben, hielt sie sich an einem weichen Seidenband fest, und irgend jemand führte sie irgendwohin. Der Weg, den sie ging, war dunkel und bedrückend und voll von Schrecken. Man hob sie auf ein gemauertes Bett und forderte sie auf, sitzen zu bleiben. Da niemand kam, um ihr den roten Schleier abzunehmen, nahm sie ihn selbst ab. Neben dem Bett kauerte ein Mann mit zuckendem Gesicht auf einem Hocker. Die untere Hälfte seines flachen, länglichen Gesichts war rot entzündet und von schwärenden Wunden bedeckt. Er stand auf und streckte eine Hand wie eine Vogelklaue nach Großmutter aus. Die schrie vor Entsetzen laut auf und griff nach der Schere in ihrem Mieder. Sie richtete sich auf und warf dem Mann einen harten, strengen Blick zu. Der schreckte zurück und ließ sich wieder auf seinem Hocker nieder. Großmutter ließ die Schere die ganze Nacht nicht aus der Hand, und der Mann mit dem flachen, länglichen Gesicht verließ nicht einmal seinen Hocker.

Früh am nächsten Morgen, bevor ihr Mann aufgewacht war, glitt Großmutter leise vom Bett, stürzte durch die Haustür und öffnete das Tor. Als sie gerade fliehen wollte, ergriff sie eine Hand. Der alte Mann mit dem bohnenförmigen Zopf hielt ihr Handgelenk fest und starrte sie haßerfüllt an.

Shan Tingxiu hustete ein paarmal trocken und bemühte sich um einen milderen Gesichtsausdruck. «Kind», sagte er, «jetzt, wo du verheiratet bist, bist du für mich wie meine eigene Tochter. Es stimmt nicht, daß Bianlang die Krankheit hat, von der sie alle reden. Hör nicht auf ihr Geschwätz! Wir haben ein gutgehendes Geschäft, und Bianlang ist ein braver Junge. Jetzt, wo du einmal hier bist, bist du für das Haus verantwortlich.» Shan Tingxiu streckte ihr einen bronzenen Schlüsselring entgegen. Großmutter nahm ihn nicht an.

Großmutter saß die ganze nächste Nacht mit der Schere in der Hand aufrecht und wach auf dem Bett.

Am Morgen des dritten Tages führte mein Urgroßvater mütterlicherseits einen kleinen Esel vor das Haus, um Großmutter mit nach Hause zu nehmen. In der Gemeinde Nordost-Gaomi war es Sitte, daß die Braut drei Tage nach der Hochzeit ins Haus ihrer Eltern zurückkehrte. Mein Urgroßvater verbrachte den Vormittag damit, mit Shan Tingxiu zu trinken, und machte sich gegen Mittag auf den Heimweg.

Großmutter saß im Damensitz auf einer dünnen Decke auf dem Esel und schwankte von einer Seite zur anderen, als das Tier das Dorf verließ. Obgleich es seit drei Tagen nicht mehr geregnet hatte, war die Straße noch immer naß, und aus den Hirsefeldern am Wegrand stieg Dampf auf. Die grünen Halme wurden von kreisendem Weiß verschleiert, als seien die Unsterblichen zur Erde hinabgestiegen. In den Satteltaschen klirrten und klimperten Urgroßvaters Silbermünzen. Er war so betrunken, daß er kaum gehen konnte, und seine Augen waren glasig. Der Esel schritt langsam voran. Sein langer Hals schwankte auf und nieder, und die kleinen Hufe ließen auf der nassen Straße klare Spuren zurück. Großmutter war erst ein kurzes Stück geritten, als ihr schwindlig wurde. Ihre Augen waren rot und verquollen, ihr Haar war ungekämmt, und die Hirse im Feld, die viel höher stand als vor drei Tagen, verspottete sie im Vorbeiziehen.

«Vater», rief Großmutter, «ich will nicht mehr dahin zurück. Lieber bringe ich mich um.»

«Tochter», antwortete Urgroßvater, «du weißt ja gar nicht, was du für ein Glück hast. Dein Schwiegervater hat versprochen, daß er mir ein großes schwarzes Maultier schenkt. Ich werde diesen elenden kleinen Esel verkaufen ...»

Der kleine Esel senkte den viereckigen Kopf, um ein wenig schlammbedecktes Gras vom Straßenrand zu rupfen.

«Vater», sagte Großmutter, «er hat Lepra.»

«Dein Schwiegervater wird mir ein Maultier schenken.»

Mein volltrunkener Urgroßvater erbrach Schnaps und Essen in das Unkraut am Straßenrand. Großmutter wurde beim Anblick des Erbrochenen schlecht, und sie empfand nichts als Abscheu.

Der Esel kam zum Krötenloch, von wo ihnen ein überwältigender Gestank entgegenschlug. Der Esel ließ die Ohren hängen. Großmutter entdeckte die Leiche des Straßenräubers. Sein Bauch war aufgetrieben. Smaragdfarbene Schmeißfliegen bedeckten das Fleisch. Der Esel mit Großmutter auf dem Rücken machte einen weiten Bogen um die Leiche. Zornig stieg eine grüne Wolke von Fliegen in die Luft. Urgroßvater folgte dem Esel. Anscheinend war sein Körper breiter als der Weg. Einmal stolperte er in die Hirse links der Straße, dann zertrampelte er das Unkraut am rechten Rand. Als er die Leiche erblickte, stieß er ein paar erschrokkene Rufe aus und murmelte dann mit zitternden Lippen: «Armer Teufel ... du armer Teufel ... schläfst du da?» Großmutter hat das kürbisförmige Gesicht des Straßenräubers nie vergessen. In dem Augenblick, in dem die Fliegen in die Luft stiegen, fiel ihr der bemerkenswerte Unterschied zwischen dem eleganten, graziösen Ausdruck auf, den sein totes Gesicht trug, und dem elenden, feigen Eindruck, den er zu Lebzeiten gemacht hatte.

Die Entfernung zwischen ihnen vergrößerte sich Meile um Meile. Der Himmel war klar und hoch. Die Sonnenstrahlen fielen schräg auf die Reisenden. Der Esel war bald schneller als Urgroßvater. Er kannte den Weg nach Hause und trug Großmutter in sorglosem Trab. Vor ihnen machte die Straße eine Kurve, und als das Tier in die Biegung schlenderte, ließ sich Großmutter rückwärts aus der Sicherheit des Eselsrückens fallen. Ein starker Arm fing sie auf und trug sie in das Hirsefeld.

Großmutter wehrte sich halbherzig. Eigentlich hatte sie keine Lust, sich zu wehren. Die letzten drei Tage waren ein Alptraum gewesen, und jemand anders hatte sich in einem Augenblick in einen großen Führer verwandelt. In drei Tagen hatte sie die Mysterien des Seins enträtselt. Sie legte sogar den Arm um die Schultern des Mannes und machte es ihm leichter, sie zu tragen. Hirseblätter rauschten. Urgroßvaters rauhe Stimme verwehte im Wind: «Tochter, wo bist du?»

Auf das langgezogene, melancholische Hornsignal an der Steinbrücke folgt unmittelbar der Trommelrhythmus des Maschinengewehrfeuers. Großmutters Blut fließt im selben Tempo wie ihr Atem. «Mutter», fleht Vater sie an, «laß dein Blut nicht auslaufen. Wenn es alle ist, wirst du sterben.» Er gräbt eine Handvoll schwarzer Erde unter einer Hirsepflanze aus und streicht sie über die Wunde. Schnell quillt Blut durch die Erde. Er gräbt eine zweite Handvoll aus. Großmutter lächelt dankbar. Ihre Augen sind auf den unendlich tiefen azurblauen Himmel und auf die warme, verzeihende, mütterlich nährende Hirse gerichtet, die sie umgibt. Vor ihrem Auge erscheint die Erinnerung an einen glänzenden grünen Pfad, den winzige weiße Blumen säumen:

Fröhlich und sorglos ritt Großmutter auf ihrem kleinen Esel den Pfad entlang, und tief aus den Hirsefeldern erklang die Stimme des kräftigen jungen Mannes, der ihr ein Ständchen brachte. Sie schwebte auf die Musik zu, ihre Füße berührten kaum die Spitzen der Rispen, als reite sie auf einer grünen Wolke.

Der Mann legte Großmutter auf den Boden. Schlaff und weich wie ein Stück Teig lag sie da, und ihre schmalen Augen zogen sich zusammen wie die eines Lammes. Der Mann riß die schwarze Maske ab und zeigte ihr sein Gesicht. Er ist es! Ein stummes Dankgebet stieg zum Himmel auf. Das überwältigende Gefühl reiner Freude ergriff sie, und heiße Tränen traten ihr in die Augen.

Yu Zhan'ao zog den Regenmantel aus und trampelte eine glatte Fläche ins Hirsefeld. Dann breitete er den Mantel über der roten Hirse aus. Er hob Großmutter auf und legte sie auf den Mantel. Ihre Seele zitterte, als sie seinen nackten Oberkörper sah. Es war, als könne sie das Blut kräftig und kühn durch die Adern unter seiner behaarten Brust strömen sehen. Leichter Nebel lag über den Hirsepflanzen, und ringsum war das Geräusch des Wachstums zu hören. Kein Wind, kein Wehen im Korn. Weißglühende Strahlen feuchten Sonnenlichts kreuzten sich in den offenen Spalten zwischen den Pflanzen. Die Leidenschaft, die sich sechzehn Jahre lang in Großmutters Herz angestaut hatte, brach plötzlich aus. Sie zuckte und wand sich auf dem Mantel. Yu Zhan'ao, der immer kleiner wurde, fiel geräuschvoll neben ihr auf die Knie. Sie zitterte von Kopf bis Fuß. Vor ihren Augen knisterte und glühte eine duftende Kugel aus gelbem Feuer. Stürmisch riß Yu Zhan'ao ihre Jacke auf und legte die kleinen weißen Hügel kühlen, gespannten Fleisches im Sonnenlicht bloß. Die Energie, mit der er vorging, ließ ihre Nerven in einer Mischung von Schmerz und Freude singen. Mit ersterbender Stimme rief sie: «Mein Gott ...» und fiel in Ohnmacht.

Großmutter und Großvater tauschten ihre Liebe in der Lebenskraft des Hirsefeldes aus. Zwei unbezähmbare Seelen, die sich weigerten, auf die Konventionen der Welt zu hören, verschmolzen enger miteinander als ihre lustbesessenen Körper. Sie pflügten die Wolken und sprühten Regen über das Feld und fügten der reichen und bunten Geschichte der Gemeinde Nordost-Gaomi eine neue, warme blutrote Lackschicht hinzu. Man kann sagen, daß mein Vater in der Essenz des Himmels und der Erde, der Kristallisation von Leiden und wilder Freude empfangen wurde.

Laut schreiend bahnte sich der Esel einen Weg durch das Hirsefeld. Großmutter kehrte aus dem verschwommenen Reich des Himmels in die grausame Welt der Menschen zurück. Tränen strömten über ihr Gesicht. «Er hat wirklich Lepra», sagte sie. Großvater kniete nieder, und wie durch Zauber erschien plötzlich ein Schwert mit einer siebzig Zentimeter langen Klinge in seiner Hand. Er zog es aus der Scheide. Die Klinge war gebogen wie ein Lauchblatt. Mit einem zischenden Schlag fuhr das Schwert durch zwei Hirsehalme. Die Oberhälften fielen zu Boden und hinterließen dunkelgrüne flüssige Blasen auf den glatten, schräg geneigten Schnittflächen.

«Egal, was geschieht, komm in drei Tagen wieder», sagte Großvater.

Großmutter blickte ihn verständnislos an. Er zog sich an, und sie machte sich fertig. Er steckte das Schwert weg; sie konnte nicht sehen wohin. Großvater brachte sie wieder an die Straße, dann verschwand er.

Drei Tage später brachte der kleine Esel Großmutter zurück, und als sie das Dorf erreichte, erfuhr sie, daß Vater und Sohn Shan ermordet worden waren. Man hatte ihre Leichen in der Bucht am westlichen Dorfrand gefunden.

Großmutter liegt da und saugt die klare Wärme des Hirsefeldes auf. Sie fühlt sich so leicht wie eine Schwalbe, die schwerelos über den Pflanzen schwebt. Die fliehenden Bilder werden langsamer: Shan Bianlang, Shan Tingxiu, Urgroßvater, Urgroßmutter, Onkel Luohan. Die feindlichen, dankbaren, wilden, aufrichtigen Gesichter erscheinen und verschwinden. Sie schreibt die letzte Seite ihrer dreißigjährigen Geschichte. Ihre Vergangenheit wird zu einer reichen Ernte süßer, duftender Früchte, die immer schneller zu Boden fallen. Was ihre Zukunft angeht, so kann sie nur noch ein paar verschwimmende Lichtflecken sehen, die schnell erlöschen. Sie hält sich mit aller Kraft an der flüchtigen, klebrigen und dennoch schlüpfrigen Gegenwart fest.

Sie fühlt Vaters kleine Hände, die sie streicheln. Ängstlich ruft er nach seiner Mutter. All ihre Liebe und ihr Haß verflüchtigen sich. Funken der Lebensfreude sprühen aus ihrem Bewußtsein, einem Bewußtsein, das zu gleichen Teilen von Wärme und Feindschaft erfüllt ist. Sie will den Arm heben und Vaters Gesicht streicheln, aber er gehorcht ihr nicht. Sie erhebt sich in die Lüfte und sieht einen bunten Lichtstrahl, der vom Himmel fällt, und sie hört die feierliche Himmelsmusik, die Holz- und Blechblasinstrumente aller Größe spielen.

Großmutter ist erschöpft. Der Griff, an dem sie die glatte, schlüpfrige Gegenwart hält, der Griff der Menschenwelt, entgleitet ihren Händen. Ist das der Tod? Sterbe ich? Werde ich diesen Himmel, diese Erde, diese Hirse, diesen Sohn, diesen Liebhaber, der seine Männer ins Gefecht geführt hat, nie wiedersehen? Das Gewehrfeuer ist so weit weg, hinter einem dichten Nebelvorhang. Douguan! Douguan, mein Sohn! Komm und hilf deiner Mutter. Zieh deine Mutter zurück ins Leben. Deine Mutter will nicht sterben. Gott, du hast mir einen Liebhaber gegeben, du hast mir einen Sohn gegeben, du hast mir Reichtum gegeben, du hast mir dreißig Jahre Leben so kräftig und gesund wie rote Hirse gegeben. Gott, der du mir das alles gegeben hast, nimm es jetzt nicht zurück. Vergib mir, laß mich frei. Habe ich gesündigt, Gott? Hätte ich mein Kissen mit dem Leprakranken teilen und ein stinkendes, häßliches Ungeheuer gebären sollen, das die schöne Welt verunreinigt hätte? Was ist Keuschheit? Was ist der richtige Weg? Was ist gut? Was ist böse? Du hast es mir nie gesagt. Ich habe selbst entscheiden müssen. Ich habe das Glück geliebt, ich habe die Stärke geliebt, ich habe die Schönheit geliebt. Es war mein Körper, und ich habe damit getan, was ich richtig fand. Ich habe keine Angst vor Sünde oder Strafe. Ich habe keine Angst vor deinen achtzehn Höllen. Ich habe getan, was ich tun mußte. Ich fürchte nichts, aber ich will nicht sterben, ich will leben. Gott, ich habe noch nicht genug von dieser Welt...

Großmutters Aufrichtigkeit rührt die Himmel. Frische Tropfen klarer Flüssigkeit quellen aus ihren trockenen Augen, die ein fremdartiges himmlisches Licht ausstrahlen. Noch einmal sieht sie Vaters goldenes Gesicht und zwei Augen, die denen Großvaters so sehr gleichen. Ihre Lippen zittern. Sie ruft Douguans Namen. «Mutter», schreit Vater aufgeregt, «du wirst gesund werden. Du wirst nicht sterben. Ich habe das Blut gestillt. Es ist gestillt. Ich hole Vater. Ich sage ihm, daß er kommen soll. Mama, du darfst nicht sterben, du mußt auf Vater warten!»

Vater läuft fort. Der Klang seiner Schritte wird zu einer zarten Melodie, dann zu der Himmelsmusik, die Großmutter vorhin gehört hat. Sie lauscht der Musik des Universums, die eine Hirsepflanze nach der anderen ihr vorspielt. Sie blickt auf die rote Hirse, und vor ihrem getrübten Blick werden die Halme kunstvoll und überwältigend schön, grotesk und bizarr. Sie fangen an zu stöhnen, zu klagen, zu schreien, sich um sie zu winden. In einem Augenblick sind sie dämonisch, im nächsten vertraut. Sie winden sich vor ihren Augen wie Schlangen. Plötzlich strecken sie sich gen Himmel wie Lanzen, und ihr Glanz ist unbeschreiblich. Sie sind rot und grün, sie sind schwarz und weiß, sie sind blau und grün, sie lachen von Herzen, sie weinen kläglich. Ihre Tränen sind Regentropfen, die auf die einsame Sandbank ihres Herzens fallen.

Der blaue Himmel leuchtet zwischen den Hirsepflanzen. Der Himmel ist so hoch und doch so tief. Großmutter fühlt sich, als seien Himmel und Erde, Mensch und Hirse unter einem gigantischen Zelt miteinander verschlungen. Weiße Wolken fegen über ihr Gesicht und über die Rispen, laut kratzen die rauhen Wolkenränder über das Korn. Dem ruhigen Flug der Wolken am Himmel folgen Schatten. Ein Schwarm weißer Tauben läßt sich vom Himmel fallen und sitzt auf den Spitzen der Hirse. Ihr Gurren weckt Großmutter, die ihre Formen nur undeutlich erkennen kann. Die roten Augen der Tauben, so groß wie Hirsekörner, sind starr auf sie gerichtet. Sie lächelt ihnen freundlich zu, und sie erwidern ihr Lächeln. Sie scharen sich um die glühende Liebe zum Leben, wie sie ein Mensch verspürt, der es bald lassen wird. «Ihr Lieben», ruft sie, «ich will euch nicht verlassen.» Als Antwort auf ihren stummen Schrei picken die Tauben emsig Hirsekörner vom Boden. Eins nach dem anderen verschlucken sie die Hirsekörner, die sie aufgepickt haben, und ihr Kropf schwillt an. Die Federn stellen sich wie ein Fächer in den Wind und den Regen.

Früher einmal nistete ein großer Taubenschwarm im Giebel unseres Hauses. Im Herbst stellte Großmutter ein Wasserbecken in den Hof, und wenn die Tauben aus den Feldern heimkamen, setzten sie sich säuberlich auf den Beckenrand und spuckten die Hirsekörner aus dem Kropf in das Wasser, in dem ihr Spiegelbild tanzte. Dann stolzierten sie über den Hof. Tauben, die friedlich auf den Hirsepflanzen sitzen, Tauben, die von den Stürmen des Krieges aus dem Nest vertrieben worden sind, blicken auf Großmutter, als trauerten sie über ihren bevorstehenden Tod.

Großmutters Augen werden wieder trüb, und die Tauben erheben sich. Die vertraute Melodie ihres Flügelschlags erfüllt den weiten blauen Himmel. Sie schwebt ihnen entgegen, breitet ihre frisch gewachsenen Flügel aus und kreist schwerelos in der Luft über der schwarzen Erde und den Hirsehalmen. Sehnsüchtig blickt sie herab auf die Ruinen ihres Dorfes, auf den gewundenen Fluß, auf das Netz von Straßen und Wegen. Ihr Blick streift den chaotischen Flug der Gewehrkugeln am Himmel und die wuchernden Pflanzen und die Tiere, die am Scheideweg zwischen Leben und Tod zögern. Zum letztenmal riecht sie den Duft von Hirsebrand und den stechenden Geruch von heißem Blut. Plötzlich spielt sich vor ihrem Auge eine Szene ab, die sie noch nie erlebt hat: Tausende ihrer Dorfgenossen liegen im Feuerhagel gefangen, in Lumpen gekleidet, im Hirsefeld, und ihre Arme und Beine bewegen sich im Rhythmus des Totentanzes.

Der letzte Faden, der sie mit der Menschheit verbindet, löst sich. All ihre Trauer, ihr Leiden, ihre Ängste und ihre Niedergeschlagenheit senken sich über das Feld unter ihr, fallen wie Hagel auf die Hirsepflanzen und stürzen weiter in die schwarze Erde, wo sie Wurzeln schlagen, die bittere Früchte für kommende Generationen tragen werden.

Großmutter hat ihre Befreiung vollendet. Sie fliegt mit den Tauben davon. Ihre Gedanken schrumpfen, sind nicht einmal mehr so groß wie eine Faust, sind nur noch erfüllt von Freude, Frieden, Wärme, Behaglichkeit und Harmonie. Sie ist zufrieden. Voll echter Hingabe sagt sie: «Himmel! Mein Himmel …»

9

Während die Maschinengewehre auf den Lastwagen die Gegend weiterhin unter Beschuß nahmen, begannen die Räder langsam auf die Brücke zuzurollen. Die fliegenden Kugeln hielten Großvater und seine Leute in ihren Stellungen fest. Die paar Männer, die ihre Köpfe über die Böschung streckten, bezahlten ihren Wagemut mit dem Leben. Großvaters Brust schwoll vor Wut. Jetzt hatten alle Lastwagen die Brücke erreicht, so daß ihr Schußfeld größer wurde. «Männer», schrie er, «zum Angriff!» Er gab schnell hintereinander drei Schüsse ab und traf zwei japanische Soldaten. Ihre Leichen lagen über dem Führerhaus, dunkles Blut floß über die Kühlerhaube. Das Echo seiner Schüsse schwebte noch in der Luft, als unregelmäßige Feuerstöße auf beiden Seiten der Straße ausbrachen. Sieben oder acht Japaner wurden niedergemäht. Zwei fielen vom Lastwagen. Ihre Arme und Beine zuckten panisch, als die Körper sich auf beiden Seiten der Brücke ins schwarze Wasser bohrten. Die Kanone der Brüder Fang donnerte röhrend: Eine gewaltige Flammenzunge sprang aus dem Lauf und blitzte furchterregend über das Flußbett. Ein Wirbelsturm von Stahlkugeln und Geschossen traf den zweiten Lastwagen mit seiner Ladung weißer Säcke. Rauchwolken stiegen zum Himmel auf. Ströme von weißem Reis quollen aus unzähligen Löchern.

Vater kroch auf dem Bauch aus dem Hirsefeld zurück zur Böschung. Er mußte unbedingt mit Großvater sprechen, der gerade dabei war, seine Pistole neu zu laden. Der erste japanische Lastwagen brachte den Motor auf Touren, um über die Brücke zu kommen, aber die Vorderräder blieben in der Barriere aus Rechen stecken. Mit lautem Zischen entwich aus den durchstochenen Reifen die Luft. Der Lastwagen, der die Harken hinter sich herschleifte, gab ein groteskes Rumpeln von sich. Vater kam er vor wie eine gewaltige Schlange, die einen Igel verschluckt hat und jetzt schmerzhaft zuckt. Die Japaner auf dem ersten Lastwagen sprangen ab. «Alter Liu», befahl Großvater, «blase zum Angriff!» Der Klang des Signalhorns war von erschreckender Kühle. «Attacke!» befahl Großvater und stellte sich an die Spitze des Angriffs. Er feuerte ohne zu zielen und streckte einen japanischen Soldaten nach dem anderen zu Boden.

Die Trupps westlich der Straße schlossen sich der Front an und verwickelten die Japaner in einen Nahkampf. Die Japaner auf dem letzten Wagen feuerten in die Luft. Auf dem ersten Wagen waren noch zwei Japaner. Großvater sah zu, wie der Stumme auf die Ladefläche sprang. Die Japaner stießen mit dem Bajonett zu. Er wehrte den einen mit dem Rücken seines Messers ab, dann holte er weit aus und trennte dem Soldaten sauber seinen behelmten Kopf ab, der laut brüllend durch die Luft segelte, bevor er mit schwerem Aufschlag auf dem Boden landete. Der Aufprall preßte die Reste eines Schreis aus dem Mund. Vater war erstaunt, wie scharf das Messer war. Er starrte auf den überraschten Ausdruck in dem japanischen Gesicht, der dort festgefroren war, als der Kopf seinen Körper verließ. Die Backen zitterten noch, die Nüstern zuckten noch, als wolle der Kopf niesen.

Der Stumme schlug den nächsten japanischen Kopf ab, und als der tote Körper des Mannes gegen das Geländer des Lastwagens fiel, zog sich die Halshaut nach innen, und pulsierende Blutströme sprangen in die Luft. Die Japaner im letzten Wagen senkten den Lauf des Maschinengewehrs und feuerten eine Salve ab, vor der Großvaters Soldaten wie junge Schößlinge über den japanischen Leichen zu Boden fielen. Der Stumme fiel schwer auf das Führerhaus. Aus den Löchern in seiner Brust floß Blut.

Vater und Großvater warfen sich zu Boden und krochen zurück ins Feld. Dann schauten sie vorsichtig über den Böschungsrand. Im letzten Wagen wurde der Rückwärtsgang eingelegt. «Fang Sechs», rief Großvater, «feuere die Kanone ab! Erwisch den Schweinehund!» Die Brüder Fang richteten die geladene Kanone auf die Böschung. Als sich Fang Sechs bückte, um die Zündschnur anzuzünden, wurde er in den Bauch getroffen. Grünes Gedärm glitt aus der Öffnung. «Scheiße», brüllte er, griff mit beiden Händen nach seinem Bauch und rollte ins Hirsefeld. Bald würden die Lastwagen von der Brücke sein, und Großvater schrie: «Feuert die verdammte Kanone ab!» Fang Sieben hob den glühenden Zunder auf und schob ihn mit zitternden Händen an die Zündschnur. Aber sie wollte nicht angehen. Sie wollte einfach nicht angehen! Großvater stürzte hin, riß ihm den Zunder aus der Hand und blies in den Funken. Der Zunder brannte lichterloh. Er brachte ihn an die Zündschnur. Die zischte, qualmte einen Augenblick und erlosch dann mit einem weißen Rauchball. Die Kanone stand ruhig da, als ob sie schliefe. Vater war sicher, daß sie nicht losgehen würde.

Der japanische Lastwagen hatte sich schon auf den Brückenkopf zurückgezogen, und der zweite und der dritte Wagen hatten den Rückwärtsgang eingelegt. Aus den Säcken auf den Ladeflächen rann Reis auf den Brückenboden und in den Fluß. Die Wasseroberfläche sah aus wie im Regen. Mehrere japanische Leichen trieben in Richtung Osten. Schwärme von weißen Aalen kämpften um das Blut. Nach einem Augenblick der Stille explodierte mit Donnergetöse die Kanone. Der eiserne Lauf wurde hoch über die Böschung geschleudert, und ein breiter Feuerstrahl traf den Lastwagen, aus dem der Reis strömte. Die Unterseite des Lastwagens fing Feuer.

Der Lastwagen, der die Brücke rückwärts verlassen hatte, blieb stehen. Die Besatzung sprang ab, ließ sich flach auf die Böschung fallen und brachte ihr Maschinengewehr in Position. Sie eröffneten das Feuer. Eine Kugel traf Fang Sieben ins Gesicht. Seine Nase zerplatzte und bespritzte Vater mit Blut. Zwei Japaner in einem der brennenden Lastwagen öffneten die Türen und sprangen direkt in den Fluß. Der mittlere Lastwagen, aus dem Reis auslief, konnte sich in keiner Richtung mehr bewegen. Also blieb er, wo er war, und gab ein ärgerlich grollendes Geräusch von sich, seine Räder drehten durch. Es regnete immer noch Reis.

Das japanische Maschinengewehr auf der anderen Straßenseite hörte plötzlich auf zu feuern. Ein gutes Dutzend Japaner rannte gebückt an dem brennenden Wagen vorbei und versuchte, nach Norden zu entkommen. Großvater befahl seinen Leuten zu feuern, aber nur wenige folgten dem Befehl. Vater sah hinüber zur Böschung, die von oben bis unten mit Leichen übersät war. Verwundete heulten und stöhnten in den Hirsefeldern. Großvater feuerte mehrere Schüsse ab, und ein paar Japaner fielen von der Brücke. Gewehrfeuer vom westlichen Straßenrand nahmen noch ein paar von ihnen mit. Die übrigen machten kehrt und rannten davon. Eine Kugel kam vom Südufer des Flusses geflogen und traf Großvater unter der rechten Schulter. Sein Arm zuckte, und die Pistole fiel ihm aus der Hand. Sie hing an einem Riemen um seinen Hals. Er zog sich ins Hirsefeld zurück. «Douguan», rief er, «komm und hilf mir!» Er riß seinen Hemdsärmel ab und befahl Vater, einen Streifen weißes Tuch aus seinem Gürtel zu nehmen und die Wunde zu verbinden. Das war der Moment, als Vater sagte: «Vater, Mutter ruft nach dir!»

«Braver Junge», sagte Großvater. «Komm mit! Jetzt geht dein Vater den Rest der Schweinehunde erledigen.» Er griff in den Gürtel, zog den Browning heraus und gab ihn Vater. Hornist Liu kroch mit seinem verwundeten Bein die Böschung herauf. «Soll ich das Horn blasen, Kommandant?»

«Blase!» befahl Großvater.

Auf einem Bein kniend, das andere hinter sich herschleifend, hob Hornist Liu das Signalhorn an die Lippen und ließ es zum Himmel empor ertönen. Der Klang war scharlachfarben.

«Greift an, Männer!» rief Großvater.

Rufe von der Westseite der Straße antworteten seinem Befehl. Die Pistole in der linken Hand, sprang er auf die Beine. Mehrere Kugeln pfiffen an seinem Gesicht vorbei. Er ließ sich zu Boden fallen und rollte zurück ins Hirsefeld. Auf der Westseite erklang ein Schmerzensschrei, und Vater wußte, daß noch einer der Unsrigen getroffen war.

Noch einmal ließ Hornist Liu das Signalhorn zum Himmel aufklingen. Der scharlachrote Klang traf auf die Rispen der Hirse und ließ sie erzittern.

Großvater griff nach Vaters Hand. «Komm mit, mein Sohn. Wir schlagen uns zu den andern am westlichen Straßenrand durch.»

Rauch stieg von den Lastwagen auf der Brücke auf. Zwischen den knisternden Flammen fielen die Reiskörner wie Sprühregen auf die Wasseroberfläche. Großvater hielt Vater fest an der Hand, und gemeinsam rannten sie über die Straße. Ein Kugelhagel folgte ihrem Weg. Zwei Soldaten mit rußverschmierten Gesichtern und aufgesprungener Haut beobachteten ihre Ankunft. «Kommandant», stieß der eine aus blutigen Lippen vor, «wir sind erledigt.»

Verzweifelt saß Großvater im Hirsefeld. Es dauerte lange, bis er den Kopf wieder hob. Die Japaner auf der anderen Seite der Brücke stellten das Feuer ein. Auf das Geräusch brennender Lastwagen auf der Brücke antworteten von der Ostseite der Straße die Hornstöße des alten Liu.

Vaters Furcht verflog. Auf seinem Weg nach Westen hob er vorsichtig den Kopf über das tote Unkraut und hielt Ausschau. Das Dach des zweiten Lastwagens war noch nicht in Brand geraten. Ein japanischer Soldat sprang herab, öffnete die Fahrertür und zog einen hageren alten Japaner heraus. Er trug weiße Handschuhe, schwarze Reitstiefel und einen Degen. Eng an den Lastwagen geschmiegt, pirschten sie sich zum Brückengeländer und begannen, an einem der Pfeiler herabzuklettern. Vater hob die Pistole, aber seine Hand zitterte wie Laub im Wind, und im Visier hüpfte der Hintern des alten Japaners auf und ab. Er biß die Zähne zusammen und feuerte mit geschlossenen Augen. Der Browning knallte laut, aber die Kugel verfehlte ihr Ziel und ging ins Wasser, wo sie einen weißen Aal traf, der mit dem Bauch nach oben im Fluß treibend verendete. Der alte Japaner sprang ins Wasser.

«Vater», rief mein Vater, «ein Offizier!»

Eine zweite Explosion erschütterte seinen Kopf, und der Schädel des alten Japaners zersplitterte. Eine blutige Pfütze breitete sich auf dem Wasser aus. Der andere Japaner versuchte verzweifelt, hinter den Brückenpfeiler zu schwimmen.

Großvater zog Vater zu Boden, als die nächste japanische Salve die Gegend mit Feuer überzog und ziellos in das Feld donnerte. «Braver Junge», sagte Großvater, «du bist wirklich mein Sohn.»

Was Vater und Großvater nicht wußten, war, daß der alte Japaner, den sie umgebracht hatten, der berühmte General Nakaoka Amataka war.

Das Horn des alten Liu wollte nicht schweigen. Im roten und grünen Flammenschein der brennenden Lastwagen schien die Sonne zu schrumpfen.

«Vater», sagte Vater, «Mutter ruft nach dir. Sie will dich sehen.»

«Lebt sie noch?»

«Ja.»

Vater nahm Großvater bei der Hand und führte ihn tiefer in die Hirsefelder.

Großmutter lag auf dem Boden. Der Schatten der Getreidehalme fiel auf ihr Gesicht und legte sich über das heroische Lächeln, das sie für Großvater angelegt hatte. Ihr Gesicht war schöner als je zuvor. Die Augen standen offen.

Zum erstenmal in seinem Leben sah Vater zwei dünne Tränenspuren über Großvaters hartes Gesicht laufen.

Großvater fiel neben Großmutters Leiche auf die Knie und schloß ihr mit der nicht verwundeten Hand die Augen.

Als mein Großvater 1976 starb, schloß mein Vater seine blicklosen Augen mit der linken Hand, der zwei Finger fehlten. Als mein Großvater 1958 aus den einsamen Bergen der japanischen Insel Hokkaido zurückkehrte, konnte er kaum mehr sprechen. Er spuckte jedes Wort aus, als sei es ein schwerer Stein. Das Dorf gab ein großes Willkommensfest zu seinen Ehren. Selbst der Bezirksvorsteher nahm teil. Ich war damals erst zwei Jahre alt, aber ich kann mich an die acht altmodischen viereckigen Tische unter dem Ginkgobaum am Dorfeingang erinnern, die mit Flaschen und Dutzenden von weißen Trinkschalen gedeckt waren. Der Bezirksvorsteher nahm eine Flasche und füllte eine Schale, die er Großvater mit beiden Händen überreichte. «Willkommen, alter Held», sagte er. «Du hast unseren Bezirk berühmt gemacht.» Großvater erhob sich mühsam. Seine aschfarbenen Augäpfel zuckten, als er etwas gackerte, das klang wie *Wu – Wu – Gewehr – Gewehr*. Ich sah, wie er die Schale an die Lippen hob. Sein runzliger Hals zuckte, und der Adamsapfel rutschte auf und ab, als er trank. Das meiste lief ihm über das Kinn und auf die Brust, statt die Kehle hinabzugleiten.

Ich erinnere mich an unsere Spaziergänge über die Felder. Er hielt mich an der Hand, und an der anderen Hand führte ich einen kleinen schwarzen Hund. Sein Lieblingsort war die Brücke über den Schwarzwasserfluß. Dort konnte er den größten Teil eines Morgens oder eines Nachmittags an einen der steinernen Pfeiler gelehnt stehen und die Einschußlöcher in den Brückenquadern anstarren. Wenn die Hirse hoch stand, nahm er mich mit ins Feld an einen Ort nicht weit von der Brücke. Ich nahm an, daß Großmutter dort zum Himmel aufgestiegen war, an einem gewöhnlichen Flecken schwarzer Erde, den ihr Blut getränkt hatte. Das war, bevor unser altes Haus abgerissen wurde.

Eines Tages nahm Großvater eine Hacke und begann, unter dem Trompetenbaum zu graben. Er hob ein paar Zikadenlarven auf und gab sie mir in die Hand. Ich warf sie dem Hund zu, der sie zerkaute, ohne sie zu verschlucken. «Nach was gräbst du, Vater?» fragte meine Mutter, die es eilig hatte, zum Essen zu kommen. Er sah sie mit einem Blick an, der aus einer anderen Welt zu kommen schien. Sie ging weiter, und er machte sich wieder an seine Grabungsarbeiten. Nachdem er ein ziemlich tiefes Loch gegraben hatte, durchschnitt er eine Anzahl von Wurzeln verschiedener Dicke und hob eine Kachel auf. Dann holte er einen verbeulten Blechbehälter aus einem alten, dunklen Ziegelofen. Er zerfiel, als er auf den Boden fiel, und gab einen langen rostigen Metallgegenstand frei, der in ein verfaultes Stoffstück eingewickelt war. Ich fragte ihn, was das sei. «Wu – Wu – Gewehr – Gewehr», antwortete er.

Großvater legte die Flinte auf den Boden und ließ sie Sonnenlicht trinken. Dann saß er ruhig davor, und seine Augen öffneten und schlossen sich von einem Moment zum nächsten. Schließlich stand er auf, griff zur Axt und begann das Gewehr zu zerhacken. Als nichts außer einem Haufen von verbogenem Metall übrig war, sammelte er die Bruchstücke auf und verstreute sie über den ganzen Hof.

«Vater, ist Mutter tot?» fragte mein Vater.

Großvater nickte.

«Vater!» schrie mein Vater auf.

Großvater streichelte Vater über den Kopf. Dann zog er seinen Dolch und hackte genug Hirse ab, um Großmutters Leiche zu bedecken.

Auf der südlichen Böschung brach wieder Gewehrfeuer aus. Dann hörte man mörderische Schreie und explodierende Granaten. Großvater zerrte Vater zum Brückenkopf.

Mindestens hundert Soldaten in grauen Uniformen brachen aus dem Hirsefeld südlich der Brücke hervor und trieben ein Dutzend Japaner vor sich her die Böschung hinauf. Ein paar wurden von Kugeln getroffen, andere mit Bajonetten erstochen. Vater sah Zugführer Leng. Ein Pistolenhalfter hing an seinem breiten Ledergürtel. Kräftige Leibwächter umringten ihn. Seine Truppen umstellten die brennenden Lastwagen und machten sich bereit zum Marsch nach Westen. Der Anblick ließ Großvater in ein seltsames Lachen ausbrechen. Er pflanzte die Füße fest auf den Brükkenkopf und blieb mit gezogener Pistole dort stehen.

Zugführer Leng marschierte stolz auf ihn zu. «Du hast einen guten Kampf gekämpft, Kommandant Yu.»

«Du Schweinehund», schleuderte ihm Großvater entgegen.

«Wir hätten es beinahe rechtzeitig geschafft, Bruder.»

«Du Schweinehund!»

«Ihr wärt erledigt, wenn wir nicht gekommen wären.»

«Du Schweinehund!»

Großvater zielte auf Zugführer Leng. Der warf seinen Leuten einen Blick zu. Zwei verwegen aussehende Leibwächter drückten Großvaters Arm herunter. Vater zog seinen Browning und schoß den Mann, der Großvater festhielt, in den Hintern.

Der zweite Leibwächter versetzte Vater einen Tritt, der ihn zu Boden schleuderte, stellte den Fuß auf sein Handgelenk, bückte sich und hob den Browning auf.

Die Leibwächter fesselten Großvater und Vater.

«Pockennarbe Leng, mach die Augen auf und sieh, was aus meinen Männern geworden ist.»

Die Böschungen zu beiden Seiten der Straße waren mit toten und verwundeten Soldaten übersät. Der alte Liu stieß immer noch von Zeit zu Zeit ins Horn, aber jetzt floß Blut aus seinen Mundwinkeln und der Nase.

Zugführer Leng nahm die Mütze ab und verbeugte sich in Richtung des Hirsefeldes östlich der Straße. Dann verbeugte er sich nach Westen.

«Laßt Kommandant Yu und seinen Sohn frei», befahl er.

Die Leibwächter lösten ihnen die Fesseln. Zwischen den Fingern des Mannes, der die Hand auf seinen verwundeten Hintern gelegt hatte, sickerte Blut hervor.

Zugführer Leng nahm den Leibwächtern die Pistolen ab und gab sie Großvater und Vater zurück.

Seine Truppen stürmten über die Brücke, an den Lastwagen und den japanischen Leichen vorbei, und sammelten Maschinengewehre, Repetiergewehre, Munition, Patronengurte, Bajonette, Säbelscheiden, Ledergürtel, Stiefel, Brieftaschen und Rasierapparate ein. Ein paar von ihnen sprangen in den Fluß. Dort nahmen sie den Japaner gefangen, der sich hinter dem Pfeiler versteckt hatte, und schleppten die Leiche des alten Japaners heran.

«Zugführer Leng», rief einer der Offiziere, «der da ist ein General!»

Aufgeregt schaute Zugführer Leng über das Brückengeländer. «Zieht ihm die Uniform aus und sammelt alles ein, was er bei sich hat!»

Er wandte sich zu Großvater um und sagte: «Auf Wiedersehen, Kommandant Yu.»

Die Leibwächter nahmen neben ihm Position ein, und er ging auf das Südende der Brücke zu.

«Bleib stehen, wo du bist, Leng!» donnerte Großvater.

Zugführer Leng drehte sich um und sagte: «Kommandant Yu, du willst dich doch nicht etwa gegen uns stellen?»

«Das wirst du noch bereuen», knurrte Großvater.

«Wang Hu, laß ein Maschinengewehr für Kommandant Yu da.»

Ein paar Soldaten legten ein Maschinengewehr vor Großvaters Füße.

«Du kannst die Lastwagen und den Reis behalten.»

Zugführer Lengs Truppen überquerten die Brücke, schlossen auf der Böschung die Reihen und marschierten nach Osten ab.

Bis zum Sonnenuntergang waren von den brennenden Lastwagen nur noch verkohlte Rahmen übrig. Der Gestank der geschmolzenen Reifen war nahezu unerträglich. Zwei unbeschädigte Lastwagen blockierten beide Seiten der Brücke. Das Wasser im Fluß war schwarz wie Blut. Die Felder waren von blutroter Hirse bedeckt.

Vater sammelte einen fast unbeschädigten Handkuchen auf und reichte ihn Großvater. «Hier, Vater, iß! Mutter hat es zubereitet.»

«Iß du ihn», sagte Großvater.

Vater preßte ihn Großvater in die Hand. «Ich hole noch einen», sagte er.

Vater hob noch einen Handkuchen auf und biß wütend ein Stück ab.

Zweites Kapitel

Hirsebrand

I

Was ist es, das die Zuckerhirse von Nordost-Gaomi in einen süßen aromatischen Branntwein verwandelt, der den Geschmack von Honig im Mund hinterläßt und kaum einen Kater zur Folge hat? Mutter hat es mir einmal erzählt, und sie hat mir eindringlich klargemacht, daß ich das Familiengeheimnis niemandem verraten dürfe. Würde es bekannt, so werde nicht nur der gute Ruf unserer Familie Schaden nehmen, sondern auch unsere Nachkommen hätten dann, sollten sie sich je dazu entschließen, wieder eine Brennerei aufzumachen, einen einmaligen Vorteil verloren. Die Handwerker und Künstler unserer Gegend halten sich ausnahmslos an ein und dieselbe Regel: Sie geben ihre Kenntnisse lieber an ihre Schwiegertöchter weiter als an ihre eigenen Töchter. Diese altüberlieferte Sitte hat bei uns die gleiche Bedeutung wie in einigen anderen Ländern das Gesetz.

Mutter sagte, die Brennerei sei, als sie noch der Familie Shan gehörte, ein erfolgreiches Unternehmen gewesen. Der Hirsebrand, der dort hergestellt wurde, war nicht schlecht, aber er war bei weitem nicht so aromatisch wie der Hirsebrand, der später kam, und er hatte den Honigduft nicht. Das Ereignis, von dem sich der einmalige Geschmack unseres Branntweins herleitet, fand statt, nachdem Großvater die Shans ermordet hatte und nachdem Großmutter sich nach einer kurzen Zeit der Verwirrung aufraffte und ihre angeborenen Unternehmertalente unter Beweis stellte.

Viele Erfindungen haben den Zufall zum Vater oder entspringen Kinderstreichen. Und die unnachahmliche Qualität unseres Hirsebrands ist entstanden, als Großvater in den Schnaps pinkelte. Wie, so werden Sie fragen, kann Pisse ein normales Faß voll Schnaps in Hirsebrand erster Qualität verwandeln? Nun, das ist letzten Endes eine wissenschaftliche Frage, und dazu weiß ich nicht viel zu sagen. Darüber mögen sich die Spezialisten der Destillationswissenschaft den Kopf zerbrechen.

Später stellten Großmutter und Onkel Luohan allerhand Experimente an, um das Verfahren zu perfektionieren, und kamen schließlich darauf, den frischen Urin durch die alkalischen Ablagerungen aus einem alten Nachttopf zu ersetzen. So gestalteten sie das Herstellungsverfahren einfacher, effizienter und leichter kontrollierbar. Das Geheimnis kannte niemand außer Großmutter, Großvater und Onkel Luohan. Soviel ich weiß, fand der Mischprozeß in tiefster Nacht statt, wenn alles schlief. Großmutter zündete im Hof eine Kerze an, verbrannte dreihundert Scheine Opfergeld und schüttete dann die vorbereitete Essenz aus einer schmalhalsigen Kalebasse in die Branntweinfässer. Sie nahm dabei eine würdevolle Haltung an und setzte eine geheimnisvolle Miene auf, so daß jeder, der sie beobachtete, hätte annehmen müssen, sie riefe Geister aus einer anderen Welt an, dem Familiengeschäft ihren Segen zu geben. Seit dieser Entdeckung begann unser Hirsebrand, die Produkte unserer Rivalen vom Markt zu verdrängen und so etwas wie eine Monopolstellung zu erobern.

2

Großmutter kehrte in ihr Elternhaus zurück, wo sie nach altem Brauch drei Tage verbringen sollte, bevor sie ihr neues Heim bezog. In diesen Tagen hatte sie keinen Appetit und war ganz in Gedanken versunken. Urgroßmutter kochte all ihre Lieblingsgerichte und versuchte, sie zum Essen zu überreden, aber sie rümpfte bei allem die Nase und schlich wie eine lebende Leiche durchs Haus. Doch obwohl sie kaum Nahrung berührte, litt ihr Aussehen nicht darunter. Ihre Haut blieb zart wie Milch, ihre Wangen rosig, und ihre schwarzen Augen in den dunklen Augenhöhlen sahen wie strahlende kleine Monde im Nebel aus. «Kleiner Fratz», nörgelte Urgroßmutter, «hast du dich in einen Buddha oder einen Unsterblichen verwandelt, der weder Speise noch Trank braucht? Du wirst deine Mutter noch in den Tod treiben.» Sie sah Großmutter an, die so ruhig und gefaßt dasaß wie Guanyin, die Göttin der Barmherzigkeit. Zwei winzige weiße Tränen quollen aus ihren Augenwinkeln. Großmutters zusammengekniffenen Augen entschlüpfte ein Blick verwunderter Neugier, der ihre Mutter traf, als beobachte jemand vom Flußufer aus einen alten schwarzen Fisch, der sich im Uferschlamm suhlt.

Am zweiten Tag nach Großmutters Heimkehr erwachte Urgroßvater endlich aus seinem betäubten Rausch und erinnerte sich sofort an das große schwarze Maultier, das ihm Shan Tingxiu versprochen hatte. In seinen Ohren klang das rhythmische Hufklappern, mit dem sein Maultier über die Straße galoppierte. Was für ein Maultier: bezaubernde schwarze Augen wie kleine Laternen, Hufe wie kleine Kristallbecher! «Du Esel», sagte Urgroßmutter, «unsere Tochter ißt nicht. Was sollen wir tun?»

Urgroßvater warf ihr aus einem versoffenen Augenwinkel einen Blick zu und sagte: «Sie ist verwöhnt wie eine Prinzessin. Für wen hält sie sich eigentlich?»

Er ging zu Großmutter und fuhr sie an: «Kleine Sklavin, was soll das? Menschen, deren Schicksal es ist, zu heiraten, sind durch einen unsichtbaren Faden miteinander verbunden, egal, wie weit sie voneinander entfernt sind. Wenn du einen Hahn heiratest, wirst du eine Henne, wenn du einen Hund heiratest, wirst du eine Hündin. Dein Vater ist kein Fürst oder Graf, und du bist kein goldener Zweig und kein Blatt aus Jade. Du hast Glück gehabt, einen so reichen Mann zu finden, und dein Vater hat auch Glück gehabt. Als allererstes hat dein Schwiegervater mir ein schönes schwarzes Maultier versprochen. Daran erkennt man die gute Familie!»

Großmutter saß reglos und mit geschlossenen Augen da. Eine Honigschicht schien ihre feuchten Wimpern zu bedecken, die aneinanderklebten und sich wie Schmetterlingsfühler nach oben bogen. Mit wachsender Wut starrte Urgroßvater sie an. «Spiel nicht die Taubstumme, du da mit den geschwungenen Wimpern. Wenn du willst, dann stirb eben, aber dein Geist wird der Familie Shan angehören. Auf dem Friedhof der Familie Dai gibt es keinen Platz für dich.»

Großmutter lachte nur.

Urgroßvater gab ihr eine Ohrfeige.

Zischend verschwand die Rosenfarbe aus Großmutters Wangen, die leichenblaß wurden. Allmählich kehrte Farbe in das bleiche Gesicht zurück, das nun so rot wurde wie die Morgensonne. Ihre Augen leuchteten, sie knirschte mit den Zähnen und grinste ihren Vater haßerfüllt an:

«Ich fürchte nur, du wirst nie ein Haar von deinem Maultier sehen.»

Sie senkte den Kopf, griff nach den Eßstäbchen und stopfte sich das dampfende Essen in den Mund, wie ein Sturmwind den Schnee aufwirbelt. Als sie fertig war, warf sie die Eßschale hoch in die Luft. Das trübe graue Licht spiegelte sich in der fliegenden Schale. Sie segelte über den Dachbalken und zog zwei Spinnenfäden mit sich, bevor sie zu Boden fiel, hochsprang, einen Halbkreis beschrieb und schließlich mit der Öffnung nach unten liegenblieb. Großmutter griff nach einer zweiten Eßschale und warf sie. Diesmal traf sie die Wand, und die Schale zerbrach in zwei Stücke. Urgroßvater war so entsetzt und verblüfft, daß ihm der Mund offen stehenblieb. Mit zitternden Schläfenhaaren stand er sprachlos da. «Tochter», rief Urgroßmutter aus, «endlich hast du etwas gegessen!»

Nachdem sie die Schalen zertrümmert hatte, brach Großmutter endlich zusammen und weinte. Der nasse, liebliche, gefühlsgeladene Klang ihres Weinens war so stark, daß das Zimmer ihn nicht halten konnte. Er drang hinaus, breitete sich über die Felder aus und verschmolz mit dem Rauschen der sprießenden Hirse im Spätsommer. Unzählige Gedanken schossen unter dem langgezogenen Ton ihres klaren, gequälten Weinens durch ihren Kopf. Immer wieder rief sie sich alles ins Gedächtnis zurück, was in den drei Tagen geschehen war, seit man sie in die Brautsänfte gesetzt hatte, bis sie auf dem Rücken des Esels nach Hause zurückgekehrt war. All die Bilder dieser drei Tage, all die Klänge, all die Gerüche kamen wieder: die Flöten und Trompeten, die kleinen Melodien, die großen Geräusche, das Schmettern, die Blasinstrumente, der Gesang. Die grüne Hirse wurde rot davon. Der Klang ließ unter Trommelwirbeln einen Vorhang von Regen vom Himmel fallen. Zwei Donnerschläge, Blitz, Regenfäden dicht wie der Flachs auf den Feldern. Ihr Herz verwirrte sich mit den Flachsstauden, auf die der Regen fiel, schräg von der Seite, senkrecht von oben und steil aufwärts.

Großmutter dachte an den Straßenräuber im Krötenloch und an die Heldentaten des jungen Sänftenträgers. Er war der Leithund, der Anführer des Rudels. Er konnte nicht älter als vierundzwanzig sein. Sein windgegerbtes Gesicht war frei von Runzeln. Sie erinnerte sich, wie nah ihr sein Gesicht kurze Zeit gewesen war und wie sich seine Lippen hart wie Muschelschalen auf die ihren gepreßt hatten. Ihr Blut war einen Augenblick zu Eis erstarrt, bevor es sich in heißem Schwall durch jede Ader des Körpers ergoß. Ihre Füße hatten sich verkrampft, die Beckenmuskeln waren in wilde Zuckungen geraten. Das federnde Vibrieren der Hirse hatte den rebellischen Ruf ihres Blutes aufgenommen. Der dünne, kaum sichtbare Staub über den Halmen hatte sich über ihr und dem jungen Sänftenträger in der Luft verbreitet.

Großmutter versuchte, sich auf die jugendliche Leidenschaft dieses einen Augenblicks zu konzentrieren, um sie festzuhalten. Aber sie entglitt ihr, war von einem Moment zum nächsten verschwunden. Immer wieder tauchte vor ihrem Blick das Bild des anderen Mannes auf, sein Gesicht faulig wie eine lang vergrabene Weintraube, seine Finger zu Haken und Klauen gebogen. Dann war da noch der alte Mann mit dem winzigen Zopf und dem bronzenen Schlüsselbund am Gürtel. Großmutter saß reglos da, und meilenweit von dem Ort des Geschehens entfernt, konnte ihre Zunge den vollmundigen Geschmack des Hirsebrands und die Säure der Maische riechen. Sie erinnerte sich an die zwei Dienstboten, die wie betrunkene Gänse an einem Schnapsfaß rochen und aus jeder Pore Alkoholschwaden ausschwitzten... Er aber bahnte sich mit seinem messerscharfen Kurzschwert einen Pfad durch die Hirse. Die Klinge war feucht von kleinen hufeisenförmigen Flekken tintengrünen Safts, dem Lebensblut der abgeschlagenen

Pflanzen. Sie erinnerte sich an das, was er gesagt hatte: «Egal, was geschieht, komm in drei Tagen wieder!» Lichtstrahlen waren wie Messer aus seinen länglichen zusammengekniffenen Augen geschossen.

Großmutter überfiel eine Vorahnung, daß ihr Leben sich in außerordentlicher und gewaltiger Weise verändern sollte.

In einem ganz tiefen Sinn werden Helden als Helden geboren und nicht zu Helden gemacht. Die Voraussetzung, ein Held zu werden, fließt wie ein unterirdischer Strom in einem Menschen, und wenn sie auf den richtigen äußeren Anreiz trifft, manifestiert sie sich in heroischem Handeln. Die ersten sechzehn Jahre ihres Lebens hatte Großmutter wie all ihre Freundinnen in der Nachbarschaft mit Sticken, Nähen, Scherenschnitten, Fußbinden, Haarkämmen und allerlei sonstigen weiblichen Beschäftigungen verbracht. Woher kamen ihr als Erwachsener die Fähigkeiten und der Mut, mit dem sie ihr Schicksal meisterte? Wie konnte sie sich selbst so stählen, daß sie im Anblick der Gefahr ihre Ängste überwinden und als Heldin handeln konnte?

Großmutter weinte lange, ohne wirkliche Trauer zu empfinden. Was sie empfand, war eher das befreiende Gefühl, den Kummer ihres Herzens von sich zu werfen. Unter Tränen erlebte sie noch einmal die Freuden und das Glück, den Schmerz und das Leiden ihrer Vergangenheit. Der Klang ihres Weinens schien nicht aus ihrem Mund zu kommen, sondern als sanfte Hintergrundmusik die schönen und die abstoßenden Bilder zu begleiten, die vor ihr vorüberzogen. Schließlich sagte sie sich, daß das Leben des Menschen so flüchtig ist wie Herbstgras; was also hatte sie zu befürchten?

«Es ist Zeit zu gehen, kleine Neun», sagte Urgroßvater, der plötzlich wieder ihren Kindheitsnamen benutzte.

Gehen, gehen, gehen? Wohin?

Großmutter ließ sich ein Wasserbecken bringen und wusch sich das Gesicht. Dann legte sie Puder und Rouge auf. Sie blickte in den Spiegel, nahm das Haarnetz ab und ließ das lange, in weichen Wellen dahinfließende Haar frei. Samtglänzend fiel es über den Rükken der jungen Frau, die auf dem gemauerten Bett stand, und glitt bis zu den Schenkeln hinab. Mit der Linken zog sie ihr Haar über die Schulter und kämmte es vor ihrer Brust mit dem Birnenholzkamm in ihrer Rechten. Meine Großmutter hatte dichtes, schwarzglänzendes Haar, das sich zu den Haarspitzen hin leicht verdünnte. Als es glattgekämmt war, drehte sie es mit festem Griff zu großen schwarzen Blüten, die sie mit vier silbernen Kämmen feststeckte. Dann kämmte sie die Ponyfransen, die genau über den Augen endeten. Sie band sich die Füße, zog ein Paar weiße Baumwollstrümpfe darüber, schnürte die Umschläge ihrer Hosen fest und schlüpfte in ein Paar bestickte Pantoffeln, die ihre Füße noch winziger machten.

Es waren Großmutters kleine Füße gewesen, die Shan Tingxius Aufmerksamkeit als erstes erregt hatten, und ihre kleinen Füße hatten die Leidenschaft des Sänftenträgers Yu Zhan'ao entfesselt. Selbst eine alte Hexe mit pockennarbigem Gesicht kann mit Heirat rechnen, wenn sie kleine gebundene Füße hat. Niemand will ein Mädchen mit großen ungebundenen Füßen, selbst wenn sie das Gesicht eines Engels hätte. Großmutter, die gebundene Füße und ein liebliches Gesicht hatte, war eine der Schönheiten ihrer Zeit. Im Verlauf unserer langen Geschichte sind die Füße der chinesischen Frauen sozusagen zu sekundären Geschlechtsorganen geworden, und Männer haben einen ästhetischen Gefallen daran gefunden, der ihre sexuellen Begierden erweckte, wenn sie diese zarten, spitzen Glieder nur erspähten.

Jetzt war sie fertig und verließ mit kleinen, zart klappernden Schritten das Haus. Man hatte eine Decke über den Rücken des kleinen Familienesels gelegt, in dessen glänzenden Augen sich Großmutters zarte Gestalt spiegelte. Nur in diesen feuchten Augen, die sie unverwandt anblickten, glaubte sie einen Funken von Mitgefühl zu entdecken. Sie warf ein Bein über den Rücken des Tiers und stieg auf. Anders als andere Frauen ritt sie nicht im Damensitz. Urgroßmutter ermahnte sie, in sittsamerer Haltung zu reiten, aber sie stieß dem Esel die Fersen in die Seiten, und er machte sich auf den Weg. Stolz und aufrecht, die Augen geradeaus gerichtet, saß Großmutter auf seinem Rücken.

Einmal unterwegs, warf Großmutter keinen Blick mehr zurück. Hatte Urgroßvater anfangs den Esel geführt, so nahm sie ihm die Zügel ab, sobald sie das Dorf verlassen hatte, und ließ ihn hinterherlaufen.

Während der drei Tage, die sie zu Hause verbracht hatte, war wieder ein Gewitter ausgebrochen, und Großmutter sah einen mühlsteingroßen Flecken im Hirsefeld, der sich in totem Weiß vom umgebenden Grün abhob, einen Flecken, an dem die Blätter verdorrt und ausgetrocknet zur Erde hingen. Sie erinnerte sich an den Blitzschlag, der vor einem Jahr ihre Freundin Qian'er, ein hübsches Mädchen von siebzehn Jahren, getroffen hatte. Der Blitz hatte ihre Haare auflodern lassen und ihre Kleider zu Asche verbrannt. In ihren Rücken war ein Muster eingesengt, in dem einige Leute die Kaulquappenschrift des Himmels erkennen wollten.

Es ging das Gerücht um, Qian'ers Tod sei die Strafe für ihren Geiz gewesen. Sie sei am Tod eines ausgesetzten Säuglings schuld. Die Leute erzählten in allen abscheulichen Einzelheiten, wie sie auf dem Weg zum Markt das Wimmern des Kindes am Straßenrand gehört habe. Als sie nachsah und die Windeln aufwickelte, fand sie einen kleinen rosa Jungen und einen Zettel: «Der Vater war achtzehn, die Mutter war siebzehn. Der Mond stand im Zenit, und das Dreigestirn stand im Westen, als unser Sohn Luxi zur Welt kam. Vater war schon mit der zweiten Schwester Zhang, einem Mädchen mit ungebundenen Füßen aus dem Westdorf, verheiratet, und Mutter wird Ba Yanzi aus dem Ostdorf heiraten. Unser Kind zu verlassen bricht uns das Herz. Tränen fließen über Vaters Kinn, Zähren fallen über Mutters Wangen, aber wir unterdrücken die Klagen, und keiner wird uns hören. Luxi, Luxi, du unsere Freude am Wegrand, wer wird dich finden, wer werden deine Eltern sein? Wir haben dich in Seide gewickelt und dir zwanzig Silberdollar mitgegeben. Wir bitten den freundlichen Reisenden, der dich findet, Verdienst zu erwerben, indem er das Leben unseres Sohnes rettet.»

Es hieß, Qian'er habe die Seide und das Geld genommen und das Kind im Hirsefeld gelassen. Dafür sei der Blitzschlag die Strafe des Himmels gewesen. Qian'er war Großmutters beste

Freundin gewesen, und so hatte sie den Gerüchten natürlich keinen Glauben geschenkt. Aber als sie über die tragischen Verwicklungen des Lebens nachdachte, überfielen Trauer und Verzweiflung ihr Herz.

Die Straße war regennaß, reingewaschen und von Tropfen gemustert. Weicher, ölig glänzender Schlamm füllte die Pfützen. Wieder prägte der Esel dem Boden seine Hufspuren ein. Die feuchten Blumen im Feld schienen gealtert, und Grillen versteckten sich im Gras und unter der Hirse. Ihre langen seidigen Bärte zitterten, und das Sägen der durchsichtigen Flügel erklang als melancholisches Lied. Der lange Sommer neigte sich seinem Ende zu, und in der Luft lag Herbstgeruch. Heuschreckenschwärme, die den Jahreszeitenwechsel ahnten, schleppten sich mit vollgefressenen Bäuchen aus den Hirsefeldern auf die Straße und bohrten den Hinterleib in den Boden, um ihre Eier abzulegen.

Urgroßvater brach eine Hirsestaude und peitschte auf den Rumpf des erschöpften Esels ein. Der schoß mit eingezogenem Schwanz ein paar Schritt voran, doch dann verfiel er wieder in seinen gleichmäßigen Trott. Fröhlich gelaunt sang Urgroßvater, der hinter dem Esel herging, selbsterfundene Texte zu Volksmelodien aus Nordost-Gaomi. «Wu Dalang trank das Gift, ach wie war ihm schlecht... Sieben Eingeweide bebten, achtfach zitterten seine Lungen... Der Häßliche nahm die Schöne zum Weib, wie schlecht bekam ihm das... Ach, wie schmerzt der Magen ihm... sein zweiter Bruder ist's, der nun den Auftrag hat... Ach Bruder, komm und räche mich...»

Großmutter lauschte Urgroßvaters wirrem Lied, und das Herz schlug ihr in der Brust, als solle jeder es hören. Das Bild des jungen Mannes mit der finsteren Miene und dem gezückten Schwert stieg vor ihren Augen auf, so wie sie ihn vor drei Tagen gesehen hatte. Wer war er? Was hatte er vor? Eine Ahnung überfiel sie, daß sie und der tapfere Jüngling einander so nahestanden wie Fische, die im gleichen Teich schwimmen, auch wenn sie einander gar nicht kannten. Das eine Mal, das sie einander gesehen hatten, war blitzschnell wie im Traum vergangen, und doch war es kein Traum, es war wirklich und war doch nicht wahr. Geister aus dem Jenseits hatten sie in ihrer tiefen Erregung umschwebt. Gib dich mit deinem Schicksal zufrieden, sagte sie zu sich selbst und seufzte tief.

Großmutter ließ dem Esel seinen Willen und lauschte der wirren Version des Liedes von Wu Dalang, die ihr Vater sang. Ein Windstoß, ein Feuerschein, und schon waren sie am Krötenloch. Der Esel nickte mit dem Kopf und blieb mit zusammengekniffenen Nüstern stocksteif stehen. Urgroßvater schlug ihn mit der Hirsegerte auf Rumpf und Beine. «Beweg dich, blödes Vieh! Beweg dich, Biest von einem Esel!» Pfeifend traf die Gerte den Esel, aber der lief nicht weiter, sondern begann rückwärts zu gehen.

Ein grauenhafter Gestank drang in Großmutters Nase. Schnell stieg sie ab, hielt sich den Ärmel vor die Nase und versuchte, den Esel am Zügel weiterzuzerren. Der hob den Kopf und blickte mit offenem Maul und tränenden Augen um sich. «Esel», sagte sie, «nimm dich zusammen und geh weiter. Es gibt keinen Berg, den man nicht besteigen kann, keinen Fluß, den man nicht überqueren kann.» Von ihren Worten bewegt, hob der Esel den Kopf und schrie laut. Dann galoppierte er voran und zerrte Großmutter so schnell hinter sich her, daß ihre Füße kaum den Boden berührten und ihre Kleider im Wind flatterten wie rote Wolken am Himmel. Im Vorübergehen warf sie einen Blick auf die Leiche des Straßenräubers. Fäulnis und Schmutz war alles, was sich ihrem Auge bot. Millionen fetter Maden hatten ihn aufgefressen, nur ein paar faulende Fleischfetzen hingen noch an den Knochen.

Nachdem sie einander am Krötenloch vorbeigezerrt hatten, stieg Großmutter wieder auf den Esel. Der Geruch von Hirsebranntwein, den der Nordostwind mit sich trug, wurde immer stärker. Sie nahm allen Mut zusammen, aber je näher sie dem Ort des Dramas kam, desto mehr überwältigten sie Furcht und schreckliche Ahnungen. Die Erde dampfte in der Sonnenglut, doch Großmutter liefen kalte Schauer über den Rücken. Das Dorf der Familie Shan war noch weit, aber es schien ihr, als gefriere ihr Rückenmark im immer intensiver werdenden Geruch von Hirsebrand zu Eis. Rechts von ihr im Feld begann ein Mann laut zu singen.

Kleine Schwester, wie mutig ziehst du dahin,
Stark wie Eisen ist dein Kinn,
Hart wie Bronze deine Knochen.
Hoch vom bunt geschmückten Turm
Wirfst du den bestickten Ball.
Er trifft mich hart am Kopf.
Trink mit mir vom Hirsebrand.

«He, du da, Opernsänger, laß dich blicken. Du singst ja grauenhaft», rief Urgroßvater ins Hirsefeld.

3

Vater stand im verdorrten Gras, das die Abendsonne blutrot färbte, und aß seinen Handkuchen. Dann stieg er über die überwucherte, schwammig weiche Böschung zum Flußufer hinab. Auf der Steinbrücke über dem Schwarzwasserfluß lag der erste Lastwagen mit platten Reifen, dahinter die drei anderen. Stoßstangen und Seitenwände waren mit dunklem Blut und hellgrüner Gehirnmasse bespritzt. Die obere Körperhälfte eines Japaners hing an der Seitenplanke; der Stahlhelm baumelte am Riemen von seinem Kopf. Aus der Nase tröpfelte dunkles Blut in den Helm. Das Wasser im Flußbett seufzte. Die reife Hirse knisterte in der Sonnenglut. Kleine Wellen glitzerten unter den schweren, dumpfen Sonnenstrahlen. Herbstinsekten sangen im Schlamm unter den Wasserpflanzen ihr Klagelied. Die Flammen in den letzten beiden Lastwagen waren dabei, sich selbst zu verzehren, und die rauchgeschwärzten Karosserien zersprangen laut krachend.

Mißtönende Klänge und wirre Farben umgaben Vater, der gebannt auf das Blut starrte, das aus der Nase des Japaners in den Stahlhelm tröpfelte. Tropfen für Tropfen plätscherte in die blutige Pfütze und ließ an der Oberfläche kleine Kreise aufwallen. Vater war gerade vierzehn Jahre alt. Es war der neunte Tag des achten

Monats nach dem alten Kalender im Jahre 1939, und die verlöschende Glut der untergehenden Sonne bedeckte die Erde mit einem roten Leichentuch. Vaters Gesicht war von den Anspannungen des Tages erschöpft und mit einer purpurfarbenen Schlammschicht bedeckt. Er kauerte weiter flußaufwärts neben der Leiche von Wang Wenyis Frau auf dem Boden und schöpfte mit beiden Händen Wasser. Klebrig und dicklich fiel das Wasser lautlos zwischen seinen Fingern hindurch zur Erde. Es berührte seine aufgesprungenen Lippen schmerzhaft, und salziger Blutgeschmack trat zwischen seine Zähne und glitt in den Hals hinab. Als das warme Flußwasser seine ausgetrocknete Kehle hinunterglitt, verspürte er einen befriedigenden Schmerz, und auch wenn ihm der salzige Blutgeschmack den Magen umdrehte, schöpfte er eine Handvoll nach der andern. Er trank gierig, bis der trockene, zerbröckelte Handkuchen in seinem Magen sich vollgesogen hatte. Dann richtete er sich auf und schnappte erleichtert nach Luft.

Jetzt war es endgültig Nacht. Ein letzter roter Widerschein färbte den Rand der Himmelskuppel. Der ätzende Gestank der brennenden Karosserien ließ nach. Ein lauter Knall ließ Vater aufschrecken. Er hob den Kopf gerade rechtzeitig, um zu sehen, wie die Fetzen eines geplatzten Reifens langsam wie schwarze Schmetterlinge im Fluß versanken und zahllose japanische Reiskörner, manche weiß, manche schwarz gebrannt, aufstoben und sich dann als Hagelschauer über dem Wasser ergossen. Er wandte den Blick, und seine Augen blieben an der kleinen Gestalt von Wang Wenyis Frau hängen, die tot am Ufer lag. Das Blut aus ihren Wunden färbte das Wasser rot. Er kletterte die Böschung hoch und rief:

«Vater!»

Großvater stand auf der Böschung. Sein Gesicht war von den Anstrengungen der Schlacht ausgemergelt, und unter der wettergegerbten dunklen Haut standen die Knochen vor. Im Schein der letzten Sonnenstrahlen sah Vater, daß das kurzgeschorene Haar auf Großvaters Kopf langsam ergraute. Ängstlich und beklommen schlich er sich heran und stieß ihn in die Seite.

«Vater», fragte er, «Vater, was hast du?»

Tränen strömten über Großvaters Gesicht, und aus seiner Kehle quollen gurgelnde Laute. Das japanische Maschinengewehr, das ihnen Zugführer Leng so großzügig überlassen hatte, lag zusammengekauert wie ein Wolf zu seinen Füßen. Die offene Mündung sah aus wie ein Hundeauge.

«Sag doch was, Vater! Iß Handkuchen und trink einen Schluck Wasser. Wenn du nichts ißt und nichts trinkst, wirst du sterben.»

Großvater beugte den Kopf vor, bis er auf dem Brustkorb lag. Der Körper schien nicht stark genug, das Gewicht des Kopfes zu tragen, und schrumpfte förmlich zusammen. Großvater hielt den Kopf zwischen den Händen und stöhnte. Dann blickte er schluchzend auf: «Douguan, mein Sohn, ist es vorbei mit uns?»

Mit ängstlich aufgerissenen Augen starrte Vater seinen Vater an. Der harte Blick seiner diamantklaren Pupillen entsprang dem furchtlosen, ungezügelten, heroischen Geist meiner Großmutter. Als Lichtstrahl durchbrach er das Reich der Finsternis und erleuchtete Großvaters Herz.

«Vater», sagte mein Vater, «gib nicht auf. Ich werde Pistolenschießen üben wie damals, als du auf Fische in der Bucht geschossen und die Fähigkeit der Sieben Pflaumenblüten erworben hast. Dann werden wir unsere Rechnung mit dem pockennarbigen Schwein von Leng begleichen.»

Großvater sprang auf und brüllte dreimal wie ein Stier. Halb war es Wehklage, halb irres Gelächter. Ein feiner Faden von dunklem purpurrotem Blut kroch zwischen seinen Lippen hervor.

«Du sagst es, Sohn! So ist es richtig.»

Er bückte sich und hob einen von Großmutters Handkuchen von der dunklen Erde, biß ein Stück ab und schluckte es herunter. Kuchenkrümel und kleine Bluttropfen klebten an seinen verfärbten Zähnen. Vater hörte Großvaters Schmerzensschreie, als ihm der trockene Handkuchen im Halse steckenblieb, und er sah, wie die rauhen Kanten langsam durch die Speiseröhre glitten.

«Vater», sagte mein Vater, «geh zum Fluß und trink Wasser, damit der Kuchen in deinem Magen feucht wird.»

Großvater taumelte die Böschung hinunter und ließ sich auf Händen und Knien am Uferrand nieder. Er streckte den Hals vor und trank wie ein Maultier oder ein Pferd. Als er sich satt getrunken hatte, ließ er die Arme sinken und tauchte Kopf und Nacken ins Wasser. Bunte kleine Schaumkronen stiegen auf, als das Wasser sich an dem Hindernis brach. Er hielt den Kopf eine halbe Pfeifenlänge unter Wasser. Beim Anblick seines Vaters, der wie ein bronzefarbener Frosch am Ufer kauerte, wurde Vater allmählich nervös. Schließlich zog Großvater den tropfnassen Kopf aus dem Wasser, holte tief Luft, richtete sich auf und stieg wieder die Böschung hinauf. Vater starrte gebannt auf das Wasser, das über Großvaters Gesicht strömte. Der schüttelte den Kopf und schleuderte neunundvierzig große und kleine Wassertropfen wie Perlen in die Luft.

«Douguan», sagte er dann, «wir wollen sehen, wie es den Männern geht.»

Dicht von Vater gefolgt, taumelte er benommen durch das Hirsefeld westlich der Straße. Sie stolperten über niedergetrampelte Hirsepflanzen und leere Patronenhülsen, die schwach gelblich glänzten. Immer wieder mußten sie sich bücken, um die Leichen ihrer gefallenen Kameraden anzusehen, die mit verzerrten Gesichtern unter der Hirse lagen. Großvater und Vater schüttelten sie in der Hoffnung, noch einen von ihnen am Leben zu finden, aber sie waren alle tot. Klebriges Blut bedeckte ihre Hände. Vater betrachtete zwei der Männer, die am Westrand des Feldes lagen. Der eine hatte den Gewehrlauf im Mund. Sein Nacken war ein Gewebe von Blut und Eiter, wie ein verfaultes Wespennest. Der andere lag über dem Bajonett, das in seinem Brustkorb steckte. Großvater drehte die beiden Männer um, und Vater sah ihre gebrochenen Beine und ihre aufgeschlitzten Bäuche. Seufzend zog Großvater das Gewehr aus dem Mund des einen, das Bajonett aus der Brust des anderen seiner Männer.

Vater folgte Großvater ins östliche Hirsefeld, über die Straße, die hell unter dem verhangenen Himmel lag. Auch diese Seite hatte unter Beschuß von Maschinengewehren gestanden. Sie drehten die Leichen der Soldaten, die überall auf der Erde verstreut lagen, auf den Rücken. Hornist Liu kniete, das Signalhorn in der Hand, im Feld, als wolle er zum Angriff blasen. «Hornist Liu!»

rief Großvater ihn an. Keine Antwort. Vater trat heran und stieß den Hornisten in die Seite. «Onkel Liu!» rief er, und das Horn fiel zu Boden. Vater blickte genauer hin und sah, daß das Gesicht des Hornisten schon zu Stein erstarrt war.

Im dürren Feld nahe der Böschung fanden sie Fang Sieben, dem die Därme aus dem Bauch quollen, und einen Soldaten namens Schwindsucht Vier. Er war der vierte Sprößling seines Vaters und hatte als Kind an Schwindsucht gelitten. Eine Kugel hatte ihn ins Bein getroffen, und durch den Blutverlust war er ohnmächtig geworden. Großvater hielt dem Mann die blutverschmierte Hand vor den Mund und konnte schwach seinen heißen, trockenen Atem spüren. Fang Sieben hatte sich die Därme selbst in die Bauchhöhle zurückgeschoben und die offene Wunde mit Hirseblättern bedeckt. Er war noch bei Bewußtsein. Als er Großvater und Vater erkannte, zuckten seine Lippen. Stammelnd flüsterte er: «Kommandant! Ich bin erledigt… Wenn Ihr meine Alte seht, gebt ihr Geld. Sie soll nicht wieder heiraten. Mein Bruder… keine Söhne… Wenn sie weggeht… Familie Fang zu Ende.» Vater wußte, daß Fang Sieben einen Sohn hatte, der ein Jahr alt war, und daß die kürbisförmigen Brüste seiner Mutter so prall von Milch waren, daß er fett und vergnügt heranwuchs.

«Ich trag dich nach Hause, kleiner Bruder», sagte Großvater.

Er bückte sich und lud Fang Sieben auf seinen Rücken. Fang schrie vor Schmerz, und Vater sah, wie die Blätter von der Wunde fielen und die weiß gefleckten Eingeweide aus der Bauchhöhle glitten und einen heißen stinkenden Wind freiließen. Großvater legte ihn wieder auf den Boden. «Älterer Bruder», bat Fang, «erlöse mich von meinem Elend. Quäl mich nicht. Bitte, erschieß mich!»

Großvater beugte sich nieder und hielt Fangs Hand. «Kleiner Bruder, ich kann dich zu Zhang Xinyi bringen, dem Arzt. Der bringt dich wieder in Ordnung.»

«Tu es jetzt, älterer Bruder, und laß mich nicht leiden. Da gibt es nichts mehr zu heilen.»

Mit zusammengekniffenen Augen sah Großvater zum trüben Spätsommerhimmel auf, an dem sich die ersten hellen Sterne zeigten, und stieß einen langen, heulenden Schrei aus. Dann wandte er sich Vater zu: «Ist deine Pistole geladen, Douguan?»

«Ja, Vater.»

Vater gab Großvater die Pistole. Der entsicherte sie, blickte noch einmal zum düsteren Himmel auf und ließ die Trommel rotieren. «Ruhe in Frieden, Bruder. Solange Yu Zhan'ao zu essen hat, werden deine Frau und dein Sohn nicht hungern.»

Fang Sieben nickte und schloß die Augen.

Großvater hob den Revolver, als schleppe er einen schweren Stein. Das Gewicht ließ ihn erzittern.

Fang Sieben öffnete die Augen: «Älterer Bruder...»

Großvater wandte das Gesicht ab, und aus der Mündung schoß ein Flammenstoß, der Fang Siebens Kopfhaut grün aufleuchten ließ. Der Kniende stürzte vornüber und fiel auf seine eigenen Eingeweide. Vater hätte nie geglaubt, daß so viele Därme im Bauch eines Mannes Platz hatten.

«Schwindsucht Vier, du machst dich besser auch auf den Weg. So bist du der nächsten Wiedergeburt näher und kannst dich an den japanischen Schweinen rächen.» Er feuerte Schwindsucht Vier die letzte Kugel ins Herz. Dessen Leben hatte ohnehin nur noch an einem Faden gehangen.

Nachdem er Schwindsucht Vier erschossen hatte, ließ Großvater, für den das Töten zu einem normalen Teil des Lebens geworden war, den Arm sinken, der wie eine tote Schlange von der Schulter hing. Die Pistole fiel zu Boden.

Vater bückte sich, hob sie auf und steckte sie in den Gürtel. Dann zupfte er Großvater, der wie gelähmt dastand, am Ärmel. «Komm, Vater, wir gehen nach Hause.»

«Nach Hause? Nach Hause? Ja, gehen wir nach Hause...»

Vater zerrte seinen Vater die Böschung hoch und machte sich vorsichtig auf den Weg nach Westen. An diesem Abend, am neunten Tag des achten Monats, erfüllte der halbe Mond den Himmel mit kalten Strahlen, die leicht auf Vaters und Großvaters Rücken fielen und die Oberfläche des Schwarzwasserflusses erstrahlen ließen. Das Blut im Wasser reizte die Aale zur Weißglut. Blaß und hungrig schlängelten und wanden sie sich, wie silberne Bogenlampen strahlend, an der Wasseroberfläche. Aus dem Wasser stieg blaue Kälte und verband sich mit der roten Wärme der Uferhirse zu einem schimmernden Dunst. Vater dachte an den schweren Nebel zurück, in dem sie an diesem Morgen aufgebrochen waren. Nur ein einziger Tag und doch so lang wie zehn Jahre! Und dabei war alles in der Zeit eines Lidschlags geschehen.

Vater erinnerte sich, wie seine Mutter ihn zum Rand des nebelverhüllten Dorfes gebracht hatte. Die Szene schien weit entfernt und stand ihm doch ganz nah vor Augen. Er erinnerte sich an den beschwerlichen Marsch durch die Hirsefelder, an Wang Wenyi, den ein versehentlicher Schuß am Ohr verwundet hatte, an die fünfzig Soldaten, die bei ihrem Anmarsch auf die Brücke wie eine dunkle Linie von Ziegenkot ausgesehen hatten. Dann der scharfe Dolch des Stummen, die finsteren Augen, der Kopf des Japaners, der durch die Luft flog, der runzlige Hintern des alten Japaners, Mutter, die über die Böschung schwebte, als flöge sie auf Phönixflügeln, die Handkuchen, die zu Boden rollten, fallende, brechende Hirsepflanzen, rote Hirse, die zu Boden sank wie sterbende Helden ...

Vater war im Stehen eingeschlafen, und Großvater nahm ihn auf den Rücken. Der Revolver in seinem Gürtel schlug ihm ins Kreuz. Scharfe Schmerzen drangen bis zum Herzen vor. Es war der Revolver, der einst dem dunklen, hageren, gebildeten, gutaussehenden Adjutanten Ren gehört hatte. Es war der Revolver, der Adjutant Ren, Fang Sieben und Schwindsucht Vier getötet hatte. Einen Augenblick dachte er daran, diese abscheuliche Waffe in den Fluten des Schwarzwasserflusses zu versenken. Aber das war nur ein flüchtiger Gedanke. Er beugte sich vor, ließ seinen schlafenden Sohn auf seinem Rücken weiter nach oben gleiten und versuchte, den stechenden Schmerz in seinem Herzen zu vergessen.

Großvater spürte nicht mehr, wie sich seine Beine bewegten, und das einzige, was ihn weitermarschieren ließ, war der Drang, den Kampf gegen immer dunklere, immer schwerere Luftwogen nicht aufzugeben. Benommen hörte er das laute Getöse, das ihm wie eine Flutwelle entgegenkam. Er hob den Kopf und sah den Feuerdrachen, der sich die Böschung entlangschlängelte. Mit starren Augen blickte er auf ein Bild, das verschwamm, deutlicher wurde, wieder verschwamm. Manchmal konnte er Fänge und Klauen des Drachen sehen, der über die Wolken ritt und durch den Nebel schwamm. Die goldenen Schuppen klirrten im Flug, der Wind heulte, Regenwolken zischten und dampften, Donner grollte, und all die verschiedenen Geräusche vereinten sich zu einem Sturm von Männlichkeit, der über die zusammengekauerte weibliche Welt dahinraste.

Als sein Blick sich klärte, konnte er die neunundneunzig Fakkeln erkennen, die ihm über den Häuptern Hunderter von Menschen entgegenkamen. Die tanzenden Flammen erleuchteten an beiden Ufern des Flusses die Hirse. Der Schein der vorderen Fakkeln fiel auf die Menschen, die weiter hinten gingen, und die hinteren Fackeln erleuchteten die vorderen Reihen. Großvater ließ Vater von seinem Rücken gleiten und schüttelte ihn kräftig.

«Douguan», rief er ihm ins Ohr, «wach auf, Douguan! Wach auf, mein Sohn. Sie kommen uns holen, sie kommen.»

Vater hörte, wie heiser Großvaters Stimme klang, und sah zwei Tränen aus seinen Augen rollen.

4

Als Großvater Shan Tingxiu und seinen Sohn umbrachte, war er gerade vierundzwanzig Jahre alt. Auch wenn Großmutter und er schon zuvor im Hirsefeld den Phönixtanz getanzt hatten, auch wenn sie im feierlichen Rhythmus von Leid und Ekstase meinen Vater empfangen hatte, dessen Leben sich aus Verdienst und Schuld zusammensetzen sollte (galt er doch schließlich als einer der bedeutendsten Vertreter seiner Generation in der Gemeinde Nordost-Gaomi), so war Großmutter doch durch gesetzliche Eheschließung zum Mitglied der Familie Shan geworden. So waren mein Großvater und meine Großmutter Ehebrecher, und ihre Verbindung war gezeichnet von Sponaneität, Zufall und mangelnder Dauerhaftigkeit. Weil aber mein Vater damals noch nicht auf der Welt war, sollte ich der Genauigkeit halber meinen Großvater nicht Großvater, sondern Yu Zhan'ao nennen, wenn von dieser Zeit die Rede ist.

Als Großmutter voll Schmerz und Verzweiflung Yu Zhan'ao erzählte, ihr Ehemann habe die Lepra, köpfte er mit seinem kurzen Schwert zwei Hirsestauden. Dann beschwor er sie, sich keine Sorgen zu machen, und nahm ihr das Versprechen ab, in drei Tagen wieder zurückzukommen. Von den Fluten der Leidenschaft überwältigt, dachte sie nicht darüber nach, was das wohl bedeuten solle. Aber er trug sich schon mit Mordgedanken. Er blickte ihr nach, als sie sich ihren Weg durch die Hirse bahnte, ihren klugen kleinen Esel rief und Urgroßvater mit dem Fuß anstieß. Der schlammverkrustete Haufen, der mein Urgroßvater war, erwachte aus seinem trunkenen Schlaf und stammelte mit schwerer Zunge: «He, Tochter … ja, du da … wie lange brauchst du eigentlich zum Pissen? … Dein Schwiegervater … ein großes, schwarzes Maultier …»

Ohne sich um sein unzusammenhängendes Lallen zu kümmern, warf sie ein Bein über den Rücken des Esels und wandte im warmen Frühlingswind das Gesicht zum Feld südlich der Straße. Sie wußte, daß der junge Sänftenträger ihr nachsah. Noch kämpfte sie gegen ihre neuerwachte Leidenschaft an, aber zugleich sah sie verschwommen eine neue, unbekannte Straße vor sich, deren Wegränder mit rubinroter Hirse bewachsen waren, deren Gräben voll waren von kristallklarem Hirsebrand und die sich mit unbekanntem Ziel vor ihr erstreckte. Die breitblättrigen Hirsepflanzen am Straßenrand verbargen ihre Weisheit unter der Maske des Stumpfsinns; die rote Hirse ihres Traums verschmolz mit den wirklichen Pflanzen auf den Feldern; Realität und Illusion wurden ununterscheidbar. Klare und doch verschwommene, phantastische und doch fest gegründete Gefühle begleiteten die Reiterin auf ihrem Weg.

An eine Hirsestaude gelehnt, folgte Yu Zhan'ao ihr mit den Augen, bis sie hinter der Straßenbiegung verschwand. Von plötzlicher Müdigkeit übermannt, bahnte er sich mühsam seinen Weg durch die Hirse und kehrte zum heiligen Altar ihrer Liebe zurück. Dort fiel er zu Boden wie eine einstürzende Mauer und versank in tiefen Schlaf. Erst als die rote Sonne im Westen verschwand, öffneten sich seine Augen, und das erste, was er sah, waren Hirseblätter, Hirsehalme und Hirserispen, die ihren dichten, purpurfarbenen Baldachin über ihm ausbreiteten. Den Regenmantel über die Schulter gebreitet, verließ er das Feld. Eine frische Brise ließ die Hirse rauschen. Er wickelte den Mantel um den Körper, um sich vor der Kälte zu schützen, und als seine Hand seinen Magen berührte, merkte er, wie hungrig er war. Vage erinnerte er sich an die drei Hütten am Eingang des Dorfes, in das er vor drei Tagen die Frau getragen hatte, und an die zerfledderte Kneipenflagge, die im Regen wehte und flatterte. So hungrig, daß er weder still sitzen noch aufrecht stehen konnte, machte er sich auf den Weg vom Hirsefeld zur Kneipe. Er stand noch keine zwei Jahre in den Diensten der Hochzeits- und Beerdigungsgesellschaft der Gemeinde Nordost-Gaomi, und so würde ihn hier niemand kennen. Wenn er erst einmal gegessen und getrunken hatte, würde er einen Weg finden, das zu tun, was getan werden mußte, um dann im Hirsefeld unterzutauchen wie ein Fisch im Meer.

Er wandte sich, die Strahlen der untergehenden Sonne im Gesicht, nach Westen, wo giftfarbene Abendwolken die Sonnenscheibe in eine rotblühende Pfingstrose mit furchteinflößend goldenem Rand verwandelten. Nachdem er ein Stück nach Westen gegangen war, wandte er sich nach Norden, in Richtung des Dorfes, wo Großmutters Ehemann Shan Bianlang wohnte. Die Felder waren verlassen und leer. In jener Zeit verließ jeder, der zu Hause noch etwas zu essen hatte, den Acker, bevor es zu dunkel wurde, und die Hirsefelder dienten den Banditen als Schlupfloch. An diesem Tag hatte Yu Zhan'ao Glück und traf auf keinen der räuberischen Helden der Landstraße.

Als er ankam, rauchten im Dorf die Kamine, und ein gutaussehender junger Mann, der zwei Krüge mit frischem Brunnenwasser an einer Tragstange über der Schulter trug, ging über die Dorfstraße. Ein wenig Wasser spritzte über den Rand des Kruges. Yu Zhan'ao eilte zur Tür unter der zerfledderten Kneipenflagge. Die

Hütte war innen nicht durch Wände unterteilt, nur eine Theke aus Lehmziegeln durchschnitt den Raum. Der innere Bereich war mit einem gemauerten Bett, einem Ofen und einem großen Faß möbliert. Die Ausstattung des äußeren Teils bestand aus zwei wackeligen, zerkratzten Tischen und ein paar verstreut umherstehenden Bänken. Ein glasierter Schnapskrug, an dessen Rand der Schöpflöffel hing, stand auf der Theke. Ein fetter alter Mann lag auf dem Bett. Yu Zhan'ao erkannte den Hundemetzger, der in der Gegend «der Koreaner» genannt wurde. Er hatte ihn einmal auf dem Markt im Dörfchen Ma gesehen. Der Mann konnte in weniger als einer Minute einen Hund schlachten, und die Hunderte von Hunden, die auf dem Markt von Ma zu Hause waren, knurrten wütend, wenn sie ihn sahen, und ihr Fell sträubte sich. Aber sie hielten sich ängstlich fern.

«Wirt, einen halben Liter Schnaps!» rief Yu Zhan'ao und setzte sich auf eine Bank.

Der fette alte Mann rührte sich nicht. Außer seinen Augen bewegte sich auf der Bettstatt nichts.

«Wirt!» rief Yu Zhan'ao.

Der fette alte Mann schlug das Hundefell zurück, mit dem er sich zugedeckt hatte, und kletterte vom Bett. Er hatte auf einem weißen Hundefell gelegen und sich mit einem schwarzen zugedeckt. Yu Zhan'ao sah noch drei weitere Felle, die an der Wand hingen: ein grünliches, ein blauschimmerndes und ein geflecktes.

Der fette alte Mann nahm eine dunkelrote Trinkschale von der Theke und füllte sie mit Hirsebrand.

«Was gibt es zu essen?» fragte Yu Zhan'ao.

«Hundekopf», grunzte der alte Mann.

«Ich will aber Hundefleisch.»

«Ich habe nur Kopf.»

«Also gut, dann eben Kopf.»

Der alte Mann lüpfte den Deckel von einem Topf, in dem ein ganzer Hund kochte.

«Ich will Fleisch», wiederholte Yu Zhan'ao.

Der alte Mann ignorierte ihn, griff nach seinem Beil und hackte so kräftig auf den Hundehals ein, daß die glühendheiße Suppe durch die Gegend spritzte. Er hackte den Kopf ab, steckte ihn auf einen Metallspieß und reichte ihn über die Theke. Yu Zhan'ao packte die Wut. «Ich habe gesagt, Fleisch!» brüllte er.

Der alte Mann warf den Hundekopf auf die Theke und knurrte: «Das ist alles, was ich habe. Wenn es dir nicht paßt, laß es eben bleiben!»

«Was glaubst du eigentlich, wen du vor dir hast?»

«Sei ruhig und halt den Mund wie ein braver kleiner Junge», fuhr ihn der alte Mann an. «Wie kommst du darauf, daß dir das Hundefleisch zustehen könnte? Das hebe ich für Blatternacken auf.»

Blatternacken war der gefürchtete Anführer einer Räuberbande in Nordost-Gaomi, und schon sein Name flößte Yu Zhan'ao Furcht ein. Blatternacken galt als der beste Schütze der Gegend. Die Art, wie er mit kreisender Handbewegung drei Schüsse hintereinander abfeuern konnte, hatte ihm den Spitznamen «Phönix, der dreimal nickt» eingetragen. Leute, die etwas von Feuerwaffen verstanden, konnten allein am Klang der Schüsse merken, daß Blatternacken in der Nähe war. Yu Zhan'ao zügelte sich und sagte nichts mehr. Die Trinkschale in der einen Hand, holte er sich mit der anderen den Hundekopf. Er trank einen Schluck und blickte dem Hund ins Auge. Das Hundeauge blickte, obgleich es gargekocht war, noch immer schlau und bösartig zurück. Yu Zhan'ao schaute auf das wütende geöffnete Maul und biß kräftig in die Nase. Sie war köstlich, und Yu Zhan'ao war halb verhungert. Er schlang in sich hinein, ohne sich Zeit zu lassen, das Fleisch zu genießen. Er lutschte die Augen aus, schlürfte das Hirn, kaute die Zunge und nagte an den Backen. Mit einem letzten Blick auf den abgenagten Schädel stand er auf und rülpste.

«Einen Silberdollar», sagte der fette alte Mann.

«Ich habe nur sieben Kupferstücke», sagte Yu Zhan'ao und warf die Münzen auf den Tisch.

«Ich habe gesagt: einen Silberdollar!»

«Und ich habe gesagt: Ich habe nur sieben Kupferstücke.»

«Glaubst du, du kannst hier essen, ohne zu bezahlen, Junge?»

«Ich habe aber nur sieben Kupferstücke.»

Yu Zhan'ao stand auf und wollte gehen, aber der fette alte Mann kam hinter der Theke hervorgeschossen und hielt ihn fest. Während sie noch kämpften, stolzierte ein hochgewachsener, stämmiger Mann in das Lokal.

«He, Koreaner, warum brennt deine Laterne nicht?» fragte er.

«Der Typ hier glaubt, er könne essen, ohne zu bezahlen.»

«Schneid ihm die Zunge ab», sagte der Mann mit finsterer Stimme, «und zünde die Laterne an.»

Der fette alte Mann ließ Yu Zhan'ao los und ging hinter die Theke zurück. Er schürte das Feuer und zündete eine Öllampe an. Glitzerndes Licht fiel auf das dunkle Gesicht des Fremden. Yu Zhan'ao sah, daß er von Kopf bis Fuß in schwarzen Samt gekleidet war. Er trug eine Jacke mit stoffbezogenen Knöpfen, weite Hosen, deren Beine an den Knöcheln mit schwarzen Baumwollbändern abgebunden waren, und schwarze Stoffschuhe mit doppelten Schnallen. Auf seinem langen breiten Nacken sah man einen faustgroßen weißen Flecken. Das, dachte Yu Zhan'ao, muß Blatternacken sein.

Blatternacken musterte Yu Zhan'ao nachdenklich, streckte dann die linke Hand aus und berührte mit drei Fingern seine Stirn. Yu Zhan'ao sah ihn verwundert an.

Blatternacken schüttelte mißbilligend den Kopf und sagte: «Du bist kein Bandit?»

«Ich bin Sänftenträger bei der Hochzeits- und Beerdigungsgesellschaft.»

«Du verdienst dein Geld also mit einer Tragstange», spottete Blatternacken. «Hast du Lust, mit mir Handkuchen zu essen?»

«Nein», antwortete Yu Zhan'ao.

«Dann verschwinde hier. Weil du noch ein Grünschnabel bist, darfst du deine Zunge behalten, damit du Frauen küssen kannst. Verschwinde und hüte deine Zunge!»

Yu Zhan'ao verließ rückwärts die Kneipe und wußte nicht, ob seine Wut oder seine Angst stärker war. So ungern er es zugab, Blatternacken hatte ihm mit seinem Benehmen Respekt eingeflößt. Trotzdem verabscheute er ihn.

Yu Zhan'ao war in ärmlichen Verhältnissen aufgewachsen. Seinen Vater hatte er als kleiner Junge verloren und mußte sich mit seiner Mutter mühsam von drei Morgen schlechtem Ackerland ernähren. Gelegentlich, aber nicht regelmäßig, half ihnen sein Onkel Yu Daya, der mit Maultieren handelte.

Als er dann dreizehn oder vierzehn war, hatte seine Mutter ein Verhältnis mit dem Abt des Tianqi-Klosters. Der wohlhabende Mönch brachte öfters Reis und Nudeln mit, und jedesmal, wenn er zu Besuch kam, schickte die Mutter den Jungen aus dem Haus und schloß die Tür ab. Wenn er von draußen fröhliches Lachen im Haus hörte, loderten Flammen der Wut in ihm auf. Am liebsten hätte er das Haus angezündet. Als er dann sechzehn war, trafen sich seine Mutter und der Mönch so regelmäßig, daß sich das ganze Dorf das Maul zerriß. Sein Freund, Hufschmied Cheng der Jüngere, schenkte ihm ein Kurzschwert. Damit brachte er in einer regnerischen Frühlingsnacht am Birnblütenbach den Mönch um. Die Birnbäume am Ufer standen in Blüte, und zarter Duft breitete sich in der feuchten Nachtluft aus.

Nach dem Mord verließ Großvater das Dorf, verdiente sein Brot mit Gelegenheitsarbeit und wurde schließlich vom Spielteufel gepackt. Er wurde ein so leidenschaftlicher Spieler, daß sich seine Finger von den Kupfermünzen, die durch sie glitten, grün färbten. Als dann Cao Mengjiu, der große Feind des Glücksspiels, Bezirksrichter in Gaomi war, wurde Großvater beim Spiel auf einem Friedhof erwischt, bekam zweihundert Schläge mit der Schuhsohle, mußte als Zeichen der Schande Hosen mit einem roten und einem schwarzen Bein tragen und zwei Monate lang die Straßen der Kreisstadt fegen.

Nach Verbüßung seiner Strafe zog er in die Nordostgemeinde und verdingte sich bei der Dienstgesellschaft. Als er erfuhr, daß sich seine Mutter nach dem Tod des Mönchs im Türrahmen erhängt hatte, kehrte er eines Nachts heim, um einen letzten Blick auf sein Elternhaus zu werfen. Wenig später begab sich die Geschichte mit meiner Großmutter im Hirsefeld.

Yu Zhan'ao verließ die Kneipe und versteckte sich im Hirsefeld. Von dort beobachtete er den schwachen Lichtschein, der aus den Fenstern drang, und beobachtete die Bahn des jungen Mondes am sternenbedeckten Himmel. Kühler Tau fiel von den Hirsepflanzen, vom Boden stiegen kalte Dünste auf. Es war schon spät, als sich quietschend die Tür der Kneipe öffnete und heller Lichtschein ins Dunkel fiel. Eine massige Gestalt trat schnell in den Lichtkegel, blickte sich vorsichtig um und verschwand dann wieder im Haus. Yu Zhan'ao erkannte den Koreaner. Kaum war der Wirt wieder ins Haus gegangen, schoß der Räuber Blatternacken aus der Tür und verschwand im Schatten. Der fette alte Wirt schloß die Tür hinter ihm und löschte das Licht. Über der Kneipentür flatterte die zerfledderte Flagge, als rufe sie wandernde Geister an.

Als der Bandit auf die Straße trat, hielt Yu Zhan'ao den Atem an und rührte keinen Muskel. Gerade vor ihm blieb Blatternacken stehen, um ins Feld zu pinkeln. Der üble Gestank stieg Yu Zhan'ao in die Nase. Die Hand am Schwert, dachte er: Jetzt könnte ich dafür sorgen, daß es aus ist mit dem großen Räuberhauptmann. Aber dann besann er sich. Er hatte nichts gegen Blatternacken, und außerdem war der Räuber dem Richter Cao, dem er zweihundert Schläge mit der Schuhsohle zu verdanken hatte, ein Dorn im Auge. Das war ein hinreichender Grund, ihn nicht zu töten. Aber er genoß den Gedanken, daß er den berüchtigten Banditen Blatternacken hätte töten können, wenn er es nur gewollt hätte.

Blatternacken ahnte nicht, wie nah er dem Tode gewesen war, und es überfiel ihn auch keine Vorahnung davon, daß er zwei Jahre später nackt in den Wassern des Schwarzwasserflusses treiben würde, weil ihn ebendieser junge Mann umbringen sollte. Erleichtert zog er die Hosen wieder hoch und ging seines Weges.

Yu Zhan'ao sprang auf und machte sich auf leisen Sohlen, um die Hunde nicht zu wecken, auf den Weg in das schlafende Dorf. Am Eingang zum Anwesen der Familie Shan sah er sich mit angehaltenem Atem um. Die Familie Shan bewohnte zwanzig Gebäude, die von einem Erdwall in ein östliches und ein westliches Gehöft unterteilt wurden. Das gesamte Anwesen war von einer Mauer mit zwei Toren umgeben. Die Brennerei befand sich im östlichen Gehöft, die Familie lebte im Westgehöft, an dessen westlichem Rand es noch einmal drei Nebenräume gab. Drei symmetrisch angeordnete Nebenräume am Ostrand des östlichen Gehöfts dienten den Brennereiarbeitern als Unterkunft. Unter einem Zelt im Ostgehöft lag ein schwerer Mühlstein, der von zwei Maultieren bewegt wurde. Schließlich lagen noch drei Räume an der Südwand des Ostgehöfts, wo sich eine Tür nach Süden öffnete. Dort wurde der Branntwein verkauft.

Die Mauer war hoch, und selbst auf Zehenspitzen konnte Yu Zhan'ao nicht ins Innere des Gehöfts sehen. Also sprang er hoch und hielt sich an der Mauerkante fest. Das kratzende Geräusch weckte die Hunde auf der anderen Seite, die laut zu bellen begannen. Schnell zog er sich auf halbe Pfeilschußweite zurück und kauerte sich auf dem Platz zusammen, wo die Familie Shan ihre Hirse trocknete. Er mußte einen Plan schmieden. Auf dem Platz lag ein Haufen von Hirsehülsen zum Trocknen. Er kniete daneben nieder, zog Docht und Feuerstein aus der Tasche und zündete den Haufen an. Aber kaum daß er anfing, Feuer zu fangen, kam ihm eine bessere Idee. Er erstickte die Flamme mit den Händen, ging zu einem Blätterhaufen hinüber, der vielleicht zwanzig Schritt weiter weg lag, und zündete den an. Die Blätter, die nicht so kompakt waren wie die Hülsen, würden schneller brennen und leichter zu löschen sein. In der windstillen Nacht streckte sich die Milchstraße, von Tausenden blinkender Sterne umgeben, über den wolkenlosen Himmel. Schnell stiegen Flammen auf und beleuchteten das Dorf taghell.

«Feuer», schrie Yu Zhan'ao so laut er konnte, «Feuer!» Dann rannte er zur westlichen Wand des Wohntrakts und versteckte sich im Schatten. Flammenzungen stiegen zum Himmel auf, knisternd verbrannten die Blätter, und die Hunde im Dorf schlugen an. Aus dem Schlaf aufgeschreckt, stießen die Brennereiarbeiter im Ostgehöft laute Schreie aus. Dann öffnete sich auch das Westtor, und der zusammengeschrumpfte alte Mann mit dem mitleiderregenden Zöpfchen stürzte heulend und schreiend heraus. Zwei große gelbe Hunde jagten an ihm vorbei auf das tobende Feuer zu und begannen zu heulen.

«Feuer, Feuer. So löscht doch...», dem alten Mann standen die Tränen in den Augen. Die Brennereiarbeiter rannten in den Hof, suchten Eimer, die sie über Tragstangen hängten, und eilten zum Brunnen. Auch der alte Mann stürzte wieder ins Haus und kam mit einem schwarzen Tonkrug zurück, den er am Brunnen füllte.

Yu Zhan'ao warf seinen Strohmantel ab und schlich sich am Fuß der Mauer ins Westgehöft. Eng an die Wand geschmiegt, sah er den Männern bei ihren Löscharbeiten zu. Goß man einen Eimer Wasser ins Feuer, so glich der Strahl im Flammenschein einem Stück weißer Seide, das sich in der Hitze krümmte und wand. Eimer um Eimer wurde ins Feuer geschüttet, gewaltig strömende Kaskaden, die sich im nächsten Augenblick in schwebende Watteflocken von zerbrechlicher Schönheit verwandelten.

Die Stimme der Vernunft, die Stimme eines bedachten Menschen, rief von drinnen: «Laß es ausbrennen, Herr, es wird von selber ausgehen.»

«Löscht doch! Löscht doch!» weinte er. «Eilt euch! Löscht schon! Das ist das Maultierfutter für einen ganzen Winter.»

Yu Zhan'ao verschwendete keinen Blick mehr an das Drama, das sich im Hof abspielte, und schlich ins Haus. Beklemmend feuchte Luft schlug ihm entgegen. Sein Haar sträubte sich. Eine nasse, schimmelbefallene Stimme erklang aus dem westlichen Hinterzimmer: «Vater? Was brennt da?»

Yu Zhan'ao, der ins Feuer gesehen hatte, bevor er sich ins dunkle Haus schlich, konnte im ersten Augenblick nichts erkennen. Er wartete, bis sich seine Augen an das Dunkel gewöhnt hatten. Als die Stimme ihre Frage wiederholte, ging er auf sie zu. Das Licht, das durch das Papierfenster in den Raum drang, ließ ihn den langgestreckten flachen Kopf erkennen, der auf dem Kissen lag. Er griff danach und drückte ihn herunter. Erschreckt rief die Stimme: «Wer ist da? Wer bist du?» Zwei klauenähnliche Hände gruben sich in Yu Zhan'aos Rücken. Er zog das Schwert und stieß es in die helle Haut des langen dünnen Halses. Ein kühler Luftzug strömte gegen sein Handgelenk, dann ein Strom von heißem, klebrigem Blut. Ihm war, als müsse er sich übergeben. Ängstlich zog er die Hand zurück. Der runzlige flache Kopf darunter wand sich zukkend auf dem Kissen, und aus der Kehle spritzte goldenes Blut. Er wischte die Hand am Bettzeug ab, aber je mehr er abwischte, desto klebriger wurde sie und desto stärker wurde sein Ekel. Das glitschige Schwert in der Hand, drehte er sich um und rannte ins vordere Zimmer. Dort riß er eine Handvoll Stroh aus dem Ofen, um seine Hand und sein Schwert abzuwischen. Das Schwert glitzerte schimmernd im Licht und schien ein eigenes Leben zu gewinnen.

Damals hatte er jeden Tag heimlich mit dem Schwert gespielt, das ihm Hufschmied Cheng der Jüngere gegeben hatte, und immer, wenn er den Kopfkissengesprächen seiner Mutter mit dem Mönch lauschte, zog er es aus der Scheide. Wenn die Dorfbewohner ihn verspotteten und ihn «kleiner Abt» nannten, starrte er sie mit einem Blick an, der ihnen das Blut in den Adern gerinnen ließ. Nachts lag das Schwert unter seinem Kissen, sprach zu ihm und hielt ihn wach. Er wußte, daß die Zeit gekommen war.

Der Vollmond war hinter dichten bleifarbenen Wolken verborgen, und leichter Regen fiel. Alles im Dorf schlief, und die Erde sog die hellen Regentropfen langsam in Pfützen, die sich mit silbernem Wasser füllten. Mit einem gelben Regenschirm aus Wachstuch kam der Mönch ins Haus. Von seinem Zimmer aus konnte Yu Zhan'ao sehen, wie er den Regenschirm zusammenklappte und sich geruhsam den Schlamm von den Schuhsohlen kratzte. Sein kahler Schädel glänzte im Lampenlicht.

Yu Zhan'ao hörte seine Mutter fragen: «Wo kommst du denn mitten in der Nacht her?»

«Ich habe im Westdorf die Siebentagemesse für die Mutter des großen Bissigen gelesen.»

«Ja, aber so spät? Ich dachte schon, du kommst nicht mehr.»

«Warum nicht?»

«Weil es regnet.»

«Und wenn es noch viel schlimmer regnete, hätte ich mir einen Kochtopf auf den Kopf gesetzt, um dich zu besuchen.»

«Beeil dich und komm rein!»

«Tut dir der Bauch noch weh?» fragte der Mönch leise.

«Es ist besser... au...»

«Was ist los?»

«Der Vater des Jungen ist jetzt beinahe zehn Jahre tot, und sieh dir an, was aus mir geworden ist. Ich weiß ja nicht mehr, wo oben und unten ist.»

«Dann entscheide dich eben für oben. Ich werde die Sutren für dich lesen.»

In dieser Nacht tat Großvater kein Auge zu. Schlaflos lag er da und lauschte dem Ruf des Schwerts unter seinem Kissen, dem Prasseln des Regens vor dem Fenster, den gleichmäßigen Atemzügen des schlafenden Mönchs und seiner Mutter, die im Schlaf sprach. Erschreckt fuhr er auf, als er das unheimliche Gelächter einer Eule im Baum hörte. Er zog sich an, nahm sein Schwert und stand mit geneigtem Ohr in der Tür des Zimmers, in dem seine Mutter und der Mönch schliefen. Sein Herz war einsam und leer wie eine Wüste. Vorsichtig öffnete er die Tür und trat hinaus in den Hof. Er sah zum Himmel auf. Die bleifarbenen Wolken waren dünner als zuvor, ein grauer Morgenschimmer zeigte sich. Noch immer fiel leichter Frühlingsregen, befeuchtete langsam und ruhig die Erde und plätscherte leise in den Pfützen. Er folgte den Windungen der Straße zum Kloster Tianqi und überquerte den winzigen Bach auf den schwarzen Trittsteinen.

Tagsüber war der Bach so klar, daß man die winzigen Fische und Krabben am Grund zählen konnte. Aber jetzt war das Wasser unter dem leichten Nebel grau und trübe, und das Geräusch des plätschernden Regens stimmte ihn traurig und ängstlich zugleich. Die Steine waren naß und schlüpfrig, das schimmernde Wasser stieg. Der Anblick der kleinen gekräuselten Wellen, die gegen die Steine unter seinen Füßen schlugen, nahm ihn gefangen. Blühende Birnbäume umrahmten das glatte sandige Ufer. Er überquerte die Furt und betrat den Obsthain. Der sandige Boden lag fest unter seinen Füßen und federte doch leicht nach. Einzelne Wassertropfen fielen von den Bäumen. Die weißen Birnenblüten schienen strahlend im Nebel, aber die kühle Luft ließ nichts von ihrem Duft spüren.

Das Grab seines Vaters im Birnenhain war von Unkraut überwuchert und von verborgenen Löchern durchbohrt, die Generationen von Mäusen hinterlassen hatten. Er versuchte, sich an den Anblick seines Vaters zu erinnern, aber sosehr er sich bemühte, er konnte nur das unscharfe Bild eines schlanken, großen Mannes mit fahler Gesichtsfarbe und kleinem, dünnem Schnurrbart heraufbeschwören.

Er ging ans Ufer zurück, versteckte sich hinter einem der Bäume und starrte blind auf die weißen Wellenkämme, die gegen die schwarzen Trittsteine schlugen. Im Morgenlicht wurde der Himmel allmählich blasser, und als die Wolken sich lichteten, konnte er die Umrisse des schmalen Uferpfades erkennen.

Der Mönch schritt zügig den Weg entlang. Der gelbe Wachstuchschirm verbarg sein Gesicht. Auf der grünen Kutte zeichneten sich versprengte Wasserflecken ab. Mit einer Hand hob er den Saum der Kutte, mit der anderen hielt er den Schirm in die Höhe. Seine rundliche Gestalt tänzelte hin und her, als er von einem Stein zum nächsten schritt. Jetzt, wo sein blasses, ein wenig gedunsenes Gesicht sichtbar wurde, griff Yu Zhan'ao nach dem Schwert. Sein Handgelenk begann zu schmerzen und wurde taub, seine Finger begannen zu zittern. Der Mönch überquerte den Bach, ließ den Kuttensaum fallen und stampfte mit den Füßen auf. Ein paar Schlammflecken spritzten auf seinen Ärmel, und er hielt ihn vor die Augen, um mit der Spitze des Fingernagels den Schmutz wegzuschleudern. Der hellhäutige Mönch, der stolz darauf war, immer sauber und frisch auszusehen, verströmte einen angenehmen Duft von Seife.

Er konnte den Seifenduft riechen, während er zusah, wie der Mönch den Regenschirm zusammenklappte, ihn auf den Boden schlug, um die letzten Wassertropfen abzuschütteln, und ihn dann unter den Arm schob. Die zwölf runden kleinen Narben auf seinem blassen Schädel funkelten hell. Er erinnerte sich an den Anblick seiner Mutter, die den Schädel des Mönchs mit beiden Händen streichelte, als umfasse sie eine Reliquie, während der Mönch wie ein zufriedener Säugling seinen Kopf in ihren Schoß legte. Inzwischen war der Mönch so nah herangekommen, daß er seinen schweren Atem hören konnte. Seine Hand fühlte sich glatt und schlüpfrig an wie ein Aal, und er konnte das Schwert kaum halten. Schweiß bedeckte seine Haut vom Kopf bis zu den Zehenspitzen, vor seinen Augen verschwamm alles, ihm war schwindlig, und er hatte Angst, in Ohnmacht zu fallen.

Im Vorübergehen spuckte der Mönch ein Stück dicken Schleim aus, der klebrig und ekelerregend an einem Zweig hängenblieb. Ein Gefühl von Abscheu und Ekel stieg in Großvater auf. Seine Schläfen fühlten sich an, als schlügen Hämmer auf eine straff gespannte Trommel in seinem Kopf. Das Schwert schien seinen Weg in den Brustkasten des Mönchs von allein zu finden. Der taumelte ein paar Schritte vorwärts, bevor er sich an den Stamm eines Birnbaums klammerte, um sich aufrecht zu halten, und seinen Mörder anblickte. Er konnte den Schmerz in den mitleidheischenden Augen des Mönchs sehen, und für einen Augenblick überkam ihn Reue. Stumm glitt der Mönch vom Baumstamm zu Boden.

Als er das Schwert aus dem Brustkorb des Mönchs zog, gab die Wunde einen warmen Blutstrom frei, so weich und glatt wie die Feder eines fliegenden Vogels. Das Regenwasser, das sich in den Blättern des Birnbaums gesammelt hatte, fiel klatschend auf den sandigen Boden. Dutzende von Blütenblättern wirbelten zur Erde. Tief im Hain erhob sich ein leichter Wind, und später konnte sich Yu Zhan'ao an den zarten Duft der Blüten erinnern...

Er bereute den Mord an Shan Bianlang nicht. Alles, was er empfand, war unüberwindlicher Abscheu. Das Feuer erlosch allmählich, aber sein Widerschein spiegelte sich noch am Himmel. Geistergleich glitt ein Schatten am Fuß der Mauer entlang, im Dorf erhob sich eine Flut von Hundegebell. Schrill klapperten die Metallbeschläge der Löscheimer, zischend traf das Wasser auf die lodernden Flammen.

Sechs Tage zuvor hatte ein kräftiger Schauer die Sänftenträger so durchnäßt, daß sie aussahen wie begossene Hühner, und der einzige trockene Flecken am Körper der jungen Braut war ihr Rücken gewesen. In ebendiesem Gehöft hatte er mit den anderen Sänftenträgern und den Musikern in einer Schlammpfütze gestanden und zugesehen, wie zwei ungepflegte alte Männer die Braut ins Haus begleiteten. Kein Mensch in dem ganzen großen Dorf war gekommen, um das Schauspiel zu bewundern, und nicht einmal der Bräutigam hatte sich blicken lassen. Aus der offenen Tür hatte es nach Rost gerochen, und die Sänftenträger hatten, ohne daß man es ihnen hätte erzählen müssen, gewußt, daß der Bräutigam, der sich nicht zeigte, tatsächlich Lepra hatte. Weil sie kein Publikum fanden, hatten die Musiker sich nicht angestrengt und waren bei einer eintönigen unbedeutenden Melodie geblieben.

Ein verschrumpelter alter Mann war mit einem Korb voll Kupfermünzen aus dem Haus gekommen, hatte ein paar Münzen auf den Boden gestreut und mit krächzender Stimme gerufen: «Trinkgeld... Trinkgeld...» Die Sänftenträger und Musiker hatten zugesehen, wie die Münzen in die Pfützen fielen, aber keiner hatte sich angeschickt, sie aufzuheben. Der alte Mann hatte den Blick über die Männer schweifen lassen, die reglos vor ihm standen. Dann hatte er sich gebückt, um die Münzen eine nach der anderen wieder einzusammeln. Das war der Augenblick gewesen, in dem Yu Zhan'ao zum erstenmal daran dachte, das Schwert in seinen runzligen Nacken zu stoßen.

Jetzt erleuchteten Flammen das Gehöft und die Sprüche, die am Tor angeschlagen waren. Er konnte ein wenig lesen, und als er die Sprüche entzifferte, vertrieb auflodernde Entrüstung jede Spur kühler Überlegung aus seinem Herzen. Mit logischen Argumenten sprach er sich von jeder Schuld frei: Der gute Tod ist nicht der, für den man Gutes tut, um Verdienst für zukünftige Leben zu erwerben; der sicherste Weg zu Reichtum und Macht sind Mord und Brandstiftung. Außerdem hatte er der jungen Frau sein Wort gegeben, und den Sohn des alten Mannes hatte er schon umgebracht. Wenn er den Vater verschonte, würde er ihn nur dem Schmerz aussetzen, die Leiche seines Sohnes zu sehen. Es gab keinen Weg zurück. Er hatte die Flasche umgestoßen und das Öl verschüttet. Jetzt mußte er der jungen Frau ein neues Leben bereiten. «Alter Shan», murmelte er, «alter Shan, heute in einem Jahr werden sie die erste Jahresmesse für dich lesen!»

Das Feuer erstarb und gab den Hof der Dunkelheit und den Himmel den Sternen zurück. Nur ein paar Funken waren noch in dem Blätterhaufen zu sehen. Goß man Wasser auf die Glut, stiegen weißer Dampf und glühende Asche meterhoch in die Luft, um sich dann zu verflüchtigen. Die Männer standen, Eimer in den

Händen, in langer Reihe da, und ihre Schatten tanzten über dem Boden.

«Nehmt es Euch nicht zu Herzen, Chef», ließ sich die Stimme der Vernunft vernehmen, «auf Verlust folgt Gewinn.»

«Das Schicksal ist blind ... das Schicksal ist blind ...», murmelte Shan Tingxiu.

«Laßt die Leute sich ausruhen, Chef. Sie müssen morgen früh wieder arbeiten.»

Die Männer taumelten ermüdet ins östliche Gehöft. Yu Zhan'ao versteckte sich hinter der Trennwand und lauschte dem Klappern der Eimer, die an Tragstangen vorbeigetragen wurden. Dann wurde es still. Shan Tingxiu stand noch immer im Tor und murmelte: «Das Schicksal ist blind.» Schließlich hörte auch er auf und trug seinen Tonkrug wieder ins Haus. Die beiden Hunde der Familie folgten ihm. Offenbar waren sie völlig erschöpft, denn als sie Yu Zhan'ao bemerkten, schlugen sie nur ein-, zweimal an und trotteten dann in ihren Verschlag, ohne noch einmal Laut zu geben.

Yu Zhan'ao konnte hören, wie das große Maultier im Ostgehöft mit den Zähnen knirschte und mit den Hufen scharrte. Die drei Glückssterne standen am westlichen Himmel, also mußte es nach Mitternacht sein. Er raffte sich auf, zog sein Schwert, wartete, bis Shan Tingxiu nur noch drei oder vier Schritte von der Tür entfernt war, und stürzte sich dann mit so viel Schwung auf ihn, daß sich das Schwert bis zum Griff in der Brust des Alten vergrub. Der stürzte mit ausgebreiteten Armen nach hinten, als wolle er sich im Flug in die Luft erheben, und blieb dann auf dem Rücken liegen. Der Tonkrug fiel zu Boden und zersprang wie eine aufblühende Blume. Die Hunde bellten drei- oder viermal müde und kümmerten sich dann um nichts mehr. Yu Zhan'ao zog das Schwert aus der Wunde, wischte beide Seiten der Klinge an den Kleidern des Alten ab und wandte sich zum Gehen. Aber dann hielt er inne.

Er schleppte die Leiche Shan Bianlangs in den Hof, zog ein Stück Seil von einer Tragstange an der Mauer, band die beiden Leichen an den Hüften aneinander und trug sie hinaus auf die Straße. Sie hingen schlaff von seiner Schulter, und die Füße zogen Muster in den Staub. Das Blut, das aus ihren Wunden quoll, zeichnete rote Bilder auf den Boden. Yu Zhan'ao trug die Leichen Shan Tingxius und seines Sohnes zur Bucht am Westrand des Dorfes. In der glasklaren Wasserfläche spiegelten sich die Sterne. Ein paar schläfrige weiße Wasserlilien lagen graziös dahingestreckt wie Märchengestalten im Wasser. Als der Stumme dreizehn Jahre später Yu Zhan'aos Onkel Yu Daya erschoß, führte der Fluß an dieser Stelle kaum mehr Wasser, aber die Lilien waren noch da. Er ließ die Leichen in die Bucht fallen. Sie klatschten laut auf dem Wasser auf und sanken dann schnell zum Grund. Die Wellen glätteten sich, und der Wasserspiegel gehörte wieder den Sternen.

Yu Zhan'ao wusch sich die Hände und das Gesicht im Fluß und spülte die Klinge seines Schwerts. Aber alles Waschen und Scheuern konnte den Geruch von Blut und Schimmel nicht besiegen. Als er sich auf den Weg nach Westen machte, vergaß er seinen Regenumhang am Gehöft der Familie Shan. Ein paar hundert Meter außerhalb des Dorfs schlug er sich in die Felder und brach erschöpft zusammen. Plötzlich merkte er, wie müde er war, legte sich, ohne auf die Bodenfeuchtigkeit zu achten, auf den Rücken, blickte noch einmal zu den Sternen auf und schlief ein.

5

Dorfvorsteher Shan Wuhou war noch in derselben Nacht irgend etwas an dem Brand nicht ganz geheuer. Er dachte ernsthaft daran, aufzustehen und in Erfüllung seiner Amtspflichten an den Löscharbeiten teilzunehmen. Aber die sinnliche Opiumverkäuferin, die man das kleine weiße Lamm nannte, schlang ihre Arme um ihn und ließ ihn nicht gehen. Vor Jahren hatten zwei Räuberbanden einen erbitterten Kampf um das Mädchen mit der hellen Haut und den einladenden Augen ausgefochten. Die Banditen sprachen von einer «Schlacht um ein Vogelnest».

Im Jahre 1923 stand Cao Mengjiu seit fast drei Jahren als Bezirksrichter von Gaomi im Dienst der Regierung der Nördlichen

Kriegsherren, und seine «drei Fackeln» brannten hell. Cao Mengjiu gehörte zu den historischen Gestalten der Gegend. Gewiß, weder sein Ruhm noch seine Taten reichten an die Helden des Altertums heran, etwa den berühmten Premierminister von Qi, Yan Ying, oder Zhen Xuan, den großen Gelehrten der Östlichen Han-Dynastie, aber die Leute, die sich später in der Zeit der «Großen Proletarischen Kulturrevolution» im Bezirk Gaomi wichtig machten, überragte er um Haupteslänge. Seine Lieblingsstrafe waren Schläge mit der Schuhsohle. Daher sein Spitzname «Schuhsohlen-Cao der Zweite». Er hatte fünf Jahre in einer Privatschule und längere Zeit in der Armee zugebracht. Für ihn gab es nur drei große Landplagen: Banditentum, Opium und Glücksspiel, und man konnte die Welt nur retten, wenn man die Banditen ausrottete, das Opium verbannte und das Glücksspiel verbot. Da er aber selbst in allerlei krumme Geschäfte und seltsame Affären verwickelt war, wurde niemand wirklich schlau aus ihm. Es gibt unzählige Geschichten über ihn, die sich die Einwohner von Gaomi noch heute erzählen. Er war ein vielschichtiger Mensch, dem Kategorien wie «gut» oder «böse» nicht gerecht werden können, und er hatte in mancherlei Weise mit meiner Familie zu tun. So soll auch er in dieser Erzählung erwähnt werden.

In den gut zwei Jahren, die er nun schon im Amt war, hatte sein Kampf gegen die drei Landplagen beachtliche Erfolge erzielt. Aber die Gemeinde Nordost-Gaomi lag weit von der Bezirkshauptstadt entfernt, und hinter den Kulissen blühten trotz aller drakonischen Strafen weiterhin Banditentum, Opiumhandel und Glücksspiel.

In die Arme des kleinen weißen Lamms geschmiegt, schlief Dorfvorsteher Shan Wuhou bis zum Morgengrauen. Sie war es, die als erste aufwachte, die Öllampe anzündete, ein Kügelchen Opium auf eine Silbernadel steckte und es über die Flamme hielt. Als es Feuer gefangen hatte, stopfte sie es in eine Silberpfeife, die sie Shan Wuhou reichte. Der rollte sich im Bett zusammen und nahm ein paar Züge. Ein kleiner weißer Glutpunkt strahlte auf der Kugel auf und erlosch wieder. Zwei Minuten hielt er den Atem an und stieß dann dünne blaue Rauchschwaden aus Mund und Nase. In diesem Augenblick klopfte ein Arbeiter der Familie Shan laut hämmernd an die Tür und rief:

«Dorfvorsteher! Schreckliche Nachrichten! Es hat einen Mord gegeben!»

Shan Wuhou folgte ihm mit ein paar Mann zum Anwesen der Familie Shan. Dann verfolgten sie die Blutspur, die zur Bucht westlich des Dorfes führte. Die Menge, die ihnen folgte, wurde immer größer.

«Die Leichen müssen im Fluß liegen», sagte Shan Wuhou.

Niemand gab einen Laut von sich.

«Wer taucht und holt sie herauf?»

Niemand rührte sich. Schweigend blickten die Männer einander an.

Das smaragdgrüne Wasser war glatt wie ein Spiegel. Wasserlilien trieben ruhig auf der Oberfläche. Einzelne Tautropfen hingen wie feuchte runde Perlen an den Blättern.

«Einen Silberdollar! Wer taucht?»

Immer noch keine Antwort.

Aus der Bucht stieg ätzender Gestank auf. Eine purpurrote Blutpfütze unter den Wasserpflanzen verbreitete faulig roten Glanz, in dem sich die Hirse am Ufer spiegelte. Über dem Feld ging die Sonne auf wie ein Hirsesack. Sie war oben weiß, unten grün und dampfte wie glühendes Blech. Über den Hirsespitzen am Horizont zog sich eine schwarze Wolkenbank weit in die Ferne. Ihre Ränder waren so glatt, daß man seinen Augen nicht trauen wollte. Die Bucht funkelte wie ein goldener Fluß, auf dem weiße Wasserlilien trieben, als stammten sie aus einer anderen Welt.

«Also, wer taucht für einen Silberdollar?» fragte Shan Wuhou mit dröhnender Stimme.

Eine zweiundneunzigjährige Frau aus dem Dorf erzählte mir später davon. «Wer wäre denn schon in eine Bucht voll Leprablut getaucht, und wenn es um die eigene Mutter gegangen wäre? Wer ins Wasser ging, wäre krank herausgekommen, und wären es zwei gewesen, alle beide. Nicht für alles Geld der Welt... Und an all dem Unheil waren deine Großmutter und dein Großvater schuld!» Mir gefiel es nicht, daß die alte Frau meinen Großeltern die Schuld zuschieben wollte, aber ich blickte auf ihren kahlen Schädel, der so glatt war wie ein Tontopf, und lächelte nur milde.

«Keiner will tauchen? Nicht ein einziger von euch Armleuchtern? Dann lassen wir Vater und Sohn eben im Wasser. Alter Liu, ja, Liu Luohan, du bist der Vorarbeiter. Also gehst du in die Stadt und meldest das Ganze Schuhsohlen-Cao dem Zweiten.»

Onkel Liu Luohan schlang ein paar Bissen hinunter, spülte mit einem halben Krug Branntwein nach, holte eines der schwarzen Maultiere aus dem Stall, legte ihm ein Stück Sackleinen auf den Rücken, schlang die Arme um seinen Hals und schwang sich so in den Sattel. Mit düsterem Gesicht, ob aus Ärger oder aus Groll, machte er sich auf den Weg in die Bezirkshauptstadt. Er selbst war es gewesen, der den Mord an seinem Herrn und dessen Sohn entdeckt hatte. Irgend etwas an dem Brand war ihm seltsam vorgekommen, und so war er im Morgengrauen aufgestanden, um nach dem Rechten zu sehen. Erstaunt sah er, daß das Tor zum Westgehöft weit offenstand. Dann entdeckte er im Hof das Blut auf dem Boden und noch mehr Blutspuren im Haus. In seiner Verwirrung ahnte er doch, daß das Feuer und das vergossene Blut irgend etwas miteinander zu tun hatten.

Da Onkel Luohan und die anderen Arbeiter wußten, daß der junge Herr Lepra hatte, betraten sie das Westgehöft nur, wenn es unbedingt notwendig war, und auch dann nur, nachdem sie sich von oben bis unten mit Schnaps eingerieben hatten. Onkel Luohan hielt Hirsebrand für ein wirksames Desinfektionsmittel gegen böse Keime jeder Art. Deshalb war niemand bereit gewesen zu helfen, als Shan Bianlangs Braut ins Gehöft kam, und er hatte ihr gemeinsam mit einem zweiten alten Mann aus der Sänfte helfen müssen. Als er sie am Arm hielt und ins Haus führte, schaute er sie aus dem Augenwinkel an, sah ihre zarten gebundenen Füße und ihr geschwungenes Handgelenk, das so groß war wie eine Lotoswurzel, und konnte ein Seufzen nicht unterdrücken. Und so tauchten mitten in dem Schrecken über den Mord am alten Shan und seinem Sohn vor seinem inneren Auge immer wieder Großmutters schlanke Füße und ihr geschwungenes Handgelenk auf, und beim Anblick all des vergossenen Bluts schwankten seine Gefühle zwischen Kummer und Freude.

Onkel Luohan trieb das große schwarze Maultier mit der Peitsche an und wünschte, es wüchsen ihm Flügel und es könnte ihn im Flug in die Stadt tragen. Er wußte, daß noch eine Menge Aufregung bevorstand, denn morgen früh würde die blütengleiche junge Braut mit der jadehellen Haut auf ihrem Esel zurückkehren. Wer würde der Erbe des gewaltigen Besitzes der Familie Shan sein? Über solche Fragen sollte man wohl am besten Cao Mengjiu entscheiden lassen. Nach dreijähriger Amtszeit im Bezirk Gaomi hatte sich Cao den Ehrentitel «aufrechter Beamter» verdient. Man sprach davon, wie er mit göttlicher Weisheit, donnergleicher Energie und der Eile des Wirbelsturms Streitfragen entschied; davon, wie gerecht und ehrbar er war; daß er seine Verwandten nie bevorzugte; davon, daß er ohne mit der Wimper zu zucken Todesurteile verhängte. Onkel Luohan versetzte dem Maultier noch einen Schlag.

Das Maultier raste nach Westen, als sprühten Funken aus seinem Hintern. Im Galopp schlugen die hinteren Hufe gegen den Boden, während das Tier die Vorderbeine anzog. Dann streckte es die Vorderbeine und zog die hinteren Beine an. Das rhythmische Trommeln des Hufschlags brachte Ordnung in die anscheinend ungeregelte Bewegung. Im hellen Schein der Hufeisen wirbelten leuchtende Staubblüten auf. Die Sonne stand noch im südöstlichen Himmelsviertel, als Onkel Luohan an das Bahngleis von Jiaoping nach Jinan kam. Am Bahnübergang bockte das Maultier. Onkel Luohan sprang ab und versuchte, es über die Gleise zu ziehen. Aber das Maultier sperrte sich beharrlich. Mit schierer Gewalt konnte er dem kräftigen Tier nicht beikommen, und so setzte sich Onkel Luohan nach Luft schnappend auf die Erde und dachte darüber nach, was jetzt geschehen mußte. Das Sonnenlicht, das sich in den Gleisen spiegelte, schmerzte in seinen Augen. Dann stand er auf, zog seine Jacke aus, verband dem Maultier damit die Augen, führte es ein paarmal im Kreis herum und überquerte die Gleise.

Zwei schwarzuniformierte Polizisten mit Hanyang-Gewehren bewachten das Nordtor der Stadt. Es war Markttag in Gaomi, und ein nicht abreißender Strom von Händlern mit Schubkarren und Tragstangen und Menschen auf Maultieren und zu Fuß ergoß sich durch das Tor. Die Polizisten stellten keine Fragen, kümmerten sich um nichts und beschäftigten sich damit, den hübschen Mädchen nachzugaffen, die vorübergingen.

Um das Tor zu passieren, mußte Onkel Louhan erst einen Abhang hinaufsteigen, dann einen zweiten hinabsteigen und schließlich sein Maultier auf die Hauptstraße der Stadt führen, die mit grünem Kopfstein gepflastert war. Das Pflaster klapperte unter den beschlagenen Hufen des Maultiers. Zuerst schien es dem Maultier ein wenig peinlich zu sein, wenn es sich unter den bösen Blicken der wenigen Fußgänger über die gepflasterte Straße bewegen sollte. Im Süden quoll dann der weite Marktplatz von Menschen jedes Berufs und jedes Handwerks über, die um Preise feilschten, schrien und riefen, alles mögliche kauften und verkauften.

Onkel Luohan, dem nicht der Sinn danach stand, sich von dem Gewühl und der Aufregung mitreißen zu lassen, führte sein Maultier zum Tor des Amtsgebäudes, das aussah wie ein verfallenes Kloster. Die ziegelgedeckten Dächer der halbverfallenen Häuser waren von gelbem Unkraut und grünem Gras bedeckt. Die rote Farbe am Tor blätterte ab. Links vom Tor stand ein bewaffneter Wachposten, rechts stützte sich ein Mann mit nacktem Oberkörper mit beiden Händen auf einen Stock, der in einem stinkenden Nachttopf steckte.

Onkel Luohan führte sein Maultier vor den Wachposten, verbeugte sich und sagte: «Mein Herr! Ich muß dem Bezirksrichter Cao etwas berichten.»

«Richter Cao ist mit dem kleinen Yan auf den Markt gegangen», sagte der Wachposten.

«Und wann wird der Richter wiederkommen?» fragte Onkel Luohan.

«Woher soll ich das wissen? Such ihn doch auf dem Marktplatz, wenn du es so eilig hast.»

Onkel Luohan verbeugte sich noch einmal: «Vielen Dank, mein Herr.»

Als er sah, daß Onkel Luohan wieder gehen wollte, wurde der seltsame Mann am Tor plötzlich munter. Mit beiden Händen begann er, seinen Stock im Nachttopf auf und ab zu schwenken, und rief dabei: «Kommt her und seht! Kommt her und seht! Ich heiße Wang Haoshan und habe jemanden mit einem gefälschten Vertrag betrogen. Der Richter hat mich dazu verurteilt, in der Scheiße zu rühren...»

Onkel Luohan führte sein Maultier auf den Marktplatz. Da gab es Leute, die Gebäck verkauften, die Pfannkuchen verkauften, die Strohsandalen verkauften, die Briefe schrieben, die die Zukunft lasen, die Geld verliehen, die mit jeder nur erdenklichen Geschichte um milde Gaben bettelten, die Potenzmittel verkauften, die dressierte Affen vorführten, die unter Gongschlägen Malzzucker feilboten, die Tonfiguren verkauften, die sich ihren Lebensunterhalt als Geschichtenerzähler verdienten, die Lauch, Gurken und Knoblauch, Rasiermesser und Pfeifenköpfe anboten, die heiße Nudeln und Rattengift verkauften, die Honigpfirsiche und Kinder verkauften – ja, es gab tatsächlich einen Kindermarkt, wo mit Kindern gehandelt wurde, die Eigentumsmarken aus Stroh am Kragen trugen. Das schwarze Maultier riß den Kopf hoch und biß auf das Stahlstück in seinem Maul. Onkel Luohan hatte Angst, es könne jemanden treten, und stieß ständig Warnrufe aus. Die Sonne stand im Zenit und schien direkt auf seinen Rücken. Seine dunkelrote Jacke war schweißgetränkt.

Am Hühnermarkt fand er den Bezirksrichter.

Richter Cao hatte ein rotes Gesicht, vorstehende Augen, einen geraden Mund und einen dünnen Schnurrbart. Er trug ein dunkelgrünes Amtsgewand mit einem braunen Wollhut und stützte sich auf einen Spazierstock.

Richter Cao war gerade dabei, über einen Streit zu entscheiden, und um ihn hatte sich ein größeres Publikum angesammelt. Von dem Anblick beeindruckt, wagte Onkel Luohan nicht, sich vorzudrängen, sondern führte sein Maultier aus der Menge heraus. Jetzt versperrten die auf und nieder hüpfenden Köpfe ihm die Aussicht auf das, was vorne geschah. Dann kam ihm eine Idee: Er bestieg sein Maultier und hatte plötzlich den besten Platz im Publikum.

Neben dem hochgewachsenen Richter Cao stand ein dürrer kleiner Mann. Onkel Luohan nahm an, daß es sich um den kleinen Yan handelte, von dem der Wachposten gesprochen hatte. Mit schweißüberströmten Gesichtern standen zwei Männer und eine Frau in ehrerbietiger Haltung vor Richter Cao. Das Gesicht der Frau, die zwischen den beiden Männern stand, war um so nasser, weil es auch noch in Tränen gebadet war. Vor ihren Füßen lag eine fette Henne auf dem Boden.

«Hochwürdiger Richter, Euer Ehren», stieß die Frau unter Tränen hervor, «meine Schwiegermutter hört nicht mehr auf zu menstruieren, und wir haben kein Geld, um Medizin für sie zu kaufen. Deshalb wollen wir diese Leghenne verkaufen... aber er sagt, es sei seine Henne...»

«Sie lügt. Es ist meine Henne. Wenn Ihr mir nicht glaubt, fragt meinen Nachbarn.»

Richter Cao zeigte auf einen Mann, der ein Käppchen trug, und fragte: «Kannst du das bestätigen?»

Der Mann mit dem Käppchen sagte: «Ehrenwerter Richter, der alte Wu Drei ist mein Nachbar, und seine Henne – ebendie da – wandert jeden Tag in unseren Hof und stiehlt meinen Hühnern das Futter. Meine Frau beschwert sich ständig darüber.»

Die Frau verzog stumm das Gesicht und fing wieder an zu weinen.

Richter Cao nahm seinen Hut ab, drehte ihn ein paarmal auf dem Mittelfinger und setzte ihn wieder auf. Dann frage er Wu Drei: «Womit hast du dein Huhn heute morgen gefüttert?»

Der alte Wu rollte mit den Augen und antwortete: «Mit Getreidemaische und Kleie.»

«Das ist wahr», bestätigte der Mann mit dem Käppchen, «ich war heute früh bei ihm, um mir eine Axt zu besorgen, und habe gesehen, wie seine Frau das Hühnerfutter gemischt hat.»

Richter Cao wandte sich an die weinende Frau: «Weine nicht, Bäuerin. Erzähl mir lieber, womit du deine Hühner heute früh gefüttert hast.»

«Hirse», stieß sie unter Tränen hervor.

«Kleiner Yan», sagte der Richter, «schlachte das Huhn!»

Blitzschnell schlitzte Yan den Kropf der Henne auf und quetschte einen klebrigen Brei von Hirsekörnern daraus hervor.

Mit bedrohlichem Lachen sagte Richter Cao: «Alter Wu Drei, du bist ein echter Schuft. Du hast den Tod dieser Henne verursacht, deshalb wirst du sie bezahlen. Drei Silberdollar!»

Zitternd wie Espenlaub griff der alte Wu in die Tasche und zog zwei Silberdollar und zwanzig Kupferstücke heraus. «Ehrenwerter Richter», sagte er ängstlich, «das ist alles, was ich habe.»

«Du kommst billig davon», sagte Richter Cao und gab der Frau das Geld.

«Euer Ehren», sagte die Frau, «Herr Richter, so viel ist eine Henne doch nicht wert. Ich will nur das, was sie wert ist.»

Cao Mengjiu schrie überrascht auf und schlug sich mit der Hand an die Stirn. «Du bist eine anständige, ehrliche Frau, und Cao Mengjiu verneigt sich vor dir.» Er schlug die Hacken zusammen, nahm den Hut ab und verbeugte sich.

Die arme Frau war so verwirrt, daß sie Cao Mengjiu nur aus ihren tränennassen Augen anstarren konnte. Als sie sich wieder gefaßt hatte, fiel sie auf die Knie und stammelte immer wieder: «Euer Ehren, der aufrechte Beamte! Euer Ehren, der aufrechte Beamte!»

Richter Cao steckte seinen Spazierstock in ihre Armbeuge und sagte: «Steh auf! Steh auf!»

Die Bäuerin stand auf.

«Du bist in ärmlicher Kleidung und offensichtlich bei schwacher Gesundheit auf den Markt gekommen, um für deine Schwiegermutter eine Henne zu verkaufen, und daran erkenne ich, was für eine pietätvolle Tochter du bist. Nichts beeindruckt den Richter mehr als kindliche Pietät. So liegen Strafe und Belohnung fest. Nimm das Geld und kümmere dich um deine Schwiegermutter. Und nimm das Huhn auch mit. Nimm es aus und koche deiner Schwiegermutter eine schöne Suppe.»

Das Geld in der einen Hand, das Huhn in der anderen, verließ die Bäuerin Dankessprüche murmelnd den Marktplatz.

Die ganze Zeit standen der alte Betrüger Wu Drei und sein Nachbar, der ihm als Zeuge gedient hatte, vor Furcht zitternd in der Sonnenglut.

«Wu Drei, du Schurke, Hosen runter!» befahl Richter Cao.

Wu Drei schämte sich, dem Befehl zu folgen.

«Du hast bei hellem Tageslicht versucht, eine arme, anständige Frau zu betrügen», verkündete Richter Cao. «Jetzt ist es zu spät für dein Schamgefühl. Weißt du, was Scham heutzutage wert ist? Laß die Hosen runter!»

Der alte Wu ließ seine Hosen fallen.

Cao Mengjiu zog einen Schuh aus und gab ihn dem kleinen Yan. «Zweihundert Hiebe. Auf alle vier Backen!»

Der kleine Yan hielt Richter Caos dickbesohlten Stoffschuh in der Hand, stieß den alten Wu mit einem Fußtritt zu Boden, zielte auf seinen nackten Hintern und legte los. Nach fünfzig Schlägen auf jede Arschbacke schrie der alte Wu nach seinen Eltern und winselte um Gnade. Sein Hintern wurde vor aller Augen dunkelrot und schwoll an. Nachdem ihm der Hintern versohlt worden war, war sein Gesicht dran. Fünfzig Schläge auf jede Backe, und das Gewinsel verstummte.

Richter Cao setzte Wu Drei die Spitze seines Spazierstocks auf die Stirn und fragte: «Nun, wirst du jemals wieder versuchen, jemanden zu betrügen, du alter Schuft?»

Der alte Wu, dessen Backen so geschwollen waren, daß er kaum den Mund öffnen konnte, antwortete, indem er mit der Stirn auf den Boden schlug, als wolle er Knoblauch stampfen.

«Und nun du», sagte Cao Mengjiu und zeigte auf den falschen Zeugen, «ein Arschlecker, der sich so eine Geschichte ausdenken kann, ist absolut das Letzte. Du wirst meine Schuhsohlen nicht zu spüren bekommen, denn dein Hintern würde sie nur beschmutzen. Du ziehst wohl Süßigkeiten vor, also darfst du deinem reichen Freund den Arsch lecken. Kleiner Yan, geh und kauf einen Topf Honig.»

Der kleine Yan bahnte sich eine Gasse durch die Zuschauer. Der meineidige Zeuge fiel auf die Knie und schlug die Stirn so kräftig zu Boden, daß sein Käppchen herunterfiel.

«Steh doch auf! Steh doch auf!» befahl Cao Mengjiu. «Du sollst ja nicht geschlagen oder verprügelt werden. Ich lade dich doch nur zum Honigschlecken ein. Was willst du mehr?»

Als der kleine Yan mit dem Honig wiederkam, wies Cao Mengjiu auf Wu Drei und sagte: «Bestreiche damit seinen Hintern!»

Der kleine Yan drehte Wu Drei auf den Bauch, nahm einen Stock und verteilte damit gleichmäßig den Honig über seinen geschwollenen Hintern.

«Los, leck ihn ab!» befahl Cao Mengjiu. «Du bist doch ein Arschlecker, also leck schon!»

Der meineidige Zeuge verneigte sich unter einer unablässigen Flut von Tränen vor dem strengen Richter. «Euer Ehren», winselte er, «Herr Richter, Euer Ehren, ich schwöre, ich werde nie wieder...»

«Nimm den Schuh, kleiner Yan», sagte Cao Mengjiu, «und diesmal schlag kräftig zu!»

«Nicht schlagen», schrie der meineidige Zeuge, «nicht schlagen! Ich leck es ja schon ab.»

Er kroch auf den alten Wu zu, streckte die Zunge heraus und begann, die klebrigen goldgelben Honigspuren aufzulecken. Der Ausdruck auf den heißen, verschwitzten Gesichtern der Zuschauer läßt sich kaum beschreiben.

Mal langsamer, mal schneller leckte der meineidige Zeuge, nur von gelegentlichem Würgen und Brechen unterbrochen. Der Hintern des alten Wu Drei sah aus wie ein Fleckenteppich. Als Cao Mengjiu sah, daß er seinen Zweck erreicht hatte, rief er mit Donnerstimme: «Das reicht, du Schurke.»

Der Mann hörte auf zu lecken, zog sich die Jacke über den Kopf und blieb reglos auf dem Boden liegen.

Als Cao Mengjiu und der kleine Yan den Ort des Geschehens verlassen wollten, sprang Onkel Luohan von seinem Maultier und rief: «Aufrechter Beamter! Ich habe eine Anzeige zu erstatten...»

6

Als Großmutter eben vom Esel steigen wollte, hielt Dorfvorsteher Shan Wuhou sie an: «Junge Herrin, steig nicht ab. Der Bezirksrichter hat dich vorgeladen.»

Zwei bewaffnete Soldaten eskortierten Großmutter zur Bucht westlich des Dorfes. Urgroßvater hatte so heftige Wadenkrämpfe, daß er nicht gehen konnte. Erst ein Stoß mit dem Gewehrlauf versetzte ihn in Bewegung. Mit schlotternden Knien folgte er dem Esel.

An der Bucht sah sie einen jungen schwarzen Hengst, der an einem kleinen Baum am Ufer angebunden war. Sein Zaumzeug war reich geschmückt und an der Stirn mit einer roten Troddel verziert. Ein paar Meter weiter saß hinter einem Tisch, auf dem Teegeschirr ausgebreitet war, ein Mann. Damals wußte sie noch nicht, daß es sich um den berühmten Richter Cao handelte. Neben dem Tisch stand ein zweiter Mann. Damals wußte sie noch nicht, daß es sich um den tüchtigen Gehilfen des Richters, Meister Yan Luogu, handelte. Die Dorfbewohner, die man zusammengetrieben hatte, standen eng nebeneinander vor dem Tisch, als wollten sie sich gegenseitig wärmen. Dahinter war ein Trupp von etwa zwanzig Soldaten aufmarschiert.

Daneben stand vor einem zweiten Tisch schweißgebadet Onkel Luohan.

Die Leichen Shan Tingxius und seines Sohnes waren unter der Weide aufgebahrt, nicht weit von der Stelle, an der das Jungpferd angebunden war. Sie hatten schon angefangen zu stinken und gaben eine faulig gelbe Flüssigkeit frei. Auf den Zweigen darüber tummelte sich ein Krähenschwarm und verwandelte die Baumkrone in einen brodelnden Hexenkessel.

Endlich konnte Onkel Luohan einen Blick auf Großmutters volles rundes Gesicht werfen. Sie hatte große mandelförmige Augen, einen langen alabasterfarbenen Hals und trug das üppige Haar auf dem Hinterkopf zu einem Knoten zusammengesteckt. Der Esel blieb vor dem Tisch stehen, und Großmutter saß voll

Anmut und Eleganz aufrecht auf seinem Rücken. Onkel Luohan sah, wie Richter Caos dunkle ernste Augen über Großmutters Gesicht und Brust schweiften, und wie ein Blitz überfiel ihn der Gedanke: Diese Frau trifft die Schuld am Tod des alten Herrn und seines Sohnes! Sie mußte einen Liebhaber gefunden haben, und der hatte das Feuer gelegt, um den Tiger aus der Höhle zu locken, und dann hatte er Vater und Sohn getötet, um den Weg für sich selbst frei zu machen. Wenn die Rüben geerntet sind, ist das Feld leer; und jetzt konnte sie tun, was sie wollte...

Als er sie aber näher ansah, überkamen ihn Zweifel. Wie gut sich ein Mörder auch zu verstellen weiß, der Anschein des Bösen läßt sich nicht ganz verbergen. Aber diese Frau, die da auf dem Esel saß? Sie glich einer wunderschönen Wachspuppe. Leicht schwangen ihre zarten, kleinen Füße hin und her, und der Ausdruck auf ihrem Gesicht war eine Mischung von feierlichem Ernst, Ruhe und Leid. Sie war kein Engel und doch schöner als jeder Engel. Ganz anders mein Urgroßvater neben seinem Esel: Wo sie ruhig war, war er bewegt, wo sie jung war, alt, wo sie frisch war, ausgemergelt. Sein Anblick unterstrich nur ihren Jugendglanz.

«Die Frau soll absteigen und meine Fragen beantworten», befahl Richter Cao.

Großmutter blieb reglos sitzen. Dorfvorsteher Shan Wuhou rappelte sich auf und rief zornig: «Steig ab! Seine Ehren der Richter hat dir befohlen abzusteigen.»

Mit einer Handbewegung hielt Richter Cao den Dorfvorsteher zurück und sagte mit freundlicher Stimme: «Du da, steig ab! Ich will dir ein paar Fragen stellen.»

Urgroßvater hob Großmutter vom Esel.

«Wie heißt du?» fragte Richter Cao.

Großmutter stand mit gesenkten Augenlidern vor ihm und schwieg.

An ihrer Stelle antwortete mit zitternder Stimme mein Urgroßvater: «Euer Ehren, der Name meiner unwürdigen Tochter ist Dai Fenglian. Wir nennen sie die kleine Neun, weil sie am neunten Tag des sechsten Monats zur Welt gekommen ist.»

«Halt den Mund!» sagte Richter Cao barsch.

«Wer hat dir denn erlaubt zu reden?» fragte Dorfvorsteher Shan Wuhou meinen Urgroßvater in strafendem Ton.

«Verdammte Idioten!» Richter Cao schlug mit der Faust auf den Tisch, und Dorfvorsteher Shan Wuhou und Urgroßvater schraken zusammen. Dann nahm das Gesicht des Richters wieder einen wohlwollenden Ausdruck an. Er zeigte auf die beiden Leichen unter dem Weidenbaum und fragte: «Du da, Frau! Kennst du die beiden Männer?»

Großmutter warf einen vorsichtigen Blick aus den Augenwinkeln auf die Leichen und wurde blaß. Wortlos schüttelte sie den Kopf.

«Das sind dein Mann und dein Schwiegervater. Sie sind ermordet worden!» brüllte Richter Cao drohend.

Großmutter schwankte ein-, zweimal und brach zusammen. Die Menge stürzte vor, um ihr aufzuhelfen. Im Gewirr verlor sie ihre silbernen Kämme, und Wolken schwarzen Haars ergossen sich wie ein Wasserfall um ihren Kopf. Ihr Gesicht nahm die Farbe reinen Goldes an, und sie stieß ein paar Seufzer aus. Dann begann sie hysterisch zu lachen. Von ihrer Unterlippe tröpfelte Blut.

Richter Cao schlug noch einmal mit der Faust auf den Tisch und verkündete dann: «Merkt alle auf und hört den Urteilsspruch des Richters! Als diese Frau aus der Familie Dai, eine zarte Weide, die der Wind beugt, eine großmütige und aufrechte Frau, weder niedrigen Sinnes noch hochmütig, die Nachricht erhielt, daß ihr Mann ermordet worden sei, überwältigte sie unerträglicher Kummer, ihr Mund spie Blut, und ihr schwarzes Haar löste sich in kindlich pietätvoller Ehrfurcht. Wie könnte eine gute Frau wie diese eine Ehebrecherin sein und den Tod ihres eigenen Gatten planen? Dorfvorsteher Shan Wuhou, deine kranke Blässe verrät den Opiumraucher und den Spieler. Wie kannst du, der Dorfvorsteher, es wagen, die Gesetze zu brechen? Das ist unverzeihlich; und dann erst die Verleumdungen, mit denen du den guten Ruf einer Unschuldigen besudelt hast! Die Liste deiner Verbrechen wird immer länger. Mich kannst du nicht betrügen. Die Anhänger der Übeltat und der Gesetzlosigkeit werden dem Auge des Gesetzes nicht entgehen. Du mußt es gewesen sein, der Shan Tingxiu und seinen Sohn ermordet hat, um an das Vermögen der Familie Shan und die liebliche Frau aus der Familie Dai heranzukommen. Du wolltest die Behörden hinters Licht führen und mich betrügen. Das ist, als wolltest du vor der Türe Lu Bans, des Gottes der Zimmerleute, vorführen, wie geschickt du mit einer Axt umgehen kannst, als wolltest du deine Schwertkünste vor der Tür des Kriegsgottes Fürst Guan vorführen, als hättest du beschlossen, Konfuzius den *Drei-Zeichen-Klassiker* vorzulesen, als wolltest du dem großen Naturforscher Li Shizhen das *Gedicht vom Wesen der Pflanzen* ins Ohr flüstern. Nehmt ihn fest!»

Ein paar Soldaten stürzten herbei und fesselten Shan Wuhou die Hände hinter dem Rücken. «Ich bin nicht schuldig, Euer Ehren, ich bin unschuldig. Hoher Richter, Euer Ehren...», schrie er und hörte nicht auf, um Gnade zu flehen.

«Stopf ihm das Maul mit der Schuhsohle!»

Der kleine Yan zog einen extra zu diesem Zweck angefertigten großen Schuh aus dem Gürtel und schlug Shan Wuhou dreimal über den Mund.

«Hast du sie umgebracht oder nicht?»

«Ich bin unschuldig, unschuldig, unschuldig...»

«Wenn du es nicht warst, wer war es dann?»

«Es war... um Gottes willen, ich weiß es nicht, ich weiß es nicht...»

«Vor ein paar Minuten wußtest du noch genau Bescheid, und jetzt willst du von nichts wissen. Noch einmal die Schuhsohle!»

Der kleine Yan schlug Shan Wuhou ein dutzendmal mit dem Schuh auf den Mund. Von den aufgeschlagenen Lippen sprudelte blutiger Schaum. «Ich glaube... ich meine...»

«Wer ist der Mörder?»

«Es ist... es ist... es war ein Bandit, Blatternacken war es!»

«Du hast ihn dazu angestiftet, oder?»

«Nein! Es war, es war... bitte nicht schlagen, Väterchen!»

«Hört auf mich», sagte Cao Mengjiu, «seit ich mein Amt als Richter und oberster Beamter im Bezirk übernommen habe, habe ich mich bemüht, Opium, Glücksspiel und Banditentum auszurotten, und ich habe bei den ersten zwei Aufgaben schon beachtliche Erfolge erzielt. Nur das blühende Banditenwesen stellt in der Nordostgemeinde noch ein schwerwiegendes Problem dar. Die Bezirksregierung hat alle gesetzestreuen Bürger aufgefordert, Informationen weiterzugeben, ungewöhnliche Vorfälle zu melden und die Schuldigen zu entlarven, um dem Land Frieden zu schenken. Da die Frau aus dem Hause Dai durch gültigen Ehevertrag mit der Familie Shan verbunden war, kann sie deren Hab und Gut in Besitz nehmen. Wer den Versuch macht, diese arme Witwe zu übervorteilen oder sie dessen zu berauben, was ihr von Gesetzes wegen zusteht, wird des Banditentums angeklagt und entsprechend bestraft werden.»

Großmutter trat drei Schritte vor, kniete vor Richter Cao nieder, hob ihr liebliches Gesicht dem seinen entgegen und rief aus: «Väterchen! Du bist mein wahrer Vater!»

«Ich bin nicht dein Vater», verbesserte sie Richter Cao. «Dein Vater steht da drüben und hält seinen Esel.»

Auf Knien kroch sie näher an den Richter heran und umklammerte seine Beine.

«Väterchen, mein wahrer Vater! Jetzt, wo du Bezirksrichter geworden bist, kennst du deine eigene Tochter nicht mehr? Vor zehn Jahren bist du mit deiner Tochter vor der Hungersnot geflohen und hast sie verkauft. Vielleicht kennst du mich nicht mehr, aber ich erkenne dich...»

«Oh, oh! Was ist das für ein wirres Gerede? Das ist doch alles Unsinn!»

«Väterchen, wie geht es Mutter? Mein kleiner Bruder muß jetzt dreizehn sein. Geht er in die Schule? Vater, du hast mich für zwei Scheffel rote Hirse verkauft. Ich habe deine Hand umklammert und wollte nicht loslassen. Da hast du gesagt: ‹Kleine Neun, wenn dein Vater das Schicksal gewendet hat, kommt er wieder und holt dich.› Aber jetzt, wo du Bezirksrichter bist, tust du, als kenntest du mich nicht...»

«Die Frau ist von Sinnen. Sie verwechselt mich mit jemand anderem.»

«Ich täusche mich nicht! Sicher nicht, Väterchen, mein wahrer Vater!» Großmutter klammerte sich an Richter Caos Knie und wiegte sich hin und her. Glitzernde Tränen rannen über ihr Gesicht, die Sonne spiegelte sich in ihren blütenweißen Zähnen.

Bezirksrichter Cao hob Großmutter zu sich empor und sagte: «Ich kann ja dein Pflegevater sein.»

«Mein wahrer Vater!» Großmutter versuchte, erneut auf die Knie zu fallen, aber Richter Cao hielt sie an den Armen fest. Sie drückte seine Hand und sagte in kindlicher Unschuld: «Väterchen, wann nimmst du mich mit zu Mutter?»

«Bald! Jetzt gleich! Aber laß mich schon los, laß los...»

Großmutter gab seine Hand frei.

Richter Cao zog ein Tuch aus dem Gürtel und wischte sich die schweißüberströmte Stirn ab.

Alles starrte Richter Cao und Großmutter verwundert und neugierig an.

Cao Mengjiu zog den Hut und drehte ihn nervös zwischen den Fingern. Die Zuschauer ansehend, stammelte er: «Mitbürger... Mitbürger... ich habe mich immer dafür eingesetzt... Opium ausrotten... Glücksspiel verbieten... Banditen vernichten...»

Kaum hatte er geendet, da hörte man – peng! peng! peng! – drei Schüsse. Drei Kugeln kamen aus dem Hirsefeld neben der Bucht geflogen, und drei dünne Rauchfäden stiegen von dem braunen Hut auf, der auf dem Mittelfinger des Richters tanzte. Wie von einem Dämon besessen, rauschte der Hut durch die Luft und blieb, noch immer kreiselnd, im Staub vor seinem Besitzer liegen.

Überraschungsschreie und Pfiffe aus der Menge waren die Antwort auf die Schüsse. «Es ist Blatternacken!» rief der eine, «Der Phönix hat dreimal genickt», der andere.

Richter Cao hatte sich unter dem Tisch versteckt und rief: «Ruhe! Bewahrt die Ruhe!»

Die Menschen schrien nach Vater und Mutter und rannten heulend wie wilde Tiere auseinander.

Der kleine Yan band schnell den Hengst vom Weidenbaum los, zerrte Richter Cao unter dem Tisch hervor, half ihm in den Sattel und versetzte dem Pferd mit seinem Schuh einen Schlag auf den Rumpf. Mit gesträubter Mähne und gehobenem Schweif schoß das Tier, den Bezirksrichter im Sattel, wie der Wind davon, und die Soldaten gaben auf gut Glück ein paar Schüsse ins Hirsefeld ab, bevor sie hinter Richter Caos Pferd herrannten.

Eine seltsame Stille lag über den Ufern der Bucht.

Mit ernster Miene ließ Großmutter die Hand auf dem Kopf des Esels ruhen und starrte auf den Punkt, von wo die Schüsse erklungen waren. Urgroßvater hatte sich unter dem Bauch des Esels auf den Boden fallen lassen, hielt die Hände über die Ohren gepreßt und bewegte nicht einen Muskel. Dampf stieg von Onkel Luohans Kleidern auf. Er stand noch immer an derselben Stelle.

Das Wasser in der Bucht war glatt und ruhig wie ein Spiegel. Die Blüten der weißen Lilien, die darauf trieben, öffneten sich elfenbeinhell.

Dorfvorsteher Shan Wuhou, dessen Gesicht von Schlägen braun und blau war, schrie mit schriller Stimme: «Laßt mich los! Laßt mich los! Blatternacken, steh mir bei!»

Großmutter sah, wie drei Kugeln den Kopf des Dorfvorstehers trafen. Drei Haarbüschel sträubten sich mit dem Klang der Schüsse, und Shan Wuhou fiel mit offenem Mund zu Boden. Aus seinem Hinterkopf quoll eine klebrige gesprenkelte Flüssigkeit.

Großmutter verzog keine Miene. Sie blickte auf das Hirsefeld, als erwarte sie etwas. Eine leichte Brise zog über die Bucht, kräuselte die Oberfläche, ließ die Lilien erzittern und die Lichtstrahlen sich über dem Wasser brechen. Die Hälfte der Krähen hatte sich auf den Leichen Shan Tingxius und seines Sohnes niedergelassen; die andere Hälfte saß auf den Weidenzweigen und erhob ein Geschrei. Ihre Schwanzfedern sträubten sich im leichten Luftzug wie Fächer, und die rauhe dunkelgrüne Haut ihrer Hintern wurde sichtbar.

Aus dem Hirsefeld tauchte ein großer, kräftig gebauter Mann auf und schritt am Ufer entlang. Er trug einen Regenumhang, der ihm bis zu den Knien reichte, und einen kegelförmigen Hut aus Hirsestroh, der mit gelbem Öl überzogen war. Das Hutband bestand aus smaragdgrünen Glasperlen. Ein Tuch aus schwarzer Seide umspannte seinen Hals. Er trat zur Leiche Shan Wuhous und blickte auf sie herab. Dann ging er zu Richter Caos Hut, hob ihn auf, ließ ihn auf dem Lauf seiner Pistole kreisen und schleuderte ihn in die Luft. In hohem Bogen flog er in die Bucht.

Der Mann blickte meiner Großmutter gerade ins Gesicht. Sie erwiderte den Blick.

«Hat Shan Bianlang mit dir geschlafen?» fragte der Mann.

«Er hat mit mir geschlafen», sagte Großmutter.

«Scheiße!» fluchte der Mann, wandte sich um und verschwand wieder im Hirsefeld.

Onkel Luohan war von alldem so verwirrt, daß er nicht mehr wußte, was hinten und was vorne war.

Die Leichen seines alten Herrn und des Sohnes waren jetzt vollständig von Krähen bedeckt. Ein paar davon hackten ihnen mit harten schwarzen Schnäbeln die Augen aus.

Onkel Luohan versuchte, sich an alles zu erinnern, was geschehen war, seit er auf dem Marktplatz von Gaomi seine Anzeige vorgebracht hatte.

Richter Cao hatte ihn in das Amtsgebäude geführt. Dort hatte er in der Haupthalle Kerzen angezündet und sich mit ihm über dies und jenes unterhalten. Dabei hatten sie grünen Rettich gegessen. Früh am nächsten Morgen war Onkel Luohan auf seinem schwarzen Maultier in die Gemeinde Nordost-Gaomi geritten. Ihm folgten der Richter auf seinem schwarzen Hengst, der kleine Yan und etwa zwanzig Soldaten. Sie erreichten das Dorf gegen zehn Uhr. Nach einer kurzen Inspektion lud der Bezirksrichter den Dorfvorsteher Shan Wuhou vor und befahl ihm, die Dorfbewohner zusammenzurufen und die Leichen aus dem Wasser zu holen.

Das Wasser in der Bucht glänzte wie Chrom, seine Tiefe schien unergründlich. Der Richter hatte Shan Wuhou befohlen, nach den Leichen zu tauchen. Aber der war vor der Aufgabe zurückgeschreckt und hatte behauptet, er könne nicht schwimmen. Onkel Luohan hatte all seinen Mut zusammengenommen: «Euer Ehren, sie waren meine Herren. Da ist es wohl meine Aufgabe, sie wieder hochzuholen.» Er ließ sich von einem der Arbeiter eine Flasche Branntwein bringen und rieb sich damit ein, bevor er ins Wasser sprang. Das Wasser war so tief wie eine Bambusstange. Er hielt die Luft an und ließ sich zu Boden sinken, bis seine Füße den warmen, schwammigen Schlamm berührten. Blind fuhr er mit den Armen um sich, aber sie stießen auf keinen Widerstand. Also tauchte er auf, atmete noch einmal tief ein und tauchte zum Grund. Dort unten war es kühler. Als er die Augen öffnete, konnte er nichts als eine gelbe Wand vor sich sehen. Seine Ohren dröhnten. Ein großer, nur verschwommen zu erkennender Gegenstand trieb auf ihn zu. Als er die Hand ausstreckte, durchzuckte ein scharfer Schmerz wie ein Wespenstich seinen Finger. Er schrie auf und verschluckte einen Mundvoll Brackwasser. Mit Armen und Beinen um sich schlagend, tauchte er auf, schwamm ans Ufer, zog sich aus dem Wasser und saß nach Atem ringend da.

«Hast du etwas gefunden?» fragte der Richter.

«Nnn... nein.» Sein Gesicht war aschfahl. «Im Fluß... etwas Seltsames...»

Versonnen auf die Bucht blickend, nahm Richter Cao seinen Hut ab und drehte ihn ein paarmal auf dem Finger. Dann setzte er ihn wieder auf, drehte sich um und befahl zwei Soldaten: «Handgranaten!»

Der kleine Cao ging zum Tisch und setzte sich.

Die Soldaten legten die Gewehre beiseite, streckten sich flach am Uferboden aus, und jeder von ihnen zog eine Eierhandgranate aus dem Gürtel. Sie zogen die Zünder, knallten die Handgranaten gegen ihre Gewehre und schleuderten sie in die Bucht. Die Granaten schlugen platschend auf dem Wasser auf, und rings um sie bildeten sich konzentrische Kreise. Die Soldaten hielten die Köpfe am Boden. Stille. Nicht einmal ein Vogel zwitscherte. Ein langer Augenblick verstrich, und im Fluß geschah nichts. Inzwischen hatten die Wellenkreise das Ufer erreicht. Das Wasser war wieder so glatt wie ein Bronzespiegel und genauso undurchsichtig und trübe.

Richter Cao knirschte mit den Zähnen und befahl: «Noch einmal!»

Die beiden Soldaten zogen zwei weitere Handgranaten aus dem Gürtel und schleuderten sie genau wie zuvor in die Bucht. Die Zündschnüre versprühten im Flug weiße Rauchwolken, und als sie aufs Wasser trafen, ließen zwei gedämpfte Explosionen tief vom Grund her meterhohe Wassersäulen zum Himmel aufsprühen, die mit ihren ausgefransten Spitzen schneebedeckten Bäumen glichen. Einen Augenblick standen sie wie gefroren in der Luft, dann fielen sie donnernd zurück.

Richter Cao eilte zum Ufer, und die Dorfbewohner umringten ihn. Das Wasser blieb noch lange aufgewühlt. Dann stieg eine Reihe von Blasen zur Oberfläche auf und platzte. Den Blasen folgten mindestens ein Dutzend toter Karpfen mit grünem Rücken und offenem Maul, die bauchoben an die Oberfläche trieben. Als die Wellen sich legten, breitete sich ein fauliger Gestank über dem sonnenbeschienenen Wasser aus. Die Wurzeln der Wasserlilien bewegten sich, aber die Blüten verharrten in würdevoller Unbeweglichkeit. Die Sonne schien auf die Dorfbewohner, und Richter Caos Gesicht wurde glutrot. Mit ausdrucksloser Miene warteten die Zuschauer. Mit ausgestreckten Hälsen starrten sie auf den Fluß, der immer ruhiger wurde.

Plötzlich stiegen in der Mitte der Bucht zwei Reihen rosafarbener Blasen auf und platzten nacheinander. Die Leute am Ufer hielten den Atem an. Goldenes Licht lag über dem Fluß und blendete die Zuschauer. Dann verhüllte eine dunkle Wolke die Sonne, und die goldene Wasseroberfläche färbte sich smaragdgrün. Hinter den Blasen tauchten langsam zwei schwarze Gegenstände auf und schossen dann plötzlich an die Oberfläche. Zwei Hintern durchbrachen den Wasserspiegel. Dann drehten sich die treibenden Leichen, und die aufgeblähten Bäuche Shan Tingxius und seines Sohnes wurden sichtbar. Ihre Gesichter blieben unter Wasser, als halte eine letzte Scheu sie zurück.

Der Richter befahl, die Leichen aus dem Wasser zu ziehen, und ein paar Brennereiarbeiter holten eine lange Stange, an die sie einen Haken banden. Onkel Luohan warf die Stange aus und fing die Beine Shan Tingxius und seines Sohnes ein. Dabei entstand ein schlürfendes, kratzendes Geräusch. Die Zuschauer bekamen eine Gänsehaut, als hätten sie in unreife Aprikosen gebissen. Dann hatte Onkel Luohan die Leichen langsam ans Ufer gezogen.

Der kleine Esel hob den Kopf zum Himmel und schrie.

«Und was geschieht jetzt, junge Herrin?» fragte Onkel Luohan.

Großmutter dachte einen Augenblick nach. «Schick jemand in die Stadt», sagte sie dann, «und laß zwei billige Särge besorgen, damit wir die beiden so schnell wie möglich begraben können. Und such eine Grabstätte aus. Wenn du das erledigt hast, komm ins westliche Gehöft. Ich habe mit dir zu reden.»

«Jawohl, junge Herrin», antwortete er respektvoll.

Onkel Luohan legte seine beiden ehemaligen Herren in ihre Särge und begrub sie im Hirsefeld. Die kleine Gruppe von Lohnarbeitern arbeitete emsig und wortlos. Bis sie die Toten begraben hatten, stand die Sonne im Westen, und ihre Strahlen färbten die Flügel der Krähen, die über den Gräbern kreisten, purpurrot. Onkel Luohan sagte: «Männer, geht nach Hause und wartet auf mich. Sagt nichts, sondern wartet auf mein Zeichen.»

Er ging zum Westgehöft, um sich Anweisungen von Großmutter zu holen, die mit gekreuzten Beinen auf der Eselsdecke saß. Urgroßvater fütterte den Esel mit Stroh.

«Alles ist erledigt, junge Herrin», sagte Onkel Luohan. «Das sind die Schlüssel des älteren Herrn.»

«Behalte sie vorläufig. Gibt es irgendwo im Dorf gefüllte Klöße zu kaufen?»

«Ja», sagte Onkel Luohan.

«Kauf zwei Körbe voll und verteile sie an die Männer. Wenn sie gegessen haben, sollen sie zu mir kommen. Und bring mir zwanzig Klöße.»

Onkel Luohan brachte ihr die in frische Lotosblätter gewickelten Klöße. Großmutter sagte: «Geh zum Ostgehöft und sag den Männern, sie sollen schnell essen.»

Onkel Luohan murmelte etwas und entfernte sich rückwärts gehend.

Dann stellte Großmutter die zwanzig Klöße vor Urgroßvater auf den Boden und sagte: «Die kannst du auf dem Heimweg essen.»

«Kleine Neun», sagte er erschrocken, «du bist doch meine Tochter!»

«Geh schon, ich will nichts mehr von dir hören.»

«Ich bin dein Vater», ermahnte er sie ärgerlich.

«Du bist nicht mein Vater, und ich verbiete dir, je wieder einen Fuß über meine Türschwelle zu setzen.»

«Ich bin dein Vater!»

«Bezirksrichter Cao ist mein Vater. Hast du das nicht gehört?»

«Nun mal langsam. Du kannst doch nicht einfach deinen Vater wegwerfen, weil du dir einen neuen gesucht hast. Schließlich haben Mutter und ich es nicht leicht mit dir gehabt.»

Großmutter warf ihm die Klöße mitsamt den Lotosblättern mit aller Kraft ins Gesicht. Sie trafen ihn wie explodierende Granaten.

Urgroßvater fluchte und tobte noch immer, als er den Esel zum Tor hinausführte: «Mißgeburt! Uneheliche kleine Mißgeburt! Uneheliche kleine Mißgeburt ohne Familiensinn! Ich werde dich wegen Undankbarkeit und Pietätlosigkeit bei den Behörden anzeigen. Ich werde ihnen sagen, daß du Verkehr mit Banditen hast. Ich werde sagen, daß du den Mord an deinem Mann geplant hast...»

Urgroßvaters Flüche und Schreie verklangen allmählich in der Ferne. Onkel Luohan führte dreizehn Lohnarbeiter in den Hof.

Großmutter strich sich übers Haar und glättete ihre Kleider. Dann erklärte sie feierlich: «Männer, ihr habt hart gearbeitet. Ich bin jung und habe keine Erfahrung in Geschäftsdingen, deshalb bin ich auf euer aller Hilfe angewiesen. Onkel Luohan, du stehst seit mehr als einem Jahrzehnt in den Diensten der Familie. In Zukunft bist du zuständig für alle Angelegenheiten der Brennerei. Der alte Herr und der junge Herr haben uns verlassen. Es ist an uns, den Tisch abzudecken und eine neue Mahlzeit zu kochen. Auf Bezirksebene können wir auf die Unterstützung meines Pflegevaters rechnen, und wir werden nichts tun, was unsere Freunde draußen im Wald verärgern könnte. Wenn wir uns den Dorfbewohnern und unseren Kunden gegenüber höflich und anständig benehmen, gibt es keinen Grund, warum das Geschäft nicht weiterhin blühen sollte. Die nächsten drei Tage bleiben die Brennanlagen kalt, damit alle beim Ordnungmachen helfen können. Verbrennt alles, was der alte und der junge Herr benutzt haben. Was sich nicht verbrennen läßt, wird vergraben. Heute werdet ihr euch erst einmal ausruhen müssen. Was meinst du dazu, Onkel Luohan?»

Onkel Luohan sagte: «Wir werden die Anordnungen der jungen Herrin befolgen.»

«Wenn irgend jemand gehen will, werde ich ihn nicht zwingen zu bleiben. Wenn es euch schwerfällt, für eine Frau zu arbeiten, sucht euch eine andere Stelle.»

Die Männer tauschten Blicke aus. Dann sagte einer: «Wir werden unser Bestes für unsere junge Herrin geben.»

«Schluß für heute», sagte sie.

Die Männer zogen sich in den Schlafsaal im östlichen Gehöft zurück und plauderten aufgeregt über alles, was geschehen war. «Schlaft jetzt», sagte Onkel Luohan, «morgen müssen wir früh auf den Beinen sein.»

Als Onkel Luohan um Mitternacht aufstand, um die Maultiere zu füttern, hörte er Großmutter im Westgehöft weinen.

Früh am nächsten Morgen ging er ans Haupttor, um sich umzusehen. Das Tor zum Westgehöft war noch geschlossen, und von drinnen war kein Laut zu hören. Er ging in den Osthof zurück und kletterte auf einen Hocker, um über die Mauer ins Westgehöft zu sehen. Großmutter saß mit dem Rücken an die Wand gelehnt auf der Eselsdecke auf dem Boden. Sie schlief fest.

In den nächsten drei Tagen wurde das Anwesen der Familie Shan praktisch auf den Kopf gestellt. Onkel Luohan und die Arbeiter, die den ganzen Körper mit Branntwein eingerieben hatten, trugen alle irdischen Besitztümer des alten und des jungen Herrn in den Hof: Bettzeug, Kleidung, Strohmatten, Eßgerät, Nähzeug, restlos alles. Dann warfen sie es auf einen Haufen, übergossen es mit Branntwein und zündeten es an. Sie gruben ein tiefes Loch, in das sie alles warfen, was die Flammen nicht verzehrt hatten.

Als das Haus geräumt war, trat Onkel Luohan mit einer Schale voll Hirsebrand vor Großmutter. Auf dem Boden der Trinkschale lag ein Bund von bronzenen Schlüsseln. «Junge Herrin», sagte er, «diese Schlüssel sind dreimal in Branntwein desinfiziert worden.»

«Onkel», antwortete meine Großmutter, «diese Schlüssel solltest du beaufsichtigen. Meine Besitztümer sind auch deine Besitztümer.»

Diese Bemerkung erschreckte ihn so, daß er verstummte.

Großmutter sagte: «Onkel, dies ist nicht der Zeitpunkt, um mein Angebot abzulehnen. Geh und kaufe Stoff und was sonst nötig ist, um das Haus neu einzurichten, und laß Bettzeug und Moskitonetze nähen. Es ist egal, was es kostet. Ach ja, laß die Männer auch das Haus von innen und außen mit Branntwein desinfizieren, besonders die Wände.»

«Wieviel Branntwein sollen sie verwenden?»

«Soviel sie brauchen.»

Also verspritzten die Männer Hirsebrand, bis Himmel und Erde naß waren. Großmutter stand mit einem Lächeln auf den Lippen in der branntweingeschwängerten Luft.

Für die Desinfizierung wurden neun Fässer Branntwein verbraucht. Nachdem endlich alles eingesprüht war, befahl Großmutter den Arbeitern, neuen Stoff in Branntwein zu tränken und alles drei- oder viermal abzuschrubben. Danach wurden die Wände getüncht, die Türen und Fenster neu gestrichen und frische Strohmatten über die gemauerten Betten gebreitet, bis eine von oben bis unten neue Welt entstanden war.

Als sie mit der Arbeit fertig waren, gab Großmutter jedem Arbeiter drei Silberdollar.

Unter Großmutters und Onkel Luohans Leitung blühte die Brennerei wieder auf.

Zehn Tage nach der Desinfizierung war der Schnapsgeruch schwächer geworden, und im Geruch der frischen Tünche duftete das Anwesen sauber und frisch. In sorglos fröhlicher Stimmung kaufte Großmutter im Dorfladen eine Schere, rotes Papier, Nadel und Faden und andere Haushaltsartikel. Wieder zu Hause, stieg sie auf das gemauerte Bett neben dem Fenster mit seiner ganz neuen Decke aus weißem Papier und machte sich daran, Scherenschnitte als Fensterschmuck anzufertigen. Schon als Kind war sie phantasievoll und geschickt gewesen und hatte immer schönere Scherenschnitte und Stickereien angefertigt als die Mädchen in der Nachbarschaft. Sie war eine echte Volkskünstlerin, die einen bedeutsamen Beitrag zur Kunst des Scherenschnitts in der Gemeinde Nordost-Gaomi geleistet hat. Die Scherenschnitte von Gaomi sind zart und elegant, einfach und lebendig, und man hat ihren Stil mit einem Himmelspferd verglichen, das am Firmament dahinrast.

Als Großmutter zur Schere griff und ein gleichmäßiges Quadrat aus dem roten Papier schnitt, überfiel sie blitzartig ein Gefühl der Ungewißheit. Auch wenn ihr physischer Körper auf dem Bett saß, war doch ihr Herz aus dem Fenster geflogen und schwebte wie eine Taube über einem Meer von roter Hirse. Von Kindheit an hatte Großmutter ein zurückgezogenes Leben geführt, sie hatte nie das Haus verlassen und war von der Außenwelt abgeschlossen aufgewachsen. Als sie heranwuchs, hatte sie die Anordnungen ihrer Eltern befolgt, die eine Ehe für sie arrangiert hatten, und war eilig ins Haus ihres Mannes geschickt worden. In den zwei Wochen danach hatte sich ihre Welt von Grund auf verändert: Wasserpflanzen im Wind, Entengrütze im Regen, Lotosblätter auf dem Teich, rote Mandarinenten beim Liebesspiel. In diesen zwei Wochen hatte das Schicksal ihr Herz in Honig getaucht, ins Eis geworfen, mit kochendem Wasser übergossen, in Hirsebrand eingelegt. Sie hatte zehntausend Düfte genossen und hunderttausend Schmerzen erfahren.

Großmutter hoffte auf etwas; aber sie wußte nicht, auf was. Sie griff wieder zur Schere, aber sie wußte nicht, was sie ausschneiden wollte. Ein wirres Bild nach dem anderen drängte sich in ihre Phantasien und Träume. Das eintönige und liebliche Zirpen der Grillen stieg aus dem Wildgebüsch im Frühherbst und aus den Hirsefeldern auf, die von schwerem Branntweinduft verhangen waren. Fast konnte sie die zierlichen grünen Insekten sehen, die sich unter den hellroten Rispen der Hirsehalme verbargen und mit dünnen Hinterbeinen über die Flügeldecken rieben. Ein kühner, ein neuer Gedanke sprang ihr ins Herz:

Eine Grille hatte sich aus dem goldenen Käfig befreit, in dem sie gesessen und gesungen hatte.

Nachdem sie die befreite Grille ausgeschnitten hatte, machte sich Großmutter an einen Pflaumenblüten-Hirsch. Der Hirsch trägt den Kopf stolz hochgeworfen und bläht die Brust. Aus seinem Rücken sprießt ein blühender roter Pflaumenbaum. Stolz wandert er durch die Welt auf der Suche nach einem glücklichen Leben ohne Sorgen, ohne Kummer, ohne Zwang.

An ihren Träumen beim Scherenschnitt kann man sehen, was für eine außergewöhnliche Frau meine Großmutter war. Niemand anders hätte die Kühnheit besessen, eine Pflaumenblüte auf den Rücken eines Hirschs zu setzen. Immer wenn ich die Scherenschnitte meiner Großmutter betrachte, steigt neue Bewunderung für sie in mir auf. Wäre sie Schriftstellerin geworden, viele Autoren wären vor Neid erblaßt. Sie war ein schöpferischer Mensch mit den Goldlippen und den Jadezähnen des Genies. Sie sagte, die Grille sei ihrem Käfig entflohen, und so war es. Sie sagte, ein Pflaumenbaum wachse auf dem Rücken des Hirschs, und so war es.

Ach, Großmutter, im Vergleich zu dir bin ich eine zusammengeschnurrte Laus, die seit drei Jahren Hunger leidet.

Während sie noch mit ihren Scherenschnitten beschäftigt war, hörte sie, wie sich das Haupttor quietschend öffnete.

Eine fremde und zugleich seltsam vertraute Stimme rief im Hof:

«Chefin, stellt Ihr Arbeiter ein?»

Großmutter fiel die Schere aus der Hand und auf das Bett.

7

Das erste, was Vater sah, als Großvater ihn wach gerüttelt hatte, war ein langer gewundener Feuerdrache, der auf sie zukam. Unter hochgehaltenen Fackeln erhob sich kühnes Geheul. Vater konnte nicht verstehen, wie eine sich windende Reihe von Fackeln einen Mann wie Großvater so tief rühren konnte, einen Mann, der töten konnte, ohne mit der Wimper zu zucken. Er weinte unverhohlen. «Douguan», murmelte er, von Seufzern geschüttelt, «mein Sohn... unsere Dorfgenossen kommen...»

Mehrere hundert Männer, Frauen und Kinder scharten sich

um sie. Wer keine Fackel hielt, war mit Hacken, Rechen oder Keulen bewaffnet. Vaters Freunde und Spielkameraden drängten sich vor, sie hielten Fackeln aus Hirsehalmen und in Öl getränkter Baumwolle.

«Kommandant Yu, du hast die Schlacht gewonnen.»

«Kommandant Yu, wir haben Rinder, Schweine und Schafe für dich und deine Männer geschlachtet.»

Großvater fiel im feierlichen Fackelschein über dem gewundenen Fluß und der mächtigen Hirse auf die Knie. «Dorfgenossen», sagte er mit zitternder Stimme, «mich, Yu Zhan'ao, sollte man auf ewige Zeiten verachten, weil ich mich von dem pockennarbigen Leng habe betrügen lassen... meine Männer... sie sind alle in der Schlacht gefallen.»

Der Fackelkreis schloß sich um ihn, Rauch stieg zum Himmel auf, unruhig zuckten die Flammen, und brennende Öltropfen fielen zischend wie rote Fäden zu Boden. Ein Blumenmuster rotglühender Asche bedeckte die Böschung. Ein Fuchs heulte im Hirsefeld. Vom Licht angezogen, sammelten sich Fische dicht unter dem Wasserspiegel. Die Dorfbewohner verstummten. Hinter dem Knistern der Flammen rollte von fern in den Feldern her Donnergrollen auf sie zu.

Ein alter Mann mit dunklem Gesicht und weißem Bart, der ein großes und ein kleines Auge hatte, gab seine Fackel an einen Nachbarn weiter, bückte sich und schob Großvater die Arme unter die Schultern. «Steh auf, Kommandant Yu, steh auf!»

«Steh auf», wiederholten die anderen, «steh auf, steh auf!»

Unter den warmen Händen des alten Mannes löste sich die Eisesstarre in Großvaters Muskeln. Langsam stand er auf. «Dorfgenossen», sagte er, «laßt uns zur Brücke gehen und nachsehen.»

Ihre Fackeln in den Händen, folgten die Dorfbewohner Großvater und Vater. Das Licht reichte über die verschwommenen Umrisse des Flußbetts und der Hirsefelder an beiden Ufern bis hin zum Schlachtfeld an der Brücke. Es war der neunte Tag des achten Monats nach dem alten Kalender, und grünliche Wolken sammelten sich wie Wachposten um einen blutroten Halbmond. Die Schatten der ausgebrannten Lastwagen lagen im Fackelschein geheimnisvoll und bedrohlich über der Brücke. Der Geruch von geronnenem Blut, den die auf den Feldern verstreuten Leichen ausströmten, mischte sich mit Brandgestank und dem zarten Duft der Hirse am Fluß, der seiner Quelle fern war.

Brennendes Öl tropfte von den Fackeln auf Hände und Füße der Menschen. Dutzende von Frauen brachen in eintönige Klagegesänge aus. Im Fackelschein glichen die Gesichter der Männer geschmolzenem Stahl, der aus dem Hochofen strömt. Die weiße Steinbrücke lag als scharlachfarbener Bogen in der Dunkelheit.

Der Alte mit dem dunklen Gesicht und dem weißen Bart rief aus: «Was meint ihr? Es war doch ein großer Sieg! Es gibt 400 Millionen Chinesen. Wenn sich jeder von uns über einen Japaner hermacht, was wird dann aus ihrem kleinen Land? Wenn 100 Millionen von uns den Kampf auf Leben und Tod aufnehmen, werden sie alle ausgerottet, und von uns bleiben immer noch 300 Millionen. Also sind wir die Sieger! Kommandant Yu, es war ein großer Sieg.»

«Onkel», sagte Großvater, «du sagst das nur, damit ich mich besser fühle.»

«Nein, Kommandant Yu, es war wirklich ein Sieg. Gib den Befehl, sag uns, was wir tun sollen. Auch wenn China sonst nichts hat, wir sind viele.»

Großvater nahm Haltung an und befahl: «Leute, sammelt die Leichen unserer gefallenen Kameraden auf!»

Die Dorfbewohner verteilten sich über die Hirsefelder zu beiden Seiten der Landstraße, sammelten die Leichen auf und legten sie mit dem Gesicht nach Süden und den Füßen nach Norden in einer langen Reihe auf der Böschung nebeneinander. Großvater schritt die Reihe ab und zog Vater neben sich her, während er die Leichen zählte. Vater erkannte Wang Wenyi, Wangs Frau, Fang Sechs, Fang Sieben, Hornist Liu, den Schwindsüchtigen Nummer Vier... fremde Gesichter und bekannte. Die Falten in Großvaters Gesicht zuckten im Fackelschein, Tränen liefen wie Ströme geschmolzenen Stahls über seine Wangen.

«Was ist mit dem Stummen?» fragte Großvater.

«Douguan, hast du den Stummen gesehen?»

Das Bild des rasiermesserscharfen Säbels, mit dem der Stumme dem Japaner den Kopf abgeschlagen hatte, kam Vater in den Sinn. «Auf dem Lastwagen», sagte er.

Die Fackeln bildeten einen Kreis um einen der Lastwagen. Drei Männer kletterten auf die Ladefläche, hoben die Leiche des Stummen über das Geländer und packten sie Großvater auf den Rükken. Dann kamen noch zwei Männer dazu. Einer hielt den Kopf des Stummen, der andere seine Beine. So taumelten sie unter ihrer Last die Böschung hinauf und legten die Leiche am östlichen Ende der langen Reihe nieder. Der Stumme umklammerte noch immer seinen blutbespritzten Säbel. Die Leiche war in der Hüfte geknickt, leblos starrend standen die Augen offen, der Mund war weit aufgerissen, als wolle er schreien.

Großvater beugte sich über Brustkorb und Knie des Toten. Vater hörte das Knacken im Rückgrat der Leiche, als sie geradegestreckt wurde. Großvater versuchte dem Stummen den Säbel aus der Hand zu winden, aber der verkrampfte Griff des Toten war nicht zu lösen. Also preßte er den Arm parallel zum Körper nach unten, bis der Säbel neben dem Bein lag. Eine der Frauen kniete nieder und strich dem Toten über die Lider. «Bruder», sagte sie, «schließ die Augen. Kommandant Yu wird dich rächen.»

«Vater», weinte mein Vater, «Mutter liegt immer noch im Feld.»

Mit einer Handbewegung sagte Großvater: «Geh du! Nimm ein paar Leute mit und bring sie her!»

Vater stürzte ins Hirsefeld. Ein paar Leute mit Fackeln folgten ihm. Brennendes Öl fiel zwischen die Pflanzen. Zornig knisterten die brennenden Blätter, und als das Feuer sich ausbreitete, neigten die Halme ihre schweren Häupter und weinten mit heiserer Stimme.

Unter den Hirsehalmen, die Vater auseinanderbog, lag Großmutter auf dem Rücken. Ihre toten Augen blickten in den fernen, einzigartigen, sternenübersäten Himmel von Nordost-Gaomi. Kurz bevor sie starb, hatte sie mit lauter Stimme den Himmel angerufen, und der war vor ihrem Schrei erschaudert. Noch im Tod war ihr Gesicht zart wie Jade. Hinter den offenen Lippen zeigten sich die klaren Zähne, zwischen denen weiße Tauben mit Smaragdschnäbeln Hirsekörner niedergelegt hatten. Ihre von Kugeln durchbohrte Brust sprach den Moralpredigten dieser Welt hohn und pries Stärke und Freiheit, die Majestät des Lebens und die Glorie der Liebe.

Großvater trat neben die fackelumrahmte Leiche. Brennende Blätter zischten und dampften. Feurige Schlangen wanden sich über den weiten Feldern und bedrohten die Hirserispen, die um ihr Leben kämpften.

«Tragt sie nach Hause!» sagte Großvater.

Eine Gruppe junger Frauen sammelte sich um die Leiche und hob sie auf. Fackeln gingen dem Leichenzug voran, und auch auf beiden Seiten des Weges waren Fackeln; geheimnisvolles Licht umgab die Frauen im Zug, und das Hirsefeld verwandelte sich in ein Feenreich.

Sie trugen Großmutters Leiche die Böschung hinauf und legten sie am westlichen Ende der langen Reihe von Toten nieder.

Der Alte mit dem dunklen Gesicht und dem weißen Bart fragte: «Kommandant Yu, woher sollen wir Särge für sie alle nehmen?»

Großvater dachte einen Augenblick nach. Dann sagte er: «Wir werden sie nicht ins Dorf tragen, und wir brauchen keine Särge. Begrabt sie im Hirsefeld. Wenn ich meine Männer wieder gesammelt habe, werden sie ein königliches Leichenbegängnis erhalten.»

Der alte Mann schickte ein paar Leute zurück ins Dorf, um neue Fackeln zu drehen, denn man würde die ganze Nacht hindurch damit zu tun haben, die Toten zu begraben. «Bringt auch ein paar Jungtiere mit, wenn ihr wiederkommt», sagte Großvater, «damit wir den Lastwagen da ins Dorf schleppen können.»

Im Fackelschein begruben die Dorfbewohner ihre Toten. Es war lange nach Mitternacht, als sie damit fertig wurden. Großvater ließ sie Hirsepflanzen schneiden, die Gräber damit ausfüttern und die Leichen bedecken, bevor Erde über sie geschaufelt wurde.

Großmutter war die letzte, die sie begruben. Noch einmal umschlang Hirse ihren Körper. Vater sah, wie die letzte Staude ihr Gesicht bedeckte, und sein Herz schrie wie von Nadeln durchbohrt in jähem Schmerz auf. Die Narbe, die sein Herz davontrug, sollte nie wieder heilen. Großvater warf die erste Schaufel Erde in das offene Grab. Dumpf schlugen die Schollen auf die Hirsestauden und sprangen noch einmal auf, bevor sie im sanften Flüstern zwischen den Halmen Ruhe fanden. Der Tod zerriß die Stille mit dem Klang explodierender Handgranaten. Vaters Brust verkrampfte sich, und die Schneidezähne bohrten sich in seine schmale Unterlippe.

Großmutters Grabhügel war neben fünfzig anderen Gräbern im Hirsefeld. «Dorfgenossen», sagte der Alte, «auf die Knie!»

Die Dorfbewohner knieten vor den Gräbern nieder, und Klagelaute erfüllten die weiten Felder. Allmählich erloschen die Fackeln. Eine Sternschnuppe fuhr über den südlichen Himmel und verglühte hinter den Spitzen der Hirsepflanzen.

Der Morgen graute schon, als man neue Fackeln brachte. Erstes milchiges Licht durchdrang den Nebel über dem Fluß. Geräuschvoll grasten die Zugtiere, Pferde und Ochsen, die man in der Nacht herangeführt hatte, im Feld und kauten mahlend an den Rispen.

Großvater befahl seinen Männern, die Rechenbarriere von der Straße zu räumen und den ersten Lastwagen, den mit den plattgeschossenen Reifen, in den östlichen Straßengraben zu schieben. Dann griff er zur Schrotflinte, zielte sorgfältig auf den Benzintank und drückte ab. Hunderte von Stahlkugeln durchbohrten das Blech und ließen den Treibstoff aus kleinen Löchern spritzen. Er nahm einem der Männer die Fackel aus der Hand, trat einen Schritt zurück und schleuderte sie auf den Wagen. Eine gewaltige weiße Flamme loderte auf, ließ die Karosserie erglühen und verwandelte den Lastwagen in einen Haufen aus verbogenem Blech.

Dann legten die Dorfbewohner die Schultern an den unbeschädigten Wagen, der mit Reis beladen war, schoben ihn über die Brücke auf die Straße und ließen endlich das ausgebrannte Skelett des dritten Lastwagens in den Fluß rollen. Auch der Tank des vierten Wagens wurde von Kugeln durchsiebt und in Brand gesteckt. Auf der Brücke blieb nichts als dunkle Haufen glühender Asche. Im Norden und im Süden schlugen Flammen zum

Himmel. Gelegentlich explodierte eine Granate. Im Flammenschein wurden die Leichen der Japaner knusprig geröstet, und der Geruch von gebratenem Fleisch vermengte sich mit dem beißenden Gestank, der die Luft erfüllte. Die Kehlen der Männer trockneten aus, und ihre Mägen revoltierten.

«Was sollen wir mit den toten Japanern tun, Kommandant Yu?» fragte der Alte.

«Wenn wir sie begraben, verpesten sie unseren Boden. Wenn wir sie verbrennen, wird unsere Luft nach ihnen stinken. Schmeißt sie in den Fluß und laßt sie nach Hause schwimmen!»

Die Leichen von mehr als dreißig Japanern wurden mit Metallhaken an langen Stangen auf die Brücke geschleppt. Auch der alte Japaner, dem Zugführer Lengs Soldaten die Generalsuniform ausgezogen hatten, war dabei.

«Frauen wegsehen!» kommandierte Großvater.

Er zog sein Schwert, schnitt den Japanern die Hosen zwischen den Beinen auf und schlug einem nach dem anderen das Gemächt ab. Dann befahl er ein paar weniger empfindlichen Männern, den ehemaligen Besitzern die abgetrennten Teile in den Mund zu stopfen. Jeweils zwei Männer packten schließlich die toten Japaner und warfen sie über das Brückengeländer. Vielleicht waren es im Grunde ihres Herzens anständige Menschen gewesen, manche von ihnen mochten hübsch gewesen sein, und gewiß hatten sie alle in der Blüte ihrer Jugend gestanden.

«Japanische Hunde», riefen die Dorfbewohner, «schwimmt nach Hause!» Den Familienschatz im Munde tragend, flogen die Japaner in hohem Bogen durch die Luft, landeten laut klatschend im Wasser und wurden von der Strömung nach Osten getragen.

Als die Morgensonne mit schwachem Schein aufging, waren die Dorfbewohner so erschöpft, daß sie sich kaum mehr bewegen konnten. Unter dem dunklen Morgenhimmel erstarb das Feuer der Fackeln, und saphirblaue Schatten breiteten sich aus. Großvater ließ die Leute ihre Zugpferde und Ochsen mit Stricken und Seilen an die Stoßstange des unbeschädigten Lastwagens mit seiner Reisladung binden. Dann trieben sie die Tiere an und schleppten so den Wagen ab.

Die Zugtiere legten sich ins Geschirr, die Seile strafften sich, die Achsen quietschten laut, und der Lastwagen kroch wie ein gewaltiger Käfer vorwärts. Die Vorderräder hielten die Spur nicht. Also ließ Großvater die Tiere anhalten, stieg in die Fahrerkabine und versuchte, den Wagen zu lenken. Wieder legten sich die Tiere ins Geschirr, und die Seile strafften sich. Er kämpfte mit dem Lenkrad, bis er sich an die ungewohnte Aufgabe gewöhnt hatte. So schwer war es nicht! Jetzt fuhr der Wagen geradeaus, und die staunenden Dorfbewohner folgten ihm ängstlich. Mit einer Hand das Lenkrad umklammernd, fummelte Großvater mit der anderen am Armaturenbrett herum. Er legte einen Schalter um, und zwei Lichtstrahlen strömten aus dem Kühlergrill.

«Das Tier hat die Augen aufgemacht», rief jemand von hinten.

Das Scheinwerferlicht fiel auf ein langes Straßenstück und spiegelte sich im Fell der Zugtiere. Voll kindlicher Begeisterung schob, zog und drückte Großvater jeden Knopf und jeden Schalter, der ihm unter die Finger kam. Plötzlich begann die Hupe laut zu plärren, und die Pferde spitzten erschreckt die Ohren. «Deine Stimme hast du also nicht verloren», dachte Großvater. Begeistert drehte er den Zündschlüssel. Ein dumpfes Grollen drang aus den Eingeweiden des Untiers, und der Lastwagen schoß plötzlich voran, fuhr Maultiere und Ochsen um und schob Pferde und Esel von der Straße. Großvater erschrak so sehr, daß ihm der Angstschweiß über den Rücken floß. Er saß auf dem Rücken des Tigers und konnte nicht mehr absteigen.

Mit offenem Mund sahen die Dorfbewohner zu, wie der Lastwagen die Tiere zu Boden schleuderte und mit sich fortriß. Nach ein paar Dutzend Metern rollte er in den Straßengraben, seufzte ersterbend auf und blieb auf der Seite liegen, während die Räder sich wie Mühlenflügel drehten. Großvater zerschlug die Windschutzscheibe und kletterte aus der Fahrerkabine, Gesicht und Hände blutverschmiert.

Starr blickte er das dämonische Wesen an und brach dann plötzlich in verzweifeltes Gelächter aus.

Die Dorfbewohner luden den Reis ab, und Großvater durchlöcherte auch den Bezintank dieses Wagens mit der Schrotflinte, bevor er das Benzin mit einer Fackel entzündete. Die Flammen loderten zum Himmel auf.

8

Vierzehn Jahre zuvor hatte Yu Zhan'ao, das Bettzeug auf dem Rücken gerollt und in frisch gebügelte weiße Hosen und Jacke gekleidet, im Hof unseres Anwesens gestanden und gerufen: «Chefin, stellt Ihr Arbeiter ein?»

Hundert Gedanken schossen Großmutter gleichzeitig durch den Kopf, und alle angeborenen Instinkte ließen sie im Stich. Die Schere fiel ihr aus der Hand und blieb auf dem Bett liegen, und sie selbst lag hingestreckt auf der neuen Steppdecke mit dem purpurroten Überzug.

Seine Nase roch frische Farbe und einen zarten weiblichen Duft. Yu Zhan'ao faßte Mut und betrat das Zimmer.

«Chefin, stellt Ihr Arbeiter ein?»

Das Gesicht zur Decke gewandt, lag Großmutter mit verwirrtem Blick auf dem Bett.

Yu Zhan'ao warf sein Bettzeug auf den Boden und näherte sich langsam dem gemauerten Lager. Er beugte sich über sie und sah sie an. Sein Herz war ein warmer Teich, in dessen Tiefe sich Mondkröten tummelten und über dem Regenschwalben hin und her segelten. Als sein dunkles Kinn kaum mehr so weit wie ein Blatt Papier von Großmutters Gesicht entfernt war, holte sie aus und versetzte ihm einen Schlag auf den dunkel glänzenden Kopf. Dann richtete sie sich auf, griff nach der Schere und schrie: «Wer bist du? Was fällt dir ein? Wie kannst du ins Zimmer einer fremden Frau eindringen und dich so benehmen?»

Verblüfft fuhr er zurück und fragte: «Du... du kennst mich wirklich nicht?»

«Was sind das für Reden? Als junges Mädchen habe ich ein behütetes Leben geführt und das Haus bis zu meinem Hochzeitstag nicht verlassen. Das war vor weniger als zwei Wochen. Woher sollte ich dich kennen?»

«Also gut», sagte er lächelnd, «wenn du es so haben willst. Ich habe gehört, daß Ihr Arbeiter für die Brennerei sucht, und ich brauche Arbeit, um mich satt zu essen.»

«Kein Problem, wenn du harte Arbeit nicht scheust. Wie heißt du? Wie alt bist du?»

«Ich heiße Yu Zhan'ao, und ich bin vierundzwanzig.»

«Nimm dein Bettzeug und geh nach draußen.»

Gehorsam verließ Yu Zhan'ao das Gehöft und wartete. Die Sonne brannte über den Wäldern, die Straße zur Bezirkshauptstadt schlängelte sich schmal und lang zwischen Hirsefeldern. Im Hof lagen noch Überreste des verbrannten Blätterhaufens, und die Erinnerung an das, was dort geschehen war, stieg in ihm auf. Er wartete etwa eine halbe Stunde vor dem Tor und wurde von Minute zu Minute unruhiger. Er konnte sich kaum zurückhalten, ins Haus zu stürzen und ein für allemal mit dieser Frau abzurechnen.

Nachdem er Shan Tingxiu und seinen Sohn ermordet hatte, war Yu Zhan'ao nicht weggelaufen, sondern hatte sich im Feld neben der Bucht versteckt, um zu beobachten, was nun geschehen würde. Er stieß einen Seufzer der Bewunderung aus, als er an die erstaunliche Vorstellung dachte, die Großmutter gegeben hatte. Sie war jung, aber sie hatte scharfe Zähne und konnte Pläne schmieden wie sonst keine. Das war eine Frau, mit der man rechnen mußte, keine harmlose Sparlaterne. Vielleicht benahm sie sich ja heute nur so, um sich vor spähenden Augen und lauschenden Ohren zu schützen. Also wartete er weiter, aber sie kam und kam nicht. Der Hof lag still. Nur der Ruf einer Elster auf dem Dach war zu hören. Von Wut übermannt, stürzte er in den Innenhof und wollte sich beschweren, als er Großmutters Stimme hinter dem Papierfenster hörte: «Melde dich im östlichen Gehöft.»

Plötzlich sah Yu Zhan'ao ein, daß er sich nicht der Etikette entsprechend benommen hatte, und sein Zorn ließ nach. Das Bettzeug auf dem Rücken, ging er zum Ostgehöft, wo er Reihen von Schnapsfässern, Stapel von Hirse und alle Angestellten sah, die in der Dampfbrennerei arbeiteten. Er betrat das Zelt und fragte einen Arbeiter, der auf einem hohen Hocker stand und Hirse in einen Eimer über dem Mühlstein schüttete: «He, du da! Wer ist hier der Chef?»

Der Mann sah ihn aus dem Augenwinkel an. Als er die ganze Hirse in den Eimer geschüttet hatte, sprang er vom Hocker und trat ein paar Schritte zurück. Jetzt hielt er ein Sieb in der einen, den Hocker in der anderen Hand. Dann stieß er einen Ruf aus, und das Maultier mit der schwarzen Binde über den Augen fing an, den Mühlstein zu drehen. Rund um den Mühlstein hatten die Hufe eine tiefe Rinne in den Boden gegraben. Mit dumpfem Knirschen fiel die zerquetschte Hirse wie Regen zwischen den Steinen hervor und fiel in einen hölzernen Bottich. «Der Vorarbeiter ist im Laden», sagte der Mann mit geschürzten Lippen und zeigte mit dem Kinn auf das Gebäude westlich vom Haupttor.

Sein Bettzeug in der Hand, trat Yu Zhan'ao durch die Hintertür ein und erkannte die vertrauten Umrisse eines alten Mannes, der mit dem Abakus in der Hand hinter der Theke saß und gelegentlich einen Schluck aus einem kleinen dunkelgrünen Porzellankrug nahm.

«Vorarbeiter», meldete sich Yu Zhan'ao, «stellt Ihr Leute ein?»

Onkel Luohan blickte zu Yu Zhan'ao auf und dachte einen Moment nach. «Suchst du eine Dauerstelle oder einen Aushilfsjob?»

«Das kommt darauf an, was gebraucht wird. Ich möchte so lange arbeiten, wie es geht.»

«Wenn du ein oder zwei Wochen arbeiten willst», sagte Onkel Luohan, «kann ich dich anstellen. Aber wenn du eine Dauerstelle suchst, muß die Herrin darüber entscheiden.»

«Dann solltest du sie fragen.»

Yu Zhan'ao trat an die Theke und setzte sich auf einen Hocker. Onkel Luohan ließ die Thekenschranke herunter und verschwand durch die Hintertür. Im Gehen wandte er sich noch einmal um, kam zurück, nahm eine grobe Tonschale, füllte sie zur Hälfte mit Hirsebrand und stellte sie auf die Theke. «Du hast bestimmt einen trockenen Mund. Trink etwas!»

Yu Zhan'ao trank den Schnaps und dachte über die undurchschaubaren Pläne der Frau nach. Er konnte einen Seufzer der Bewunderung nicht unterdrücken.

«Die Herrin will dich sehen», sagte Onkel Luohan, als er wiederkam.

Zusammen gingen sie ins westliche Gehöft. «Warte hier», sagte Onkel Luohan.

Elegant und graziös trat Großmutter aus dem Haus. Eine Zeitlang befragte sie Yu Zhan'ao, dann sagte sie mit einer leichten Handbewegung: «Nimm ihn mit nach drüben. Wir werden ihn für einen Monat auf Probe anstellen. Gehalt bekommt er ab morgen.»

So wurde Yu Zhan'ao als Arbeiter im Familienbetrieb angestellt. Mit seiner Kraft und seinen geschickten Händen war er ein idealer Arbeiter, und Onkel Luohan hatte Großmutter viel Lobendes über ihn zu berichten. Nach dem ersten Monat ließ er ihn zu sich kommen und sagte: «Die Herrin ist mit deiner Arbeit zufrieden. Du kannst bleiben.» Er überreichte ihm ein in Tuch geschlagenes Bündel. «Das soll ich dir von ihr geben.»

Yu Zhan'ao packte das Bündel aus. Es enthielt ein Paar neue Stoffschuhe. «Vorarbeiter», sagte er, «sag der Herrin bitte, daß Yu Zhan'ao ihr für das Geschenk dankt.»

«Du kannst gehen», sagte Onkel Luohan. «Ich erwarte harte Arbeit von dir.»

«Das verspreche ich», sagte Yu Zhan'ao.

Wieder vergingen zwei Wochen, und Yu Zhan'ao fiel es immer schwerer, an sich zu halten. Die Herrin kam zwar täglich ins Ostgehöft, um nach dem Rechten zu sehen, aber sie stellte nur Onkel Luohan Fragen und schien die verschwitzten Arbeiter kaum zu bemerken. Das gefiel Yu Zhan'ao überhaupt nicht.

Als die Brennerei noch von Shan Tingxiu und seinem Sohn betrieben wurde, hatten Lokalbesitzer im Dorf das Essen für die Arbeiter bereitet und in die Brennerei geschickt. Aber als Großmutter das Geschäft übernahm, stellte sie eine Frau in den Fünfzigern ein, die man die alte Liu nannte, und ein dreizehn- oder vierzehnjähriges Mädchen namens Lian'er. Sie wohnten im Westgehöft und waren für sämtliche Küchenarbeiten zuständig. Dann kaufte Großmutter zusätzlich zu den beiden Hunden, die es schon gab, noch einen schwarzen, einen grünlichen und einen roten. Das Westgehöft, das nun die Heimat von drei Frauen und fünf Hunden war, wurde zu einer lebhaften eigenen kleinen Welt. Nachts schlugen die Hunde bei der kleinsten Störung an, und jeder Eindringling, den sie nicht totbissen, erschrak sich zumindest fast zu Tode.

Im neunten Monat waren es schon fast zwei Monate, daß Yu Zhan'ao den Kocher in der Brennerei bediente, und die Hirse war voll und reif. Großmutter trug Onkel Luohan auf, ein paar Hilfsarbeiter einzustellen, die den Hof und die offenen Vorratsbehälter reinigen sollten, bevor man Getreide kaufte. Es waren helle, sonnige Tage, und der Himmel war klar. Großmutter in ihrem weißen Seidenkleid und den roten Samtpantoffeln hielt eine fingerdicke Weidenrute in der Hand und ging mit ihren Hunden im Hof spazieren. Die Dorfbewohner blickten sie mißtrauisch an, aber keiner von ihnen hätte gewagt, in ihrer Gegenwart auch nur einen Furz zu lassen. Yu Zhan'ao ging ein paarmal auf sie zu, aber sie blickte an ihm vorbei und schenkte ihm kein Wort.

Eines Abends trank Yu Zhan'ao ein paar Schalen mehr als sonst und war schließlich ein wenig angetrunken. Er drehte und wand sich auf dem Gemeinschaftslager, aber im Mondlicht, das durch das Fenster in der Ostwand fiel, konnte er nicht einschlafen. Zwei Arbeiter saßen unter einer Öllampe und flickten ihre Kleider.

Der alte Du griff zur Fiedel und begann, traurige Lieder zu spielen, die in den Herzen der Männer widerklangen. Irgend etwas mußte geschehen. Einer der Männer, die ihre Kleider flickten, war von den melancholischen Weisen des alten Du so gerührt, daß sein Hals rauh wurde. «Wie traurig ist es, allein zu sein», sang er mit heiserer Stimme, «o so traurig, allein zu sein. Zerrissene Kleider flicken sich nicht...»

«Warum fragst du nicht die Herrin, ob sie sie dir näht?»

«Die Herrin? Ich wüßte gern, welches Raubtier bei diesem zarten Schwan anbeißen wird.»

«Der alte Herr und sein Sohn wollten sich an dem Schwan gütlich tun. Das hat sie das Leben gekostet.»

«Also ich habe gehört, daß sie eine Affäre mit dem Räuber Blatternacken hatte, als sie noch zu Hause wohnte.»

«Heißt das, daß Blatternacken die beiden umgebracht hat?»

«Still! Was man auf der Straße sagt, hören die Leute im Gras.»

Verächtlich grinsend lag Yu Zhan'ao auf dem Bett.

«Was lächelst du, kleiner Yu?» fragte einer der Männer.

Der Schnaps hatte ihn mutig gemacht, und so platzte er unbedacht heraus: «Ich hab sie umgebracht.»

«Du bist betrunken.»

«Betrunken? Wenn hier einer betrunken ist, dann du. Ich sag dir, ich hab sie umgebracht.» Er drehte sich um, setzte sich auf, griff nach dem Beutel an der Wand und zog ein kurzes Schwert heraus. Als er es aus der Scheide zog, glänzte es im Mondlicht wie ein silberner Fisch. «Ich sag es euch», murmelte er mit schwerer Zunge, «unsere Herrin... ich habe mit ihr geschlafen... im Hirsefeld... habe nachts einen Brand gelegt... den einen erstochen... den anderen auch...»

Wortlos blies einer der Zuhörer die Lampe aus. Der Raum war in tiefe Finsternis gehüllt, und der Mond schien um so heller.

«Ruhe! Schlaft jetzt. Wir müssen morgen früh in der Brennerei sein.»

Yu Zhan'ao murmelte vor sich hin: «Der Teufel soll dich holen... tust so, als ob du mich nicht kennst... nachdem du dir die Hosen wieder hochgezogen hast... läßt mich arbeiten wie ein Pferd... wie einen Ochsen... denk nicht, daß ich dir das durchgehen lasse... heute nacht... ich bring dich um...» Er kletterte mit dem Schwert in der Hand vom Bett und torkelte ins Freie. Die anderen lagen in der Dunkelheit und starrten stumm mit aufgerissenen Augen auf das Mondlicht, das sich in der Waffe spiegelte.

Yu Zhan'ao ging in den mondhellen Hof und blickte auf die glasierten Schnapsfässer, die wie Juwelen glänzten. Leichter Südwind wehte von den Feldern und trug den bittersüßen Duft von reifer Hirse mit sich. Er zitterte. Das Gelächter einer Frau erklang im westlichen Gehöft. Er schlich sich ins Zelt, um die Bank mitzunehmen. Er hörte das Hufscharren des schwarzen Maultiers, das hinter dem Futtertrog angebunden war, und die kurzen schweren

Atemzüge seiner Nüstern. Er kümmerte sich nicht um das Tier und schleppte die Bank an die Mauer. Als er darauf stieg und sich aufrichtete, reichte ihm die Mauer bis zur Brust. Ein Licht hinter dem Fenster beleuchtete den Scherenschnitt. Die Herrin spielte auf ihrem Bett mit Lian'er. «Was seid ihr doch für ungezogene kleine Affen», hört er die alte Liu sagen, «Schluß jetzt, Schlafenszeit.» Dann sagte sie noch: «Lian'er, sieh nach, ob der Teig schon aufgegangen ist.»

Das Schwert im Mund, kletterte er auf die Mauer. Die fünf Hunde witterten ihn, stürzten auf ihn los, blickten in die Höhe und begannen so furchterregend zu bellen, daß er das Gleichgewicht verlor und von der Mauer in den Westhof stürzte. Wäre Großmutter nicht aus dem Haus geeilt, um nachzusehen, was vor sich ging, hätten ihn die Hunde wohl in Stücke gerissen.

Erst rief Großmutter die Hunde zurück, dann rief sie nach Lian'er und einer Laterne.

Mit dem Nudelholz in der Hand kam die alte Liu auf ihren großen Füßen, die früher einmal gebunden gewesen waren, angerannt und schrie: «Haltet den Dieb! Haltet den Dieb!»

Dann kam Lian'er mit der Laterne, und Licht fiel auf sein angeschlagenes Gesicht. «Du bist es also!» stieß Großmutter zwischen den Zähnen hervor.

Sie hob das Schwert vom Boden und drehte es in den Händen, sah es sich gründlich an und steckte es dann in den Ärmel. «Lian'er, hol Onkel Luohan!»

Kaum hatte Lian'er das Tor geöffnet, da stand Onkel Luohan schon im Hof. «Was gibt es, Herrin?»

«Dein Arbeiter da ist betrunken.»

«Das ist er», bestätigte Onkel Luohan.

«Lian'er», sagte Großmutter, «bring mir meine Rute!»

Lian'er holte die weiße Weidenrute. «Das wird dich ernüchtern», sagte Großmutter.

Sie ließ die Gerte durch die Luft schwirren und hart auf Yu Zhan'aos Hintern aufprallen.

Unter dem Schmerz verspürte er eine betäubende Wollust, die ihm in den Hals stieg, seine Zähne in Bewegung setzte und sich als sinnloses Stammeln aus seinem Mund ergoß: «Mama, Mama, Mama... Mama... Mama...»

Großmutter prügelte auf ihn ein, bis ihr Arm lahm wurde. Dann ließ sie die Gerte sinken und stand erschöpft und keuchend da.

«Bring ihn zurück», sagte sie.

Onkel Luohan wollte Yu Zhan'ao auf die Füße helfen, aber der weigerte sich aufzustehen und stammelte immer nur: «Mama, noch ein paar Schläge... Mama, noch ein paar Schläge...»

Großmutter schlug ihn mit aller Kraft zweimal auf den Nacken. Wie ein kleiner Junge rollte er auf dem Boden herum und strampelte mit den Beinen in der Luft. Onkel Luohan holte ein paar Arbeiter, die ihn in den Schlafsaal schleppten und aufs Bett warfen. Zuckend und zitternd wie eine Libelle lag er da, und aus seinem Mund ergoß sich ein unablässiger Strom von schmutzigen Flüchen. Onkel Luohan nahm einen Krug Branntwein, befahl den Arbeitern, ihn an Händen und Füßen festzuhalten, und goß ihm den Schnaps in die Kehle. Als die Männer ihn losließen, fiel sein Kopf zur Seite, und er sagte kein Wort mehr. «Hast du ihn ertränkt?» fragte ein Arbeiter ängstlich und hob die Laterne. Mit verzerrtem Gesicht nieste Yu Zhan'ao einmal kräftig, und die Lampe erlosch.

Er wachte nicht auf, bevor die Sonne drei Stock hoch am Himmel stand. Neugierig beobachteten ihn die Männer, als er zur Brennerei ging, als laufe er auf Watte. Er erinnerte sich an die Prügel, die er am Abend zuvor bezogen hatte, und strich sich über Hals und Hintern, aber es schmerzte ihn nichts. Durstig griff er nach einer Kelle, schöpfte eine halbe Kelle voll Hirsebrand aus dem Durchfluß, warf den Kopf in den Nacken und trank gierig.

Du der Fiedler sagte: «Kleiner Yu, deine Mama hat dich aber gestern tüchtig verprügelt. Wette, du kletterst nicht so bald wieder auf die Mauer.»

Bis dahin war der düstere junge Mann den anderen ein wenig furchteinflößend erschienen, aber die Furcht war verflogen, als sie seine mitleiderregenden Schreie hörten, und jetzt überboten sie sich gegenseitig mit ihren Neckereien. Ohne ein Wort zu erwidern, griff er nach einem von ihnen, ballte die Faust und schlug sie ihm voll ins Gesicht. Ein rascher Blickwechsel, und die anderen stürzten sich auf ihn, warfen ihn zu Boden und begannen, mit Händen und Füßen auf ihn einzuprügeln. Als sie genug hatten, zogen sie ihm den Gürtel aus, steckten ihm den Kopf zwischen die Beine, banden ihm die Hände hinter dem Rücken zusammen und ließen ihn so auf dem Boden liegen.

Wie ein Tiger in der Wüste oder ein Drache in den Dünen kämpfte Yu Zhan'ao mit dem Kopf zwischen den Beinen um seine Freiheit. Er rollte so lange in vergeblichem Bemühen auf dem Boden umher, daß man bequem ein paar Pfeifen hätte rauchen können. Schließlich hatte der alte Du genug von dem Spiel. Er trat zu ihm, band ihm die Hände los und befreite seinen Kopf aus der unbequemen Lage. Mit einem Gesicht in der Farbe von Goldpapier lag Yu Zhan'ao wie eine sterbende Schlange auf einem Stapel Brennholz. Er brauchte lange, um wieder zu Atem zu kommen. Die anderen hielten ihr Werkzeug fest, für den Fall, daß er versuchen sollte, Rache zu nehmen. Aber er taumelte nur zu einem der Fässer, schöpfte ein wenig Schnaps und goß ihn gierig in sich hinein. Dann kletterte er wieder auf den Brennholzstapel und schlief fest ein.

Von da an betrank sich Yu Zhan'ao täglich bis zur Bewußtlosigkeit und kletterte auf den Brennholzstapel. Da lag er dann mit halbgeschlossenen, feuchten blauschimmernden Augen und einem zweifachen Lächeln auf den Lippen: rechts töricht, links schlau; manchmal auch umgekehrt: links töricht und rechts schlau. Anfangs beobachteten ihn die Männer neugierig, aber nach einiger Zeit begannen sie, sich zu beschweren. Onkel Luohan versuchte, ihn dazu zu bewegen, wenigstens irgend etwas zu arbeiten, aber er sah ihn nur aus dem Augenwinkel an und sagte: «Und wer bist du schon? Ich bin hier der Herr. Der Balg in ihrem Bauch ist meiner.»

Damals war mein Vater im Bauch seiner Mutter schon so groß wie ein Tennisball. Morgens hörte man im ganzen Anwesen, wie sie sich im Hof übergab. Die alterfahrenen Besserwisser sprachen von nichts anderem mehr. Als die alte Liu ihnen das Essen brachte, fragte einer von ihnen: «Alte Liu, ist die Herrin schwanger?»

Sie starrte ihn zornig an: «Nimm dich bloß in acht, sonst wird dir schon noch jemand die Zunge abschneiden.»

«Sieht aus, als hätte Shan Bianlang doch gewußt, wie's geht.»

«Vielleicht stammt es ja auch vom alten Herrn.»

«Keine blöden Vermutungen! Glaubt ihr denn, ein eigenwilliges Mädchen wie sie hätte einen der Shans an sich herangelassen? Sicher war es Blatternacken.»

Fröhlich gestikulierend sprang Yu Zhan'ao vom Holzstapel. «Ich war es», rief er, «jawohl, ich!»

Darüber schütteten sie sich vor Lachen aus und beschimpften ihn.

Mehr als einmal empfahl Onkel Luohan, ihn zu entlassen, aber Großmutter sagte jedesmal: «Laß ihn doch herumspinnen. Ich werde es ihm schon zeigen.»

Eines Tages kam sie mit ihrem dicken Bauch, der sich inzwischen nicht mehr verbergen ließ, in den Brennereihof, um mit Onkel Luohan zu sprechen.

Der vermied es, ihr in die Augen zu sehen, und sagte: «Herrin, es ist Zeit, die Waage bereitzumachen und Hirse zu kaufen.»

«Ist alles bereit? Der Hof, die Getreidebehälter?»

«Alles ist bereit.»

«Wann habt ihr sonst immer die Waage herausgeholt?»

«Etwa um diese Zeit.»

«Laßt uns dieses Jahr ein wenig länger warten.»

«Das könnte gefährlich werden. Außer uns gibt es noch zehn andere Brennereien.»

«Die Ernte war in diesem Jahr so gut», sagte Großmutter, «daß sie gar nicht die ganze Hirse verarbeiten können. Mach einen Aushang, daß wir noch nicht soweit sind. Wir werden erst kaufen, wenn die anderen sich eingedeckt haben. Dann bestimmen wir den Preis, und außerdem ist die Hirse besser durchgetrocknet.»

«Das könnte stimmen.»

«Gibt es sonst noch etwas, das wir besprechen müßten?»

«Eigentlich nichts. Außer diesem einen Arbeiter. Er betrinkt sich jeden Tag so, daß er sich kaum mehr rühren kann. Wir sollten ihn auszahlen und entlassen.»

Großmutter dachte einen Augenblick nach und sagte dann: «Bring mich in die Brennerei. Das will ich selber sehen.»

Onkel Luohan führte sie in die Brennerei, wo die Arbeiter gerade fermentierte Maische in den Destillator füllten. Das Brennholz unter dem Kocher knisterte, und das Wasser wallte auf und schickte Dampfwolken in den Destillator. Das war ein meterhohes Holzgefäß, dessen Boden eng mit Bambusstreifen umflochten war und das genau über dem Kocher saß. Vier Männer schaufelten mit Holzspaten die Maische, eine grüngefleckte, süßlich riechende fermentierte Masse, aus dem Faß in den dampfenden Destillator. Da der Dampf nirgends hin entweichen konnte, wurde er durch die Ritzen im Boden des Destillators gefiltert, und die Männer waren ständig damit beschäftigt, die Maische dahin zu werfen, wo der Dampf eindrang, damit die Hitze nicht entweichen konnte.

Als sie Großmutter kommen sahen, warfen sie sich mit Feuereifer in die Arbeit. Von seinem Sitz auf dem Brennholzstapel starrte Yu Zhan'ao, der aussah wie ein abgerissener, schmutziger Bettler, Großmutter mit einem kalten Licht in den Augen an.

«Ich wollte sehen, wie die rote Hirse zu Hirsebrand wird», sagte Großmutter.

Onkel Luohan zog einen Hocker für sie heran.

Die Männer fühlten sich durch Großmutters Anwesenheit geehrt und arbeiteten wie nie zuvor. Der Heizer warf immer neues Holz nach und hielt die Flammen hoch, die den Boden des Kochers bedeckten. Das Wasser warf Blasen, und das Zischen des Dampfs, der sich seinen Weg durch den Destillator suchte, mischte sich mit dem Stöhnen der Arbeiter. Nachdem sie den Destillator mit Maische gefüllt hatten, setzten sie einen dicht schließenden wabenförmigen Deckel darauf und ließen die Mischung kochen, bis kleine Dampffäden aus den winzigen Öffnungen im Deckel aufstiegen. Dann trugen sie einen seltsamen Gegenstand aus Zinn und zwei Deckplatten herbei. Onkel Luohan erklärte Großmutter, daß das ein Destillator sei. Sie trat heran, um ihn näher anzusehen, und kehrte dann wortlos an ihren Platz zurück.

Die Männer setzten den Zinndestillator über den hölzernen, um den Dampf festzuhalten. Das einzige, was man hörte, war das Röhren des Feuers unter dem Kocher. Der Holzdestillator leuchtete in einem Augenblick weiß, im nächsten orange und verströmte einen zarten, süßlichen Duft, der dem von Hirsebrand ähnlich und doch nicht gleich war.

«Kaltes Wasser!» kommandierte Onkel Luohan.

Ein paar Männer stiegen auf eine Bank und begannen, kaltes Wasser in die eingebuchtete Mitte des Zinndestillators zu gießen. Ein anderer, der ebenfalls auf der Bank stand, rührte das Wasser mit einem Gegenstand um, der aussah wie ein Ruder. Nach etwa der Hälfte der Zeit, die ein Räucherstäbchen braucht, um zu verbrennen, stieg der wohlbekannte Geruch von Hirsebrand in Großmutters Nase.

«Macht euch bereit, den Brand aufzufangen», rief Onkel Luohan.

Zwei Männer eilten mit Krügen herbei, die aus gewachstem Schilf gewoben, mit zehn Schichten Papier überspannt und dann mit Lack überzogen waren. Sie stellten sie unter die Hähne des Destillators, die aussahen wie Entenschnäbel.

Großmutter stand auf und blickte gebannt auf die Hähne. Der Heizer schob mit Fichtenöl getränkte Holzstücke in die Öfen, die laut knisterten und weiße Rauchwolken von sich gaben. Funken glitzerten auf den fettigen, verschwitzten Brustkörben der Männer.

«Wasser wechseln!» rief Onkel Luohan.

Zwei Männer rannten auf den Hof und kamen mit vier Eimern kühlen Brunnenwassers zurück. Der Mann auf der Bank legte einen Hebel um, ließ das erhitzte Wasser von der Oberseite des Destillators ab, goß frisches Wasser nach und rührte dabei die ganze Zeit um.

Die hohen Öfen ragten eindrucksvoll auf. Die Arbeiter erfüllten ihre Pflichten sorgfältig. Großmutter war vom feierlichen, heiligen Wesen der Arbeit gerührt. Gerade in diesem Augenblick fühlte sie, wie mein Vater sich in ihrem Leib bewegte, und sie sah hinüber zu Yu Zhan'ao, der auf dem Brennholzstapel lag und sie bösartig ansah. Seine Augen waren die einzigen kalten Flecken in dem dampfenden, heißen Brennereizelt. Die Wärme in ihrem Herzen wich plötzlicher Kühle. Sie wandte die Augen von ihm ab und sah ruhig den zwei Männern mit den Krügen zu, die auf das Ausströmen des Branntweins warteten.

Dampfschwaden stiegen aus dem hölzernen Destillator auf, und der Duft wurde immer stärker. Großmutter sah, wie die Hähne heller wurden, wie ihr Glühen für einen Augenblick erstarrte, wie sie sich dann leicht bewegten, als die ersten hellen Tropfen wie Tränen in die Schnapskrüge rollten.

«Wasser wechseln», rief Onkel Luohan, «schürt das Feuer!»

Die beiden Männer eilten zum Brunnen und kamen mit frischem Wasser wieder. Als das kühle Wasser nachgegossen wurde, strömte heißes Wasser aus den offenen Hähnen, so daß die niedrige Temperatur am Deckel erhalten blieb und der Dampf zwischen den beiden Platten des Destillators sich abkühlte und flüssig aus den Ablaßhähnen strömte.

Der erste Brand, der sich sammelte, war warm, durchsichtig und dunstig. Onkel Luohan griff nach einer sauberen Schöpfkelle, füllte sie zur Hälfte und reichte sie Großmutter. «Probier den Branntwein, Herrin.»

Der volle Duft ließ ihre Zunge zucken. Vater rührte sich wieder in ihrem Bauch. Er wollte Hirsebrand. Erst roch sie daran, dann ließ sie ihn über die Zunge rollen. Dann nahm sie einen Schluck, um das Aroma zu genießen. Der Branntwein war erstaunlich reich und ein wenig ätzend. Sie nahm einen ordentlichen Schluck und ließ ihn über die Zunge gleiten. Ihre Wangen glätteten sich, als hätte man sie mit Seidenwatte gestreichelt. Ihre Kehle entspannte sich, und die warme Flüssigkeit glitt durch den Hals. Alle Poren ihres Körpers öffneten und schlossen sich, und ein Gefühl unglaublicher Freude erfüllte ihren Körper. Sie trank schnell hintereinander drei Schluck, und ihr Bauch fühlte sich an, als massiere ihn eine gierige Hand. Schließlich warf sie den Kopf zurück und leerte die Schöpfkelle. Jetzt war ihr Gesicht gerötet, und ihre Augen funkelten. Noch nie war sie so schön, so unwiderstehlich gewesen. Die Männer ließen ihre Arbeit liegen und starrten sie ungläubig an.

«Herrin, du kannst aber wirklich trinken», sagte einer von ihnen bewundernd.

«Es ist das erste Mal in meinem Leben», erwiderte sie bescheiden.

«Wenn das das erste Mal war, dann schaffst du mit ein bißchen Übung leicht einen ganzen Krug», lobte er sie.

Der Hirsebrand sprudelte aus den Hähnen, ein Krug nach dem anderen füllte sich. Die vollen Krüge wurden neben dem Brennholz gestapelt. Plötzlich kletterte Yu Zhan'ao von seinem Holzhaufen, knöpfte die Hose auf und pißte in einen der überquellenden Krüge. Die Männer sahen wie gelähmt zu, als der kristallklare Strom sich in den Branntweinkrug ergoß und ihn zum Überlaufen brachte. Als er fertig war, grinste er über das ganze Gesicht und wankte dann auf Großmutter zu, die mit hochroten Wangen dasaß. Sie rührte sich nicht vom Fleck. Er nahm sie in die Arme und küßte ihr Gesicht. Sie wurde blaß, stolperte und ließ sich schwer auf ihren Hocker fallen.

«Das Kind in deinem Bauch», fragte er zornig, «ist es nun von mir oder nicht?»

Großmutter weinte. «Wenn du es sagst...»

Yu Zhan'aos Augen glänzten, und seine Muskeln spannten sich wie bei einem Pferd oder einem Maultier, das sich im Schlamm gewälzt hat und jetzt aufsteht. Er zog sich bis auf die Unterhosen aus. «Und jetzt seht zu, wie ich den Destillator reinige!»

Den Destillator zu reinigen ist die härteste Arbeit in der Brennerei. Wenn kein Branntwein mehr aus den Hähnen fließt, nimmt man den Zinndestillator ab. Dann hebt man den wabenförmigen Holzdeckel vom hölzernen Destillator, der voll von dunkelgelber, glühendheißer Maische ist. Yu Zhan'ao kletterte auf eine Bank und preßte die Maische mit einer Holzschaufel in den Rahmen. Seine Bewegungen waren so kontrolliert, daß es aussah, als benutze er nur die Unterarme. Von der Hitze wurde seine Haut scharlachrot, und schnapsduftender Schweiß rann in Strömen über seinen Rücken.

Mein Großvater Yu Zhan'ao arbeitete mit so vollendeter Meisterschaft, daß Onkel Luohan und die anderen ihm voll Ehrfurcht zuschauten. Jetzt zeigte er die Fähigkeiten, die monatelang verborgen geblieben waren. Als er fertig war, trank er einen Schluck und sagte zu Onkel Luohan: «Vorarbeiter, das ist nicht alles, was ich kann. Sieh einmal her. Wenn der Brand durch die Hähne fließt, verflüchtigt sich der Dampf. Wenn man einen zweiten, kleineren Destillator über die Hähne setzt, hätte man nur noch Hirsebrand erster Qualität.»

Onkel Luohan schüttelte den Kopf. «Das bezweifle ich.»

«Wenn es nicht so ist», sagte Großvater, «könnt ihr mir den Kopf abschlagen.»

Onkel Luohan blickte zu Großmutter hinüber, aber die schnüffelte nur ein paarmal. «Davon verstehe ich nichts. Das ist mir egal. Macht, was ihr wollt.»

Schluchzend lief sie ins westliche Gehöft zurück.

Von diesem Tag an waren Großvater und Großmutter unzertrennlich wie ein Paar Mandarinenten oder Phönixe. Ihre unerfüllte, besessene Zurschaustellung von Liebesrausch und Begierde wurde für Onkel Luohan und die Arbeiter, die alldem nicht folgen konnten, zur Qual. Ihre Sensibilität war derart überfordert, daß sie nicht mehr zu sagen wußten, ob sie einen süßen, einen sauren, einen bitteren oder einen salzigen Geschmack verspürten. Sie waren überwältigt von finsteren Vorahnungen, die sie nicht in Worte zu fassen wußten. Doch allmählich wurden sie alle zu getreuen Gefolgsleuten meines Großvaters.

Großvaters technische Neuerungen krempelten den Brennereibetrieb um und schenkten der Gemeinde Nordost-Gaomi ihren ersten Hirsebrand der Sonderqualität. Die Männer wagten nicht, den Krug fortzuräumen, in den er sich erleichtert hatte. So schoben sie ihn in die Ecke und ließen ihn dort stehen. Als später eines Nachmittags ein kräftiger Südostwind den Duft von Hirsebrand über dem Anwesen verbreitete, fiel den Leuten plötzlich das ungewöhnlich volle und reife Aroma auf. Onkel Luohan, der über einen hochentwickelten Geruchssinn verfügte, machte sich auf die Suche nach der Quelle des neuen Dufts. Zu seinem Erstaunen entdeckte er, daß es ein verpißter Schnapskrug war, der das Aroma verströmte. Ohne irgend jemandem etwas davon zu sagen, trug er den Krug in den Laden, schloß die Türen und Fenster, zündete die Öllampe an, drehte den Docht höher und untersuchte das Phänomen.

Zuerst schöpfte er eine kleine Kelle voll Branntwein aus dem Krug und ließ ihn langsam zurückfallen. Dabei beobachtete er, wie die Flüssigkeit einen lindgrünen Vorhang bildete, der sich beim Aufprall auf die Oberfläche in eine vielblättrige Chrysanthemenblüte verwandelte. Der einmalige Duft des Hirsebrands verstärkte sich in diesem Augenblick. Jetzt schöpfte er einen kleinen Schluck ab, den er auf der Zungenspitze zergehen ließ. Dann nahm er einen kräftigen Schluck. Er spülte den Mund mit frischem Wasser und trank einen Schluck normalen Hirsebrand aus einem der anderen Krüge. Die Schöpfkelle fiel ihm aus der Hand. Er verließ eilig den Laden, stürzte durch das Tor des Westgehöfts, rannte über den Hof und rief: «Herrin! Gute Nachrichten!»

9

Nachdem ihn Großmutter mit einem Paket gefüllter Klöße weggeschickt hatte, führte Urgroßvater fluchend und vor Zorn schnaubend seinen Esel nach Hause. Als er angekommen war, erzählte er meiner Urgroßmutter in abgehackten Sätzen und außer sich vor Wut, wie Großmutter den Bezirksrichter Cao als Pflegevater anerkannt und ihren wirklichen Vater verleugnet hatte. Empört über den Bericht, fügte sie ihre Verwünschungen den seinen hinzu. Wie sie so dastanden und fluchten, glichen sie zwei alten Kröten, die sich um einen Käfer streiten. Nach einiger Zeit sagte sie: «Alter, vergiß deine Wut! Das Sprichwort sagt: ‹Auch große Stürme legen sich, und unglückliche Familien finden Frieden.› Geh sie in ein paar Tagen besuchen. Sie hat so viel geerbt, daß wir allein von dem leben könnten, was ihr durch die Finger gleitet.»

«Na gut», stimmte er zu, «ich gehe das kleine Scheusal in ein paar Tagen besuchen.»

Zwei Wochen später tauchte er auf seinem Esel vor dem fest verschlossenen Haupttor auf. Großmutter kümmerte sich nicht um sein Geschrei. Als er heiser war, ritt er wieder weg.

Als Urgroßvater das nächste Mal kam, arbeitete Großvater schon in der Brennerei, und Großmutters fünf Hunde bildeten eine furchteinflößende Schutztruppe. Auf sein Klopfen am Tor antwortete von drinnen wütendes Bellen. Als die alte Liu das Tor öffnete, umringten ihn gleich die Hunde, die aber zunächst nichts taten, außer zu bellen. Mein armer Urgroßvater versuchte, die Hunde zu beschwichtigen. Mit dem Rücken lehnte er sich an den vor Angst zitternden Esel.

«Wen suchst du?» fragte ihn die alte Liu.

«Wer bist du?» antwortete Urgroßvater empört. «Ich will meine Tochter besuchen.»

«Und wer ist deine Tochter?»

«Die Frau, die hier die Herrin ist.»

«Warte! Ich sage ihr Bescheid.»

Die alte Liu kam mit einem Silberdollar in der Hand wieder. «He, du da, alter Mann! Die Herrin sagt, sie hat keinen Vater, aber sie schenkt dir einen Silberdollar, damit du dir unterwegs gefüllte Klöße kaufen kannst.»

«Du kleines Schwein», tobte Großvater, «hau ab! Für wen hält sie sich eigentlich, daß sie ihren eigenen Vater verleugnet, nur weil sie im Geld schwimmt?»

Die alte Liu warf den Silberdollar auf die Erde. «Verschwinde, du eigensinniger alter Mann!» sagte sie. «Wenn du die Herrin wütend machst, wirst du schon sehen, was geschieht.»

«Ich bin ihr Vater», insistierte er. «Sie hat ihren Schwiegervater umgebracht. Soll ihr eigener Vater das nächste Opfer sein?»

«Los», ermahnte ihn die alte Liu, «verschwinde! Sonst muß ich die Hunde auf dich hetzen.»

Sie gab den Hunden ein Zeichen, woraufhin sie sich enger um Urgroßvater drängten. Der grünliche Hund biß den Esel ins Bein. Der wieherte, riß sich los und rannte davon. Urgroßvater bückte sich, hob den Silberdollar auf und stolperte verschreckt hinter seinem Esel her. Bellend rannten ihm die Hunde bis vors Dorf nach.

Als Urgroßvater seine Tochter das dritte Mal besuchte, bestand er darauf, eines der großen schwarzen Maultiere zu bekommen, schließlich habe es ihr Schwiegervater ihm versprochen, bevor er ermordet wurde, und sein Tod mache das Versprechen nicht ungültig. Er drohte, sich an die Bezirksregierung zu wenden, wenn sie das Versprechen nicht halten sollte.

«Du bist für mich ein Niemand», sagte Großmutter. «Ich kenne dich nicht, und wenn du mich weiter belästigst, werde ich dich anzeigen.»

Großvater, von Großmutters Geschrei gestört, kam in Pantoffeln angeschlurft und schob ihn aus dem Tor.

Urgroßvater fand jemanden, der eine Klageschrift für ihn aufsetzte, bestieg seinen Esel und ritt in die Stadt, um bei Richter Cao Anzeige gegen Großmutter zu erstatten.

Nach dem Schrecken, den ihm Blatternacken eingejagt hatte, als er in der Nordostgemeinde seinen Hut voll Löcher geschossen hatte, war Richter Cao heimgekehrt und hatte sich krank ins Bett gelegt. Als er jetzt die Klageschrift las, die wieder mit den Mordfällen zu tun hatte, rann ihm der Schweiß aus den Achselhöhlen.

«Alter Mann», sagte er, «du klagst deine Tochter an, eine gesetzeswidrige Beziehung zu einem Banditen zu unterhalten. Was hast du für Beweise?»

«Euer Ehren, Herr Bezirksrichter», antwortete Urgroßvater, «der Bandit, von dem ich spreche, teilt noch in dieser Minute das Lager mit meiner Tochter. Es ist kein anderer als Blatternacken, der Mann, der Löcher in Euren Hut geschossen hat.»

«Alter Mann, weißt du, daß deine Tochter in Lebensgefahr schwebt, wenn das wahr ist?»

«Herr Bezirksrichter, Ehre und Pflichtgefühl zwingen mich, familiäre Bande hintanzustellen. Nur... der Besitz meiner Tochter...»

«Was, du geldgieriger alter Hundesohn!» brüllte der Richter. «Du würdest deine eigene Tochter opfern, nur um an ihr kleines bißchen Besitz zu kommen! Kein Wunder, daß sie dich verleugnet. Für mich bist du kein Vater. Gebt ihm fünfzig Schläge mit der Schuhsohle und schmeißt ihn raus!»

Mein armer Urgroßvater! Nicht nur, daß seine Klage abgewiesen wurde, er bekam auch noch fünfzig auf den Hintern und konnte am Ende nicht einmal mehr auf seinem Esel sitzen. Den mußte er am Zügel hinter sich herführen, als er sprachlos vor Empörung nach Hause wankte.

Kurz nachdem er die Stadt verlassen hatte, hörte er Hufschläge hinter sich, und als er sich umwandte, sah er einen Reiter auf dem schwarzen Jungpferd des Bezirksrichters. Um sein Leben zitternd, fiel er auf die Knie. Die Beine wollten ihn nicht mehr tragen.

Der Reiter war der kleine Yan, der Gehilfe des Bezirksrichters. «Alter Mann», rief er ihm zu, «steh auf, steh auf! Der Richter hat gesagt, da er der Pflegevater deiner Tochter sei, wärt Ihr in gewisser Hinsicht ein Verwandter. Die Prügel sollten eine Warnung sein. Opiumrauchen und Bohnenanbauen sind zweierlei Dinge. Er schickt dir zehn Silberdollar, damit du nach Hause gehen, ein kleines Geschäft aufmachen und widerrechtlich zu erwerbenden Reichtum vergessen kannst.»

Urgroßvater streckte beide Hände aus, um die Silberdollar entgegenzunehmen, und warf sich dankbar zu Boden. Er stand nicht wieder auf, bis das schwarze Pferd hinter der Bahnlinie verschwunden war.

Eine halbe Stunde lang saß Richter Cao nachdenklich in der Haupthalle des Regierungsgebäudes. Als der kleine Yan von seinem Auftrag zurückkehrte, führte ihn Richter Cao in einen Nebenraum, schloß die Tür und sagte: «Ich bin sicher, daß der Mann, der mit der Frau aus dem Hause Dai das Lager teilt, der Bandit Blatternacken ist, der berüchtigtste Räuber in der Gemeinde Nordost-Gaomi. Wenn wir ihn schnappen würden, wäre es, als sägten wir einen Baum um und sähen zu, wie die Affen davonlaufen. Den alten Mann solltest du heute nur verprügeln, damit die Neuigkeiten sich nicht verbreiten.»

«Die Voraussicht des Richters ist erstaunlich.»

«Damals hat mich die Frau aus dem Hause Dai hereingelegt.»

«Das widerfährt gelegentlich auch dem Weisesten.»

«Reite heute nacht mit zwanzig Soldaten auf schnellen Pferden nach Nordost-Gaomi und nimm den Banditen gefangen.»

«Die Frau auch?»

«Nein», warnte ihn der Richter, «nein, auf keinen Fall. Dann würde Richter Cao sein Gesicht verlieren, oder etwa nicht? Außerdem sollte mein Urteil an jenem Tag ihr helfen. Was für eine Tragödie, daß so ein reizendes junges Ding mit einem Leprakranken verheiratet sein sollte. Kein Wunder, daß sie sich einen Liebhaber zugelegt hat. Nein, nimm nur Blatternacken gefangen und laß sie laufen. Sie soll die Chance haben, ein besseres Leben zu führen.»

«Das Anwesen der Familie Shan ist von einer hohen Mauer umgeben», sagte der kleine Yan, «und drinnen läuft ein Rudel scharfer Hunde herum. Ich bin sicher, daß Blatternacken auf der Hut ist. Wenn wir mitten in der Nacht über die Mauer klettern oder das Tor aufbrechen, sind wir ideale Zielscheiben für seine Flinte.»

«Du bist einfältig», sagte Richter Cao, «sehr einfältig. Ich habe einen wunderbaren Plan.»

Später in der Nacht ritt der kleine Yan, dem Plan des Richters folgend, mit zwanzig Mann aus der Stadt und machte sich im Trab auf den Weg nach Nordost-Gaomi. Es war Spätherbst – der zehnte Monat nach dem alten Kalender –, und die Hirse auf den Feldern war geerntet und zu Haufen geschichtet. Im Morgengrauen erreichten sie das Westende des Dorfs. Kristallklarer Tau lag auf dem dunklen Kraut, und die Herbstluft war kalt und schneidend wie ein Messer. Die Soldaten stiegen ab und warteten auf die Befehle des kleinen Yan. Der ließ sie ihre Pferde hinter einem Hirsehaufen anbinden. Zwei Mann blieben als Wachen zurück. Dann zogen sie sich für ihr Unternehmen um.

Die Sonne ging rot am Himmel auf, eine weiße Decke lag über der Erde, und eine dünne Tauschicht legte sich über die Augenbrauen und Lider der Männer und den zarten Flaum auf den Mäulern der Pferde, die schon begonnen hatten, geräuschvoll von dem Hirsehaufen zu fressen.

Der kleine Yan warf einen Blick auf seine Taschenuhr. «Also los!»

An der Spitze seines Trupps von achtzehn Soldaten zog er vorsichtig ins Dorf ein. Ihre Karabiner waren geladen und schußbereit. Zwei von ihnen bezogen am Dorfeingang Position, weitere zwei am Anfang der Gasse. Noch eine Gasse, noch zwei versteckte Soldaten. Als sie das Tor des Anwesens erreicht hatten, waren nur noch der kleine Yan und sechs als Bauern verkleidete Soldaten übrig. Einer von ihnen trug eine Tragstange mit zwei leeren Schnapskrügen auf der Schulter.

Als die alte Liu das Tor öffnete, gab der kleine Yan dem Soldaten mit den Schnapskrügen ein Zeichen, und der schob sich an ihr vorbei in den Hof.

«Was soll denn das?» fragte sie ärgerlich.

«Ich will den Besitzer sprechen», sagte er. «Ich habe vor ein paar Tagen hier Hirsebrand gekauft, und zehn Leute sind daran gestorben. Was für ein Gift habt ihr in den Schnaps getan?»

Während der Soldat seine Geschichte erzählte, schlüpften der kleine Yan und die übrigen Soldaten in den Hof und versteckten sich leise in einer Ecke. Die Wachhunde umgaben hysterisch kläffend den Mann mit den Schnapskrügen.

Verschlafen ihre Kleider zuknöpfend, kam Großmutter heraus. «Wenn ihr etwas Geschäftliches habt, geht in den Laden», sagte sie verärgert.

«In eurem Schnaps ist Gift», sagte der Soldat. «Zehn von meinen Leuten sind gestorben, nachdem sie davon getrunken hatten. Ich will den Besitzer sprechen.»

«Was ist das für ein Blödsinn?» antwortete Großmutter. «Wir verkaufen unseren Hirsebrand in der ganzen Gegend und haben noch nie Schwierigkeiten gehabt. Wieso sollten ausgerechnet die Mitglieder deiner Familie daran sterben?»

Während sich der hochgewachsene Soldat und Großmutter stritten, wobei fünf Hunde um sie herumsprangen, gab der kleine Yan den übrigen fünf Soldaten ein Zeichen, und sie stürzten in seinem Gefolge ins Haus. Der Soldat im Hof ließ die Krüge fallen, zog eine Pistole aus dem Gürtel und richtete sie auf Großmutter.

Großvater war gerade dabei, sich anzuziehen, als der kleine Yan und seine Leute ihn vom Bett rissen, seine Hände auf dem Rücken fesselten und ihn in den Hof zerrten.

Die Hunde stürzten herbei, um ihn zu retten, und die Soldaten eröffneten das Feuer. Pelzfetzen flogen durch die Luft, überall strömte Blut.

Die alte Liu fiel vor Schreck um und machte sich in die Hosen.

«Meine Herren», protestierte Großmutter, «wir haben euch nichts getan und sind nicht mit euch verfeindet. Wenn ihr Geld oder etwas zu essen braucht, sagt es nur. Waffengewalt ist da ganz überflüssig.»

«Halt den Mund!» rief der kleine Yan. «Nehmt ihn mit!»

Sie erkannte Yan. «Arbeitest du nicht für meinen Pflegevater?» fragte sie.

«Das geht dich nichts an», sagte er. «Halte du dich da raus.»

Onkel Luohan, der die Schüsse im Westgehöft gehört hatte, stürzte aus dem Laden. Aber in dem Augenblick, in dem er den Kopf durchs Tor streckte, zischte eine Kugel an seinem Ohr vorbei, und er zog den Kopf schnell wieder zurück. Kein Mensch war auf der Straße, aber alle Hunde im Dorf begannen zu heulen. Der kleine Yan und seine Leute schleppten Großvater aus dem Anwesen und auf die Straße. Die zwei Männer, die man zurückgelassen hatte, brachten schon die Pferde, und als die Männer, die sich am Dorfeingang in den Gassen versteckt hatten, sahen, daß alles gutgegangen war, verließen sie ihre Positionen und saßen auf. Großvater war mit dem Gesicht nach unten auf den Rücken eines Pferdes mit purpurroter Mähne geschnallt. Auf das Kommando des kleinen Yan galoppierten sie aus dem Dorf und machten sich auf den Weg in die Bezirkshauptstadt.

Als sie am Regierungsgebäude ankamen, zerrten die Soldaten Großvater vom Pferd, und Richter Cao, der sich über den Schnurrbart strich und von einem Ohr zum anderen grinste, ging auf ihn zu. «Also, Blatternacken, du hast drei Löcher in den Hut des Richters geschossen. Nun, dafür wird der Richter mit dreihundert Schlägen mit der Schuhsohle zahlen.»

Verwundet, durchgeschüttelt und von dem Teufelsritt verwirrt, konnte Großvater nur noch kotzen, als sie ihn vom Pferd rissen.

«Prügelt los!» befahl der kleine Yan.

Die Soldaten traten Großvater, bis er auf dem Boden lag, griffen nach übergroßen Schuhen, die an lange Stangen genagelt waren, und begannen aus Leibeskräften auf ihn einzuprügeln. Anfangs biß er die Zähne zusammen, aber bald schrie er nach Papa und Mama.

«Blatternacken», sagte Cao Mengjiu, «jetzt weißt du, auf was du dich mit Schuhsohlen-Cao dem Zweiten eingelassen hast.»

Dank der Prügel hatte Großvater wieder einen klaren Kopf gewonnen. «Ihr habt den Falschen erwischt», schrie er. «Ich bin nicht Blatternacken...»

«Du glaubst wohl, du kannst dich da herausschwindeln! Noch dreihundert Hiebe!» rief Richter Cao wütend.

Die Soldaten warfen Großvater wieder zu Boden und ließen die Schuhsohlen auf ihn eindonnern. Inzwischen war sein Hintern völlig gefühllos. Er hob den Kopf und brüllte: «Cao Mengjiu, den alle Welt den aufrechten Beamten Cao nennt, du bist doch nur ein beschissener dummer Beamtenarsch. Blatternacken hat einen großen Blatterflecken am Hals. Seht Euch meinen Hals an. Ist da einer?»

Verblüfft winkte Cao Mengjiu mit der Hand, und die Soldaten mit den Schuhen zogen sich zurück. Zwei Soldaten hoben Großvater hoch, damit Richter Cao seinen Hals inspizieren konnte.

«Woher weißt du, daß Blatternacken einen Fleck am Hals hat?» fragte ihn Richter Cao.

«Ich habe ihn gesehen.»

«Wenn du Blatternacken kennst, mußt du auch ein Bandit sein. Ich habe doch nicht den Falschen erwischt.»

«Tausende von Leuten in der Nordostgemeinde kennen Blatternacken. Sind sie deshalb alle Banditen?»

«Du hast mitten in der Nacht im Bett einer Witwe gelegen. Selbst wenn du kein Bandit bist, bist du immer noch ein Übeltäter. Ich habe nicht den falschen Mann erwischt.»

«Eure Pflegetochter war einverstanden.»

«Sie war einverstanden?»

«Ja.»

«Wer bist du?»

«Ich bin einer ihrer Arbeiter.»

«Aijaijai. Sperr ihn ein, kleiner Yan.»

In diesem Augenblick kamen Großmutter und Onkel Luohan auf ihren beiden großen schwarzen Maultieren am Tor des Regierungsgebäudes an. Onkel Luohan blieb draußen und hielt die Zügel, während Großmutter heulend und schreiend in den Hof stürzte. Ein Wachposten versperrte ihr mit dem Gewehr den Weg. Sie spuckte ihm ins Gesicht. «Das ist die Pflegetochter des Bezirksrichters», erklärte Onkel Luohan. Welcher Wachposten hätte es gewagt, sie aufzuhalten? Sie stürzte in die Haupthalle...

Am selben Nachmittag schickte der Bezirksrichter meinen Großvater in einer verhängten Sänfte zurück ins Dorf.

Die nächsten zwei Monate erholte er sich auf Großmutters Bett.

Großmutter ritt in die Bezirkshauptstadt und lieferte ein schweres Bündel als Geschenk für ihre Pflegemutter ab.

10

Am dreiundzwanzigsten Tag des zwölften Monats im Jahre 1923 wurde wie üblich der Küchengott verabschiedet. An diesem Morgen entführte ein Mitglied von Blatternackens Bande meine Großmutter. Am Nachmittag kam die Lösegeldforderung. Die Brennerei sollte für die sichere Rückkehr der Geisel eintausend Silberdollar zahlen. Andernfalls könne man ihre Leiche im Tempel des Erdgotts am Ostrand des Dorfes Li abholen.

Großvater durchsuchte alle Kisten und Kästen, um zweitausend Silberdollar zusammenzukratzen, die er dann in einen Mehlsack packte. Dann beauftragte er Onkel Luohan, eines der Maultiere zu nehmen und das Lösegeld abzuliefern.

«Haben sie nicht eintausend verlangt?»

«Stell keine Fragen», sagte Großvater, «sondern tu, was man dir sagt.»

Onkel Luohan stieg aufs Maultier und ritt los.

Kurz vor Tagesende kam er mit Großmutter zurück. Zwei berittene, mit Gewehren bewaffnete Banditen begleiteten sie.

Als sie Großvater entdeckten, verkündeten sie: «Brennereibesitzer, unser Anführer sagt, von heute an kannst du nachts die Tore offenlassen.»

Großvater ließ Onkel Luohan einen Krug pissegewürzten Schnaps holen, den er den Räubern mit auf den Weg gab. «Fragt euren Anführer einmal, was er von diesem Hirsebrand hält», sagte er. Hand in Hand gaben sie den Räubern das Geleit bis zur Dorfgrenze.

Zu Hause angekommen, schloß er das Tor, die Eingangstür und die Schlafzimmertür hinter sich. Arm in Arm lagen Großmutter und er auf der Bettstatt. «Blatternacken hat dir nichts getan, oder?»

Großmutter schüttelte den Kopf, aber Tränen liefen über ihre Wangen.

«Was ist los? Hat er dich vergewaltigt?»

Sie legte den Kopf an seine Brust. «Nein... aber er hat meine Brust berührt...»

Wütend stand Großvater auf. «Aber mit dem Baby ist alles in Ordnung?»

Großmutter nickte.

Im Frühjahr 1924 ritt Großvater heimlich auf seinem Maultier nach Qingdao und kaufte zwei Pistolen und fünftausend Schuß Munition. Die eine Waffe war ein deutscher Trommelrevolver, die andere ein spanischer Schwanenhals.

Wieder zu Hause, schloß er sich drei Tage in seinem Zimmer ein, nahm die Pistolen auseinander und setzte sie wieder zusammen. Es war Frühling. Das Eis im Fluß schmolz, und die Fische, die den Winter darunter verbracht hatten, schwammen geruhsam an der Oberfläche herum und spielten in der Sonne. Großvater nahm die Pistolen und einen Korb voll Patronen mit ans Ufer und machte Zielübungen. Er verbrachte das ganze Frühjahr damit, Fische im Fluß abzuschießen. Als es keine großen mehr gab, schoß er auf die kleinen. Hatte er Zuschauer, dann schoß er daneben und traf nichts; aber wenn er allein war, zerschmetterte jeder Schuß einen Fischkopf. Es wurde Sommer, und die Hirse wuchs. Großvater feilte die Visiere beider Pistolen ab.

In der siebten Nacht des siebten Monats fiel strömender Regen. Es donnerte und blitzte. Großmutter übergab meinen Vater, der beinahe vier Monate alt war, an Lian'er und folgte Großvater in den Laden im Osthof. Sie schlossen die Türen und Fenster und ließen Onkel Luohan eine Öllampe anzünden. Großmutter legte sieben Kupfermünzen wie eine Pflaumenblüte auf die Theke und ging dann aus dem Weg. Großvater stolzierte hinter der Theke auf und ab, dann drehte er sich plötzlich um, zog seine Pistolen und fing an zu feuern. Peng, peng, peng, peng, peng, peng, peng: sieben Schüsse in schneller Folge. Die Kupfermünzen flogen in die Höhe. Drei Kugeln fielen zu Boden, vier blieben in der Wand stecken.

Großmutter und Großvater traten an die Theke, hielten die Laterne hoch und stellten fest, daß die Tischplatte nicht einen Kratzer aufwies. Er hatte die «Fähigkeit der sieben Pflaumenblüten» erworben.

Großvater ritt auf dem schwarzen Maultier zum Schnapsladen am östlichen Dorfrand. Spinnweben überwucherten den Türrahmen. Als er die Tür aufstieß und den Laden betrat, schlug ihm ein betäubender Fäulnisgeruch entgegen. Er hielt sich den Ärmel vor die Nase und sah sich um. Der Koreaner hockte unter dem Dachbalken. Eine schmale Bank, die unter seine Knie geschoben war, hielt seinen Körper am Boden. Um seinen Hals war eine Schlinge geknüpft. Die Augen standen offen, und die schwarze Zunge hing ihm aus dem Mund. Das obere Ende des durchtrennten Seils wiegte sich leicht in der frischen Brise, die durch den Raum zog, als Großvater die Tür öffnete.

Großvater spuckte zweimal aus, um den Geschmack von Tod und Fäulnis aus dem Mund zu vertreiben, und führte das Maultier zum Dorfrand. Dort blieb er lange nachdenklich stehen. Das Maultier scharrte mit den Hufen und versuchte mit seinem haarlosen Schwanz die fetten schwarzen Fliegen zu vertreiben, die es umschwärmten. Schließlich bestieg er das Maultier, das sich auf den Heimweg machen wollte. Aber das harte, kalte Metallmundstück riß seinen Kopf zurück. Großvater schlug ihm die Faust in den Rumpf, und es begann, den Pfad neben dem Hirsefeld entlangzutraben.

Damals gab es die kleine Holzbrücke über den Schwarzwasserfluß noch, und weil Regenzeit war, spritzten die Schaumkronen des geschwollenen Flusses über die Brückenplanken. Das Tosen des Wassers erschreckte das Maultier, das am Brückenkopf scheute und sich auch dann noch weigerte, über die Brücke zu laufen, als Großvater ihm die Faust zeigte. Er hob sich im Sattel und ließ sich schwer wieder fallen. So zwang er das Maultier, mit durchhängendem Rücken in die Brückenmitte zu gehen. Er zog die Zügel an. Eine dünne Schicht klares Wasser überspülte die Planken, und auf der Westseite der Brücke sprang ein armdicker rotschwänziger Karpfen aus dem Wasser. Wie ein bunt leuchtender Regenbogen segelte er durch die Luft, bevor er auf der Ostseite platschend wieder ins Wasser fiel.

Großvater sah zu, wie das nach Westen strömende Wasser dem Maultier die Hufe wusch. Das Tier senkte die Lippen und versuchte, den wirbelnden Wasserstrahl aufzufangen, der ihm in das lange schmale Gesicht schlug. Es zog die Nüstern zusammen und zeigte seine ebenmäßigen weißen Zähne.

Die frischen Spitzen der Hirse am Südufer wehten als blaugrüner See im Wind. Großvater folgte dem Flußlauf nach Osten. Als die Sonne im Zenit stand, stieg er ab und führte das Tier ins Feld. Die regennasse schwarze Erde glich einem klebrigen Brei, der die Hufe des Maultiers verschlang und Großvaters Füße bedeckte. Das Maultier mußte sich Mühe geben, seinen schweren Körper vorwärts zu bewegen. Die Hufe waren mit einer so dicken Schlammschicht bedeckt, daß sie wie aufgequollene menschliche Köpfe aussahen. Weißer Dunst und grünlicher Schaum strömten aus den Nüstern. Der durchdringende Geruch von Essig, Schweiß und faulig schwarzem Schlamm stieg Großvater in die Nase, und er mußte niesen. Er bahnte sich mit seinem Maultier einen Pfad durch das Feld. Hinter ihnen richteten sich die Halme allmählich wieder auf und verrieten nichts davon, daß jemand vorbeigekommen war.

Unter ihren Füßen quoll Wasser aus dem Boden und sickerte in die Fußspuren. Großvaters untere Körperhälfte und der Bauch des Maultiers waren voller Schlammflecken. In der erstickenden Mittagshitze klangen die Schritte im Schlamm hart und schrill. Die Hirse schoß in den Feldern empor. Bald ging Großvaters Atem schwer, sein Hals wurde rauh, und auf der Zunge spürte er einen klebrig faulen Geschmack. Sein Körper hatte keinen Schweiß mehr zu geben, und aus den Poren drang eine zähflüssige Masse, wie Fichtenöl, die auf der Haut brannte. Die scharfkantigen Blätter bohrten sich in seinen entblößten Hals.

Wütend warf das Maultier den Kopf hoch, als sei es sein sehnlichster Wunsch, sich in die Luft zu erheben und über die Getreidespitzen davonzurasen. Vielleicht ging in diesem Augenblick unser zweites schwarzes Maultier mit verbundenen Augen im Kreis und drehte den Mühlstein; vielleicht stand es auch ermüdet vor dem Futtertrog und fraß eine Mischung aus Hirseblättern und geröstetem Korn.

Ruhig und zuversichtlich folgte Großvater dem Lauf einer Akkerfurche. Er wußte, was er vorhatte. Das Maultier, dem die harten Spitzen der Hirse das Wasser in die Augen trieben, ließ sich durch das Feld führen und sah seinen Herrn bald traurig, bald zornig an. Auf der Erde vor ihnen zeichneten sich frische Fußspuren ab, und Großvater nahm den Geruch wahr, auf den er gewartet hatte. Das Maultier schloß sich näher an seinen Herrn an und blähte auf seinem beschwerlichen Weg durch die Hirse noch immer die Nüstern. Großvater hustete lauter als nötig, und eine berauschende Duftwelle schlug ihm entgegen. Er wußte Bescheid. Ein sechster Sinn sagte ihm, daß er nur noch ein oder zwei Schritte von der Stelle entfernt war, die ihm seit langem im Sinn lag.

Wasser sickerte in die Fußspuren vor ihm. Großvater folgte der Spur, ohne hinzusehen. Sein Singen durchbrach die Stille: «Ein Pferd, so weit von Xiliang...»

Ruhig ging er weiter, als höre er die Schritte nicht, die ihm zu folgen begannen. Plötzlich schob sich ein harter Gegenstand in seinen Rücken. Gehorsam hob er die Hände. Zwei Hände griffen in sein Hemd und zogen die Pistolen heraus. Man band ihm einen schwarzen Stoffstreifen vor die Augen.

«Ich will zu eurem Anführer», sagte er.

Einer der Räuber schlang die Arme um Großvaters Hüften, hob ihn hoch, drehte ihn ein paar Minuten im Kreis und ließ ihn dann kräftig auf den schwarzen schlammigen Boden fallen. Mit schlammbedeckter Stirn und schmutzigen Händen zog er sich an einer Hirsepflanze hoch. Seine Ohren dröhnten, und vor seinen Augen tanzten grüne und schwarze Funken. Er konnte den schweren Atem des Mannes neben sich hören. Der Räuber brach einen Hirsehalm und gab Großvater das eine Ende zu halten.

«Gehen wir!» sagte er.

Großvater hörte die Schritte des Mannes hinter sich. Wenn das Maultier die Hufe aus dem klebrigen Schlamm zog, entstand ein saugendes Geräusch.

Der Räuber nahm Großvater die Augenbinde ab. Der legte die Hände vor die Augen, wischte sich ein paar Tränen ab und nahm dann die Hände wieder von den Augen. Vor ihm war ein in die Hirse getrampelter Lagerplatz, auf dem zwei große Zelte standen. Ein Dutzend Männer in Regenumhängen umgaben vor den Zelten einen Mann, der auf einem Baumstumpf saß. Auf seinem Nacken sah man einen großen Flecken.

«Ich will mit dem Anführer sprechen», sagte Großvater.

«Bist du der Brennereibesitzer?» fragte Blatternacken.

«Ja.»

«Was willst du von mir?»

«Ich will einem Fachmann meine Ehrerbietung erweisen und von ihm lernen», sagte Großvater.

Grinsend fragte Blatternacken: «Gehst du jeden Tag an den Fluß und benutzt die Fische als Zielscheiben?»

«Ja, aber ich bekomme den Trick nicht heraus.»

Blatternacken betrachtete Großvaters Pistolen, visierte über den Lauf und spannte die Abzüge. «Gute Waffen. Warum machst du Schießübungen?»

«Ich will Cao Mengjiu erschießen.»

«Ist das nicht der Adoptivvater deiner Alten?»

«Er hat mir dreihundertfünfzig Schläge mit der Schuhsohle verordnet. Und das alles deinetwegen!»

Blatternacken lachte. «Du hast zwei Männer ermordet und ihre Frau geraubt. Man sollte dir den Kopf abschlagen.»

«Er hat mir dreihundertfünfzig Schläge verordnet!»

Blatternacken hob die rechte Hand und gab schnell hintereinander drei Schüsse ab – peng, peng, peng –, dann tat er dasselbe mit der linken. Großvater ließ sich zu Boden fallen, warf die Arme über den Kopf und schrie. Die Banditen brüllten vor Lachen.

«Wie hat ein Angsthase wie du es fertiggebracht, jemanden zu ermorden?» fragte Blatternacken verwundert.

«Mutig ist er nur beim Vögeln», sagte einer der Räuber.

«Geh heim und kümmre dich um deine eigenen Angelegenheiten», sagte Blatternacken. «Jetzt, wo der Koreaner tot ist, wird euer Hof der Treffpunkt sein.»

«Ich will schießen lernen, damit ich Cao Mengjiu töten kann», wiederholte Großvater.

«Ich halte Cao Mengjius Leben in meiner Hand», sagte Blatternacken. «Ich kann es ihm nehmen, wann immer ich will.»

«Heißt das, daß ich umsonst gekommen bin?» fragte Großvater mit unglücklicher Stimme.

Blatternacken warf Großvater die beiden Pistolen zu. Mühsam fing er die eine auf, die andere bohrte sich mit dem Lauf in die Erde. Er bückte sich, hob sie auf und wischte sie am Ärmel ab.

Einer der Banditen trat zu Großvater, um ihm die Augen zu verbinden, aber Blatternacken sagte mit lässiger Handbewegung: «Nicht nötig.»

Blatternacken stand auf. «Kommt, wir gehen schwimmen. Den Brennereibesitzer begleiten wir ein Stück.»

Einer der Banditen führte das Maultier. Großvater folgte ihm. Blatternacken und der Rest der Bande schlossen sich an.

Am Ufer angekommen, blickte Blatternacken Großvater kalt an. Großvater wischte sich Schlamm und Schweiß von der Stirn. «Es war wohl ein Fehler hierherzukommen», sagte er, «ein Fehler. Mir ist scheußlich heiß.»

Er warf die schmutzigen Kleider ab, warf beiläufig die zwei Pistolen auf den Kleiderhaufen, rannte zum Fluß und sprang mit Händen und Füßen um sich schlagend ins Wasser.

«Kann der Kleine nicht schwimmen?» fragte einer der Banditen.

Blatternacken schnaubte nur verächtlich.

Großvater planschte und schrie im Fluß. Die Strömung trug ihn nach Osten.

Blatternacken spazierte am Ufer entlang.

«Chef, der Typ wird noch ertrinken.»

«Springt rein und holt ihn raus!» befahl Blatternacken.

Vier Banditen sprangen ins Wasser und schleppten Großvater, der einen Bauchvoll Wasser geschluckt hatte, ans Ufer. Er blieb liegen wie ein Toter.

«Holt sein Maultier!» sagte Blatternacken.

Einer der Männer brachte das Maultier.

«Legt ihn quer über den Rücken!» sagte Blatternacken.

Die Räuber hoben ihn hoch und legten ihn auf das Maultier. Sein geschwollener Bauch drückte schwer auf den Sattel.

«Laßt es galoppieren!» kommandierte Blatternacken.

Einer der Räuber führte das Maultier, ein zweiter trieb es von hinten an, und noch zwei weitere hielten Großvater fest, während das Maultier den Uferpfad entlanglief. Als es etwa zwei Pfeilschuß weit gelaufen war, schoß ein Strahl trübes Wasser aus Großvaters Mund.

Die Banditen hoben ihn vom Maultier und legten ihn nackt auf die Böschung. Mit glasigen Augen, wie ein toter Fisch, blickte er zu dem großgewachsenen, kräftig gebauten Blatternacken auf.

Der zog den Regenumhang aus und sagte freundlich lächelnd: «Kleiner, du hast gerade ein zweites Leben geschenkt bekommen.»

Großvaters aschgraue Wangen zuckten schmerzhaft.

Blatternacken und seine Männer zogen sich aus und sprangen ins Wasser. Sie waren ausgezeichnete Schwimmer und balgten sich im Wasser. Die Wasser des Schwarzwasserflusses schäumten in alle Himmelsrichtungen auf.

Langsam stand Großvater auf und warf sich Blatternackens Umhang um die Schultern. Er putzte die Nase, spuckte aus und reckte sich. Sein Sattel war tropfnaß. Also trocknete er ihn mit Blatternackens Kleidern ab. Das Maultier reckte Großvater seinen seidig glänzenden Hals entgegen.

Er tätschelte es. «Geduld, Schwarzer, nur Geduld.»

Die Banditen schwammen wie ein Entenschwarm auf das Flußufer zu. Großvater hob seine Pistolen auf und gab eine perfekte Folge von sieben Schüssen ab. Blut und Hirn von sieben Banditen ergossen sich in die grausamen, herzlosen Fluten des Schwarzwasserflusses.

Großvater gab weitere sieben Schüsse ab.

Inzwischen war es Blatternacken gelungen, an Land zu kriechen. Das Flußwasser hatte sein Gesicht weiß wie Schneeflocken gewaschen. Furchtlos stand er in einem Haufen von welkem Ufergras und bemerkte respektvoll: «Gut geschossen.»

Die goldene Sonne am Himmel ließ die Wassertropfen aufleuchten, die über seinen nackten Körper liefen.

«Blatternacken», fragte Großvater, «hast du meine Frau angerührt?»

«Schäm dich!»

«Wie bist du in dieses Geschäft geraten?»

«Du wirst auch nicht im Bett sterben», antwortete Blatternakken.

«Willst du nicht wieder ins Wasser gehen?»

Blatternacken ging langsam rückwärts, bis er im seichten Wasser stand. «Schieß hierher», sagte er und deutete auf sein Herz, «der Kopf macht eine zu große Schweinerei.»

«Gut», sagte Großvater.

Großvaters sieben Kugeln verwandelten Blatternackens Herz in eine Bienenwabe. Blatternacken stöhnte nur einmal auf und fiel dann rückwärts ins Wasser. Einen Augenblick lang ragten die Beine aus dem Wasser wie die Flossen eines großen Fisches, dann sank er auf den Grund.

Am nächsten Morgen ritten Großvater und Großmutter auf ihren schwarzen Maultieren zu Urgroßvater, der damit beschäftigt war, Glücksamulette aus Silber zu gießen. Als sie hereinstürmten, stieß er vor Schreck den Schmelzkessel um.

«Wie ich höre, hat dir Cao Mengjiu zehn Silberdollar Belohnung gezahlt», sagte Großvater.

«Bitte verschone mich, ehrenwerter Herr Schwiegersohn...» Urgroßvater fiel auf die Knie.

Großvater zog zehn Silberdollar aus dem Ärmel und legte sie auf Urgroßvaters glänzenden kahlen Kopf.

«Halt den Kopf hoch und bewege dich nicht», befahl er.

Er trat ein paar Schritt zurück. Peng! Peng! Zwei Silberdollar segelten durch die Luft.

Noch zwei Schüsse, und zwei weitere Silberdollar flogen zu Boden.

Bei Großvaters zehntem Schuß lag Urgroßvater, der immer mehr in sich zusammenschrumpfte, als winselndes Häufchen auf dem Boden.

Großmutter zog hundert Silberdollar aus der Tasche und warf sie auf den silbrig schimmernden Fußboden.

11

Großvater und Vater kehrten zu ihrem Haus zurück, das bis auf die Grundmauern zerstört war, und holten fünfzig Silberdollar aus einem Wandversteck. Dann verkleideten sie sich als Bettler und gingen zu einem kleinen Laden in der Nähe des Bahnhofs, vor dem eine rote Laterne hing. Sie kauften einer dick geschminkten Frau fünfhundert Patronen ab. Dann versteckten sie sich für ein paar Tage, bis sie sich zum Stadttor hinausschleichen konnten. Sie hatten noch eine Rechnung mit dem pockennarbigen Leng zu begleichen.

Als Großvater und Vater den Ziegenbock, der mit seinen verstopften Gedärmen kurz vor dem Platzen stand, in das Hirsefeld am Westrand des Dorfs trieben, war der Nachmittag des sechsten Tages nach dem Hinterhalt und der Schlacht am Schwarzwasserfluß angebrochen: der fünfzehnte Tag des achten Monats nach dem alten Kalender im Jahre 1939. Mehr als vierhundert japanische Teufel und sechshundert von ihren chinesischen Marionetten hatten unser Dorf eingekreist. Großvater und Vater schnitten dem Ziegenbock eilig das Hinterteil auf, und neben einem Kilo Mist ließ er fünfhundert Patronen zu Boden fallen. Ohne sich um den stinkenden Schmutz zu kümmern, sammelten sie die Munition auf und nahmen im Hirsefeld die Schlacht gegen die Eindringlinge auf.

Sie töteten Dutzende von Japanern und ihren Marionetten, aber sie waren der Übermacht nicht gewachsen. Als es dunkel wurde, versuchten die Dorfbewohner den Belagerungsring im Süden des Dorfes zu durchbrechen, von wo keine Schüsse gefallen waren. Verheerende Maschinengewehrgarben stießen ihnen entgegen. Hunderte von Männern und Frauen starben im Hirsefeld, und ihre verwundeten Kameraden knickten im Todeskampf zahllose Halme roter Hirse.

Bevor sie sich zurückzogen, setzten die Japaner das Dorf in Brand. Die Flammen schlugen zum Himmel auf und ließen seine eine Hälfte weiß erstrahlen. In dieser Nacht war der Mond voll und blutrot, aber der Kampf, der unter ihm tobte, ließ ihn fahl und schwach erscheinen wie einen vergilbten Scherenschnitt.

«Wohin jetzt, Vater?»

Keine Antwort.

Drittes Kapitel

Hundewege

I

Die ruhmreiche Geschichte der Menschheit ist überreich an Hundegeschichten und Hundelegenden: verachtenswerte Hunde, ehrenwerte Hunde, furchtbare Hunde und liebenswerte Hunde. Zu der Zeit, als mein Großvater und mein Vater unentschlossen vor einem Scheideweg des Lebens standen, scharrten, unter der Führung dreier Rüden unserer Familie – des Schwarzen, des Grünlichen und des Roten –, Hunderte von Hunden mit ihren Klauen fahle Pfade in die dunkle Ackerkrume südlich des Dorfs, dort wo das Massaker im Hirsefeld stattgefunden hatte. Früher hatte es in unserer Familie fünf Hunde gegeben, aber die beiden gelblichen hatten nach einem langen und abenteuerlichen Leben das Zeitliche gesegnet, als mein Vater drei Jahre alt war. Als der Schwarze, der Grünliche und der Rote ihre Fähigkeiten bewiesen und die Meute zum Ort des Massakers führten, waren sie beinahe fünfzehn Jahre alt; für Menschen ein jugendliches Alter, aber für Hunde die Mitte des Lebens, das Alter der Zuversicht.

Nach dem Massaker hatte sich das Bild schwarzen Bluts wie eine dunkle Wolke vor einer blutroten Sonne ins Gedächtnis meines Großvaters und meines Vaters eingegraben, die am Brückenkopf über dem Schwarzwasserfluß im Hinterhalt lagen. Nur Vaters Erinnerungen an Großmutter glichen Sonnenstrahlen, die sich bemühten, die Wolkendecke zu durchbrechen. Es muß der Sonne unerträglichen Schmerz bereiten, wenn dunkle Wolken sie bedecken. Ich habe mich von jeher den Sonnenstrahlen verwandt gefühlt, denen es gelungen ist, die Wolken zu durchdringen. Wenn ich aber daran denke, wie es meinem Vater zumute gewesen sein muß, der sich zwischen den Schlachten unter verwilderten, leichenfressenden Hunden ausruhte und sich nach Großmutter sehnte, fühle ich die Ängste eines heimatlosen Straßenköters.

Das nächtliche Massaker am Mittherbstfest des Jahres 1939, das unser Dorf verwüstete, hat Hunderte von Hunden heimatlos gemacht. Vom Gestank nach menschlichem Blut und Eingeweiden angezogen, waren sie ein leichtes Ziel für die Pistole meines Großvaters, die nach jedem Schuß heißen Pulverdampf verströmte. Vor einem Herbstmond, so weiß wie Rauhreif und so kalt wie Eis, glühte ihr Lauf dunkelrot. Als die Schlacht vorüber war, lagen die Felder reglos und still im unberührten fahlen Mondlicht. Im Dorf wüteten noch die Flammen. Lodernd stiegen sie zum tiefen Himmel auf und klirrten knisternd wie Fahnen im Sturm. Nachdem die japanischen Teufel und ihre chinesischen Marionettensoldaten eine Spur der Vernichtung durch das Dorf gezogen hatten, setzten sie vor ihrem Abzug durch das Nordtor die Häuser in Brand. Das alles war drei Stunden zuvor geschehen, und damals entzündete sich Großvaters rechter Arm, an dem er eine Woche zuvor verwundet worden war; eitrig hing er ihm wie ein nutzloses Stück Fleisch von der Schulter. Vater half ihm, die Wunde zu verbinden, und Großvater warf die heißgelaufene Pistole auf die feuchte schwarze Erde, wo sie zischend unter der Hirse liegenblieb. Als seine Wunde verbunden war, blieb Großvater sitzen und lauschte dem Schnauben und Wiehern der japanischen Schlachtpferde und dem dumpfen Klang galoppierender Hufe. Die Reiter verließen das Dorf und schlossen nördlich davon wieder ihre Reihen. Die Stille der Hirsefelder verschluckte den Hufschlag, die Schreie der Packesel und den ermüdeten Marschtritt der chinesischen Marionettensoldaten.

Vater stand neben Großvater und versuchte, die Richtung auszumachen, aus der das Hufgetrappel kam. Am Nachmittag war er fast vor Angst gestorben, als sich ein gewaltiges feuerrotes Pferd auf ihn gestürzt hatte. Er konnte nur noch einen riesigen beschlagenen Huf sehen, der auf seinen Kopf zuraste. Wie ein Blitz strahlte das Hufeisen, ein Anblick, der sich tief in sein Gedächtnis grub. Völlig außer sich rief er nach seinem Vater, verschränkte die Arme über dem Kopf und kauerte sich unter die Hirsehalme. Der Gestank von Schweiß und Urin strömte aus dem Wirbelwind, zu dem das Pferd geworden war, auf seinen Kopf, seinen Körper, sein

Gesicht, ein Gestank, den er glaubte, nie wieder abwaschen zu können. Abgerissene Hirserispen wirbelten durch die Luft. Bluttränkte Hirsekörner flogen als winzige Hagelschloßen über Vaters Kopf und blieben als erbarmungswürdige Körnchen auf dem Boden liegen.

Bei diesem Anblick mußte er wieder an Großmutter denken, als sie auf dem Rücken im Feld lag, ihr Gesicht von Hirsekörnern bedeckt. Eine Woche war die Hirse reif, doch nicht dürr gewesen. Tauben hatten mit ihren kurzen Schnäbeln das Getreide enthülst, das nicht Hagelschloßen, sondern noch zarten Regentropfen glich. Großmutters perlweiße Zähne leuchteten zwischen den geöffneten blutleeren Lippen. Das Bild der fünf oder sechs Hirsekörner, die wie Diamanten auf ihren Zähnen glänzten, tauchte kurz vor seinen Augen auf.

Das heranstürmende Pferd konnte nur mit Mühe kehrtmachen. Hirsehalme kämpften erbittert gegen seinen Rumpf, einige zersplitterten in zwei Teile, andere bogen sich, bevor sie zerbrachen, und wieder andere neigten sich und sprangen wieder auf. Im Herbstwind zitterten sie wie fiebergeschüttelte Malariakranke. Vater sah die geblähten Nüstern und fleischig umgestülpten Lippen des Pferds. Es biß auf die Trense, und blutiger Schaum spritzte ihm aus dem Maul und tropfte von der gierig vorgestreckten Unterlippe. Die aufgewühlten Hirsepflanzen schleuderten ihm Wolken von weißem Staub in die wäßrigen Augen. Auf dem Streitroß mit dem glänzenden Fell saß ein furchteinflößender junger japanischer Reiter, dessen Kopf unter dem viereckigen Käppi kaum über die Spitzen der Hirse hinaussah. Die Getreidehalme peitschten, schlugen und stießen ihn erbarmungslos, ja sie schienen ihn zu verspotten. In seinen zusammengekniffenen Augen spielten Abscheu und Verachtung für die Hirsehalme, die ihm Schwielen ins Gesicht schlugen und seine Schönheit zerstörten. Vater sah, wie er mit gezogenem Säbel verbissene Attacken gegen die Hirse ritt. Einige Halme schlug er so glatt ab, daß sie geräuschlos neben ihre totenstillen Stümpfe fielen, andere hingen klagend im Todeskampf an dünnen Fäden und zitterten aufbegehrend zwischen den Blättern und Halmen, die sie umgaben. Andere wieder neigten sich vor dem Säbelhieb, um dann zurückzuspringen und sich um die blanke Klinge zu knäulen.

Vater sah, wie der japanische Kavallerist sein Pferd hochriß und mit gezogenem Säbel erneut zum Angriff ansetzte. Er hob seinen nutzlosen Browning auf, der ihn verraten und ihm im Kampf beigestanden hatte, und schleuderte ihn dem anstürmenden Pferd entgegen. Die Pistole schlug mit dumpfem Schlag mitten auf der Stirn des Pferdes auf. Der Fuchs riß den Kopf hoch, sackte in die Knie, küßte mit den Lippen die schwarze Erde, und sein Hals fiel zur Seite, als der Kopf den Boden traf. Der Reiter, der aus dem Sattel geschleudert worden war, hatte sich wohl im Sturz den Arm gebrochen, denn als er mit dem Arm den Boden berührte, fiel ihm der Säbel aus der Hand, und Vater hörte ein lautes splitterndes Geräusch. Ein rauher, scharf gebrochener Knochensplitter bahnte sich seinen Weg durch den Ärmel der Uniformjacke, und der schlaff herabhängende Arm begann zu zucken, als habe er ein eigenes Leben. Wo zuerst nichts weiter als ein weißes Knochenstück gewesen war, schrecklich und tödlich, begann bald frisches Blut zu laufen, mal jäh aufspritzend, dann wieder langsam hervorsickernd, stärker und wieder schwächer, verebbend und wieder strömend, wie ein Kranz von roten Kirschen. Das eine Bein des Japaners war unter dem Bauch des Pferdes eingeklemmt, das andere lag in stumpfem Winkel über dem Kopf des Tieres. Vater hätte sich nie träumen lassen, daß es so leicht sein könne, ein gewaltiges Kavalleriepferd und seinen Reiter zu Fall zu bringen. In diesem Augenblick kroch Großvater zwischen den Hirsepflanzen hervor und rief leise: «Douguan!»

Mühsam rappelte Vater sich auf und blickte zu Großvater hinüber.

Aus der Tiefe des Hirsefeldes setzten die japanischen Reiter zu einem neuen Blitzangriff an. Die Luft füllte sich mit einer verwirrenden Mischung aus dem dumpfen Geräusch des Hufschlags auf der weichen Erde und dem hellen Knistern der brechenden Hirsehalme. Von Vaters und Großvaters Schüssen aus dem Hinterhalt irritiert, sahen sich die Angreifer gezwungen, ihre Schlacht gegen die verbissen kämpfenden Verteidiger des Dorfs fürs erste abzubrechen, um die Schlinge um das Hirsefeld enger ziehen zu können.

Großvater schlang Vater in die Arme und preßte ihn auf den Boden, solange die Kavalleriepferde mit ihren breiten Brüsten und mächtigen Hufen über sie hinwegdonnerten. Stöhnende Klumpen dunkler Erde wirbelten in ihrer Spur zum Himmel, zornig schwankten hinter ihnen die Hirsehalme, und goldrotes Korn wurde über die Erde verstreut und füllte die tief in den Acker geprägten Hufspuren der Pferde.

Nachdem sich die Kavallerie in die Ferne verzogen hatte, ließ das Schwanken des Getreides allmählich nach. Großvater stand auf, und als Vater sich neben ihn stellte, bemerkte er die tiefen Spuren seiner Knie im dunklen Ackerboden und erkannte, mit welcher Gewalt ihn Großvater heruntergepreßt hatte.

Der japanische Reiter war nicht tot. Von bohrenden Schmerzen aus seiner Ohnmacht geweckt, stützte er sich mit dem unverletzten Arm auf den Boden und zog das Bein, das über dem Pferdekopf lag und wahrscheinlich ausgerenkt war, mühsam wieder in Reitposition. Die kleinste Bewegung des Beins, das nicht mehr das seine zu sein schien, ließ ihn vor Schmerz stöhnen. Vater sah durch eine Maske von Schmutz und Pulverspuren, die sein Gesicht bedeckte, wie ihm der Schweiß von der Stirn und über seine Wangen strömte, auf denen er gräßliche weiße Hautbahnen freilegte. Auch das Pferd lebte noch. Sein Hals begann sich zu winden wie eine riesige Schlange; die smaragdgrünen Augen starrten in den fremden Himmel und die fremde Sonne der Gemeinde Nordost-Gaomi. Der japanische Kavallerist ruhte einen Augenblick aus, dann versuchte er, sein anderes Bein unter dem Pferdekörper hervorzuzerren.

Großvater trat hinzu und zog das Bein heraus. Dann hob er ihn am Kragen hoch. Seine Beine waren so gummiweich, daß Großvater sein ganzes Körpergewicht stützen mußte. Sobald Großvater ihn losließ, sackte er in sich zusammen wie eine Tonpuppe, die man ins Wasser getaucht hat. Großvater hob den blitzenden Säbel auf und schwang ihn einmal herab und einmal hinauf. Die Rispen von ein paar Dutzend Hirsepflanzen fielen neben den trockenen aufrechten Stümpfen zu Boden.

Dann hielt er dem japanischen Kavalleristen den Säbel unter die hübsche, gerade, blasse Nase und sagte mit ruhiger, gedämpfter Stimme: «Immer noch so stolz, du japanisches Schwein?»

Die glänzenden scharzen Augen des Japaners rollten verzweifelt, und aus seinem Mund strömte unverständliches Gestammel. Vater wußte, daß er um sein Leben flehte. Zitternd griff er mit der Hand, die ihm noch gehorchte, in die Hemdtasche und zog ein durchsichtiges Etui heraus, das er Großvater in die Hand drückte. Noch immer das unverständliche Stammeln und Winseln.

Vater trat heran, um sich das Etui anzusehen. Es enthielt das Foto einer reizenden jungen Frau, die einen rundlichen Säugling auf dem Arm hielt.

«Deine Frau?» fragte Großvater.

Gestammel.

«Dein Sohn?»

Wieder die unverständlichen Geräusche in der fremden Sprache.

Vater preßte sein Gesicht so nah daran, daß er das süße Lächeln der Frau und den entwaffnend unschuldigen Blick des Säuglings erkennen konnte.

«Willst du mich damit weichmachen, japanischer Schweinehund?»

Großvater warf das Foto hoch in die Luft, wo es wie ein im Sonnenschein glänzender Schmetterling herumsegelte, um sich dann langsam zu Boden zu senken. Großvater nahm den Säbel, den er dem Japaner unter die Nase gehalten hatte, und schwang ihn voll von Verachtung gegen das fallende Bild. Kalt glänzte die Klinge in der Sonne, bevor die Fotografie aufzuckte und in zwei Hälften vor Vaters Füße fiel.

Vater wurde es schwarz vor Augen; kalte Schauer durchliefen seinen Körper; rote und grüne Funken tanzten vor seinen geschlossenen Augen. Das Herz wollte ihm brechen, und der Gedanke, die Augen zu öffnen und die zerrissenen Gestalten der zarten Frau und ihres unschuldigen Kindes vor sich zu sehen, schien ihm unerträglich.

Plötzlich kroch der japanische Kavallerist, vor Schmerzen be-

bend, zu Vater und griff mit zitternder Hand nach den beiden Hälften der Fotografie. Offensichtlich bemühte er sich, auch den gebrochenen Arm zu verwenden, der schlaff und nutzlos herabhing und seinen Befehlen nicht mehr folgte. Blut tropfte von seinen gelblichen Fingerspitzen. Während er versuchte, mit der Hand, die er noch benutzen konnte, die beiden Hälften seiner Frau und seines Sohnes zusammenzufügen, zitterten seine trockenen, aufgesprungenen Lippen, seine Zähne klapperten, und abgehackte, unverständliche Satzbrocken fielen aus dem Mund.

Zwei Ströme glitzernder Tränen liefen über seine hageren, verschmutzten Wangen. Er hob das Foto an die Lippen und küßte es. Aus seiner Kehle drang ein gurgelndes Geräusch.

«Du verdammter Schweinehund! Du kannst also auch weinen? Wenn du sogar deine Frau und dein Kind küssen kannst, warum läufst du dann rum und ermordest unsere Frauen und Kinder? Glaubst du, deine nach Pisse stinkenden Tränen halten mich davon ab, dich umzubringen?» schrie Großvater und hob die glänzende Klinge des japanischen Säbels über den Kopf.

«Vater», rief mein Vater und griff mit beiden Händen nach Großvaters Arm, «Vater, töte ihn nicht!»

Großvaters Arm zitterte zwischen Vaters Händen, der mit seinen Augen voller Tränen und Mitleid Großvater anflehte, dessen Herz vom vielen Töten stumpf geworden war.

Großvater senkte den Kopf, und in diesem Moment trug der Wind das erderschütternde Donnern einer Mörsersalve und das helle Trommeln des Maschinengewehrfeuers zu ihnen herüber, mit dem die Japaner den Widerstand des Dorfes brechen wollten. Aus der Tiefe der Hirsefelder hörte man das schrille Wiehern japanischer Pferde und den schweren Schlag ihrer Hufe auf dem dunklen Acker. Wütend riß Großvater seinen Arm aus Vaters Griff und schleuderte ihn beiseite.

«Was bildest du dir ein, du kleiner Scheißer? Für wen sind diese Tränen? Für deine Mutter? Für Onkel Luohan? Für den Stummen und all die anderen Kameraden?» brüllte Großvater ihn an. «Weinst du etwa um diesen nichtsnutzigen Schweinehund? Hat nicht deine Pistole sein Pferd gestürzt? Hat er nicht versucht, dich umzureißen und mit dem Säbel in Stücke zu schlagen? Trockne deine Tränen, Sohn, und töte ihn mit seinem eigenen Säbel!»

Mit tränenüberströmtem Gesicht zog Vater sich zurück.

«Komm her!»

«Nein, Vater… ich kann nicht…»

«Feigling, verfluchter!»

Großvater verpaßte Vater einen Tritt, ging dann einen Schritt zurück, um etwas Abstand von dem japanischen Kavalleristen zu nehmen, und hob den Säbel über den Kopf.

Vater sah den glänzenden Stahl, der im Bogen an ihm vorüberrauschte, und dann nichts mehr. Großvater ließ den Säbel auf den Japaner fallen, und Vater hörte ein flüssig-klebriges, reißendes Geräusch, das die dumpfen Schläge der japanischen Mörser übertönte, auf Vaters Trommelfell aufschlug und seine Eingeweide sich zusammenkrampfen ließ. Als er wieder sehen konnte, lag der hübsche junge japanische Kavallerist in zwei Hälften geschnitten vor ihm auf dem Boden. Die Klinge war an der linken Schulter eingedrungen und rechts über den Rippen wieder hervorgetreten. Seine bunten Eingeweide zuckten und dampften und verströmten einen überwältigenden heißen Gestank. Vater fühlte, wie seine eigenen Därme sich verkrampften und bis in die Kehle hochzusteigen schienen. Ein grüner Wasserfall drängte sich aus seinem Mund. Er drehte sich um und rannte davon.

Auch wenn Vater es nicht über sich brachte, die starren Augen des japanischen Kavalleristen unter ihren langen Wimpern anzublicken, konnte er das Bild der Leiche nicht vergessen, die in zwei Hälften geschnitten dalag. Großvaters Säbelhieb hatte alles in zwei Hälften zerschlagen, sogar Großvater selbst. Vor Vaters innerem Auge zog plötzlich das groteske Bild eines blutgetränkten Säbels vorbei, der am Himmel glänzend alle in zwei Hälften schlug, wie man Melonen spaltet oder Gemüse hackt: Großvater, Großmutter, Onkel Luohan, den japanischen Kavalleristen mit seiner Frau und seinem Kind, den Stummen, den großen Liu, die Brüder Fang, den Schwindsüchtigen Vier, Adjutant Ren, alle und jeden.

Großvater warf den von klebrig-blutigem Schaum bedeckten

Säbel zu Boden und lief hinter Vater her, der blindlings durch die Hirse rannte. Neue japanische Reitertruppen stürzten sich wie ein Wirbelwind auf sie. Mörsergranaten pfiffen durch den Himmel über dem Hirsefeld und explodierten zwischen den Männern, die ihr Heimatdorf mit Schrotflinten und selbstgebastelten Kanonen hartnäckig verteidigten.

Großvater holte Vater ein, packte ihn beim Nacken und schüttelte ihn wie einen jungen Hund. «Douguan! Douguan! Du kleiner Idiot! Bist du verrückt geworden? Bist du lebensmüde? Meinst du, du hast lang genug gelebt?»

Vater krallte sich in Großvaters kräftige Hände und kreischte: «Vater! Vater! Vater! Bring mich nach Hause! Bring mich nach Hause! Ich will nicht mehr kämpfen. Ich will nicht kämpfen. Ich habe Mutter gesehen! Ich habe den Onkel gesehen!»

Großvater versetzte ihm einen harten Schlag auf den Mund. Vaters Hals schnappte von der Erschütterung zur Seite und wurde schlaff. Der Kopf fiel ihm auf die Brust, und aus seinen Mundwinkeln quoll blutiger Schaum.

2

Die japanischen Truppen zogen ab. Wie ein dünnes Blatt Papier ging der Vollmond über den Spitzen der Hirse auf und schien zu schrumpfen, je mehr er wurde. Die Halme, die so viel Leid ertragen hatten, standen ruhig im Mondschein und ließen von Zeit zu Zeit Körner wie glänzende Tränen auf den dunklen Boden fallen. Ein schwerer, süßer Duft breitete sich aus; der dunkle Acker südlich unseres Dorfes war mit Menschenblut getränkt. Die Feuer über dem Dorf stiegen gekrümmt wie Fuchsruten zum Himmel, und gelegentlich erfüllte das krachende Knistern trockenen Reisigs die Luft mit einem Geruch, in dem sich der Blutgestank aus den Hirsefeldern mit dem Brandgeruch aus dem Dorf zu einer unheimlichen, erstickenden Einheit verband.

Die Wunde an Großvaters Arm hatte sich wieder entzündet. Der Schorf sprang auf und setzte eine verrottete, klebrig quellende Mischung von dunklem Blut und weißem Eiter frei. Er befahl Vater, die Haut rings um die Wunde zusammenzukneifen. Ängstlich legte Vater seine eisigen Finger auf die dunkel verfärbte Haut um die eiternde Wunde und drückte sie zusammen. Die Wunde spuckte eine Kette von Luftblasen aus, die kleinen Augäpfeln glichen und faulig rochen wie eingelegtes Gemüse. Großvater hob ein Stück gelbes Geisterpapier auf, das von einer Erdscholle auf einem nahegelegenen Grab festgehalten wurde, und sagte Vater, er solle ein wenig von dem salzigen weißen Pulver auf das Papier legen, das die Hirsehalme ausstreuten. Vater kam zurück und hielt das Papier mit einem kleinen Haufen Hirsepuder in beiden Händen. Großvater zog mit den Zähnen die Kugel aus einer Patrone und schüttete das grünliche Schießpulver auf das Papier. Dann vermischte er es mit dem weißen Hirsestaub und streute eine Fingerspitze davon auf die offene Wunde.

«Vater, willst du nicht auch schwarze Erde nehmen?»

Großvater dachte einen Augenblick nach, dann sagte er: «Gut.»

Also bückte sich Vater, hob eine Scholle dunkler Ackererde neben den Wurzeln einer Hirsepflanze auf, zerrieb sie zwischen den Fingern und streute sie auf das Papierstück. Großvater vermischte die drei Substanzen, strich sie auf die Wunde und bedeckte das Ganze mit dem Papier. Schließlich wickelte Vater eine schmutzige Mullbinde darum und band sie fest zusammen.

«Fühlt es sich jetzt besser an, Vater?»

Großvater bewegte den Arm hin und her. «Viel besser, Douguan. Das ist ein Elixier, das jede Wunde heilt.»

«Vater, wenn wir so etwas für Mutter gehabt hätten, wäre sie dann nicht gestorben?»

«Nein, das wäre sie nicht...» Schatten zogen über Großvaters Gesicht.

«Vater, wäre es nicht wunderbar gewesen, wenn du mir das früher beigebracht hättest? Mutter hat so stark geblutet, daß ich immerzu Erde auf die Wunde gepackt habe, aber das hat das Blut nur für kurze Zeit gestillt. Wenn ich gewußt hätte, daß ich weißen

Hirsestaub und Schießpulver dazutun muß, wäre alles gutgegangen...»

Während Vater so vor sich hin redete, lud Großvater seine Pistole. Überall an der Dorfmauer ließen japanische Mörserschüsse heiße gelbe Rauchwolken aufsteigen.

Weil Vaters Browning unter dem Bauch des toten Pferdes lag, benutzte er in der Endschlacht am Nachmittag ein japanisches Gewehr, das fast so groß war wie er selbst. Großvater gab aus seiner deutschen Selbstladepistole so viele Schüsse ab, daß sie ihre Jugendkraft verlor und am Ende nur noch für die Müllhalde taugte. Aus Vaters Sicht erschien der Lauf von Großvaters Pistole verdreht und verformt. Obwohl die Feuer der Schlacht noch immer den Himmel über dem Dorf erleuchteten, hatte sich über dem Hirsefeld eine Atmosphäre von Frieden und Ruhe ausgebreitet. Die immer kühleren Strahlen des hellen Mondes fielen auf die eingeschrumpften glanzlosen Spitzen der Hirse.

Die Flinte hinter sich herschleifend, folgte Vater Großvater auf seinem Rundgang über das Schlachtfeld. Die dunkle, blutgetränkte Erde hatte die Konsistenz von Ton und lag weich unter ihren Schritten. Leichen lagen zwischen den niedergewalzten Hirsepflanzen. Das Mondlicht tanzte über einem Tümpel von Blut, und verschwommene, abstoßende Gesichter, darum ringend, wiedererkannt zu werden, raubten Vater die letzten Monate und Jahre seiner Jugend. Aus dem Hirsefeld schienen gequälte Schreie aufzusteigen, und hie und da regte sich etwas unter den Leichen. Vater wollte Großvater bitten, den Dorfbewohnern zu helfen, die noch am Leben waren, aber als er aufblickte und das fahle, kränkliche, ausdruckslose Gesicht seines Vaters sah, blieben ihm die Worte in der Kehle stecken.

In kritischen Augenblicken war Vater immer etwas flinker als Großvater, wohl weil er sich auf oberflächliche Phänomene konzentrierte. Oberflächliches Denken scheint eine ideale Voraussetzung für den Partisanenkampf zu sein. In diesem Augenblick jedenfalls wirkte Großvater benommen und konzentrierte sich jeweils nur auf einen Punkt: ein verzerrtes Gesicht, ein zerbrochenes Gewehr oder eine einzelne leere Patronenhülse. Für alles andere war er blind und taub. Das war eine seiner mehr oder weniger problematischen Eigenschaften, die sich im Verlauf des kommenden Jahrzehnts noch ausprägen sollten. Als er aus den Bergen Hokkaidos nach China zurückkam, lag eine unergründliche Tiefe in seinen Augen. Er starrte Dinge an, als wolle er sie durch reine Willenskraft zur Selbstentzündung bringen.

Vater ist nie in diese Tiefen philosophischen Denkens vorgedrungen. Als er 1957, nach unzähligen Mühen, endlich wieder aus dem Erdloch auftauchte, das Mutter für ihn gegraben hatte, war sein Blick in nichts anders als in seiner Jugend: lebendig, verwundert, wandelbar. Sein Leben lang durchschaute er die Zusammenhänge zwischen Menschen und Politik, zwischen Gesellschaft und Krieg nicht, obwohl er selbst der Gewalt des Kriegs reichlich ausgesetzt gewesen war. Ständig versuchte er, das Licht, das seine Natur war, aus dem kalten Metallpanzer zu befreien, der ihn umgab. Aber das Licht selbst war eisig, verkrüppelt und umschloß abgrundtiefe Barbarei.

Großvater und Vater umkreisten das Schlachtfeld mehr als zehnmal, bis Vater unter Tränen sagte: «Vater… ich kann nicht mehr gehen…»

Großvaters robotergleicher Schritt kam zum Stillstand. Er nahm Vater an der Hand, trat etwa zehn Schritte zurück und ließ sich mit ihm auf einem trockenen Fleck Erde nieder, der nicht von Blut durchtränkt war. Die knisternden Feuer im Dorf unterstrichen die Einsamkeit und Trostlosigkeit des Hirsefeldes. Schwache goldene Flammen tanzten launisch im silbernen Mondlicht. Einen Augenblick blieb Großvater sitzen, dann ließ er sich nach hinten fallen wie eine einstürzende Mauer. Vater legte den Kopf auf Großvaters Bauch und fiel in unruhigen Schlaf. Er fühlte, wie Großvaters große, glühendheiße Hand seinen Kopf zart streichelte, und dachte an die Zeit vor Jahren zurück, als er noch an Großmutters Brust saugte.

Damals war er vier und hatte genug von der gelblichen Brust, die sie ihm ständig in den Mund schob. Er hatte begonnen, diese harte, saure Brustwarze zu hassen. Mit einem mörderischen Funkeln im Auge blickte er zu Großmutters hingebungsvoll entrücktem Gesicht auf und biß so hart zu, wie er nur konnte. Er fühlte, wie Großmutters Brust sich zusammenzog und ihr Körper von ihm wegzuckte. Spuren süßer Flüssigkeit wärmten seine Mundwinkel. Großmutter versetzte ihm einen kräftigen Schlag auf den Hintern und stieß ihn weg. Er fiel auf die Erde und setzte sich dann, auf die frischen roten Blutstropfen starrend, die über Großmutters hängende Melonenbrust liefen, wieder hin. Mit trockenen Augen schrie er ein paarmal auf; aber Großmutter weinte bitterlich. Ihre Schultern zuckten, und Tränen strömten über ihre Wangen. Sie beschimpfte ihn wütend und nannte ihn einen kleinen Wolf, so bösartig wie der Wolf, der sein Vater war.

Später erfuhr er, daß sich in diesem Jahr Großvater, der Großmutter von Herzen liebte, in ihr Dienstmädchen Lian'er verliebt hatte, die zu einer jungen Frau mit hellen Augen herangewachsen war. Als Vater Großmutter biß, lebte Großvater, der ihre Eifersucht nicht mehr ertragen konnte, mit Lian'er in einem Haus, das er im Nachbardorf gekauft hatte. Alle sagten, diese meine zweite Großmutter sei nicht gerade schüchtern gewesen und Großmutter habe Angst vor ihr gehabt. Aber davon werde ich später sprechen. Meine Zweite Großmutter gebar Großvater ein Mädchen, meine Tante. Im August 1938 töteten japanische Soldaten sie mit einem Bajonett und vergewaltigten meine Großmutter. Auch davon werde ich später sprechen.

Großvater und Vater waren erschöpft. Großvater fühlte, wie sein verwundeter Arm pochte, als habe er Feuer gefangen. Ihre Füße waren so geschwollen, daß ihre Stoffschuhe aus den Nähten platzen wollten, und sie träumten von dem einmaligen Genuß, die faulende Haut ihrer Füße im Mondlicht zu lüften. Aber sie waren zu schwach, um sich aufzusetzen und die Schuhe auszuziehen.

In betäubtem Halbschlaf lagen sie da. Vater wälzte sich auf die Seite und legte seinen Kopf auf Großvaters harten Magen, so daß er zum sternklaren Nachthimmel aufblicken und sein Gesicht im Mondschein baden konnte. Er hörte das Murmeln des Schwarzwasserflusses und sah, wie sich am Himmel über ihm schwarze Wolken zusammenzogen wie zitternde Schlangen, die doch an ihrem Platz festgefroren waren. Vater erinnerte sich, daß Onkel Luohan einmal gesagt hatte, wenn die Milchstraße waagerecht am Himmel liege, fielen die Herbstregen. In Wirklichkeit hatte er nur einmal die Herbstflut erlebt.

Es war zur Erntezeit, als der Schwarzwasserfluß über die Ufer trat und die Felder und das Dorf überschwemmte. Hirsepflanzen bemühten sich, die Köpfe über dem Wasser zu halten, Ratten und Schlangen kletterten und wanden sich an ihnen empor, um nicht zu ertrinken. Vater war mit Onkel Luohan zur Dorfmauer gegangen, die die Dorfbewohner verstärken wollten, und sah ängstlich auf das gelbe Wasser, das auf ihn zuschoß. Da das Wasser sich nur langsam zurückzog, bauten die Dorfbewohner Reisigflöße und paddelten mit ihren Sicheln auf die Felder, um die Getreiderispen abzuhacken, an denen sich schon neue grüne Knospen bildeten. Bündel um Bündel durchnäßter tiefroter und smaragdgrüner Garben lagen so schwer auf den Flößen, daß sie zu sinken drohten. Die dunklen hageren Männer, ihre kegelförmigen Strohhüte aufgesetzt, standen barfuß und mit nacktem Oberkörper auf den Flößen, die sie mit aller Gewalt, sich kräftig von Seite zu Seite wiegend, zur Dorfmauer stakten.

Im Dorf stand das Wasser kniehoch und umspülte die Beine der Maultiere, Pferde, Ziegen und Schafe, deren Dung an der Oberfläche trieb. Unter den verlöschenden Strahlen der sinkenden Herbstsonne leuchtete das Wasser wie flüssiges Metall. Die Spitzen der weit entfernten Hirsepflanzen, die man nicht ernten konnte, bildeten direkt über dem Wasserspiegel eine goldrote Decke. Darüber flogen Schwärme von Wildgänsen, deren Flügelschlag als kühle Brise über das Land strich und kleine Wellen im Wasser aufwirbelte. Vater konnte eine breite, helle Strömung sehen, die langsam an der Stelle dahinfloß, wo die rote Hirse am dichtesten stand und sich deutlich von dem schlammigen, stehenden Wasser in ihrer Nähe abhob. Das war der Schwarzwasserfluß. Die erschöpften Männer näherten sich der Mauer, auf der Großvater stand, und riefen einander die neuesten Nachrichten zu. Auf einem der Flöße lag ein Graskarpfen mit silbernem Bauch und grünem Rücken. Durch seine Kiemen war ein langer Hirsehalm gespießt. Der Bauer, der ihn gefangen hatte, zeigte ihn voll Stolz den Leuten auf der Mauer. Der Fisch war etwa halb so groß wie er selbst. Aus den Kiemen quoll Blut, und der Mund stand offen. Der Fisch blickte meinen Vater aus stumpfen, betrübten Augen an.

Vater dachte daran, wie Onkel Luohan einmal einem Bauern einen Fisch abgekauft hatte und wie Großmutter ihn geschuppt und Suppe daraus gekocht hatte. Schon wenn er an die köstliche Suppe dachte, wurde er hungrig. Er richtete sich auf. «Vater», sagte er, «hast du keinen Hunger? Ich schon. Kannst du etwas zu essen finden? Ich bin am Verhungern...»

Großvater suchte in seinem Gürtel nach einer Patrone, ließ sie in die Trommel fallen, ließ die Trommel zuschnappen und die Patrone in die Kammer gleiten. Er spannte den Abzug, der laut knackte. «Douguan», sagte er, «komm... wir gehen deine Mutter suchen...»

Mit hoher ängstlicher Stimme antwortete Vater: «Nein, Vater, Mutter ist tot. Aber wir sind noch am Leben, und ich habe Hunger. Besorg mir etwas zu essen.» Vater zog Großvater hoch. «Wohin?» murmelte der. «Wohin können wir gehen?» Vater nahm ihn an der Hand und führte ihn ins Feld. Sie gingen verschlungene Pfade, als sei ihr Ziel der Mond, der hoch und eiskalt am Himmel hing.

Im Leichenfeld erklang das Knurren wilder Tiere. Großvater und Vater blieben erschreckt stehen, drehten sich um und sahen Dutzende von grünen Augenpaaren wie Irrlichter und blaue Schatten, die sich auf dem Boden rollten und wälzten. Großvater zog die Pistole, zielte auf eines der grünen Augenpaare und feuerte. Im Mündungsfeuer erloschen die Augen, und der Todesschrei eines Hundes klang durch das Hirsefeld. Großvater gab insgesamt sieben Schüsse ab, und ein paar verwundete Hunde wanden sich zwischen den anderen Leichen im Todeskampf. Nachdem er das Magazin seiner Pistole in die Meute geleert hatte, sprangen die unverwundeten Hunde außer Schußweite ins Hirsefeld und bellten Großvater und Vater wütend an.

Die letzten paar Kugeln aus Großvaters Selbstlader legten nur eine Strecke von etwa dreißig Schritten zurück, bevor sie zu Boden fielen. Im Mondlicht sah Vater sie so langsam durch die Luft fliegen, daß er sie mit den Händen hätte auffangen können. Das Knacken der Pistole hatte seine federnde Frische verloren und klang eher nach dem verschleimten Husten eines alten Mannes. Ein gequält mitleidiger Ausdruck überzog das Gesicht von Großvater, der die Waffe in seiner Hand anblickte.

«Keine Munition mehr?» fragte Vater.

Die fünfhundert Schuß Munition, die sie im Bauch des Ziegenbocks aus der Stadt mitgebracht hatten, waren in wenigen Stunden verbraucht. Wie ein Mensch war die Pistole über Nacht alt geworden, und Großvater kam zu der schmerzhaften Einsicht, daß sie seinen Wünschen nicht mehr gehorchen konnte. Es war Zeit, sich von ihr zu trennen.

Er streckte den Arm aus und studierte den gedämpften Widerschein des Mondes auf dem Pistolenlauf. Dann ließ sein Griff nach, und die Waffe fiel zu Boden.

Die grünäugigen Hunde kehrten, zunächst noch ängstlich, die Furcht in den Augen, zu den Leichen zurück. Doch die Augen verschwanden schnell, und jetzt spiegelte sich das Mondlicht in rollenden Wogen von bläulichem Fell. Großvater und Vater konnten hören, wie die Hunde menschliche Körper zerrissen.

«Gehen wir ins Dorf, Vater», sagte Vater.

Großvater schwankte einen Augenblick, also zupfte Vater ihn am Ärmel, und er folgte ihm.

Inzwischen waren die meisten Feuer im Dorf erloschen und hatten rotglühende Asche hinterlassen, die zwischen den einstürzenden Wänden und zerstörten Häusern beißende Hitze ausstrahlte. Ein heißer Wirbelwind wehte durch die Straßen des Dorfs. Die dicke, trübe Luft war erstickend, weißer und schwarzer Rauch zog sich zu Wolken zusammen, verkohlte Äste knackten und knisterten in den ausbrennenden Feuern. Die Dächer der Häuser, deren Stützbalken den Flammen zum Opfer gefallen waren, stürzten zusammen und sandten Berge von Rauch, Staub und Asche zum Himmel. Auf der Dorfmauer und auf den Straßen lagen die Leichen. In der Geschichte unseres Dorfs war eine neue Seite aufgeschlagen. Vor langer Zeit war es eine von Ranken, Buschwerk und Schilf bestandene Einöde gewesen, ein Paradies für Füchse und wilde Kaninchen. Dann waren irgendwann einmal ein paar Hütten aufgetaucht, und der Ort wurde zur Zufluchtsstätte für flüchtige Mörder, Trinker und Spieler, die Häuser bauten, das Land bestellten, den Ort in ein Paradies für Menschen verwandelten und die Füchse und wilden Kaninchen vertrieben, die wütend dagegen protestierten. Jetzt lag das Dorf in Schutt und Asche. Menschen hatten es geschaffen, und Menschen hatten es zerstört. Als sich 1960 die dunkle Wolke der Hungersnot über die Shandong-Halbinsel senkte, konnte ich, auch wenn ich erst vier Jahre alt war, dunkel begreifen, daß die Gemeinde Nordost-Gaomi schon immer ein Ruinenhaufen gewesen war und daß ihre Bürger die Ansammlung zerstörter Häuser nie aus ihren Herzen weggeräumt hatten und es auch in Zukunft nicht tun würden.

Nachdem in jener Nacht der Rauch und die Funken aus den anderen Häusern erstorben waren, brannten die Gebäude unseres Gehöfts immer noch und sandten grüngeränderte Flammenzungen und den berauschenden Duft von starkem Branntwein in den Himmel, den die Flammen nach so vielen Jahren in einem Augenblick freigesetzt hatten. Von der Hitze verformte blaue Dachziegel wurden dunkelrot und sprangen durch einen Flammenvorhang, der Großvaters graues Haar beleuchtete, in die Luft. In einer Woche waren drei Viertel seines Haars grau geworden. Ein Dach stürzte ein und verdeckte für eine kurze Zeit die Flammen, die aber bald noch stärker als zuvor aus dem Schutt emporschlugen. Das laute Tosen verschlug Vater und Großvater den Atem.

Unser Haus, das Vater und Sohn der Familie Shan behütet hatte, als sie Reichtümer erwarben, das dann Großvater nach seiner mörderischen Tat behütet hatte und das danach Großmutter, Großvater, Vater, Onkel Luohan und all die Männer, die für sie arbeiteten, behütet hatte, das ihre Freuden und ihre Klagen beherbergt hatte, hatte nun seine historische Mission erfüllt. Ich habe diese Zuflucht gehaßt, denn sie hat nicht nur die Empfindungen anständiger und aufrichtiger Menschen beschützt, sondern auch schändliche Verbrechen. Vater, als du dich 1957 in dem Loch in der Erde verstecktest, das wir unter dem Boden unseres Hauses für dich gruben, hast du dich in der gnadenlosen Dunkelheit an jene Tage in deiner Vergangenheit erinnert. Nicht weniger als dreihundertfünfundsechzigmal hast du dich daran erinnert, wie das Dach deines Hauses in den Flammen einstürzte, und darüber nachgedacht, was im Kopf deines Vaters, meines Großvaters, vor sich ging. So haben meine Träume die deinen verfolgt, während die deinen hinter Großvaters Träumen herjagten.

Als er zusah, wie das Dach einstürzte, empfand Großvater dieselbe Wut, die er empfunden hatte, als er Großmutter verließ und mit seiner neuen Liebe Lian'er ins Nachbardorf zog. Denn damals hatte er erfahren, daß sich meine schamlose Großmutter mit Schwarzauge, dem Anführer der «Eisengesellschaft», eingelassen hatte. Damals war ihm nicht klar, wovon sein Herz voll war: von Abscheu oder Liebe, von Schmerz oder Zorn. Als er später in Großmutters Arme zurückkehrte, waren die Gefühle, die er für sie hegte, so verwirrt, daß er sie nicht mehr durchschauen konnte. Anfangs hinterließ ihr Partisanenkrieg der Gefühle nur Narben im jeweils eigenen Herzen; später verwundeten sie einander. Erst als Großmutter ihn sterbend im Hirsefeld anlächelte, erkannte er endgültig, was für eine schwere Strafe ihm das Leben auferlegt hatte. Er liebte meinen Vater, wie die Elster das letzte Ei liebt, das ihr im Nest geblieben ist. Aber da war es schon zu spät, denn das Schicksal hatte ihn zu einem grausamen Ende verurteilt und erwartete ihn mit einem kalten Lächeln auf den Lippen am Ende der Straße.

«Vater, wir haben kein Haus mehr», sagte mein Vater.

Großvater strich Vater über den Kopf und blickte auf die Ruinen seines Hauses. Dann nahm er Vater an die Hand und stolperte unter dem nachlassenden Licht der Flammen und dem stärker werdenden Licht des Mondes ziellos die Straße entlang.

Am Dorfeingang hörten sie die Stimme eines alten Mannes: «Bist du das, kleine Nummer Drei? Warum hast du den Ochsenkarren nicht gebracht?»

Der Klang seiner Stimme erfüllte Vater und Großvater mit einem Gefühl so großer Wärme, daß sie ihre Müdigkeit vergaßen und hineilten, um zu sehen, wer es war.

Ein gebeugter älterer Mann richtete sich auf und begrüßte sie. Aufmerksam musterte er Großvater mit seinen alten Augen, berührte beinahe sein Gesicht mit dem seinen. Großvater gefiel der abwartende Ausdruck in seinen Augen nicht, und der gierige Gestank, der aus seinem Mund schlug, stieß ihn ab.

«Du bist nicht meine Nummer Drei», sagte der alte Mann unglücklich und setzte sich mit schwankendem Kopf wieder auf einen Haufen von zusammengewürfeltem Zeug. Da lagen Schränke, Kisten, Eßtische, Ackerbaugeräte, Zaumzeug, zerschlissene Decken, Kochtöpfe, Tonschalen... Er saß auf einem kleinen Berg von Hausrat, den er bewachte, wie der Wolf seine Beute bewacht. Hinter ihm waren zwei Kälber, drei Ziegen und ein Maultier an einer Weide angebunden.

«Du Hund», knurrte Großvater zwischen den Zähnen hervor, «verschwinde hier!»

Der alte Mann richtete sich auf und sagte freundlich: «Aber Bruder, sei doch nicht neidisch. Ich habe mein Leben aufs Spiel gesetzt, um das alles aus den Flammen zu retten.»

«Komm da runter, du Arschloch!» schrie Großvater.

«Du hast kein Recht, so mit mir zu sprechen. Ich habe dir nichts getan. Du bist es, der hier Ärger macht. Wie kommst du dazu, mich so zu beschimpfen?» beschwerte sich der Alte.

«Dich beschimpfen? Verdammt noch mal, ich werde dich umbringen! Wir wehren uns nicht verzweifelt gegen die Japaner, nur damit ein Aasgeier wie du die Häuser plündern kann. Du Schwein, du altes Schwein! Douguan, wo ist deine Pistole?»

«Unter dem Bauch des Pferdes», sagte Vater.

Großvater sprang auf den Haufen und ließ den alten Mann mit einem einzigen Fußtritt durch die Luft segeln.

Der fiel auf die Knie und bettelte: «Verschone mich, Kommandant der 8.-Route-Armee, verschone mich!»

«Ich bin nicht bei der 8.-Route-Armee», sagte Großvater, «und auch nicht bei der 9. Route. Ich bin Yu Zhan'ao, der Bandit.»

«Verschone mich, Kommandant Yu, verschone mich. Wem hätte es genützt, wenn der ganze Kram verbrannt wäre? Ich bin nicht der einzige Sammler im Dorf. Diese Diebe haben alles eingesammelt, was wertvoll war. Ich bin zu alt und zu langsam und habe nur den Abfall abbekommen...»

Großvater griff nach einem Holztisch und warf ihn dem alten Mann an den kahlen Kopf. Der schrie, wälzte sich auf dem Boden und hielt sich den blutenden Schädel. Dann packte ihn Großvater am Kragen. Er sah ihm gerade in die gequälten Augen und sagte: «Mein Held, der Sammler!» Dann ballte er die Faust und schlug sie dem alten Mann mitten ins Gesicht. Der sank zu Boden, auf den Rücken. Großvater trat ihm so kräftig er konnte ins Gesicht.

3

Mutter und mein dreijähriger Onkel hatten schon einen ganzen Tag und eine ganze Nacht in dem trockenen Brunnenschacht ausgeharrt. Als Mutter am Morgen davor mit zwei Tontöpfen an der Tragstange über der Schulter zu dem Brunnen gegangen war, hatte sie kaum Zeit gehabt, sich im Wasser ihr Spiegelbild anzusehen, als sie Gongschläge von der Mauer und den Ruf des alten Nachtwächters Wu hörte: «Die Japaner sind da. Das Dorf ist umzingelt.» Vor Schreck ließ sie die Töpfe und die Tragstange in den Brunnen fallen, machte auf dem Absatz kehrt und lief nach Hause. Aber noch ehe sie ankam, traf sie meinen Großvater mütterlicherseits, eine Flinte in der Hand, und meine Großmutter mütterlicherseits, die meinen kleinen Onkel und ein Stoffbündel trug.

Seit dem Tag, an dem Großvater die Schlacht am Schwarzwasserfluß geschlagen hatte, hatte sich das Dorf auf die Katastrophe vorbereitet, die eines Tages kommen mußte. Nur drei oder vier

Familien hatten sich versteckt. Die anderen hatten zwar Angst, aber sie wollten ihre verfallenen Häuser, ihre brackigen oder frischen Brunnen, ihre dünnen und zerschlissenen Bettdecken nicht aufgeben. In dieser Woche hatte Großvater, von dem Gedanken besessen, mit Pockennarbe Leng abzurechnen, meinen Vater mit in die Kreisstadt genommen, um Munition zu kaufen. Der Gedanke, das Blutgericht der Japaner könne sein eigenes Dorf treffen, war ihm nie gekommen.

Am Abend des neunten Tages des achten Monats nach dem alten Kalender rief der Dorfälteste Zhang Ruolo – Ruolo mit dem einen großen und dem einen kleinen Auge, Ruolo mit dem einzigartigen Wesen, Ruolo, der Intellektuelle, der eine Privatschule besucht hatte, Ruolo, der eine so wichtige Rolle bei der Beerdigung der gefallenen Krieger gespielt hatte –, an diesem Abend rief Zhang Ruolo die Dorfbewohner auf, die Mauer zu verstärken und die Tore zu reparieren, und stellte Nachtwächter auf, die beim ersten Anblick feindlicher Truppen das Dorf mit Rufen und Gongschlägen warnen sollten. Alle Dorfbewohner, ob jung oder alt, ob Frau oder Mann, bewachten gemeinsam die Mauer. Mutter hat mir erzählt, die Stimme des Dorfältesten Ruolo sei hart und metallisch gewesen, als er seine Ansprache hielt. «Dorfgenossen», sagte er, «ein Volk, das sich einig ist, kann den Berg Tai versetzen. Nur wenn wir einig sind, können wir die Japaner von unserem Dorf fernhalten.»

Noch während er sprach, hörte man aus den Äckern jenseits des Dorfs einen Schuß, und der Kopf des alten Wächters zersprang in der Luft. Er schwankte ein paarmal hin und her und fiel dann von der Mauer. Die Dorfbewohner rannten in panischem Schrecken davon. Der Dorfälteste Ruolo stand in Hemd und engen Hosen mitten auf der Straße und rief: «Dorfgenossen, beruhigt euch! Bemannt die Mauer wie geplant! Fürchtet den Tod nicht! Wer den Tod fürchtet, wird ihn finden. Wer ihn nicht fürchtet, wird leben. Nur unser Leben steht zwischen den japanischen Teufeln und unserem Dorf.»

Mutter sah zu, wie die Männer vornübergebeugt an die Mauer stürmten und sich auf den Bauch warfen. Meiner Großmutter mütterlicherseits zitterten die Knie. Wie angewurzelt stand sie da und konnte die Beine nicht bewegen. «Vater meiner Kinder», rief sie, «was soll aus unseren Kindern werden?» Mein Großvater väterlicherseits lief mit der Flinte in der Hand zu ihr und schrie sie an: «Hör auf zu heulen! Wie die Dinge nun einmal stehen, ist es egal, ob wir leben oder sterben.» Sie wagte nicht, ein Wort zu sagen, aber Tränen strömten ihr aus den Augen. Er wandte sich um, warf einen Blick auf die Dorfmauer, die noch nicht unter Beschuß stand, griff mit der einen Hand nach Mutter, mit der anderen nach ihrer Mutter und zerrte beide in den Gemüsegarten hinter dem Haus, wo über einem ausgetrockneten Brunnen noch immer die verfallene Winde hing. Er warf einen Blick in den Brunnen und sagte: «Er ist trocken. Hier können wir die Kinder erst einmal verstecken. Wir holen sie wieder heraus, wenn wir die Japaner vertrieben haben.» Großmutter stand da wie ein Stück Holz und fügte sich seinen Wünschen.

Großvater wickelte das lose Seilende von der Winde und band es meiner Mutter um die Taille. In diesem Augenblick zerriß ein durchdringendes Pfeifen den Himmel über ihnen, und heulend brauste ein schwarzer Gegenstand in den Schweinestall des Nachbarn. Man hörte eine ohrenzerreißende Explosion, eine Rauchsäule stieg über dem Stall auf, und die ganze Welt schien sich aufzulösen. Granatsplitter, Mist und Schweinebeine flogen in alle Himmelsrichtungen. Ein Bein fiel mit nach innen gekrümmten weißen Sehnen genau vor Mutters Füße. Das war das erste Mal, daß meine fünfzehnjährige Mutter ein Geschoß einschlagen hörte. Die überlebenden Schweine stürzten panisch quiekend aus dem Hochstall. Mutter und mein kleiner Onkel brachen in hysterisches Weinen aus.

«Das sind Granaten», erklärte Großvater. «Qian'er, du bist fünfzehn Jahre alt und kannst auf dich selbst aufpassen. Du mußt da unten im Brunnen für deinen kleinen Bruder sorgen. Ich komme euch holen, wenn die Japaner wieder weg sind.»

Als wieder eine japanische Granate einschlug, begann er, die Winde zu drehen und Mutter in den Brunnen hinabzulassen. Als ihre Füße die zerbrochenen Ziegel und den zerkrümelten Ton auf dem Boden berührten, blickte sie aus der Dunkelheit, die sie umgab, zu dem Lichtstrahl hoch über ihr auf und konnte kaum mehr Großvaters Gesicht erkennen. «Binde das Seil los!» hörte sie ihn rufen. Sie machte es los und sah zu, wie es ruckweise nach oben verschwand. Sie konnte ihre Eltern hören, die sich stritten, das Explodieren japanischer Granaten und schließlich das Weinen ihrer Mutter. Noch einmal erschien Großvaters Gesicht in dem Lichtstrahl. «Achtung, Qian'er», rief er, «jetzt kommt dein Bruder. Fang ihn auf!»

Mutter sah zu, wie mein dreijähriger Onkel, ein Seil um die Taille gebunden, mit Händen und Füßen um sich schlagend und laut heulend, herabgelassen wurde. Das verrottete Seil zitterte in der Luft, die Winde meldete mit einem langen Quietschen ihren Protest an. Großmutter beugte sich über die Brunnenöffnung, bis fast ihr ganzer Oberkörper sichtbar wurde, und stieß unter Seufzern immer wieder den Namen meines kleinen Onkels aus: «Anzi», rief sie, «mein kleiner Anzi!» Mutter konnte die glänzenden Tränen in Großmutters Gesicht erkennen, die wie kristallene Perlen in den Brunnen fielen. Das Seil rollte von der Winde, und die Füße meines kleinen Onkels berührten den Boden. Mit ausgestreckten Armen und nach oben gestreckten Handflächen beschwor er unter Tränen seine Mutter, die noch immer über den Brunnen gelehnt stand: «Mama, zieh mich hoch, ich will nicht runter, ich will rauf, Mama, Mama...»

Mutter sah, wie Großmutter nach dem Seil griff und es wieder hochziehen wollte. Sie hörte ihr Klagen: «Anzi, mein Herzblatt, mein Sohn...»

Dann sah Mutter, wie Großvaters kräftige Hand Großmutters Hand zurückriß, obwohl sie sich verzweifelt an das Seil klammerte. Großvater stieß sie beiseite, und Mutter sah sie taumeln. Das Seil spannte sich, und mein kleiner Onkel fiel in die Arme meiner Mutter.

Mutter hörte Großvaters zornige Stimme: «Blödes Weib! Willst du, daß sie hier oben mit uns zusammen sterben? Steig über die Mauer und beeil dich! Hier kommt keiner mit dem Leben davon, wenn die Japaner einmal im Dorf sind.»

«Qian'er... Anzi... Qian'er ... Anzi...» Großmutters Stimme schien weit entfernt. Wieder explodierte eine Granate. Von den Brunnenwänden fiel Erde. Nach der Explosion hörten sie Großmutters Stimme nicht mehr. Über ihnen gab es nur noch einen schwachen Lichtschein und die alte Seilwinde.

Der kleine Onkel weinte immer noch, als Mutter ihn losband. «Braver kleiner Anzi», sagte sie tröstend, «du mußt nicht weinen, kleiner Bruder. Wenn du weiter weinst, kommen die Japaner. Wenn sie kleine Jungen weinen hören, kommen sie mit ihren roten Augen und den langen grünen Fingernägeln...»

Das brachte ihn zum Schweigen. Aus kleinen runden schwarzen Augen sah er sie an. Immer noch schluchzend, legte er die Arme um den Hals seiner Schwester. Immer neue Granatexplosionen erleuchteten den Himmel. Jetzt kamen auch Maschinengewehrsalven und Gewehrfeuer dazu. Peng, peng, peng... eine Pause, und wieder... peng, peng, peng. Mutter sah zum Himmel auf und lauschte auf jede Bewegung in der Nähe des Brunnens. Aus der Ferne hörte sie die Rufe des Dorfältesten Ruolo und die Schreie der Dorfbewohner. Im Brunnen war es kalt und feucht. Ein Stück Wand brökkelte ab und gab helle Erde und eine Baumwurzel frei. Die Ziegel der Brunnenwand waren mit dunkelgrünem Moos bedeckt. Mein kleiner Onkel rührte sich in ihren Armen und fing wieder an zu schluchzen: «Schwester, ich will zu Mama, wieder rauf...»

«Anzi, braves Brüderchen... Mama ist mit Papa gegen die Japaner kämpfen gegangen. Sie holen uns, sobald sie sie vertrieben haben.» Dann fing Mutter bei dem Versuch, ihren kleinen Bruder zu trösten, selbst an zu schluchzen. Sie umklammerten einander so fest sie konnten, und ihre Schluchzer und ihre Tränen vermengten sich.

Das fahle Licht am Himmel verkündete Mutter den herannahenden Morgen. Irgendwie hatten sie die lange Nacht überstanden. Die Stille im Brunnen war unheimlich, beängstigend. Sie blickte auf und sah einen roten Lichtstrahl, der das Brunnenloch über ihr erhellte. Die Sonne war aufgegangen. Sie lauschte angespannt, aber das Dorf schien so still wie der Brunnen. Nur gelegentlich hörte sie etwas wie Donner über den Himmel rollen. Sie fragte sich, ob ihre Eltern an diesem neuen Tag kommen und sie aus dem Brunnen holen und in die Welt des hellen Lichts und der frischen Luft zurückführen würden, in eine Welt ohne dunkle gestreifte Schlangen und dunkelhäutige Kröten. Die Ereignisse des vergangenen Vormittags schienen so fern, daß es ihr vorkam, als habe sie ein halbes Leben im Brunnenloch verbracht. Vater, dachte sie, Mutter, wenn ihr nicht kommt, werden mein Bruder und ich hier unten sterben. Sie fing an, die Eltern zu hassen, die ihre Kinder in den Brunnen geworfen hatten und einfach verschwunden waren, ohne sich darum zu kümmern, ob sie überhaupt noch lebten. Wenn sie wiederkämen, wollte sie heulen und eine Szene machen, um den Bauch voll Ärger loszuwerden, der sich in ihr angesammelt hatte. Wie konnte sie wissen, daß ihre Mutter, meine Großmutter mütterlicherseits, während sie ihren Haßgedanken nachhing, schon von einer japanischen Granate in Stücke gerissen worden war und daß ihr Vater, mein Großvater mütterlicherseits, sich auf der Mauer feindlichem Beschuß ausgesetzt hatte und daß eine Kugel, die ihr Ziel von selbst zu finden schien, die eine Hälfte seines Kopfes weggerissen hatte? (Mutter hat mir erzählt, daß die japanischen Soldaten vor 1940 ausgezeichnete Scharfschützen waren.)

Mutter betete stumm: Vater! Mutter! Kommt wieder! Beeilt euch! Ich habe Hunger. Ich habe Durst. Mein kleiner Bruder ist krank. Ihr bringt eure Kinder um, wenn ihr nicht bald kommt! Von der Dorfmauer her, oder vielleicht auch von woanders her, hörte sie undeutlich einen Gong, dann eine Stimme aus der Ferne: «Ist da jemand? Ist da noch jemand? Die Japaner sind fort. Kommandant Yu ist da...»

Mutter nahm meinen kleinen Onkel auf den Arm und stand auf. «Ja», rief sie, «ja, hier... wir sind hier im Brunnen... rettet uns... macht schnell...» Sie griff nach dem Seil, das noch immer an der Winde hing, und schüttelte es verzweifelt. Sie rief eine Stunde lang um Hilfe. Allmählich wurden ihre Arme müde, und ihr Bruder fiel mit schwachem Stöhnen zu Boden. Dann war da nur noch Stille. An die Wand gelehnt, glitt sie langsam herab, bis sie erschöpft und niedergeschlagen auf den kalten, zerbrochenen Ziegeln saß.

Mein kleiner Onkel kletterte auf ihren Schoß und sagte ganz ruhig: «Schwester, ich will zu meiner Mama!»

Gewaltige Traurigkeit überkam Mutter, die die Arme um meinen kleinen Onkel schlang. «Anzi», sagte sie, «Papa und Mama wollen nichts mehr von uns wissen. Wir beide werden hier im Brunnen sterben.»

Mein kleiner Onkel glühte vor Fieber und fühlte sich in ihren Armen an wie ein Holzkohlenbecken.

«Schwester, ich habe Durst.»

Mutters Blick fiel auf eine schmutziggrüne Pfütze am Brunnenrand. Sie lag in einer Höhlung im Boden, die noch dunkler war als die Stelle, an der sie saß. Eine hagere Kröte saß mitten im Wasser. Ihr Rücken war von häßlichen bohnengroßen Warzen bedeckt. Die gelbliche Haut unter ihrem Maul blähte sich unablässig auf und fiel wieder zusammen. Die hervorquellenden Augen starrten sie zornig an. Sie schüttelte sich, ihre Haut juckte, und sie preßte die Augen fest zu. Auch ihr Mund war ausgetrocknet, aber lieber wäre sie vor Durst gestorben, als das schmutzige Krötenwasser zu trinken, auf dem kleine Schaumbläschen trieben.

Mein kleiner Onkel fieberte seit dem vergangenen Nachmittag. Er hatte in dem Augenblick angefangen zu weinen, in dem seine winzigen Füße den Brunnenboden berührten, und er hatte nicht aufgehört, bis seine Stimme versagte. Jetzt brachte er nur noch ein klägliches Winseln hervor, wie ein sterbendes Kätzchen.

Seit dem gestrigen Morgen war keine Minute vergangen, die Mutter nicht in Angst und Schrecken verbracht hätte: Panik vor dem Gewehrfeuer, das man aus dem Dorf und der Umgebung hörte. Angst um das Leben ihres kleinen Bruders. Die Fünfzehnjährige war zart für ihr Alter und schaffte es kaum, ihren wohlgenährten Bruder, der sich in ihren Armen wand, die ganze Zeit zu halten. Einmal verprügelte sie ihn, und der kleine Schurke biß sie in den Arm.

Jetzt, im Fieber, kam mein kleiner Onkel nur noch ab und zu zu Bewußtsein und lag reglos in Mutters Armen, die auf der scharfen Kante eines zerbrochenen Ziegels saß, bis ihr Gesäß erst wund wurde und schmerzte, bis sie es schließlich nicht mehr spürte. Am Ende schliefen auch noch ihre Beine ein. Das Gewehrfeuer war einmal geballt, dann wieder verstreut zu hören, aber es hörte nicht einen Augenblick ganz auf. Langsam zog das Sonnenlicht über die westliche Wand des Brunnens, dann über die Ostwand, und schließlich wurde es dunkel. Mutter wußte, daß sie einen ganzen Tag in dem Brunnen verbracht hatte und daß ihre Eltern bald wiederkommen würden. Sie strich mit der Hand über das glühendheiße Gesicht ihres kleinen Bruders. Sein Atem fiel wie eine Flamme auf ihre Finger. Sie legte die Hand über sein pochendes Herz und konnte in seiner Brust ein Ächzen hören. In diesem Moment wurde ihr klar, daß er sterben könnte, und sie zitterte vor Furcht. Aber sie zwang sich, nicht daran zu denken. Es dauert nicht mehr lange, tröstete sie sich selbst, es dauert nicht mehr lange. Draußen wird es dunkel, und selbst die Schwalben sind zum Nest geflogen, also werden Mama und Papa bald dasein.

Der Lichtschein auf der Brunnenwand wurde dunkelgelb, dann rot. In der Wand begann eine Grille zu zirpen, und die Moskitos in den Ritzen ließen ihre Motoren anlaufen, um auszuschwärmen. Dann hörte Mutter das Geräusch einer Granatexplosion nahe an der Dorfmauer und Schreie von Menschen und Tieren im nördlichen Teil des Dorfes. Es folgten Maschinengewehrsalven im Süden. Als das Feuer nachließ, überschwemmten der Hufschlag galoppierender Pferde und die Schreie menschlicher Stimmen das Dorf wie eine Flutwelle. Pferdehufe und Reiterstiefel rund um den Brunnen, der laute Klang japanischer Stimmen. Mein kleiner Onkel begann vor Schmerz zu stöhnen, aber Mutter legte eine Hand auf seinen Mund und hielt den Atem an. Sie fühlte, wie sein Gesicht unter ihrer Hand heftig zuckte, und spürte ihren eigenen schweren Herzschlag.

Als die Strahlen der Sonne erloschen, blickte sie zum roten Himmel über dem Brunnen auf. Überall knisterten Feuer, und rote Asche trieb über den Brunnen. Das Geräusch auflodernder Flammen mischte sich mit dem Weinen der Kinder und den Schreien der Frauen. Dazu kam das Meckern der Ziegen und das jämmerliche Muhen der Rinder. Selbst hier tief unten im Brunnen konnte Mutter den Brandgestank riechen.

Sie wußte nicht, wie lange sie sich vor Schreck über die Brände, die über ihr tobten, geschüttelt hatte, denn inzwischen hatte sie jeden Zeitsinn verloren. Dennoch war sie äußerst empfindsam und erlebte alles mit, was sich über ihr ereignete. Das kleine Segment dunklen Himmels, das sie über sich sah, verriet ihr, daß die Feuer erloschen, denn an der Brunnenwand flackerten und erstarben kleine helle Flecken. Anfangs hörte sie gelegentlich Gewehrfeuer und das Geräusch eines einstürzenden Daches. Aber nach einiger Zeit waren da nur noch Stille und ein paar schwach glimmernde Sterne im Himmel über ihr.

Mutter schlief ein und wachte ausgekühlt auf. Inzwischen hatten sich ihre Augen an die Dunkelheit gewöhnt, und als sie zu dem blaßblauen Himmel und den zarten Strahlen der Morgensonne aufblickte, die sich an der Brunnenwand brachen, wurde ihr schwindlig. Die Feuchtigkeit des Brunnens hatte sich in ihre Kleider gezogen, und die kalte Luft drang ihr bis in die Knochen. Sie drückte ihren kleinen Bruder fest an sich. Sein Fieber hatte im Laufe der Nacht nachgelassen, aber er war immer noch viel wärmer als sie. Mutter saugte die Wärme meines Onkels auf und spendete ihm ihre Kühle. So fanden sie dort unten im Brunnen die wahre Symbiose des Überlebens. Mutter, die nicht wissen konnte, daß ihre Eltern schon lange tot waren, hoffte jeden Augenblick darauf, ihre Gesichter zu erblicken und das Echo ihrer vertrauten Stimmen von den Wänden widerhallen zu hören. Hätte sie die Wahrheit gewußt, hätte sie jene drei Tage und Nächte im Brunnen wohl kaum überlebt.

Blicke ich zurück auf die Geschichte meiner Familie, so muß ich feststellen, daß das Schicksal aller ihrer wichtigen Mitglieder in irgendeiner Weise unlösbar mit einer dunklen, feuchten Höhle verbunden ist. Mutter war die erste. Dann übertraf Großvater alle anderen und lebte länger als irgendein zivilisierter Mensch seiner Generation in einer Höhle. Schließlich kam Vater und steuerte einen Epilog bei, der politisch gesehen alles andere als ruhmreich war, aber vom rein menschlichen Standpunkt her als großartig betrachtet werden muß. Als die Zeit gekommen war, schüttelte er den einen Arm, der ihm geblieben war, gegen die roten Wolken des Morgengrauens und eilte auf den Flügeln des Windes zu Mutter, meinem älteren Bruder, meiner älteren Schwester und mir.

Mutter fror, wo sie die Außenwelt berührte, und wurde innerlich von einem glühenden Feuer verzehrt. Sie hatte seit dem vergangenen Morgen nichts getrunken oder gegessen. Seit der letzten Nacht, als Flammen das Dorf verschlungen hatten, quälte sie brennender Durst, und seit Mitternacht war unerträglicher Hunger dazugekommen. Im Morgengrauen schienen sich ihre Eingeweide zu Knoten zu verschlingen, bis sie nichts mehr empfand als den nagenden Schmerz im Magen. Aber jetzt ekelte sie schon der Gedanke an Nahrung. Nur noch der Durst schien unerträglich. Ihre Lungen waren rauh und rissig, ihr Atem klang wie das Knistern welker Hirse, die Schmerzen, unter denen ihr Hals sich verkrampfte, waren unerträglich.

Noch einmal krächzte mein kleiner Onkel traurig aus blasenübersäten rauhen Lippen: «Schwester... ich habe Durst...» Mutter brachte es nicht über sich, in sein zusammengeschrumpftes Gesicht zu blicken, und ihr fehlten die Worte, ihn zu trösten. Keine der Versprechungen, die sie den ganzen Tag und in der Nacht gemacht hatte, hatte sich erfüllt. Weil ihre Eltern nicht wiedergekommen waren, mußte sie ihn und sich selbst belügen. Die Gongschläge von der Mauer hatten aufgehört, und aus dem Dorf hörte man nichts mehr, nicht einmal das Bellen eines Hundes. Jetzt kam ihr zum erstenmal der Gedanke, ihre Eltern könnten tot oder in japanische Gefangenschaft geraten sein. Sie verspürte ein trockenes Brennen in den Augen, aber sie konnte keine Tränen mehr vergießen. Das Elend ihres kleinen Bruders hatte sie erwachsen werden lassen.

Für einen Augenblick vergaß sie ihre Schmerzen, legte ihn auf den Ziegelboden und stand auf, um sich einen Überblick zu verschaffen. Die Brunnenwände waren feucht, und das üppig wuchernde Moos schien neues Leben zu versprechen. Aber es stillte ihren Durst nicht, war nicht eßbar. Sie hockte sich auf den Boden und hob einen Ziegel nach dem anderen hoch. Sie waren schwer, als hätten sie sich im Lauf der Jahre mit Wasser vollgesogen. Aus seiner Höhle unter dem Stein kroch ein leuchtendroter Tausendfüßler. Mutter sprang erschreckt zurück, aber ihre Augen blieben an dem kleinen Tausendfüßler hängen, der auf zwei glänzenden

Beinreihen über die Kröte hinwegkletterte und in einer Mauerritze verschwand. Mutter traute sich nicht, weitere Ziegel aufzuheben. Und sie wagte es nicht, sich zu setzen, denn das schreckliche Ereignis vom vergangenen Morgen hatte ihr bewußtgemacht, daß sie jetzt eine Frau war.

Als ich verheiratet war, hat meine Mutter meiner Frau erzählt, daß sie in dem feuchten, dunklen Brunnen ihre erste Periode gehabt hatte. Meine Frau hat es mir später erzählt, und wir empfanden großes Mitleid mit dem fünfzehnjährigen Mädchen, das später meine Mutter werden sollte.

Mutter konnte es sich nicht aussuchen: Sie mußte ihre Hoffnung auf die schmutzige Pfütze setzen, in der die Kröte badete. Wie sehr der abscheuliche Anblick sie auch erschreckte, wie sehr sie sich auch davor ekelte, sie brauchte das Wasser, über das die Kröte herrschte. Unerträglicher Durst und das gefährdete Leben meines kleinen Onkels zwangen sie, sich wieder auf das Wasser in der Pfütze zu konzentrieren. Nichts hatte sich seit gestern geändert: Die Kröte hatte sich nicht bewegt, sondern saß so beeindruckend wie gestern an der gleichen Stelle. Mutter bekam eine Gänsehaut (genau wie gestern), wenn sie die warzenübersäte Haut ansah, und die düsteren Augen der Kröte starrten sie (genau wie gestern) feindselig an. Ihr frisch gefaßter Mut verflog schnell. Die Kröte schien aus den Augen Giftpfeile auf sie abzuschießen. Sie wandte schnell den Blick ab, aber vor ihrem inneren Auge verschwand das dunkle Bild der Kröte nicht, und sie wollte vor Angst schreien.

Mutter wandte sich um und sah ihren sterbenden Bruder an, und das Feuer in ihrer Brust geriet außer Kontrolle. Die Flammen schienen ihr aus dem Hals zu schlagen. Ihr Blick fiel auf einen winzigen Klumpen milchweißer Pilze, die unter zwei Ziegelsteinen wuchsen. Ihr Herz klopfte vor Aufregung, als sie die Steine beiseite schob und ein paar Pilze pflückte. Ihre Därme verknoteten sich, als sie die Nahrung in ihrer Hand ansah, und ihr Magen begann zu knurren. Sie schob einen Pilz in den Mund und schluckte ihn unzerkaut. Er schmeckte so gut, daß sie auf einmal wieder hungrig wurde. Sie steckte noch einen Pilz in den Mund.

Mein kleiner Onkel stöhnte leise, aber Mutter beruhigte ihr schlechtes Gewissen, indem sie sich einredete, daß sie die Pilze doch probieren mußte, um sicherzugehen, daß es keine Giftpilze waren. Das ist doch richtig, oder nicht? Doch, das ist richtig. Sie steckte meinem Onkel einen Pilz in den Mund, aber seine Kiefer bewegten sich nicht. Seine Augen waren winzig klein geworden, und er sah sie nur an. «Anzi, iß das! Ich habe es für dich gefunden. Iß es!» Sie hob noch einen Pilz auf und wedelte damit vor seinem Gesicht hin und her. Seine Kiefer zuckten wie in einer Kaubewegung, also fütterte sie ihn mit einem weiteren Pilz. Aber er hustete nur und spuckte alles aus. Inzwischen waren seine Lippen so rauh und aufgesprungen, daß sie bluteten. Wie er da auf dem Ziegelboden lag, schien sein Leben an einem dünnen Faden zu hängen.

Mutter schlang ein Dutzend Pilze hinunter, und ihre Eingeweide, die in Winterschlaf gefallen waren, erwachten mit lautem Gurgeln und schmerzhaften Zuckungen zu neuem Leben. So stark wie jetzt hatte sie noch nicht geschwitzt, seit man sie in den Brunnen herabgelassen hatte. Es sollte das letzte Mal sein. Ihre Kleider waren schweißgetränkt, die Achselhöhlen und Kniegelenke waren naß und klebrig. Plötzlich verspürte sie einen rauhen Schmerz in den Knien und begann zu frösteln. Die kühle Luft des Brunnens drang ihr durch Mark und Bein. Allmählich glitt sie zu Boden und blieb neben ihrem kleinen Bruder liegen. Gegen Mittag des zweiten Tages im Brunnen verlor Mutter das Bewußtsein.

Als sie aufwachte, senkte sich die Abenddämmerung. Sie sah purpurfarbenes Licht auf der Ostwand des Brunnens, als die Sonne im Westen unterging. Die alte Winde war in mildes Abendlicht getaucht, und Mutter hatte den widersprüchlichen Eindruck, eine ferne Vergangenheit und das Nahen des Jüngsten Tages gleichzeitig zu sehen. Hinter dem unablässigen Dröhnen in ihren Ohren glaubte sie jetzt Schritte zu hören, die von außen kamen, aber sie wußte nicht, ob das Wirklichkeit oder Einbildung war. Sie war zu schwach, um zu rufen, und als sie die Augen öffnete, war sie so durstig, daß ihre Brust zu glühen schien. Sogar das Atmen verursachte bohrenden Schmerz. Mein kleiner Onkel war bereits jenseits von Freude und Schmerz. Er lag auf dem Boden und schrumpfte allmählich zu einem Häufchen welker gelber Haut zusammen. Als Mutter in seine tief eingesunkenen trüben Augen sah, wurde ihr schwarz vor den Augen, und der Schleier des Todes senkte sich düster über den trockenen Brunnen.

Die zweite Nacht im Brunnen verging wie im Fluge. Mutter verbrachte die sternklare Nacht im Halbschlaf. Ein paarmal träumte sie, ihr wüchsen Flügel und sie kreise in der Luft, immer höher, dem Brunnenrand entgegen. Aber der Brunnenschacht war endlos, und wie weit sie auch flog, sie kam der Öffnung nicht näher. Sie versuchte, schneller zu fliegen, aber der Schacht wurde immer tiefer. Einmal erwachte sie in dieser Nacht kurz und spürte den kalten Körper ihres Bruders neben sich. Sie konnte den Gedanken, er könne tot sein, nicht ertragen, und stellte sich vor, daß er warm und fiebergeschüttelt sei. Ein Mondstrahl fiel auf die grünliche Pfütze und ließ die Kröte wie ein kostbares Juwel erstrahlen, dessen Augen und Haut hell wie Jade glänzten. Die Pfütze strahlte einladend wie ein Meer von Smaragden. In diesem Augenblick erkannte Mutter, daß ihre Wahrnehmung der Kröte sich verändert hatte. Sie glaubte eine Übereinkunft mit dem heiligen Amphibium treffen zu können: Das Tier würde ihr so viel von seinem Wasser abgeben, wie sie brauchte, und dafür würde sie es wie einen Stein aus dem Brunnen schleudern, falls es dies wünschen sollte. Morgen, dachte sie, wenn ich morgen Schritte höre, werde ich Steinsplitter aus dem Brunnen werfen, selbst wenn es Japaner oder chinesische Marionettensoldaten sind, die vorbeimarschieren. Sie mußte irgend jemanden darauf aufmerksam machen, daß hier unten jemand war.

Als der Tag anbrach, wußte Mutter alles über den Boden des Brunnens, der für sie zur Welt geworden war. Von morgendlicher Energie gestärkt, kratzte sie eine grüne Moosschicht von der Wand und steckte sie in den Mund. Es schmeckte nicht schlecht, allenfalls ein wenig scharf. Das Problem war ihr Hals, der zu trokken war, um richtig zu arbeiten, und wenn sie versuchte, das sorgfältig durchgekaute Moos hinunterzuschlucken, kam es sofort wieder zurück. Ihr Blick fiel wieder auf die Pfütze, aus der die Kröte sie noch immer mit giftigen Blicken verfolgte. Das bösartige, sie hochmütig anstarrende Tier war mehr, als sie ertragen konnte, und sie wandte den Kopf ab und weinte Tränen der Angst und der Wut.

Gegen Mittag war sie überzeugt, Schritte und menschliche Stimmen zu hören. Von plötzlicher Freude überwältigt, stellte sie sich auf ihre schwankenden Beine und schrie so laut sie konnte. Aber kein Laut drang über ihre Lippen. Es war, als erwürge man sie. Sie hob einen Stein auf, konnte ihn aber nicht höher als bis zur Hüfte heben; er entglitt ihrer Hand und fiel zu Boden. Alles war vorbei. Sie hörte, wie die Schritte und die Stimmen in der Ferne verschwanden, und saß mutlos und niedergeschlagen neben der Leiche ihres Bruders. Als sie ihm ins Gesicht sah, wußte sie, daß er tot war. Sie legte die Hand auf sein kaltes Gesicht, und Abscheu überkam sie. Der Tod hatte sie geschieden. Der starre Blick seiner gebrochenen Augen gehörte zu einer anderen Welt.

Sie verbrachte die Nacht in panischem Schrecken, denn sie glaubte, eine Schlange, so dick wie der Stiel einer Sichel, gesehen zu haben. Sie war schwarz, und auf ihrem Rücken waren kleine gelbe Punkte verstreut. Sie hatte einen flachen Kopf wie eine Mörtelkelle, und um den Hals zog sich ein gelbes Band. Die kalte, düstere Atmosphäre im Brunnen entströmte dem Körper der Schlange. Mehr als einmal glaubte sie zu fühlen, wie die Schlange sich um ihren Körper wand. Die flickernde Zunge verschoß rote Pfeile, und aus dem Mund wehten kalte Windstöße.

Schließlich entdeckte sie die schwerfällige, langsame Schlange tatsächlich in einem Mauerloch über der Kröte. Nur der Kopf ragte aus der Höhle hervor. Die grauenhaften reglosen Augen waren starr auf Mutter gerichtet. Sie schlug die Hände vor die Augen und wich so weit zurück, wie sie konnte. Jeder Gedanke daran, das schmutzige Wasser zu trinken, das von oben durch eine giftige Schlange und von unten durch eine bösartige Kröte bewacht wurde, verging ihr.

4

Vater, Wang Guang (männlich, fünfzehn Jahre, klein, hager, dunkle Gesichtsfarbe), Dezhi (männlich, vierzehn Jahre, lang, dürr, gelblicher Teint, Triefaugen), Guo Yang (männlich, über vierzig, verkrüppelt, läuft auf Krücken), der Blinde (wirklicher Name unbekannt, Alter unbekannt, trennt sich nie von seiner abgewetzten dreisaitigen Zither), Frau Liu (über Vierzig, groß und kräftig gebaut, Geschwüre an den Beinen): Die sechs Überlebenden des Massakers starrten Großvater mit stumpfem Blick an (alle, außer dem Blinden natürlich). Sie standen auf der Dorfmauer, die Morgensonne spiegelte sich in ihren Gesichtern, die von den dichten Rauchschwaden und den ringsum wütenden Bränden verzerrt schienen. Zu beiden Seiten der Mauer lagen die Leichen tapferer Verteidiger und fanatischer Angreifer verstreut. Im schlammigen Wasser des Grabens vor der Mauer trieben die aufgeblähten Leichen von zehn Männern und ein paar japanischen Pferden mit aufgerissenen Bäuchen. Überall sah man eingestürzte Wände, gesprengte Deiche und weißen Rauch, der sich noch immer zum Himmel emporwand. Die Hirsefelder jenseits des Dorfs waren zertrampelt und verwüstet. Der Morgen roch nach Brand und Blut, seine Farben waren Rot und Schwarz, Trauer und Wehmut durchzogen ihn.

Großvaters Augen waren blutunterlaufen, sein Haar war über Nacht weiß geworden, sein Rücken war gekrümmt, und die großen geschwollenen Hände suchten nach Halt auf seinen Knien.

«Dorfgenossen», seine Stimme war rauh und heiser. «Ich habe Verderben über das ganze Dorf gebracht.»

Sie fingen an zu schluchzen, und in den leeren Augenhöhlen des Blinden sammelten sich helle Tränen.

«Kommandant Yu, was sollen wir jetzt tun?» fragte Guo Yang mit den schwarzen Zähnen und stand auf seine Krücken gestützt auf.

«Kommandant Yu, kommen die Japaner wieder?» fragte Wang Guang.

«Kommandant Yu, hilfst du uns, hier wegzukommen?» fragte die schluchzende Liu.

«Wegkommen?» sagte der Blinde. «Wohin? Ihr könnt ja wegrennen, aber ich kann nur hier sterben.»

Er setzte sich, zog die abgewetzte Zither an die Brust und zupfte mit zuckendem Mund und zuckenden Wangen, mit hin- und herpendelndem Kopf die Saiten.

«Dorfgenossen», sagte Großvater, «wir können nicht weglaufen. Nicht jetzt, wo so viele gestorben sind. Die Japaner werden wiederkommen, also sammelt schnell die Waffen und die Munition der Toten ein. Wir werden gegen die Japaner kämpfen, bis der Fisch stirbt oder das Netz reißt.»

Vater und die anderen verteilten sich im Feld, nahmen den Toten Waffen und Munition ab und trugen ihre Beute hinter die Dorfmauer. Guo Yang auf seinen Krücken und Frau Liu mit den vereiterten Beinen beschäftigten sich mit den höher gelegenen Leichen, und der Blinde saß neben dem wachsenden Haufen von Waffen und Munition und spitzte als guter Wächter die Ohren.

Am Mittag versammelten sie sich an der Dorfmauer, und Großvater stellte ein Inventar des Waffenlagers auf. Weil die Kämpfe am Abend zuvor bis zum Einbruch der Dunkelheit angedauert hatten, waren die Japaner nicht mehr in der Lage gewesen, das Schlachtfeld abzusuchen, was Großvater sehr zustatten kam.

Sie hatten siebzehn japanische .38er Repetiergewehre und vierunddreißig lederne Patronengürtel mit insgesamt eintausendundsieben Kupfermantelgeschossen eingesammelt. Außerdem hatten sie vierundzwanzig chinesische Kopien von tschechischen .79er Gewehren und vierundzwanzig Gürtel mit vierhundertzwölf Patronen gefunden. Dann gab es noch siebenundfünfzig japanische Eierhandgranaten und dreiundvierzig chinesische Handgranaten mit Holzgriff. Außerdem gehörten zur Beute eine japanische Schildpattpistole mit neununddreißig Schuß Munition, eine Luger mit sieben Patronen, neun japanische Säbel und sieben Karabiner mit mehr als zweihundert Magazinen.

Als die Bestandsaufnahme abgeschlossen war, lieh sich Großvater Guo Yangs Pfeife und setzte sich zum Rauchen auf die Dorfmauer.

«Vater», fragte mein Vater, «können wir eine eigene Armee aufstellen?»

Großvater blickte schweigend auf den Waffenhaufen. Als er mit der Pfeife fertig war, sagte er: «Also los, Kinder, sucht euch Waffen aus. Für jeden eine.»

Er griff in den Stapel und zog die Pistole mit dem Lederhalfter heraus, die aussah wie aus Schildpatt, und legte den Gürtel um. Außerdem nahm er ein .38er Repetiergewehr mit aufgestecktem Bajonett. Vater griff nach der Luger. Wang Guang und Dezhi wählten japanische Karabiner.

«Gib Onkel Guo die Luger», befahl Großvater.

Vater, dem das nicht paßte, murmelte vor sich hin. «Das ist keine gute Waffe, wenn du in die Schlacht mußt», sagte Großvater. «Ich will, daß du einen Karabiner nimmst.»

«Ich will auch einen Karabiner», sagte Guo Yang. «Gebt die Luger dem Blinden.»

«Mach uns etwas zu essen, Tantchen», sagte Vater. «Die Japaner werden bald wieder dasein.»

Vater hob eine .38er auf und spielte geräuschvoll mit dem Abzug herum.

«Gib acht!» sagte Großvater. «Die Flinte kann losgehen.»

«Das weiß ich», sagte Vater, «mach dir nur keine Sorgen.»

«Sie kommen, Kommandant Yu», sagte der Blinde. «Ich kann sie hören.»

«In Deckung», befahl Großvater, «und beeilt euch!»

Sie kauerten sich unter den weißen Ligustersträuchern nieder, die hinter der Mauer wuchsen, und blickten gespannt auf das Hirsefeld jenseits des Grabens. Nur der Blinde blieb neben dem Waffenhaufen sitzen, wiegte den Kopf und zupfte auf seiner Zither.

«Das gilt auch für dich», befahl Großvater.

Das Gesicht des Blinden zuckte schmerzlich, und seine Lippen zitterten, als ob er etwas kaue. Immer wieder entlockte er seiner Zither die gleiche Melodie, die wie Regentropfen in einem Zinnbecken klang.

Was auf der anderen Seite des Grabens auftauchte, waren keine Soldaten, sondern Hunderte von Hunden, die aus dem Hirsefeld kamen und sich eng an den Boden geschmiegt auf die Leichen am Boden stürzten. Hundefell jeder nur denkbaren Tönung glänzte im Sonnenlicht. Die drei großen Hunde, die einst unserer Familie gehört hatten, führten die Meute an.

Mein Vater, der noch nie hatte stillsitzen können, wurde ungeduldig. Er zielte auf die Hundemeute und drückte ab. Die Kugel sauste über die Köpfe der Tiere hinweg und bohrte sich in eine Hirsestaude.

Wang Guang und Dezhi, die zum erstenmal im Leben richtige Gewehre in der Hand hielten, zielten in die schwankende Hirse und feuerten. Ihre Schüsse verpufften wirkungslos in der Luft oder bohrten sich in den Boden.

«Stellt das Feuer ein!» bellte Großvater wütend. «Die Munition ist kein Kinderspielzeug.» Dabei trat er Vater in den Hintern.

Die Bewegung weit hinten im Hirsefeld ließ allmählich nach, und ein lauter Ruf zerriß die Luft: «Stellt das Feuer ein! Ihr macht einen Fehler! Was für ein Trupp seid ihr?»

«Der Trupp deines Großvaters», brüllte Großvater zurück, «ihr verdammten gelben Hunde!»

Er griff nach der .38er und feuerte eine Runde in die Richtung ab, aus der die Stimme kam.

«Freunde! Ihr macht einen Fehler. Wir sind das Jiao-Gao-Regiment. Wir gehören zu den antijapanischen Truppen», rief der Mann in der Hirse. «Wer seid ihr?»

«Verdammt», fluchte Großvater, «außer Rumbrüllen können die nichts.»

Die achtzig Soldaten des Jiao-Gao-Regiments kamen in gebückter Haltung aus dem Hirsefeld hervor. Ihre Uniformen waren zerlumpt, die Gesichter bleich. Sie sahen aus wie wilde Tiere, die sich vor unseren Gewehren fürchteten. Die meisten waren unbewaffnet oder trugen höchstens ein paar Handgranaten am Gürtel. Das gute Dutzend Männer, das an der Spitze marschierte, trug alte Hanyang-Flinten, und einige andere hatten verrottete Musketen.

Vater hatte sie am Nachmittag zuvor gesehen, als sie, im Hirsefeld versteckt, auf die Japaner geschossen hatten, die das Dorf angriffen.

Die Soldaten marschierten zur Mauer vor, und ein hochgewachsener Bursche, offenbar ein Offizier, sagte: «Trupp Nummer eins auf Wachposten. Der Rest macht Pause.»

Die Soldaten des Jiao-Gao-Regiments traten aus dem Glied und setzten sich auf die Mauer. Ein gutaussehender junger Mann trat vor, zog ein Stück gelbes Papier aus dem Rucksack und begann, mit den Armen den Takt schlagend, den Männern ein Lied beizubringen: «Es pfeift der Wind», sang er, «es pfeift, es pfeift, es pfeift, es pfeift der Wind.»

Die Soldaten fielen ein. «Es pfeift der Wind – seht auf meine Hände und bleibt im Takt! – Die Pferde wiehern. Es grollt, es grollt, es grollt der Gelbe Fluß, der Gelbe Fluß. In Henan und in Hebei, da ist die Hirse reif. In Henan und in Hebei, da ist die Hirse reif. Hinter dem grünen Vorhang lebt voll Kampfesmut der Geist der Helden des Widerstands, der Geist der Helden des Widerstands. Greift zu Gewehr und Kanone, greift zu Gewehr und Kanone. Erhebt die Säbel und Speere, erhebt die Säbel und Speere. Verteidigt eure Heimat, verteidigt Chinas Norden, verteidigt das ganze Land!»

Wie beneidete mein Vater die alten Kämpfer des Jiao-Gao-Regiments um ihre jugendliche Begeisterung, und es juckte ihn in der Kehle, als er sie singen hörte. Plötzlich erinnerte er sich, wie der gutaussehende junge Adjutant Ren seinen Männern ein Lied beigebracht hatte.

Vater, Wang Guang und Dezhi hoben die Gewehre auf und traten näher, um dem Gesang des Jiao-Gao-Regiments zu lauschen. Die Männer beneideten die drei um ihre neuen japanischen Gewehre.

Der Kommandant des Jiao-Gao-Regiments hieß Jiang. Er hatte so kleine Füße, daß man ihn Füßchen Jiang nannte. Zusammen mit einem sechzehn- oder siebzehnjährigen Jungen trat er auf Großvater zu.

Kommandant Jiang trug eine Pistole im Gürtel und ein khakifarbenes Käppi mit zwei schwarzen Knöpfen. Seine Zähne waren strahlend weiß. In ausgeprägtem Pekingdialekt sagte er: «Kommandant Yu, Sie sind ein Held! Wir sind gestern Zeugen Ihres heroischen Kampfes gegen die Japaner gewesen.»

Er streckte ihm die Hand entgegen, aber Großvater sah ihn nur kühl an und schnaubte verächtlich.

Peinlich berührt zog Kommandant Jiang die Hand zurück, lächelte und sprach weiter: «Der außerordentliche Ausschuß für das Gebiet Binhai hat mich aufgefordert, etwas mit Euch zu besprechen. Der Ausschuß ist von Eurer glühenden Vaterlandsliebe und Eurem heldenhaften Opfergeist so beeindruckt, daß man mir den Befehl gegeben hat, Euch vorzuschlagen, daß wir uns zusammenschließen, um den antijapanischen Widerstand in einer gemeinsamen Bewegung zu koordinieren...»

«Scheiß drauf!» unterbrach ihn Großvater. «Ich glaube kein Wort davon. Du redest von einer gemeinsamen Bewegung? Wo wart ihr, als wir gegen die schwerbewaffneten japanischen Truppen gekämpft haben? Wo wart ihr, als sie das Dorf eingeschlossen haben? Meine Truppen sind ausradiert, ihr Blut fließt in Strömen über das Land, und ihr redet von einer gemeinsamen Bewegung!»

Zornig stieß er mit dem Fuß eine leere gelbliche Patronenhülse in den Graben. Der Blinde zupfte noch immer an seiner Zither: klirr, klirr, wie Regentropfen in einem Zinnbecken.

Jiang wollte sich, so peinlich ihm Großvaters Bußpredigt auch war, nicht abweisen lassen. «Kommandant Yu, wir setzen große Hoffnungen auf Sie. Bitte, enttäuschen Sie uns nicht. Und unterschätzen Sie unsere Kräfte nicht.»

«Macht das Fenster auf und laßt Luft rein», knurrte Großvater. «Was genau wollt ihr von mir?»

«Wir hoffen darauf, daß Sie sich mit Ihren Männern dem Jiao-Gao-Regiment anschließen.»

«Das heißt, ich soll mich von dir herumkommandieren lassen», grinste Großvater hämisch.

«Sie, mein Herr, können an der Führung des Jiao-Gao-Regiments teilhaben.»

«Und mein Titel?»

«Stellvertretender Regimentskommandant!»

«Unter deinem Befehl?»

«Wir stehen alle unter dem Befehl des außerordentlichen Ausschusses für das Gebiet Binhai.»

«Ich lasse mich von niemandem herumkommandieren.»

«Kommandant Yu, denken Sie an das Sprichwort ‹Der große Mann versteht die Zeichen der Zeit, der weise Vogel kennt den Baum, in dem er nistet, der kluge Mann wählt den Führer, dem er folgen will.› Verpassen Sie die Gelegenheit nicht.»

«Hast du mir sonst noch etwas zu sagen?»

Jiang lachte unverhohlen. «Kommandant Yu», sagte er, «seien Sie doch vernünftig. Sehen Sie sich meine Männer an! Das sind heißblütige junge Männer, aber sie haben nicht viel in den Händen. Die Waffen und die Munition, die ihr hier habt...»

«Vergiß es!»

«Wir wollen uns die Waffen nur leihen. Wir geben euch alles zurück, sobald ihr eure eigene Armee aufgestellt habt.»

«Pah! Hältst du Yu Zhan'ao für ein dreijähriges Kind?»

«Verstehen Sie mich nicht falsch, Kommandant Yu. Wo es um die Zukunft der Nation geht, trägt das ganze Volk die Verantwortung. Im antijapanischen Widerstand steuert jeder das bei, was er hat, der eine Männer, der andere Waffen. Es wäre ein Verbrechen am Volk, diese Waffen und die Munition ungenutzt herumliegen zu lassen.»

«Das genügt! Ich pisse nicht in deinen Topf. Wenn ihr auch nur ein bißchen Mut hättet, würdet ihr euch Waffen bei den Japanern suchen.»

«Wir haben gestern gegen sie gekämpft.»

«Und wie viele Knallfrösche habt ihr angezündet?» fragte Großvater sarkastisch.

«Wir haben mit Kugeln und Handgranaten gekämpft und dabei sechs Kameraden verloren. Ihr solltet uns mindestens die Hälfte der Waffen abgeben.»

«Meine Leute sind am Stützpunkt beim Schwarzwasserfluß für ein einziges altes Maschinengewehr gestorben.»

«Das waren die Truppen von Pockennarbe Leng!»

«Und bei den Truppen von Füßchen Liang leuchten die kleinen

Äuglein wohl nicht auf, wenn sie Waffen sehen? Ich jedenfalls lasse mich von dir nicht überreden.»

«Vorsicht, Kommandant Yu, Vorsicht», warnte Jiang meinen Großvater. «Meine Geduld hat Grenzen.»

«Willst du mir drohen?» fragte Großvater und legte die Hand an den Knauf der Pistole.

Kommandant Jiangs zornige Miene wich einem Lächeln. «Das ist ein Mißverständnis, Kommandant Yu. Wir würden einem Freund nie den Reis aus der Eßschale stehlen. Daß wir uns nicht einigen können, heißt doch nicht, daß wir nicht auf der gleichen Seite wären.»

Er wandte sich seinen Truppen zu und sagte: «Räumt das Schlachtfeld auf. Begrabt unsere Dorfgenossen und vergeßt nicht, die leeren Patronenhülsen einzusammeln.»

Die Männer verteilten sich über das Schlachtfeld, um nach Patronenhülsen zu suchen, und viele der Leichen, die sie begraben wollten, wurden im Kampf zwischen den aasenden Hunden und den überlebenden Menschen zerrissen.

«Wir befinden uns in einer entsetzlichen Lage, Kommandant Yu», sagte Jiang. «Wir haben weder Waffen noch Munition, und für fünf von zehn Hülsen, die wir zum Nachfüllen in die Munitionsfabrik in der Sonderzone bringen, kriegen wir Nieten zurück. Wir stecken zwischen Pockennarbe Leng, der Druck auf uns ausübt, und den Marionettentruppen, die uns umbringen wollen. Ihr müßt uns einfach etwas von den Waffen abgeben, die ihr da habt. Macht keine Fehler und verachtet das Jiao-Gao-Regiment nicht.»

Großvater blickte auf die Männer, die im Hirsefeld Leichen bargen, und sagte: «Ihr könnt die Säbel, die .79er Karabiner und die einfachen Handgranaten haben.»

Jiang ergriff Großvaters Hand und rief aus: «Kommandant Yu, du bist ein echter Freund. Einfache Handgranaten mit Holzgriff können wir aber selber herstellen. Wie wäre es damit: Ihr behaltet die Handgranaten und gebt uns dafür ein paar .38er Gewehre?»

«Nein», sagte Großvater kurz angebunden.

«Nur fünf Stück.»

«Nein.»

«Drei Stück. Wie wär's damit? Nur drei Stück.»

«Nein.»

«Also zwei. Zwei könnt ihr wirklich entbehren.»

«Scheiße», sagte Großvater, «du feilschst wie ein Viehhändler.»

«Trupp Nummer eins, antreten zum Waffenempfang!»

«Nicht so eilig», sagte Großvater, «bleibt da drüben stehen.»

Eigenhändig überreichte er die vierundzwanzig tschechischen .79er und die leinenen Patronengurte. Einen Augenblick zögerte er, dann händigte er auch noch ein .38er Repetiergewehr aus.

«Das war's», sagte er. «Die Säbel behalten wir.»

Kommandant Jiang beschwerte sich: «Kommandant Yu, ihr habt uns zwei .38er versprochen.»

«Noch ein Wort von dir», sagte Großvater gereizt, «und ihr kriegt nicht einmal das eine.»

Mit erhobenen Händen sagte Kommandant Jiang: «Schon gut, schon gut, reg dich bloß nicht auf.»

Als sie die Waffen entgegennahmen, grinsten die Soldaten des Jiao-Gao-Regiments über das ganze Gesicht. Ein paar Mitglieder des Beerdigungskommandos fanden bei ihrer Arbeit zusätzliche Waffen. Sie hoben auch die automatische Pistole auf, die Großvater weggeworfen hatte, und den Browning, von dem sich Vater getrennt hatte. Ihre Taschen quollen über von Patronenhülsen. Ein kleiner dunkelhäutiger Soldat mit einer Hasenscharte kam mit zwei Maschinengewehrläufen unter dem Arm angerannt. «Kommandant Jiang», sagte er, «ich habe ein paar Kanonen gefunden.»

«Kameraden», sagte Jiang, «beeilt euch und begrabt die Toten. Wir müssen uns zurückziehen, bevor die Japaner wiederkommen, um ihre Toten einzusammeln. Wenn es zum Kampf kommt, um so besser. Hasenscharte, nimm die beiden Läufe auf die Schulter. Wir bringen sie zur Reparatur in die Munitionsfabrik.»

Während das Jiao-Gao-Regiment vor der Mauer antrat, erschienen auf der Straße am Ostende des Dorfs ein paar Dutzend Fahrräder. Die Räder glänzten, die Speichen funkelten. Kommandant Jiang erteilte einen Befehl, und die Soldaten warfen sich auf beiden

Seiten der Mauer zu Boden, während die Radfahrer sich schwankend Großvater näherten. In ihren sauberen grauen Uniformen mit Gamaschen und Stoffschuhen boten sie einen beeindruckenden Anblick.

Es war Lengs mobiler Zug, eine Spitzengruppe von pistolenbewehrten Radfahrern. Pockennarbe Leng galt als erstklassiger Radfahrer, der zweieinhalb Kilometer auf einer Eisenbahnschiene fahren konnte. Kommandant Jiang erteilte einen neuen Befehl, und die Truppen des Jiao-Gao-Regiments tauchten aus ihrem Versteck unter den Bäumen auf und schlossen sich hinter Großvater zusammen.

Zugführer Lengs Leute stiegen ab und schoben ihre Räder auf der Mauerkrone entlang. Von Leibwächtern umgeben, tauchte Leng selbst aus der Menge auf.

Schon beim Anblick von Pockennarbe Leng griff Großvater zur Pistole.

«Ruhig, Kommandant Yu», warnte ihn Kommandant Jiang, «ganz ruhig!»

Mit breitem Lächeln näherte sich Zugführer Leng und schüttelte Kommandant Jiang die Hand, ohne den Handschuh auszuziehen. Jiang, der ebenfalls über das ganze Gesicht lächelte, griff in seine Hose und zog eine fette hellbraune Laus heraus, die er in den Graben warf.

Zugführer Leng sagte zu ihm: «Eure hochzuverehrende Einheit ist wirklich auf der Höhe der Zeit.»

«Wir haben seit gestern nachmittag gegen den Feind gekämpft», sagte Jiang.

«Und einen großen Sieg errungen, nehme ich an», antwortete Leng.

«Gemeinsam mit Kommandant Yu haben wir sechsundzwanzig Japaner, dreiundsechzig Marionettensoldaten und vier Kriegspferde getötet. Wo haben die Spitzentrupps und die mutigen Anführer eurer hochverehrten Einheit gestern ihre Partisanenoperationen durchgeführt?»

«Wir haben Störaktionen vor der Stadt Pingdu durchgeführt und die Japaner gezwungen, sich Hals über Kopf zurückzuziehen.

Man könnte von der klassischen Taktik sprechen, ‹Wei einzuschließen, um Zhao zu retten›, nicht wahr, Kommandant Jiang?»

«Scheiß auf dich, Pockennarbe», knurrte Großvater. «Da siehst du die Zhao, die du gerettet hast. Das ist alles, was vom Dorf übrig ist.»

Er zeigte auf den Blinden und die Krüppel an der Dorfmauer.

Die bleichen Pockennarben in Zugführer Lengs Gesicht wurden rot. «Gestern abend haben meine Truppen bei Pingdu gekämpft, bis sie in Blut gebadet waren, und haben gewaltige Verluste erlitten. Mein Gewissen ist rein.»

«Wenn eure hochverehrten Truppen wußten, daß das Dorf umzingelt war, warum sind sie uns nicht zu Hilfe gekommen?» fragte Jiang. «Was hat es für einen Sinn, etwas aufzugeben, das direkt vor der Nase liegt, und kilometerweit zu fahren, um Störaktionen vor Pingdu durchzuführen? Schließlich haben eure hochverehrten Truppen ja wohl keine Motorräder. Und selbst wenn ihr so tatendurstig wart, daß ihr nach Pingdu ziehen mußtet, sollten die Truppen, die ihr in die Flucht geschlagen habt, immer noch auf dem Rückzug sein. Aber Sie, Herr Kommandant, sehen gut ausgeruht aus und haben nicht einen Staubflecken auf der Uniform. Ich frage mich, wie Sie Befehlshaber dieser großen Schlacht gewesen sein sollen.»

Zugführer Leng errötete bis in beide Ohren. «Ich werde mich nicht mit dir streiten, Jiang. Ich weiß, warum du hier bist, und du weißt, warum ich hier bin.»

«Zugführer Leng», sagte Jiang, «meiner Meinung nach haben Sie gestern in der Schlacht um Pingdu eine ganz falsche Strategie verfolgt. Hätte ich den Befehl über Ihre hochverehrte Truppe gehabt, dann hätte ich nicht versucht, die Belagerung des Dorfs aufzuheben, sondern hätte meine Leute auf dem Friedhof in den Hinterhalt gelegt und die Grabsteine auf beiden Seiten der Straße als Deckung genutzt. Ich hätte die acht Maschinengewehre, die ihr am Schwarzwasserfluß erbeutet habt, aufgestellt und in dem Moment das Feuer eröffnet, als die Japaner auf der Straße erschienen. Da sie und ihre Pferde, die den ganzen Tag gekämpft hatten, müde waren, nur noch wenig Munition hatten und sich im Dunkeln auf unbekanntem Gelände befanden, hätten sie keine Chance gehabt. Sie hätten nicht entkommen können. So hättet ihr großes Verdienst im Volkskrieg erworben und wärt zu Helden geworden. Der Ruhm dieser Schlacht wäre zu dem des Hinterhalts am Schwarzwasserfluß hinzugekommen, und der Ruf Ihrer Soldaten wäre groß gewesen. Schade, Zugführer Leng, wirklich schade, daß Sie die Chance verpaßt haben. Statt daß ihr zu Helden im Dienst des Volks geworden seid, kommt ihr hierher, um aus dem Elend der Witwen und Waisen Gewinn zu schlagen. Auch wenn ich üblicherweise keine Scham kenne, Zugführer Leng, für das, was ihr getan habt, schäme ich mich.»

Mit puterrotem Gesicht konnte Leng nur noch stammeln: «Jiang… du blickst auf mich herab… warte, bis ich eine große Schlacht schlage… dann werdet ihr alle sehen…»

«Wenn der Tag gekommen ist», sagte Jiang, «werden wir als Brüder neben euch stehen.»

«Ich brauche eure Hilfe nicht. Ich kann meine Schlachten allein schlagen!»

«Das bewundere ich», sagte Jiang.

Zugführer Leng stieg aufs Fahrrad und wollte gerade losfahren, als Großvater vortrat und ihn am Kragen packte. Seine Augen glänzten vor Mordlust, als er wütend murmelte: «Leng, wenn der Krieg gegen Japan zu Ende ist, haben wir beide noch etwas zu erledigen!»

«Ich habe keine Angst vor dir», antwortete Leng.

Er trat kräftig in die Pedale und fuhr davon. Seine Leute folgten ihm wie eine Hundemeute, die hinter einem Kaninchen herjagt.

«Kommandant Yu», sagte Jiang, «das Jiao-Gao-Regiment wird immer Ihr treuer Verbündeter sein.»

Er streckte Großvater die Hand hin, und der ergriff sie ungeschickt und schüttelte sie. So hart die Hand war, Großvater konnte auch ihre Wärme fühlen.

5

Die Zeit: sechsundvierzig Jahre später. Der Ort: die Stelle, wo Großvater, Vater und Mutter einen heldenhaften Kampf gegen eine Hundemeute ausfochten, deren drei Anführer unserer Familie gehörten: der Schwarze, der Rote, der Grünliche. In einer stürmischen Nacht schlug der Blitz in ein Massengrab und legte es offen: ein Grab, in dem Kommunisten, Nationalisten, Zivilisten, Japaner und Marionettensoldaten beerdigt waren. Man nannte es das Grab der Tausend, und das Unwetter verstreute verrottete Knochen über eine Fläche von zehn Quadratmetern, wo der Regen sie rein und weiß wusch. Damals verbrachte ich meine Sommerferien zu Hause, und als ich hörte, das Grab der Tausend habe sich geöffnet, eilte ich hin, um selbst nachzusehen, und unser kleiner Hund mit dem blauschimmernden Fell folgte mir. Es regnete immer noch, und der Hund überholte mich. Seine harten Klauen gruben sich geräuschvoll in die Schlammpfützen. Es dauerte nicht lange, bis wir inmitten der umhergeschleuderten Knochen standen, und der Hund rannte hin, um sie zu beschnüffeln. Dann bekundete er sein Desinteresse, indem er mit dem Kopf wackelte.

Menschen mit ängstlichen Gesichtern standen neben dem offenen Grab. Ich drängte mich dazwischen, bis ich die Skelette im Grab sehen konnte: Haufen von Knochen, die zum erstenmal seit Jahren dem Licht ausgesetzt waren. Ich glaube, nicht einmal der Provinzsekretär der Partei konnte die Knochen von Kommunisten, japanischen Soldaten, ihren chinesischen Marionetten und Zivilisten voneinander unterscheiden. Die Schädel hatten alle dieselbe Form, und sie alle lagen vom Regen gebadet auf einem Haufen. Die Tropfen plätscherten in trostlosem Rhythmus auf die weißen Knochen, ein starker, aggressiver Taktschlag. Skelette lagen auf dem Rücken und füllten sich mit eisigkaltem Wasser, es erinnerte an Hirsebrand, der seit Jahren gärt.

Die Dorfbewohner sammelten die verstreuten Knochen ein und warfen sie wieder auf den Haufen von Schädeln und Gliedern, der noch im Grab lag. Plötzlich überkam mich ein Schwindel, und als er vorüber war, sah ich noch einmal hin und entdeckte Dutzende von Hundeschädeln zwischen den anderen Schädeln im Grab. Schnell wurde mir klar, daß der Unterschied zwischen den Schädeln von Hunden und Menschen nicht allzu groß ist. Der Boden des Grabes schien verschwommen weiß und vertraute mir die herzbewegende Nachricht an, daß die ruhmreiche Geschichte der Menschheit überreich ist an Hundegeschichten und Hundelegenden, daß die Geschichte des Hundes und die Geschichte des Menschen eng miteinander verknüpft sind. Ich half den anderen beim Einsammeln der verstreuten Knochen, aber sicherheitshalber zog ich ein Paar weiße Handschuhe an. Als ich die haßerfüllten Blicke sah, die die Dorfbewohner mir zuwarfen, zog ich sie schnell wieder aus und steckte sie in die Hosentasche. Dann ging ich auf der knochenübersäten Straße gut hundert Meter weiter bis zum Ende des Hirsefeldes.

Dort, im kurzen grünen Gras, an dem noch immer Wassertropfen hingen, lag eine geschwungene menschliche Schädeldecke. Die flache, breite Stirn wies darauf hin, daß sie keinem gewöhnlichen Menschen gehört hatte. Ich hob sie mit drei Fingern auf und wollte damit zurückgehen, als ich ein kleines Stück weiter noch etwas Weißes schimmern sah. Es war ein langer schmaler Schädel, in dessen offenem Maul sich noch scharfe Zähne befanden. Ich wußte, daß ich diesen Schädel nicht aufzuheben brauchte, denn er gehörte derselben Art an wie mein kleiner Freund mit dem bläulich schimmernden Fell, der mir immer noch folgte. Vielleicht war es ein Wolf gewesen, vielleicht eine Kreuzung von Wolf und Hund. Das einzige, was ich wirklich wußte, war, daß die Explosion den Schädel hierher geschleudert hatte, denn die Erdflecken auf der frisch gewaschenen Oberfläche bewiesen, daß er jahrzehntelang in dem Massengrab gelegen hatte. Ich hob ihn trotzdem auf. Ohne auch nur einen Ansatz von Gefühl zu zeigen, warfen die Dorfbewohner Knochen in das Grab. Manche brachen und zersplitterten beim Aufprall. Ich warf das menschliche Schädelstück hinein, aber bei dem großen Hundeschädel zögerte ich. «Schmeiß ihn rein», sagte ein alter Mann. «Damals waren die Hunde so gut wie Menschen.» Also warf ich ihn in das offene Grab. Als das

Grab der Tausend aufgefüllt war, sah es genauso aus wie bevor es sich geöffnet hatte. Um die aufgeschreckten Seelen der Toten zu beruhigen, verbrannte Mutter einen Stapel Geistergeld am Grab.

Nachdem ich geholfen hatte, das Grab wieder aufzufüllen, blieb ich mit Mutter dort stehen, um auf den letzten Ruheplatz von tausend oder mehr Leichen herabzublicken. Voll Ehrfurcht verneigte ich mich dreimal.

«Das war vor sechsundvierzig Jahren», sagte Mutter. «Damals war ich fünfzehn.»

6

Damals war ich fünfzehn. Als die Japaner das Dorf umzingelten, haben mich deine Großeltern zusammen mit deinem kleinen Onkel in einem trockenen Brunnen versteckt. Wir haben sie nie wiedergesehen. Ich habe erst später erfahren, daß man sie am gleichen Vormittag getötet hat.

Ich weiß nicht mehr, wie viele Tage ich zusammengekauert in dem Brunnen gesessen habe. Dein Onkel ist dort gestorben, und die Leiche fing an zu stinken. Die Kröte und die Giftschlange mit dem gelben Halsband starrten mich an, und ich bin vor Angst fast gestorben. Ich war sicher, ich würde da unten im Brunnen sterben. Aber schließlich kamen dein Vater und dein Großvater…

Großvater wickelte die fünfzehn .38er Gewehre in Ölpapier und band sie mit einem Strick zusammen. Dann trug er sie an den Brunnenrand. «Douguan, schau dich um und paß auf, daß uns niemand sieht.»

Großvater wußte, daß Zugführer Leng und das Jiao-Gao-Regiment es immer noch auf die Gewehre abgesehen hatten. Als er und die anderen in der Nacht zuvor in einem Zelt unter der Dorfmauer schliefen, hatte der Blinde, der Wache stand, an der Zeltöffnung ein Geräusch gehört. Es war Mitternacht, und er hörte einen dumpfen Stoß gegen den Ligusterstrauch am Abhang. Dann lauschte er gedämpften Schritten, die sich dem Zelt näherten. Er konnte hören, daß es zwei Leute waren: ein tapferer und ein weniger tapferer. Er konnte ihre Atemzüge hören. Er hob das Gewehr und rief: «Halt, stehenbleiben!» Er hörte, wie sich die Männer in panischem Schrecken zu Boden warfen und wegkriechen wollten. Er zielte in die Richtung, aus der das Geräusch kam, und drückte auf den Abzug. Peng! Er hörte, wie die Männer den Abhang hinabrollten und sich in der Ligusterhecke versteckten. Er zielte und feuerte noch einmal. Irgend jemand schrie auf. Großvater und die anderen, die von den Schüssen aufgewacht waren, stürzten herbei, die Gewehre im Anschlag; sie konnten gerade noch zwei dunkle Figuren erkennen, die über den Graben sprangen und im Hirsefeld verschwanden.

«Es ist niemand da», sagte Vater.

«Merk dir den Brunnen», sagte Großvater.

«Ich kenne ihn. Er gehört Qian'ers Familie.»

«Wenn ich sterbe», sagte Großvater, «hol dir die Gewehre und kauf dich damit in das Jiao-Gao-Regiment ein. Besser als Zugführer Lengs Leute sind die allemal.»

«Wir sollten uns mit niemandem zusammenschließen», sagte Vater. «Wir sollten eine eigene Armee aufstellen. Wir haben immer noch ein Maschinengewehr.»

Großvater stieß mit spöttischem Lächeln den Atem durch die Nase und sagte: «Sohn, so einfach ist das nicht. Ich bin erschöpft.»

Vater rollte das Seil von der klapprigen Winde, und Großvater band es um das Gewehrbündel.

«Ist der Brunnen trocken?» fragte er.

«Ja. Wang Guang und ich haben hier einmal Verstecken gespielt.» Vater bückte sich, um in den Brunnen zu gucken. In der dunklen Höhle sah er die Umrisse zweier Gestalten.

«Vater», schrie er auf, «da unten ist jemand!»

Sie knieten auf den Brunnenstufen nieder und versuchten zu erkennen, was da unten war.

«Es ist Qian'er», sagte Vater.

«Sieh genau hin. Ist sie noch am Leben?»

«Ich glaube, ja. Ich kann sehen, wie sie atmet. Neben ihr liegt eine Schlange. Und ihr kleiner Bruder Anzi ist auch da.» Das Echo der Brunnenwände warf Vaters Worte zurück.

«Hast du Angst, da hinunterzusteigen?»

«Ich steige runter. Qian'er ist meine beste Freundin.»

«Gib acht auf die Schlange!»

«Ich habe keine Angst vor Schlangen.»

Großvater machte das Bündel Gewehre vom Brunnenseil los und band den Strick um Vaters Hüfte. Dann ließ er ihn mit der Winde langsam herab.

«Vorsichtig», sagte Großvater oben am Brunnenrand, als Vaters Fuß auf einen vorstehenden Ziegelstein traf. Als Vater unten ankam, hob die schwarze Schlange mit dem gelben Halsband drohend den Kopf, schleuderte ihm die gespaltene Zunge entgegen und begann zu zischen. Beim Fischen und beim Krabbenfang am Schwarzwasserfluß hatte Vater gelernt, mit Schlangen umzugehen, und einmal hatte er gemeinsam mit Onkel Luohan eine in trockenem Kuhmist gebackene Schlange gegessen. Onkel Luohan hatte ihm erzählt, Schlangenfleisch sei gut gegen Lepra, und nachdem sie es gegessen hatten, war beiden ganz heiß geworden. Vater blieb unbeweglich stehen, und kaum daß die Schlange den Kopf senkte, griff er zu, packte sie am Schwanz und schüttelte sie mit aller Kraft, bis er die Knochen krachen hörte. Dann griff er sie genau hinter dem Kopf und drehte hart um. «Vater», rief er, «ich werf sie hoch.»

Großvater trat genau in dem Augenblick vom Brunnenrand zurück, als die halbtote Schlange wie ein Stock aus Fleisch auf dem Boden neben dem Brunnen landete. Großvater bekam eine Gänsehaut. «Dieser kleine Teufel hat Nerven wie ein Einbrecher.»

Vater half Qian'er sich aufzurichten und rief ihr ins Ohr: «Qian'er! Ich bin's, Douguan. Ich werde dich retten.»

Großvater drehte langsam die Winde und zog Mutter aus dem Brunnen. Dann holte er die Leiche meines kleinen Onkels heraus.

«Vater, laß die Gewehre runter!»

«Geh beiseite!»

Die Winde quietschte, als das Gewehrbündel in der Tiefe versank. Dann machte Vater den Strick los und band ihn sich um die Hüfte.

«Zieh mich hoch, Vater!»

«Ist das Seil fest?» fragte Großvater.

«Ja.»

«Bist du sicher, daß es fest ist? Sei nicht unvorsichtig!»

«Es ist fest und sicher.»

«Hast du einen Seemannsknoten gemacht?»

«Was hast du, Vater? Schließlich war ich es doch, der Qian'er an das Seil gebunden hat.»

Vater und Großvater betrachteten Qian'er, die auf dem Boden lag. Die Haut über den Backenknochen war straff gespannt, die Augen lagen tief in den Höhlen, das Zahnfleisch stand vor, und ihr Haar war wild verknotet. Die Fingernägel ihres toten kleinen Bruders hatten sich blau gefärbt.

7

Unter der liebevollen Pflege der hinkenden Liu verbesserte sich Mutters Zustand rapide. Waren Vater und sie früher nur gute Freunde gewesen, so waren sie seit Mutters Rettung aus dem Brunnen wie Bruder und Schwester. Dann erkrankte Großvater schwer an Typhus und schien zeitweise dem Tode nahe. Einmal, als er fast bewußtlos dalag, stieg der süße Geruch von Hirsebrei in seine Träume. Also sammelten Vater und die anderen schnell ein wenig Hirse, und Frau Liu kochte sie vor Großvaters Augen, bis sie weich war. Er aß eine Schale von dem Brei, dann platzten Äderchen in seiner Nase und setzten einen dicken, dunklen Blutstrom frei. Danach wurde sein Appetit wieder besser, und er war auf dem Weg zur Genesung. Mitte Oktober konnte er schon an einem Spazierstock in den Garten humpeln und die warmen Strahlen der Herbstsonne aufsaugen.

Damals, so hat man mir berichtet, kam es am Damm von Wang Gan zu einem Zusammenstoß zwischen den Truppen von Pokkennarbe Leng und Füßchen Jiang. Auf beiden Seiten gab es viele

Opfer. Aber Großvater war viel zu krank, um sich darum oder um irgend etwas anderes zu kümmern.

Vater und die anderen errichteten im Dorf Notunterkünfte und suchten dann in den Schutthaufen allerhand Werkzeug zusammen, um genug Hirse für den Winter und das Frühjahr zu ernten. Seit Ende August war ständig Herbstregen gefallen und hatte die dunkle Erde in ein Meer von Schlamm verwandelt. Mindestens die Hälfte der aufgeweichten Halme lag faulend am Boden, und die herabgefallenen Samenkörner hatten Wurzeln geschlagen und begannen schon zu sprießen. Zarte grüne Sprosse bahnten sich ihren Weg durch die blaugrauen und roten Fäulnisflecken, und die Hirserispen wehten im Wind oder wanden sich wie verfilzte buschige Fuchsschwänze über dem Boden. Metallisch graue, schwere Regenwolken eilten über den Himmel, unter dem schwarze Schatten durch die Hirsepflanzen huschten. Kalte Regentropfen hämmerten hart auf die Halme ein. Krähenschwärme, die über dem Sumpfgelände vor dem Dorf kreisten, kämpften mit wasserschweren Flügeln um Aufwind. In jenen Tagen war Sonnenschein kostbar wie Gold, denn über dem Sumpfland lag ständig eine zähe Nebeldecke. Mal war sie dünn, dann wieder dicht und undurchdringlich.

Als Großvater krank war, wurde Vater zum Anführer. Er führte Wang Guang, Dezhi, den Lahmen, den Blinden und Qian'er mit Gewehren und Munition in einen verbissenen Krieg gegen die leichenfressenden Hunde im Sumpfland. In den Schlachten, die hier geschlagen wurden, reifte Vater zum Meisterschützen.

Gelegentlich fragte Großvater mit schwacher Stimme: «Was tust du, mein Sohn?»

Eine mordlustige Haßfalte auf der Stirn, antwortete Vater: «Wir kämpfen gegen die Hunde.»

«Laßt es gut sein», sagte Großvater dann.

«Das kann ich nicht», antwortete Vater. «Wir können nicht zulassen, daß sie Menschenfleisch fressen.»

Fast tausend Leichen lagen im Sumpfland. Das Jiao-Gao-Regiment hatte sie eingesammelt, aber nicht die Zeit gehabt, sie richtig zu begraben. Als der Herbstregen die schwarze Erde erst in Schlamm verwandelte und dann wegwusch, wurden die Leichen, über die man nur ein paar Schaufeln Erde geworfen hatte, freigelegt. Nun war die Zeit der wilden Hunde gekommen. Im Dauerregen blähten sich die Leichen auf und verbreiteten Todesgestank.

Die Hundemeute bestand bestimmt aus sechshundert Tieren. Angeführt wurden sie von unseren drei Familienhunden: dem Roten, dem Grünlichen und dem Schwarzen. Das Hundeheer rekrutierte sich zumeist aus Dorfhunden, deren ehemalige Herren im Sumpfland verfaulten. Die übrigen, die von Jagdeifer gepackt zur Meute stießen, waren Hunde aus benachbarten Dörfern. Sie hatten ein Zuhause, in das sie zurückkehren konnten.

Die Jäger teilten sich in drei Gruppen: Vater und Mutter, Wang Guang und Dezhi, der Lahme und der Blinde. Sie postierten sich in Gräben, die sie in den Sumpf gegraben hatten, und wachten über die drei Pfade, die die Hunde am Rande des Hirsefeldes ausgetreten hatten. Vater trug sein Gewehr, Mutter hatte ihren Karabiner. «Douguan, warum treffe ich nie das, worauf ich ziele?» fragte sie.

«Du bist zu nervös. Wenn du sorgfältig zielst und dann auf den Abzug drückst, schießt du auch nicht vorbei.»

Vater und Mutter beobachteten den Pfad in der südöstlichen Ecke des Feldes, eine halbmeterbreite gewundene weiße Narbe im Boden. Niedergetrampelte Hirsehalme bedeckten den Beginn des Pfades und bildeten einen Schutzschirm, hinter dem die Hunde spurlos verschwinden konnten. Die Meute, die diesen Pfad benutzte, wurde von dem Roten angeführt, dessen Fell von der reichlichen Nahrung aus menschlichen Leichen dicht und glänzend geworden war und der gut trainierte und kräftige Beine hatte. Der Kampf gegen die Menschen hatte seinen Verstand geschärft.

Als die Sonne rotstrahlend am Himmel aufstieg, lagen die Pfade still und nebelverhüllt da. Nach einem Monat wechselvoller Kämpfe war die Hundearmee geschrumpft. Jetzt lagen wohl hundert von ihnen zwischen den menschlichen Leichen, und Hunderte weiterer Hunde hatten den Kampf aufgegeben. Die etwa zweihundertdreißig Hunde, die noch da waren, teilten sich immer wieder in einzelne Rudel auf, und da Vater und die anderen immer bessere Schützen wurden, blieben nach jedem stürmischen Angriff mindestens ein Dutzend Hundeleichen auf dem Schlachtfeld. In den Kämpfen zwischen Menschen und Hunden zeigte sich die intellektuelle und technische Unterlegenheit der Hunde.

An einem Tag warteten Vater und die anderen auf den ersten Auszug der Hunde, wie man bei Tisch darauf wartet, daß das Essen aufgetragen wird. Vater hörte in der Ferne ein Rascheln in der Hirse und sagte mit gedämpfter Stimme: «Achtung, sie kommen.» Leise entsicherte Mutter ihr Gewehr und legte den regennassen Kolben an die Wange. Das Rascheln strömte wie eine Meereswelle auf den Rand des Sumpflands zu, und Vater konnte das Hecheln der Hunde hören. Er wußte, daß Hunderte von Hundeaugen auf die gebrochenen und zerrissenen Glieder im Sumpf gerichtet waren, daß rote Hundezungen Mundwinkel leckten, in denen faulige Fleischfetzen hingen, und daß grüne Galle in den Mägen knurrte.

Wie auf Kommando brachen mehr als zweihundert wild bellende Hunde aus dem Hirsefeld. Ihr Nackenhaar war gesträubt und zischte zornig im Wind. Glänzendes Fell glitzerte unter den roten Strahlen der nebelverhangenen Sonne. Von ihrer Gier getrieben, rissen die Hunde das Fleisch von den Knochen der Leichen. Wang Guang und der Lahme eröffneten das Feuer. Die verwundeten Hunde winselten vor Schmerz, und die, die nicht getroffen waren, zerrten weiter wütend an ihrer Beute.

Vater zielte auf den Kopf eines ungelenken schwarzen Hundes und drückte den Abzug durch. Der Hund schrie auf, als die Kugel sein Ohr zerriß, und verschwand hinter den Hirsestauden. Dann sah Vater, wie der Kopf eines weißgefleckten Hundes explodierte, als das Tier mit einem Stück dunklen Darms im Maul zu Boden ging. Es gab keinen Laut von sich. «Qian'er, du hast getroffen», rief er.

«War ich das?» quietschte sie aufgeregt. Vater nahm den Roten ins Visier. Den Bauch eng an den Boden gepreßt, pirschte sich der Hund in gestrecktem Lauf von einer Pflanze zur anderen. Vater drückte auf den Abzug, und die Kugel verpaßte den Hunderücken um Haaresbreite. Mit rasiermesserscharfen Zähnen packte der Köter ein aufgedunsenes Frauenbein und begann zu kauen. Mit jedem Biß zersplitterte laut krachend der Knochen. Mutter feuerte, und die Kugel landete in der schwarzen Erde vor ihm und bespritzte seine Schnauze mit Schlamm. Wütend riß er den Kopf hoch, sammelte ein bleiches Bein vom Boden auf, hielt es im Maul, wobei er sich auf dem Rücken wälzte, und rannte schließlich weg. Wang Guangs und Dezhis Schießkünste ließen noch ein paar verwundete Hunde ihr Blut über die Leichen der Gefallenen verschmieren. Das Winseln der Meute erfüllte die Herzen der Jäger mit Schrecken.

Als sich das Rudel zurückzog, sammelten sich Vater und die anderen, um die Waffen zu reinigen. Die Munition wurde knapp, und er ermahnte seine Kampfgefährten, sorgfältig zu zielen und darauf zu achten, daß jede Kugel traf. Er betonte, wie wichtig es sei, die Anführer der Meute auszuschalten. «Die sind schlüpfrig wie die Aale», sagte Wang Guang. «Sie huschen davon, bevor ich nachladen kann.»

Dezhi zwinkerte mit seinen Triefaugen und fragte: «Douguan, wie wäre es mit einem Überraschungsangriff?»

«Wie meinst du das?»

«Irgendwo müssen sie sich doch ausruhen», sagte Dezhi, «und ich wette, daß sie es am Ufer des Schwarzwasserflusses tun. Wenn sie sich den Bauch vollgeschlagen haben, werden sie da nach Wasser suchen.»

«Das ist gar nicht so dumm», sagte der Lahme.

«Gehen wir», sagte Vater.

«Nicht so eilig», sagte Dezhi. «Nehmen wir Handgranaten mit und jagen sie in die Luft.»

Vater, Mutter, Wang Guang und Dezhi trennten sich und verfolgten die verschiedenen Pfade, die die unablässig hin- und herlaufenden Hundeklauen in den Boden gegraben hatten. Alle Wege trafen sich am Schwarzwasserfluß. Dort hörten Vater und Mutter das Dröhnen des Stroms und das Bellen der Hunde. Nahe dem Ufer vereinten sich die Pfade zu einem einzigen Hundeweg, der doppelt so breit war wie die anderen. Dort trafen Vater und Mutter auf Wang Guang und Dezhi.

Als sie an den Fluß kamen, entdeckte Vater an den unkrautbesäten Ufern des Schwarzwasserflusses mehr als zweihundert Hunde. Die meisten saßen auf den Hinterpfoten da; ein paar kauten an der schwarzen Erde, die zwischen ihren Zehen klebte. Andere standen mit gehobenem Bein am Uferrand und pißten in den Fluß. Wieder andere leckten mit langen Zungen das schlammige Flußwasser auf. Mit vollem Bauch umkreisten die Hunde das Gelände und ließen dunkle braune Hundefürze fahren. Das Unkraut war fast lückenlos von weißer und roter Hundescheiße bedeckt, und der Geruch der Kothaufen und Fürze glich keinem anderen, den Vater und seine Gefährten je gerochen hatten. Die drei Anführer waren leicht auszumachen, obwohl sie sich unter die übrigen Hunde gemischt hatten.

Wang Guang fragte: «Sollen wir jetzt die Granaten werfen?»

«Macht euch fertig», sagte Vater. «Wir werfen alle auf einmal.»

Jeder von ihnen hielt zwei geschuppte Eierhandgranaten in den Händen. Sie zogen die Zündnadeln und schlugen die Handgranaten gegeneinander. «Jetzt!» rief Vater, und acht Geschosse fielen in hohem Bogen zwischen die Hunde. Die beäugten die länglichen schwarzen Gegenstände, die da vom Himmel fielen, neugierig, dann warfen sie sich instinktiv zu Boden. Vater bewunderte die unglaubliche Intelligenz unserer drei Familienhunde, die schlau genug waren, sich flach am Erdboden auszustrecken, unmittelbar bevor die acht japanischen Handgranaten bester Qualität beinahe gleichzeitig explodierten. Die gewaltige Explosion verstreute Tausende von Schrapnellsplittern in alle Himmelsrichtungen. Über ein Dutzend Hunde wurde in Fetzen gesprengt, mindestens zwanzig waren schwer verwundet. Hundeblut und Hundefleisch flogen in die Luft über dem Flußbett und klatschten wie Hagelkörner auf die Wasseroberfläche. Blutdürstige weiße Aale aus dem Schwarzwasserfluß schwärmten auf die Stelle zu und kämpften quietschend um Hundefleisch und Hundeblut. Die verendenden Hunde winselten erbärmlich. Die unverletzten Hunde zerstreuten sich, rannten wild am Ufer umher oder versuchten verzweifelt, zum anderen Ufer zu schwimmen.

Vater wünschte, er hätte sein Gewehr dabei, denn ein paar Hunde, von der Explosion geblendet, liefen mit blutbeschmierten Gesichtern am Ufer im Kreis herum und heulten in panischer Angst. Es war ein mitleiderregender Anblick. Unsere drei Hunde schwammen über den Fluß, und dreißig weitere folgten ihnen. Mit eingekniffenen Schwänzen kletterten sie am anderen Ufer hoch. Nasses Fell klebte an der Haut. Auch sie sahen erbärmlich aus. Sobald sie festen Boden erklommen hatten, schüttelten sie sich kräftig. Wasserperlen fielen von den Schwänzen, den Bäuchen, den Kinnladen. Der Rote starrte Vater haßerfüllt an und bellte, als wolle er ihm und seinen Freunden vorwerfen, sie hätten, als sie in den Lagerplatz eindrangen und grausame, neuartige, unhündische Waffen zum Einsatz brachten, einen Vertrag gebrochen.

«Werft ein paar über den Fluß!» befahl Vater.

Sie nahmen noch mehr Granaten und warfen sie mit aller Macht zum anderen Ufer hinüber. Als die Hunde die schwarzen Gegenstände sahen, die im Bogen über das Wasser flogen, stimmten sie ein beschwörendes Geheul an, als riefen sie nach ihren Vätern und Müttern. Dann sprangen sie auf, rollten die Uferböschung hinunter und verschwanden eilig in den Hirsefeldern am Südufer. Vater und die anderen hatten nicht die Kraft, die Handgranaten bis ans andere Ufer zu werfen. Sie landeten harmlos im Wasser und ließen vier silberne Fontänen aufsteigen. Eine Zeitlang kräuselte sich die Wasseroberfläche, dann trieb ein Schwarm weißer Aale bauchoben ans Ufer.

In den zwei Tagen, die auf den Überraschungsangriff am Schwarzwasserfluß folgten, hielt sich die Meute von der Schlachtstätte fern. Ob Menschen oder Hunde, die Streitkräfte waren in Alarmbereitschaft und rüsteten sich für die nächste Schlacht.

Vater und seine Freunde, durch die Handgranaten von ihrer strategischen Überlegenheit überzeugt, hielten eine Sitzung ab, in der sie über die effektivste Taktik berieten – Wang Guang wurde zu einer Erkundungsmission ans Flußufer geschickt und berichtete, daß außer Fellfetzen, ein paar Hundeleichen, großen Mengen Scheiße und einem überwältigenden Gestank nichts auszumachen war. Er hatte nicht einen einzigen lebendigen Hund gesichtet, so daß man von der Annahme ausgehen mußte, die Tiere hätten ihr Hauptquartier verlagert.

Dezhi war der Meinung, die Meute sei zwar fürs erste in die Flucht geschlagen, doch ihre Anführer hätten überlebt. So werde es nicht lange dauern, bis sie wieder die Reihen schlössen, um den Kampf um die Leichen fortzusetzen. Es sei ein um so schrecklicherer Gegenangriff zu befürchten, als die Überlebenden jetzt Kampferfahrung hätten und besser vorbereitet in die Schlacht ziehen würden.

Der wichtigste Vorschlag kam von Mutter. Sie meinte, man solle die Handgranaten im voraus scharfmachen und unter den Pfaden der Hunde vergraben. Der Vorschlag wurde einstimmig angenommen. Die Kämpfer teilten sich in einzelne Gruppen mit dem Auftrag, fünfundvierzig Handgranaten als Landminen unter den drei Hundewegen zu vergraben. Von den ursprünglich siebenundfünfzig Eierhandgranaten in ihrem Arsenal waren zwölf bei dem Überraschungsangriff am Schwarzwasserfluß zum Einsatz gekommen, so daß ihnen noch fünfundvierzig Stück blieben. Vater teilte sie gleichmäßig auf die Einsatzgruppen auf: fünfzehn für jede Einheit.

Die Hundefront verlor im Verlauf dieser zwei Tage an Einheit und Kraft. Viele starben oder wurden fahnenflüchtig, so daß ihre Gesamtstärke auf etwa einhundertzwanzig Hunde abnahm. Konfrontiert mit der dringenden Notwendigkeit taktischer Reorganisation, schlossen sich die ursprünglichen drei Hundebrigaden zu einer Eliteeinheit zusammen. Seit jene vier bösartigen kleinen Wesen mit ihren explodierenden Mistkäfern den alten Lagerplatz der Hunde erobert hatten, hatte man ihn gezwungenermaßen anderthalb Kilometer flußaufwärts verlegt, an eine Stelle am Südufer, unmittelbar östlich der Steinbrücke über den Schwarzwasserfluß, und bezog dort neue Stellungen.

Dieser Tag sollte die Entscheidung bringen. Auf dem Weg

zum neuen Lagerplatz knurrten die kampfwütigen Hunde und schnappten nacheinander. Gelegentlich warfen sie einen Blick auf ihre Anführer, die einander mit kühlem Blick aus den Augenwinkeln abschätzten und ein schlaues Lächeln auf den schmalen langen Gesichtern trugen.

Als sie den Sammelplatz östlich der Brücke erreicht hatten, bildeten sie im Ufersand einen engen Kreis und heulten, auf den Hinterpfoten kauernd, den verhangenen Himmel an. Der Schwarze und der Grünliche zuckten sichtbar, und das Fell auf ihren Rücken wogte wie Meereswellen. Die Augen der menschenfressenden Hunde waren blutunterlaufen, das monatelange Vagabundenleben und die Ernährung von Aas hatten urtümliche Erinnerungen in einem Bereich ihrer Seelen geweckt, der von Äonen der Zähmung betäubt gewesen war. Haß auf die Menschen – diese zweibeinigen, aufrecht gehenden Wesen – brodelte in ihren Herzen, und Menschenfleisch fressen bedeutete mehr als nur den knurrenden Magen füllen. Viel wichtiger war das vage Gefühl, daß sie der Welt der Menschen die Fehde angesagt hatten und schreckliche Rache an den Herren nehmen würden, die sie über die Jahrtausende versklavt hatten. Natürlich waren die drei Hunde aus unserer Familie die einzigen, die imstande waren, diese archaisch-verschwommenen Regungen in große Theorie umzusetzen und das, was sie taten, mit dem Geist zu analysieren. Das war der Hauptgrund dafür, daß sie die Unterstützung der Meute genossen, doch das allein hätte nicht genügt. Ihre Größe und Kraft, ihre Fähigkeit, schnell und entschieden zu handeln, und ihre Bereitschaft, sich, wenn nötig, selbst zu opfern, spielten eine wesentliche Rolle bei ihrer Machtübernahme.

Die Kost aus menschlichem Fleisch und Blut hatte ihr Aussehen verändert. Ihr Fell glänzte, ihre Haut war durch die Sehnen, von denen sie sich nährten, gestrafft, die Muskeln wurden durch die ungewöhnlich hohen Hämoglobinwerte kräftiger, und ihr Charakter war ins Bösartige umgeschlagen. Kampf und Töten waren zum Lebensinhalt geworden. Wenn sie daran dachten, wie die Menschen sie versklavt und in ein unwürdiges Leben gezwungen hatten, in dem sie sich von Abfällen ernährten, fühlten sie sich gedemütigt. Die Neigung, Menschen anzugreifen, war den Hunden zum unbewußten Drang geworden, und die Geschehnisse der letzten Tage hatten ihre Feindschaft gegenüber den Menschen verschärft.

In Wirklichkeit hatten sich die ersten Brüche in der Einheit der drei Hundebrigaden schon zehn Tage zuvor gezeigt. Sie hatten sich aus einer Reihe eher unbedeutender Zwischenfälle entwikkelt. Da hatte ein gieriger Hund mit gespaltener Lippe und Nase aus der Brigade des Schwarzen einen menschlichen Arm gestohlen, der einem kleinen weißen Hund aus der Brigade des Grünlichen gehörte. Der kleine Weiße wollte Spaltlippe seinen Standpunkt klarmachen, und der schnappte statt einer Antwort mit seinen kräftigen Kiefern nach dem Hinterbein des Weißen. Dieser bösartige Angriff erregte den Zorn der Hunde in der Brigade des Grünlichen, die sich mit dem stillen Einverständnis ihres Anführers mit blanken Reißzähnen auf den Schuldigen stürzten, ihn in Stücke rissen, ihm den Bauch aufrissen und ihm die zuckenden Eingeweide aus dem Leib zerrten. Die Brigade des Schwarzen war über die Maßlosigkeit empört, mit der die Grünen an einem der Ihren Rache genommen hatten, und die über zweihundert Hunde, aus denen die beiden Brigaden zu jener Zeit bestanden, ließen sich auf eine wilde Schlacht ein, bis Fellfetzen in der lauen Brise davonschwebten und dann das Ufer bedeckten. Die Truppen des Roten nutzten den wirren Kampf aus, um eigene alte Rechnungen zu begleichen. Die drei Hunde unserer Familie saßen ruhig am Rand des Schlachtfelds und beobachteten aus blutunterlaufenen Augen, mit eiskalten Blicken, den Kampf.

Die offene Feldschlacht wütete über zwei Stunden lang und kostete sieben Hunde das Leben. Mehr als ein Dutzend waren so schwer verwundet, daß sie auf dem Schlachtfeld lagen und nur noch mitleiderregend winseln konnten. Jetzt, wo die Schlacht vorüber war, saßen die Hunde auf dem Pfad zum Fluß, leckten mit langen roten Zungen ihre Wunden und vertrauten auf die Heilkräfte des Speichels.

Die zweite Schlacht hatte sich erst am Tag zuvor ereignet, als einer der Hunde in der Brigade des Grünlichen, ein unverschämter Rüde mit wulstigen Lippen, vorstehenden Augen und einem bläulichen Fell mit gelben Streifen, sich Freiheiten gegenüber einem hübschen gefleckten Weibchen herausnahm, das zu den Favoriten des Roten gehörte. Wütend stürzte sich der Rote auf den Rüden und stieß ihn in den Fluß. Nachdem er aus dem Fluß geklettert war und das Wasser aus dem Pelz geschüttelt hatte, stimmte er eine zornige Tirade an. Aber das brachte ihm nur den Spott der anderen Hunde ein, für die er ein häßlicher Köter war, der allenfalls eine gesunde Mischung aus Verachtung und Mitleid verdiente.

Der Grünliche bellte den Roten laut an, um die Ehre seiner Brigade zu verteidigen, aber der kümmerte sich nicht darum und stieß den häßlichen Köter erneut in den Fluß. Als er ans Ufer zurückschwamm und seine weiten Nüstern kaum über Wasser halten konnte, sah er aus wie eine gewaltige Flußratte. Das gefleckte Weibchen stand neben dem Roten und wedelte gehorsam mit dem Schwanz.

Der Grünliche bellte den Roten an, als wolle er hämisch über ihn grinsen.

Der Rote bellte den Grünlichen an, als wolle er das hämische Grinsen erwidern.

Der Schwarze drängte sich als Friedensstifter zwischen seine zwei alten Kumpane.

Jetzt, wo die Meute sich im neuen Rudellager versammelt hatte, tranken sie emsig Wasser und leckten ihre Wunden, und die alternden Strahlen der Sonne tanzten über dem sanft dahinströmenden Schwarzwasserfluß. Ein kleines Wildkaninchen hob den Kopf über die Böschung und erschrak bei dem Anblick, der sich ihm bot. Leise huschte es davon.

Trägheit überkam die Hundemeute unter der warmen Mittagssonne. Die drei Hunde unserer Familie saßen mit gesenktem Blick da, als durchlebten sie die Vergangenheit noch einmal.

Der Rote dachte an das friedliche Leben zurück, das er als Wachhund in der Brennerei geführt hatte. Damals lebten die zwei alten Gelben noch, und wenn sich die fünf Hunde auch gelegentlich stritten, so hatten sie doch meist wie eine glückliche Familie gelebt. Er war der Schwächling in der Gruppe, und als er einmal Räude bekam, hatten die anderen ihn verjagt. Er lief sofort ins östliche Gehöft und wälzte sich in Hirsespreu, bis seine Haut wieder rein war. Danach war er nicht mehr so gesellig, und es ekelte ihn an, wie der Schwarze und der Grünliche den Starken schmeichelten, die Schwachen tyrannisierten und diensteifrig mit dem Schwanz wedelten. Er wußte, daß es sich bei den heutigen Wirren um einen Machtkampf handelte. Da die Spannungen jetzt offen zwischen den drei Leithunden ausgetragen wurden, verhielten sich die übrigen Hunde einigermaßen friedlich. Aber der räudige kleine Köter, der sich trotz mehrfacher Warnung nicht gebessert hatte, versuchte jetzt, die anderen Hunde der Meute aufzuwiegeln.

Zum endgültigen Ausbruch der Kämpfe kam es, als eine alte Hündin mit einem Riß im Ohr auf den Schwarzen zulief, ihre nasse eiskalte Nase an die seine legte und sich dann umdrehte und anfing, mit dem Schwanz zu wedeln. Der Schwarze stand auf und begann, unter den Augen des Roten und des Grünlichen mit seiner alten Geliebten herumzutollen. Leise kauerte sich der Rote nieder und warf dem Grünlichen einen Blick zu. Der sprang blitzartig auf und warf den verliebten Schwarzen zu Boden.

Gebannt standen die Hunde da und beobachteten den Kampf auf Leben und Tod, der vor ihren Augen ausbrach.

Der Grünliche, durch das Überraschungsmoment im Vorteil, grub seine Zähne in den Hals des Schwarzen und schüttelte ihn wild. Sein Nackenfell sträubte sich, und Donnergebrüll entsprang seiner Kehle.

Der Schwarze, dem bei dem Angriff schwindlig wurde, zuckte erschreckt zusammen und versuchte, seinen Hals aus den Fängen des Angreifers zu zerren. Dabei verlor er ein Fleischstück, so groß wie eine menschliche Hand. Von unerträglichem Schmerz gepackt, halb wahnsinnig vor Wut, erhob er sich schwankend. Der hinterhältige, unhündische Überfall des Grünlichen ließ ihn vor Zorn kochen. Die versteckte Bösartigkeit befleckte sein heroisches Selbstbild und machte von vornherein den Ruhm zu Staub, den der Sieg ihm hätte bringen können. Der Schwarze bellte wütend, senkte den Kopf und stürzte sich auf den Grünlichen. Er sprang direkt auf seine Brust zu und vergrub die Zähne in seinem Fell. Sofort machte sich der Grünliche wieder über den verwundeten Hals des Schwarzen her. Aber diesmal biß er nicht zu, sondern begann, das abgerissene Fleisch zu verschlingen. Schlapp öffnete der Schwarze das Maul. Der Grünliche tat das gleiche. Die Zähne des Schwarzen hatten einen großen Hautfetzen aus seiner Brust gerissen.

Langsam erhob sich der Rote und blickte den Grünlichen und den Schwarzen aus kalten Augen an. Der Hals des Schwarzen war gebrochen. Er hob den Kopf, aber er fiel ihm wieder auf die Brust. Er hob ihn noch einmal, und wieder fiel er herab. Aus der Wunde strömte Blut. Es ging zu Ende mit ihm. Der Grünliche starrte den Schwarzen, den er schwer verwundet hatte, an, zeigte hochmütig die Fangzähne und bellte triumphierend. Dann wandte er sich um und sah direkt in das lange, eiskalte Gesicht des Roten. Der Grünliche erschauerte. In den starren Augen des Roten tanzte grausames Gelächter. Ohne Vorwarnung stürzte er sich auf den Grünlichen und rollte den verwundeten Hund auf den Rücken. Bevor der auf die Beine kommen konnte, hatte der Rote die Zähne in seine Brust gegraben und zerrte an dem lose herabhängenden Hautfetzen. Mit einem kräftigen Ruck riß er die Haut los und legte das rohe Fleisch darunter blank. Der Grünliche erhob sich mühsam, der lose Hautfetzen hing zwischen seinen Beinen herab und schleifte über den Boden. Das Geräusch, das er von sich gab, offenbarte, daß er um sein Ende wußte. Der Rote trat auf ihn zu und stieß sein kaum noch aufrecht stehendes Opfer mit der Schulter an. Der Grünliche fiel zu Boden. Bevor er wieder hochkam, überfiel ihn die Meute, und ihre Zähne rissen ihn in blutige Fetzen.

Jetzt, da der Rote seinen stärksten Gegner besiegt hatte, hob er den Schwanz steil empor und knurrte den geschlagenen Schwarzen an, der kläglich bellte und den Schwanz einkniff. Aus verzweifelten Augen blickte er den Roten an und bettelte stumm um Gnade. Aber die anderen Hunde, die dem Kampf ein Ende machen wollten, stürzten sich wie von Wahnsinn gepackt auf ihn und zwangen ihn zu einem selbstmörderischen Sprung in den Fluß. Ein- oder zweimal tauchte sein Kopf noch über den Wellen auf, bevor er unter die Oberfläche sank. Gurgelnd stiegen ein paar Blasen aus der Tiefe.

Die Hunde bildeten einen Kreis um den Roten, entblößten die Zähne, und unter der blassen Sonne, die an einem der wenigen klaren Tage am Himmel stand, stimmten sie ein Triumphgeheul an.

Das plötzliche Verschwinden der Hundemeute machte Vater und die anderen nervös und brachte Verwirrung in ihr Leben. Schwerer Herbstregen bedeckte alles Leben mit monotonem Klang. Seit ihnen der Abwehrkampf gegen die Hunde fehlte, waren sie zu Süchtigen geworden, die ihre nächste Spritze brauchten. Ihre Nasen liefen, sie gähnten, sie nickten ein.

Am Morgen des vierten Tages nach dem Verschwinden der Meute nahmen Vater und die anderen träge ihre Positionen am Sumpfrand ein, blickten auf die kreisenden Nebelschwaden und sogen den Gestank des Landes ein. Entspannt plauderten sie miteinander.

Inzwischen hatte der Lahme sein Gewehr abgeliefert und sich von der Truppe entfernt, um in einem fernen Dorf seinem Vetter in dessen Gaststätte zu helfen. Da der Blinde allein nicht einsatzfähig war, blieb er im Zelt zurück und leistete meinem kranken Großvater Gesellschaft. Es waren also nur noch Vater, Mutter, Wang Guang und Dezhi übrig.

«Douguan», sagte Mutter, «die Hunde kommen nicht mehr. Sie haben Angst vor den Handgranaten.» Versonnen blickte sie auf die drei geheimnisvollen Hundewege. Sie ersehnte die Rückkehr der Hunde mehr als die anderen. Ihr ganzes Denken war auf die dreiundvierzig Handgranaten mit Holzgriff konzentriert, die sie unter den Pfaden vergraben hatten.

«Wang Guang», befahl Vater, «geh noch einmal auf Erkundung!»

«Ich war erst gestern unterwegs. Östlich der Brücke ist es zum Kampf gekommen. Der Grünliche ist tot. Sie müssen sich getrennt haben», schimpfte Wang Guang. «Wir sollten unsere Zeit nicht hier verschwenden, sondern uns dem Jiao-Gao-Regiment anschließen.»

«Nein», sagte Vater energisch, «sie werden wiederkommen. Ein Festmahl wie dieses lassen sie sich nicht entgehen.»

«Heutzutage gibt es überall Leichen», sagte Wang Guang. «Die Hunde sind nicht so blöd, sich den Bauch mit explodierenden Handgranaten vollstopfen zu wollen.»

«Ja, aber hier sind so viele Leichen», sagte Vater. «Die Hunde werden es nicht aushalten, sie einfach liegenzulassen.»

«Wenn wir uns schon einer Truppe anschließen, dann besser dem pockennarbigen Leng. Seine Soldaten mit ihren grauen Uniformen und Ledergürteln machen wenigstens etwas her.»

Plötzlich rief Mutter: «Seht mal da!»

Sie kauerten nieder und beobachteten den Hundepfad, auf den Mutter zeigte. Unter den glänzenden Regentropfen zitterten die Hirsestauden. Wo immer man hinsah, vermischten sich dichte Klumpen von zarten gelben Sprößlingen, die vor ihrer Zeit aus der Erde brachen, mit den verdorrten Halmen, die einander gegen den Angriff des Nebels und des Regens stützten. Die Luft roch nach junger Saat, faulenden Hirsehalmen, verwesenden Leichen und Hundekot. Die Welt, der Vater und die anderen gegenüberstanden, war voll von Schrecken, Schmutz und Bosheit.

«Da kommen sie!» rief Vater aufgeregt.

Der Hirsevorhang knisterte. Die Granaten waren nicht explodiert.

«Douguan», sagte Mutter ängstlich, «es ist etwas schiefgegangen.»

«Keine Panik», antwortete er, «sie werden gleich losgehen.»

«Warum vertreiben wir sie nicht mit Gewehrfeuer?» fragte Dezhi.

Mutter, von Ungeduld getrieben, feuerte eine Runde ab. Im Hirsefeld herrschte momentan Verwirrung, dann war die Luft plötzlich vom Geräusch detonierender Handgranaten erfüllt. Abgerissene Hirsehalme und Hundeglieder flogen durch die Luft. Das schmerzliche Wimmern verwundeter Hunde hing über dem

Feld. Weitere Explosionen ließen Granatsplitter und Trümmer über Vaters und seiner Freunde Köpfe fliegen.

Schließlich erschienen auf den drei Pfaden etwa zwanzig Hunde; als sie vom Gewehrfeuer getroffen wurden, versteckten sie sich schnell wieder im Schutz der Hirse. Neue Explosionen folgten.

Mutter sprang in die Luft und klatschte in die Hände. Sie war sich der strategischen Veränderungen im Hundelager ebensowenig bewußt wie die anderen. Der gerissene Rote, der jetzt der unbestrittene Anführer war, hatte seine Truppen zur grundlegenden Reorganisation ein paar Kilometer weit weggeführt, und sein neuer Angriff verriet ein dialektisches Verständnis, an dem auch menschliche Intelligenz nichts zu kritisieren gefunden hätte. Den Feind hatte er als eine Gruppe von schlauen, ihm fremden Jugendlichen identifiziert, von denen ihm einer vage bekannt erschien. Diese kleinen Schweine galt es zu erledigen, bevor seine Meute sich an dem Festmahl, das der Sumpf für sie bereithielt, würde gütlich tun können. So befahl er dem kleinen Bastardköter mit den spitzen Ohren, die eine Hälfte der Hunde aus den alten Stellungen zum Angriff zu führen, ein Selbstmordkommando ohne Möglichkeit zum Rückzug. Er selbst führte inzwischen eine Gruppe von weiteren sechzig Hunden in einem Umgehungsmanöver auf die andere Seite des Sumpflands. Von da aus wollten sie einen Überraschungsangriff starten und die kleinen Schweine, an deren Händen das Blut ihrer Kameraden klebte, in Fetzen reißen. Beim Aufbruch rieb der Rote mit in der Luft gekräuseltem Schwanz seine kalte Nase an den kalten Nasen all seiner Gefolgsleute. Dann kaute er auf den getrockneten Schlammklumpen herum, die zwischen seinen Klauen hingen. Die anderen folgten seinem Beispiel.

Das Umgehungsmanöver hinter dem Sumpf war abgeschlossen, und er hatte die wild gestikulierenden kleinen Menschen im Blickfeld, als das Geräusch der ersten explodierenden Handgranaten von der anderen Seite des Sumpflands an sein Ohr drang. Das Geräusch erschreckte ihn, und wie er sofort bemerkte, löste es auch unter seinen Truppen Panik aus. Die todbringenden schwarzen Mistkäfer erregten tiefe Ängste. Er wußte, wenn er jetzt wie ein ängstliches Huhn zurückschreckte, würden seine Truppen die Flucht ergreifen. Ruhig wandte er den Kopf, entblößte die Fangzähne und feuerte die Hundetruppen mit einem markerschütternden Heulen an. Dann ging er zum Angriff über. Wie eine bunte Wolke, die sich glatt und eng an den Erdboden klammerte, folgte ihm die Hundemeute und schoß von hinten auf Vater und seine Freunde zu.

«Hunde von hinten!» rief Vater überrascht aus, schwang das Gewehr um seine eigene Achse und erlegte blind einen der Angreifer. Der Hund, ein großer brauner Rüde, stürzte zu Boden, richtete sich noch einmal auf und kämpfte sich noch zwei oder drei Meter vor, bevor die Meute ihn überrannte.

Wang Guang und die anderen feuerten so schnell sie konnten, aber an die Stelle jedes gefallenen Hundes traten mehrere andere. Sie stürzten sich auf das Lager der Menschen, ihre Zähne blitzten, und ihre Augen leuchteten wie reife Kirschen. Jetzt hatte die Menschenfeindschaft der Hunde ihren Höhepunkt erreicht. Wang Guang warf die Waffe zu Boden, drehte sich um, rannte ins Sumpfgelände und wurde sofort von einem Dutzend Hunden umringt. Von einem Augenblick zum nächsten verschwand der schmächtige Knabe einfach. Die Hunde, die menschliches Fleisch gewohnt waren, hatten sich in echte wilde Tiere verwandelt. Sie konnten geschickt handeln und ihr Handwerk professionell ausüben. Sie rissen Wang Guang das Fleisch in Klumpen vom Körper und knackten bald seine zarten Knochen.

Vater, Mutter und Dezhi standen erstarrt und zitternd wie Espenlaub da. Mutter machte in die Hosen. Die gemächliche Ruhe, mit der sie die Hunde aus der Entfernung abgeschossen hatten, verflüchtigte sich, als die Hunde im Kreis um sie herumliefen. Sie feuerten weiter, bis ihre Munition erschöpft war, und verwundeten mehrere Hunde. Das Bajonett, das auf Vaters Gewehr in der Sonne glänzte, stellte für die Hunde eine echte Bedrohung dar. Mutter und Dezhi hatten Karabiner ohne Bajonette. Also konzentrierten sich die Hunde auf sie. Die drei standen Rücken an Rücken, und jeder von ihnen konnte spüren, wie die anderen vor Angst zitterten. «Douguan», flüsterte Mutter, «Douguan...»

«Hab keine Angst!» redete Vater ihr zu. «Schrei so laut du kannst. Wir müssen meinen Vater zur Hilfe rufen.»

Als der Rote sah, daß Vater der Anführer war, warf er aus dem Augenwinkel einen verächtlichen Blick auf das Bajonett.

«Vater! Hilfe, Vater!» schrie mein Vater.

«Onkel! Komm schnell, Onkel!» rief Mutter so laut sie konnte.

Ein paar Hunde wollten zum Angriff übergehen, wurden aber zurückgeschlagen. Mutter stieß einem anstürmenden Hund den Lauf ihres Gewehrs in den Rachen und schlug ihm zwei Zähne aus. Ein zweiter griff törichterweise Vater an, der ihm mit dem Bajonett das Gesicht aufriß. Während seine Truppen angriffen und sich wieder zurückzogen, hockte der Rote in der Entfernung da und hielt den Blick starr auf Vater gerichtet.

Das Unentschieden zwischen den gegnerischen Kräften hielt so lange an, wie man braucht, um ein paar Pfeifen zu rauchen. Vater wurden die Knie weich, und er konnte kaum mehr die Arme heben. Wieder schrie er nach Großvater und flehte um Rettung. Mutter hatte sich so eng an ihn gepreßt, daß es sich anfühlte, als stehe er mit dem Rücken zur Wand.

«Douguan», flüsterte Dezhi, «ich werde sie ablenken, damit ihr fliehen könnt.»

«Kommt nicht in Frage», sagte Vater.

«Ich bin schon weg.»

Er stürzte aus dem Belagerungskreis und rannte wie der Wind auf das Hirsefeld zu. Dutzende von Hunden folgten ihm. Sie hatten ihn bald eingeholt und fingen an, ihn in Fetzen zu reißen. Vater wagte nicht, Dezhis Todeskampf zu verfolgen, denn der Rote starrte ihn noch immer ohne ein Wimpernzucken an. Aus dem Hirsefeld, in das sich Dezhi geflüchtet hatte, hörte man, wie zwei japanische Handgranaten explodierten. Die Halme neigten sich im Aufprall und ließen ein Seufzen vernehmen, von dem Vater eine Gänsehaut bekam. Unter das Geräusch zerberstender Hundeleichen, die zu Boden fielen, mischte sich das mitleiderregende Heulen der Hunde, die bei den Explosionen verwundet wurden, und erschreckte die Hunde, die Vater und Mutter umkreisten. Sie zogen sich zurück und gaben damit Mutter die Gelegenheit, eine

Eierhandgranate hervorzuziehen und zwischen sie zu werfen. Sie beobachteten den unheimlichen schwarzen Gegenstand, der in hohem Bogen auf sie zuflog, und stießen ein unbeschreibliches Geheul aus, bevor sie in panischer Angst die Flucht ergriffen. Die Granate fiel sinnlos zu Boden. Mutter hatte vergessen, die Zündnadel zu ziehen. Alle Hunde, außer dem Roten, flohen. Als der sah, wie Vater sich zu Mutter umwandte, sprang er wie ein Blitz auf und segelte mit ausgestreckten Gliedern durch die Luft. Die silbernen Strahlen der Sonne fielen auf den Anführer der Hunde, und sein Körper zog sich in einem Bogen von großer Schönheit durch die Luft. Instinktiv ließ Vater sich zurückfallen, als die Klauen über sein Gesicht fegten.

Der erste Angriff war fehlgeschlagen, aber dem Hund war es gelungen, ein mundgroßes Stück Haut aus Vaters Gesicht zu reißen. Klebriges Blut strömte über seine Wange. Erneut griff der Rote an, und diesmal hob Vater das Gewehr, um ihn zurückzuschlagen. Mit den Vorderpfoten schlug der Hund den Gewehrlauf zur Seite, neigte den Kopf, um dem Bajonett zu entgehen, und stürzte sich auf Vaters Brust. Der erkannte den weißen Fellfleck auf der Brust des Roten und versuchte, einen Fußtritt zu landen, als ihn plötzlich Mutter mit sich zu Boden riß. Der Rote ergriff die Gelegenheit, ließ sich über Vater fallen und schnappte nach dem weichen Fleisch zwischen seinen Beinen. Im gleichen Augenblick schmetterte ihm Mutter krachend den Gewehrkolben auf den knochigen Schädel. Betäubt zog er sich ein paar Schritte zurück und sammelte sich zu neuem Angriff. Drei Meter weit hatte ihn sein Sprung durch die Luft getragen, als plötzlich ein Schuß ertönte und der Kopf des Hundes zur Seite fiel. Ein Auge hing als blutiger Brei aus der Höhle. Vater und Mutter blickten auf und sahen einen hageren alten Mann mit weißem Haar und krummem Rücken, der einen verkohlten Stock in der einen, eine noch rauchende japanische Pistole in der anderen Hand hielt. Es war Großvater.

Großvater gab noch ein paar Schüsse auf die Hunde in der Ferne ab. Die erkannten, daß das Schlachtglück sich gewendet hatte, flohen ins Hirsefeld und zerstreuten sich in alle Winde.

Großvater wankte mühsam ein paar Schritte voran und zerschmetterte den Schädel des Roten mit seinem Stock. «Aufsässiger Hund!» fluchte er. Das Herz des Roten schlug noch, seine Lungen pumpten noch Luft, seine kräftigen Hinterläufe gruben sich störrisch in den Boden und kratzten zwei tiefe Furchen in die schwarze Erde. Das glänzendrote, schöne Fell strahlte wie Millionen Flammenzungen.

8

Der Hundebiß war – wohl weil Vater zwei Paar Hosen trug – nicht so tief, wie er hätte sein können, aber die Folgen waren schlimm genug. Die Hundezähne hatten eine Seite des Hodensacks aufgerissen, und der Hoden, der an Größe und Gestalt einem Wachtelei glich, hing nur noch an einem dünnen Faden. Als Großvater seinen Sohn aufhob, fiel dem die kleine rote Kugel in die Hosen. Großvater fing sie in der Handfläche auf. Es sah aus, als wiege die kleine Kugel tausend Pfund, so beugte sich Großvater unter der Last. Seine große rauhe Hand zitterte, als brenne ihm der Hoden ein Loch in die Hand. «Onkel», fragte Mutter, «was hast du?»

Sie sah ein schmerzhaftes Zucken über sein Gesicht laufen, seine blasse Haut wirkte, als überzöge sie eine gelbe Schicht, und aus den Augen sprach unvorstellbare Verzweiflung.

«Es ist alles aus», murmelte er mit dünner Altmännerstimme, «es ist alles aus.»

Er zog die Pistole und brüllte den Hund an: «Hund, du hast mir das Ende gebracht!»

Er zielte auf den immer noch schwach atmenden Roten und gab ein paar Schüsse ab.

Mühsam richtete Vater sich auf. Über die Innenseite seiner Schenkel strömten Bäche von warmem frischem Blut. Er schien keine allzu großen Schmerzen zu empfinden. «Vater», sagte er, «wir haben gesiegt.»

Mutter sagte: «Onkel, bitte kümmre dich schnell um Douguans Wunde!»

Vater blickte auf den Hoden in Großvaters Hand und fragte erstaunt: «Gehört das mir, Vater? Wirklich?»

Eine Welle von Ekel und Schwindel überfiel ihn, und er wurde ohnmächtig.

Großvater warf seinen Stock weg, riß zwei saubere Hirseblätter ab, packte den kleinen Gegenstand sorgfältig ein und gab ihn Mutter in die Hand. «Qian'er», sagte er, «gib gut darauf acht. Wir bringen ihn zu Doktor Zhang Xinyi.» Er bückte sich, hob Vater auf, richtete sich mühsam wieder auf und humpelte die Straße entlang. Die verwundeten Hunde im Sumpfland winselten mitleiderregend.

Doktor Zhang Xinyi war ein Mann um die Fünfzig. Er hatte einen Mittelscheitel, was auf dem Land ungewöhnlich war, und trug ein langes dunkelblaues Gewand: sein fahles Gesicht schwebte über einem Körper, der so dünn war, daß man meinen mußte, er könne keinem Lufthauch standhalten.

Bis Großvater Vater zum Arzt getragen hatte, war sein Rücken fast bis zum Boden gekrümmt, und sein Gesicht war leichenblaß.

«Bist du es, Kommandant Yu? Du hast dich sehr verändert», sagte Doktor Zhang.

«Doktor, nenn deinen Preis!»

Er hatte Vater auf die hölzerne Liege gebettet. «Ist das dein Sohn, Kommandant?» fragte Doktor Zhang.

Großvater nickte.

«Der, der am Schwarzwasserfluß den japanischen General getötet hat?»

«Ich habe nur einen Sohn.»

«Ich werde tun, was immer in meiner Macht steht.» Doktor Zhang nahm eine Pinzette, eine Schere, eine Flasche Hirsebrand und ein Jodfläschchen aus seiner Arzttasche. Dann beugte er sich über Vater und inspizierte die Verletzungen in seinem Gesicht.

«Sieh bitte zuerst da unten nach, Doktor», sagte Großvater mit ernster Stimme. Dann wandte er sich um und nahm Mutter den in

Hirseblätter gewickelten Hoden aus der Hand. Er legte ihn auf das hölzerne Schränkchen neben der Liege. Die Blätter öffneten sich.

Doktor Zhang hob den verschmierten kleinen Gegenstand mit der Pinzette auf und betrachtete ihn. Seine langen nikotinverfärbten Finger zitterten, und er stammelte: «Kommandant Yu... natürlich bin ich bereit, zu tun, was ich kann... aber die Wunde deines Sohnes... meine Fähigkeiten sind begrenzt, und ich verfüge nicht über die richtigen Medikamente... du solltest ihn zu einem besseren Arzt bringen, Kommandant.»

Großvater beugte sich vor und schob sein Gesicht unmittelbar an das des Arztes. Seine Triefaugen durchbohrten den Mann. «Wo soll ich hier jemand Begabteren finden?» fragte er mit heiserer Stimme. «Sag schon, wo kann ich hingehen? Soll ich ihn zu den Japanern bringen?»

«Kommandant», sagte Zhang Xinyi defensiv, «davon hat Euer ergebener Diener kein Wort gesagt. Aber dein ehrenwerter Herr Sohn ist an einer kritischen Stelle verwundet, und der kleinste Fehler könnte das Ende einer ruhmreichen Familie bedeuten.»

«Ich habe ihn zu dir gebracht», sagte Großvater, «weil ich dir vertraue. Tu dein Bestes!» Doktor Zhang biß die Zähne zusammen und sagte: «Wenn Kommandant Yu es will, muß ich es wohl tun.»

Er tränkte einen Wattebausch mit Schnaps und säuberte die Wunde. Der Schmerz weckte Vater auf. Er versuchte, sich von der Liege gleiten zu lassen, aber Großvater hielt ihn fest. Er strampelte mit den Beinen.

«Kommandant Yu», sagte Zhang Xinyi, «wir werden ihn festbinden müssen.»

«Douguan», sagte Großvater. «Du bist mein Sohn, und du mußt tapfer sein. Beiß die Zähne zusammen!»

«Ja, Vater», sagte Douguan, «aber es tut weh.»

«Sei tapfer!» sagte Großvater streng. «Denk an Onkel Luohan.»

Vater wagte nicht zu widersprechen. Schweiß rann ihm über die Stirn.

Zhang Xinyi nahm eine Nadel und sterilisierte sie mit Schnaps, bevor er den Faden einlegte. Dann begann er, den aufgerissenen Hodensack zuzunähen.

«Näh das wieder mit rein!» sagte Großvater.

Zhang Xinyi sah den Hoden an, der in seiner Blätterhülle auf dem Holzschränkchen lag, und murmelte verlegen: «Kommandant Yu... das würde nichts bringen...»

«Willst du das Ende der Familie Yu einläuten?» fragte Großvater betrübt.

Große Schweißtropfen glänzten auf Doktor Zhangs hagerem Gesicht. «Überlege dir das doch, Kommandant Yu! Da sind Blutgefäße durchtrennt. Wenn ich es wieder hineintäte, bliebe es trotzdem tot.»

«Dann näh die Blutgefäße wieder zusammen.»

«Kommandant Yu, niemand auf der Welt kann Blutgefäße nähen.»

«Heißt das... daß alles aus ist?»

«Das kann man nicht so einfach sagen, Kommandant Yu. Er könnte trotzdem ganz in Ordnung sein. Der andere Hoden ist völlig gesund. Vielleicht kommt er ja mit einem aus.»

«Du meinst, er wird keine Probleme haben?»

«Möglicherweise nicht.»

«Scheiße!» fluchte Großvater betrübt. «Mir bleibt aber auch nichts erspart.»

Als die Unterleibswunde versorgt war, kümmerte sich der Arzt um Vaters Gesicht. Aufatmend fiel er auf seinen Hocker. Schweißdurchtränkt klebte ihm die Kleidung am Körper.

«Wieviel macht es, Doktor Zhang?»

«Kümmere dich nicht um mein Honorar, Kommandant Yu. Wenn dein Sohn nur gesund wird, ist das Glück genug für mich», sagte Doktor Zhang mit schwacher Stimme.

«Herr Doktor Zhang, ich, Yu Zhan'ao, durchlebe derzeit schwere Zeiten. Aber eines Tages werde ich mich bedanken.»

Er nahm Vater auf den Arm und trug ihn aus dem Haus des Arztes.

Großvater blickte aufmerksam meinen Vater an, der halb bewußtlos in dem Schuppen lag. Sein Gesicht war mit Gaze bandagiert, nur die flinken Augen blieben sichtbar. Doktor Zhang war einmal zum Verbandwechsel vorbeigekommen. «Kommandant Yu», hatte er gesagt, «es ist keine Infektion aufgetreten, und das ist ein gutes Zeichen.»

«Also wie war das?» sagte Großvater. «Du hast doch gesagt, daß er mit nur einem zurechtkommt, oder?»

«Kommandant, darüber können wir uns jetzt noch keine Sorgen machen. Ein toller Hund hat deinen ehrenwerten Sohn gebissen, und wir haben Glück, daß er noch am Leben ist.»

«Wenn das Ding nicht funktioniert, könnte er genausogut tot sein.»

Doktor Zhang warf einen Blick auf Großvaters wutverzerrtes Gesicht, murmelte irgend etwas Höfliches und schlich sich davon.

Großvater griff nach seinem Gewehr und machte einen Spaziergang zum Gelände neben dem Sumpf, um seine wirren Gedanken zu ordnen. Überall sah man die traurigen Zeichen des Herbstes. Der Boden war reifbedeckt, die gelben Schößlinge der Hirsepflanzen waren erfroren, und auf dem feuchten Sumpfboden lagen kalte weiße Dornenranken. Der Oktober ging zu Ende, und bald würde die Kälte einsetzen. Großvater fühlte sich krank und sehr schwach, sein Sohn rang mit dem Tode, die Familie war zerbrochen. Einige waren weit weg und andere tot, das Volk litt. Wang Guang und Dezhi waren tot, der lahme Guo Yang war weit in die Ferne gezogen, das Geschwür am Bein der alten Frau Liu sonderte noch immer Blut und Eiter ab, der Blinde saß den ganzen Tag untätig da, das Mädchen Qian'er war zu jung, um das alles zu verstehen, und er selbst stand im Kreuzfeuer zwischen den Jiao-Gao-Truppen und der Gefolgschaft des pockennarbigen Leng, für die Japaner war er der Erzfeind...

Auf seinen Stock gestützt, erstieg er einen Hügel im Sumpfland und ließ seinen Blick über zerbrochene menschliche Körper und Hirsehalme schweifen. Tausend Gedanken gingen ihm durch den Kopf. Er hatte jeden Mut verloren. Wie vorübertreibende Wolken schwammen traurige und freudige Erinnerungen vor seinem inneren Auge vorbei: hoher Rang und großer Reichtum, eine reizende Frau und eine schöne Mätresse, ein geliebtes Pferd und ein glänzendes Schwert, ein Leben voll von Vergnügungen und klarem Schnaps. Aber was hatte er jetzt davon, daß er jahrzehntelang gekämpft und Frauen umworben hatte? Alles, was blieb, war die Trostlosigkeit, die sich vor ihm erstreckte. Ein paarmal zog er die Pistole, aber dann zögerte er und schob sie wieder ins Halfter.

Herbst und Winter des Jahres 1939 waren einer der schwersten Abschnitte in Großvaters Lebensgeschichte: Seine Trupps waren ausgelöscht, seine geliebte Frau war tot, sein Sohn war schwer verwundet, sein Dorf und das Land ringsum waren in Flammen aufgegangen, und seinen Körper hatte schwere Krankheit befallen. Der Krieg hatte fast alles zerstört, was sein eigen war. Seine Blicke schweiften über die wirr umherliegenden Leichen von Menschen und Hunden. Wie ein verknotetes Garnknäuel lagen sie da und verwirrten sich immer mehr, je länger er hinsah, bis sie schließlich vor seinen Augen verschwammen. Mehrmals zog er bei dem Gedanken, sich von dieser verfluchten, sinnlosen Welt zu verabschieden, die Pistole. Aber am Ende siegte die Gier nach Rache über die Feigheit. Er haßte die Japaner, er haßte die Truppen der Jiao-Gao-Einheit, und er haßte die Männer des pockennarbigen Leng.

An ebender Stelle, wo er stand, hatten die Jiao-Gao-Truppen mehr als zwanzig Gewehre gestohlen und waren dann spurlos verschwunden. Nichts sprach dafür, daß sie sich mit den Japanern eingelassen hätten. Allenfalls von einem Zusammenstoß mit den Männern von Pockennarbe Leng hatte er gehört; und Großvater hegte den Verdacht, es seien die Jiao-Gao-Truppen gewesen, die fünfzehn Gewehre aus dem trockenen Brunnen gestohlen hatten, wo Vater und er sie versteckt hatten.

Liu, die trotz ihrer vierzig Jahre immer noch ein hübsches Gesicht hatte, kam auf der Suche nach Großvater zum Sumpfrand und versuchte, ihn durch liebevolle Blicke auf sein silbergraues Haar zu trösten. Sie legte eine große rauhe Hand auf seinen Arm und sagte: «Du solltest nicht hier herumsitzen und grübeln. Gehen wir nach Hause. Die Alten hatten ein Sprichwort: ‹Der Himmel verschließt nie alle Ausgänge.› Du solltest daran denken, wieder gesund zu werden, und kräftig essen, trinken und atmen.»

Ihre Worte rührten ihn. Er sah ihr ins freundliche Gesicht, und Tränen stiegen ihm in die Augen. «Ach, Schwägerin...»

Sie streichelte seinen gebeugten Rücken. «Sieh dir das nur an. Ein Mann von kaum Vierzig wird durch Leiden so weit gebracht.»

Auf dem Rückweg stützte sie ihn. Er blickte auf ihr lahmes Bein und fragte besorgt: «Wird es besser mit deinem Bein?»

«Das Geschwür ist abgeheilt, aber das Bein ist dünner geblieben als das andere.»

«Es wird schon noch kräftiger werden.»

«Ich glaube nicht, daß Douguan so schwer verwundet ist, wie es aussieht.»

«Schwägerin», sagte Großvater, «meinst du, er ist mit nur einem in Ordnung?»

«Ich glaube schon. Einzehiger Knoblauch ist der schärfste.»

«Meinst du das wirklich?»

«Mein jüngerer Bruder hatte von Geburt an nur einen, und du ahnst nicht, wie viele Kinder er hat.»

«Ach so!» sagte Großvater.

In der Nacht ruhte Großvater sein müdes Haupt am warmen Busen der Liu aus, und sie streichelte seinen knochigen Körper mit ihren großen Händen. «Kannst du noch einmal?» flüsterte sie. «Reicht deine Kraft noch? Nur nicht verzweifeln. Fühlst du dich jetzt nicht besser?»

Großvater roch den süß-sauren Duft ihres Atems und schlief fest ein.

Mutter konnte nicht vergessen, wie Doktor Zhang diese purpurrote abgeflachte Kugel mit der Pinzette aufgehoben hatte. Er hatte sie sorgfältig inspiziert und dann in eine Schale voll schmutziger Wattebäusche und faulender Haut- und Fleischstückchen geworfen. Der Arzt hatte Douguans Hoden in eine Schüssel mit schmutzigem Abfall geworfen. Gestern war er noch sein Juwel gewesen, heute lag er im Abfall. Mutter, die über fünfzehn war und angefangen hatte, ein paar Dinge zu begreifen, fühlte sich peinlich berührt und zugleich beängstigt. Während sie Vater pflegte, starrte sie ständig auf sein in Verbandmull gehülltes Glied. Ihr Herz klopfte, ihre Wangen brannten, sie errötete zutiefst.

Dann erfuhr sie, daß die lahme Liu mit Großvater schlief.

«Qian'er», sagte Liu, «du bist jetzt fünfzehn und kein Kind mehr. Versuch mit Douguans Glied zu spielen, und wenn es hart wird, ist er der Mann für dich.»

Mutter war so verlegen, daß sie beinahe geweint hätte.

Vater wurden die Fäden gezogen.

Mutter schlich sich in den Schuppen, in dem Vater schlief, und näherte sich mit glühenden Wangen auf Zehenspitzen seiner Bettstatt. Sie kniete neben seinem Lager nieder und zog ihm vorsichtig die Hosen herunter. Im fahlen Licht, das in das Zimmer drang, betrachtete sie sein verletztes, verformtes Glied. Die Eichel starrte sie wild, stolz und herausfordernd an. Schüchtern nahm sie es in die verschwitzte Hand und fühlte, wie es wärmer und dicker wurde. Es begann zu zucken wie ihr Herz. Vater wachte auf und warf ihr aus halbgeschlossenem Auge einen Blick zu. «Was machst du da, Qian'er?»

Mutter quietschte vor Schreck, sprang auf und rannte aus dem Zimmer. Dabei lief sie Großvater direkt in die Arme.

Großvater packte sie an der Schulter und fragte: «Was ist los, Qian'er?»

Mutter brach in Tränen aus, riß sich von Großvater los und rannte davon.

Großvater stürzte in den Schuppen. Dann stürzte er wie ein Wahnsinniger wieder aus dem Schuppen heraus und rannte direkt zu Liu. Er griff nach ihren Brüsten und preßte sie. «Einzehiger Knoblauch ist der schärfste», rief er triumphierend. «Einzehiger Knoblauch ist der schärfste!»

Großvater gab drei Schüsse in die Luft ab. Dann schlug er die Hände vor der Brust zusammen und rief:

«Der Himmel hat uns nicht vergessen!»

9

Großvater klopfte mit den Knöcheln die Wand ab. Der Sonnenschein, der durchs Fenster drang, wurde von der polierten Gaomi-Statuette auf dem Tisch zurückgeworfen. Das Fenster war von Papier bedeckt, das Großmutter zu seltsamen, verwinkelten Scherenschnitten gestaltet hatte. Fünf Tage später sollte das ganze Haus in einem schrecklichen Kampf zu Schutt und Asche werden. Es war der zehnte Tag des achten Monats nach dem alten Kalender im Jahre 1939. Großvater war gerade erst von der Landstraße zurückgekehrt. Er trug einen Arm in der Schlinge und roch nach Benzin. Vater und er hatten das japanische Maschinengewehr mit dem verdrehten Lauf unter dem alten Baum im Hof vergraben und suchten im Haus nach Geld, das Großmutter irgendwo versteckt hatte.

Als es hinter der Wand hohl klang, griff Großvater zur Pistole und schlug mit dem Griff ein Loch in die Mauer. Dann griff er hinein und holte ein rotes Stoffpaket heraus. Er schüttelte es. Es klimperte. Er schüttete den Inhalt auf die Bettstatt: fünfzig Silberdollar.

Großvater steckte das Geld ein und sagte: «Gehen wir, Sohn!»

«Wohin, Vater?»

«In die Stadt, Munition kaufen. Ich habe noch eine Rechnung mit Pockennarbe Leng zu begleichen.»

Als Vater und Großvater an die nördliche Stadtmauer kamen, war die Sonne kurz davor unterzugehen. Auf den Gleisen der Eisenbahnlinie von Jiaoping nach Jinan, die sich als dunkle Spur durch die Hirsefelder schlängelten, puffte eine schwarze Lokomotive, die dunkle Rauchwolken über die Hirse stieß. Das Licht, das sich wie Drachenschuppen in den Schienen spiegelte, blendete sie. Das laute Pfeifen der Dampflokomotive erschreckte Vater, und er klammerte sich an Großvaters Hand.

Großvater führte ihn zu einem massigen Grabhügel, vor dem ein zwei Mann hoher weißer Grabstein stand. Die eingemeißelte Inschrift war kaum mehr lesbar, und die Bäume in der Gegend waren so dick, daß zwei Männer sie kaum mit den Armen hätten umspannen können. Das schwarze Blätterdach raschelte auch bei Windstille, und das Grab lag wie eine schwarze Insel zwischen blutroten Hirsestauden.

Großvater grub vor dem Grabstein ein kleines Loch und warf seine Pistole hinein. Vater legte seinen Browning daneben.

Sie überquerten die Schienen und blickten zu dem hohen Tor in der Stadtmauer auf, über dem die japanische Flagge wehte. Die aufgehende Sonne mit ihren roten Strahlen flatterte munter im Wind und spiegelte die untergehende Abendsonne wider. Zu beiden Seiten des Tores standen Wachposten: links ein Japaner, rechts ein Chinese. Der chinesische Soldat befragte die Passanten, die in die Stadt wollten, und durchsuchte sie, während der japanische Soldat mit geschultertem Gewehr daneben stand und den chinesischen Soldaten beim Durchsuchen beaufsichtigte.

Nachdem sie die Gleise überquert hatten, nahm Großvater Vater auf die Schulter und flüsterte ihm ins Ohr: «Tu so, als ob du Bauchweh hättest. Stöhne ein bißchen.»

Vater stöhnte ein-, zweimal. «Richtig so, Vater?»

«Mit ein bißchen mehr Gefühl.»

Sie stellten sich in einer Reihe mit den Leuten auf, die in die Stadt wollten. «Aus welchem Dorf seid ihr?» blaffte der chinesische Soldat sie an. «Was habt ihr in der Stadt zu suchen?»

Mit schüchterner Stimme antwortete Großvater: «Aus Yutan, im Norden. Mein Sohn hat Cholera. Ich will ihn zu Doktor Wu bringen.»

Vater war von den Worten, die sein Vater mit dem Wachposten wechselte, so fasziniert, daß er vergaß zu stöhnen. Aber als Großvater ihn kräftig in die Schenkel kniff, schrie er vor Schmerz auf.

Der Wachposten winkte sie durch.

Als sie außer Hörweite waren, boxte Großvater Vater und fluchte: «Du kleiner Schweinehund! Warum hast du nicht gestöhnt?»

«Das hat weh getan, Vater, sehr weh.»

Großvater führte Vater über einen schmalen Aschenweg zum

Bahnhof. Die Strahlen der Sonne versanken, die Luft stank. Vater sah, daß man neben dem alten Bahnhofsgebäude zwei Blockhütten errichtet hatte, über denen weiße japanische Fahnen mit roten Blutflecken in der Mitte wehten. Zwei japanische Soldaten, die Polizeihunde an der Leine führten, marschierten an den Blockhütten auf und ab. Dutzende von Zivilisten standen oder hockten hinter dem Geländer und warteten auf einen Zug. Auf dem Bahnsteig stand ein Chinese in schwarzer Uniform mit einer roten Laterne in der Hand. Pfeifend fuhr der Zug nach Osten ein. Der Boden bebte unter Vaters Füßen, und die Polizeihunde bellten den ankommenden Zug an. Eine verhutzelte alte Frau humpelte unter den wartenden Reisenden umher und versuchte, Zigaretten und Kürbiskerne zu verkaufen. Puffend fuhr der Zug ein, und die Räder kamen zum Stillstand. Vater sah, daß an der Lokomotive mehr als zwanzig Wagen hingen: zehn geschlossene und dazu zehn offene Güterwagen, deren Ladung locker mit grünem Öltuch abgedeckt war. Auf den Wagen standen Japaner, die ihren Landsleuten auf dem Bahnsteig etwas Unverständliches zuriefen.

Plötzlich erklang aus den Feldern nördlich der Gleise Gewehrfeuer, und Vater sah einen hochgewachsenen Japaner auf einem der Güterwagen, der schwankte und dann kopfüber zu Boden fiel. Wie Wölfe heulten die Wachhunde in einer der Blockhütten auf, und die aus- und einsteigenden Fahrgäste liefen davon. Die Polizeihunde bellten wütend, und die Maschinengewehre über den Hütten nahmen die nördlichen Felder unter Dauerbeschuß. Mitten in all der Wirrsal fuhr der Zug an und stieß schwarze Rauchwolken und Aschenregen über dem Bahnsteig aus. Großvater griff nach Vaters Hand und zerrte ihn schnell in eine dunkle Seitengasse.

Großvater stieß ein angelehntes Tor auf und betrat einen winzigen Hof, in dem eine kleine Papierlaterne, die am Dachbalken hing, ein schwaches, geheimnisvolles rotes Licht ausstrahlte. Das Gesicht der Frau, die am Eingang stand, war so dick gepudert, daß man ihr Alter nicht erraten konnte. Mit ihren geschminkten Lippen grinste sie breit und zeigte ihre glänzenden Zähne. Das schwarze Haar war auf dem Kopf hochgesteckt, hinter dem Ohr steckte eine Seidenblume.

«Bruder», rief sie in künstlich süßlichem Tonfall, «seit du Kommandant bist, denkst du wohl gar nicht mehr an deine kleine Schwester!» Sie umarmte Großvater wie ein kleines Mädchen.

«Laß das!» ermahnte der sie. «Nicht in Gegenwart meines Sohnes! Für dich habe ich heute keine Zeit. Treibst du dich immer noch mit dem Fünften Bruder herum?»

Die Frau stürzte zum Hoftor und schloß es. Dann nahm sie die Laterne herunter und führte die beiden ins Haus. «Den Fünften Bruder hat das Garnisonskommando erwischt und verprügelt», sagte sie schmollend.

«Ich dachte, Song Shun vom Garnisonskommando sei sein Blutsbruder.»

«Glaubst du wirklich, man könne sich auf windige Freunde wie den verlassen? Seit den Ereignissen in Qingdao sitze ich hier wie auf Nadeln.»

«Der Fünfte Bruder würde dich nie verraten. Er ist verschwiegen. Das hat er unter Beweis gestellt, als Cao Mengjiu ihn verhört hat», sagte Großvater.

«Was treibst du hier? Man hört, du hättest gegen japanische Truppen gekämpft.»

«Das war ein Reinfall. Ich werde dieses schmierige Schwein von pockennarbigem Leng umbringen!»

«Mach dich nicht an diese schmierige Kröte heran. Der ist eine Nummer zu groß für dich.»

Großvater zog die fünfzig Silberdollar aus der Tasche und warf sie auf den Tisch. «Ich brauche fünfhundert Kupfermantelgeschosse.»

«Kupfermantel, gar kein Mantel, Regenmantel! Ich hab alles weggeschafft, als sie den Fünften Bruder verhaftet haben. Ich kann keine Patronen aus der Luft herbeizaubern.»

«Laß das Geschwätz! Hier sind fünfzig Dollar. Habe ich, Yu Zhan'ao, dich jemals schlecht behandelt?»

«Lieber Bruder», sagte die Frau, «wie redest du mit mir? Behandle deine kleine Schwester nicht wie eine Fremde.»

«Mach mich nicht wütend», sagte Großvater in drohendem Tonfall.

«Du wirst niemals damit aus der Stadt rauskommen.»

«Das ist nicht dein Problem. Ich brauche fünfhundert große Patronen und fünfzig kleine.»

Die Frau ging in den Hof und sah sich um und vergewisserte sich, daß niemand da war. Dann kam sie ins Haus zurück, öffnete eine Geheimtür in der Mauer und holte eine Handvoll goldglänzender Patronenhülsen heraus.

Großvater nahm einen Sack, steckte die Munition hinein und band ihn sich um die Hüften. «Gehen wir», sagte er.

Die Frau hielt ihn zurück. «Wie willst du rauskommen?»

«Ich werde am Bahnhof über die Gleise kriechen.»

«Geht nicht!» sagte sie. «Da gibt es Blockhütten mit Suchscheinwerfern, Hunden und Wachposten.»

«Wir werden es versuchen», sagte Großvater grinsend, «und wenn es schiefgeht, kommen wir wieder.»

Großvater und Vater machten sich in der dunklen Gasse auf den Weg und schlichen sich in die Nähe des Bahnhofs. Bis hierhin ging die Stadtmauer nicht, also versteckten sie sich an der Wand einer Hufschmiede, von wo aus sie den hell beleuchteten Bahnsteig und die Wachposten gut überblicken konnten. Großvater flüsterte Vater etwas ins Ohr und führte ihn dann zum Güterabstellgleis am hintersten Ende des Bahnhofs. Ein Stacheldrahtzaun verband den Bahnhof mit der Stadtmauer, und die Suchscheinwerfer auf den Blockhütten schienen auf Dutzende von Gleisen. Eine große Kugellampe im Frachthof warf ihr unheimliches Licht über den ganzen Bereich.

Vater kroch neben Großvater darauf zu und beobachtete die Wachposten, die jenseits des Stacheldrahts auf und ab marschierten.

Aus dem Schornstein eines Güterzuges, der von Westen kam, sprühten rote Funken. Der Lichtstrahl glich einem Fluß, der schnell auf sie zuströmte. Die Schienen ächzten und dröhnten.

Großvater und Vater krochen näher an den Stacheldrahtzaun und begannen, ein Loch hineinzuzupfen, durch das sie hindurchkriechen konnten. Aber der Draht war zu straff gespannt, und ein Stachel bohrte sich in Vaters Handfläche. Leise wimmerte er.

«Was ist los?» flüsterte Großvater.

«Ich hab mich geschnitten», flüsterte Vater zurück.

«Wir kommen nicht durch. Kommt mit zurück!»

«Wenn wir unsere Pistolen hätten...»

«Damit könnten wir es auch nicht schaffen.»

«Wir könnten auf den Scheinwerfer da schießen.»

Sie zogen sich in den Schatten zurück, und Großvater hob einen Stein auf und warf ihn über die Gleise. Ein Wachposten schrie auf und gab einen Schuß ab. Der Suchscheinwerfer drehte sich über den ganzen Bereich, und ein Maschinengewehr eröffnete das Feuer. Das Geräusch betäubte Vater beinahe. Querschläger schlugen Funken aus den Gleisen.

Das Herbstfest, der fünfzehnte Tag im achten Monat nach dem alten Kalender, ist einer der wichtigsten Markttage im Bezirk Gaomi. Auch im Krieg geht das Leben weiter, und die Menschen müssen Nahrung und Kleidung einkaufen. Geschäft ist Geschäft. Als ein junger Mann namens Gao Rong um acht Uhr früh am Nordtor seinen Posten bezog, um die Passanten zu durchsuchen und auszufragen, waren die Straßen voll von Menschen, die in die Stadt wollten oder die Stadt verließen. Der junge Wachposten wußte, daß ihn ein japanischer Soldat mit kaum verhohlenem Abscheu überwachte.

Ein älterer Mann um die Fünfzig und sein jugendlicher Begleiter verließen die Stadt und trieben einen Ziegenbock vor sich her. Im dunklen Gesicht des Älteren leuchteten stahlharte Augen. Über das gerötete Gesicht des Jungen strömten nervöse Schweißbäche. Die Straßen waren voll von Menschen, und alle wurden am Tor angehalten und von Gao Rong befragt.

«Wohin willst du?»

«Aus der Stadt raus, nach Hause», antwortete der Alte.

«Nicht auf den Markt?»

«War ich schon. Hab diese halbtote Ziege gekauft. War billig.»

«Wann bist du in die Stadt gekommen?»

«Gestern nachmittag. Wir waren bei einem Verwandten. Hab den Bock heute früh gekauft.»

«Und wo geht es jetzt hin?»

«Aus der Stadt raus, nach Hause.»

«Gut, ihr könnt gehen.»

Großvater und Vater verließen die Stadt und trieben den Ziegenbock vor sich her. Sein Bauch war so geschwollen, daß er kaum laufen konnte. Großvater benutzte eine Hirsestaude als Peitsche, und der Bock meckerte vor Schmerz hell auf und schlug mit dem Schwanz um sich. So zogen sie über die Sandstraße zur Nordostgemeinde im Bezirk Gaomi.

Am Grabstein legten sie eine Rast ein und holten ihre Waffen wieder.

«Sollen wir die Ziege laufenlassen, Vater?»

«Nein, wir nehmen sie mit. Zu Hause können wir sie zum Herbstfest schlachten.»

Sie erreichten das Dorf gegen Mittag und kamen an die hohe schwarze Mauer aus Dammerde, die wenige Jahre zuvor ausgebessert worden war. Aus der Dorfmitte und von weiter hinten erklangen Gewehrsalven, und Großvater mußte daran denken, wie beunruhigt der Dorfälteste Zhang Ruolo gewesen war, als sie aufbrachen. Er dachte auch an die Vorahnung, die ihn seit Tagen nicht losließ. Er wußte, daß eingetreten war, was alle befürchtet hatten, und war froh, daß er sich an diesem Morgen entschlossen hatte, in die Stadt zu gehen. Trotz aller Gefahren hatten sie ihre Aufgabe erfüllt, und mehr konnte niemand verlangen.

Großvater und Vater trieben den halbtoten Bock ins Hirsefeld, und Vater schnitt den Hanffaden durch, mit dem sie ihm den Darm vernäht hatten. Er erinnerte sich wieder, wie sie dem Tier im Haus jener Frau die Patronen in den Hintern geschoben hatten. Mit fünfhundertfünfzig Schuß Munition in den Eingeweiden hing der Bauch des Ziegenbocks durch wie eine Mondsichel. Auf dem Heimweg hatte sich Vater Sorgen gemacht, ob die Kugeln den Bauch der Ziege sprengen würden oder ob das Tier es irgendwie schaffen würde, sie zu verdauen.

Kaum war der Hanffaden durchschnitten, da öffnete sich der After des Tiers wie eine Pflaumenblüte, und die lange zurückgehaltenen Kotkügelchen strömten hervor. Erschöpft brach das Tier zusammen. «Nicht doch», rief Vater erschreckt aus. «Die Patronen sind zu Bockmist geworden.»

Großvater griff den Bock bei den Hörnern, riß ihn hoch und schüttelte ihn. Der Schließmuskel des Tiers hatte seine Elastizität verloren, und es verstreute glänzende Patronen.

Großvater und Vater sammelten die Munition auf, luden ihre Waffen und steckten den Rest in die Taschen. Ohne sich weiter um den halbtoten Ziegenbock zu kümmern, bahnten sie sich durch die Hirse ihren Weg zum Dorf.

Über dem Dorf, das die Japaner umstellt hatten, lag ein dichter Rauchschleier von Mündungsfeuer. An ein oder zwei Stellen stieg der Rauch schwer und schwarz zum Himmel auf. Das erste, was Vater und Großvater sahen, waren acht im Hirsefeld versteckte Granatwerfer. Die Läufe hatten etwa halbe Mannshöhe und waren faustdick. Ungefähr zwanzig japanische Soldaten in khakifarbener Uniform bedienten unter dem Kommando eines hageren Japaners, der eine kleine Flagge schwenkte, die Geschütze. Hinter jedem Granatwerfer saß mit um den Lauf geschlungenen Beinen ein Japaner und hielt eine glänzende Flügelgranate in der Hand. Wenn der Hagere die Flagge senkte, ließen sie die Granate in die Läufe fallen. Die zuckten mit einem Knall und einer Rauchwolke zurück, wenn die hell glänzenden Geschosse sich in heulenden Bogen in die Luft erhoben, bevor sie innerhalb der Dorfmauern zu Boden gingen. Über dem Dorf stiegen acht Rauchwolken auf, ihnen folgte achtfaches Aufprallgeräusch, das schnell zu einer einzigen lauten Detonation verschmolz. Acht Rauchwolken erblühten wie dunkle, verschwommene Blumen. Die Japaner schossen die nächste Salve ab.

Wie aus einem Traum erwacht, griff Großvater nach seinem Gewehr und feuerte ab. Der flaggenschwenkende Japaner ging zu Boden. Vater sah, wie sich die Kugel in den knochigen Schädel des Mannes grub, der an einen vertrockneten Rettich erinnerte. Das erste, was er dachte, war: Auf zur Schlacht! Mit verwirrtem Gesichtsausdruck feuerte auch er. Aber seine Kugel prallte mit lautem metallischem Klirren am Sockel eines Granatwerfers ab und fiel irgendwo zu Boden. Die japanischen Kanoniere griffen nach ihren Gewehren und eröffneten das Feuer. Großvater griff nach Vater und zerrte ihn unter die Hirsestauden.

Die Japaner und ihre chinesischen Marionettentruppen gingen zum Angriff über. Die erste Linie bildeten die vornübergebeugten Chinesen, die durch das Hirsefeld rannten und schossen, ohne zu zielen. Ihnen folgten die japanischen Soldaten, die ebenfalls vornübergebeugt voranstürmten.

Im Hirsefeld ertönte Maschinengewehrfeuer. Die Krähen auf der Dorfmauer verstummten. Als die Marionettentruppen die Mauer erreichten, flogen ihnen Dutzende von Handgranaten mit Holstielen entgegen und explodierten in ihren Reihen. Großvater hatte nicht gewußt, daß der Dorfälteste Ruolo genug Geld zusammengekratzt hatte, um in der Munitionsfabrik des Zugführers Leng Granaten zu kaufen. Es gab Dutzende von Gefallenen. Die anderen machten kehrt und liefen davon. Die Japaner folgten ihnen. Dutzende von Verteidigern mit Jagdgewehren und selbstgebastelten Geschützen sprangen auf die Mauer, feuerten ihre Waffen ab und verschwanden wieder hinter der Mauer.

Später erfuhr Großvater, daß am Nord-, Ost- und Westrand des Dorfes ebensolche gegen alle Regeln der Kriegskunst verstoßende Kämpfe stattgefunden hatten.

Die Japaner schossen noch eine Granatwerfersalve ab und landeten einen direkten Treffer auf das Metalltor des Dorfes. Das Tor zersprang. Was blieb, war eine gähnende Öffnung.

Wieder eröffneten Großvater und Vater das Feuer auf die Bedienungsmannschaft der Granatwerfer. Mit vier Schüssen streckte Großvater zwei japanische Soldaten nieder. Vater gab nur einen Schuß ab. Er zielte auf einen Japaner, der breitbeinig über einem Granatwerfer saß und mit beiden Händen ein Geschoß in den Lauf steckte. Um sicher zu treffen, hielt er seinen Browning in beiden Händen, zielte sorgfältig auf den breiten Rücken des Japaners und drückte ab. Aber die Kugel traf den Mann in den Hintern. Zu Tode erschreckt, fiel er nach vorne über den Lauf, und sein Körper dämpfte das Explosionsgeräusch. Vater sprang vor Freude in die Höhe, und irgend etwas sauste geräuschvoll direkt an seinem Kopf vorbei. Der Lauf des Granatwerfers war explodiert, und der Zündbolzen flog gute zehn Meter durch die Luft und landete genau neben Vaters Kopf. Wenige Zentimeter daneben, und er hätte ihn getötet.

Noch Jahre später erzählte Vater von diesem einen, großartigen Schuß.

Sobald das Dorftor gesprengt war, stürmte ein Kavallerietrupp mit gezogenen Säbeln das Dorf. Vater starrte mit einer Mischung von Schrecken und Neid auf die gut gewachsenen, kräftigen Reitpferde. Die Hirsehalme schlangen sich um ihre Beine und kratzten sie im Gesicht. Die Pferde bäumten sich im Angriff auf, sprangen mühsam voran und donnerten Seite an Seite durch das Dorftor, als ginge es auf die heimische Koppel. Metallrechen und hölzerne Pflugscharen, Mauersteine und Dachziegel, manchmal auch Schalen von heißem Hirsebrei ergossen sich vom Tor herab auf die erschreckt aufschreienden Reiter, die den Kopf mit den Händen bedeckten, und ließen ihre Reittiere empört aufspringen. Ein paar galoppierten weiter ins Dorf hinein, andere machten kehrt und rasten wieder zurück.

Großvater und Vater beobachteten den seltsam mißglückten Kavallerieangriff mit einem leisen Lächeln.

Durch ihre Ablenkungsmanöver waren chinesische Marionettentruppen auf sie aufmerksam geworden, und bald schloß sich auch japanische Kavallerie dem Suchkommando an. Immer wieder sah sich Vater mit dem kalten Glänzen eines japanischen Säbels konfrontiert, aber immer wieder lenkten die Hirsestauden den Hieb ab. Eine Kugel kratzte Großvaters Scheitel. Das dichte Hirsegestrüpp rettete Großvater und Vater das Leben. Wie gejagte Kaninchen krochen sie auf der Flucht durchs Feld. Am späten Nachmittag erreichten sie den Schwarzwasserfluß.

Sie überprüften, wieviel Munition sie noch hatten, und drangen wieder ins Hirsefeld ein. Sie waren nicht weit gegangen, als sie vor sich die Rufe hörten: «Kameraden!... Zum Angriff!... Vorwärts!... Tod den japanischen Imperialisten!»

Die Schlachtrufe verklangen, Hornsignale ertönten, es folgte das Rattern schwerer Maschinengewehre.

Neugierig und aufgeregt rannten Vater und Großvater auf das Maschinengewehrfeuer zu, so schnell die Beine sie trugen. Als sie ankamen, war der Ort verlassen. Unter den Hirsestauden fanden sie zwei metallene Ölfässer, in denen Feuerwerkskörper explodierten.

Die Schlachtrufe und Hornsignale kamen irgendwoher aus unmittelbarer Nähe.

«So einen Trick würde nur das Jiao-Gao-Regiment versuchen», sagte Großvater mit verächtlichem Grinsen.

Die ohrenbetäubenden Explosionen der Feuerwerkskörper ließen reife Hirsekörner zu Boden fallen.

Die japanische Kavallerie und die chinesischen Marionettensoldaten nahmen in einem Umgehungsmanöver das Gelände unter Sperrfeuer. Großvater zog sich zurück und zerrte Vater mit sich. Gebückt rannten ein paar Jiao-Gao-Soldaten mit Handgranaten im Gürtel auf sie zu. Vater sah, wie einer von ihnen niederkniete und auf ein Hirsegebüsch feuerte, das unter dem Ansturm eines Hengstes wild raschelte. Das abgerissene Gewehrfeuer klang wie das Zerbrechen eines Tontopfs. Der Soldat versuchte, den Gewehrbolzen zurückzuziehen, um die abgeschossene Patronenhülse auszuwerfen, aber die Mechanik hatte sich verklemmt. Ein Schlachtpferd bäumte sich über ihm auf, und Vater sah den blinkenden Säbel des japanischen Reiters durch die Luft fahren und den Kopf des Mannes um Haaresbreite verfehlen. Der warf das Gewehr von sich und rannte davon. Doch das galoppierende Pferd hatte ihn bald eingeholt, der Säbel spaltete ihm den Schädel, und das Gehirn spritzte als klebriger Brei über die Hirse. Vater wurde es schwarz vor Augen, und er sank zu Boden.

Durch den Angriff der Japaner war Vater von Großvater getrennt worden. Im Sonnenlicht, das auf sie fiel, warfen die Hirsepflanzen um ihn her dunkle Schatten. Drei pelzige Jungfüchse kreuzten seinen Weg. Er griff nach ihnen und packte eines der ungeschickten Tierchen am Schwanz. Aus dem Gebüsch drang zorniges Knurren, und mit drohend entblößten Fangzähnen sprang eine rote Fähe aus ihrer Deckung. Schnell ließ er das Junge los, und die Mutter brachte es in Sicherheit.

Das Gewehrfeuer östlich, westlich und nördlich des Dorfes ließ nach. Über dem Süden lag tödliche Stille. Vater stieß erst leise Rufe aus, dann schrie er aus Leibeskräften. Keine Antwort von Großvater. Eine dunkle Angstwolke legte sich über sein Herz. In panischem Schrecken lief er in die Richtung, aus der das Gewehrfeuer zu kommen schien. Aufglimmend spiegelten sich die letzten Strahlen der Sonne in den Hirserispen, die ihn ersticken wollten. Vater fing an zu weinen.

Auf der Suche nach Großvater stolperte er über die Leichen von drei Soldaten des Jiao-Gao-Regiments. Man hatte sie in Stücke gehackt, und ihre schmerzverzerrten Gesichter im düsteren Abendlicht machten ihm angst. Endlich stieß er auf eine Gruppe verängstigter Bauern, die sich an ihre Seile und Tragstangen geklammert im Hirsefeld versteckt hatten.

«Habt ihr meinen Vater gesehen?» fragte Vater sie.

«Junge», fragten sie zurück, «ist das Dorf offen?»

An ihrer Aussprache erkannte er, daß sie aus dem Bezirk Jiao stammten. Er hörte einen alten Mann seinem Sohn umständliche Anweisungen geben: «Denk daran, was ich dir sage, Yinzhu. Laß keine Bettdecken liegen, selbst wenn die Baumwolle ganz zerschlissen ist. Aber such erst nach einem Kochtopf. Unserer ist kaputt.»

Die Triefaugen des alten Mannes lagen in den Höhlen wie Rotztropfen. Vater, der keine Zeit an sie verschwenden konnte, zog weiter nach Norden. Am Dorfrand angekommen, empfing ihn ein Anblick, den Großmutter im Traum erblickt hatte, den Großvater im Traum erblickt hatte und der in seinen Träumen immer wieder aufgetaucht war. Am Ost-, Nord- und Westrand des Dorfes fanden heftige Kämpfe statt, und die Dorfbewohner – Männer und Frauen, Junge und Alte – brachen wie ein reißender Strom aus den Breschen in der Dorfmauer und rannten in die Hirsefelder.

Vor Vater brach Gewehrfeuer aus, und er sah, wie sich ein Kugelhagel in das Hirsefeld vor dem Dorf ergoß. Seine Dorfgenossen – Männer und Frauen, Junge und Alte – wurden bis zum letzten Greis und Säugling unter den Hirsehalmen dahingemäht. Die Luft war voll von frischem Blut, das die Hälfte des Himmels mit einem roten Schleier überzog. Mit offenem Mund fiel Vater schwer zu Boden.

Die Japaner zogen ins Dorf ein.

Von Menschenblut befleckt, senkte sich die Sonnenscheibe hinter die Berge, und über der blutroten Hirse erhob sich der Mond der Mittherbstnacht.

Vater hörte Großvaters gedämpften Ruf: «Douguan…»

Viertes Kapitel

Begräbnis in der Hirse

I

Im grausamen Monat April legen die Frösche im strahlenden Schein der Sterne ihre durchsichtigen Eier im Schwarzwasserfluß ab. In der Sonnenhitze schlüpfen dann Schwärme von sich windenden Kaulquappen ins warme Wasser aus, das wie frisch gepreßtes Bohnenöl aussieht, und treiben als schwarze Schwärme im langsam dahinströmenden Fluß. An den Ufern wuchert das Hundsgras, und unter den Wildkräutern an der Böschung blüht purpurrot der Senf.

Der Tag war den Vögeln günstig. Tonfarbene Lerchen mit weißen Punkten erhoben sich in den Himmel und ließen ihren Ruf vernehmen. Schwalben mit glänzendem Gefieder schossen über die spiegelglatte Wasseroberfläche. Ihre rotbraunen Brustfedern warfen kurzlebige Wellenkringel auf, und ihre scherenförmigen Schatten spiegelten sich im Wasser. Schwer lag die reiche dunkle Erde der Gemeinde Nordost-Gaomi unter den Vogelschwingen. Von Westen her strichen warme Winde über das Land, und schmutzige Staubwolken sammelten sich über der Landstraße von Jiao nach Pingdu.

Es sollte auch für Großmutter ein guter Tag werden. Großvater, der als Partner und späterer Nachfolger des Banditen Schwarzauge Mitglied der Eisengesellschaft geworden war, wollte jetzt, nach zwei Jahren, sein Versprechen wahrmachen, ihr ein richtiges Begräbnis auszurichten. Die Nachricht von der bevorstehenden Trauerfeier verbreitete sich seit einem Monat in den Dörfern der Gemeinde Nordost-Gaomi. Man hatte den achten Tag des vierten Monats gewählt. Gegen Mittag des siebten Tages begannen die Menschen aus weit entlegenen Ortschaften mit Kind und Kegel auf Esels- und Ochsenwagen ins Dorf zu ziehen. Am Dorfeingang strömten Händler und Hausierer zusammen. Im

Schatten der Bäume bauten Kloßverkäufer ihre Tonöfen auf, Fladenbäcker machten ihre Pfannen heiß, und am Straßenrand wurden die Stände für kalte Nudeln mit ihren weißen Leinwandplanen aufgebaut. Unser Dorf quoll über von Grauhaarigen und Jugendlichen, Männern und Frauen, Jungen und Mädchen.

Im Frühjahr 1941 hatten die Trupps von Zugführer Leng und das Jiao-Gao-Regiment einander in ständigen Scharmützeln erschöpft. Dazu kamen die systematischen Überfälle der Eisengesellschaft meines Großvaters und ein Vernichtungszug der Japaner und ihrer chinesischen Marionettentruppen. Die Gruppe Leng hatte sich anscheinend nach Changyi ins Gebiet des Dreiflußbergs zurückgezogen, um sich auszuruhen und neu zu formieren, und das Jiao-Gao-Regiment verbarg sich in der Gegend der Großen Sumpfberge in Pingdu und leckte seine Wunden. Die Eisengesellschaft war im Verlauf des letzten Jahres unter der Führung Großvaters und seines früheren Rivalen Schwarzauge zu einer Streitkraft von mehr als zweihundert Schützen mit über fünfzig guten Pferden angewachsen. Aber sie war so geheimnisvoll und erinnerte in so vielem an eine religiöse Geheimgesellschaft, daß die Japaner und ihre Marionetten kaum Notiz von ihr nahmen.

Was die Gesamtlage anging, war 1941 das härteste Jahr im Widerstandskampf gegen Japan. Nur die Gemeinde Nordost-Gaomi genoß eine kurze Periode des Friedens und der Ruhe. Die Überlebenden säten über der faulenden Ernte des letzten Jahres neue Hirse ein, und kaum war die Saat im Boden, da fiel leichter und doch reichlicher Regen und wurde von der durstigen Erde aufgesogen. Dann begann die Sonne zu strahlen und den Boden zu wärmen, und als sei es über Nacht geschehen, bedeckten bald zarte Sprosse das Feld. Die messerscharfen Spitzen der jungen roten Pflanzen spießten klare, duftende Tautropfen auf. Der Tag, an dem Großmutter beerdigt werden sollte, war für die Bauern ein Ruhetag vor der Zeit, in der mit Hacke und Schaufel die neue Ernte versorgt werden mußte.

Auf der weiten Fläche vor den Dorfmauern, die beim Brand vom 15. August 1939 verwüstet worden war, drängten sich am

Abend des siebten Tages die Menschen. Auf der staubigen Landstraße standen aufgereiht die Wagen; die Esel und Ochsen waren an den Bäumen angebunden. Das Fell der Tiere, die ihr schmutziges Winterfell abgelegt hatten, glänzte in der Abendsonne. Junges Laub leuchtete blutrot und warf schwarze Schatten wie alte Münzen auf die Rücken der Rinder.

Als die Sonne sich hinter dem Berg senkte, ritt von Westen her ein Kräuterarzt auf seinem Maultier ins Dorf. Borstige Haare wuchsen wie Schwalbenfedern aus seinen schwarzen Nüstern; Kopf und Stirn waren von einer dunklen Filzkappe bedeckt, die in der Schwüle des Apriltages unangebracht schien, und unter seinen schrägen Augenbrauen brach ein düsterer, starrer Blick hervor. Sobald er das Dorf erreicht hatte, glitt er von seinem abgemagerten Maultier und ging, eine glitzernde Messingglocke in der einen, die Zügel aus grünem Hanf in der anderen Hand, tänzelnden Schrittes zum Dorfplatz. An der glänzenden Haut seines alten Maultiers hafteten noch Flecken vom Winterfell, und mit seinem Muster von schwarzen und weißen Flecken sah es aus, als habe es Lepra. Gelegentlich zog es die herabhängende Unterlippe hoch, die sein purpurfarbenes Zahnfleisch nicht ganz bedeckte. Die tiefen Augenhöhlen waren so groß, daß sie zwei Hühnereier hätten aufnehmen können.

Der Arzt und sein hageres Maultier stolzierten über den Markt. Die Leute, die zur Beerdigung gekommen waren, starrten sie neugierig an. Es war etwas Seltsames um die beiden, den Reiter wie sein Reittier, und das melodische Läuten der kleinen Messingglocke verbreitete um sie die Aura eines unergründlichen Geheimnisses. Die Menge schloß sich ihnen an, ohne groß darüber nachzudenken, und die Staubwolke, die sie aufrührten, senkte sich über das fettige Gesicht des Arztes und den stinkenden Rücken seines schwitzenden Maultiers. Seine Augen zwinkerten unablässig, und das borstige Nasenhaar zuckte. Er nieste laut und blechern, und das hagere Maultier ließ einen Furz nach dem anderen. Das brach den Zauber, und die Zuschauer zerstreuten sich lachend, um nach einem Lagerplatz für die Nacht zu suchen.

Der junge Mond in den Baumwipfeln warf verschwommene

Schatten über das Dorf. Von den Feldern her wehte eine kühle Brise, und das Quaken der Frösche im Schwarzwasserfluß erfüllte die Luft. Immer mehr Besucher kamen zum Begräbnis, aber im Dorf war kein Platz mehr für sie, und so schliefen sie in den Feldern. Später, als die Feierlichkeiten vorüber waren, war die weiche Erde rund um das Dorf bis hin zum Schwarzwasserfluß unter ihren Schritten hart geworden. Sie hatten die junge Hirse in den Boden getrampelt, bis nicht viel mehr von ihr übrig war als grüner Schlamm. Erst mit dem neuen Regen im nächsten Monat wurde die harte Erde wieder fruchtbar, und überlebende Sprößlinge bohrten sich hartnäckig durch eine Unkrautschicht, bis die Halme und Blätter der neuen Hirse sich wie eine Decke über bronzefarbene Spreu und rostgrüne Flecken legten.

In der Abenddämmerung unternahm der Kräuterarzt mit seinem Maultier einen Erkundungsgang durch das Dorf. Unregelmäßig durchbrach sein lautes Niesen den Rhythmus des Glokkenklangs. Ins Dorfinnere vorgedrungen, umkreiste er einmal das große Zelt, das von Großvaters Eisengesellschaft errichtet worden war. Es war das größte Gebäude, das man je in unserem Dorf gesehen hatte, und es wirkte furchteinflößend und ehrfurchtgebietend. In der Mitte des Zelts war Großmutter aufgebahrt, und durch die Ritzen zwischen den Planen flimmerte Kerzenschein. Zwei Soldaten der Eisengesellschaft, die Pistolen in den Gürteln, hielten vor dem Zelt Wache. Ihre Schädel waren kahlgeschoren. Alle Angehörigen der Gesellschaft trugen diesen Haarschnitt, der dem Betrachter Furcht und Schrecken einjagte. Die zweihundert Mann der Truppe hatten ihr Feldlager in kleineren Zelten rund um das Hauptzelt aufgeschlagen. Vor einem langen Futtertrog waren mehr als fünfzig Pferde an den Weidenbäumen angebunden. Sie schnaubten, scharrten mit den Hufen und schlugen mit den Schwänzen nach den Schwärmen von Fliegen, die ihr Geruch angezogen hatte. Pferdeknechte schütteten Maische in den Trog, und die Luft unter den Weiden war erfüllt vom Duft getrockneter Hirse.

Der Duft erregte die Aufmerksamkeit des hageren Maultiers, das seinen Kopf mühsam dem Trog zuwandte. Mit spöttischer

Miene verfolgte der Kräuterarzt den mitleiderregenden Blick seines Reittiers und murmelte vor sich hin: «Bist du hungrig? Hör auf mich. Feinde und Liebende begegnen sich zwangsläufig. Menschen sterben um des Reichtums willen. Vögel sterben für ihr Futter. Die Jungen sollen die Alten nicht verlachen, denn die Blumen blühen nicht ewig. Man muß wissen, wann es Zeit ist nachzugeben. Das ist kein Zeichen von Schwäche, wenn es zukünftigem Vorteil dient.»

Das unzusammenhängende Gerede und das geheimnisvolle Gehabe des Arztes, der sein Maultier am Zügel führte, erregten die Aufmerksamkeit von ein paar Soldaten der Eisengesellschaft, die sich verkleidet unter das Volk gemischt hatten. Zwei von ihnen folgten dem Arzt. Vor sich hin schwätzend und mal laut, mal leise seine Glocken läutend, führte er sein Maultier zu den Pferden. Die Soldaten schnitten ihm den Weg ab. Plötzlich standen sie mit gezogener Pistole vor und hinter ihm.

Ohne Anzeichen von Furcht zu zeigen, stieß er in der Dunkelheit ein grelles, trauriges Gelächter aus, das die Pistolen in den Händen der Soldaten erzittern ließ. Der vordere sah die dunkelglühenden Augen des Arztes, der andere seinen Nacken, der vor Lachen steif war. Der Schatten des großen, hageren Maultiers glich einer eingestürzten Mauer. Das Wiehern zweier Pferde, die sich am Futtertrog stritten, durchbrach die Stille.

Vierundzwanzig rote Kerzen beleuchteten flackernd das Hauptzelt und warfen ihr unheimliches, kühles Licht auf das, was sich darin befand. Großmutters scharlachfarbene Bahre stand in der Mitte. Die Kerzen verstärkten mit ihrem goldenen Glanz das gedämpfte rötliche Licht und verliehen der Atmosphäre etwas Geheimnisvolles. Um den Sarg standen Schneekiefern und Schneeweiden aus Papier, daneben zwei Figuren: links ein Knabe in Grün, rechts ein Mädchen in Rot. Baoen, der bekannteste Beerdigungskünstler der Stadt, hatte sie aus Hirsestengeln und Buntpapier geschaffen. Er hatte die Gabe, Stöcke und Stroh in lebensechte Begräbnisfiguren zu verwandeln.

Die Inschrift auf der Seelentafel neben Großmutters Sarg lautete: «Dem Geist meiner hingeschiedenen Mutter aus der Familie

Dai. Dargebracht von ihrem pietätvollen Sohn Yu Douguan.» In einem mattbraunen Weihrauchgefäß vor der Tafel qualmten Räucherkerzen. Parfümierter Rauch stieg in die Luft, Asche schwebte über den Scharlachflammen der Kerzen. Auch Vater hatte sich rasiert, um zu zeigen, daß er Mitglied der Eisengesellschaft war. Mit halbmondförmig rasierter Stirn saß Großvater hinter einem Tisch neben Schwarzauge, dem Anführer der Gesellschaft, und sah dem Zeremonienmeister des Bezirks Jiao zu, der Vater die vorgeschriebenen drei Kniefälle, sechs Verneigungen und neun Fußfälle beibrachte. Der Zeremonienmeister war ein etwa sechzigjähriger Mann mit langem, schütterem weißem Bart, perlweißen Zähnen und flinker Zunge, der sein Metier offensichtlich beherrschte. Vater sprach zwar die rituellen Formeln geduldig nach, wurde aber immer unruhiger und nervöser, vollführte nur noch die äußerlichen Gesten und suchte, wo immer möglich, nach Abkürzungen.

«Douguan», sagte Großvater streng, «hör mit dem Unsinn auf! Erfülle deine Sohnespflichten, auch wenn sie dir unangenehm sind!»

Also gab sich Vater Mühe, bis er sah, daß sich Großvater mit Schwarzauge unterhielt. Da ließ seine Konzentration wieder nach. Ein Mann betrat das Zelt und verlangte vom Zeremonienmeister Geld für irgendwelche Dienstleistungen. Großvater erlaubte dem Zeremonienmeister, mit dem Mann vor das Zelt zu gehen.

Die Eisengesellschaft gab eine enorme Summe für Großmutters Beerdigung aus. Seit dem Abzug der Trupps von Zugführer Leng und des Regiments Jiang finanzierte sie ihre Aktivitäten in der Gemeinde Nordost-Gaomi mit einer eigenen Währung. Es handelte sich um auf grobes Strohpapier gedruckte Noten im Nennwert von 1000 und 10000 Yuan. Die Gestaltung war einfach (eine menschenähnliche Figur, die auf einem Tiger ritt) und der Druck mangelhaft (man verwendete hölzerne Druckstempel, die sonst für Neujahrsplakate benutzt wurden). Zu dieser Zeit waren in der Gemeinde Nordost-Gaomi insgesamt vier Währungen im Umlauf. Ihr jeweiliger Wert und der Wechselkurs hingen von der Autorität der Macht ab, die sie ausgab. Eine Währung, die auf militärischer Gewalt beruhte, war die extremste Form der Ausbeutung der Bevölkerung, und Großvater konnte Großmutters Beerdigung nur mit Hilfe dieser Form verschleierter Tyrannis finanzieren. Das Regiment Jiang und die Trupps des Zugführers Leng waren vertrieben worden, und infolgedessen war Großvaters Primitivwährung eine Zeitlang in der Gemeinde Nordost-Gaomi sehr stark. Die Katastrophe kam erst ein paar Monate nach Großmutters Beerdigung, als die Scheine mit dem Tigerreiter das Papier nicht mehr wert waren, auf das sie gedruckt waren. Die beiden Soldaten der Eisengesellschaft brachten den Kräuterarzt in das Beerdigungszelt. Sie blinzelten im Kerzenlicht.

«Was zum Teufel ist los?» knurrte Großvater und erhob sich halb von seinem Stuhl.

Der vordere Soldat ließ sich auf ein Knie nieder und bedeckte den kahlrasierten Teil seines Schädels mit beiden Händen. «Stellvertretender Kommandant, wir haben einen Spion erwischt!»

Schwarzauge, der dunkelhäutige, ungeschlachte Führer der Gesellschaft, dessen linkes Auge schwarze Warzen umgaben, trat gegen das Tischbein und befahl mit bellender Stimme: «Schlagt ihm den Kopf ab! Reißt ihm dann Herz und Leber aus dem Leib und kocht sie als Vorspeise!»

«Nicht so eilig!» stoppte Großvater die Soldaten. Er wandte sich an Schwarzauge: «Schwarzer, sollten wir nicht erst einmal feststellen, wer er ist, bevor wir ihn umbringen?»

«Wer will das schon wissen?» Schwarzauge griff nach einer tönernen Teekanne und warf sie auf den Boden. Dann stand er mit im Gürtel steckender Pistole auf und starrte den Soldaten wütend an, der ihm Bericht erstattet hatte.

«Kommandant ...», stotterte der Soldat ängstlich.

«Du dummes Schwein, Zhu Shun! Dir ist es wohl egal, wer hier Kommandant ist. Verschwinde, du blöder Hund. Du gehst mir auf die Nerven.» Immer noch tobend versetzte Schwarzauge der Teekanne auf dem Boden einen kräftigen Tritt und ließ Tonscherben in alle Richtungen fliegen. Einige landeten unter den Schneeweiden neben dem Sarg und ließen sie rauschend erzittern.

Ein Junge, der etwa genauso alt wie Vater sein mochte, bückte sich, hob die Scherben auf und warf sie vor das Zelt.

«Fulai», befahl Großvater dem Jungen, «bring den Kommandanten ins Bett. Er ist betrunken.»

Fulai trat neben den Kommandanten und legte ihm die Arme unter die Achseln. Schwarzauge stieß ihn grob beiseite. «Betrunken? Wer ist hier betrunken? Du undankbarer Scheißer! Ich halte euch frei, und du frißt umsonst. Der Tiger tötet seine Beute, und der Bär frißt sie auf! Du kleiner Scheißer, du kannst mir nichts vormachen. Mein schwarzes Auge sieht alles! Wart es nur ab!»

«Schwarzauge», sagte Großvater, «du willst dich doch nicht vor den Männern blamieren?»

Seine Lippen verzogen sich zu einem grimmigen Lächeln, und um die Mundwinkel bildeten sich grausame Falten.

Schwarzauge legte die Hand auf den Bakelitgriff seiner Pistole. Mit müder, seltsam heiserer Stimme sagte er: «Verschwinde hier, verdammt noch mal! Und nimm den kleinen Schweinehund da mit!»

«Die Götter lädt man leicht zu Tisch», sagte Großvater, «aber man kann sie nicht so leicht wieder wegschicken.»

Schwarzauge zog seine Pistole und fuchtelte damit vor Großvaters Gesicht herum.

Großvater hob seine grüne Tonschale, nahm einen Schluck Hirsebrand, spülte ihn im Mund umher und spuckte ihn Schwarzauge mitten ins Gesicht. Dann warf er mit einer leichten Drehung des Handgelenks die Schale gegen die Mündung von Schwarzauges Pistole. Die Schale zersprang beim Aufprall, und die Scherben flogen in alle Himmelsrichtungen. Schwarzauges Hand begann zu zittern, und er senkte den Lauf der Pistole.

«Steck die Waffe weg!» rief Großvater mit stahlharter Stimme. «Ich bin noch nicht fertig mit dir, Schwarzer, also werde bloß nicht frech!»

Schwarzauges Gesicht war schweißüberströmt. Er murmelte etwas, hob die Pistole auf, steckte sie in den rindsledernen Gürtel und setzte sich.

Großvater warf ihm einen verächtlichen Blick zu, und Schwarzauge blickte voll Haß zurück.

Der Kräuterarzt, der die Szene mit arrogantem Lächeln beobachtet hatte, fing plötzlich an, so laut zu lachen, daß er kaum mehr aufrecht stehen konnte, er wedelte mit den Armen und stampfte mit den Füßen auf, als kitzle man ihn. Sein wildes, unbeherrschtes Lachen ließ alle zusammenzucken. Niemand wußte, wie er sich verhalten sollte. Er lachte, bis ihm heiße Tränen über die Wangen rollten.

«Was findest du so komisch?» fragte Schwarzauge. «Ich werde deine Mutter vögeln! Was, verdammt noch mal, ist so komisch?»

Das Lachen hörte so abrupt auf, wie es begonnen hatte, und der Arzt sagte mit düsterer Stimme: «Wenn dir so ist... Steht dir der Sinn danach? Meine Mutter ist seit zehn Jahren tot und liegt unter der schwarzen Erde. Bitte schön, nimm sie dir!»

Schwarzauge verschlug es die Sprache. Die Warzen um sein Auge nahmen die Farbe grüner Blätter an. Er sprang auf und ohrfeigte den Arzt sieben-, achtmal. Dem schoß das Blut aus der Nase und über das borstige schwarze Nüsternhaar und tropfte auf Lippen und Hängekinn. Gierig leckte er sich die Lippen, seine glänzend weißen Zähne waren blutbefleckt.

«Wer hat dich hierhergeschickt?» fragte Großvater.

«Mein Maultier!» antwortete der Arzt und reckte den Hals, als wolle er sein eigenes Blut schlucken. «Was habt ihr mit meinem Maultier gemacht?»

«Das ist unter Garantie ein japanischer Spion», sagte Schwarzauge. «Gebt mir eine Peitsche. Ich werde es dem Kerl schon beibringen!»

«Mein Maultier! Gebt mir mein Maultier! Ich will mein Maultier.» In der Stimme des Arztes klang Panik an. Er wandte sich um und wollte aus dem Zelt stürzen. Aber die Wachen versperrten ihm den Weg und hielten den wild um sich Schlagenden an den Armen fest. Einer schlug ihm die Faust auf die Schläfe. Das Gesicht fiel in sich zusammen, und der Kopf sank auf die Brust, als sei sein Hals gebrochen wie ein Hirsehalm. Er fiel zu Boden.

«Durchsucht ihn!» befahl Großvater.

Die Soldaten der Eisengesellschaft durchsuchten ihn gründlich, aber sie fanden nichts weiter als zwei Murmeln, eine leuchtendgrüne und eine leuchtendrote. In der Mitte hatten beide ein kleines Katzenauge. Großvater hielt sie ins Kerzenlicht, dessen helle Strahlen sich in den Kugeln brachen. Sie waren wunderschön. Mit verwundertem Kopfschütteln legte er sie auf den Tisch. Vater schlich sich heran, griff danach und schnappte sie.

«Gib Fulai eine davon», sagte Großvater.

Zögernd hielt Vater sie Fulai hin, der neben Schwarzauge stand. «Welche willst du?»

«Ich will die rote.»

«Nein», sagte Vater, «du kannst die grüne haben.»

«Ich will aber die rote.»

«Die grüne oder gar nichts», sagte Vater. Ärgerlich nahm ihm Fulai die grüne Murmel aus der Hand.

Allmählich reckte der Arzt seinen Hals wieder, und das unheilverkündende Licht in seinen Augen war so stark wie zuvor. Der blutbefleckte schüttere Bart kräuselte sich störrisch.

«Also rede! Bist du ein japanischer Spion?» fragte Großvater.

Wie ein störrisches Kind fing der Arzt da wieder an, wo er aufgehört hatte. «Mein Maultier! Mein Maultier! Ich sage kein Wort ohne mein Maultier!»

Großvater lachte tückisch und sagte dann milde: «Bringt es her. Sehen wir mal, was er so zu verkaufen hat.»

Man führte das hagere Maultier ins Zelt. Das helle Kerzenlicht, der glänzende Sarg und die dunklen, bedrohlichen Papierfiguren, die das Zelt wie ein Abbild der Hölle erscheinen ließen, jagten dem Maultier einen solchen Schrecken ein, daß es am Eingang scheute und sich weigerte, auch nur einen Schritt weiterzugehen. Der Arzt trat hinzu, bedeckte ihm die Augen mit der Hand und führte es hinein. Wie es da so vor Großvater und den anderen stand, zitterten seine dürren Beine, und es stieß eine Serie laut ratternder Fürze in Richtung auf Großmutters Bahre aus.

Der Arzt warf dem Maultier die Arme um den Nacken und streichelte seine knochige Stirn. «Hast du Angst, Junge?» fragte er mit zärtlicher Stimme. «Keine Angst! Ich sage dir, du brauchst keine Angst zu haben. Nicht einmal, wenn sie dir den Kopf abschlagen und eine Wunde so groß wie eine Suppenschale bleibt!»

«Wie eine sehr große Schale», sagte Schwarzauge.

«Keine Angst, und wenn sie so groß wie eine Schüssel ist. In zwanzig Jahren wirst du als echter Held wiedergeboren.»

«Also gut, jetzt rede schon! Wer hat dich hierhergeschickt? Was willst du hier?»

«Der Geist meines Vaters hat mich hergeschickt, um meine Tränke zu verkaufen.» Er nahm dem Maultier die Satteltaschen ab, zog ein Päckchen Patentmedizin heraus und begann, vor sich hin zu singen: «Eine Fingerspitze Purgierkräuter, zwei Fingerspitzen Ziegenstein, dreimal spanische Fliege, viermal Moschus, sieben weiße Zwiebelspitzen, sieben Datteln, sieben Gramm Pfeffer, sieben Scheiben Ingwer.»

Als sie auf das Gesicht des Arztes, die Bewegung seiner Lippen, seine Hände und das Päckchen in seiner Hand blickten, blieb allen vor Verwunderung der Mund offenstehen. Das Maultier hatte sich inzwischen an seine neue Umgebung gewöhnt, und seine Beine zitterten nicht mehr. Verspielt begann es mit den blassen, aufgesprungenen Hufen am Boden zu scharren.

«Was für ein Trank ist das?» fragte Schwarzauge.

«Ein schnell wirkendes Abtreibemittel», sagte der Arzt mit schlauem Grinsen. «Und wenn die Frau aus Bronze, Eisen und Stahl geschmiedet ist, wenn sie einen Kopf von Bronze, Arme aus Eisen und den Leib einer Statue aus Stahl hat, wenn sie ein Päckchen dieser Medizin in drei Portionen geteilt nimmt, wird es ihr das Baby direkt aus dem Bauch treiben. Mit Rückzahlungsgarantie.»

«Du verdammtes unmoralisches Schwein», beschimpfte ihn Schwarzauge.

«Ich hab noch mehr, ich hab noch mehr.» Er griff in die Satteltaschen und zog ein neues Päckchen heraus. «Der Kaiser hat einen Hundeschwanz», rezitierte er, «der Minister den Schwanz eines Bocks. Reiswein und Ginseng, Rinde vom Euphorium, Hundefarn und Fetthenne, das alles vermengt mit den Spitzen von frischem Bambus im März.»

«Wogegen hilft das?» fragte Schwarzauge.

«Gegen Impotenz. Und wenn du so schlapp bist wie ein Seidenfaden und so weich wie Watte, nimm dies Päckchen in drei Portionen geteilt, und du hast eine Stahlstange für die ganze Nacht. Du wirst zum Wunder im Bett. Mit Rückzahlungsgarantie.»

Schwarzauge fuhr sich mit der Hand über die glänzende Stirn und grinste lüstern.

«Scheiße! Du bist nur ein Wilder und treibst ein böses Geschäft!» Noch während er den Arzt beschimpfte, wollte er das Wundermittel sehen.

Der Arzt nahm dem Maultier die Satteltaschen ab und brachte sie zu Großvater und Schwarzauge. Dann griff er hinein, zog irgendwelche Wundermittel heraus und rezitierte einen Katalog bizarrer Namen. Schwarzauge öffnete eines der Päckchen und zog etwas hervor, das aussah wie ein dürrer Zweig. Er hielt es an die Nase und roch daran. «Das soll ein Hundepenis sein?»

«In der Tat, ein Originalpenis, der Penis eines schwarzen Hundes!»

«He, Yu, sieh dir das mal an und sag mir, ob es nicht eine stinknormale getrocknete Wurzel ist.» Schwarzauge gab Großvater den Gegenstand. Der hielt ihn nahe an eine Kerze und begutachtete ihn mit zusammengekniffenen Augen.

Plötzlich begann der Maultierarzt furchtsam zu zittern, und sein Hängekinn zuckte merklich. Da wo es nicht mit Blut befleckt war, glänzte es wie Quecksilber. Vater hörte auf, mit seiner Murmel zu spielen, und sein Herz klopfte, als er sah, wie der Arzt vor seinen Augen immer mehr in sich zusammenschrumpfte. Das Maultier ließ den dunklen Kopf hängen, und im roten Kerzenschein, den sein leeres Gesicht widerspiegelte, sah es einer nicht mehr ganz jungen Frau ähnlich, die schüchtern auf ihrer Aussteuer hockt. Fäden von grünem Rotz liefen ihm aus den Nüstern, und Vater war sicher, daß es sich um eine Pferdekrankheit handelte, von der ihm ein Stallbursche einmal erzählt hatte.

Der zitternde Arzt steckte die linke Hand in die Satteltasche und schleuderte Großvater zur Überraschung aller Anwesenden plötzlich mit der rechten Hand den Inhalt einer Medizinpackung ins Gesicht. In seiner Linken funkelte etwas, und im Kerzenschein erkannte Vater einen grünlich gefärbten Dolch. Vor Verblüffung standen alle wie angewurzelt da und sahen zu, wie der Arzt, der plötzlich so munter war wie eine schwarze Katze, mit dem Dolch nach Großvaters Hals stach. Der kalte Stahl glänzte mit grünem Schimmer. In dem Sekundenbruchteil nachdem ihn der Arzt angegriffen hatte, war Großvater instinktiv aufgesprungen, und als ihn der kühle Luftzug vom wehenden Ärmel des Angreifers traf, warf er den Arm vors Gesicht. Die Dolchspitze bohrte sich in seinen linken Arm und hinterließ eine lange blutige Spur. Mit den Füßen warf er den Tisch um, zog die Pistole und gab drei schnelle Schüsse ab. Aber da ihm von dem Medizinpulver die Augen brannten und ihm die Nase weh tat, gegen die harte Hunde- und Ziegenbockteile geprallt waren, gingen seine Schüsse daneben. Ein Schuß traf die Zeltleinwand, ein anderer donnerte gegen den dick lackierten Sarg, der hart war wie gehämmertes Metall. Der Querschläger fuhr durch die Zeltöffnung ins Freie.

Die dritte Kugel zerschmetterte das rechte Vorderbein des Maultiers, so daß es vornüber kippte und mit dem Kopf auf dem Boden aufschlug. Schnell kämpfte es sich wieder hoch und schrie herzzerreißend. Aus seiner zerschmetterten Kniescheibe strömte rote und weiße Flüssigkeit. Schmerzgequält rannte es hinkend im Kreis herum und stieß gegen die Schneekiefern und Schneeweiden aus Papier, die laut knisterten und zerknittert zu Boden fielen. Die Kerzen rund um den Sarg wurden umgestoßen, und glühende Dochte und heißes Wachs entzündeten das Papier und das Stroh. Großmutters eben noch so düstere Seelentafel war plötzlich in erstrahlende Glut gehüllt. Die strohtrockenen Zeltwände rollten sich auf die Flammen zu, und die Soldaten der Eisengesellschaft erwachten aus ihrer Starre und drängten sich zum Ausgang.

Im anschwellenden Brand sprang der Arzt, dessen Haut wie alte Bronze glänzte, mit seinem Dolch auf Großvater los. Vater erschien die Waffe wie eine sich windende Schlange, die durch die Luft auf Großvaters Kehle zuflog. Schwarzauge stand mit gezogener Pistole daneben, feuerte aber nicht. Ein schadenfrohes Lächeln lag auf seinen Lippen. Vater riß die Luger aus der Halfter, entsicherte sie und feuerte einen Schuß ab, der den Arzt genau ins rechte Schulterblatt traf. Sein Arm sank herab, und der Dolch fiel auf den Tisch. Dann folgte ihm der Körper des Attentäters. Vater spannte die Pistole noch einmal, und eine neue Kugel fiel in die Kammer. Großvater, dessen blutunterlaufene Augen im Feuerschein zu glühen schienen, rief: «Nicht schießen!»

Peng, peng, peng. Dreimal krachte Schwarzauges Pistole, und der Kopf des Arztes zersplitterte wie ein hartgekochtes Ei.

Großvater starrte Schwarzauge wütend an.

Soldaten der Eisengesellschaft stürmten das Zelt, in dem das Feuer tobte. Die Zeltwände knisterten gefährlich und fielen nach innen zusammen. In Flammen gehüllt, wälzte sich das Maultier am Boden und versuchte, den Brand zu löschen, der sich immer wieder aufs neue entzündete, wenn es weiterrollte. Der Gestank der brennenden Haut war erstickend.

Ein wilder Sturz ins Freie.

«Löscht das Feuer!» schrie Schwarzauge. «Löscht doch! Beeilt euch! Fünfzig Millionen Tigerreiter für den, der den Sarg rettet.»

Die Frühlingsregen hatten erst vor kurzem aufgehört, und das Wasser im Dorfteich stand hoch. Gemeinsam warfen die Soldaten der Eisengesellschaft und die Bauern, die zur Beerdigung gekommen waren, die rotglühende Wolke des Zelts zu Boden und löschten den Brand.

Grüne Flammenspitzen züngelten um Großmutters Sarg. Aber ein Trupp von Eimerträgern löschte sie bald. Von dem angeschmorten Sarg stieg grüner Rauch auf. Im gedämpften Licht der ersterbenden Flammen sah er so groß und kräftig aus wie nie zuvor. Neben dem Sarg lag die verkrümmte Leiche des Maultiers. Der Gestank seiner verkohlten Haut erfüllte die Luft und zwang die Umstehenden, die Nasen mit dem Ärmel zu bedecken. Sie hörten den Lack auf dem sich abkühlenden Sarg knistern, krachen und springen.

2

Trotz der unvorhergesehenen Ereignisse des Vorabends wurde Großmutters Beerdigung nicht verschoben. Der alte Pferdeknecht der Eisengesellschaft, der über medizinische Grundkenntnisse verfügte, verband Großvaters Wunde so gut er konnte. Schwarzauge sah mit spöttischem Blick zu und empfahl, die Feier zu verschieben. Ohne ihn eines Blickes zu würdigen, starrte Großvater weiter auf die Wachstropfen an einer roten Kerze und wies den Vorschlag energisch zurück.

In dieser Nacht tat er kein Auge zu. Reglos saß er auf einer Bank, die blutunterlaufenen Augen halbgeöffnet, die kalte Hand wie angewachsen am Bakelitgriff seiner Pistole.

Vater lag auf seiner Strohmatte und sah Großvater an, bis er in unruhigen Schlaf sank. Er erwachte vor Tagesanbruch und warf einen verstohlenen Blick auf Großvater, der aufrecht wie ein Denkmal der Unversöhnlichkeit dasaß. Unter dem weißen Verband war dunkles Blut ausgetreten, auf seinem Arm waren Flekken von trockenem Blut zu sehen. Vater wagte kein Wort zu sagen und schloß die Augen wieder. Die fünf Begräbnismusiker, die man aus dem Nachbardorf angeworben hatte, waren am vorigen Nachmittag eingetroffen und gerieten schnell in Streit mit den ortsansässigen Musikern, die ihnen den Auftrag neideten. Der Wettstreit der Hörner und Trompeten riß bald das ganze Dorf aus dem Schlaf. Im Halbschlaf klang ihr Tuten und Blasen für Vaters Ohren wie das grimmige Seufzen eines sehr, sehr alten Mannes. Seine Nase begann zu schmerzen, und aus den Augen tröpfelten brennende Tränen, die ihm ins Ohr liefen. Jetzt bin ich schon sechzehn, dachte er, und weiß nicht, ob diese unruhigen Zeiten je ein Ende nehmen werden. Vom Schlaf benommen, sah er das verschwommene Bild seines Vaters, der mit blutiger Schulter und wachsstarrem Gesicht dasaß, und es überkam ihn ein Gefühl von Verlassenheit, das seinem jugendlichen Alter nicht angemessen war.

Ein einsamer Hahn verkündete mit schrillem Schrei den anbrechenden Morgen, und die Frühbrise trug den scharfen Geruch des Frühlings von den Feldern ins Zelt und ließ dort die schwachen Flammen über den Kerzenstümpfen flackern. Jetzt konnte man die Stimmen der Frühaufsteher im Dorf vernehmen, und die Reitpferde, die in der Nähe an den Weiden angebunden waren, begannen zu schnauben und mit den Hufen zu schlagen. Als die kühlen Morgenwinde durch die ruhige Frühe wehten, rollte sich Vater bequem auf seinem Lager zusammen. Er dachte an Qian'er, die eines Tages meine Mutter werden sollte, und an die große, kräftige Frau namens Liu, die für mich so etwas wie eine dritte Großmutter war. Sie waren drei Monate zuvor, als Vater und Großvater mit der Eisengesellschaft in ein Übungslager südlich der Gleise gezogen waren, spurlos verschwunden. Als die beiden zurückkamen, waren ihre Hütten leer und die Frauen, die sie liebten, verschwunden. Spinnweben überwucherten die Schuppen, die sie im Winter 39 errichtet hatten.

Die rote Morgensonne stieg am Himmel auf, und das Dorf füllte sich mit Leben. Imbißstände lockten ihre Kunden an, und die Luft füllte sich mit den aromatischen Düften von gebackenen Klößen, siedenden Wantans und gebratenen Fladen. Ein pokkennarbiger Bauer stritt sich mit dem Kloßverkäufer, der kein Nordsee-Geld annehmen wollte. Der Bauer besaß kein Tigerreiter-Geld, wie es die Eisengesellschaft ausgab. Zwanzig von den kleinen Klößchen ruhten schon sicher in seinem Magen. «Das ist alles, was ich habe», sagte er. «Wenn du es haben willst, nimm es. Wenn nicht, dann sag dir, du hättest die zwanzig Klößchen gespendet, um die Bettler zu vertreiben.» Die Zuschauer rieten dem Verkäufer, das Nordsee-Geld anzunehmen, das ja seinen Wert wiedergewinnen mußte, sobald sich das Jiao-Gao-Regiment den Rückweg erkämpft hatte. Die Menge zerstreute sich, der Verkäufer nahm unter ärgerlichem Gemurmel das Nordsee-Geld an und begann wieder seine Waren anzupreisen: «Klöße! Fleischgefüllte Klöße! Frisch aus dem Ofen!»

Die Dorfbewohner, die mit dem Frühstück fertig waren, versammelten sich voll Neugierde und Vorfreude um das Hauptzelt, wurden aber durch das furchteinflößende militärische Gehabe und die Waffen der Soldaten der Eisengesellschaft mit ihren glänzenden glatten Stirnen daran gehindert, das Zelt zu betreten. Drinnen sah man noch die Brandspuren vom Vorabend. Man hatte die verkohlten Leichen des Kräuterarztes und seines hageren Maultiers an die Bucht vor dem Dorf geschleppt, wo der Gestank der bis zur Unkenntlichkeit entstellten Leichen aasfressende Krähen anlockte. Die Krähenschwärme kreisten über dem Aas und stürzten sich dann wie die Steine und Ziegel eines zusammenbrechenden Hauses darauf, bis die beiden verwesenden Körper unter einer metallblauen Decke schlagender Flügel verschwanden. Die Dorfbewohner dachten darüber nach, wie schnell sich der muntere energische Arzt von gestern abend mit seinem Maultier in einen Leckerbissen für Aaskrähen verwandelt hatte, aber es gelang ihnen nicht, ihre Gefühle in Worte zu fassen.

Die Soldaten der Eisengesellschaft hatten die Gegend rund um Großmutters Sarg von Leinwandfetzen und Zeltstücken freigekehrt, und die wenigen unzerstörten Trinkschalen, die unter der Asche lagen, waren unter die Zähne ihrer Harken geraten. Großmutters Sarg glänzte häßlich und erschreckend im Morgenlicht. Flammen hatten die einst so feierliche und ehrfurchtgebietende scharlachrote Oberfläche verzehrt, und der dicke Lack, den man so sorgfältig mit weicher Watte aufgetragen hatte, war geschmolzen und gerissen, so daß ein Labyrinth von Sprüngen den Sarg überzog. Die Begräbnisutensilien glänzten schwarz, als habe man sie mit einer häßlichen Schicht aus stinkendem dunklem Öl überzogen. Mein sechzehnjähriger Vater stand neben dem gewaltigen Sarg, der ihm bis zum Adamsapfel reichte, und die mächtige Kiste erschien der größte Gegenstand der Welt zu sein; sie raubte ihm den Atem. Er erinnerte sich daran, wie sie den Sarg beschlagnahmt hatten und wie der alte Mann, der aussah, als sei er mindestens hundert, und sein weißes Haar immer noch zu einem kleinen Zopf gebunden trug, sich an ihn geklammert und geweint hatte: «Das ist mein Zuhause... das kann kein anderer haben... ich habe unter der Großen Qin-Dynastie das Examen abgelegt, und selbst der Bezirksrichter hat mich ‹älterer Bruder› genannt... nur über meine Leiche, ihr Banditenpack.» Auf die Tränen folgten Flüche.

Großvater war an diesem Tag im Lager geblieben und hatte unter dem Befehl seines vertrauten Adjutanten, des Anführers der Reitertruppe, ein paar Mann abkommandiert, die den Sarg besorgen sollten. Vater war mitgegangen. Er hatte erfahren, daß dieser Sarg aus vier Stücken Zypressenholz bestand, von denen jedes viereinhalb Zoll dick war. Er stammte aus dem ersten Jahr der Republik und war seitdem jedes Jahr lackiert worden: schon dreißig Schichten Lack. Der alte Mann wälzte sich wie ein störrischer Esel vor seinem Sarg auf dem Boden, und man konnte nicht erkennen, ob er lachte oder weinte. Offenbar hatte er den Verstand verloren. Der Anführer der Reitertruppe warf ihm ein Bündel Tigerreiter-Geld der Eisengesellschaft zu und sagte mit gehobener Augenbraue: «Wir zahlen für das, was wir nehmen, alter Mann.» Mit den wenigen Zähnen, die ihm verblieben waren, riß der alte Mann das Bündel auf und fluchte: «Ihr Banditen, ihr Räuberbande, nicht einmal der Kaiser hat Leuten ihre Särge gestohlen … ihr Banditen!»

«Du alter Trottel», rief der Reiterführer zurück, «hör mir gut zu! Jeder von uns muß seinen Beitrag zum antijapanischen Widerstandskampf leisten, du Nachkomme eines stinkenden Esels. Du hast noch Glück, wenn sie dich in ein paar Hirsepflanzen wickeln und in einen Graben werfen. Wofür hast du so einen Sarg verdient? Das ist ein würdiger Sarg für einen Helden des Widerstandskampfes!» – «Was für ein Held?» fragte der alte Mann. «Die Ehefrau des Kommandanten Yu, der jetzt Anführer der Eisengesellschaft ist.» – «Weh mir, weh mir, das können Himmel und Erde nicht zulassen. Das können sie nicht zulassen! Keine Frau wird in meinem letzten Zuhause schlafen. Eher bringe ich mich um.»

Vornübergeneigt stürzte er sich auf den Sarg und schlug mit hohlem Dröhnen mit dem Kopf auf. Vater sah, wie der hagere Hals sich in den Brustkorb zog und der flache Kopf sich zwischen den knochigen Schultern vergrub. Noch immer sah er die weißen Haarbüschel in den Nüstern des alten Mannes und das schüttere Ziegenbärtchen auf seinem vorspringenden Kinn vor sich. Sosehr er den plötzlichen Blitz wachen Bewußtseins, der seine dunklen Gedanken vertrieb, mit einem anderen Menschen teilen wollte –

schon der erste Blick auf Großvaters verschlossenes Gesicht schreckte ihn davon ab.

Großvater trug den verletzten Arm in einer schwarzen Tuchschlinge. Das hagere Gesicht war von tiefen Erschöpfungsfalten durchzogen. Der Anführer des Reitertrupps, der mit den langen, dünnen Augenbrauen, kam von den Pferden und fragte ihn etwas. Vater, der vor dem kleinen Schuppen stand, in dem er die Nacht verbracht hatte, hörte, wie Großvater sagte: «Du brauchst mich nicht um Erlaubnis zu bitten, Wuluan. Kümmere du dich drum.»

Vater sah, wie Großvater Wuluan bedeutungsschwer in die Augen sah und wie der verständnisvoll nickte, sich umdrehte und zu den Pferden zurückging.

Im gleichen Augenblick tauchte Schwarzauge aus einem der anderen Schuppen auf und verstellte Wuluan breitbeinig den Weg. «Was zum Teufel hast du vor?» fragte er ärgerlich.

«Ich werde berittene Wachposten aufstellen», sagte Wuluan mit finsterer Miene.

«Ich habe keinen Befehl dazu erteilt!»

«Nein, hast du nicht.»

Großvater trat dazu und sagte mit einem schiefen Lächeln: «Schwarzauge, willst du dich wirklich gegen mich stellen?»

«Tu doch, was du willst», sagte Schwarzauge. «Ich habe ja nur gefragt.»

Großvater klopfte Schwarzauge mit der gesunden Hand auf die breite runde Schulter und sagte: «Dich geht dieses Begräbnis schließlich auch etwas an. Was zwischen uns beiden ist, können wir später bereinigen. Einverstanden?»

Schwarzauge antwortete nicht. Er zuckte nur mit der Schulter, auf die Großvater geklopft hatte, und brüllte die Leute rund um die Dorfmauer wütend an: «Drängelt nicht so! Und was ist mit euch Frauen da drüben, werdet ihr nun Hanftücher tragen oder nicht?»

Wuluan, der unter einer Weide stand, an die er sein Pferd gebunden hatte, zog plötzlich eine Messingpfeife aus der Hemdbrust und blies dreimal hinein. Fünfzig Soldaten der Eisengesellschaft krochen aus den Zelten neben dem Weidenhain und rannten zu ihren Pferden, die aufgeregt wieherten. Weiße Narben in der Rinde der verwachsenen Bäume ließen erkennen, wo die Pferde an ihnen genagt hatten. Die fünfzig Soldaten bildeten eine Elitetruppe und waren mit hervorragenden leichten Waffen ausgerüstet. In der Hand hielten sie rasiermesserscharfe Säbel, und auf dem Rücken trugen sie japanische Gewehre. Wuluan und fünf seiner kräftigsten Männer hatten russische Maschinenpistolen mit luftgekühltem Lauf um den Hals. Sie stiegen auf, schlossen die Reihen und bildeten zwei Marschsäulen. Die Pferde trabten aus dem Dorf und auf die Straße, die zur Brücke am Schwarzwasserfluß führte. Das Haar über den Hufen wehte im Morgenwind, silbernes Licht spiegelte sich in den glänzenden Hufeisen. Die glatten, abgetragenen Sättel bewegten sich im Rhythmus der Bewegung. Wuluan ritt auf einem gescheckten Hengst an der Spitze des Trupps. Vater hörte den donnernden Lärm der Hufe, dann sah er, wie die Pferde wie eine dunkle Wolke über die glatte schwarze Erde galoppierten und in der Ferne verschwanden.

Der Zeremonienmeister in seiner traditionellen Robe und der klassischen Jacke glich einem taoistischen Unsterblichen. Er stand auf einem Schemel und rief aus vollen Kräften: «Trommlerkorps!»

Wie aus dem Nichts erschien ein Korps von Trommlern und Hornisten in schwarzen Uniformen und roten Kappen und formierte sich auf den Tribünen am Straßenrand. Die Tribünen aus Holz und Schilf waren zwischen fünf und sieben Metern hoch. Die Musiker quetschten sich durch die Menge, die sie wie Ameisen umgab, kletterten die wackligen Stufen hoch und bezogen Stellung.

Der Zeremonienmeister hob die Stimme: «In Bereitschaft!»

Die Menge drängte sich vor und reckte sich die Hälse aus, um einen Blick von dem zu erhaschen, was in der Mitte des Kreises vor sich ging. Hörner und Flöten nahmen das Kommando des Zeremonienmeisters auf. Die weiter hinten stehenden Zuschauer schoben sich in dichten Wellen nach vorn, und die klapprigen Tribünen fingen an, zu ächzen und zu schwanken. Erschreckt wirbelten die Musiker durcheinander und begannen zu schreien wie Dämonen, während sich die Ochsen und Esel, die man in der Nähe an Bäume gebunden hatte, lautstark über das Gedränge beschwerten.

«Was jetzt, Schwarzauge?» erkundigte sich Großvater höflich.

Schwarzauge kommandierte: «Nummer Drei, laß die Mannschaft antreten!»

Wie durch Zauber tauchten etwa fünfzig mit Gewehren bewaffnete Soldaten der Eisengesellschaft auf und schoben die tobende Menge mit dem Gewehrlauf beiseite. Niemand konnte sagen, wieviel Tausende zur Beerdigung ins Dorf geströmt waren, und die erschöpften, schweißüberströmten Soldaten waren der Menge einfach nicht gewachsen.

Schwarzauge zog seine Pistole und gab einen Schuß in die Luft ab. Dann feuerte er noch einmal über das Meer schwarzer Köpfe rund um sich. Als auch die Soldaten begannen, wie wild in die Luft zu feuern, zogen sich die vorderen Reihen der Menge zurück, die weiter hinten Stehenden preßten noch immer nach vorne, und die, die dazwischen gefangen waren, wußten nicht mehr wohin. Die Masse glich einer sich windenden schwarzen Raupe. Brüllende Kinder wurden zu Boden gerissen. Die Tribünen begannen sich wie in Zeitlupe zu neigen, und schreiende Musiker flogen Hals über Kopf durch die Luft und stürzten dann in die Menge. Ihr Schreien und die erschreckten Rufe der Menschen, die fürchteten, zu Tode getrampelt zu werden, vereinten sich zum durchdringendsten Schrei in einer Sturmflut chaotischen Gebrülls. Ein in der Menge eingekeilter Esel reckte den Nacken und hob den Kopf, als sei er im Treibsand gefangen. Augen so groß wie Gänseeier quollen wie Bronzeglocken aus dem Kopf und starrten die Menschen mit mitleiderregendem blauem Blick an. Mindestens ein Dutzend Alte und Kranke wurden im Gedränge totgetreten, und noch Monate später sammelten sich Fliegenschwärme um das faulende Aas von Ochsen und Eseln.

Schließlich gelang es den Soldaten, des Tumults Herr zu werden. Angstschreie von Frauen außerhalb der Menschenmenge bildeten den Kontrapunkt zu den Musikfetzen, wie sie die unglücklichen Musiker ertönen ließen, sobald sie wieder auf den Tribünen angelangt waren. Die meisten Zuschauer erkannten, daß es sinnlos war, sich in den Mittelpunkt des Geschehens vordrängen zu wollen, und wandten sich dem Dorfrand zu, wo sie am Rand der Straße zum Begräbnisplatz auf den Trauerzug warteten. Der gutaussehende Reiterführer Wuluan ließ seinen Trupp die Straße patrouillieren und für Ordnung sorgen.

Schwer erschüttert stand der Zeremonienmeister auf seinem Schemel und rief: «Kleinerer Baldachin!»

Zwei Soldaten der Eisengesellschaft mit weißen Schärpen trugen einen kleinen himmelblauen Baldachin heran. Er war rechteckig, einen Meter hoch, in der Mitte gefaltet, und die Außenseiten waren aufgerollt wie Drachenköpfe. Blutfarbene Glasmosaiken schmückten seinen obersten Bogen.

«Seelentafel, bitte!» rief der Zeremonienmeister.

Mutter hat mir einmal erklärt, daß eine Seelentafel nichts anderes ist als eine Ehrentafel für den Geist des Verstorbenen. Später habe ich durch eigene Nachforschungen herausgefunden, daß die Seelentafel in Wirklichkeit den sozialen Rang des Verstorbenen zum Zeitpunkt der Beerdigung anzeigte und nichts mit seinem Geist zu tun hatte. Man nannte sie auch Geistertafel. Sie wurde unter den Flaggen der Ehrengarde dem Trauerzug vorangetragen. Großmutters ursprüngliche Seelentafel war beim Zeltbrand in Flammen aufgegangen, und die schwarze Farbe auf der Ersatztafel, die zwei schmucke Soldaten der Eisengarde trugen, war noch naß. Die Inschrift lautete: «Geboren zur Stunde des Drachen am fünften Tag des fünften Monats im zweiunddreißigsten Regierungsjahr des Kaisers Guangxu der Großen Qing-Dynastie. Gestorben zur Stunde des Pferdes am neunten Tag des achten Monats im achtundzwanzigsten Jahr der chinesischen Republik. Tochter der Familie Dai, Mädchenname Xingfan, Ehefrau des Kommandanten der Widerstandsarmee Yu Zhan'ao in der Gemeinde Nordost-Gaomi, Republik China, Anführer der Eisengesellschaft. Alter zum Zeitpunkt des Todes: zweiunddreißig Jahre. Begraben unter dem Yang des Weißen Pferdebergs und dem Yin des Schwarzwasserflusses.»

Großmutters Seelentafel schmückten drei Fuß weißes Flaggentuch, die ihr Anmut und Würde verliehen. Die Soldaten der Eisengesellschaft stellten sie sorgfältig unter dem kleineren Baldachin auf. Dann nahmen sie neben dem Baldachin Haltung an.

Der Zeremonienmeister rief: «Großer Baldachin!»

Die Bläser und Trommler stimmten eine neue Melodie an, und vierundsechzig Soldaten der Eisengesellschaft trugen den großen scharlachfarbenen Baldachin, der mit blauen Kronen so groß wie Wassermelonen geschmückt war, an den Sarg. Die vierundsechzig Mann marschierten zum Rhythmus eines Messinggongs, den ein Offizier der Eisengesellschaft dem Zug voraustrug, in langsamem Marschschritt. Das leise Murmeln der Zuschauer verstummte, und nichts war mehr zu hören außer den klagenden Weisen der Pfeifen und Flöten und den entsetzten Schreien der Mütter, deren Kinder im Tumult zertrampelt worden waren. Unter den Klängen von Totenmusik und Klageschreien bestaunten die Zuschauer mit weit aufgerissenen Augen den großen Baldachin, der eindrucksvoll wie ein Tempel an ihnen vorbeizog. Feierliche Stimmung breitete sich aus.

Die ganze Zeit kreiste eine einzelne Bremse um Großvaters verletzten Arm und versuchte, an das geronnene Blut heranzukommen. Wenn er nach ihr schlug, floh sie und kreiste mit wütendem Surren um seinen Kopf. Bei dem Versuch, sie totzuschlagen, schlug er daneben und traf seinen verwundeten Arm so kräftig, daß er sich anfühlte wie mit Nadeln gespickt. Schwankend näherte sich der große Baldachin Großmutters Sarg. Das Rot des Untergrunds und das Blau der Kronen standen in einem Verhältnis vollkommener Harmonie. Tang! Tang! Tang! Der traurige Klang des Gongs ergriff die Herzen der Menschen und weckte in Großvater ein Knäuel verwirrter Erinnerungen aus einer unsteten Vergangenheit.

Als er den widerlichen Mönch ermordet hatte, war er erst achtzehn gewesen. Danach hatte er aus der Heimat fliehen und jahrelang in allen Himmelsrichtungen umherirren müssen. Im Alter von einundzwanzig Jahren war er in die Gemeinde Nordost-Gaomi zurückgekehrt und hatte, um seinen Hunger zu stillen, als Sarg- und Sänftenträger bei der Hochzeits- und Beerdigungsgesellschaft zu arbeiten begonnen. Damals hatte er alle Qualen der menschlichen Gesellschaft kennengelernt und die Schande erduldet, in rot-schwarzen Hosen die Straße fegen zu müssen. Sein Herz war so hart wie eine Fischgräte und sein Körper so stark wie der eines Gorillas, und so hatte er es geschafft, zu einem gefürchteten Banditen zu werden. Er wußte, daß das Leben eines Sänftenträgers kein Honigschlecken ist, aber bis heute hatte er die Demütigung nicht vergessen können, die ihm widerfuhr, als er 1920 in der Stadt Jiao im Haus der Akademikerfamilie Qi geohrfeigt wurde.

Erinnerungen an die Vergangenheit lenkten seine Gedanken von der vertrackten Bremse ab, die ihn sonst fast zum Wahnsinn getrieben hätte. Sie nutzte die Gelegenheit, landete auf dem bluttränkten weißen Verband über der Wunde und verbreitete weißen Schaum über die Stelle, an der sie das faulige salzige Blut aufsog.

Goldene Sonnenstrahlen fielen auf die Musiker auf den Tribünen. Ihre Backen blähten sich auf wie kleine Gummibälle, als sie vor sich hin flöteten und trompeteten. Der Schweiß lief ihnen vom Gesicht über Hals und Nacken, und Speicheltropfen, die an den gewundenen Metall- und Holzpfeifen entlanggelaufen waren, hingen in labilem Gleichgewicht an den Hörnern und Flöten. Die Leute standen auf den Zehenspitzen, um die Beerdigung besser beobachten zu können, und Blicke aus Hunderten von Augenpaaren fielen wie neugierige Mondstrahlen auf die echten Menschen und die Papiertiger im Mittelpunkt des Kreises. Diese Blicke waren ebenso auf Zeichen einer alten, strahlenden Kultur wie auf die Überbleibsel einer rückständigen, reaktionären Ideologie gerichtet.

Vater stand im Schnittpunkt der Strahlen aus zahllosen bösartigen Augen, die ihn umgaben. In seinem Herzen hingen wie purpurrote Trauben Perlenschnüre des Abscheus, und seine Schmerzen bildeten farbig bunte Regenbogen. Er trug dicke, weiße, knielange Trauerkleidung, die in der Hüfte von grauem Hanf zusammengehalten wurde, und ein viereckiger Trauerhut bedeckte seine ausrasierte Stirn. Der säuerliche Schweißgeruch der Menge und der Gestank von verbranntem Lack, den Großmutters Sarg verströmte, verschmutzten die Luft und ließen seine Knie weich werden. Klebriger Schweiß bedeckte seinen Körper, aber sein Herz sandte Wellen von Kälte aus. Unter den klagenden Tönen der Musiker und dem goldenen Glanz ihrer Instrumente, unter der scheinbar zu Mumien erstarrten Menge der Zuschauer und unzähligen Paaren von aufgerissenen Augen sandten die empfindlichen weißen Seidenstränge in seiner Wirbelsäule schwache Signale aus, die so kalt waren wie Nachtfröste im März.

Großmutters verschrammter Sarg war ungemein häßlich. Vorne hoch aufragend, hinten niedrig mit einer geneigten Vorderkante, die scharf war wie eine Messerklinge, glich er einem gewaltigen wirrköpfigen Tier. Vater glaubte, er könne jeden Augenblick aufstehen und mit aufgerissenem Maul die schwarze Menge angreifen. Vor seinem inneren Auge blähte der Sarg sich auf wie eine Wolke, und Großmutters sterbliche Überreste, die in dickes Holz und roten Ziegelstaub gebettet waren, standen wieder auf. Sie hatte ihrer Gestalt im Leben erstaunlich ähnlich gesehen, als Großvater ihren grasbewachsenen Grabhügel am Schwarzwasserfluß öffnete und eine Schicht Hirsepflanzen nach der anderen beiseite schob. Das war das Bild, das Vater jetzt vor den Augen schwebte. So wie er nie imstande sein würde, den Anblick seiner Mutter zu vergessen, wie sie im Sterben zur roten Hirse aufblickte, sollte er auch den Anblick ihres Gesichts nicht vergessen, als sie ihn aus dem Grab ansah. Das neue, jugendfrische Phantasiegesicht, das hier aufstieg, verschwamm bald wieder in der Wärme des Frühlingswinds.

Während er seine komplizierten Pflichten als pietätvoller Sohn der Verstorbenen erfüllte, durchlebte er all diese Erfahrungen noch einmal. Der Zeremonienmeister, der im hellen Sonnenlicht nicht eben beeindruckend wirkte, gab den Befehl: «Hebt den Sarg auf!»

Die vierundsechzig Soldaten, die den großen Baldachin herbeigetragen hatten, stürzten sich wie ein Bienenschwarm auf den Sarg. «Hebt an!» riefen sie. Der Sarg ließ sich nicht bewegen, als sei er angewachsen. Sie umschwärmten ihn wie Ameisen ein totes Schwein. Großvater verjagte die Bremse und starrte die Männer, die hilflos um den Sarg herumstanden, voll Verachtung an. Er rief den Offizier zu sich und sagte: «Holt Tragriemen aus Stoff. Ohne die werdet ihr bis zum Sonnenaufgang mit dem Sarg kämpfen und ihn trotzdem nicht unter den Baldachin bringen.»

Der Offizier blickte Großvater voll Hochachtung an. Großvater wich seinem Blick aus und sah hinaus auf den Schwarzwasserfluß, der sich als breites Band durch die dunkle Ebene zog.

Vor dem Anwesen der Familie Qi in Jiao standen zwei Fahnenstangen, deren einst rote Farbe völlig abgeblättert war. Das alte verrottete Holz symbolisierte den gesellschaftlichen Status der Familie. Das Familienoberhaupt, ein Mitglied der Hanlin-Akademie unter den Qing-Kaisern, war tot, und die Söhne und Enkel, die an seinem guten und reichen Leben teilgenommen hatten, trafen die Vorbereitungen für eine prunkvolle Begräbniszeremonie. Alles war fertig, und dennoch zögerten sie, das Datum der Beerdigung bekanntzugeben. Der Sarg stand in einem Gebäude am hinteren Ende des weiträumigen Anwesens, und um ihn auf die Straße zu bringen, würde man ihn durch sieben enge Torwege tragen müssen. Die Direktoren von mehr als zehn Hochzeits- und Beerdigungsgesellschaften hatten den Sarg und die Örtlichkeiten des Anwesens besichtigt, und sie alle waren mit hängendem Kopf wieder gegangen, obwohl die Familie Qi eine erstaunlich hohe Bezahlung angeboten hatte.

Dann sprach sich die Neuigkeit bis zur Hochzeits- und Beerdigungsgesellschaft der Gemeinde Nordost-Gaomi herum. Ein Angebot von fünfhundert Silberdollar für einen Sargtransport stellte für Großvater und die anderen Träger eine beachtliche Versuchung dar und stürzte sie in große Verwirrung. Sie seufzten ihm nach wie eine verliebte junge Frau, der ein hübscher junger Mann einen verlockenden Blick zugeworfen hat, um dann seinen goldenen Angelhaken auszuwerfen.

Sie wandten sich an den stellvertretenden Direktor, den alten Cao, und erklärten in beschwörendem Tonfall, dieser Auftrag könne die Gemeinde Nordost-Gaomi und ihre Beerdigungsgesellschaft berühmt machen. Außerdem seien die fünfhundert Silberdollar, die es zu verdienen gab, ja auch nicht zu verachten. Der alte Cao hörte sie in seinem hölzernen Sessel sitzend an und blieb so ruhig, daß er nicht einmal Wind abließ. Das einzige, was sich bewegte, waren seine kalten, intelligenten Augen, und das einzige, was zu hören war, war das Gurgeln seiner Wasserpfeife. Großvater und seine Gefährten brachten ihr Anliegen wortreich und energisch vor: «Stellvertretender Direktor, es geht nicht ums Geld. Ein Mann lebt nur einmal, und wenn er schon keine Klöße dämpft, dann sollte man ihm wenigstens gelegentlich einen gedämpften Kloß geben. Laß die Leute nicht auf uns herabblicken, laß nicht zu, daß sie glauben, wir in Nordost-Gaomi taugten nichts!» An dieser Stelle verlegte der alte Cao sein Gewicht von einer Arschbacke auf die andere und furzte gemächlich. «Also, Männer», sagte er, «ruht euch erst einmal aus. Wenn ihr den Auftrag vermasselt und ein paar von euch dabei zerquetscht werden, ist das auch nicht weiter schlimm. Aber wenn ihr die Ehre der Gemeinde Nordost-Gaomi aufs Spiel setzt und meine Firma ruiniert, dann ist das ganz etwas anderes. Wenn ihr knapp bei Kasse seid, gibt euch der wohltätige stellvertretende Direktor einen Vorschuß.»

Damit schloß er die Augen. Aber in den Herzen der Träger stieg ein unklarer, kaum definierbarer Ärger auf, und sie bedrängten ihn: «Stellvertretender Direktor, vernichte nicht unsere Ehre und erwecke damit den Ehrgeiz anderer!» Der stellvertretende Direktor antwortete: «Schluck keine Sichel, wenn dein Magen nicht krumm ist. Glaubt ihr, die fünfhundert seien leicht verdientes Geld? Also: Das Anwesen der Familie Qi hat sieben Torwege, und da sollt ihr einen mit Quecksilber gefüllten Sarg durchtragen. Habt ihr das verstanden? Voll Quecksilber, hab ich gesagt! Laßt euch das einmal durch eure Affenhirne gehen und überlegt, was so ein Sarg wohl wiegt.» Nachdem er sie so beschimpft hatte, beobachtete er seine Träger verstohlen aus den Augenwinkeln. Eine dunkle Wolke senkte sich über die Herzen der Männer. Sie tauschten unsichere Blicke aus, wollten die Angelegenheit nicht einfach auf sich beruhen lassen und wagten doch nicht, sie weiter voranzutreiben. Der alte Cao schnaubte ein paarmal verächtlich durch die Nasenflügel. «Also los», sagte er, «verschwindet! Laßt die wahren Helden das richtige Geld verdienen. Von kleinen Männern werden kleine Taten überliefert. Geht nur und verdient eure zwanzig oder dreißig Yuan! Seid zufrieden, wenn ihr die papierdünnen Särge der Armen tragen dürft.»

Das traf die Träger ins Herz wie ein vergifteter Pfeil. Bevor ein anderer sich rühren konnte, trat Großvater vor und sagte mit lauter Stimme: «Stellvertretender Direktor Cao, für einen Dummkopf wie dich zu arbeiten kann einen Mann umbringen. Ein Soldat mit Scheiße im Kopf ist eine Sache, aber ein General mit Scheiße im Kopf ist etwas anderes. Ich kündige!»

Die heißblütigen jungen Träger stimmten in sein Geschrei ein. Der alte Cao erhob sich aus dem Sessel, ging mit schwerem Schritt auf Großvater zu, klopfte ihm kräftig auf die Schulter und sagte mit echter Überzeugung: «Zhan'ao, du bist ein Mann! Ein echter Sproß der Gemeinde Nordost-Gaomi! Die Familie Qi ist doch nur so weit aufgestiegen, weil sie arme Leute wie uns, die sich ihren Lebensunterhalt als Träger verdienen müssen, ausgebeutet hat. Wenn ihr alle zusammenarbeitet und den Sarg raustragt, ist der Ruf der Gemeinde Nordost-Gaomi gerettet. Ruhm kann man auch für noch soviel Geld nicht kaufen. Aber vergeßt nicht, die Familie Qi kann sich eines Mitglieds der Hanlin-Akademie rühmen. Achtet deshalb streng auf die Einhaltung von Sitte und Gebräuchen. Es wird nicht leicht sein, diesen Sarg zu tragen. Wenn ihr heute nacht nicht schlafen könnt, bleibt auf und denkt darüber nach, wie ihr durch die sieben Torwege kommen wollt.»

Wie durch Zufall betraten in diesem Augenblick zwei Männer mit aufgeblasenem Gehabe den Raum und teilten mit, sie seien Hausverwalter der Familie des Akademiemitglieds und wollten die Träger der Gemeinde Nordost-Gaomi anstellen.

Nachdem die Hausverwalter des Hauses Qi ihr Anliegen vorgebracht hatten, fragte der stellvertretende Direktor Cao, ohne Interesse für den Auftrag zu zeigen: «Was zahlt ihr denn?»

«Fünfhundert Silberdollar! So ein Angebot bekommst du nicht noch einmal, Herr Direktor», sagte der eine Hausverwalter.

Der alte Cao warf das silberne Mundstück seiner Wasserpfeife auf den Tisch und sagte verächtlich grinsend: «Zunächst einmal haben wir so viele Aufträge, wie wir brauchen können, und außerdem schwimmen wir in Geld. Vielleicht fragt ihr besser woanders.»

Die Hausverwalter des Hauses Qi lächelten schlau. «Herr Direktor», sagte der eine, «wir sind hier alle Geschäftsleute.»

«Das ist wahr», sagte der alte Cao. «Und für das Geld findet ihr sicher jemanden, der den Auftrag übernimmt.»

Dann schloß er würdevoll und ruhig die Augen.

Die beiden Hausverwalter tauschten einen schnellen Blick aus. Dann sprach wieder der erste: «Herr Direktor, reden wir nicht lange drum herum. Was ist dein Preis?»

«Ich werde das Leben meiner Leute nicht für ein paar Silberdollar aufs Spiel setzen», antwortete der alte Cao.

«Sechshundert», sagte der Hausverwalter, «sechshundert in Silber!»

Der alte Cao blieb unbeweglich wie ein Stein.

«Siebenhundert! Siebenhundert Silberdollar! Wenn man Geschäfte macht, muß man es mit gutem Gewissen tun können, Herr Direktor.»

Der alte Cao verzog die Lippen.

«Also achthundert. Unser letztes Angebot!»

Der alte Cao öffnete die Augen. «Eintausend», sagte er klar und ruhig.

Die Backen des Hausverwalters blähten sich auf, als habe er sich auf die Zähne gebissen. Er starrte verblüfft in das harte, unnachgiebige Gesicht des stellvertretenden Direktors. «Direktor», stammelte er, «dazu sind wir nicht ermächtigt.»

«Dann geht nach Hause und fragt euren Chef. Eintausend. Für weniger machen wir es nicht.»

«In Ordnung. Wir bringen die Antwort morgen.»

Am nächsten Vormittag kam der Verwalter auf einem Pferd mit purpurroter Mähne aus der Kreisstadt. Der Termin, zu dem der Sarg bewegt werden sollte, wurde festgelegt, eine Anzahlung von fünfhundert Silberdollar hinterlegt und die Restsumme für den

Tag zugesagt, an dem der Sarg erfolgreich herausgetragen sein würde. Das purpurrote Pferd war die ganze Strecke galoppiert. Es war in Schweiß gebadet und hatte weißen Schaum vor dem Maul.

Am Tag der Beerdigung standen lange vor Sonnenaufgang vierundsechzig Träger auf, bereiteten ihr Frühstück und nahmen eine kräftige Mahlzeit zu sich. Nachdem sie die Eßschalen gereinigt hatten, machten sie sich im Sternenlicht auf den Weg nach Jiao. Direktor Cao folgte ihnen auf seinem schwarzen Esel.

Großvater konnte sich erinnern, daß einzelne Sterne am Himmel gestanden hatten, der ihm an diesem Morgen sehr hoch erschien. Der Frühtau war eiskalt, und der Stahlhaken, den er im Gürtel trug, schlug gegen seinen Hüftknochen. Als sie die Stadt erreichten, lag sie schon im Dämmerlicht. Die Straßen waren voll von Menschen, die zur Beerdigung gingen. Großvater und seine Genossen hörten das Flüstern der Menge und schritten mit erhobenem Haupt und vorgeschobener Brust die Straße entlang. Sie wollten aussehen wie Helden, doch im tiefsten Herzen waren sie besorgt und unsicher.

Die ziegelgedeckten Gebäude des Anwesens der Familie Qi nahmen einen halben Häuserblock ein. Großvater und die anderen folgten den Dienstboten der Familie durch drei Torwege in einen Garten voller Schneebäume und Silberblumen. Der Boden war mit Papiergeld bestreut, und über allem lag der Duft von Räucherwerk. Nicht viele Familien hätten es dem gleichtun können.

Der Verwalter trat gemeinsam mit dem Haushaltsvorstand auf den stellvertretenden Direktor zu. Der Haushaltsvorstand war ein etwa fünfzigjähriger Mann mit einer kleinen gebogenen Nase, breitem Mund und hagerem Gesicht. Er warf einen Blick auf die Mannschaft des alten Cao, und Großvater fielen die einschüchternden Strahlen auf, die seine dreieckigen Augenhöhlen in alle Richtungen aussandten.

Er nickte dem stellvertretenden Direktor Cao zu und sagte: «Für tausend Silberdollar kann ich wohl ein gewisses Maß an Etikette und würdigem Benehmen erwarten.»

Der stellvertretende Direktor nickte zurück und folgte ihm durch das innere Tor.

Als er aus dem Haus kam, war sein sonst glänzendes Gesicht aschfahl, und seine langen Fingernägel zitterten. Er versammelte die Träger um sich und sagte mit knirschenden Zähnen: «Jungens, wir sind erledigt!»

«Was gibt es für ein Problem?» fragte Großvater.

«Leute, der Sarg ist genauso breit wie das Tor, und obendrauf steht eine bis zum Rand gefüllte Trinkschale. Er sagt, jeder Tropfen, den wir verschütten, kostet uns hundert Silberdollar.»

Sie standen sprachlos da. Die Klagerufe der Leidtragenden aus der Trauerhalle schwebten wie eine Melodie durch die Luft.

«Was machen wir jetzt, Zhan'ao?» fragte der alte Cao.

«Dies ist keine Zeit für Feiglinge», sagte Großvater. «Wir werden das verdammte Ding raustragen, und wenn es mit Eisenkugeln gefüllt ist.»

«Also gut, Leute», sagte der alte Cao mit gedämpfter Stimme. «Wenn ihr es schafft, seid ihr meine Söhne. Die tausend Silberdollar gehören ganz euch. Ich will nichts davon haben.»

«Hör auf zu schwätzen!» sagte Großvater und warf ihm einen strengen Blick zu.

«Also gut», sagte der stellvertretende Direktor, «macht euch bereit. Zhan'ao und Sikui, ihr beide nehmt das Seil, einer von vorne, einer von hinten. Zwanzig von euch warten drinnen und kriechen unter den Sarg, sobald er vom Boden ist. Der Rest bleibt hier draußen und folgt dem Rhythmus meiner Gongschläge. Und, Leute, der alte Cao ist euch etwas schuldig.»

Der stellvertretende Direktor Cao, der sonst gern den Tyrannen spielte, verneigte sich tief, und als er sich wieder aufrichtete, waren seine Augen feucht von Tränen.

Da erschien der Haushaltsvorstand der Familie Qi mit einem Gefolge von Dienern und sagte hämisch grinsend: «Langsam, langsam! Erst müssen wir euch durchsuchen!»

«Was ist denn das für eine Sitte?» fragte der alte Cao ärgerlich.

«Die Sitte, die man für tausend Silberdollar kauft», sagte der Haushaltsvorstand grinsend.

Die Dienstboten des Hauses Qi sammelten die Stahlhaken ein, die die Männer im Gürtel versteckt trugen, und warfen sie auf den

Boden. Klirrend fielen sie auf einen Haufen, und der Staub, den sie aufwirbelten, bedeckte die Gesichter der Männer mit einem grauen Schleier.

Der Haushaltsvorstand des Hauses Qi betrachtete den Haufen Haken und grinste.

Also gut, dachte Großvater. Mit einem Stahlhaken kann jeder einen Sarg hochheben. Das erhebende Gefühl, das ein Mann auf dem Weg zur Richtstätte empfinden muß, erfüllte sein Herz. Er band sich die Hosenaufschläge eng um die Beine, holte tief Luft und band den Gürtel so eng er konnte.

Als die Träger die Trauerhalle betraten, unterbrachen die männlichen und weiblichen Trauernden, die den Sarg umstanden, ihre Klagegesänge und starrten aus weit aufgerissenen Augen auf die Träger und die Schale auf dem Sarg. Die rauchgeschwängerte Luft war erstickend, die Gesichter der Lebenden glichen schrecklichen in der Luft schwebenden Masken.

Der Ebenholzsarg des alten Qi, des Mitglieds der Hanlin-Akademie, ruhte wie ein großes Schiff im Trockendock auf vier Schemeln. Bei dem Anblick bekamen die Träger Herzklopfen.

Großvater nahm ein dickes Hanfseil von der Schulter und zog es der Länge nach unter dem Sarg durch. Um die Enden liefen Schlaufen aus gedrehter weißer Baumwolle. Die anderen Träger zogen in Wasser getränkte dicke Baumwollseile quer unter dem Hauptseil durch und griffen nach den Enden.

Der stellvertretende Direktor Cao hob seinen Gong. Bong! Der Gongschlag zerriß die Stille. Großvater kauerte am Kopfende des Sargs nieder, an der gefährlichsten, der schwersten, der ruhmreichsten Stelle von allen. Unter der Vorderseite des Sargs, die gekrümmt war wie ein Schiffsbug, konnte man weder gerade hocken noch sich aufrichten. Das dicke Hanfseil lag schwer auf seinem Nacken, und noch ehe er versucht hatte, sich aufzurichten, spürte er, wie schwer der Sarg war.

Der stellvertretende Direktor Cao schlug noch dreimal auf den Gong. Dann klang der Ruf «Hebt an!» durch die Luft.

Sobald er den Ruf hörte, holte Großvater tief Luft und hielt den Atem an, so daß all seine Kraft und Energie in die Knie strömte.

Vage hörte er das Kommando des alten Cao. Benommen, wie er war, zwang er die Kraft, die sich in seinen Knien konzentriert hatte, zum Ausbruch und stellte sich dabei vor, der Sarg des Akademiemitglieds habe sich in die Luft erhoben und schwimme auf dem Meer von Weihrauch davon wie ein Schiff auf dem Ozean. Der Druck des Steinbodens gegen sein Gesäß und ein scharfer Schmerz am Rückgrat ließen ihn aus diesem Traum erwachen.

Der stellvertretende Direktor Cao fiel beinahe in Ohnmacht, als er sah, wie der gewaltige Sarg gleich einem Baum mit tiefen Wurzeln unbeweglich an seinem Platz verharrte. Die Träger sanken wie Spatzen, die ans Fenster fliegen, auf dem Boden zusammen. Ihre Gesichter verfärbten sich von Scharlachrot zu tiefem Purpur, zur Farbe undurchsichtiger Schweinsblasen und schließlich zur Aschfarbe verdorrten Grases. Er wußte, daß sie am Ende waren. Über sein Heldendrama war der Vorhang gefallen. Der kräftige, energische Yu Zhan'ao hockte benommen auf dem Boden wie eine alte Frau, die ein totes Kind im Arm hält. Nichts konnte mehr darüber hinwegtäuschen: Er war gescheitert!

Großvater glaubte das höhnische Lachen des Akademiemitglieds in seinem flüssigen Grab aus Quecksilber zu hören. Die Mitglieder der Familie Qi, die Lebenden wie die Toten, waren Meister des höhnischen Gelächters. Das freundliche Lachen anderer Menschen war ihnen fremd. Plötzlich überfiel Großvater ein überwältigendes Gefühl, das sich zu gleichen Teilen aus tiefster Demütigung, wütendem Abscheu vor allen übergroßen Gegenständen und Todesangst zusammensetzte, die dem verzehrenden Schmerz in seinem Rückgrat entsprang. Das Gefühl floß wie ein verseuchter Strom durch sein Herz.

«Leute», sagte der stellvertretende Direktor Cao, «ihr müßt es schaffen! Nicht für mich, für die Gemeinde Nordost-Gaomi.»

Er biß sich so kräftig auf den Mittelfinger, daß die Haut aufriß und einen Strom von dunklem Blut freigab. Mit schriller Stimme rief er: «Männer, denkt an Nordost-Gaomi!»

Bong! Bong! Diesmal riß der Gongschlag Großvaters verwundetes Herz beinahe in Fetzen. Der Hammer schlug nicht auf die gebogene Fläche des Gongs, er schlug auf sein Herz, auf die Herzen aller Träger.

Großvater kniff die Augen zu und begann, sich wie ein Irrer, wie ein Selbstmörder, aufzurichten. (Im allgemeinen Chaos, unter dem der Sarg gehoben wurde, sah der stellvertretende Direktor Cao, wie ein Träger, den sie den Kleinen Han nannten, schnell die Schale über dem Sarg an die Lippen hob und einen großen Schluck nahm.) Erzitternd hob sich der Sarg von den Schemeln. Nur das Knacken menschlicher Gelenke war in der Todesstille zu hören, die in der Halle herrschte.

Großvater konnte nicht wissen, daß sein Gesicht totenbleich war, als sich der Sarg in die Luft hob. Er wußte nur, daß das dicke Seil ihn würgte, daß sein Hals kurz vor dem Bersten stand und daß die Wirbel seines Rückgrats so zusammengepreßt waren, daß sie aussehen mußten wie Dornen an einem Strauch. Er konnte sich nicht aufrichten, und ein Augenblick der Verzweiflung genügte, um all seine Entschlußkraft zum Erliegen zu bringen. Seine Knie wurden weich wie geschmolzener Stahl.

Großvaters Schwäche rief eine sofortige Verschiebung des Quecksilberspiegels hervor, und das Kopfende des gewaltigen Sargs neigte sich nach vorne und drückte auf sein gekrümmtes Rückgrat. Die Schale über dem Sarg rutschte zur Seite, und die farblose Flüssigkeit, mit der sie gefüllt war, berührte den Rand und drohte überzufließen. Die Familie Qi sah mit weit aufgerissenen Augen zu.

Direktor Cao gab Großvater eine kräftige Ohrfeige.

Später erinnerte sich Großvater, daß ihm von dem Schlag die Ohren dröhnten und daß alles Gefühl, daß er noch in der Taille, in den Armen, in den Schultern, im Nacken besaß, ihn verließ, als habe es ein bösartiger Geist aufgesaugt. Ein schwarzer Nebelschleier fiel über seine Augen. Davor tanzten goldene Funken.

Er richtete sich auf und hob den Sarg mehr als einen Meter vom Boden. Sofort krochen sechs Träger auf allen vieren unter den Sarg und stützten ihn mit dem Rücken. Endlich konnte Großvater aufatmen. Der Atemzug, den er dann schöpfte, fühlte sich auf dem Weg durch Hals und Kehle warm und süß an.

Sie trugen den Sarg durch alle sieben Torwege und stellten ihn unter dem großen hellblauen Baldachin ab.

Sobald das dicke weiße Seil von Großvaters Rücken fiel, riß er den Mund weit auf. Aus Rachen und Nase brachen Ströme von scharlachrotem Blut.

Großvater empfand als gelernter Sargträger nichts als Verachtung für die Soldaten der Eisengesellschaft, die sich hilflos um Großmutters Sarg drängten. Aber er hatte nicht vor, sich einzumischen. Als der Soldat mit dem dicken weißen Baumwollseil zurückkam, das er an der Bucht in Wasser getränkt hatte, trat er hinzu und wickelte es selbst um den Sarg. Dann wählte er sechzehn der besten Soldaten aus, wies ihnen ihre Positionen an und kommandierte: «Hebt an!» Der Sarg hob sich vom Boden. Großvater dachte an das, was einst geschehen war. Großmutters Sarg wurde unter einen großen Baldachin mit zweiunddreißig Tragstangen getragen. Der Sarg der Familie Qi war ein riesiger weißer Drache gewesen, der über die gepflasterte Straße aus der Stadt Jiao herauskroch. Die Passanten auf der Straße hatten so gebannt auf die tödlich bleichen Gesichter der vierundsechzig Träger und auf das Blut gestarrt, das sieben oder acht von ihnen aus der Nase schoß, daß sie den Stelzengängern, den Löwentänzern und den Feuerriesen keine Beachtung schenkten. Inzwischen hatte man Großvater ans Fußende des Sargs versetzt, wo er eine der leichteren Tragstangen hielt. Sein Bauch brannte wie Feuer, seinen Mund füllte ein süßlich fauliger Geschmack. Pflastersteine flogen wie Talgspritzer durch die Gegend...

3

Vater, in Trauerkleidung und das Gesicht nach Südwesten gewandt, stand auf einer hohen Bank, schlug mit dem Gewehrkolben auf den Boden und rief:

«Mutter! Mutter! Geh nach Südwesten! Eine breite Straße! Ein langes, langes Schatzschiff! Ein flinkes Reittier! Reichlich Reisegeld! Mutter! Mutter! Ruhe voll Süße! Laß deinen Schmerz!»

Der Zeremonienmeister hatte ihm aufgetragen, das Abschiedslied dreimal zu singen. Denn nur die Stimme der Nächststehenden kann der Seele den Weg zum südwestlichen Paradies weisen. Aber er schaffte es nur einmal, bevor heiße, bittere Schmerzenstränen seine Stimme erstickten. Dann stand er unbeweglich, das Gewehr in der Hand, da. Noch einmal entfloh ein lang hingezogenes «Mutter» seinen Lippen, entfaltete sich in der Luft und glitt unsicher davon wie ein scharlachroter Schmetterling mit symmetrischen Goldglocken auf den Flügeln. Der Schmetterling flatterte nach Südwesten, wo die Wildnis weit war und die Luftströme wirbelten und wo das helle Sonnenlicht am achten Tag des vierten Monats voll Besorgnis einen weißen Schleier über dem Schwarzwasserfluß ausbreitet. Großmutters Seele konnte den Schleier der Illusionen nicht durchbrechen und nahm nach kurzem Zögern den Weg nach Osten, so innig Vater auch wünschte, sie ins Paradies des Südwestens zu senden.

Aber Großmutter wollte nicht ins Paradies. Statt dessen folgte sie den Windungen der Böschung, brachte Großvaters Truppen Proviant und blickte meinen Vater, ihren Sohn, von Zeit zu Zeit aus goldenen Augen an. Hätte er sich nicht auf das Gewehr gestützt, er wäre umgefallen. Dann kam seltsamerweise Schwarzauge dazu und hob ihn von der Bank. Die liebliche Musik der Musikanten, der Geruch, der von der Menge ausging, und die glitzernden Begräbnisfahnen vereinten sich zu einem geisterhaften Dunst, der sich wie ein Tuch um seinen Körper und seine Seele wand.

Zwanzig Tage zuvor war Vater mit Großvater zum Fluß gegangen, um Großmutters Leiche auszugraben. Es war kein guter Tag für die Schwalben gewesen, denn regenschwere Wolken hingen wie zerrissene Baumwollwatte niedrig im Himmel und verbreiteten den Geruch von verdorbenem Fisch und verfaulten Krabben. Ein böser Wind führte dunkle Luft am Schwarzwasserfluß entlang. Am Ufer lag das faulende Fleisch der Hunde, das die Handgranaten im vorigen Winter bei der Schlacht mit den Menschen zerrissen hatten, im trüben Ufergras. Die Schwalben, die auf ihrem Zug von der Insel Hainan den Fluß überquerten, empfanden Abscheu vor dem Aas. Unter ihnen begannen die Frösche ihr Paarungsritual. Schlanke, dunkle Körper sprangen und planschten im Wasser, als Liebesleidenschaft sie aus dem Winterschlaf riß.

Als er den Schwalben und Fröschen zusah und auf die verkommene Holzbrücke über den Fluß schaute, die vom Leid des Jahres 1939 gezeichnet war, überkamen Vater Gefühle, die einer einsamen Wüste glichen. Dunkelhäutige Dorfbewohner, die den Winter über im Schlaf gelegen hatten, fingen an, Hirsesaat über die dunkle Erde zu streuen, und der helle Klang, wenn ihre Pflüge auf steinige Erdschollen stießen, hallte weit in die Ferne. Vater stand mit Großvater und neunzehn mit Hacken und Schaufeln ausgerüsteten Soldaten der Eisengesellschaft an Großmutters Grab, ganz am Anfang der langen Gräberreihe, in der Großvaters Männer ruhten. Über den schwarzen Gräbern zeigten bittere Kräuter ihre ersten goldenen Blüten.

Drei Minuten Schweigen.

«Douguan, bist du sicher, daß es dies hier ist?» fragte Großvater.

«Das ist es», sagte Vater, «ich könnte es nie vergessen.»

«Also gut», sagte Großvater, «das hier. Fangt an zu graben!»

Die Soldaten griffen zum Werkzeug, aber sie zögerten noch. Also nahm Großvater einem von ihnen die Hacke aus der Hand, richtete sie auf den Grabhügel, der sich wölbte wie eine Frauenbrust, und schlug mit aller Kraft zu. Mit dumpfem Klang grub sich die Hacke in den Boden. Dann zog er sie zu sich heran und riß ein Stück schwarze Erde hoch, das über den Boden rollte. Jetzt war die Wölbung geglättet.

Vaters Herz verkrampfte sich, als die Hacke den Grabhügel spaltete, und in diesem Augenblick empfand er nur Furcht und Abscheu vor Großvaters Grausamkeit.

«Grabt sie aus», sagte Großvater mit schwacher Stimme und warf die Hacke weg, «grabt sie aus!»

Die Soldaten bildeten einen Kreis um Großmutters Grab und fingen an, zu hacken und zu graben. Der Hügel war in kürzester Zeit abgetragen. Schwarze Erde flog beiseite, und allmählich wurden die Umrisse einer rechteckigen Grube sichtbar. Unter der schwammigen Erde sah das, was die Männer da sorgfältig mit ihren Schaufeln und Hacken freilegten, aus wie eine riesige Falle. «Nicht so schüchtern», sagte Großvater. «Wir sind noch lange nicht fertig.»

Vater dachte wieder an die Nacht des neunten Tages im achten Monat des Jahres 1939 nach dem alten Kalender zurück, in der sie Großmutter begraben hatten. Das Feuer auf der Brücke und die Fackeln, die ihre Leiche umgaben, hatten das Gesicht der Toten beleuchtet und es fast wieder zum Leben erweckt, aber die schwarze Erde hatte das schöne Bild verschlungen. Jetzt wurde es wieder ausgegraben, und als Schicht um Schicht Erde abgetragen wurde, bis Vater glaubte, Großmutter lächeln und die Erde küssen zu sehen, die sie von ihnen trennte, wurde er immer nervöser.

Schwarzauge trug ihn in den Schatten und versetzte ihm einen leichten Schlag ins Gesicht. «Douguan», sagte er, «komm zu dir!»

Vater wachte auf, aber er wollte nicht die Augen aufmachen. Heiße Schweißperlen standen auf seinem ganzen Körper, aber sein Herz war so kühl, als habe die kalte Luft aus Großmutters Grab es für immer eingefroren. Nun lag das Grab offen, die Hirsestengel knisterten unter den Schaufeln, und den Soldaten der Eisengesellschaft zitterten die Arme. Als die letzte Erdschicht über der Hirse weggeschaufelt war, hörten sie auf zu graben und warfen Großvater und Vater flehende Blicke zu. Sie sahen, wie die Nasen der Soldaten in dem überwältigenden Gestank, der aus dem Grab drang, zuckten und zitterten. Vater sog den Geruch gierig ein. Für ihn war es der Duft der Milch, die er als Säugling aus Großmutters Brust gesogen hatte.

«Räumt die Hirse weg», befahl Großvater den sieben Männern, die ängstlich um das Grab standen. Seine schwarzen Augen zeigten kein Mitleid. «Räumt sie weg!»

Unwillig beugten sie sich vor und begannen, die Halme aus dem Grab zu ziehen. Klare Wassertropfen quollen aus den nackten Stengeln, die faulend die glänzende Röte von feuchtem Jade angenommen hatten.

Immer tiefer gruben sie, und der Gestank wurde immer stärker. Sie mußten Mund und Nase mit den Ärmeln bedecken, und Tränen quollen aus den Augenwinkeln, als habe man sie mit Knoblauchpaste eingerieben. Für Vaters Nase verwandelte sich der Gestank in den vollen Duft des Hirsebrands, schwindelerregend und berauschend. Er bemerkte, daß aus jeder neuen Hirseschicht mehr Wasser quoll und daß die Halme immer röter wurden. Vielleicht, dachte er, ist es Großmutters rote Jacke, die sie färbt. Er wußte, daß jeder einzelne Tropfen Blut ihren Körper verlassen hatte, daß ihr Fleisch im Augenblick des Todes glänzend hell und fast durchsichtig gewesen war, wie das einer erwachsenen Seidenraupe. Es mußte die rote Farbe ihrer Jacke sein, die die smaragdgrüne Hirse rot färbte.

Sie hatten die letzte Schicht erreicht. Vater wollte Großmutter so schnell wie möglich zu Gesicht bekommen, aber der Gedanke jagte ihm auch Angst ein. Die Hirsedecke wurde immer dünner, doch er hatte das Gefühl, daß sich der Abstand zwischen Großmutter und ihm vergrößerte. Die Männer trugen die unsichtbare Schranke ab, die die Lebenden von den Toten trennte, und zugleich wurde sie immer unüberwindlicher. Plötzlich knisterte die letzte Hirseschicht laut protestierend auf. Einige Soldaten stießen erschreckte Rufe aus, andere verstummten vor Furcht. Es war, als habe eine gewaltige Welle der Angst, die aus dem Grabe hervorspülte, sie mit sich fortgerissen. Ihre Gesichter blieben lange Zeit aschfahl, und erst auf Großvaters Drängen fanden sie den Mut, ins Grab zu sehen.

Vater sah vier braune Feldmäuse, die aus dem geöffneten Grab kletterten. Eine fünfte, völlig weiße, hockte auf einem unvergleichlich schönen Hirsehalm und warf mit den Klauen das Orakel. Alles starrte die braunen Feldmäuse an, die aus dem Grab kletterten und davoneilten. Die weiße blieb hochmütig-reglos sitzen und blickte sie aus kleinen pechschwarzen Augen an. Vater hob eine Erdscholle auf und schleuderte sie ins Grab. Die Maus sprang einen halben Meter in die Luft, schaffte es nicht ganz bis oben, fiel wieder zurück und rannte panisch und ziellos rund um die Kanten des Grabs. Voll Abscheu schleuderten die Soldaten einen wahren Hagel von Erdklumpen auf die weiße Maus, bis sie zerschmettert mitten im Grab lag. Vater überkam Reue, als die schweren Klumpen auf die letzte Schicht von Hirsestengeln trafen. Er hatte den ersten Klumpen geworfen, aber als die Soldaten seinem Beispiel folgten, hatten die meisten ihrer Geschosse nicht die Maus, sondern Großmutter getroffen.

Nach Vaters Bericht stieg Großmutter wie im Märchen aus ihrem strahlenden, duftenden Grab auf, so lieblich wie eine Blume. Aber die Soldaten der Eisengesellschaft verzogen jedesmal das Gesicht, wenn das Gespräch auf das Thema kam, und beschrieben bis in die letzte Einzelheit den grauenhaften Anblick, den Großmutters Leiche bot, und den erstickenden Gestank, der aus dem Grab drang. Vater nannte sie Lügner. Er war damals, wie er sich erinnerte, im Vollbesitz seiner Wahrnehmungskräfte, und als die letzten paar Hirsepflanzen entfernt wurden, ließ Großmutters süßes, wunderschönes Lächeln alles im Umkreis knistern, als zöge ein rasendes Feuer über das Land. Die tiefe Erinnerung an überwältigenden Wohlgeruch blieb zwischen seinen Lippen und seinen Zähnen lebendig. Er bereute nur, wie kurz dieser Augenblick gewesen war. Denn als man Großmutters Leiche aus dem Grab hob, verwandelten sich ihre glänzende Schönheit und ihr zarter Duft in einen Nebel, der sanft dahinschwand, und nur ein weißes Gerippe blieb zurück. Vater gab zu, daß in diesem Augenblick ein überwältigender Gestank an seine Nüstern drang, aber er wies die Vorstellung entschieden zurück, das Gerippe könne Großmutters Gerippe gewesen sein. So konnte der Gestank nichts mit ihr zu tun haben.

Großvater sah niedergeschlagen aus. Nachdem sie die Leiche aus dem Grab gehoben hatten, liefen die sieben Soldaten der

Eisengesellschaft ans Flußufer und erbrachen dunkelgrüne Galle in das dunkelgrüne Wasser. Großvater breitete ein weißes Tuch aus und legte mit Vaters Hilfe Großmutters Skelett darauf. Vom Geräusch des Erbrechens am Flußufer angesteckt, verspürte Vater einen Krampf im Nacken, wie ein Hahn, der krähen will, und abgehackte Geräusche drangen aus seiner Kehle. Der Gedanke, die abstoßenden weißen Knochen zu berühren, war ihm furchtbar.

«Douguan», sagte Großvater, «willst du etwa sagen, die Knochen deiner eigenen Mutter seien etwas Schmutziges, das du nicht anfassen willst? Selbst du nicht?»

Von dem tragischen Gesichtsausdruck seines Vaters berührt, neigte sich Vater vor und streckte vorsichtig eine Hand aus, um Großmutters weißen Schenkelknochen zu berühren. Der war so eisig, daß nicht nur sein Körper Kälte spürte, sondern selbst seine Eingeweide zu gefrieren schienen. Großvater wollte das Skelett an den Schulterblättern hochheben, aber es löste sich auf und fiel in einem Haufen zu Boden. Das lange schwarze Haar auf dem Schädel breitete sich über seine Füße aus. Ein paar rote Ameisen krochen mit zitternden Fühlern in den Höhlen umher, die einmal Großmutters feuchte Augen beherbergt hatten. Vater warf den Schenkelknochen von sich, drehte sich auf dem Absatz um und rannte laut aufheulend davon.

4

Als mittags die Riten vollzogen waren, verkündete der Zeremonienmeister mit lauter Stimme: «Der Leichenzug kann beginnen!» Eine Flut von Trauergästen überschwemmte das Feld. Die Zuschauer, die schon seit dem frühen Morgen die Straßenränder säumten, um dem Zug zu folgen, sahen eine schwarze Menschenmenge aus der Stadt quellen. Es folgte die Bahre der Familie Yu, die sich wie ein schwimmender Eisberg langsam auf sie zubewegte. Zu beiden Seiten der Straße waren alle zweihundert Meter große offene Zelte errichtet, in denen Opfergaben als Wegeopfer ausgestellt waren. Warme Düfte, saure, süße, bittere und pfeffrige Gerüche, stiegen den Gästen in die Nase und machten ihnen den Mund wäßrig. Reitertruppen unter dem Kommando von Wuluan galoppierten als Ehrengarde am Straßenrand entlang. Unter der glühenden Sonne, die genau im Zenit stand, und im schwarzen Staub, der sich über der Erde erhob, gerieten die Pferde ins Schwitzen. Sie spreizten die Nüstern, und Staub bedeckte den Schaum, der sich um ihre Mäuler sammelte. Ölig feuchte Flanken spiegelten die Sonnenstrahlen wider; schwarze Schollen wurden hoch in die Luft gewirbelt.

Ein fetter Mönch in einer gelben Robe, die die linke Schulter und den Arm freiließ, führte den Zug an und jonglierte mit einer mit Glöckchen besetzten Hellebarde, die klingelte, wenn sie sich um seinen Körper drehte und manchmal hoch in die Luft und dann auf die Zuschauer zuflog. Als hielte er sie an einem unsichtbaren Faden, flog sie hoch und flog doch nicht weg, fiel nie zu Boden, wenn er sie fortschleuderte, sondern kehrte immer in seine Hand zurück. Gut die Hälfte der Zuschauer kannte den Bettelmönch vom Tainqi-Tempel, der nie Weihrauch opferte oder den Namen des Buddha anrief, dafür aber große Schalen voll Wein trank und mutig Fleisch und Fisch aß. Er hielt eine dürre, aber ungemein fruchtbare kleine Frau aus, die ihm eine ganze Schar kleiner Mönche geboren hatte. Mit strahlendem Gesicht bahnte er sich seinen Weg durch die Menge, indem er ihr die Hellebarde entgegenschleuderte.

Dem Mönch folgte ein Soldat der Eisengesellschaft, der an einer langen Stange ein Geisterbanner trug. Es war aus zweiunddreißig weißen Papierstreifen geflochten, ein Streifen für jedes Jahr in Großmutters Leben. Das Banner flatterte und klirrte, obwohl kein Wind wehte. Danach kam ein Ehrenbanner, das ein kräftiger junger Soldat drei Meter hoch in die Luft hielt. Es bestand aus weißer Seide mit silbernen Bändern und war mit dicken schwarzen Zeichen beschrieben: «Sarg der Frau aus dem Hause Dai, zweiunddreißigjährige Ehefrau des Yu Zhan'ao, Partisanenkommandant der Gemeinde Nordost-Gaomi, Republik China.»

Auf das Ehrenbanner folgten der kleinere Baldachin, unter dem Großmutters Seelentafel lag, und dahinter der große Baldachin mit ihrem Sarg. Zu den traurigen Klängen der Leichenmusik marschierten vierundsechzig Soldaten der Eisengesellschaft in vollkommenem Gleichschritt. Hinter dem Sarg folgten mehr Fahnen und Girlanden, als man zählen konnte: Totenflaggen in allen Farben, menschliche Figuren und Pferde aus Papier, Schneekiefern und Schneeweiden. Vaters Kopf war mit Sackleinen verhüllt, er trug einen Klagestock aus Weidenholz in der Hand. Zwei Soldaten der Eisengesellschaft mit ausrasierter Stirn trugen ihn auf den Schultern. Seine Klagerufe entsprachen dem trockenen Normaltyp: Sie wurden mit ausdruckslosen, trockenen Augen ausgestoßen. Donner ohne Regen. Trockenes Klagen gilt als herzerweichender als tränenreiche Schreie, und viele Zuschauer waren von seiner Vorstellung zutiefst beeindruckt.

Großvater und Schwarzauge gingen Schulter an Schulter hinter meinem Vater, und in ihren feierlichen Mienen spiegelten sich die Konflikte wider, die hinter dieser Fassade tobten. Dennoch hätte niemand genau sagen können, was sie dachten.

Gut zwanzig mit Gewehren bewaffnete Soldaten der Eisengesellschaft umgaben Großvater und Schwarzauge. Ihre Bajonette glänzten dunkelblau im Sonnenlicht. Sie hatten den gespannten Gesichtsausdruck von Soldaten vor dem Angriff. Ihnen wiederum folgten ein Dutzend Musiker aus der Gemeinde Nordost-Gaomi, die wunderbare Weisen spielten, und Stelzengänger, die Gestalten aus Volksmärchen darstellten. Den Schluß bildeten zwei Löwentänzer, die mit den Schwänzen schaukelten und den Kopf schüttelten, während ein Kind mit dickem Kopf Purzelbäume über die ganze Straße schlug.

Der Leichenzug der Familie Yu wand sich kilometerweit über die Straße und bewegte sich nur mühsam voran, weil so viele Menschen den Weg versperrten. Auch mußte er an jedem Zelt am Straßenrand anhalten, um den Geistern Ehre zu erweisen. Wenn der Sarg anhielt, wurde Weihrauch verbrannt, und der Zeremonienmeister vollführte mit dem bronzenen Trinkgefäß in der Hand uralte Rituale. Der Leichenzug bewegte sich im Schneckentempo.

Der Mönch mit seiner Hellebarde wurde schnell müde. Er stank nach dem Schweiß, der seine gelbe Robe tränkte. Das Klingeln der Hellebarde, die nun nicht mehr hoch oder weit flog, wurde immer schwächer.

Alle litten physische und psychische Qualen und warteten auf das Ende der harten Arbeit. Die Soldaten der Eisengesellschaft, die die Baldachine trugen, sahen den Zeremonienmeister jedesmal wütend an, wenn er sein Ritual vollführte. Ihre Blicke durchbohrten ihn voll Zorn über seinen anmaßend langsamen und gespreizten Stil und seine vornehm überzogenen Trauergesten. Nichts hätten sie lieber getan, als sich auf ihn zu stürzen und ihm die Fresse einzuschlagen. Am schwersten hatte es Wuluans Reiterkommando. Wie Pingpongbälle jagten sie vom Dorfende zum Begräbnisplatz und zurück. Ihre Pferde kamen ins Keuchen, und dicker schwarzer Staub bedeckte Flanken und Bauch.

Anderthalb Kilometer vor dem Dorf hielt der Zug an, um den Geistern Respekt zu erweisen. Wie immer vollführte der Zeremonienmeister das Ritual begeistert, ernsthaft und gewissenhaft. Plötzlich erklang von der Zugspitze her ein Schuß, und der Soldat, der das Ehrenbanner trug, glitt aufrecht sitzend langsam vom Pferd. Die Bambusstange neigte sich und fiel den Zuschauern am Straßenrand auf den Kopf. Der Schuß versetzte die Menge in Panik. Wie Ameisen rannten die kleinen Häufchen schwarzer Gestalten hin und her. Köpfe neigten sich, Beine sputeten sich, Schreie und Rufe schwollen an wie ein tosender Fluß, der die Deiche gesprengt hat.

Als der Schuß verklang, kamen über ein Dutzend schwarzglänzende Handgranaten aus der Menschenmenge zu beiden Seiten der Straße gesegelt und landeten vor den Füßen der Soldaten der Eisengesellschaft. Dort lagen sie und spieen weißen Rauch aus.

«Dorfgenossen, werft euch auf die Erde!» rief jemand.

Aber sie standen so eng gedrängt, daß sie sich kaum bewegen konnten. Erschreckt sahen sie zu, wie sich die Soldaten zu Boden warfen und wie die Handgranaten mit ihren langen weißen Holzstielen zitterten und zischten und den dunkelblauen Terror des Todes verbreiteten.

Mit der Explosion der Handgranaten verbreiteten sich gewaltige goldene Windböen fächerförmig in der Luft. Über ein Dutzend Soldaten waren tot oder verwundet, unter ihnen auch Schwarzauge, der an der Hüfte getroffen war. Er bedeckte die blutende Wunde mit der Hand und rief nach seinem Gehilfen: «Fulai... Fulai...»

Aber Fulai, der so alt war wie Vater, konnte nicht mehr antworten, konnte ihm nicht mehr zu Hilfe kommen. Am vorigen Abend, als man die beiden Murmeln, die grüne und die rote, in den Kleidern des Kräuterarztes gefunden hatte und als Vater ihm die grüne gegeben hatte, hatte er sie in den Mund gesteckt und wie ein kostbares Juwel mit der Zunge umhergerollt. Vater sah die grüne Murmel, strahlend grün wie Jade, in dem Strom frischen Bluts, der aus Fulais Mund quoll, so grün, wie nur irgend etwas auf der Welt sein konnte, grün strahlend wie die Fuchsgeister der Legende, wenn sie das Elixier des Lebens ausspucken.

Ein bohnengroßer gelber Granatsplitter traf den Zeremonienmeister mitten in seinem Ritual in die Halsschlagader. Blutüberströmt sank er zu Boden, die bronzene Trinkschale fiel neben ihn, und ihr Inhalt ergoß sich über die schwarze Erde, wo er zu hellem Nebel wurde. Wie ein Regenschauer sickerte das Blut in die schwarze Erde und bildete eine faustgroße Pfütze. Der große Baldachin neigte sich zur Seite und gab Großmutters schwarzen Sarg frei.

«Dorfgenossen», ertönte noch einmal die Stimme vom Straßenrand, «werft euch zu Boden!» Noch eine Granatsalve. Die Arme um Vater geschlungen, warf sich Großvater zu Boden und ließ sich in den Straßengraben fallen. Dutzende von Füßen trampelten über seinen verletzten Arm, aber er spürte nur den Druck, nicht den Schmerz. Über die Hälfte der Soldaten der Eisengesellschaft hatten die Waffen von sich geworfen und die Flucht ergriffen. Der Rest stand wie gebannt da und wartete darauf, daß die Granaten explodierten. Schließlich konnte Großvater einen Mann ausmachen, der gerade dabei war, eine Handgranate zu werfen. Sein Gesicht glich dem langen grauen Band der Straße, über dem hochmütig tonfarbener Staub lag, und zeigte die verschlagene Miene eines

Fuchses. Er erkannte ihn. Das war das Jiao-Gao-Regiment, Füßchen Jiangs Leute!

Noch eine Salve heftiger Explosionen. Mündungsfeuer über der Straße, aufwirbelnder Staub am Himmel, Granatsplitter, die wie Heuschrecken in alle Richtungen ausschwärmen und die Menschen niedermähen wie Getreide. Die Explosion riß ein Dutzend Soldaten der Eisengesellschaft in Stücke. Die Luft füllte sich mit dem Gestank von Blut und Eingeweiden. Abgerissene Glieder fielen wie Hagel über die Zuschauer.

Großvater zog mühsam die Pistole und zielte auf den auf und nieder tanzenden Kopf des Jiao-Gao-Soldaten. Er drückte auf den Abzug und traf den Mann genau zwischen den Augen. Die grünen Augäpfel flogen wie Motteneier aus ihren Höhlen.

«Zum Angriff, Kameraden, holt euch ihre Waffen!» ertönte der Befehl aus der Menge.

Jetzt, da sie sich vom ersten Schock erholt hatten, richteten Schwarzauge und seine Soldaten die Gewehre auf die Menge. Jede Kugel, die den Lauf verließ, biß sich in menschliches Fleisch. Jedes Geschoß durchschlug wenigstens einen Körper und blieb in einem zweiten stecken oder fiel in traurig geneigter Kurve zur schwarzen Erde nieder.

Großvater kannte die Züge der Männer vom Jiao-Gao-Regiment. Sie kämpften wie Ertrinkende, und die räuberische Brutalität in ihren Gesichtern traf ihn wie ein Messerstich ins Herz. Die freundschaftlichen Gefühle, die er im Verlauf der Zeit für sie entwickelt hatte, verwandelten sich in zähneknirschenden Abscheu. Nacheinander zerschmetterten seine Schüsse mit grausamer Präzision die verhaßten Gesichter. Er war sicher, keine unschuldigen Zuschauer zu treffen. Aber in den einsamen Jahren, die ihm bevorstanden, stieg in ihm immer wieder das Wissen darum auf, daß die Leute, die von Kugeln aus den Gewehren Schwarzauges und der Eisengesellschaft dahingestreckt auf der dunklen Erde lagen, harmlose, friedliche Zivilisten waren.

Vater kroch unter Großvaters beschützenden Armen hervor und zog seine Pistole. Mündungsfeuer und Rückstoß ließen ihn fast in Ohnmacht fallen. Er hatte gefeuert, ohne es zu merken.

Gewohnheitsmäßig verfolgte er die Schußbahn mit den Augen und sah, wie sich die runde Kugel in einen offenen Mund bohrte. Es war der Mund einer jungen Frau mit hochgestecktem Haar. Die wichtigsten Merkmale einer schönen Frau sind üppige rote Lippen, klare weiße Zähne und ein volles Kinn. Großvater hörte ein krächzendes Geräusch aus dem Mund, aus dem weiße Zähne und blutige Fleischfetzen flogen. Sie sah Vater aus zärtlichen graugrünen Augen an, bevor sie auf die schwarze Erde sank und von der Menschenmenge verschluckt wurde.

Im Dorf blies eine Trompete zum Angriff, und Großvater sah hundert oder mehr brüllende Jiao-Gao-Soldaten, die, ihre Gewehre, Säbel und Keulen schwingend, mit ihrem Anführer Füßchen Jiang auf sie zustürmten. Im südlichen Hirsefeld versetzte Wuluan seinem Schecken einen Schlag mit dem Säbelrücken und galoppierte an der Spitze seiner Truppen mit voller Geschwindigkeit nach Norden. Das Pferd schnaufte bald wie ein Asthmatiker, und Schweiß stand dick und klebrig wie Honig auf seinem Nakken. Die fliegende Masse hielt sie auf, also gab er den Befehl, durch die Menschen hindurchzureiten. Wer nicht ausweichen konnte, wurde niedergetreten. Als würden sie in einen Sumpf geritten, warfen die Pferde die Köpfe hoch und wieherten verzweifelt. Zwei Pferde neben Wuluan wurden von der außer Rand und Band geratenen Menschenmenge umgerissen und warfen ihre Reiter ab, die sofort von zahllosen Paaren schwarzer Füße zu Tode getrampelt wurden. Durchdringende Schreie erklangen aus den Kehlen von Pferden und Menschen.

Die Pistole eines Reiters der Jiao-Gao-Truppe – vielleicht war er es gewesen, der den Träger des Ehrenbanners erschossen hatte – hatte Ladehemmung. Er wurde von der Menschenmenge mitgerissen und auf Wuluan zugeschwemmt, dessen hübsches Gesicht plötzlich in grimmiges Zucken verfiel. Als der Mann schließlich doch noch feuerte, ging der Schuß senkrecht in die Luft. Wuluans japanischer Säbel blitzte auf, und die kurzhaarige Schädeldecke des Mannes, die plötzlich Ähnlichkeit mit einer kleinen schwarzen Filzkappe gewann, flog über die Menge hinweg und bespritzte die Gesichter der Zuschauer mit schwarzem Blut.

Auf die schrill hervorgestoßenen Befehle Großvaters hin hatten inzwischen die Soldaten der Eisengesellschaft wieder ihre Stellungen an der Straße bezogen. Aus der Deckung heraus, die Begräbnisbanner und Gedenkzelte boten, feuerten sie auf Füßchen Jiangs Truppen.

Großvaters Männer hatten das Jiao-Gao-Regiment ernsthaft geschwächt. Aber die schlecht bewaffneten Soldaten griffen voll Opfergeist mutig an, und noch während ihre Kameraden, das Gesicht in der Erde vergraben wie Schweine, die nach Trüffeln suchen, von den Kugeln der Eisengesellschaft niedergemäht wurden, gingen sie mit ihren Waffen, die allenfalls für den Nahkampf geeignet waren, zum Sturmangriff über. Sie stürmten in Wellen an, und der alles verachtende Mut, mit dem sie die Soldaten der Eisengesellschaft überrannten, war beeindruckend. Kugeln durchschnitten die Luft. Sobald sie in Wurfweite waren, schleuderten die Jiao-Gao-Soldaten Dutzende von Handgranaten und schlugen die erschreckten Leute der Eisengesellschaft in die Flucht. Gnadenlos folgten den Fliehenden Granatsplitter, die ihr Fleisch zerrissen.

Die Granatsalve trug Verwüstung in die Reihen der Musiker, Stelzengänger und Löwentänzer an den Straßenrändern. Blech- und Holzblasinstrumente, die einst die Trauermusik für andere gespielt hatten, flogen mit den abgerissenen Gliedern ihrer Eigentümer in die Luft und senkten sich dann geruhsam zu Boden. Die Stelzengänger, die sich, an ihre Stelzen geschnallt, nicht frei bewegen konnten, wurden an den Straßenrand gedrängt. Dort blieben sie schnell im sumpfigen Hirsefeld stecken und wurden niedergemäht wie verdorrte Bäume. Ihre Schmerzensschreie und Entsetzensrufe waren mitleiderregender und schrecklicher als alles andere.

Wuluan, der sah, wie seine Soldaten geschlagen wurden, wurde immer ängstlicher und verwirrter. Wütend hackte er auf die Männer ein, die ihn umgaben, und sein Pferd biß rundum zu wie ein Hund. Von vorne wie von hinten hörte man das scharfe Geräusch, das menschliche Körper von sich geben, wenn sie von Säbeln durchschnitten werden, und das helle Schreckensgelächter einfacher Menschen, denen die Nähe des Todes bewußt wird.

Wuluan führte seine Reiter auf die Straße, wo sie in eine Handgranatensalve des Jiao-Gao-Regiments liefen. Noch Jahre später sprachen Großvater und Vater von dem geübten Umgang der Jiao-Gao-Leute mit ihren Handgranaten, so wie sich ein Schachmeister an die Niederlage erinnert, die ihm ein unterlegener Gegner durch einen trickreichen Zug beigebracht hat. Sie mußten die Niederlage eingestehen und wußten zugleich, daß sie sich ihre verpaßte Siegeschance selbst zuschreiben mußten.

Als sie sich an diesem Tag an den Schwarzwasserfluß zurückzogen, wurde Vater von einer aufgearbeiteten Kugel aus der rostigen Hanyang-Flinte eines Jiao-Gao-Soldaten in den Hintern getroffen. Großvater hatte noch nie so eine Schußverletzung gesehen. Das geronnene Blut sah aus wie der Biß eines tollwütigen Hundes. Da Munition beim Jiao-Gao-Regiment äußerst knapp war, sammelten sie nach jedem Gefecht ihre leeren Patronen wieder ein, um neue Hülsen herzustellen. Was immer der Mist war, aus dem sie ihre Kugeln fabrizierten, er neigte dazu zu schmelzen, bevor die Kugel aus dem Lauf war, und traf sein Ziel wie ein Tropfen heißer Rotz. So eine Kugel hatte Vater getroffen.

Die letzte Handgranatensalve riß eine Bresche in Wuluans Reitertrupps. Männer fielen, Pferde stürzten. Wuluans Schecke sprang mit mitleiderregendem Wiehern in die Luft und landete wie eine einstürzende Mauer auf dem Boden. Aus einem faustgroßen Loch in seinem Bauch glitten Därme und dunkles Blut. Der Reiter, der in den flachen Straßengraben gefallen war, sah, sobald er herausgekrochen war, eine Gruppe von Jiao-Gao-Soldaten, die mit glänzenden Bajonetten auf ihn zukam. Mit der Maschinenpistole, die er um den Hals trug, eröffnete er das Feuer und streckte zehn von ihnen mit fliegenden Armen und Beinen zu Boden.

Inzwischen griffen ein Dutzend unverletzte Soldaten der Eisengesellschaft das Jiao-Gao-Regiment mit Gewehren und Säbeln an. Die Jiao-Gao-Soldaten stießen ihre Bajonette und Gewehrläufe in die Bäuche der Pferde der Eisengesellschaft. Als die Schlacht, die mit Schüssen und Hieben ausgetragen wurde, zu Ende war, waren die Soldaten der Eisengesellschaft und ihre Feinde vom Jiao-Gao-Regiment gemeinsam eine innige Verbindung mit dem schwarzen

Boden der Gemeinde Nordost-Gaomi eingegangen, teils mit dem Bauch, teils mit dem Rücken, und keiner von ihnen würde je wieder aufstehen. Zwei Pferde, die das Ganze irgendwie überlebt hatten, galoppierten mit wehender Mähne und donnernden Hufen und Schweifen, die in schwarzem Staub schwammen, zum Fluß hinab. Es war ein Anblick von unvergleichlicher Schönheit.

Drei Soldaten vom Jiao-Gao-Regiment knirschten vor Wut mit den Zähnen und vergruben ihre Bajonette im Bauch des Kavalleriekommandeurs der Eisengesellschaft, der den Tod so vieler ihrer Kameraden verschuldet hatte. Wuluan griff mit beiden Händen nach einem der heißen Gewehrläufe und fiel vornüber. Die schwarzen Augäpfel verdrehten sich und verschwanden im Schädel, die langen Augenlider bedeckten die silbernen Augen, und ein Strom heißen Bluts schoß aus seinem Mund. Mit Mühe zogen die Jiao-Gao-Soldaten ihre blutüberströmten Bajonette aus Wuluans Körper, der einen Augenblick starr aufgerichtet dastand, bevor er langsam in den Straßengraben glitt. Die Sonnenstrahlen fielen auf seine porzellanweißen Augäpfel, aus denen zwei schwache, düstere Strahlen drangen.

Die drei stürzten sich auf ihn und rissen ihm das russische Maschinengewehr vom Hals und die deutsche Mauserpistole aus dem Gürtel. Eine Eidechse, deren Seelenruhe durch Tausende von Schritten erschüttert worden war, sprang auf Wuluans Brustkorb, um Atem zu schöpfen. Blut befleckte ihre rauhe graue Haut, und zwei gräßliche Strahlen von Reptilienlicht schossen aus ihren kalten Augen.

Ein junger Soldat der Eisengesellschaft, dessen Bein von einer Explosion zerschmettert worden war, warf Gewehr und Säbel weg und streckte den Jiao-Gao-Soldaten, die auf ihn zustürmten, die blassen Hände entgegen. Seine Oberlippe, über der seit kurzem ein paar zarte Härchen sprossen, zitterte rührend, und Tränen der Todesfurcht füllten seine brechenden Augen. Er bettelte: «Onkel!... Tötet mich nicht!... Bitte, Onkel... Tötet mich nicht...» Ein triefäugiger älterer Jiao-Gao-Soldat zögerte einen Augenblick und senkte die Granate, die er dem Jungen hatte auf den Kopf schlagen wollen. Er bückte sich, um das Gewehr und das Bajonett aufzuheben, aber bevor er sich wieder aufrichten konnte, hörte er ein schlürfendes Geräusch und sah, wie ein Bajonett in den Bauch des Jungen eindrang und am Rücken wieder hervortrat. Der triefäugige alte Soldat sah den jungen Burschen an, dessen Gesicht so zart aussah wie eine junge Gurke, und sah sein Zucken. Der Bursche griff mit beiden Händen nach dem Gewehrlauf und schrie: «Mutter!» Das schöne junge Gesicht fiel ihm in die Arme.

Der triefäugige alte Soldat drehte sich ärgerlich um und sah, wie sein Kamerad, ein kräftiger Mann mittleren Alters, den eine Kugel in die Hüfte getroffen hatte, sich verzweifelt an das Gewehr klammerte, das den Jungen durchbohrte. Die Kugel eines verwundeten Reiters der Eisengesellschaft hatte seine linke Niere zerrissen.

Der Untergang ihres Reitertrupps hatte die Moral der Eisengesellschaft untergraben. Diejenigen, die aus der Deckung der Begräbnisbanner heraus hartnäckig weitergekämpft hatten, gaben ihre Stellungen auf und flohen, die Gewehre hinter sich herschleppend, nach Süden, und keine Befehle, die Großvater und Schwarzauge ihnen zuriefen, konnten sie davon abhalten, wie verängstigte Kaninchen davonzulaufen. Großvater stieß einen tiefen Seufzer aus, schlang die Arme um Vater und machte sich auf den Weg zum Schwarzwasserfluß. Vornübergebeugt lief er los und schoß beim Gehen nach hinten.

Die tapferen Soldaten des Jiao-Gao-Regiments sammelten die aufgegebenen Waffen der Eisengesellschaft ein und machten sich wie geflügelte Tiger unter fröhlichen Schlachtrufen an die Verfolgung. Ihr Kommandant, Füßchen Jiang, führte sie an. Großvater langte unter sich und hob eine weggeworfene japanische .38er auf, warf sich hinter einem Misthaufen auf die Erde und zog den Bolzen zurück, um eine Kugel in die Kammer gleiten zu lassen. Nachdem er den ersten Schuß abgegeben hatte, ließ er seinen verwundeten, gefühllosen und geschwollenen Arm aus der Schlinge gleiten und stützte den Gewehrkolben dagegen. Vor Herzklopfen zuckte seine Schulter auf und ab, und Füßchen Jiangs Kopf tauchte im Visier auf und verschwand wieder. Also zielte er sicherheitshalber auf die Brust. Als er das Gewehr abfeuerte, hörte Vater den Schuß und sah, wie Füßchen Jiang mit ausgebreiteten

Armen kopfüber zu Boden fiel. Die erfolgstrunkenen Truppen hinter ihm warfen sich auf die Erde und blieben in Deckung. Darauf hatte Großvater gewartet. Er griff nach Vaters Arm und rannte flink wie der Wind über die weiche, staubige schwarze Erde hinter seinen Männern her.

Großvaters Schuß hatte Füßchen Jiang am Knöchel getroffen. Ein Feldarzt rannte herbei und verband ihn. Als einer seiner Offiziere zu ihm kroch, um nach ihm zu sehen, war sein Gesicht aschfahl und von kaltem Schweiß bedeckt. Aber eisern befahl er: «Bewegt euch! Kümmert euch nicht um mich! Folgt ihnen! Ich will ihre Waffen haben. Jede einzelne Waffe! Verfolgt sie! Auf zum Angriff, Kameraden!»

Von den Beschwörungen des verwundeten Jiang bezaubert, sprangen die Jiao-Gao-Soldaten auf und machten sich, gelegentliche Schüsse einfach ignorierend, um so beherzter an die Verfolgung. Die erschöpften Soldaten der Eisengesellschaft, die keine Lust mehr hatten davonzulaufen, warfen ihre Waffen weg und warteten darauf, sich ergeben zu können.

«Kämpft!» brüllte Großvater. «Hebt eure Waffen auf und kämpft!»

«Kommandant», sagte ein einfacher junger Soldat, «macht sie nicht wütender, als sie ohnehin schon sind. Sie wollen nur unsere Waffen. Wenn wir sie ihnen geben, können wir alle nach Hause gehen und unsere Hirse anbauen.»

Schwarzauge feuerte einen Schuß ab. Zwar traf er keinen der Jiao-Gao-Soldaten, aber sie antworteten mit Dauerfeuer aus drei Maschinenpistolen, verwundeten drei Soldaten der Eisengesellschaft und töteten einen. Großvater hatte die drei Maschinenpistolen als Lösegeld eingetrieben, als er Pockennarbe Leng entführt hatte. Er wollte die anderen damit töten, und jetzt waren sie gegen ihn gerichtet worden. Wo Pockennarbe Leng sie ursprünglich herhatte, wußte keiner.

Schwarzauge wollte gerade den nächsten Schuß abgeben, als ein kräftiger Mann der Eisengesellschaft ihn festhielt. «Das genügt, Kommandant», sagte er, «provoziere diese tollen Hunde nicht noch mehr.»

Die Truppen des Jiao-Gao-Regiments hatten sie beinahe eingeholt, und als Großvater ihre Gesichter sah, die so bösartig waren, daß sie fast schon wieder etwas Liebenswertes hatten, senkte er zögernd das Gewehr.

In diesem Augenblick fing hinter dem Schwarzwasserfluß ein Maschinengewehr an zu bellen wie ein Hund. Jenseits der Böschung erwartete die Eisengesellschaft und das Jiao-Gao-Regiment ein noch weitaus brutalerer Kampf.

5

Auf den düsteren regnerischen Herbst 1939 folgte ein eisiger Winter. Die Hunde, die Vater, Mutter und ihre wackeren Freunde erschossen oder mit Handgranaten in die Luft gejagt hatten, lagen erfroren neben entwurzelten Hirsestengeln im feuchten Sumpfgelände. Hunde, die am Schwarzwasserfluß durch japanische Eierhandgranaten den Tod gefunden hatten, und Hunde, die darum gekämpft hatten, Rudelführer zu werden, und doch nur einen grausamen Tod gestorben waren, lagen steifgefroren unter welkem Wassergras und Unkraut am Flußufer. Ausgehungerte Krähen hackten mit purpurfarbenen Schnäbeln auf die gefrorenen Hundeleichen ein. Wie schwarze Wolken sammelten sie sich zwischen Ufer und Sumpfland. Auf dem Fluß hatte sich eine dicke Eisschicht gebildet, und das Fell der toten Hunde am Wasser war von grünlichem Krähenkot bedeckt. Auch im Sumpfgelände hatte sich Eis gebildet, aber das Wasser war so flach, daß es am Boden darunter haftete. Wenn man es betrat, krachte und sprang es.

Großvater, Vater, Mutter und die Frau namens Liu verbrachten einen scheinbar endlosen Winter in ihrem verfallenen Dorf. Vater und Mutter wußten von der Beziehung Großvaters zu Frau Liu, und es störte sie nicht. Die Hingabe, mit der sie in jenen schweren Zeiten für Großvater, Vater und Mutter gesorgt hat, sollte noch Jahrzehnte später im Gedächtnis meiner Familie lebendig bleiben.

Ihr Name ist feierlich in unser Familienregister aufgenommen worden und folgt dort auf Lian'er, deren Name auf Großmutter folgt, der nur noch Großvater vorangeht.

Daß Vater beim Angriff des Roten einen Hoden verloren hatte, stürzte Großvater in tiefe Verzweiflung, bis Frau Liu ihn mit dem Spruch tröstete, einzehiger Knoblauch sei der schärfste. Von ihr ermutigt, hatte dann Qian'er, die meine Mutter werden sollte, sein verwundetes, häßliches, merkwürdiges kleines Glied zum Leben erweckt und so den Fortbestand unserer Familie gesichert. Begeistert von der guten Nachricht, war Großvater aus dem Haus gestürzt, hatte zum blassen blauen Himmel aufgeblickt und mit gefalteten Händen ein Dankgebet gesprochen. All das war im Spätherbst geschehen, als Wildgänse über den Himmel wanderten und sich im Sumpfland Eiszungen bildeten. Mit dem Einsetzen brausender Nordwestwinde hatte der kälteste Winter seit Menschengedenken begonnen.

In der Hütte, in die sich Großvater und die anderen zurückzogen, lagen trockene Hirseblätter gestapelt. In der Küche hatten sie außerdem einen reichlichen Vorrat an Hirsekörnern angelegt. Um ihre Diät mit kräftigerer Nahrung zu ergänzen, aber auch um ihre Kraft und Gesundheit zu erhalten, gingen Großvater und Vater häufig auf die Hundejagd. In Hosen und Jacken aus Hundefell, die Frau Liu für sie genäht hatte, und Pelzmützen aus Hundefell, die Mutter ihnen gemacht hatte, lagen sie im Sumpfland hinter einem niedrigen Hügel im Hinterhalt. Die Hunde, die hierherkamen, um Menschenleichen zu fressen, waren wild und undiszipliniert.

Seit dem Tod des Roten bildeten die Hunde der Gemeinde Nordost-Gaomi keine Jagdmeute mehr, sondern einen Haufen marodierender Einzelgänger. Sie schlossen sich nie wieder zusammen. Die Welt, in der Menschen von Hunden beherrscht wurden, so wie sie im Herbst existiert hatte, war im Winter auf den Kopf gestellt. Die menschliche Natur siegte über die Natur des Hundes, und langsam eroberte die schwarze Erde die hellen Pfade wieder, die Hundeklauen in sie gescharrt hatten. Nur wer sich auf sein Gedächtnis oder seine Phantasie verließ, konnte die Wege der Hundeherrschaft noch undeutlich ausmachen.

Vater und Großvater gingen jeden zweiten Tag auf die Jagd und erbeuteten jedesmal nur einen Hund. Das warme nahrhafte Fleisch gab ihnen Kraft und innere Wärme, es sorgte für jene Vitalität und Stärke, die Großvater und Vater ausstrahlten, als es endlich wieder Frühling wurde. Sie nagelten die Hundefelle an die Dorfmauer, und aus der Entfernung sahen sie aus wie dekorative Wandgemälde.

Hauptsächlich dank des Hundefleisches wuchs Vater bis zum Frühling 1940 um zwei Fausthöhen. Es war wohlschmeckend und fett. Die Hunde, die sich von gefrorenen menschlichen Leichen ernährten, waren stark und wohlgenährt, und als Vater einen Winter lang fettes Hundefleisch gegessen hatte, war es, als habe er sich einen Winter lang von Menschenfleisch ernährt. Er wuchs zu einem großen, kräftigen Mann heran, der ohne mit der Wimper zu zucken töten konnte. Ich habe mich oft gefragt, ob das etwas damit zu tun hatte, daß er sich einen Winter lang von Menschenfleisch ernährt hatte.

Natürlich brachten sie gelegentlich ein wenig Abwechslung in ihren Speiseplan, wenn Großvater seinen Sohn zur Wildgansjagd ins Sumpfland mitnahm.

Wenn sich die Sonne hinter dem Berg senkte, machten sie sich auf den Weg. Hinter einem Haufen toter Hirsestengel verborgen, sahen sie der großen elliptischen Sonnenscheibe zu, die wie ein blutiger Pfannkuchen unterging und das eisige Sumpfland blutrot färbte. Hunde- und Menschengerippe, die im Wasser gelegen hatten, waren im Eis eingefroren. Die toten Hunde entblößten ihre Fänge. Die toten Menschen fletschten die Zähne. Vollgefressene Krähen flogen auf rotgoldenen Schwingen zum Dorf, wo sie in den hohen Bäumen nisteten. Grüne Irrlichter tanzten über dem Sumpf. Jahrzehnte später häuften sich an dunstigen Tagen die Irrlichter, aber damals gab es nur wenige, und der Anblick war lieblich.

In ihren Hundepelzen, die sie mit der Fellseite nach außen trugen, sahen Großvater und Vater zu drei Zehnteln wie Menschen, zu sieben Zehnteln wie Hunde aus. Vater biß mit gutem Appetit in seinen mit gesalzenem Hundefleisch gefüllten Hirsekuchen.

Großvater forderte ihn auf, beim Essen nicht so viel Krach zu machen, weil er fürchtete, die niedrigfliegenden Gänse könnten ihn hören. Ihr Gehör, sagte er, sei so scharf, daß sie Geräusche mit dem Wind fünf Kilometer weit und gegen den Wind zwei Kilometer weit hören konnten. Vater, der das nicht glauben wollte, kaute weiter an seinem Hirsekuchen mit Hundefleisch herum, hörte aber wenigstens auf zu schmatzen. Im Sonnenuntergang zog zwischen Himmel und Erde ein zarter Purpurnebel auf, und im Eis spiegelte sich gedämpftes Licht.

Mit lauten Rufen glitt ein Schwarm von mehr als vierzig Wildgänsen durch die Luft. Der trostlose Schrei erinnerte Vater an seine Mutter, meine Großmutter. Die Wildgänse reckten den Hals und streckten die Füße aus, als sie über die Wasserfläche huschten. Wenn ihre Schwanzfedern zischend das Eis berührten, verstummte ihr Ruf. Mit angehaltenem Atem sahen Großvater und Vater zu, wie erst eine Gans und dann in ihrem Gefolge auch die anderen landeten. Nicht mehr als zehn Schritt von der Stelle entfernt, wo Großvater und Vater versteckt lagen, bewegten sie sich ungeschickt über das Eis. Wie immer bezog ein Vogel, der Wächter, in einiger Entfernung von der Schar seine einsame Stellung. Der trübe Himmel nahm die Farbe einer Orangenschale an, wurde allmählich dunkelgrau, schließlich schwarz. Die sieben oder acht Sterne, die am Nachthimmel funkelten, spiegelten sich nicht mehr im Eis, und die Gänseschar verschwamm zu einem großen, nur undeutlich auszumachenden Schatten.

Als Großvater einen brennenden Hirsestengel aus einem Eisenrohr zog, stieß der Wachvogel seinen Warnruf aus und weckte die schlafenden Vögel, die ängstlich in die Luft aufstiegen. Das war es nicht, was die Jäger planten. Die Legende geht so: Der Jäger zündet ein Räucherstäbchen an, der Wächter weckt die anderen Gänse, die sich rasch umsehen, feststellen, daß alles in Ordnung ist, und wieder einschlafen. Wenn dies Ritual dreimal abgelaufen ist, glauben die anderen Gänse, der Wächter gäbe falschen Alarm, und rotten sich gegen ihn zusammen. In der allgemeinen Verwirrung, die dann entsteht, stürzt sich der Jäger auf die Gänse und fängt ein paar von ihnen ein, bevor sie wissen, was geschieht. Vielleicht ist ja auch jeder zehntausendste Versuch von Erfolg gekrönt. Es ist eine wunderschöne, großartige Legende, aber sie ist nicht halb so großartig wie Vaters Plan zum «Gänseangeln».

In der Hütte schlug er meiner Mutter vor: «Qian'er, wir gehen Gänse angeln. Wir machen uns aus einer Nadel einen großen Angelhaken und stecken ein Stück gekochtes Hundefleisch als Köder daran. Dann binden wir ihn mit einer langen Schnur an eine Stange. Wenn die erste Gans den Haken verschluckt, gleitet er durch ihren Darm und kommt hinten wieder heraus. Dann verschluckt ihn die nächste Gans, und er taucht wieder auf. Dann verschluckt ihn die dritte, die vierte, die fünfte, die sechste, die achte. Wir müssen am Ende nur noch die Schnur einholen und haben die ganze Schar gefangen. Was hältst du davon?»

«Ich glaube, das viele Hundefleisch hat dein Hirn in Brei verwandelt», beschwerte sie sich.

Als die erschreckte Gänseschar aufflog, rannte Vater hin, um sie bei den Beinen zu packen. Es mißlang. Der Flügelschlag der auffliegenden Vögel wehte ihm als kühle Brise ins Gesicht. Beim nächsten Mal nahmen sie Gewehre mit und erbeuteten im Handumdrehen drei Gänse, die sie mit nach Hause nahmen, ausnahmen, rupften und in den Topf warfen. Dann saßen sie da und schlugen sich den Magen mit Gänseragout voll. Mutter erzählte von Vaters Plänen zum Gänsefang mit der Angel, und alle lachten. In der Nacht wehte der Wind von den Feldern, und die Hirse rauschte. Hoch oben ertönte der Ruf einer einsamen Wildgans. In der Ferne bellte ein Hund. Die Gänse hatten einen Beigeschmack von frischem Gras und waren zäh. Alles in allem war es keine vortreffliche Mahlzeit.

Der Winter verging, und es wurde Frühling. Eines Nachts kam warmer Südostwind auf, und am Morgen hörte man das Eis im Fluß bersten. Die Trauerweiden trieben Knospen so groß wie Reiskörner, und auf den Zweigen des Pfirsichbaums öffneten sich winzige rosa Blüten. Über dem Sumpfland und dem Fluß segelten die ersten Schwalben durch die Luft, Horden von Wildkaninchen jagten lüstern hintereinander her, und das Gras wurde grün. Nach ein paar nebligen Regenschauern legten Großvater und Vater die

Hundepelze ab. Tag und Nacht tummelten sich unzählige lebende, wachsende Dinge geräuschvoll über der schwarzen Erde der Gemeinde Nordost-Gaomi.

Großvater und Vater, die den Winter so wohlgenährt und kräftig überstanden hatten, fühlten sich jetzt in der Hütte eingesperrt und unternahmen lange Spaziergänge an der Böschung des Schwarzwasserflusses. Dann überquerten sie die Steinbrücke und standen vor Großmutters Grab und den Gräbern von Großvaters Männern.

«Treten wir in das Jiao-Gao-Regiment ein», sagte Vater.

Großvater schüttelte den Kopf.

«Oder sollen wir zu Zugführer Leng gehen?»

Großvater schüttelte den Kopf.

Die Sonne schien an diesem Morgen warm und hell. Am Himmel stand nicht eine Wolke. Stumm standen sie vor Großmutters Grab.

Östlich der Brücke sahen sie in weiter Ferne sieben Pferde, die am Nordufer langsam auf sie zukamen. Die Gesichter der Reiter unter den frisch rasierten Stirnen waren finster. Ihr Anführer war ein dunkelhäutiger Mann mit einem Ring schwarzer Warzen um das rechte Auge. Das war Schwarzauge, der Anführer der Eisengesellschaft von Nordost-Gaomi, der schon Ruhm geerntet hatte, als Großvater noch ein unbekannter Räuber war. Damals gingen die Räuberbanden und die Eisengesellschaft getrennte Wege – Flußwasser mischt sich nicht mit Brunnenwasser –, und Großvater verachtete ihn. Dann hatten im Frühjahr 1929 Großvater und Schwarzauge am Ufer des Salzwasserflusses ihre Kräfte in einem mörderischen Faustkampf gemessen, der unentschieden endete.

Die Pferde trabten langsam auf Großmutters Grab zu, Schwarzauge zügelte sein Reittier. Das Pferd schüttelte die Mähne, senkte den Kopf und begann, frische Wildpflanzen zu fressen.

Instinktiv legte Großvater die Hand an den Schildpattgriff seiner japanischen Pistole.

«Ach du bist das, Kommandant Yu», sagte Schwarzauge, der aufrecht im Sattel saß.

Großvaters Hand zitterte. «Ich bin es.»

Aus dunklen Augen starrte Großvater sein Gegenüber herausfordernd an. Schwarzauge lachte dunkel in sich hinein und sprang vom Pferd. Er blickte über die Böschung weg auf Großmutters Grab. «Sie ist tot?»

«Sie ist tot», sagte Großvater.

«Verdammter Mist!» Schwarzauge spuckte die Worte wütend aus. «Eine gute Frau, und kaum gerät sie dir in die Finger, schon ist sie tot.»

Großvaters Augen sprühten Flammen.

«Wäre sie damals bei mir geblieben, wäre es anders gekommen», sagte Schwarzauge.

Großvater zog die Pistole und zielte auf Schwarzauge.

«Wenn du so etwas wie Mut hast», sagte Schwarzauge ruhig, «wirst du sie rächen. Wenn du mich umbringst, beweist du nur, was für ein Feigling du bist.»

Was ist Liebe? Jeder hat seine eigene Antwort auf die Frage. Aber dies dämonische Gefühl hat mehr tapfere Männer und schöne begabte Mädchen ruiniert, als man zählen kann. Von der romantischen Geschichte meines Großvaters, den stürmischen Affären meines Vaters und der fahlen Wüste ausgehend, die meine eigenen Liebeserfahrungen ausmachen, habe ich ein Muster der Liebe erschlossen, das nur für drei Generationen meiner eigenen Familie gilt. Das erste Element der Liebe, die Leidenschaft, besteht aus herzdurchdringendem Schmerz. Eine Flüssigkeit wie Kiefernharz quillt aus dem verwundeten Herzen, und der Blutstrom des Leidens fließt vom Magen durch Eingeweide und Därme und verläßt den Körper als teerartige Masse: Fäkalien der Leidenschaft. Das zweite Element, Grausamkeit, besteht aus gnadenloser Kritik. Jeder der beiden Partner will dem anderen bei lebendigem Leibe die Haut abziehen, physisch und psychisch, geistig und körperlich. Sie haben das Bedürfnis, einander die Blutgefäße, die Muskeln und alle inneren Organe, einschließlich des dunklen roten Herzens, aus dem Leib zu reißen. Dann schleudern sie die Herzen gegeneinander, sie stoßen zusammen und fallen in Stücken zur Erde. Das dritte Element, Kälte, besteht aus lang hingezogenem, schwerem Schweigen. Eiskalte Gefühle verwandeln den Liebenden in einen Eiszapfen, der erst gefroren in der Luft hängt, dann im Schnee liegt, im Eiswasser eines Flusses treibt und schließlich neben tiefgekühltem Schweinefleisch und Gelbfisch in einer modernen Tiefkühltruhe liegt. Deshalb bedeckt weißer Reif die Gesichter der wahrhaft Liebenden, und ihre Körpertemperatur liegt bei fünfundzwanzig Grad. Ihre Zähne klappern so heftig, daß sie nicht sprechen können. Sie wollen sprechen, aber sie sind nicht mehr fähig dazu, auch wenn unbeteiligte Beobachter meinen, sie stellten sich nur dumm an.

Und deshalb ist leidenschaftliche, grausame, kalte Liebe nichts anderes als ein inneres Bluten, ein Häuten bei lebendigem Leibe, törichte, stumme Gesten. Ein Kreis, der nie ein Ende findet.

Die Bewegung der Liebe ist die Bewegung des Blutes, das sich in teerfarbenen Kot verwandelt. Der Ausdruck der Liebe sind zwei Menschen, deren Fleisch und Blut verschwimmen, wenn sie beieinanderliegen. Die Folgen der Liebe sind zwei Eiszapfen mit grauen starren Augen.

Im Sommer 1923 hatte Großvater Großmutter von ihrem Esel gehoben, sie ins Hirsefeld getragen und auf seinen Regenmantel aus Stroh gelegt. So begann die tragische Phase des inneren Blutens. Im Sommer 1926, als Vater drei Jahre alt war, wurde Großmutters Dienerin Lian'er zur Dritten in einem Liebesdreieck und streckte ihre lieblichen Schenkel zwischen Großvater und Großmutter. Damals begann das Häuten bei lebendigem Leibe. Ihre Liebe wanderte vom Himmel der Leidenschaft in die Hölle der Grausamkeit.

Lian'er war ein Jahr jünger als Großmutter, die im Frühjahr 1926 neunzehn geworden war. Die Achtzehnjährige besaß einen kräftigen, gesunden Körper, lange Beine und große ungebundene Füße. In ihrem dunklen Gesicht waren hübsche, runde, feuchte Augen, eine freche, kleine Nase und breite, lüsterne Lippen. Das Brennereigeschäft blühte zu jener Zeit, und unser erstklassiger Hirsebrand hatte achtzehn Bezirke in neun Präfekturen im Sturm erobert. Die Luft war schwer vom Branntweinduft.

In der berauschenden Atmosphäre der langen Tage und der kurzen Nächte entwickelten die Männer und Frauen meiner Familie eine außerordentliche Trinkfähigkeit. Bei Großvater und Großmutter war das selbstverständlich, aber auch die ältere Frau Liu, die vorher nie getrunken hatte, konnte später einen halben Liter auf einmal vertragen.

Lian'er, die ursprünglich nur getrunken hatte, um Großmutter Gesellschaft zu leisten, konnte später ohne ihren Hirsebrand nicht mehr leben. Der Alkohol belebte sie alle und gab ihnen den Mut, der Gefahr furchtlos ins Auge zu sehen und den Tod als Heimkehr zu betrachten. Seinetwegen gaben sie sich dem Genuß hin und führten ein träumerisches Leben moralischer Verkommenheit und unbeständiger Lüsternheit. Inzwischen war Großvater zum Banditen geworden. Er jagte nicht dem Reichtum nach, sondern dem Überleben, einem Leben der Rache, der Gegenrache, der Gegengegenrache, einem unendlichen Kreislauf der Grausamkeit, der aus einem anständigen, ängstlichen Normalbürger einen schwarzherzigen, hemmungslosen Räuber von großer Fähigkeit und großem Mut machte.

Nachdem er Blatternacken und seine Bande mit der mühsam trainierten Fähigkeit der sieben Pflaumenblüten erledigt und meinen gierigen Urgroßvater vor Furcht beinahe hatte erstarren lassen, verließ er die Brennerei, verschwand hinter dem Vorhang der Bäume und begann ein romantisches Leben von Raub und Plünderung. Die Saat des Banditentums war überall in der Gemeinde Nordost-Gaomi ausgesät. Die Regierung produzierte Banditen, Armut produzierte Banditen, Ehebruch und Sexualdelikte produzierten Banditen, das Banditentum selbst produzierte Banditen. Die Nachricht von Großvaters Heldentat, als er den scheinbar unbesiegbaren Blatternacken und seine Bande am Schwarzwasserfluß allein geschlagen hatte, verbreitete sich wie ein Steppenbrand, und kleinere Räuber schlossen sich ihm an. Das hatte zur Folge, daß die Jahre 1925 bis 1928 zum goldenen Zeitalter des Banditentums in der Gemeinde Nordost-Gaomi wurden. Großvaters Name ließ die Herrschenden erzittern.

In dieser Zeit war der undurchschaubare Cao Mengjiu Bezirksrichter von Gaomi, ein Mann, den Großvater immer noch verabscheute, weil er ihn mit der Schuhsohle hatte verprügeln lassen, bis die Haut sich schälte und das Fleisch aufsprang. Der Tag der Rache sollte kommen, und er sollte großen Ruhm erringen, weil er sich standhaft gegen die Regierung auflehnte.

Zu Beginn des Jahres 1926 entführten er und zwei seiner Männer den vierzehnjährigen Sohn des Bezirksrichters Cao unmittelbar vor dem Regierungsgebäude. Er hielt den niedlichen, laut brüllenden Knaben unter einem Arm, seine Pistole in der anderen Hand und stolzierte auf der gepflasterten Straße vor dem Amtssitz auf und ab. Der kluge, fähige Gehilfe des Richters, Yan Luogo, bekannt als der kleine Yan, verfolgte ihn mit ein paar Soldaten und schrie ihn aus sicherer Entfernung an. Sie schossen wild durch die Gegend, aber ihre Kugeln kamen nicht einmal in Großvaters Nähe. Der blieb stehen, drehte sich um und setzte dem Jungen die Pistole an die Schläfe. «He du, Yan», rief er, «beweg deinen Arsch und sag dem alten Hund Cao Mengjiu, daß er seinen Jungen für zehntausend Silberdollar wiederhaben kann. Wenn ich das Geld nicht innerhalb von drei Tagen habe, ist der Kleine so gut wie tot.»

«Meister Yu», fragte Yan freundlich, «wo findet der Austausch statt?»

«Mitten auf der Brücke über den Schwarzwasserfluß in der Gemeinde Nordost-Gaomi», sagte Großvater.

Der kleine Yan führte seine Leute zurück in die Kaserne.

Als Großvater und seine Männer aus der Stadt marschierten, schrie der kleine Junge unter seinem Arm nach Papa und Mama und versuchte, sich freizustrampeln. Er hatte weiße Zähne und rote Lippen, und obgleich seine Gesichtszüge vom Weinen und Schreien verzerrt waren, war er immer noch ein hübscher Junge. «Hör auf zu heulen», sagte Großvater, «ich bin dein Pflegevater und nehme dich mit zu deiner Pflegemutter.» Da fing der Junge erst richtig an zu weinen und ging Großvater entsetzlich auf die Nerven. Er wedelte mit dem glänzenden Kurzschwert vor dem Gesicht des Jungen herum und drohte: «Ich habe gesagt, hör auf zu heulen! Wenn du so weitermachst, schneide ich dir das Ohr ab.» Der Junge hörte auf zu schreien und ließ sich mit verblüfftem Gesicht von den beiden jüngeren Banditen mitschleppen.

Als sie vielleicht zweieinhalb Kilometer außerhalb der Stadt waren, hörte Großvater Hufschlag, der ihn verfolgte. Er wandte sich um und sah auf der Straße hinter sich eine Staubwolke, wie sie galoppierende Pferde aufwirbeln. Der kluge, fähige kleine Yan saß auf dem ersten Pferd, und er wußte, daß das nichts Gutes zu bedeuten hatte. Er befahl den beiden Banditen, an den Straßenrand zu treten, und dort hockten die drei sich mit ihrer Geisel nieder, der er die Pistole an die Schläfe hielt.

Die Reiter hatten sich auf Pfeilschußweite genähert, da riß der kleine Yan die Zügel herum und ritt ins abgeerntete Hirsefeld, auf dem noch die Spreu lag. Die klaren Winterwinde hatten den Staub weggeweht, und der Boden war hart und eben. Die Reiter ritten einmal um Großvater und seine Männer herum, dann kehrten sie auf die Straße zurück und machten sich auf den Weg zur Gemeinde Nordost-Gaomi. Eine Staubwolke folgte ihren Spuren.

Einen Augenblick war er verwirrt, dann erkannte Großvater, was geschah. «Scheiße», sagte er und schlug sich auf den Schenkel. «Diese Entführung ist in die Hose gegangen!»

Die zwei jungen Banditen, denen die Feinheiten der Situation entgingen, fragten dümmlich: «Wo reiten die denn hin?»

Ohne ein Wort zu sagen, feuerte Großvater ein paar Schüsse auf die sich entfernenden Reiter ab. Aber sie waren außer Schußweite, und seine Kugeln trafen nur den Staub, den die Pferde aufgewirbelt hatten.

Der schlaue kleine Yan führte seine Männer in unser Dorf in der Nordostgemeinde und direkt zu unserem Haus. Er hatte ein flinkes Pferd, und er kannte den Weg. Inzwischen lief Großvater so schnell ihn seine Beine tragen wollten. Der Sohn des Richters Cao, der ein Luxusleben gewohnt war, war so anstrengenden Tätigkeiten nicht gewachsen und schaffte nur etwa einen halben Kilometer, bevor er zusammenbrach und reglos auf dem Boden lag. «Knall ihn ab und laß die Sache gut sein», schlug einer der jüngeren Banditen vor. «Er macht zuviel Ärger.»

«Der kleine Yan ist hinter meinem Sohn her», sagte Großvater.

Also hob Großvater den kleinen Cao auf, packte ihn auf die Schulter und machte sich im Laufschritt auf den Weg. Als die jüngeren Banditen ihn anfeuerten, schneller zu laufen, sagte er: «Wir sind sowieso zu spät dran, also brauchen wir uns auch nicht mehr zu beeilen. Es kommt schon alles in Ordnung, wenn nur dieser kleine Schweinehund am Leben bleibt.»

Der kleine Yan und seine Leute brachen die Tür auf, stürzten ins Haus, schnappten sich Großmutter und Vater und banden sie auf einem Pferd fest.

«Du blinder Hundesohn», tobte Großmutter, «ich bin die Pflegetochter des Richters Cao!»

Mit finsterem Lächeln sagte der kleine Yan: «Ja, und seine Pflegetochter sollen wir uns holen, hat er gesagt.»

Der kleine Yan und seine Reiter trafen Großvater auf halber Strecke. Man hielt den Geiseln die Pistole an den Kopf, als sie so nahe aneinander vorbeigeschleppt wurden, daß sie einander hätten berühren können. Aber niemand wagte es, eine drohende Bewegung zu machen.

Großvater sah Großmutter an, der man die Hände auf den Rücken gebunden hatte, und Vater, den der kleine Yan fest im Arm hielt.

Die Pferde des kleinen Yan und seiner Leute tänzelten fröhlich, die Glöckchen an ihren Hälsen klingelten leise, und alle außer Großmutter, die wütend aussah, lächelten. «Zhan'ao», sagte sie zu Großvater, der niedergeschlagen war, «laß den Sohn meines Pflegevaters frei, damit sie mich und deinen Sohn gehen lassen.»

Großvater drückte die Hand des Jungen fest. Er wußte, daß er ihn früher oder später laufenlassen mußte, aber jetzt war der Augenblick noch nicht gekommen.

Es blieb dabei, daß der Geiselaustausch auf der Holzbrücke über den Schwarzwasserfluß stattfinden sollte. Großvater mobilisierte fast alle Banditen in der Gemeinde; es waren mehr als zweihundertdreißig. Mit geladenen und entsicherten Waffen lagen oder saßen sie am nördlichen Ende der Brücke. In der Flußmitte trieb noch Eis, aber das Eis an beiden Ufern war in der warmen Frühlingsluft geschmolzen und hatte zwei grüne Wasserbänder freigegeben. Das Eis in der Mitte krachte unter einer schwarzen Erdschicht, die der Nordwind dorthin getragen hatte.

Spät am Vormittag erschienen vom Südufer des Flusses her die Soldaten des Richters. Vier von ihnen trugen eine Sänfte, die über ihren Köpfen schaukelte und schwebte.

Als sie das südliche Brückenende erreicht hatten, begrüßten die beiden Parteien einander. Der Mann, der Großvater seinen Gruß entbot, war der edle und würdige Richter Cao Mengjiu. Lächelnd und zuvorkommend sagte er: «Zhan'ao, wie konnte der Mann meiner Pflegetochter seinen eigenen Neffen entführen? Wenn du Geld brauchst, mußt du doch nur deinem Pflegevater Bescheid sagen.»

«Es geht nicht um das Geld. Ich habe dir die dreihundert Schläge mit der Schuhsohle nicht vergessen.»

Cao Mengjiu rieb sich lachend die Hände und sagte: «Das war ein Irrtum, nichts als ein Irrtum. Aber ohne diese Prügel hätten wir einander nie kennengelernt. Ehrenwerter Schwiegersohn, du hast dir wahren Ruhm verdient, als du Blatternacken erledigt hast, und das werde ich meine Vorgesetzten wissen lassen. Deine Tat soll nicht unbelohnt bleiben.»

«Wer will schon für seine Taten belohnt werden?» sagte Großvater grob. Er konnte nicht zeigen, daß sein Herz begonnen hatte zu schmelzen. Der kleine Yan zog den Vorhang der Sänfte zurück, und Großmutter, die Vater im Arm hielt, stieg langsam aus.

Sie ging auf die Brücke zu, aber der kleine Yan hielt sie auf und sagte: «Onkel Yu, bring den kleinen Herrn Cao auf die Brücke. Wir werden sie gleichzeitig freigeben.»

Dann rief der kleine Yan: «Laßt sie gehen!»

Mit dem Ruf ‹Papa› auf den Lippen rannte der kleine Cao zum südlichen Brückenende, während Großmutter mit Vater auf das nördliche Brückenende zuschritt.

Großvaters Männer brachten ihre kurzen Gewehre in Anschlag und die Soldaten des Richters ihre langen.

Großmutter und der Junge trafen sich in der Mitte der Brücke. Sie beugte sich vor, um ihm etwas zu sagen. Aber er fing an zu weinen, machte einen Bogen um sie und rannte wie der Wind nach Süden.

Bei dieser Entführung wandte Cao Mengjiu eine Kriegslist an, die aus der *Geschichte der Drei Reiche* hätte stammen können, und läutete so das Ende der goldenen Zeit des Banditentums in der Gemeinde Nordost-Gaomi ein.

Im März dieses Jahres starb meine Urgroßmutter. Großmutter, die Vater im Arm hielt, ritt auf einem der beiden schwarzen Maultiere in das Dorf ihrer Kindheit, um sich um die Beerdigung zu kümmern. Sie wollte nur drei Tage wegbleiben. Wie hätte sie ahnen sollen, daß der Himmel das unmöglich machen würde? Am Tag nach ihrem Aufbruch tat der Himmel seine Schleusen auf und sandte Regenschauer zur Erde, die selbst der Sturm nicht mehr durchdringen konnte. Himmel und Erde verschmolzen miteinander. Großvater und seine Männer, die sich nicht mehr in Wald und Flur verstecken konnten, kehrten nach Hause zurück. Bei einem solchen Wetter verstecken sich sogar die Schwalben in ihren Nestern und zwitschern nur noch verträumt vor sich hin. Auch die Soldaten der Regierung konnten nicht mehr auf Patrouille gehen, aber eigentlich war das auch unnötig. Denn aus der absurden Entführungsgeschichte dieses Jahres hatte sich ein stillschweigendes Einverständnis zwischen Richter Cao Mengjiu und Großvater entwickelt. In der Gemeinde Nordost-Gaomi herrschte Waffenstillstand zwischen Soldaten und Banditen. Die Banditen kehrten nach Hause zurück, steckten die Waffen unter die Kopfkissen und verschliefen die regnerischen Frühlingstage.

Als Großvater in seinen Regenumhang aus Stroh gehüllt nach Hause kam, erfuhr er von Lian'er, daß Großmutter in ihr Heimatdorf geritten war und sich um die Beerdigung kümmern wollte. Wenn er sich an jene längst vergangene Zeit erinnerte, als er auf seinem schwarzen Maultier dorthin geritten war und den geldgierigen alten Mann zu Tode erschreckt hatte, mußte er unwillkürlich lächeln. Damals verabscheute Großmutter ihre Eltern so, daß sie sich weigerte, irgend etwas mit ihnen zu tun zu haben. Wer hätte gedacht, daß sie wenige Jahre später einem Unwetter trotzen würde, um für die Beerdigung zu sorgen? «Starker Wind», sagt das Sprichwort, «legt sich irgendwann; unglückliche Familien finden Frieden.»

Der Regen fiel von den Dachtraufen wie ein Wasserfall. Die trüben Wasser stiegen hüfthoch, tränkten den Boden und brachten die Dorfmauer zum Einsturz. Wassersäulen stiegen in die Luft. Die graugrünen Felder, die keine Mauer mehr zurückhielt, donnerten gegen unser Fenster. Großvater kauerte auf der gemauerten Bettstatt und blickte auf das Hirsemeer, über dem niedrig liegende Wolken hingen. Das Donnern des Regens ließ nicht nach, und der schwere Geruch von fauliger Erde und verrottetem Gras erfüllte das Zimmer.

Großvater verfiel in einen Zustand regenmüder Betäubung. Er trank und schlief, schlief und trank, bis der Unterschied zwischen Tag und Nacht verschwamm und Chaos herrschte. Während des Sturms riß sich unser zweites Maultier los, rannte aus dem Stall und blieb mit blödem Gesichtsausdruck unbeweglich vor dem Fenster stehen. Großvater starrte das dumme Tier aus blutunterlaufenen Säuferaugen an und fühlte, wie sich Starre über seinen Körper ausbreitete, als liefen Ameisen durch seine Glieder. Regentropfen fielen wie schwarze Pfeile auf den Rücken des Maultiers, sprangen wieder hoch oder glitten an dem dunkelgrauen Fell ab, um sich unter dem Bauch wieder zu sammeln und in die Pfützen auf dem Boden zu tropfen, die spritzten und tanzten, als würden Bohnen in eine Ölpfanne geworfen. Das Maultier blieb reglos stehen und öffnete gelegentlich seine eiergroßen Augen, nur um sie dann wieder zu schließen.

Großvater, der noch nie so unruhig gewesen war, zog sich bis auf die Unterhosen aus. Er kratzte sich unter dem gekräuselten schwarzen Haar auf Brust und Schenkeln, aber je mehr er sich kratzte, desto mehr juckte es ihn. Das Bett roch säuerlich, salzig, nach Frau. Er warf eine Trinkschale auf die Kacheln. Sie zersprang. Mit weit aufgerissenem Maul sprang eine kleine Ratte aus dem Schrank, warf ihm einen spöttischen Blick zu, sprang auf das Fensterbrett, blieb dort auf den Hinterbeinen stehen und putzte sich mit den Vorderpfoten das Maul. Großvater griff nach der

Pistole und feuerte. Das Geräusch der Explosion wirbelte erst durch den Raum, nachdem die Kugel die Ratte aus dem Fenster geschleudert hatte.

Mit verwirrtem dunklem Haar stürzte Lian'er ins Zimmer. Sie sah Großvater an, der, die Arme um die Knie geschlungen, auf dem Bett saß, sammelte die Scherben auf und wandte sich zum Gehen.

Ein heißer Blitz fuhr Großvater durch die Kehle. Er schluckte trocken und sagte stammelnd: «Du da... bleib da...»

Lian'er drehte sich um und biß sich mit makellos weißen Zähnen auf die üppige Unterlippe. Ihr süßes Lächeln badete das düstere Zimmer in goldenes Licht. Vor das Klopfen des Regens am Fenster schien sich plötzlich eine grüne Wand zu schieben. Großvater sah auf Lian'ers wirres Haar, ihre durchschimmernden zarten Ohren und die Wölbung ihrer Brüste. «Du bist groß geworden», sagte er.

Ihre Mundwinkel zuckten und ließen zwei schlaue, wissende Falten erscheinen.

«Was hast du gerade gemacht?»

«Geschlafen», gähnte sie. «Ich hasse das schlechte Wetter. Wie lange wird es wohl noch weiterregnen? Die Milchstraße muß ein Loch bekommen haben.»

«Douguan und seine Mutter kommen wohl nicht mehr raus da. Hat sie nicht gesagt, sie wolle in drei Tagen wiederkommen? Die Alte muß doch inzwischen verfault sein.»

«Ist sonst noch was?» fragte Lian'er.

Er senkte den Kopf, dachte nach und sagte: «Nein.»

Lian'er biß sich auf die Lippe, lächelte und ging hüftschwenkend aus dem Zimmer.

Im Zimmer wurde es wieder dunkel, und der graue Regenvorhang vor dem Fenster war dicker und schwerer denn je zuvor. Das schwarze Maultier stand noch immer knietief im Wasser. Großvater sah es mit dem Schwanz schlagen und bemerkte einen Muskel an der Keule, der zu zucken begann.

Lian'er kam wieder, lehnte sich gegen den Türpfosten und sah Großvater aus verhangenen Augen an. Die Augen, die sonst so klar waren wie Wasser, bedeckte jetzt ein heller blauer Nebel.

Wieder zog sich das Geräusch des Regens in die Ferne zurück, und Großvater spürte den Schweiß auf seinen Fußsohlen und seinen Handflächen.

«Was gibt es?»

Sie lächelte und biß sich auf die Lippe. Großvater bemerkte, daß der Raum wieder von goldenem Licht erfüllt war.

«Willst du etwas trinken?» fragte Lian'er.

«Trinkst du mit?»

«Gerne.»

Sie brachte eine Branntweinflasche und schnitt ein paar Soleier in Scheiben.

Draußen donnerte der Regen, aber das Maultier stand stur wie ein Stein da und strahlte eine Kälte aus, die durch das Fenster sikkerte und sich um Großvaters halbnackten Körper wand. Er schauerte fröstelnd.

«Ist dir kalt?» fragte Lian'er herablassend.

«Mir ist heiß!» schoß er zurück.

Sie füllte zwei Schalen mit Hirsebrand, behielt die eine und reichte ihm die andere. Die Trinkschalen stießen aneinander.

Sie schleuderten die leeren Schalen auf das Bett und blickten einander stumm in die Augen.

Im goldenen Glanz, der das Zimmer erfüllte, tanzten zwei blaue Flammen. Die goldenen Flammen verbrannten seinen Körper, die blauen Flammen verbrannten sein Herz.

«Der Edle rächt sich auch noch nach zehn Jahren!» sagte Großvater mit eiskalter Stimme und schob die Pistole ins Halfter.

Schwarzauge richtete sich auf und trat an Großmutters Grab. Er umkreiste es, trat ein-, zweimal gegen den Grabhügel und seufzte. «Der Mensch lebt nur ein Leben lang, das Gras stirbt jeden Herbst. Kommandant Yu, die Eisengesellschaft wird den Kampf gegen die Japaner aufnehmen. Schließ dich uns an!»

«Ich soll mich einem abergläubischen Haufen wie euch anschließen?»

«Setz dich nur nicht aufs hohe Roß! Die Götter beschützen die Eisengesellschaft. Der Himmel lächelt uns zu, und das Volk vertraut uns. Es ist eine Ehre, wenn ich dich auffordere mitzumachen.» Schwarzauge stieß mit dem Fuß gegen Großmutters Grab und fuhr fort: «Um ihretwillen ist der Schwarze Herr bereit, dich aufzunehmen.»

«Ich brauche dein verdammtes Mitleid nicht! Irgendwann einmal werden wir beide die Sache endgültig klären. Wir sind noch nicht fertig miteinander.»

«Meinst du, ich hätte Angst vor dir?» Schwarzauge streichelte den Revolver an seiner Hüfte. «Ich weiß auch, wie man mit so einem Ding umgeht.»

Ein gutaussehender junger Soldat der Eisengesellschaft sprang von der Böschung und hielt seinen Anführer zurück. Mit bescheidener Miene sagte er: «Kommandant Yu, seit langem empfinden die Soldaten der Eisengesellschaft Respekt vor dir. Es wäre eine Ehre für uns, wenn du dich uns anschließen würdest. Wir alle tragen Verantwortung dafür, daß unser Land nicht zerrissen wird. Wir müssen unsere Streitigkeiten beilegen und die Japaner vertreiben. Alte Rechnungen können warten.»

Großvater war fasziniert von dem Mann, der ihn an seinen eigenen Adjutanten, den mutigen jungen Ren, und dessen tragischen Tod beim Waffenreinigen erinnerte. «Bist du Mitglied der Kommunistischen Partei?» fragte er spöttisch.

«Weder der Kommunistischen Partei noch der Guomindang», erwiderte der junge Mann. «Ich hasse beide.»

«Nicht schlecht», sagte Großvater zustimmend.

«Ich heiße Wuluan.»

«Jetzt weiß ich, wer du bist», sagte Großvater und schüttelte ihm die Hand.

Vater stand lange Zeit bewegungslos neben Großvater und starrte neugierig auf die ausrasierten Stirnen der Soldaten der Eisengesellschaft, aber er kam nicht dahinter, was dieses Erkennungszeichen zu bedeuten hatte.

6

Großvater und Lian'er liebten sich drei Tage und drei Nächte lang wie die Wilden. Ihre von Natur üppigen Lippen waren aufgetrieben und geschwollen. Bluttropfen sickerten in die Lücken zwischen ihren Zähnen, und wenn Großvater sie küßte, trieb ihn der Blutgeschmack fast zum Wahnsinn. Die ganzen drei Tage hörte es nicht auf zu regnen, und wenn das blau-goldene Licht im Zimmer schwand, trug die Luft von den Feldern das Knistern der graugrünen Hirse, das wäßrige Quaken der Frösche und die nagenden Geräusche der Wildkaninchen mit sich. Die kühle, schwere Luft war in tausend Gerüche getränkt. Der stärkste darunter war der des schwarzen Maultiers. Es stand die ganze Zeit zwanzig Zentimeter hoch im Wasser. Der Geruch war für Großvater, dem klar war, daß er dem blöden Vieh früher oder später das Gehirn aus dem Schädel pusten mußte, eine Bedrohung. Ein paarmal griff er zur Pistole, aber jedesmal brannten die goldenen Flammen im Zimmer heller als zuvor.

Als Großvater am Morgen des vierten Tages neben Lian'er erwachte, fiel ihm auf, wie hager und knochig sie geworden war. Unter den geschlossenen Augen waren purpurrote Ringe zu sehen, die Lippen waren aufgesprungen und begannen sich zu schälen. Er hörte das laute Krachen eines Hauses, das im Dorf einstürzte, zog sich schnell an und sprang vom Bett, nur um flach aufs Gesicht zu fallen. Er fühlte sich wie betäubt. Sein Magen knurrte vor Hunger. Mühsam kam er auf die Füße und rief mit schwacher Stimme nach der alten Liu. Keine Antwort. Er ging in das Zimmer, das sich Lian'er mit Liu teilte, aber auf der Bettstatt saß nur ein grüner Frosch. Kein Zeichen von der alten Liu.

Er ging wieder in das Zimmer, vor dessen Fenster das schwarze Maultier geduldig Wache hielt, griff nach ein paar zerquetschten Soleiern und schlang sie ungeschält herunter. Das regte seinen Appetit erst richtig an. Also ging er in die Küche und durchsuchte den Küchenschrank. Er fand vier angeschimmelte Klöße, neun Soleier, zwei Stücke eingelegten Tofu und drei vertrocknete Frühlingszwiebeln. Er schlang alles in sich hinein und spülte mit einem Schluck Erdnußöl nach.

Die Strahlen der Morgensonne lagen blutrot über dem Hirsefeld. Lian'er schlief immer noch, und als Großvater ihren Körper betrachtete, der so glatt war wie das Fell des schwarzen Maultiers, leuchteten goldene Funken vor seinen Augen auf. Aber das Sonnenlicht, das durchs Fenster fiel, verschluckte sie schnell. Er kitzelte ihren Bauch mit der Pistole. Sie erwachte lächelnd, und blaue Flammen schlugen aus ihren Augen. Er stolperte in den Hof und blickte zu der großen runden Sonne auf, die sich seit Tagen zum erstenmal zeigte. Sie glich einem neugeborenen feuchten Säugling, den noch das Blut seiner Mutter bedeckt. Ringsumher leuchteten die Regenpfützen in hellem Rot. Das Wasser auf der Straße strömte gurgelnd in die Felder, und die Hirse stand halb unter Wasser wie Schilf in einem See.

Als der Wasserspiegel im Hof sank, kam allmählich die weiche, schwammige Erde zum Vorschein. Die Mauer zwischen dem östlichen und dem westlichen Gehöft war eingestürzt. Onkel Luohan, die alte Liu und die Brennereiarbeiter stürzten ins Freie, um die Sonne zu sehen. Großvater bemerkte, daß eine grüne Rostschicht ihre Gesichter und Hände bedeckte.

«Habt ihr da drinnen drei Tage und drei Nächte lang Glücksspiele gespielt?»

«Ja», antwortete Onkel Luohan, «drei Tage und drei Nächte.»

«Das Maultier ist da steckengeblieben, wo letztes Jahr der Keller war», sagte Großvater. «Holt Stricke und zieht es raus.»

Sie zogen Stricke unter dem Bauch des Maultiers durch, banden sie auf seinem Rücken zusammen, schoben ein paar dicke Tragstangen darunter, und dann zogen ein Dutzend Männer mit aller Kraft die Beine des Maultiers aus dem Boden wie Mohrrüben.

Als der Regen endlich aufgehört hatte und der Himmel klar war, ging das Wasser schnell zurück. Der Schlamm, der zurückblieb, war feucht und glänzend wie Fett. Mit Vater im Arm ritt Großmutter auf ihrem schwarzen Maultier über den klebrigen Matsch der Felder heran. Beine und Bauch des Maultiers waren voll von Schlammflecken. Als sie den vertrauten Geruch des Gefährten rochen, fingen die zwei Maultiere, die so lange getrennt gewesen waren, an, am Boden zu scharren, mit den Köpfen zu nicken und laut zu schreien. Als man sie an den Futtertrog führte, stießen sie einander freundlich an und knabberten aneinander.

Verlegen ging Großvater ihnen entgegen und nahm Großmutter seinen Sohn aus dem Arm. Ihre Augen waren rot geschwollen, und sie roch ein wenig nach Schimmel. «Ist alles erledigt?» fragte Großvater.

«Wir haben sie heute früh beerdigt. Noch zwei Tage Regen, und die Maden hätten sie gefressen.»

«Das war wirklich eine Menge Regen. Die Milchstraße muß ein Loch im Boden gehabt haben.» Er wandte sich meinem Vater zu. «Hallo, Douguan, sag deinem Pflegevater guten Tag.»

«Pflegevater? Das ist aber eine trockene Beziehung», schalt ihn Großmutter. «Eure Beziehung ist eher feucht und eng. Halte ihn ein bißchen, solange ich reingehe und mir etwas Trockenes anziehe.»

Großvater ging mit Vater im Hof spazieren und zeigte ihm die Löcher in der Erde, in denen die Beine des Maultiers gesteckt hatten. «Douguan», sagte er zärtlich, «kleiner Douguan, siehst du das? Da hat das große Maultier drei Tage lang festgesessen.»

Lian'er kam mit einer Messingschüssel heraus, um Wasser zu holen. Sie biß sich auf die Lippe. Großvater lächelte sie wissend an, und sie warf ihm einen verärgerten Blick zu.

«Was ist los?» fragte er.

«Der verdammte Regen war an allem schuld», antwortete sie kurz angebunden.

«Was hast du gesagt?» hörte Großvater Großmutter fragen, als sie das Wasser hineintrug.

«Nichts.»

«Hast du nicht gesagt, der verdammte Regen sei an allem schuld gewesen?»

«Nein, ich habe nur gesagt, der verdammte Regen sei wohl gefallen, weil die Milchstraße ein Loch im Boden hatte.»

«Oh», sagte Großmutter. Großvater hörte, wie das Wasser in der Schüssel plätscherte.

Als Lian'er wieder herauskam, um das Wasser wegzuschütten, sah Großvater, daß ihr Gesicht dunkelrot war, und bemerkte den leeren Blick in ihren Augen.

Drei Tage später sagte Großmutter, sie werde wieder nach Hause reiten, um Weihrauch für Urgroßmutter zu verbrennen. Als sie mit Vater auf dem schwarzen Maultier saß, sagte sie zu Lian'er: «Ich komme heute abend nicht zurück.»

An diesem Abend ging die alte Liu ins östliche Gehöft, um mit den Brennereiarbeitern Glücksspiele zu spielen. Wieder leuchteten goldene Flammen im Zimmer.

Großmutter ritt in dieser Nacht bei Sternenlicht zurück. Sie stand unter dem Fenster und lauschte dem, was da vor sich ging. Dann hielt sie eine wütende kleine Rede.

Mit den Fingernägeln riß sie ein Dutzend blutige Linien in Lian'ers Gesicht und schlug Großvater kräftig auf die linke Wange. Er lachte nur. Sie hob noch einmal die Hand, aber bevor sie auf seiner Wange landete, wurde sie schwach und strich ihm nur über die Schulter. Er schlug ihr so kräftig ins Gesicht, daß sie taumelte.

Großmutter brach in Tränen aus.

Großvater verließ das Haus und nahm Lian'er mit.

7

Die Soldaten der Eisengesellschaft machten ein Reitpferd für Großvater und Vater frei. Schwarzauge gab seinem Pferd die Peitsche und setzte sich an die Spitze des Zugs, während der gesprächige Wuluan, der die Kommunisten und die Guomindang gleichermaßen haßte, neben Großvater hertrabte. Sein gescheckter Hengst war noch sehr jung und riß den Kopf hoch, als er die fünf anderen Pferde sah, die an der Spitze galoppierten, weil er es ihnen gleichtun wollte. Aber Wuluan hielt ihn energisch zurück. Verärgert schnappte er nach Großvaters Rappen, um zu zeigen, daß er nicht mit seinem Reiter einverstanden war. Großvaters Pferd bäumte sich auf und schlug aus. Also blieb er zurück und ließ Wuluan vorreiten.

Die warmen hellblauen Wasser des Schwarzwasserflusses sangen ein fröhliches Lied und ließen einen leichten feuchten Nebel über den Feldern am Ufer aufsteigen. Der größte Teil der Hirse vom letzten Jahr lag als leblos brauner Haufen über die Felder verstreut. Man sah die Spuren der Schlachten vom vergangenen Jahr. Hier und da standen Bauern mit hilflosen Mienen herum, während ihre schlaueren Brüder die Felder abbrannten. Die staubtrockene Hirse knisterte und knackte, verwandelte sich bald in Asche und nährte die schwarze Erde, die ihr das Leben geschenkt hatte.

Die Flammen der Hirse, die die Bauern entzündet hatten, flatterten an den breiten Ufern des Schwarzwasserflusses wie dunkelrote Stoffstreifen. Grüne Rauchbänder wanden sich vor einem eisklaren Himmel, und der durchdringende Geruch von brennender Hirse drang Großvater kratzend in Hals und Nasenflügel. Sie ritten weiter, und Wuluan, der nie um Worte verlegen war, wandte sich um und sagte: «Kommandant Yu, ich habe die ganze Zeit nur geredet. Du hast überhaupt nichts dazu gesagt.»

Großvater lächelte trocken und sagte: «Ich kann kaum zweihundert Zeichen lesen. Von Mord und Totschlag verstehe ich etwas, aber wenn ich über nationale Fragen oder Parteiprobleme reden soll, kannst du mich gleich vergessen.»

«Gut, aber wem, meinst du, sollten wir das Land übergeben, wenn wir die Japaner einmal vertrieben haben?»

«Das geht mich nichts an. Ich weiß nur, daß sich keiner trauen sollte, mir an den Schwanz zu gehen.»

«Was würdest du dazu sagen, wenn die Kommunisten die Macht übernähmen?»

Vater schnaubte verächtlich durch ein Nasenloch.

«Und wie wäre es mit der Guomindang?»

Er schnaubte durch das andere Nasenloch.

«Ganz meine Meinung! Was China braucht, ist ein Kaiser. Ich

habe die *Geschichte der Drei Reiche* und die *Räuber vom Liang-shan-Moor* gelesen, als ich noch klein war, und habe es mir genau überlegt: Kämpfe kommen und gehen, lange Zeiten der Trennung gehen der Einheit voran, und auf lange Phasen der Einheit folgt Trennung, aber das Reich fällt immer wieder einem Kaiser in die Hände. Das Volk ist die Familie des Kaisers, und der Kaiser ist der Vater des Volks. Deshalb setzt er alle seine Kräfte an die Regierungsaufgaben. Aber wenn eine politische Partei die Macht übernimmt, macht jeder, was er will. Opa sagt, es sei zu kalt, und Oma beschwert sich über die Hitze, und alles gerät in Unordnung.»

Wuluan parierte seinen Schecken und wartete, bis Großvater aufgeholt hatte. Dann lehnte er sich zu ihm hinüber und sagte mit geheimnisvoller Stimme: «Kommandant Yu, ich habe schon in meiner Kindheit die *Geschichte der Drei Reiche* und die *Räuber vom Liang-shan-Moor* gelesen und kann sie immer noch auswendig. Ich habe Mut für drei, aber leider habe ich bisher keinen weisen Herrn gefunden, dem ich dienen konnte. Ich habe geglaubt, Schwarzauge sei ein kühner Führer, also bin ich von zu Hause weggelaufen, um mich ihm anzuschließen. Ich wollte Tausende von Meilen vor starkem Wind über stürmische Wogen fahren, um etwas Großes zu vollbringen, bevor ich eine Frau nehme und mich zur Ruhe setze. Wie hätte ich wissen sollen, daß er so dumm ist wie ein Schwein und so blöd wie ein Ochse, keinen Mut hat und nichts im Kopf. Er kümmert sich doch um nichts als seine anderthalb Morgen Land an der Salzwassermündung. Unsere Vorfahren sagten: ‹Die Vögel nisten nur auf den besten Bäumen, ein gutes Pferd wiehert nur, wenn es seinen Reitmeister sieht.› Ich habe lange darüber nachgedacht und bin zu dem Schluß gekommen, daß du der einzige echte Held in der ganzen Gemeinde Nordost-Gaomi bist. Ich habe mit ein paar Kameraden darüber gesprochen, und wir haben von Schwarzauge verlangt, daß er dich in die Eisengesellschaft aufnimmt. Das nennt man, den Tiger ins Haus bringen. Wenn du auf dem Brennholz schlafen und Gallensaft trinken kannst, wirst du in der Gesellschaft wie König Gou Jian von Yue den Respekt und die Sympathie aller anderen gewinnen; und wenn es soweit ist, werde ich die Gelegenheit nutzen, Schwarzauge loszuwerden, und dich als Anführer vorschlagen. Wenn die Herrscherdynastie wechselt, kann man die Disziplin straffen und die Streitkräfte verstärken. Erst werden wir die Gemeinde Nordost-Gaomi unter unsere Kontrolle bringen, dann verlagern wir uns nach Norden, erobern die Gemeinden Südost-Pingdu und Nord-Jiao und vereinen die drei Gebiete unter unserer Herrschaft. Wenn das geschafft ist, können wir an der Salzwassermündung die Hauptstadt der Eisengesellschaft errichten und unter deiner Führung unsere Flagge hissen. Von da aus lassen wir dann unsere Streitkräfte in drei Richtungen ausschwärmen, erobern die Bezirke Jiao, Gaomi und Pingdu und vernichten die Kommunisten, die Guomindang und die Japaner. Wenn die drei Bezirkshauptstädte in unserer Hand sind, können wir unser eigenes Reich gründen.»

Großvater fiel beinahe vom Pferd. Verwundert blickte er den gutaussehenden jungen Mann an, der so gewaltige politische Pläne entwickelte, und platzte innerlich fast vor Aufregung. Er hielt sein Pferd an, wartete, bis der Schwindelanfall vorüberging, und glitt aus dem Sattel. Vor Wuluan niederzuknien schien unangebracht, also ergriff er nur seine schwitzende Hand und sagte mit zitternder Stimme: «Warum sind wir einander nicht früher begegnet? Warum mußten wir so lange warten?»

«Das sind keine Worte für einen vom Schicksal auserkorenen Führer. Wir wollen Herz und Geist vereinen, um etwas wirklich Wichtiges zu schaffen.» Wuluan standen die Tränen in den Augen.

Schwarzauge, der ihnen mehr als fünfhundert Meter voraus war, zügelte sein Pferd und rief: «Was ist los? Kommt ihr jetzt oder nicht?»

Wuluan legte die Hände vor den Mund und rief zurück: «Wir kommen. Yus Sattelgurt ist gerissen. Wir haben ihn geflickt.»

Schwarzauge stieß einen Fluch aus und peitschte sein Pferd, das sich ein-, zweimal aufbäumte und davonflitzte wie ein riesiges Kaninchen.

Wuluan sah Vater an, der mit weit aufgerissenen Augen auf seinem Pferd saß. «Junger Herr Yu», sagte er, «wir haben wichtige Dinge besprochen. Kein Wort davon zu irgend jemand!»

Vater nickte energisch.

Wuluan gab seinem Pferd die Zügel, und der Schecke, vom Druck der Kandare befreit, scharrte den Boden, wie jemand, der sich dehnt, streckte den Schweif und flitzte los wie der Wind. Schwarze Erdschollen flogen wie Granatsplitter in den Fluß.

Großvater fühlte sich stärker und klarer als seit Jahren. Die Worte, die Wuluan gesprochen hatte, waren ein Tuch, das sein Herz polierte, bis es glänzte wie ein Spiegel. Wellen der Freude wogten durch sein Herz, weil er endlich das Ziel seiner Anstrengungen erkannte und eine strahlende Zukunft vor sich liegen sah. Seine Lippen öffneten sich, und Worte drangen aus seinem Mund, die selbst Vater, der ihm im Schoß saß, nicht deutlich verstand: «Der Himmel will es!»

Zwischen Galopp und Trab wechselnd, erreichten die Pferde gegen Mittag wieder das Ufer des Schwarzwasserflusses.

Am Nachmittag ließen sie den Fluß hinter sich, und bei Anbruch der Nacht hob sich Großvater im Sattel und blickte auf den Salzwasserfluß, der sich halb so breit wie der Schwarzwasserfluß durch eine Ebene ausgelaugter Erde wand. Seine grauen Wasser hatten den getrübten Glanz von stumpf gewordenem Glas.

8

Im Herbst 1928 vernichtete Bezirksrichter Cao Mengjiu in der Gemeinde Nordost-Gaomi mit einem genialen Schachzug die Bande meines Großvaters. Später, als mein Großvater in Hokkaido in den Bergen lebte, dachte er oft an diese tragische Episode in seinem Leben zurück. Er entsann sich, mit welcher Selbstzufriedenheit und welch unvorstellbarer Torheit er sich damals in einem schwarzen Chevrolet über die holprigen Bergstraßen seiner Heimat hatte fahren lassen. Er war der Lockvogel gewesen, und achthundert gute Männer waren ihm in die Falle gefolgt. Seine Glieder erstarrten zu Eis, wenn er daran zurückdachte. Er sah die achthundert Mann vor Augen, die man in einer abgelegenen Schlucht außerhalb von Jinan in Reihen aufgestellt hatte und mit Maschinengewehrgarben niedermähte. Wenn er, einen zerfetzten Rupfensack auf dem Rücken, im flachen Gewässer seine Fischnetze auswarf, konnte er die blau-grauen Wellen sehen, die über die halbmondförmige Bucht wogten, und der Anblick erinnerte ihn an die Dämme in den Reisfeldern, an den Schwarzwasserfluß, an den Salzwasserfluß, an seine Heimat. Während er am Feuer saß und die feinschuppigen Karpfen aus den Bergbächen Hokkaidos briet, litt er unter dem Gedanken an sein elendes Leben und daran, daß er achthundert Männer in den Tod geführt hatte.

Am frühen Morgen stieg Großvater auf einen Haufen Ziegelschutt und kletterte über die hohe Mauer um das Polizeirevier der Stadt Jinan. Dann ließ er sich auf der anderen Seite in einen Haufen Altpapier und Unkraut gleiten und erschreckte ein paar verwilderte Katzen, die im Müll nach Beute suchten. Er schlich sich in ein Haus, tauschte seine schwarze Militäruniform gegen abgerissene Zivilkleidung und verlor sich in der Menge, um zuzusehen, wie seine Dorfgenossen und seine Männer auf Güterwagen verfrachtet wurden. Wächter mit dunklen, mörderischen Mienen hatten den Bahnhof umstellt. Die Lokomotive stieß schwarzen Rauch aus, Dampf strömte aus den Auspuffrohren. Großvater wanderte auf den rostigen Gleisen nach Süden.

Nachdem er einen ganzen Tag und eine Nacht marschiert war, erreichte er in der Morgendämmerung ein ausgetrocknetes Flußbett, das nach Blut roch. Von einer eingefallenen Brücke aus blickte er hinunter auf die trockenen Felsen, die mit Blut und verspritzter Gehirnmasse bedeckt waren. Die Leichen von achthundert Banditen aus der Gemeinde Nordost-Gaomi lagen aufgeschichtet da und füllten das halbe Flußbett. Er empfand Reue, Entsetzen, Rachedurst. Doch sein Überlebensdrang war stärker denn je. Er hatte genug von einem Leben, das nur einen endlosen Kreislauf von Töten und Getötetwerden, von Fressen und Gefressenwerden zu bieten schien. Er dachte an den Rauch, der aus den Schornsteinen seines friedlichen Dorfes in die Luft aufstieg, an das Quietschen der Winde, wenn ein Eimer frisches Wasser aus dem Dorfbrunnen hochgezogen wurde, um einen jungen Esel zu tränken, an den feurigen roten Hahn, der auf einer dattelbewachsenen Mauer stand und die leuchtenden Strahlen der Morgensonne begrüßte. Er beschloß, nach Hause zu gehen.

Er hatte sein ganzes Leben in der Gegend verbracht und war noch nie zuvor so weit gereist, und seine Heimat schien am anderen Ende der Welt zu liegen. Er erinnerte sich, daß der Zug nach Jinan die ganze Zeit in westlicher Richtung gefahren war, also mußte er nur den Gleisen nach Osten folgen, um nach Gaomi zurückzukommen. Als er die Gleise abschritt, merkte er einmal, daß sie eine Kurve in eine andere Richtung machten, und kam ins Schwanken. Aber die Unsicherheit hielt nur einen Moment an, denn es wurde ihm klar, daß auch der Yangzi sich in Kurven windet; wie sollte die Eisenbahnlinie dem nicht folgen?

Gelegentlich sah er einen Rüden, der das Bein hob, um auf die Gleise zu pissen, oder eine Hündin, die sich zum gleichen Zweck neben die Gleise kauerte. Wenn einer der schwarzen Züge über die Strecke donnerte, versteckte er sich in einem Graben oder im Korn und sah zu, wie die rotschwarzen Räder grollend vorbeirollten. Die dampfenden Pfiffe breiteten sich unter dem fallenden Laub aus und wirbelten bizarre Formen im Staub auf. Wenn der Zug vorbei war, nahmen die Gleise mühsam wieder ihre ursprüngliche Gestalt an: kohlschwarz, glänzendgrau, geprägt vom Widerspruch, nicht unterdrückt sein zu wollen und es dennoch nicht verhindern zu können.

Die Exkremente der chinesischen und japanischen Fahrgäste spritzten über die Schwellen und rochen genau gleich: abscheulich. Zwischen Schwellen und Gleisen klebten Erdnußschalen, Melonenkerne und Papierfetzen. Großvater aß, was er sich in den Dörfern am Weg erbetteln konnte, und trank, wenn er an einen Fluß kam. Tag und Nacht wanderte er weiter Richtung Osten. Nach zwei Wochen erblickte er endlich die vertrauten zwei Blockhütten des Bahnhofs von Gaomi, wo sich die feine Gesellschaft des Bezirks versammelt hatte, um ihren ehemaligen Richter Cao Mengjiu zu verabschieden. Der war befördert und zum Polizeichef der Provinz Shandong ernannt worden. Großvater faßte sich an die Hüfte, und seine Hand griff ins Leere. Er fiel zu Boden, ohne zu wissen warum und wie, und lag lange Zeit mit dem Gesicht auf der schwarzen Erde, ehe ihm der durchdringende Blutgeschmack im Staub zu Bewußtsein kam.

Großvater beschloß, nicht zu Großmutter und Vater zu gehen, obgleich er Großmutters schneeweißen Körper und Vaters seltsam unschuldiges Lächeln oft im kalten Reich der Träume gesehen hatte. Wenn er dann erwachte, bedeckte sich sein schmutziges Gesicht mit heißen Tränen, und sein Herz tat weh, als habe man ihm einen Faustschlag versetzt. Wenn er zu den Sternen aufblickte, wußte er, wie sehr er sich nach seiner Frau und seinem Sohn sehnte. Aber jetzt, wo der lang erwartete Augenblick gekommen war und er am Dorfrand stand, jetzt, da er das vertraute Aroma der Branntweinmaische im Dunkel riechen konnte, zögerte er.

Die anderthalb Ohrfeigen, die Großmutter ihm versetzt hatte, hatten einen Graben so tief wie ein Fluß zwischen ihnen geschaffen. Esel hatte sie ihn genannt und Schwein. Ein wütender Blick hatte ihn zusammen mit dem Zornausbruch getroffen, als sie vor ihm stand, die Hände in die Hüften gestützt, den Rücken gebeugt, den Hals vorgeschoben, ein helles Blutrinnsal auf dem Kinn, ein schrecklicher Anblick, der sein Herz in Verwirrung gestürzt hatte.

Noch nie war er so beschimpft worden, und noch nie hatte ihn eine Frau geschlagen. Gewiß tat ihm die Affäre mit Lian'er leid, aber die Demütigung, die Großmutter ihm zugefügt hatte, vertrieb die Reue aus seinem Herzen. An die Stelle der Zerknirschtheit war Rachgier getreten.

Selbstgerecht hatte er mit Lian'er das Haus verlassen und sich mit ihr ein paar Kilometer weiter an der Salzwassermündung niedergelassen. Er hatte ein Haus gekauft und ein neues Leben begonnen. Aber er wußte auch, daß es nicht das Leben war, von dem er träumte. Er begann Lian'ers Schwächen immer deutlicher zu sehen und sie mit Großmutters Stärken zu vergleichen.

Er war dem Tod um Haaresbreite entkommen und war an einen Ort zurückgekehrt, an dem ihn vertraute Düfte empfingen. Tiefe

Trauer überkam ihn. Er wäre gern in das Haus zurückgekehrt, mit dem ihn so viele gute wie böse Erinnerungen verbanden, und hätte versucht, die Vergangenheit wieder zum Leben zu erwecken. Aber die Erinnerung an den Tonfall, in dem sie ihn verflucht hatte, und der Anblick, den sie ihm beim Abschied geboten hatte, erwiesen sich als unüberwindliche Schranke.

Mitten in der Nacht schleppte sich Großvater erschöpft zum Dorf an der Salzwassermündung, stand vor dem Haus, das er zwei Jahre zuvor gekauft hatte, und blickte zum Mond auf, der hoch am südwestlichen Himmel stand. Der Himmel war silbergrau, der Mond orangefarben. Es war noch nicht Vollmond, doch die schwachen Umrisse des dunklen Teils waren deutlich sichtbar. Ein Dutzend einsame Sterne umgaben die helle Scheibe. Die kalten Strahlen des Mondes und seiner Begleiter fielen auf die Häuser und die Straße. Lian'ers dunkler, kräftiger, schlanker Körper zog vor seinem inneren Auge vorüber, und als er an die goldenen Flammen dachte, die ihren Körper umgaben, und an die blauen Flammen, die aus ihren Augen schossen, ließ ihn eine quälende Sehnsucht, die er in der ganzen Haut fühlen konnte, seine geistigen und körperlichen Qualen vergessen. Er kletterte über die Ziegelmauer und sprang in den Hof.

Er versuchte, seine Leidenschaft zu zügeln, als er an das Fenster klopfte und leise rief: «Lian'er! Lian'er!»

Von drinnen erklang ein gedämpfter Schreckensruf, dann das Geräusch entsetzten Zitterns, schließlich unregelmäßiges Seufzen.

«Lian'er, erkennst du mich nicht? Ich bin's, Yu Zhan'ao!»

«Zhan'ao, mein Geliebter! Du kannst mich zu Tode erschrekken, aber ich habe keine Angst. Und wenn du ein Gespenst bist, will ich dich trotzdem sehen! Ich weiß, daß du ein Geist bist, aber du bist zu mir gekommen. Ich bin so glücklich! Du hast mich also doch nicht vergessen. Komm herein, komm herein!»

«Lian'er, ich bin kein Gespenst. Ich bin am Leben, ich bin ihnen entkommen.» Er trommelte gegen das Fenster. «Hast du das gehört? Könnte ein Geist so einen Krach machen?»

Lian'er begann zu weinen.

«Weine nicht», sagte Großvater, «man wird dich hören.»

Er ging zur Tür, aber noch bevor er sie erreicht hatte, lag Lian'ers nackter Körper in seinen Armen wie ein gewaltiger Hundsfisch.

Großvater lag auf der Bettstatt und sah mit leerem Blick auf die tapezierte Decke. Zwei Monate lang verließ er das Haus nicht. Lian'er trug ihm zu, was man auf den Straßen über die Banditen von Nordost-Gaomi erzählte. Wenn die unauslöschlichen Erinnerungen an die Tragödie übermächtig wurden, füllte das Knirschen seiner Zähne den Raum. Ein Leben lang hatte er Wildgänse gejagt, und am Ende hatten ihm die Wildgänse die Augen ausgehackt. Wie viele Gelegenheiten hatte er gehabt, den alten Hund Cao Mengjiu umzubringen! Und immer wieder hatte er ihn verschont. Er dachte an meine Großmutter. Daß sie Pflegekind des Richters war, war wohl mit ein Grund dafür, daß er sich hatte betrügen lassen. So übertrug er seinen Haß auf Richter Cao zugleich auf sie. Wer weiß, ob die beiden ihn nicht gemeinsam in die Falle gelockt hatten. Das, was Lian'er zu erzählen hatte, ließ den Verdacht sogar wahrscheinlich erscheinen.

«Geliebter», sagte sie, «vielleicht hast du sie nie vergessen, aber sie hat nicht lange gebraucht, um dich zu vergessen. Als sie dich auf den Zug geladen hatten, ist sie mit Schwarzauge, dem Anführer der Eisengesellschaft, mitgegangen und hat monatelang an der Salzwassermündung mit ihm zusammengelebt. Sie ist immer noch nicht wieder zurück.» Lian'er massierte seine Brust, während sie ihm davon erzählte. Der Anblick ihres unersättlichen dunklen Körpers weckte Widerwillen in ihm, und seine Gedanken schweiften von einem dunklen Körper zu einem Körper, der so weiß gewesen war wie neuer Schnee. Er dachte an den schwülen Nachmittag zurück, an dem er sie im dichten Schatten des Hirsefeldes auf seinen Mantel aus Stroh gelegt hatte.

Großvater wälzte sich auf die Seite. «Ist meine Pistole noch da?»

Lian'er schlang die Arme um ihn. «Was hast du vor?» fragte sie ängstlich.

«Ich werde diese Schweinehunde umbringen.»

«Zhan'ao! Mein Geliebter! Du kannst nicht ständig Leute umbringen, überleg doch nur, wie viele du schon getötet hast!»

Er stieß ihr den Fuß in den Bauch. «Halt den Mund», knurrte er, «und gib mir meine Pistole!»

Verletzt begann sie zu schluchzen, während sie den Saum des Kissens aufriß und seine Pistole herausholte.

Großvater saß auf seinem schwarzen Pferd; er hielt Vater auf dem Schoß und folgte Wuluan, dem jungen Soldaten der Eisengesellschaft, der den Kopf voller Pläne hatte. Auch nachdem er lange Zeit mit ruhigem Blick über die stumpfen grauen Wasser des Salzwasserflusses und die weite weiße Salzebene hinausgeschaut hatte, die sich an seinen Ufern hinzog, hatte sich die Aufregung über das Gespräch mit Wuluan nicht ganz gelegt. Und doch mußte er an seinen Kampf mit Schwarzauge an den Ufern des Salzwasserflusses denken.

Die Pistole unter dem Arm, war Großvater den ganzen Vormittag auf seinem laut schreienden Esel geritten. Als er die Salzwassermündung erreichte, band er den Esel an eine Ulme am Ortseingang und ließ ihn an der Baumrinde nagen. Dann zog er sich die zerschlissene Filzmütze über die Augenbrauen und stolzierte ins Dorf. Es war ein großes Dorf, aber Großvater marschierte geradewegs auf eine Reihe hoher ziegelgedeckter Gebäude zu, ohne nach dem Weg zu fragen. Der Winter war im Anzug, und ein paar Kastanienbäume neigten sich mit gelben Blättern im Wind. Es war kein Sturm, aber der Wind war schneidend scharf wie ein Messer.

Er marschierte in den Hof vor dem Gebäude, wo sich die Eisengesellschaft versammelte. An der Wand einer weiten Halle mit steinernem Fußboden hing das große bernsteinfarbene Gemälde eines seltsamen alten Mannes, der auf einem wilden gefleckten Tiger ritt. Auf einem Altar unter dem Gemälde lagen merkwürdige Gegenstände. Es dauerte ein wenig, bis er sie als eine Affenpfote, einen Hühnerschädel, die getrocknete Gallenblase eines Schweins, einen Katzenkopf und einen Eselshuf identifiziert hatte. Weihrauchduft stieg in die Luft auf. Ein Mann mit einem

Warzenring um das eine Auge saß auf einer dicken kreisförmigen Eisenplatte, rieb sich mit der linken Hand den glattrasierten Schädel über der Stirn und bedeckte mit der Rechten die Arschritze. Laut psalmodierend intonierte er seine Beschwörung: «Amalai, amalai, eiserner Kopf, eiserner Arm, Altar des eisernen Geistes, eiserne Sehne, eiserner Knochen, zinnoberroter Altar von Eisen, eisernes Herz, eiserne Leber, eiserne Lunge, Altar von rohem Reis, zur eisernen Schranke geschmiedet, eisernes Messer, Gewehr von Eisen, kein Ausweg mehr, eiserner Urahn auf eisernem Tiger erläßt sein Gebot, amalai, amalai, amalai...»

Großvater erkannte Schwarzauge, den berüchtigten Dämon und Räuber der Gemeinde Nordost-Gaomi.

Als er seinen Gesang beendet hatte, stand Schwarzauge auf und verbeugte sich dreimal vor dem eisernen Urahn auf seinem Tiger. Dann kehrte er zu seinem Eisensitz zurück, setzte sich und hob zwei Fäuste so, daß alle zehn Fingernägel nach innen gekehrt und verborgen waren. Er nickte den Soldaten der Eisengesellschaft zu. Mit der linken Hand griffen sie an ihre ausrasierte Stirn, bedeckten die Arschritze mit der Rechten, schlossen die Augen und nahmen Schwarzauges Gesang auf. Die Rufe «amalai, amalai» vereinten sich zu einem herzerhebenden Schlachtlied, und Großvater hatte das Gefühl, dämonische Melodien erfüllten die Halle. Sein Ärger ließ nach. Er hatte vorgehabt, Schwarzauge zu ermorden. Doch in seinen Abscheu mischten sich Ehrfurcht und Scheu.

Als sie ihren Gesang beendet hatten, verneigten sich die Soldaten der Eisengesellschaft vor dem alten Dämon auf dem Tiger, erhoben sich und bildeten vor Schwarzauge zwei gerade Reihen. Der stand hinter einem großen, tiefen Faß voll roter Hirse, die in Brunnenwasser eingeweicht war. Großvater kannte das Gerücht, die Soldaten der Eisengesellschaft äßen rohe Hirse, und jetzt sah er es mit eigenen Augen. Jeder einzelne nahm aus Schwarzauges Händen eine Schale voll roher Hirse entgegen und schlang sie hinunter. Dann näherten sie sich dem Altar und berührten nacheinander mit der Affenpfote, dem Eselshuf und dem Hühnerschädel ihre Stirn.

Als die Zeremonie der Eisengesellschaft abgeschlossen war, zogen sich schon rote Streifen über die Sonne. Großvater gab einen

Schuß auf das überlebensgroße Gemälde ab und schoß dem alten Dämon auf dem Tiger ein Loch ins Gesicht. Beim Knall des Schusses traten die Soldaten aus dem Glied, zögerten einen Augenblick, um sich zu orientieren, stürzten dann auf den Hof und bildeten einen Kreis um Großvater.

«Wer bist du? Was fällt dir ein, du Schurke?» donnerte ihm Schwarzauge entgegen.

Großvater schob mit der rauchenden Pistolenmündung die Filzkappe aus dem Gesicht. «Ich bin's, Yu Zhan'ao.»

«Ich dachte, du seist tot», rief Schwarzauge verblüfft aus.

«Erst wollte ich noch zusehen, wie du draufgehst!»

«Glaubst du, du kannst mich damit töten? Leute, bringt mir ein Messer!»

Ein Soldat mit einem Metzgermesser in der Hand trat zu ihm. Schwarzauge hielt den Atem an und gab dem Mann ein Zeichen. Großvater sah, wie die Messerklinge auf Schwarzauges Unterleib aufprallte wie ein Stück Ebenholz. Das Messer hinterließ nichts als ein paar blasse Kratzspuren.

Die Soldaten der Eisengesellschaft begannen unisono zu singen: «Amalai, amalai, amalai, eiserner Kopf, eiserner Arm, Altar des eisernen Geistes... eiserner Urahn auf eisernem Tiger erläßt sein Gebot, amalai, amalai, amalai...»

Großvater war starr vor Staunen. Gab es Menschen, die gegen Messer und Kugeln gefeit waren? Er sann über den Gesang der Eisengesellschaft nach. Alles an ihren Körpern war von Eisen, alles außer den Augen.

«Kannst du mit dem Auge eine Kugel aufhalten?» fragte Großvater.

«Kannst du mit dem Bauch ein Messer aufhalten?» fragte Schwarzauge zurück.

Großvater wußte, daß er mit dem Bauch kein Messer aufhalten konnte; er wußte auch, daß Schwarzauge keine Kugel mit dem Auge aufhalten konnte.

Bis an die Zähne bewaffnet, strömten die Soldaten der Eisengesellschaft aus der Halle und bildeten einen Kreis um Großvater. Sie starrten ihn an wie ein Tiger seine Beute.

Großvater wußte, daß er nur noch neun Patronen in der Pistole hatte und daß sich die Soldaten der Eisengesellschaft, sobald er Schwarzauge getötet hatte, wie wilde Hunde auf ihn stürzen und ihn in Fetzen reißen würden.

«Schwarzauge», sagte Großvater, «weil du etwas Besonderes bist, werde ich deinen Nachttöpfen da nichts tun. Gib mir das Weib wieder, und wir sind quitt.»

«Gehört sie dir?» fragte Schwarzauge. «Kommt sie, wenn du rufst? Ist sie deine gesetzliche Ehefrau? Eine Witwe ist wie ein herrenloser Hund, sie gehört dem, der sie aufnimmt. Wenn du noch einen Funken Verstand hast, verschwindest du schleunigst. Beschwer dich nicht über Opa Schwarzauge, wenn dir was passiert.»

Großvater hob die Pistole. Die Soldaten hoben ihre kalt glänzenden Waffen. Er sah, wie sich ihre Lippen in Beschwörungsgesängen bewegten, und dachte: «Ein Leben für ein Leben.»

In diesem Augenblick erklang aus dem Hintergrund Großmutters spöttisches Gelächter. Großvaters Arm fiel herab.

Großmutter stand mit Vater im Arm in rosiges Sonnenlicht vom westlichen Himmel gebadet auf einer steinernen Stufe. Ihr Haar glänzte von Öl, ihr Gesicht war rosig, ihre Augen funkelten. Sie strahlte unwiderstehlichen Liebreiz aus, und er verabscheute sie.

«Hure!» rief Großvater und knirschte mit den Zähnen.

«Esel!» rief Großmutter unverschämt zurück. «Schwein! Dummkopf! Mit dem Dienstmädchen schlafen ist alles, was du kannst!»

Großvater hob die Pistole.

«Mach nur!» sagte Großmutter. «Bring mich um! Und bring meinen Sohn gleich mit um!»

«Papa!» brüllte mein Vater.

Großvater ließ die Pistole wieder sinken.

Er dachte an den feurigen roten Nachmittag in der eisvogelgrünen Hirse zurück, und er dachte an das Maultier, das vor dem Fenster steckengeblieben war, und er stellte sich ihren reinen Körper in Schwarzauges Armen vor.

«Schwarzauge», sagte er, «entscheiden wir es Mann gegen Mann, nur mit den Fäusten. Entweder stirbt der Fisch, oder das Netz reißt. Ich warte am Flußufer vor dem Dorf auf dich.»

Er steckte die Pistole in den Gürtel und verließ den Ring der verblüfften Soldaten der Eisengesellschaft. Er warf meinem Vater, nicht aber meiner Großmutter, einen Blick zu und stolzierte aus dem Dorf.

Am nebelverhangenen Ufer des Salzwasserflusses zog Großvater die Baumwolljacke aus, warf die Pistole von sich, zog den Gürtel an und wartete ab. Er wußte, Schwarzauge würde kommen.

Der Salzwasserfluß war trübe wie reifbeschlagenes Glas, in dem sich Sonnenlicht spiegelt. Kurze, salzige Grashalme standen apathisch am Ufer.

Schwarzauge kam.

Großmutter, die Vater im Arm hielt, folgte ihm. Sie wirkte noch immer gelangweilt.

Am Ende marschierten die Soldaten der Eisengesellschaft.

«Ein ziviler Kampf oder ein militärischer?» fragte Schwarzauge.

«Was ist ein ziviler Kampf und was ein militärischer?»

«Ziviler Kampf bedeutet, du hast drei Schläge, und ich habe drei. In einem militärischen Kampf ist alles erlaubt.»

Großvater überlegte und sagte dann: «Ziviler Kampf.»

«Soll ich zuerst zuschlagen», fragte Schwarzauge, der wohlvorbereitet war, «oder willst du den ersten Schlag haben?»

«Das soll das Schicksal entscheiden. Ziehen wir Strohhalme. Wer den längeren zieht, fängt an.»

«Wer soll die Strohhalme halten?» fragte Schwarzauge.

Großmutter setzte Vater auf den Boden und sagte: «Ich mach das.»

Sie pflückte zwei Halme, verbarg sie hinter dem Rücken und streckte dann die Hände vor. «Zieht!»

Sie sah Großvater an, und der zog einen Strohhalm. Dann öffnete sie die Hand und zeigte den anderen.

«Du hast den langen Halm gezogen. Du fängst an», sagte Großmutter.

Großvater schlug Schwarzauge die Faust in den Bauch. Schwarzauge rülpste.

Schwarzauge, der den ersten Schlag überstanden hatte, richtete sich mit einem blauen Glänzen in den Augen auf und wartete auf den nächsten.

Großvater schlug ihm in die Herzgrube.

Schwarzauge taumelte einen Schritt zurück.

Seinen letzten Schlag landete Großvater mit aller Kraft auf Schwarzauges Bauchnabel.

Diesmal taumelte Schwarzauge zwei Schritt zurück. Sein Gesicht war wachsbleich, er legte die Hand aufs Herz und hustete zweimal. Dann spuckte er einen fast geronnenen Blutkloß aus.

Er wischte sich den Mund ab und nickte Großvater zu, der all seine Stärke auf Brust und Unterleib konzentrierte.

Schwarzauge schwang seine gewaltige Faust durch die Luft, schlug hart zu und zog die Faust einen Zentimeter vor Großvaters Körper zurück. «Diesen Schlag erlasse ich dir um des Himmels willen», sagte er.

Er verschenkte auch seinen zweiten Schlag. «Den erlasse ich dir um der Erde willen.»

Bei Schwarzauges drittem Hieb segelte Großvater kopfüber durch die Luft wie ein Schneeball und schlug plumpsend auf der harten Salzerde auf.

Großvater kam mühsam wieder auf die Füße und hob seine Jacke und die Pistole auf. Schweißperlen so groß wie Sojabohnen übersäten sein Gesicht. «In zehn Jahren komme ich wieder.»

Ein braunes Borkenstück trieb im Fluß. Großvater feuerte seine neun Patronen darauf ab und schoß es zu Fetzen. Dann steckte er die Pistole in den Gürtel und machte sich taumelnd auf den Weg in die Salzwüste. Im Sonnenlicht glänzten seine nackten Schultern und sein gebeugter Rücken wie Bronze.

Schwarzauge sah die zerfetzten Borkenstücke im Fluß an, spuckte einen Mundvoll Blut aus und setzte sich schwer zu Boden.

Mit Vater im Arm lief Großmutter unsicheren Schritts hinter Großvater her und rief schluchzend seinen Namen: «Zhan'ao!»

9

Drei Minuten lang bellten Maschinengewehre hinter der Böschung des Schwarzwasserflusses, dann herrschte wieder Ruhe. Scharen von Soldaten des Jiao-Gao-Regiments, die im Hirsefeld zum Angriff vorgestürmt waren, fielen auf der dürren Straße und den ausgedörrten Hirsefeldern. Auf der anderen Straßenseite wurden Großvaters Soldaten der Eisengesellschaft, die sich gerade hatten ergeben wollen, wie Hirse niedergemäht. Alte Dämonenanbeter waren darunter, die Schwarzauge seit einem Jahrzehnt folgten, und junge Rekruten, die Großvaters Ruf angezogen hatte. Weder die glänzenden rasierten Köpfe noch in Brunnenwasser eingeweichte rohe Hirse, weder der eiserne Urahn auf seinem Tiger noch Eselshuf, Affenpfote oder Hühnerschädel gewährten ihren Körpern Schutz. Ohne sich darum zu kümmern, pfiffen Maschinengewehrkugeln durch die Luft, zerschmetterten ihnen Rückgrat und Beine, durchbohrten ihre Brust und ihren Bauch. Zerrissene Leichen von Kämpfern der Eisengesellschaft und blutige Leichen von Soldaten des Jiao-Gao-Regiments lagen überall zu Haufen getürmt. Das rote Blut des Jiao-Gao-Regiments und das grüne Blut der Eisengesellschaft vereinten sich zu einer purpurfarbenen Blutpfütze, von der sich die schwarze Erde der Felder und Straßen nährte. Noch Jahre später sollte dies der fruchtbarste Boden in der ganzen Gegend sein. Die Hirse, die hier angepflanzt wurde, wuchs üppig empor und hatte ihren eigenen Charakter. Ihre glänzenden Stengel und Blätter waren Gefäße der Lebenskraft, die den Geschlechtsorganen zeugungsfähiger Tiere glichen.

Nach der gemeinsamen Niederlage verwandelten sich auf dem Rückzug das Jiao-Gao-Regiment und Großvaters Eisengesellschaft spontan von erbitterten Feinden in Waffenkameraden. Die Lebenden und die Toten gehörten zusammen; die sich im Todeskampf wanden und die vor Schmerz brüllten, gehörten zusammen; Füßchen Jiang, der am Bein verwundet war, und Großvater, der am Arm verwundet war, gehörten zusammen. Als Großvater dalag und seinen Kopf auf Füßchen Jiangs verbundenes Bein legte, fiel ihm auf, daß die Füße gar nicht so klein waren. Dafür stanken sie gewaltig.

Ratternd eröffneten die Maschinengewehre wieder das Feuer. Die Kugeln bohrten sich in die Straße und in die Hirsefelder und ließen Staubwölkchen aufwirbeln. Der Aufprall der Kugeln auf der Erde wie ihr Aufprall auf menschlichem Fleisch spannten die Nerven der Überlebenden mit der gleichen grausamen Stärke an. Soldaten des Jiao-Gao-Regiments wie der Eisengesellschaft versuchten im Boden zu verschwinden.

Das Gelände hätte nicht ungünstiger sein können: Nichts als offene Ebene, so weit das Auge sah, nicht ein Grashalm im Blickfeld, und der Kugelhagel, der über ihnen die Luft zerriß, glich einem messerscharfen Schwert. Wer den Kopf hob, war verloren.

In einer Feuerpause hörte Großvater, wie Füßchen Jiang befahl: «Handgranaten!»

Wieder bellten die Maschinengewehre. Dann herrschte wieder Schweigen. Die Jiao-Gao-Soldaten, die im Einsatz von Handgranaten gut ausgebildet waren, schleuderten mindestens ein Dutzend Granaten über die Böschung. Auf eine gewaltige Explosion folgte das Jammergeschrei der Helden hinter der Böschung. In graues Tuch gehüllt, flog ein Arm durch die Luft. Großvater sah, daß die Finger noch zuckten. Als müsse er es Füßchen Jiang noch erklären, sagte Großvater: «Es ist Zugführer Leng, der pockennarbige Schweinehund Leng!»

Die Jiao-Gao-Soldaten warfen eine zweite Runde Handgranaten. Granatsplitter wirbelten durch die Luft, das Wasser im Fluß kräuselte sich, und ein Dutzend Rauchsäulen stieg hinter der Böschung auf. Sieben oder acht furchtlose Jiao-Gao-Soldaten gingen zum Sturmangriff über. Sie hatten die Höhe der Böschung kaum erreicht, als ein Feuerstoß die Toten und Sterbenden gemeinsam den Abhang hinabschleuderte.

«Zum Rückzug!» schrie Füßchen Jiang.

Die Jiao-Gao-Soldaten schleuderten noch eine Runde Handgranaten. Unter dem Donnern der Explosion sprangen die Überlebenden unter dem Leichenhaufen vor und machten sich eilig auf die Flucht nach Norden. Sie schossen im Laufen. Füßchen Jiang, dem zwei seiner Leute auf die Beine halfen, folgte seinen fliehenden Truppen.

Großvater, dem die Gefahren des Rückzugs deutlich vor Augen standen, lag unbeweglich da. Er wollte hier weg, aber dies war nicht der Augenblick. Ein paar Soldaten der Eisengesellschaft schlossen sich dem Rückzug an, und ein Teil der anderen war bereit, ihrem Beispiel zu folgen. «Keine Bewegung…», sagte er leise.

Hinter der Böschung erklangen Mündungsfeuer und Schmerzensschreie. Dann hörte Großvater den Befehl einer wohlbekannten Stimme: «Feuer frei! Maschinengewehre, Maschinengewehre!»

Natürlich war es die Stimme des pockennarbigen Leng, und Großvaters Lippen verzogen sich zu einem grimmigen Lächeln.

Damals war Großvater gemeinsam mit Vater in die Eisengesellschaft eingetreten. Wie alle anderen rasierte er an diesem Abend seinen Kopf über der Stirn und kniete vor dem Urahnen auf seinem Tiger nieder. Als er die Stelle sah, wo man den Einschuß seiner Pistole restauriert hatte, mußte er ein Lächeln unterdrücken. Es kam ihm alles vor, als sei es gestern gewesen. Auch Vater ließ sich den Kopf rasieren. Der Anblick des schwarzen Rasiermessers in Schwarzauges Hand und seine undeutlichen Erinnerungen an das, was zehn Jahre zuvor geschehen war, ließen sein Blut gerinnen. Nachdem Schwarzauge ihm den Schädel rasiert hatte, rieb er ihn mit den Kultobjekten der Gesellschaft ein, dem Eselshuf, der Affenpfote und so weiter. Als der Ritus abgeschlossen war, fühlte sich sein Körper so starr an, als hätten sich sein Fleisch und sein Blut in Eisen verwandelt.

Die Soldaten der Eisengesellschaft begrüßten Großvater enthusiastisch und baten Vater immer wieder, vom Hinterhalt am Schwarzwasserfluß zu erzählen. Dann inszenierten sie unter Führung von Wuluan ihren Aufstand und zwangen Schwarzauge, Großvater als seinen Stellvertreter anzuerkennen.

Nachdem die Frage der Stellvertretung geregelt war, bemühte sich Wuluan um den Kampfgeist des Trupps. Tausend Tage militärischer Ausbildung, sagte er, tragen in einem kurzen Augenblick Frucht. Jetzt, wo die japanischen Eindringlinge das Land zerstörten, fragte er, wie lange sie eigentlich noch ihre «eisernen» Fähigkeiten trainieren wollten, statt die bösartigen Zwerge auszurotten. Die meisten Mitglieder der Gesellschaft waren heißblütige Männer, und der Haß auf die Japaner war ihnen zur zweiten Natur geworden. Der silberzüngige Wuluan sprach wie ein gelernter Volksredner und goß bei den Soldaten, die ihre Fähigkeiten endlich auf dem Schlachtfeld beweisen wollten, Öl ins Feuer. Schwarzauge mußte ihm zustimmen, ob er wollte oder nicht. Großvater nahm Wuluan verstohlen beiseite. «Bist du sicher, daß eure eisernen Fähigkeiten ausreichen, um Gewehrkugeln zu widerstehen?» Wuluan blieb die Antwort schuldig und lächelte schlau.

Das erste Gefecht, in das die Eisengesellschaft verwickelt wurde, war unbedeutend, ein kleines Scharmützel mit dem Bataillon von Gao, einer Einheit des Marionettenregiments von Zhang Zhuxi. Die Soldaten der Eisengesellschaft, die einen Überfall auf die Kasernen am Gasthaus der Familie Xia vorbereiteten, trafen auf das Bataillon von Gao, das von einem Überfall auf einen Kornspeicher kam. Die zwei Armeen hielten inne und versuchten, einander abzuschätzen. Das Einsatzkommando des Bataillons von Gao, das sechzig bis siebzig Mann in aprikosenfarbener Uniform zählte, war schwer bewaffnet. Sie trugen Patronengurte aus Leinwand über der Brust. Zwischen den Truppen gingen Dutzende von Maultieren und Eseln, die mit Getreidesäcken beladen waren. Die Soldaten der Eisengesellschaft in ihren schwarzen Uniformen waren bis auf ein paar Pistolen, die sie im Gürtel trugen, nur mit Speeren, Schwertern und Messern bewaffnet.

«Zu welcher Einheit gehört ihr?» fragte ein fetter Offizier des Bataillons von Gao vom Pferd herab.

Großvater griff in den Gürtel, zog die Pistole und rief: «Zur Einheit, die Verräter tötet!» Dann schoß er.

Der fette Offizier fiel vom Pferd, und sein Kopf zersprang wie ein blutiger Kürbis.

«Amalai, amalai, amalai», psalmodierten die Männer der Eisengesellschaft unisono und stürzten sich wild in die Attacke. Erschreckte Esel und Maultiere rissen sich los und rannten davon. Von panischem Schrecken erfaßt, versuchten die Marionettensoldaten zu fliehen, aber die Messer und Schwerter der Eisengesellschaft hackten die weniger flinken unter ihnen in Stücke.

Die Soldaten, denen die Flucht gelang, kamen erst wieder zur Besinnung, als sie etwa einen Pfeilschuß weit gelaufen waren. Schnell schlossen sie das Glied wieder und eröffneten das Feuer. Aber die furchtlosen Soldaten der Eisengesellschaft, die einmal Blut geleckt hatten, stimmten wieder ihren Schlachtruf an und gingen zum Angriff über.

«Verteilt euch!» rief Großvater. «Gebückt vorrücken!»

Die klangvollen Gesänge der Männer, die im geschlossenen Glied mit erhobenem Kopf und vorgestreckter Brust vorstürmten, übertönten sein Kommando.

Die Marionettensoldaten feuerten eine Salve ab und streckten mehr als zwanzig Mann der Eisengesellschaft nieder. Frisches Blut spritzte in die Luft, und die schrillen Schreie verwundeter Soldaten erklangen zu Füßen der Überlebenden.

Die Soldaten der Eisengesellschaft waren verdutzt. Noch eine Salve, noch mehr von ihnen fielen.

«Verteilt euch!» rief Großvater. «Kopf runter!»

Jetzt gingen die Marionettentruppen zum Gegenangriff über. Großvater rollte zur Seite und schob ein Magazin in die Pistole. Schwarzauge richtete sich halb auf und brüllte: «Aufstehen! Singen! Eiserner Kopf, eiserner Arm, eiserne Mauer, eiserne Schranke, eisernes Kreuz, eiserne Galle, Eisenplatte, halte die Kugeln ab, wagt nicht, uns zu nahen. Eiserner Urahn auf dem Tiger, erlaßt den Befehl, amalai...»

Eine Kugel pfiff über seinen Kopf weg, und er warf sich mit wachsbleichem Gesicht zu Boden, wie ein Hund, der in der Scheiße wühlt.

Der Austausch der beiden Geiseln gegen Waffen und Reitpferde hatte Großvaters Führungsrolle in der gefürchteten Eisengesellschaft zementiert. Schwarzauge wurde zum überflüssigen Anhängsel. Wuluan wollte ihn loswerden, aber Großvater hielt ihn jedesmal zurück.

Nach den Entführungen wurde die Eisengesellschaft zur stärksten Kraft in der Gegend, und der Ruf des Jiao-Gao-Regiments und der Mannschaft des Zugführers Leng war ein für allemal ruiniert. Es schien, als sei Friede im Lande eingekehrt, und Großvater begann über ein großartiges Begräbnis für Großmutter nachzudenken. Jetzt ging es nur noch darum, um jeden Preis Reichtum zu erwerben. Er beschlagnahmte einen Sarg und ermordete jeden, der sich ihm in den Weg stellte. Der Ruhm der Familie Yu verbreitete sich wie ein helles Feuer. Aber er hatte die einfache dialektische Wahrheit vergessen, daß eine helle Sonne sich verdunkelt, ein voller Mond abnimmt, eine volle Schale überfließt und Niedergang auf Blüte folgt. Großmutters grandioses Begräbnis war nur ein weiteres Glied in der Kette seiner großen Fehler.

Wieder ließen die Maschinengewehre hinter der Böschung ihr Bellen hören. Großvater konnte ausmachen, daß es nur noch zwei waren. Offenbar hatten die Handgranaten des Jiao-Gao-Regiments die anderen außer Gefecht gesetzt. Die Jiao-Gao-Soldaten und die Soldaten der Eisengesellschaft, die mit ihnen flohen, waren dem Fluß auf vielleicht hundert Meter nahe gekommen, als wie eine sich öffnende Blüte Maschinengewehrfeuer begann. In dem Chaos wilder Farben lagen die Truppen wieder flach im offenen Gelände. Der schlaue Zugführer Leng nahm den Angriff nicht auf die leichte Schulter und befahl den beiden übriggebliebenen Maschinengewehren Dauerfeuer.

Eine schwache Bewegung unter den Soldaten des Jiao-Gao-Regiments, die das Maschinengewehrfeuer an der Böschung umgemäht hatte, erregte Großvaters Aufmerksamkeit. Ein hagerer, blutüberströmter kleiner Mann hatte unter unendlichen Mühen begonnen, den Abhang hochzukriechen. Er war langsamer als eine Seidenraupe, langsamer als ein Wurm, langsamer als eine Schnecke. Sein Körper schien aus lauter voneinander getrennten Teilen zu bestehen, die sich einzeln den Abhang hochbewegten, während seinem Körper kleine Blutfontänen entsprangen. Großvater wußte, daß er einem Helden zusah, einem der Heroen der Gemeinde Nordost-Gaomi. Der Soldat blieb auf halbem Weg am

Abhang liegen, und Großvater sah, wie er sich mühsam auf die Seite wälzte, um eine blutverschmierte Handgranate wie einen neugeborenen Säugling aus dem Gürtel zu ziehen. Mit den Zähnen zog er die Zündnadel, dann entzündete er die Zündschnur auf die gleiche Weise. Dem Holzgriff entströmte ein Rauchwölkchen. Mit der Zündschnur zwischen den Zähnen schleppte er sich auf einen Unkrautflecken an der Böschung zu. Die grüngefärbten Läufe der Maschinengewehre tanzten über der Böschung und stießen Rauchwolken aus, die sich in der Luft verloren, und Patronenhülsen, die zur Seite flogen.

Großvater verspürte Reue, Reue darüber, daß er zu weichherzig gewesen war. Als er Pockennarbe Leng entführt hatte, hatte er nur einhundert Gewehre, fünf Maschinenpistolen und fünfzig Pferde als Lösegeld gefordert. Er hätte auch die acht Maschinengewehre verlangen sollen, aber er hatte sie vergessen oder ihren Nutzen unterschätzt. Seine Banditenjahre hatten ihn eine Vorliebe für leichte Waffen gelehrt. Hätte er diese Maschinengewehre auf seinen Einkaufszettel gesetzt, hätte Pockennarbe Leng an jenem Tag nicht verrückt spielen können.

Als der Jiao-Gao-Soldat den Unkrautflecken erreicht hatte, warf er seine Granate. Hinter der Böschung erklang das schwache Krachen einer Explosion, und die Maschinengewehre flogen in die Luft und stürzten aufschmetternd wieder zu Boden. Der Soldat lag unbeweglich und mit dem Gesicht nach unten am Abhang. Sein Blut verströmte weiterhin, schmerzhaft, quälend und sehr langsam. Großvater seufzte tief auf.

Damit waren die Maschinengewehre des pockennarbigen Leng erledigt. «Douguan!» rief Großvater.

Unter zwei schweren Leichen begraben, stellte sich Vater instinktiv tot. Vielleicht bin ich ja tot, dachte er, denn er wußte nicht, ob das warme Blut, von dem er überströmt war, sein eigenes war oder den beiden Leichen über ihm gehörte. Als er Großvater rufen hörte, hob er zwischen den Leichen den Kopf, wischte sich mit dem Ärmel das Blut aus dem Gesicht und sagte stöhnend: «Hier bin ich, Vater.»

Das Gewehr im Anschlag, strömten Lengs Truppen hervor wie

sprießender Bambus dem Frühlingsregen entgegen. Hundert Meter weiter eröffneten die Jiao-Gao-Soldaten, die wieder kühle Köpfe hatten, das Feuer auf die angreifende Truppe. Die Maschinenpistolen, die sie den Truppen Wuluans abgenommen hatten, knatterten laut. Lengs Soldaten zogen die Köpfe ein wie Schildkröten.

Großvater befreite Vater von den Leichen, die über ihm lagen.

«Bist du verwundet?» fragte er.

«Nein», sagte Vater, nachdem er seine Arme und Beine überprüft hatte. «Die Wunde im Hintern hat mir vorhin das Jiao-Gao-Regiment zugefügt.»

«Leute, nichts wie weg hier», rief Großvater.

Zwanzig oder mehr blutüberströmte Soldaten der Eisengesellschaft erhoben sich auf ihre Gewehre gelehnt und taumelten nach Norden. Die Soldaten des Jiao-Gao-Regiments schossen nicht auf sie. Zugführer Lengs Truppen gaben zwar ein paar Schüsse ab, aber ihre Kugeln gingen mit ohrenbetäubendem Krachen senkrecht in die Luft.

Ein Schuß ertönte hinter Großvater, und sein Nacken fühlte sich an, als hätte man ihm einen Knüppelhieb versetzt. Alle Hitze in seinem Körper sammelte sich schnell an dieser einen Stelle. Er strich mit der Handfläche darüber und zog sie blutverschmiert zurück. Als er sich umdrehte, sah er Schwarzauge, dem die Eingeweide aus dem Bauch gefallen waren. Ausgestreckt wie ein Frosch lag er auf dem Boden und zwinkerte zwei-, dreimal schwer mit den großen schwarzen Augen. Zwei goldene Tränen hingen in den Augenwinkeln. Großvater lächelte ihm zu, senkte leicht den Kopf und wandte sich dann wieder um, um Vater von hier wegzuführen.

Noch ein Schuß von hinten.

Großvater stieß einen langen Seufzer aus. Vater sah sich um und sah ein kleines schwarzes Loch in Schwarzauges Schläfe. An seinem pulverversengten Gesicht hing ein Faden weißer Flüssigkeit.

Als es Nacht wurde, umzingelte der Zug Leng die Soldaten des Jiao-Gao-Regiments und der Eisengesellschaft, die sich seit dem Ende des Trauerzugs für Großmutter verzweifelt gewehrt hatten. Die beiden geschlagenen Einheiten, die keine Munition mehr hatten, kauerten sich aneinander, knirschten mit den Zähnen und starrten aus blutunterlaufenen Augen auf den heranrückenden Zug Leng, der seit kurzem von einer Kompanie der 7. Armee unterstützt wurde. Die untergehende Sonne beleuchtete die Abendwolken und färbte die aufstöhnende schwarze Erde rot. Auf der Erde verstreut lagen zahllose Söhne und Töchter der Gemeinde Nordost-Gaomi, die mit der leuchtenden roten Hirse aufgewachsen waren und deren Blut nun in einem breiten Strom zusammenfloß. Der Blutgeruch zog Aaskrähen an, die sich über dem Schlachtfeld sammelten, statt in ihre Nester heimzukehren. Die meisten kreisten über den Pferden. Wie gierige Kinder wollten sie zuerst die größten Stücke haben.

Großmutters Sarg, der aus dem großen Baldachin gerutscht war, war von blassen Einschußlöchern übersät. Während der Kämpfe hatte er als Deckung dienen müssen. Kugeldurchsäte gebratene Hühner, Enten, Schweine und Schafe in den Schreinen am Straßenrand hatten die Soldaten des Jiao-Gao-Regiments für den Kampf gestärkt.

Ein paar Jiao-Gao-Soldaten starteten einen Bajonettangriff, aber die Kugeln der Einheit Leng mähten sie nieder.

«Hände hoch! Ergebt euch!» riefen die schwerbewaffneten Leng-Trupps.

Großvater sah Füßchen Jiang an. Der erwiderte seinen Blick. Keiner von beiden sagte ein Wort. Sie hoben die Hände.

Die geschlagenen Soldaten des Jiao-Gao-Regiments und Großvaters in die Flucht geschlagene Männer hoben ebenfalls die blutüberströmten Hände.

Mit weißen Handschuhen trat Zugführer Leng vor seine Leibwache und sagte lachend: «Kommandant Yu, Kommandant Jiang, so treffen wir uns erneut. Feinde und Liebende begegnen sich wieder. Was sagt ihr jetzt?»

Traurig sagte Großvater: «Ich empfinde nichts als Bedauern.»

Kommandant Jiang sagte: «Ich werde dich bei der Regierung melden, weil du das entsetzliche Verbrechen begangen hast, den Krieg gegen Japan auf dem Schlachtfeld von Ost-Jiao zu behindern.»

Pockennarbe Leng schlug ihm die Peitsche ins Gesicht. «Du hast weiche Knochen und ein hartes Mundwerk.»

«Bringt sie ins Dorf!» befahl Leng seinen Leuten mit einer leichten Handbewegung.

In dieser Nacht schlug eine Leng-Einheit in unserem Dorf ihr Lager auf. Die Gefangenen des Jiao-Gao-Regiments und der Eisengesellschaft wurden in einem Zelt untergebracht, wo sie ein Dutzend Soldaten mit Maschinenpistolen bewachte. Um sich nicht in Gefahr zu bringen, wagten es die Gefangenen nicht, irgend etwas Unvorsichtiges zu unternehmen. Das Stöhnen der Verwundeten und das Weinen der jungen Soldaten, die sich nach ihren Müttern, Frauen und Geliebten sehnten, brach die ganze Nacht nicht ab.

Wie ein verletzter Vogel kuschelte sich Vater in Großvaters Arme und lauschte seinem Herzschlag. Einmal schlug es schnell, dann wieder langsam, wie das Lied klingender Glocken. Ein sanfter warmer Südwind wiegte ihn in den Schlaf, den nur Träume von einer Frau störten, die Großmutter und Qian'er zugleich ähnlich sah. Sie streichelte sein verwundetes Glied mit heißen Fingern und ließ Blitzstrahlen sein Rückgrat entlangfahren. Er erwachte erschreckt und hatte das Gefühl, etwas verloren zu haben. Die Klagerufe der Lebenden und der Sterbenden schwebten von den Feldern herüber und erinnerten ihn an seinen Traum. Erschreckt und verwirrt wagte er nicht, sich Großvater anzuvertrauen. Er richtete sich auf und erblickte durch ein Loch in der Zeltplane die Milchstraße. Plötzlich überkam es ihn: Ich bin beinahe sechzehn!

Am Morgen bauten die Leng-Truppen einige Zelte ab und zogen dicke Seile aus den Planen. Sie banden die Gefangenen in Fünfergruppen aneinander und zerrten sie zu den Weiden an der Bucht, an die am vorigen Abend die Eisengesellschaft ihre Pferde gebunden hatte. Füßchen Jiang, Großvater und Vater banden sie an einen Baum direkt am Ufer. Vater stand vor Großvater und Füßchen Jiang hinter ihm. Sie standen im Schlamm, der von Pferdepisse durchtränkt war, und in einem Haufen Pferdeäpfel, die auseinandergefallen waren und unter einer glänzenden Membran halbverdautes Gras und Hirsekörner freigaben. Von dem Kräuterarzt und seinem Maultier waren nur noch blutige Gerippe übrig. Das Grab Yu Dayas lag unter einem einsamen Baum an der Bucht. Die weißen Wasserlilien waren mit dem Wasserspiegel aufgestiegen, und die jungen Blätter schwammen auf der Oberfläche. Die gelbblühende Entengrütze war gerissen und gab, wenn schwimmende Kröten ihre Ruhe störten, für eine kurze Zeit grüne Wasserstreifen frei, bevor sie sich wieder schloß. Jenseits der nackten Dorfmauer sah Vater die alten Narben in den jungen Feldern. Die Reste des dahingeschlachteten Trauerzugs lagen wie eine riesige verrottende Schlange auf der Straße. Ein paar Soldaten der Einheit Leng zerteilten die Leichen toter Pferde, und der Gestank von dunkelrotem Blut zog durch die kühle Luft.

Vater hörte, wie Füßchen Jiang, der Kommandant des Jiao-Gao-Regiments, einen tiefen Seufzer ausstieß, und wandte ihm das Gesicht zu. Auch Großvater drehte sich um, und Vater sah, wie sie Blicke des tiefsten Elends austauschten. Unter schweren, erschöpften Lidern lagen Augen ohne Hoffnung. Die Wunde in Großvaters Schulter hatte zu eitern begonnen, und der faulige Geruch zog die rötlichen Bremsen an, die sich am Aas von Menschen und Eseln gütlich taten. Der Verband um Füßchen Jiangs Fuß hatte sich gelöst und hing wie ein Stück Wursthaut um den Knöchel. Aus der Stelle, wo ihn Großvaters Kugel getroffen hatte, sikkerte schwarzes Blut.

Vater schien es, als versuchten Großvater und Füßchen Jiang etwas zu sagen, aber es fiel kein Wort. Er seufzte und wandte seinen Blick wieder der weiten schwarzen Ebene zu, die von milchig weißem Nebel verhangen war. Die Geister der zu Unrecht Getöteten stimmten über der Ebene ein Klagegeheul an, das seine Ohren dröhnen und seine Augen tränen ließ. Er sah zu, wie die Soldaten der Leng-Truppe große blutige Fetzen Pferdefleisch zum Ufer an der Bucht schleppten. Über ihnen flog schwerfällig eine Krähe zum Weidenhain. Ein Stück Pferdedarm hing ihr aus dem Schnabel.

Über achtzig Soldaten des Jiao-Gao-Regiments und der Eisengesellschaft waren an die Bäume gebunden. Ein Mann der Eisengesellschaft, der vielleicht vierzig Jahre alt sein mochte, weinte laut. Vater sah eine blasse Wunde auf seiner Stirn. Vielleicht war es eine Granatwunde. Die Tränen schienen in das Loch zu strömen. Der Jiao-Gao-Soldat neben ihm stieß ihn mit der Schulter an: «Weine nicht, Schwager! Irgendwann werden wir uns an Zhang Zhuxi rächen.»

Der alte Soldat der Eisengesellschaft legte den Kopf auf die Schulter, um sein Gesicht an den schmutzigen Kleidern abzuwischen. Er schnüffelte: «Ich weine nicht um deine Schwester. Sie ist tot, und nichts in der Welt wird sie wiederbringen. Ich weine um uns. Wir beide stammen aus Nachbardörfern und sind miteinander verwandt. Wir haben einander jedesmal angeblickt, wenn wir hochsahen oder den Kopf senkten. Verwandtschaft und Freundschaft verbanden uns. Wie ist es nur soweit gekommen? Ich weine um deinen Neffen, meinen Sohn Dayin. Er war erst achtzehn, als er mit mir in die Eisengesellschaft eingetreten ist, um deine Schwester zu rächen. Und bevor er sich rächen konnte, haben deine Leute ihn umgebracht. Ihr habt ihn mit dem Bajonett erstochen. Er lag auf den Knien vor euch. Ich habe gesehen, daß er auf die Knie ging, und ihr habt ihn trotzdem erstochen. Ihr widerlichen kaltblütigen Schweine! Habt ihr denn keine Söhne zu Hause?»

Wutflammen trockneten die Tränen des alten Kämpfers. Er hob das verzerrte Gesicht zum Himmel und brüllte die Jiao-Gao-Soldaten an, denen ebenso wie ihm die Hände auf den Rükken gebunden waren. «Schweine! Ihr hättet gegen die Japaner kämpfen sollen! Oder gegen ihre gelben Marionetten! Warum habt ihr die Waffen gegen die Eisengesellschaft gekehrt? Ihr elenden Verräter. Ihr Vasallen des ausländischen Feindes...»

«Übertreib nicht, Schwager!» ermahnte ihn der Jiao-Gao-Soldat.

«Wen nennst du hier Schwager? Hast du an deinen Schwager

gedacht, als ihr eure verdammten Handgranaten auf uns geworfen habt? Habt ihr Jiao-Gao-Soldaten denn keine Familien? Habt ihr keine Frauen und Kinder?» Die Kopfwunde platzte unter dem Druck seiner Wut auf und gab einen Strom öligen schwarzen Bluts frei.

Ein Offizier der Jiao-Gao-Truppen sah sich veranlaßt, auf die Vorwürfe des alten Mitglieds der Eisengesellschaft zu antworten: «Du siehst nur die eine Seite, alter Mann. Wenn eure Gesellschaft Füßchen Jiang nicht entführt und hundert Gewehre als Lösegeld verlangt hätte, hätten wir keinen Grund zum Kampf gehabt. Wir haben euch angegriffen, um uns die Waffen wiederzuholen, die wir brauchen, um gegen die Japaner zu kämpfen. Wir brauchten sie, um auf dem Schlachtfeld eine Chance zu haben und zur Vorhut des Widerstandskampfes zu werden!»

Und Vater, der im Stimmbruch war, glaubte, sich einmischen zu müssen. «Alles hat angefangen, als ihr die Gewehre gestohlen habt, die wir im Brunnen versteckt hatten», sagte er, zwischen Knurren und Quietschen wechselnd. «Wir haben ihn doch nur entführt, weil ihr die Hundepelze gestohlen habt, die wir an der Mauer trocknen wollten.»

Vater versuchte, den Schleim, der sich in seinem Mund gesammelt hatte, in das widerliche Gesicht des Jiao-Gao-Offiziers zu spucken. Aber er verfehlte sein Ziel und traf die Stirn eines hochgewachsenen, ein wenig buckligen Soldaten der Eisengesellschaft.

Der Soldat zog die Nase hoch und kniff die Augen zusammen. Sein Gesicht war wutverzerrt. Er reckte den Hals und rieb die Stirn an der Rinde der Weide, bis sie grün wurde. Aber der Schleim blieb kleben. Er wand sich in den Fesseln und beschimpfte Vater: «Douguan, du verdammtes Arschloch!»

Die Gefangenen lachten, auch wenn ihre Arme unter den Stricken allmählich taub wurden und ihre Zukunft höchst ungewiß war.

Aber Großvater grinste nur höhnisch und sagte: «Über was zum Teufel streitet ihr? Wir sind doch alle nur geschlagene Kämpfer.»

Seine Worte verhallten in der Luft. Der verwundete Arm fühlte sich an, als zerre jemand heftig daran. Er riß den Körper herum, und der Strick lockerte sich. Füßchen Jiang lag mit aschfahlem Gesicht auf dem Boden. Eine klebrige Flüssigkeit, halb Blut, halb Eiter, quoll aus seinem verletzten Fuß, der geschwollen war wie ein Kürbis. Die Jiao-Gao-Soldaten wollten ihm zu Hilfe kommen, aber die Stricke, mit denen sie gefesselt waren, hielten sie zurück. Sie konnten ihren besinnungslosen Kommandanten nur hilflos ansehen.

Die Sonne kämpfte sich durch ein Nebelmeer, sandte goldene Strahlen in allen Himmelsrichtungen aus und warf einen Mantel von Zärtlichkeit und überwältigender Liebe zu frischem Blut über das Land. Die Köche der Leng-Einheit bereiteten in den Töpfen, die gestern noch die Eisengesellschaft benutzt hatte, Hirsebrei. Das kochende Gemisch wurde immer dicker und klebriger und warf goldene Blasen so groß wie Fischköpfe, die im goldenen Licht platzten. Der Duft der Hirse mischte sich mit dem Gestank von Blut und faulendem Fleisch. Vier Soldaten der Leng-Einheit trugen zwei Türflügel zur Bucht, auf die sie große Brocken Pferdefleisch, darunter ganze Keulen, geladen hatten. Sie warfen ihren Gefangenen Blicke des Einverständnisses zu. Ein paar von ihnen starrten Füßchen Jiang, der auf dem Boden lag, mit leeren Blicken an. Andere sahen den bewaffneten Wachposten zu, die auf der nördlichen Dorfmauer patrouillierten. Im Morgenlicht glänzten ihre Bajonette wie silberne Schlangen. Wieder andere schauten auf die rosafarbenen Nebelschwaden hinaus, die vom Schwarzwasserfluß aufstiegen. Vater beobachtete die vier Leng-Soldaten, die am Ufer der Bucht das Pferdefleisch wuschen.

«Was für Unmengen Entengrütze», sagte ein Soldat, der so dürr war wie ein Reiher. «Die Bucht sieht aus wie grünes Pferdeleder.»

«Das ist das dreckigste Wasser, das ich je gesehen habe.»

«Man sagt, wer davon trinkt, kriegt Lepra.»

«Wie kommt das?»

«Vor vielen Jahren haben ein paar Leprakranke hier gebadet. Sogar die Kiemen und die Augen der Karpfen in der Bucht sind abgefault.»

«Was man nicht sehen kann, ist nicht schmutzig. Also ist Wasser etwas Sauberes.»

Der hagere Soldat, der wie ein langbeiniger Reiher aussah, war im Uferschlamm steckengeblieben und versuchte mühsam, sich zu befreien. Seine japanischen Stiefel gaben ein saugendes, schmatzendes Geräusch von sich.

Vater dachte an den Hinterhalt am Schwarzwasserfluß, als die Soldaten der Leng-Einheit den toten Japanern die Stiefel ausgezogen hatten. Dann hatten sie sich hingesetzt, ihre Stoffschuhe ausgezogen und sie weggeworfen. Vater konnte sie immer noch sehen, wie sie in ihren hochgeschnittenen japanischen Stiefeln unsicher umherstolzierten wie frischbeschlagene Pferde oder Maultiere. Sie hatten zugleich stolz und ängstlich gewirkt.

Einer der Soldaten rührte mit einem Stock die dicke Decke von Entengrütze auf. Das Wasser darunter war so grün, daß es fast schwarz aussah. Die dichten Pflanzen, die zurücktrieben und das Loch wieder bedeckten, gaben ein klebrig gurgelndes Geräusch von sich, das Vater beunruhigte.

Eine braune Flußschlange schob ihren walnußgroßen Kopf durch die Entengrütze und erstarrte einen Augenblick, bevor der Rest des Körpers die Wasseroberfläche durchbrach. Sie begann, mit energischen Bewegungen rund um die Bucht zu schwimmen. In ihrem Kielwasser zog sich eine grüne Wellenlinie durch die Entengrütze, die so schnell wieder verschwand, wie sie entstanden war. Nach einer kurzen Strecke tauchte sie wieder unter, und die Wasserpflanzen raschelten.

Vater sah zu, wie die vier Soldaten die Schlange so aufmerksam beobachteten, daß sie nicht merkten, wie ihre Füße im Schlamm einsanken.

Die Schlange verschwand, und die Soldaten seufzten. Einer von ihnen begann wieder, die Pflanzendecke mit einem Stock aufzureißen. Einer seiner größeren Kameraden nahm eine Pferdekeule und tauchte sie geräuschvoll ins Wasser. Grüne Fontänen sprühten auf.

«Nicht so stark», beschwerte sich ein Soldat, der eine zweischneidige Axt in der Hand hielt. Der hochgewachsene Soldat schwenkte die Keule im Wasser und verteilte überallhin Entengrütze.

«Das langt», sagte der Soldat mit der Axt. «So sauber muß es auch wieder nicht sein. Es kommt ja schließlich in den Kochtopf.»

Der große Soldat warf die Pferdekeule wieder auf das Türblatt, und sein Kamerad ging mit der Axt darauf los. Die dumpfen Hiebe klangen wie Ruderschläge.

Vater sah zu, wie die Soldaten das Pferdefleisch wuschen, zerlegten, es auf den Türblättern zurücktrugen und Stück für Stück in die Töpfe warfen, die von Flammenzungen beleckt wurden wie Hahnenfedern. Einer der Köche spießte ein Fleischstück auf das Bajonett und hielt es ins Feuer, wo es sang und summte wie eine Grille.

In diesem Augenblick trat Zugführer Leng in sorgfältig gebürsteter Uniform aus dem Zelt, die Reitgerte in der Hand, um gemeinsam mit seinen Männern die Hunderte von Gewehren und die zwei Kisten Handgranaten zu inspizieren, die sie der Eisengesellschaft und dem Jiao-Gao-Regiment abgenommen hatten. Mit der Reitgerte spielend, trat er selbstzufrieden vor die Gefangenen. Vater konnte schweres Atmen hinter sich hören und brauchte gar nicht erst hinzuschauen, um sich den wütenden Ausdruck auf Großvaters Gesicht vorzustellen. Zugführer Lengs Mundwinkel waren nach oben gebogen, und die feinen Fältchen über seinen Wangen wanden sich wie kleine Schlangen.

«Hast du schon darüber nachgedacht, was ich mit dir anfangen werde, Kommandant Yu?» fragte er kichernd.

«Das mußt du selber wissen», antwortete Großvater.

«Es wäre schade, dich zu töten. Aber wenn ich es nicht tue, entführst du mich vielleicht eines Tages wieder.»

«Du kannst mich töten, aber meine Augen werden sich nicht schließen.»

Mit einem geschickten Tritt schleuderte Vater einen Pferdeapfel gegen Zugführer Lengs Brust.

Der hob die Peitsche und ließ sie dann wieder sinken. «Ich höre, dieser kleine Armleuchter hat nur ein Ei. Vielleicht sollte man ihm das andere auch noch abschneiden. Dann hört er vielleicht auf, zu beißen und um sich zu treten.»

«Leng, alter Junge, er ist doch nur ein Kind», sagte Großvater. «Was immer du vorhast, tu es mir an!»

«Bloß ein Kind? Der Kleine ist streitsüchtiger als ein Wolf.»

Füßchen Jiang, der aus seiner Ohnmacht erwacht war, stand mühsam auf.

«Kommandant Jiang», sagte Zugführer Leng kichernd, «was meinst du, was ich mit dir anstellen soll?»

«Du hast nicht das Recht, mich zu töten, Zugführer Leng!»

«Dich zu töten wäre nicht mehr, als eine Ameise zu zertreten.»

Vater sah ein paar graue Läuse, die auf Kommandant Jiangs Hals umherkrabbelten. Er senkte den Kopf und versuchte, sie mit den Zähnen zu erwischen. Das erinnerte Vater an den Tag des Überfalls, als die Jiao-Gao-Soldaten sich im Sonnenschein die Hemden ausgezogen hatten, um einander die Läuse vom Rücken zu sammeln.

«Wenn du mich umbringst, gerätst du nur in Schwierigkeiten, Zugführer Leng», sagte Kommandant Jiang kühn und selbstbewußt, obwohl sein Gesicht in kalten Schweiß gebadet war. «Der Tag wird kommen, an dem das Volk mit dir wegen des unerhörten Verbrechens abrechnet, edle Kämpfer des antijapanischen Widerstands ermordet zu haben.»

«Ihr könnt warten, bis ich etwas gegessen habe. Ich kümmere mich nachher um euch.»

Die Leng-Soldaten saßen auf der Erde, aßen Pferdefleisch und tranken Hirsebrand. Der Wachposten auf der nördlichen Dorfmauer feuerte einen Schuß ab und lief, das Gewehr hinter sich herschleifend, ins Dorf. Er schrie aus vollem Hals: «Die Japaner kommen! Die Japaner kommen!»

Erschreckt sprangen die Soldaten auf, rempelten einander im allgemeinen Wirrwarr an und verstreuten Pferdefleisch und Hirsebrei auf dem Boden.

Bis der Wachposten dic Truppe erreicht hatte, war er außer Atem. Zugführer Leng hielt ihn am Ärmel fest und fragte zornig: «Wie viele Japaner? Echte Japaner oder Marionettentruppen?»

«Ich glaube, Marionettentruppen. Sie tragen gelbe Uniformen. Eine ganze Schlachtreihe mit gelben Uniformen stürmt vornübergebeugt auf das Dorf zu.»

«Marionetten? Bringt die Schweinehunde um! Unteroffizier Qi, führe deine Leute an die Mauer; aber ein bißchen plötzlich!»

Die Soldaten griffen zum Gewehr und rannten zur Dorfmauer. Zugführer Leng wandte sich an zwei mit Maschinenpistolen bewaffnete Posten und sagte: «Paßt auf die Gefangenen auf. Knallt sie ab, wenn sie verrückt spielen.»

Von einer Leibwache umgeben, eilte er vornübergebeugt zum nördlichen Dorfrand.

Zehn Minuten später brachen die Kämpfe los. Auf die ersten Gewehrsalven folgte Maschinengewehrfeuer, und es dauerte nicht lange, bis die Luft sich mit glänzenden Geschossen füllte, die im Dorf explodierten und Granatsplitter gegen die Dorfmauer und die Bäume schleuderten. Unter das Kampfgeschrei der eigenen Truppen mischte sich unverständliches Geheul in einer fremden Sprache.

Es waren echte Japaner, keine Marionettentruppen. Zugführer Leng und seine Leute verteidigten verbissen die Dorfmauer, von der die Schreie der Verwundeten aufstiegen.

Nach einem halbstündigen Kampf gaben sie ihre Stellungen auf und zogen sich in die Deckung eingestürzter Hauswände zurück. Sie versuchten weiter, die Japaner an der Einnahme der Dorfmauer zu hindern.

Schon fielen japanische Artilleriegranaten in die Bucht. Nervös stampften die Soldaten des Jiao-Gao-Regiments und der Eisengesellschaft mit den Füßen auf und nickten mit den Köpfen. «Bindet uns los, ihr Hurensöhne!» riefen sie.

Die beiden Wächter hielten sich an ihren Maschinenpistolen fest und tauschten besorgte Blicke aus. Sie wußten nicht, was sie tun sollten.

«Wenn eure Väter Chinesen waren, bindet uns los. Wenn ihr japanische Teufel seid, bringt uns um!»

Die Wächter rannten zum Waffenlager und nahmen zwei Säbel, mit denen sie die Stricke der Gefangenen durchschnitten.

Wie besessen stürzten sich die achtzig Mann auf den Haufen von Gewehren und Handgranaten. Dann kümmerten sie sich nicht mehr um das taube Gefühl in ihren Armen und den Hunger in ihren Mägen, sondern griffen wild brüllend die Japaner an. Sie liefen direkt in einen Hagel von Blei.

Innerhalb einer Viertelstunde nach der ersten Handgranatensalve der Soldaten des Jiao-Gao-Regiments und der Eisengesellschaft stiegen Dutzende von Rauchsäulen über der Dorfmauer auf.

Fünftes Kapitel

Seltsamer Tod

I

Die vollen purpurfarbenen Weintraubenlippen, wie man sie so häufig bei dunkelhäutigen Frauen findet, waren es, die den besonderen Reiz meiner Zweiten Großmutter – Lian'ers – ausmachten. Ihre Herkunft und ihre Geschichte lagen seit langem vergraben im Sand der Zeit. Feuchte gelbe Erde bedeckte ihr üppig festes jugendliches Fleisch, ihr rundliches Gesicht, das einer Bohnenhülse glich, und die tiefblau strahlenden Augen, die den Tod nicht zu kennen schienen. Auf ewig war der zornige, wütende Rebellenblick erstorben, der die Welt des Schmutzes herausforderte, die Welt der Schönheit anbetete und überquoll von intensivem Erleben. Meine Zweite Großmutter wurde in der schwarzen Erde in einem Sarg aus dünnem Weidenholz beerdigt. Der rissige rotbraune Lack konnte das wurmstichige, von Insekten zerfressene Holz nicht verbergen. Der Anblick ihrer geschwärzten glänzenden Leiche, die von der goldenen Erde verschlungen wird, hat sich meinem Geist für immer eingeprägt und ist meinem Bewußtsein unauslöschlich eingegraben.

Ich sah, wie sich unter warmen roten Sonnenstrahlen ein Grabhügel in Menschengestalt über der schweren trauernden Sandbank erhob. Die anmutige Figur meiner Zweiten Großmutter, ihre hochgewölbten Brüste, kleine Sandkörner, die über ihre harte, ungleichmäßige Stirn glitten, ihre sinnlichen Lippen, die den goldgelben Sand durchbrachen, als wollten sie den kühnen Geist der Wahrheitssuche beschwören, der unter edlem Tuch verborgen war: Ich wußte, daß das alles Illusion war, daß meine Zweite Großmutter unter der schwarzen Erde ihrer Heimat begraben lag und daß an ihrem Grab nur rote Hirse wuchs.

Wenn man vor ihrem Grab steht, kann man – außer im Winter, wenn die Pflanzen erfroren und tot sind, oder im Frühling, wenn eine kühle Brise von Süden weht – hinter dem alptraumhaft dikken Vorhang der Hirse von Nordost-Gaomi nicht einmal den Horizont ausmachen und kommt sich unglaublich kurzsichtig vor. Hebe ich dann mein hageres Gesicht wie eine Sonnenblume, entdecke ich hinter den Lücken im Hirsevorhang das erschrekkende Strahlen der Sonne im Königreich des Himmels. Unter dem ewig klagenden Seufzen des Schwarzwasserflusses vernehme ich die schreckliche Musik, die der Himmel den verlorenen Seelen singt.

2

Der Himmel war klar und blau. Die Sonne hatte sich noch nicht gezeigt, aber den wirren Horizont umstrahlte an diesem frühen Wintermorgen blendendrotes Licht. Der alte Geng schoß auf einen Fuchs mit feurigrotem Schwanz. Der alte Geng war der beste Jäger an der Salzwassermündung. Er jagte Wildgänse, Hasen, Wildenten, Wiesel, Füchse und, wenn es sonst nichts zu jagen gab, Spatzen. Im Spätherbst und im Frühwinter flogen gewaltige Spatzenschwärme wie eine wirre braune Wolke, die über das endlose Land hinzieht, über die Gemeinde Nordost-Gaomi. Im Abenddämmern fielen sie ins Dorf ein und ließen sich auf den fast kahlen Weiden nieder, deren nackte gelbe Zweige sich zum Himmel reckten oder zur Erde herabhingen. Wenn die letzten roten Strahlen der Abendsonne die Wolken durchdrangen, leuchteten die Bäume, und die schwarzen Augen der Spatzen glänzten auf den Zweigen wie Tausende von goldenen Funken. Ruhelos flatterten sie umher und verwandelten die Baumkronen in einen kreisenden Strudel. Der alte Geng griff zur Flinte, blickte durch das dreieckige Visier und drückte auf den Abzug. Wie Hagelkörner fielen Spatzen zu Boden, als die Schrotkugeln lärmend durch die Zweige jagten. Die unverletzten Spatzen überdachten kurz die Situation, und wenn sie sahen, wie ihre Genossen zu Boden fielen, schlugen sie mit den Flügeln und erhoben sich wie Geschoßsplitter in die träge Luft.

Als Vater jung war, hat er gelegentlich beim alten Geng Spatzen gegessen. Sie schmeckten köstlich und waren sehr nahrhaft. Dreißig Jahre später verwickelten mein älterer Bruder und ich in einem Experimentierfeld mit Mischhirse ein paar schlaue Spatzen in ein hartnäckiges Gefecht. Damals war der alte Geng schon über siebzig, er war pensioniert und lebte allein. Er gehörte zu den angesehensten Personen unseres Dorfes. Er war es, den man aufforderte, auf Versammlungen zu sprechen, wenn es darum ging, Beschwerden gegen die alte Ordnung vorzutragen, und auf dem Podium entblößte er dann den Oberkörper, um seine Narben zu zeigen. «Die Japaner haben mir achtzehn Bajonettstiche versetzt», erzählte er, «bis man die Haut vor lauter Blut nicht sehen konnte. Aber ich bin nicht gestorben. Und wißt ihr auch, warum? Weil mich ein Fuchsgeist beschützt hat. Ich weiß nicht, wie lange ich dagelegen bin, aber als ich die Augen aufgemacht habe, konnte ich nur strahlendrotes Licht sehen. Der Fuchsgeist hat meine Wunden mit der Zunge geleckt...»

Der alte Geng – Geng mit den Achtzehn Stichen – hatte eine Geistertafel für den Fuchsgeist im Haus. Während der Kulturrevolution beschlossen die Roten Garden eines Tages, die Geistertafel zu zerbrechen. Aber sie überlegten es sich schnell anders und verschwanden, als sie ihn mit einem Beil in der Hand vor der Geistertafel knien sahen.

Der alte Geng nahm den Fuchs ins Visier. Er wußte genau, in welche Richtung er laufen würde, aber er zögerte, als es darum ging abzudrücken. Er wußte, daß er den feinen buschigen Pelz für gutes Geld verkaufen konnte. Wenn er überhaupt schießen wollte, dann jetzt. Der Fuchs hatte ein gutes und erfülltes Leben gelebt. Jede Nacht hatte er sich ins Dorf geschlichen und ein Huhn gestohlen. Wie stark die Dorfbewohner ihre Hühnerställe auch befestigten, er fand immer einen Weg hinein, und wie viele Fallen sie auch aufstellten, er entkam immer. Es war, als hätten die Dorfbewohner ihre Hühnerställe nur als Speisekammer für den Fuchs gebaut.

Der alte Geng hatte das Dorf beim dritten Hahnenschrei verlassen und war direkt zu dem niedrigen Damm am Sumpf gegangen, um dem Hühnerdieb aufzulauern. Das trockene Sumpfgras stand hüfthoch, und eine dünne Eisschicht, gerade stark genug, das Gewicht eines Mannes zu tragen, bedeckte das stehende Wasser, das sich während der Herbstregen gesammelt hatte. Die gelben Quasten der gefangenen Halme zitterten in der eisigen Morgenluft. Helle Lichtstrahlen vom fernen östlichen Himmel fielen auf die Eisfläche, die ein feuchtes Licht wie von Karpfenschuppen ausstrahlte. Dann wurde der Himmel im Osten hell und tauchte Eis und Sumpfgras in ein kalt strahlendes Rot, ein Rot, das geronnenem Blut glich. Der alte Geng nahm den Fuchsgeruch wahr und sah, wie sich in einem dicken Grasbüschel plötzlich Wellen teilten und wieder schlossen. Er steckte den halberfrorenen Zeigefinger der rechten Hand in den Mund, ließ seinen Atem darüberstreichen und legte ihn dann an den reifbeschlagenen Abzug.

Der Fuchs sprang hinter dem Grasbusch hervor, stand auf der weißen Eisfläche und verwandelte sich in eine rotglühende Flamme. Dunkelrotes geronnenes Hühnerblut bedeckte die spitze Schnauze, eine hanffarbene Hühnerfeder war in den Schnurrhaaren hängengeblieben. Der alte Geng stieß einen Schrei aus, und der Fuchs blieb wie angefroren stehen und versuchte, den Damm zu überblicken. Der alte Geng schüttelte sich vor Kälte, und die aufblitzende Wut in den Fuchsaugen saugte ihm das Blut aus dem Herzen. Der Fuchs schlich über das Eis auf das Riedgras zu. Irgendwo da drin hatte er seinen Bau. Der alte Geng schloß die Augen und drückte ab. Der Rückstoß war so heftig, daß sich seine Schulter taub anfühlte.

Wie ein Blitz verschwand der Fuchs im Ried. Der alte Geng stand mit der Flinte in der Hand auf und schaute auf den dunkelgrünen Rauch der Mündung, der sich in der Luft verteilte. Er wußte, daß der Fuchs sich im Sumpfgras verbarg und ihn voll Abscheu anstarrte. Der alte Geng stand unter dem silbergrauen Himmel und wirkte größer und kräftiger als sonst. Ein Gefühl, das einem schlechten Gewissen verdächtig ähnlich war, regte sich in ihm. Er wünschte, er hätte nicht geschossen, und dachte an das vergangene Jahr zurück und an das Vertrauen, das der Fuchs ihm erwiesen hatte. Er hatte immer gewußt, daß Geng hinter dem Damm versteckt war, und war dennoch über das Eis geschlendert, als wolle er ihn auf die Probe stellen. Er hatte die Prüfung bestanden, aber jetzt hatte er seinen Freund verraten. Mit gesenktem Kopf stand er vor dem Ried, hinter dem der Fuchs verschwunden war, und sah sich nicht einmal um, als er hinter sich Schritte hörte.

Plötzlich verspürte er einen kalten, scharfen Schmerz, der von einem Punkt genau über seinem Gürtel aus über den ganzen Oberkörper aufstieg. Er taumelte nach vorn, sein Körper verkrampfte sich, und die Flinte fiel aufs Eis. Etwas Heißes wand sich unter der Gürtellinie in seinen gefütterten Hosen. Etwa ein Dutzend Gestalten in Khakiuniformen mit Gewehren und glänzenden Bajonetten stürzten sich auf ihn. Erschreckt und ohne nachzudenken brüllte er: «Japan!»

Die Japaner stürzten sich auf ihn und stießen ihre Bajonette in seinen Brustkorb und seinen Unterleib. Er heulte mitleiderregend wie ein Fuchs, der nach der Füchsin ruft, bevor er kopfüber auf das Eis fiel. Das Eis krachte und sprang. Das Blut aus seinen Wunden brachte das Eis unter ihm zum Schmelzen. Betäubt, wie er war, fühlte er doch, daß sein Oberkörper brannte, als werde er am Spieß gebraten, und riß sich mit beiden Händen das zerfetzte Hemd vom Leib.

Fast bewußtlos sah er, wie der buschige rote Fuchs aus dem Sumpfgras auftauchte, ihn einmal umkreiste, sich dann auf den Hinterpfoten niederließ und ihn mitleidig anblickte. Sein Fell glänzte strahlend hell, seine schrägen Augen glühten wie Smaragde. Nach einiger Zeit spürte Geng, wie sich warmes Fell an seinem Körper rieb, und wartete darauf, daß ihn messerscharfe Zähne zerreißen würden. Er wußte, daß ein Mann, der Vertrauen verrät, das man ihm geschenkt hat, weniger wert ist als ein Tier, und wenn die scharfen Zähne ihn in Fetzen rissen, war er bereit zu sterben, ohne zu klagen.

Der Fuchs begann, mit seiner kalten Zunge die Wunden des alten Geng zu lecken.

Der alte Geng schwor, der Fuchs habe ihm den Verrat gedankt, indem er ihm das Leben rettete. Wo sonst auf der Welt gab es einen Mann, den achtzehn Bajonettstiche getroffen hatten und der noch davon erzählen konnte? Auf der Fuchszunge muß ein wunderbares Heilmittel gelegen haben, denn alle Stellen, die sie berührte, waren sofort schmerzfrei, als habe man sie mit Pfefferminzöl eingerieben. Das behauptete wenigstens der alte Geng.

3

Dorfbewohner, die in die Stadt gegangen waren, um Strohsandalen zu verkaufen, brachten die Nachricht: Die Japaner haben Gaomi besetzt, über dem Stadttor weht die aufgehende Sonne. Die erschreckten Bauern konnten nur hilflos auf die Katastrophe warten, von deren Unabwendbarkeit sie wußten. Aber nicht alle litten unter Herzklopfen und Gänsehaut. Zwei unter ihnen betrieben vollkommen unberührt ihre Geschäfte weiter. Wer waren die beiden Stoiker? Der eine war der eben erwähnte Jäger, der alte Geng, der andere war der alte Cheng Mazi, ein pensionierter Musiker, der mit Begeisterung Opernmelodien sang.

«Wovor habt ihr Angst?» fragte Cheng jeden, den er traf. «Wir sind die einfachen Leute, egal, wer da oben regiert. Wir verweigern der Regierung ihr Getreide nicht und zahlen pünktlich unsere Steuern. Wir legen uns auf den Boden, wenn man es uns befiehlt, und wir knien nieder, wenn sie es so wollen. Wer darf uns also bestrafen? Ich frage euch, wer darf uns bestrafen?»

Seine weisen Ratschläge wirkten auf viele beruhigend, und sie begannen wieder zu schlafen, zu essen und zu arbeiten. Aber es dauerte nicht lange, bis die zerstörerischen Kräfte der japanischen Barbarei auch sie erfaßten. Die Japaner bauten Kasernen und mordeten Menschen; sie fütterten Schäferhunde mit Menschenherzen; sie vergewaltigten sechzigjährige Frauen; sie schmückten dic Leitungsmasten in der Stadt mit menschlichen Köpfen. Auch wenn die Dorfbewohner sich bemühten, den unerschütterlichen

Vorbildern des alten Geng und Cheng Mazis zu folgen – sie schafften es nicht: Die Berichte über japanische Greueltaten ließen sie selbst im Schlaf nicht mehr los.

Cheng Mazi wirkte die ganze Zeit über glücklich und zufrieden. Das Gerücht, daß die Japaner im Anmarsch waren und das Dorf plündern würden, hatte zur Folge, daß die verfügbare Menge an Hundescheiße im Dorf und seiner Umgebung enorm zunahm. Anscheinend hatten die Bauern, die sich sonst darum stritten, keine Lust mehr, ihre Ansprüche anzumelden, denn jetzt lag die Scheiße einfach da, als hätte sie auf ihn gewartet.

Auch er hatte das Dorf beim dritten Hahnenschrei verlassen und traf den alten Geng, der mit dem Gewehr über dem Rücken auf die Jagd ging. Sie begrüßten einander und gingen ihrer Wege. Bis die Sonne den Himmel im Osten rot färbte, war der Haufen Hundescheiße in Chengs Korb zu einem kleinen Berg angewachsen. Er stellte den Mistkorb ab, blieb mit der Schaufel in der Hand an der südlichen Dorfmauer stehen und atmete die süße, kühle Morgenluft ein, bis sein Hals zu jucken begann. Dann räusperte er sich laut, erhob seine Stimme unter den rosigen Morgenwolken und begann zu singen: «Wie das durstige Korn am Morgen trinke ich den Tau der Frühe...»

Ein Schuß ertönte.

Chengs abgewetzter Filzhut erhob sich ohne Flügel in die Luft und flog davon. Er zog den Kopf ein, sprang ruckartig in den Graben unter der Mauer und schlug mit dem Kopf laut auf dem hartgefrorenen Boden auf, ohne einen Schmerz zu verspüren. Dann erst bemerkte er, daß vor seinem Mund ein Haufen zerbrochener Hohlziegel, ein alter Besen und die aschebedeckte Leiche einer Ratte lagen. Er wußte nicht, ob er lebendig oder tot war. Also versuchte er zunächst einmal, die Arme und Beine zu bewegen. Sie funktionierten noch, wenn auch mühsam. Sein Hosenboden fühlte sich klebrig an. Furcht ergriff sein Herz. Ich bin erledigt, es hat mich erwischt, dachte er. Er setzte sich hin und griff in die Hosen. Das Herz schlug ihm im Hals, als er die Hand wieder herauszog. Er erwartete, sie rot von Blut zu sehen. Aber sie war mit einer gelben Masse bedeckt, und seine Nasenflügel zuckten, als sie den fauligen Gestank wahrnahmen. Er versuchte, das Zeug an der Grabenwand abzuwischen, aber dazu war es zu klebrig. Also nahm er den alten Besen und schrubbte die Hand so kräftig wie möglich. Von jenseits des Grabens hörte er eine Stimme: «Aufstehen!»

Er sah nach, wer ihn da anschrie. Es war ein Mann von Mitte Dreißig mit einem Gesicht, das aussah wie mit dem Messer geschnitzt. Seine Haut war gelb, und er hatte ein langes, hängendes Kinn. Er trug eine kastanienfarbene Wollmütze und hielt eine schwarze Pistole in der Hand. Dahinter war ein Wald gelbgekleideter Beine aufgereiht. Um die Schenkel zogen sich breite Stoffgamaschen. Chengs Augen tasteten sich an den Beinen entlang nach oben und trafen auf vorstehende Hüften und Dutzende von fremdartigen Gesichtern, die alle so selig lächelten wie jemand, der gemütlich auf dem Klo sitzt. Säuberlich hing die Flagge mit der aufgehenden Sonne im hellroten Sonnenaufgang, und von den Bajonetten gingen zwiebelgrüne Strahlen aus. Cheng Mazis Magen verkrampfte sich, und seine nervösen Eingeweide knurrten, wanden sich und gaben ihren Inhalt von sich.

«Raus da!» brüllte ihn der Mann mit der Kastanienmütze an.

Cheng band den Gürtel fester, kletterte gekrümmt aus dem Graben und wußte nicht, wohin mit seinen Armen und Beinen. Seine Augäpfel waren aschfahl. Er wußte nicht, was er sagen sollte, und verbeugte sich nur immer wieder.

Die kastanienfarbige Wollmütze tanzte vor seiner Nase. «Liegen Guomindang-Truppen im Dorf?» fragte sie.

Cheng Mazi starrte ihn verständnislos an.

Ein japanischer Soldat fuchtelte ihm mit dem blutbefleckten Bajonett vor der Brust und dem Gesicht herum. Die kalte Spitze ließ seine Augen und seinen Magen vor Furcht erstarren. Er konnte spüren, wie sein Magen knurrte und seine Eingeweide sich langsam verkrampften. Das erleichternde Gefühl, das der Verdauungsakt mit sich bringt, ließ ihn vor Freude beinahe tanzen. Der japanische Soldat brüllte irgend etwas und bewegte das Bajonett in raschem Schwung abwärts. Die scharfe Klinge schlitzte Chengs gefütterte Jacke auf und ließ die Wattefüllung aus den Rissen quellen. Vom Brustkorb her stieg der scharfe Schmerz aufgerissener Haut und verletzter Muskeln auf. Er rollte sich wie eine Kugel zusammen, und alle Tränen, aller Rotz, aller Urin und aller Kot, den sein Körper enthielt, schien gleichzeitig aus ihm herauszuströmen.

Der japanische Soldat gab eine lange Kette unverständlicher Laute von sich. Cheng sah flehend in das wütende japanische Gesicht und begann zu weinen.

Der mit der Kastanienmütze setzte ihm die Pistolenmündung an die Stirn. «Hör auf zu heulen! Der Kommandant hat dich etwas gefragt. Was ist das für ein Dorf? Ist das die Salzwassermündung?»

Er nickte mit dem Kopf und bemühte sich, nicht zu weinen.

Der Tonfall des Mannes mit der Kastanienmütze wurde etwas milder: «Gibt es hier jemanden, der Strohsandalen herstellt?»

Er unterdrückte seinen Schmerz und sagte mit bemüht einschmeichelnder Stimme: «Ja, ja, ja.»

«Hat er gestern seine Strohsandalen auf den Markt in der Stadt gebracht?»

«Ja, ja, ja.» Warmes Blut lief über die Brust auf seinen Bauch.

«Und wie steht es mit Gurke?»

«Ich weiß nicht... ich glaube schon...»

Kastanienmütze versetzte ihm einen geübten Schlag auf den Mund und schrie ihn an: «Sag's mir! Ich will alles über Gurke wissen.»

«Ja, ja, ja», murmelte er diensteifrig, «Herr Kommandant. Alle Familien legen saure Gurken ein, die gibt es in jedem Gurkenfaß im Dorf.»

«Benimm dich nicht wie ein gottverdammter Idiot! Ich habe dich gefragt, ob es jemanden gibt, der Gurke heißt.» Immer wieder schlug ihm Kastanienmütze ins Gesicht und brummte wütend: «Werd mir bloß nicht frech! Ich habe dich gefragt, ob du jemanden kennst, der Gurke heißt.»

«Ja... nein... ja... nein... Euer Ehren... nicht schlagen... bitte nicht schlagen... Euer Ehren», murmelte er vor sich hin und taumelte von den Schlägen.

Der Japaner sagte etwas. Kastanienmütze nahm seine Kastanienmütze ab und verbeugte sich vor dem Japaner. Dann drehte er sich wieder um, und das Lächeln in seinem Gesicht verschwand schlagartig. Er versetzte Cheng Mazi einen Stoß und sagte mit finsterer Miene: «Führ uns ins Dorf. Ich will alle Sandalenmacher sehen.»

Um den Mistkorb besorgt, den er an der Mauer hatte stehenlassen, drehte Cheng instinktiv den Kopf in die Richtung. Ein schneeglitzerndes Bajonett flitzte an seiner Backe vorbei. Schnell kam er zu dem Schluß, daß sein Leben mehr wert war als ein Mistkorb und eine Schaufel, also drehte er den Kopf wieder zurück und schlug auf seinen krummen Beinen den Weg ins Dorf ein. Die Japaner folgten ihm. Ihre hohen Lederstiefel knirschten auf dem reifbedeckten toten Gras. Ein paar graue Hunde, die in einer Mauerecke lagen, bellten zaghaft. Der Himmel wurde heller, und die halb sichtbare Sonne am Horizont lag drückend über der braunen Erde. Säuglingsgeschrei verlieh dem Schrecken Ausdruck, der unter der Stille begraben lag. Der gleichmäßige Marschtritt der Japaner klang wie rhythmischer Trommelschlag, der seine Ohren betäubte und seine Brust schmerzen ließ. Die Bajonettwunde in seiner Brust brannte. Die Scheiße in seinen Hosen war kalt und klebrig.

Diesmal hat es mich richtig erwischt, dachte er. Niemand außer mir ist losgegangen, um Hundescheiße zu sammeln, niemand außer mir, und ich habe vielleicht ein beschissenes Glück! Die Tatsache, daß die Japaner seinen Gehorsam und seine Bürgertugend nicht zu schätzen wußten, war frustrierend. Er führte sie schnell zu den Häusern der Sandalenmacher. Wer immer Gurke auch sein mochte, es würde ihm schlecht ergehen. Er warf einen Blick in die Ferne auf sein Haus, auf das weiße Gras, das auf dem vom Sommerregen leckgeschlagenen Dach wuchs. Aus dem einsamen Schornstein über der Küche stieg grüner Rauch auf.

Er hatte noch nie so großes Heimweh gehabt. Wenn alles vorbei war, wollte er nach Hause gehen, saubere Hosen anziehen und seine Frau Kalk in die Wunde auf seiner Brust reiben lassen, die inzwischen aufgehört hatte zu bluten. Vor seinen Augen tanzten grüne Sternenhaufen, seine Beine fühlten sich an wie Gummi, und Wellen von Ekel schlugen aus dem Magen in die Kehle. Der größte Flötenspieler der Gemeinde Nordost-Gaomi hatte noch nie so tief in der Scheiße gesteckt. Er ging wie auf Nebel, gefrorene Tränen füllten seine Augenhöhlen. Oh, wie sehnte er sich nach seiner schönen Frau, die sich früher über sein narbiges Gesicht beklagt hatte und dann zu der Einsicht gekommen war, daß man wie eine Henne lebt, wenn man einen Hahn heiratet, aber wie eine Hündin, wenn man einen Hund nimmt.

4

Frühmorgens weckte ein Gewehrschuß vor dem Dorf Zweite Großmutter aus einem Traum, in dem sie verbissen mit der Ersten Großmutter kämpfte. Mit klopfendem Herzen setzte sie sich auf und konnte beim besten Willen nicht entscheiden, ob außerhalb des Dorfes etwas passierte oder ob alles zu ihrem Traum gehörte. Blasses Morgenlicht überzog das Fenster, auf das der Rauhreif groteske handgroße Muster zeichnete. Ihre Schultern fühlten sich kalt an. Sie neigte den Kopf, so daß sie ihre Tochter, meine Tante, sehen konnte, die friedlich schnarchend neben ihr lag. Der süße gleichmäßige Atem der Fünfjährigen beruhigte Zweite Großmutter. Vielleicht war es ja nur der alte Geng, der auf eine Wildkatze oder sonst ein wildes Tier geschossen hat, dachte sie beruhigt. Sie konnte nicht wissen, wie recht sie hatte, und als sie einen Augenblick halbwach dasaß und sich dann wieder unter die Decke gleiten ließ, konnte sie schon gar nicht wissen, daß sich im selben Moment ein japanisches Bajonett in die Rippen des alten Geng preßte.

Meine kleine Tante wälzte sich näher und kuschelte sich an Zweite Großmutter. Die nahm sie in die Arme und spürte den warmen Atem des kleinen Mädchens an ihrer Brust. Acht Jahre war es her, daß Erste Großmutter sie aus dem Haus geworfen hatte, und inzwischen hatte sich Großvater verlocken lassen, in die Präfektur Jinan zu gehen, wo er beinahe ums Leben gekommen wäre. Aber er hatte es geschafft, zu fliehen und nach Hause zu kommen. Großmutter war inzwischen mit Vater zu Schwarzauge, dem Anführer der Eisengesellschaft, gezogen.

Als Großvater am Salzwasserfluß mit Schwarzauge kämpfte, hatte sein Mut Großmutter so tief beeindruckt, daß sie ihm nach Hause gefolgt war, wo sich beide mit neuer Energie der Brennerei widmeten. Großvater legte das Gewehr beiseite und beendete seine Tage als Bandit, um zumindest für ein paar Jahre das Leben eines reichen Bauern zu führen. Der eifersüchtige Kampf zwischen meiner Großmutter und meiner Zweiten Großmutter war in diesen Jahren das einzig Schwierige. Aber schließlich einigten sie sich auf eine Art von dreiseitigem Vertrag, der festlegte, daß Großvater je zehn Tage bei Großmutter und dann wieder zehn Tage bei meiner Zweiten Großmutter verbringen sollte. Zehn Tage galten als Obergrenze. Da keine der beiden Frauen es an Temperament mangeln ließ, hielt sich Großvater an die Abmachung.

Zweite Großmutter wiegte sich genüßlich in der Süße ihrer Sorgen und hielt meine kleine Tante fest an sich gepreßt. Sie war im dritten Monat schwanger. Schwangere Frauen neigen zu Friedfertigkeit und Zärtlichkeit, aber die Schwangerschaft ist auch eine Zeit der Schwäche, in der sie Aufmerksamkeit und Schutz brauchen. Zweite Großmutter war da keine Ausnahme. Sie zählte die Tage an den Fingern ab. Sie hatte Sehnsucht nach Großvater. Morgen würde er kommen. Wieder hörte sie einen Schuß vor dem Dorf.

Erschreckt sprang sie aus dem Bett und zog sich an. Ihre Beine waren weich wie Gummi. Auch sie hatte das Gerücht gehört, die Japaner wollten das Dorf plündern. Die Ahnung eines unausweichlichen Verhängnisses ließ ihren angespannten Nerven keine Ruhe. Sie wäre sogar bereit gewesen, mit Großvater in die Brennerei zu ziehen, auch wenn sie sich da Großmutters ständige Beschimpfungen anhören mußte. Immer noch besser als die ständige Angst, mit der sie im Dorf an der Salzwassermündung leben mußte. Sie hatte in vorsichtigen Andeutungen darüber zu Großvater gesprochen, aber der hatte den Vorschlag strikt abgelehnt. Ich glaube, er war von den unvereinbaren Gegensätzen zwischen Zweiter Großmutter und Großmutter bereits viel zu eingeschüchtert. Nur allzu bald sollte er seine Entscheidung bereuen. Schon am nächsten Morgen stand er in der Wärme der spätherbstlichen Sonne gebadet vor den Spuren der wilden Tiere im Hof und sah die tragischen Folgen seines Fehlers.

Meine kleine Tante wachte auf und gähnte herzhaft. Dann seufzte sie wie eine Erwachsene. Das erschreckte Zweite Großmutter, die in den Augen meiner kleinen Tante die Tränen sah, die Gähnen und Seufzen hervorgepreßt hatten. Sie war sprachlos.

«Hilf mir mich anziehen, Mama», sagte meine kleine Tante.

Zweite Großmutter hob die gefütterte rote Jacke der Kleinen auf und blickte ihre Tochter, die ausnahmsweise nicht aus dem Bett gezwungen werden mußte, mit unverhohlenem Erstaunen an. Ihr Gesicht war faltig, die Augenbrauen hingen herab, und die Mundwinkel krümmten sich nach unten: das Gesicht einer kleinen alten Frau. Zweite Großmutter zog es das Herz zusammen, und die rote Jacke fühlte sich eiskalt an. Von Mitleid überwältigt, murmelte sie den Namen ihrer Tochter mit einer Stimme, die zitterte wie eine Gitarrensaite: «Xiangguan, Xiangguan, warte, bis ich deine Jacke am Feuer angewärmt habe.»

«Nicht nötig, Mama, du brauchst sie nicht zu wärmen.»

Zweite Großmutter konnte die Tränen nicht zurückhalten. Sie wagte nicht, ihrer Tochter ins Gesicht zu sehen, in ein Gesicht, das plötzlich von Alter und Unheil zu sprechen schien. Als gehe es um ihr Leben, eilte sie zum Herd und machte Feuer an, um die kleine Jacke zu wärmen, die ihr schwer in den Händen lag. Das entflammte Stroh knisterte wie eine Gewehrsalve. Die kleine Jacke flatterte wie eine schwere, zerfetzte Fahne über den tanzenden Flammen, die ihre Hände wie Dolche von Eis versengten. Das Stroh verbrannte so schnell, wie es aufgeflammt war. Ein Strohhalm nach dem anderen verwandelte sich in eine aschfarbene Kopie seiner ursprünglichen Gestalt. Die Flammen vollführten eine letzten Totentanz und schickten eine bläuliche

Rauchfeder zu den Dachbalken auf, von wo kleine Rauchwirbel durch das Zimmer trieben.

Die lauten Atemzüge meiner kleinen Tante im hinteren Zimmer weckten Zweite Großmutter, die immer noch die Jacke in der Hand hielt, aus ihrer Erstarrung. Sie trug die dampfende kleine Jacke ins Hinterzimmer, wo meine kleine Tante aufrecht im Bett saß. Der tiefe Purpur der Bettdecke hob sich scharf von ihrer zarten weißen Kinderhaut ab. Zweite Großmutter legte die Jackenärmel um die schwachen schmalen Schultern des Mädchens. Meine kleine Tante zappelte nicht und leistete keinen Widerstand, wie sie es sonst tat, sondern ließ sich ruhig anziehen. Die ersten Granatexplosionen erschütterten das Dorf.

Sie schienen aus den Tiefen der Erde aufzusteigen. Schwere grollende Geräusche ließen die Papierfenster rascheln und jagten hungrige Spatzen mit lautem Flügelschlag in die Luft. Kaum war das Geräusch verstummt, da erschütterte schon die nächste Salve das Dorf. Schreie und heisere Schreckensrufe ertönten und klangen wie lautes Gurgeln. Zweite Großmutter hob meine kleine Tante auf und zog sie eng an sich. Mutter und Tochter zitterten wie eine Person.

Die Schreie verstummten, und über dem Dorf breitete sich eine Stille tödlichen Schreckens aus, die nur der dumpfe Tritt marschierender Füße, das gelegentliche Bellen eines Hundes und vereinzelte Gewehrschüsse durchbrachen. Doch das änderte sich schnell, als zwei neue Explosionen krachten und das ganze Dorf erschütterten. Die Dorfbewohner schrien wie Schweine, die zum Schlachtplatz geführt werden. Wie ein Fluß, der die Deiche sprengt, brach das Dorf, das unter dem monotonen Grollen gezittert hatte, dann plötzlich in eine wilde Kakophonie aus: schrille Frauenschreie, Kindergeheul, das laute Gackern der Hühner, die in die Baumkronen flogen, wiehernde Maultiere, die am Zaumzeug zerrten.

Zweite Großmutter schob den Riegel vor die Haustür und klemmte von innen zwei Stangen dagegen. Dann kletterte sie auf die gemauerte Bettstelle und kauerte sich, auf das nahende Unheil wartend, gegen die Wand. Sie sehnte sich verzweifelt nach Großvater, und zugleich haßte sie ihn. Wenn er morgen kam, wollte sie sich gründlich ausweinen und ihn wütend beschimpfen. Brennendheißer Sonnenschein erleuchtete die kleine Glasscheibe im Fenster. Der Reif der Nacht war geschmolzen und floß am unteren Rand der Scheibe in zwei kristallklaren Tropfen zusammen. Über dem Dorf lagen hagelnde Gewehrschüsse und Frauenschreie, die aus allen Himmelsrichtungen kamen. Zweite Großmutter wußte nur zu gut, warum sie schrien. Auch sie hatte gehört, daß die japanischen Soldaten wilden Tieren glichen, die nicht einmal eine siebzigjährige Frau aus ihren Klauen ließen.

Der Geruch von Rauch und Feuer drang ins Zimmer. Sie hörte das Knistern von Flammen und gelegentliche Schreie. Als sie ein lautes Poltern am Tor und wilde unverständliche Geräusche hörte, die nur Japanisch sein konnten, erstarrte sie vor Angst. Meine kleine Tante riß die Augen weit auf, dann begann sie zu weinen. Zweite Großmutter hielt ihr die Hand vor den Mund. Das Tor stöhnte und quietschte. Zweite Großmutter sprang vom Bett, rannte zum Ofen, schaufelte zwei Hände voll Asche heraus und schmierte sie sich ins Gesicht. Dann beschmierte sie auch das Gesicht meiner kleinen Tante. Die Tür stand kurz vor dem Zerbrechen, und ihre Augen rollten wild und unkontrolliert in den Augenhöhlen. Es hieß, daß sie auch eine alte Frau nicht in Ruhe ließen, aber einer Schwangeren würden sie doch wohl nichts tun? Ein Einfall schoß ihr durch den Kopf. Sie nahm ein Stoffbündel vom Bett, band ihren Gürtel los, stopfte sich das Bündel in die Hosen und band den Gürtel mit einem doppelten Knoten wieder zu. Dann zog sie die Hosen eng um das Bündel, um es so glatt wie möglich anliegen zu lassen, damit die Japaner die Nähte nicht entdecken konnten. Meine kleine Tante preßte sich an die Wand und beobachtete die seltsamen Handlungen ihrer Mutter.

Splitternd öffnete sich das Tor. Einer der beiden Torflügel fiel krachend zu Boden. Sobald Zweite Großmutter das Geräusch hörte, rannte sie zum Ofen und strich sich noch mehr Asche ins Gesicht. Lautes Geschrei ertönte aus dem Hof. Sie rannte ins Schlafzimmer und schloß die Tür hinter sich. Dann sprang sie auf das Bett, nahm meine kleine Tante fest in den Arm und hielt den

Atem an. Japanische Soldaten brüllten Unverständliches und schlugen mit Gewehrkolben die Haustür ein. Die war bei weitem nicht so massiv wie das Hoftor und ließ sich schnell aufbrechen. Sie hörte, wie die Stangen, die sie unter den Riegel geschoben hatte, zu Boden fielen. Jetzt, wo die Japaner im Haus waren, schützte sie nur noch die schwache Schlafzimmertür. Verglichen mit dem massiven Hoftor und der dicken Haustür, war sie so dünn wie Papier. Wenn schon keine der beiden anderen Türen dem Angriff widerstanden hatte, mußte es für die Eindringlinge ein Kinderspiel sein, auch diese Tür zu stürmen. Jetzt ging es nur noch darum, ob sie Lust hatten, sie einzutreten, ob sie Lust auf ihre Beute hatten oder nicht.

Und dennoch verließ sie sich auch jetzt noch auf ihr Glück. Solange die Tür noch da war, konnten die Gefahren, die in den Gerüchten und ihrer Phantasie lagen, für immer in den Gerüchten und der Phantasie verharren, brauchten niemals Wirklichkeit zu werden. Ängstlich gebannt starrte sie auf die Türflügel und lauschte den schweren Schritten und den aufgeregten Stimmen der Japaner. Die Türflügel waren dunkelrot gestrichen, am Türrahmen hatte sich grauer Staub gesammelt, und auf dem weißen Holzriegel waren rote Blutflecken zu sehen. Es war das Blut eines schwarzschnäuzigen Wiesels. Zweite Großmutter erinnerte sich, wie sie mit dem hölzernen Riegel auf das Wiesel eingeschlagen und seinen Schreien gelauscht hatte und wie der Kopf des Wiesels wie eine Erdnuß auseinandergebrochen war. Einen Moment lang wälzte es sich auf dem Boden, und sein buschiger Schweif fegte über den Puderschnee, bevor es in Krämpfe verfiel und mit einem letzten Zucken starb. Wie hatte sie das Wiesel und seine Männlichkeit gehaßt!

An einem Herbstabend im Jahre 1931, als es gerade dunkel wurde, war sie ins Hirsefeld vor dem Dorf gegangen, um Bitterkraut zu stechen. Da, am Kopfende eines unkrautüberwucherten Grabhügels, stand von den blutroten Strahlen der untergehenden Sonne umspielt das Wiesel. Sein Fell glänzte wie Gold, sein Maul war so schwarz wie Tusche. Sie entdeckte es, als sie sich hinhockte, um sich zu erleichtern. Es saß auf den Hinterbeinen und winkte Zweiter Großmutter geruhsam mit den Pfoten zu. Die reagierte, als hätte sie der Blitz getroffen. Wie eine springende Schlange stieg erschrecktes Zucken von ihren Füßen den Rücken hinauf, bis es die Schädeldecke erreichte. Wie gelähmt fiel sie vornüber und schrie wie eine Besessene. Als sie wieder zu sich kam, lag Dunkelheit über dem Feld, und helle Sterne bewegten sich ruhelos und geheimnisvoll am schwarzen Himmel. Sie tastete sich aus dem Hirsefeld hinaus, fand den Sandweg und ging zurück ins Dorf. Das Phantasiebild des Wiesels, dessen Fell einen glänzenden Schein wie Kornähren verströmte, erschien und verschwand immer wieder lebhaft und deutlich vor ihren Augen. Sie mußte an sich halten, um nicht laut zu schreien. Ein paar Schreie entrangen sich trotz allem ihrer Kehle, laut genug, daß selbst sie sich schreien hören konnte. Es waren keine menschlichen Schreie, und die Geräusche, die aus ihrer Kehle drangen, erschreckten sie und machten ihr angst.

Zweite Großmutter blieb lange Zeit verstört, und ihre Dorfgenossen kamen zu dem Schluß, sie sei von dem Wiesel besessen. Sie selbst war sicher, daß es so war, daß das Wiesel an irgendeiner dunklen, tiefen Stelle absolute Macht über sie gewonnen hatte. Was immer es ihr befahl, sie tat es: Sie weinte, sie lachte, sie sprach in unverständlichen Zungen, sie vollführte seltsame Handlungen. Wann immer der Blitz mitten in ihrem Rücken einschlug, war es, als sei sie zwiegespalten, als kämpfe sie verzweifelt im dunkelroten Treibsand der sexuellen Begierde und des Todes, versinke im Sand und treibe dann wieder nach oben, nur um erneut zu versinken. Wenn sie ein Seil entdeckte, von dem sie glaubte, sich daran aus dem Treibsand ziehen zu können, brauchte sie nur mit beiden Händen danach zu greifen, und schon verwandelte es sich in den Schlamm der Begierde, und sie versank wieder hilflos in der Tiefe. In diesem quälenden Kampf, den sie austragen mußte, tanzte das Bild des männlichen, schwarzschnäuzigen Wiesels vor ihren Augen, das grauenhaft grinste und mit seinem buschigen Schweif kräftig über sie fegte. Jedesmal, wenn der Schweif ihre Haut berührte, drangen Schreie unbeherrschter Erregung aus ihrem

Mund. Schließlich entfernte sich das Wiesel erschöpft, und Zweite Großmutter sank zu Boden. Speichel lief ihr aus den Mundwinkeln, ihr Körper war schweißgebadet, ihr Gesicht hatte die Farbe von Blattgold.

Um Zweite Großmutter von ihrem Dämon zu befreien, ritt Großvater auf dem Maultier zum Markt nach Bolan, um den Exorzisten und Bergprediger Li zu holen. Der Bergprediger Li verbrannte Weihrauch und entzündete Kerzen, dann schrieb er mit einem in rote Tusche getauchten Pinsel seltsame Zeichen auf ein Stück Papier, mischte ein wenig Hundeblut unter die Weihrauchasche, hielt Zweiter Großmutter die Nase zu und schüttete ihr das Gemisch in den Mund. Während die Mixtur ihre Kehle herunterlief, weinte sie, versuchte zu schreien und schlug mit Armen und Beinen um sich. Langsam quoll der Dämon aus den Poren ihrer Haut.

Danach besserte sich ihr Zustand. Einige Zeit später kam das Wiesel in den Hof, um ein Huhn zu stehlen, und im verzweifelten Kampf gegen einen großen gelbbeinigen feuerroten Hahn hackte ihm sein gefiederter Gegner ein Auge aus. Das Wiesel lag im Schnee und wand sich vor Schmerzen. Ohne sich um die Kälte zu kümmern, lief Zweite Großmutter splitternackt auf den Hof. Immer wieder ließ sie den weißen hölzernen Riegel, den sie in der Hand hielt, mit aller Kraft auf die schamlose spitze Schnauze des Wiesels niederfahren. Endlich war ihre Rache vollendet, und den blutigen Riegel in der Hand, stand sie lange gedankenverloren im Schnee. Dann beugte sie sich vor und schlug noch einmal wie eine Wahnsinnige auf das Tier ein, bis es als blutiger Brei vor ihr auf dem Boden lag. Schließlich kehrte sie ins Haus zurück. Aber einen Rest von Haß trug sie mit sich und sollte ihn nie verlieren.

Großmutter starrte auf das getrocknete Wieselblut an dem weißen Holzriegel, und ein Entsetzen, das lange geschlummert hatte, überfiel sie wieder mit der alten Gewalt. Sie wußte, daß ihre Augäpfel wild in den Höhlen rollten, und sie hörte, wie sich ihrer Kehle ein Schrei entrang, der sie erschreckte.

Die schwache Tür schwang nur leicht in den Angeln, bevor sie aufsprang und im goldenen Glanz ein japanischer Soldat mit Gewehr und Bajonett in der Hand ins Zimmer sprang. In diesem Sekundenbruchteil prägte sich ihren zitternden Augen ein vollkommenes Bild des japanischen Soldaten ein. Aber die vertraute menschliche Gestalt des rattengesichtigen Soldaten verwandelte sich sofort in das schwarzschnäuzige Wiesel, dem sie den Tod beschert hatte. Sein spitzes Kinn, der schwarze Schnurrbart, alles glich genau dem Wiesel. Nur seine Größe, seine fahle Haarfarbe und ein Gesichtsausdruck, der noch weitaus verschlagener war als der des Wiesels, unterschied den Soldaten vom Tier. Aus einem verborgenen Schlupfwinkel im Kopf meiner Zweiten Großmutter tauchte ihre Verstörung wieder auf, umfassender und stärker als je zuvor. Zu Tode erschreckt starrte meine kleine Tante, der die Schreie ihrer Mutter noch in den Ohren klangen, auf das ascheverschmierte Gesicht, in dem Lippen flatterten wie die Flügel eines großen Vogels. Mit letzter Kraft befreite sie sich aus dem Klammergriff, der sie hielt, und sprang auf das Fensterbrett. Von da aus starrte sie gebannt die ersten sechs japanischen Soldaten an, die sie je gesehen hatte. Es waren auch die letzten, die sie sehen sollte.

Das Licht brach sich in den Bajonettklingen, als die Soldaten auf Zweite Großmutters Bett zugingen und dort Schulter an Schulter mit schlauem, törichtem wieselartigem Grinsen stehenblieben. Meine kleine Tante erinnerten die Gesichter an frischgebackene Hirsekuchen: braun und rot gerandet, warm und schön, lieblich und verlockend. Sie hatte kaum Furcht vor den Bajonetten, aber das verzerrte Kürbisgesicht ihrer Mutter flößte ihr panische Angst ein. Die Gesichter der Soldaten erschienen ihr auf seltsame Weise attraktiv.

Die japanischen Soldaten grinsten und zeigten ihre weißen, ebenmäßigen Zähne. Ein Teil der Gedanken von Zweiter Großmutter blieb ihrem Wieselwahn verhaftet, der Rest war tödliche Furcht vor dem Grinsen der Soldaten, das schwere Gefahr androhte. So hatte sie sich gefühlt, als ihr das männliche Wiesel seine Aufwartung machte und seine goldleuchtende Lüsternheit bezeugte. Sie hörte nicht auf zu schreien, schlang die Arme um den Leib und preßte sich eng an die Wand.

Ein japanischer Soldat – er war vielleicht einen Meter fünfundsechzig groß und zwischen fünfunddreißig und vierzig Jahren alt – näherte sich dem Bett, nahm seine Mütze ab, kratzte sich am kahlen Schädel und zeigte ein rotbraunes Lächeln. In gebrochenem Chinesisch sagte er: «Du da... hübsches Mädchen... keine Angst.» Er lehnte sein Gewehr gegen die Bettstatt, kroch wie eine fette, saftige Made ungeschickt herauf und auf Zweite Großmutter zu, die in den Wandritzen verschwinden wollte. Tränen strömten über ihr Gesicht, wuschen Gräben in die Asche und legten die dunkle glatte Haut darunter frei. Die wulstigen Lippen des Japaners öffneten sich, als er einen rauhen, fleischigen, stumpfen Finger ausstreckte und ihr Gesicht berührte. Schon bei dieser Berührung bekam sie eine Gänsehaut, als sei eine schleimige Kröte in ihre Hose gekrochen. Sie schrie lauter als zuvor. Der japanische Soldat griff nach ihren Beinen und zog sie an sich. Sie schlug mit dem Kopf gegen die Wand und blieb flach auf dem Rücken liegen. Wie sie so dalag, streckte sich ihr Bauch als kleine Wölbung empor. Der Japaner rieb mit der Hand darüber, dann stieß er augenzwinkernd mit aller Gewalt die Hand dagegen. Er hielt ihre Beine mit den Knien fest und öffnete ihren Gürtel. Jetzt fing sie an, sich zu wehren. Sie setzte sich mühsam auf, zielte genau auf sein vornübergeneigtes Gesicht und vergrub die Zähne in seiner Knollennase.

Der Japaner stieß einen abartigen Schrei aus, ließ den Gürtel los und griff nach seiner blutenden Nase. Dabei blickte er Zweite Großmutter, die zusammengekauert in der Ecke saß, an, als sähe er sie zum erstenmal. Seine Kumpel brüllten vor Lachen. Er zog ein schmutziges Taschentuch aus der Tasche und hielt es vor die Nase. Dann stand er auf. Sein Gesichtsausdruck wandelte sich schnell von dem eines begeisterten Dichters, der seine leidenschaftliche Liebe beteuert, zur wütenden Miene eines Schakals. Das paßte besser zu ihm. Er griff nach dem Gewehr, das an der Bettstatt lehnte. Im schwachen Licht, das durch das Fenster drang, glänzte die Bajonettspitze, die er meiner Zweiten Großmutter gegen den Bauch drückte, kalt. Mit einem letzten Schrei, der sich ihr aus der Kehle preßte, schloß sie die Augen.

Meine kleine Tante hatte von ihrem Platz auf der Fensterbank aus zugesehen, was der fette japanische Soldat mit ihrer Mutter anstellte. Sie konnte im fleischigen runden Gesicht des alten Soldaten keine bösen Absichten erkennen und fand es widerlich, daß Zweite Großmutter kreischte wie ein wildes Tier. Aber als sie sah, wie sich sein Gesichtsausdruck plötzlich veränderte, und als er das Bajonett auf den Bauch ihrer Mutter richtete, empfand sie Furcht und überwältigende Liebe. Sie sprang von der Fensterbank und rannte auf Zweite Großmutter zu.

Der japanische Soldat mit dem Rattengesicht und den eingefallenen Wangen, der als erster ins Zimmer eingedrungen war, rief seinem fetten Kameraden etwas zu und sprang dann auf die Bettstatt, griff sich den Fetten und zerrte ihn auf den Fußboden zurück. Er lachte seinen Kumpel aus, der jetzt mit blutender Nase und brennender Wut neben dem Bett stand. Er drehte sich um, und während er die ganze Zeit mit einer Hand sein Gewehr festhielt, packte er mit der anderen gelben knochigen Hand meine kleine Tante an den Haaren, die wie eine Mohrrübe hochgebunden waren, und riß sie mit Gewalt, so wie man eine Mohrrübe aus der Erde zieht, aus den Armen ihrer Mutter. Er schleuderte sie gegen das Fenster und dann zurück auf das Bett. Zwei Stücke am Gitterwerk zersplitterten, die Papierscheibe riß. Meine kleine Tante versuchte mit bleichem Gesicht, ihr Schluchzen zu unterdrücken. Plötzlich wurden Geist und Gestalt desjenigen Teils meiner Zweiten Großmutter, der von dem Wiesel beherrscht wurde, freigesetzt. Wie eine Wölfin stürzte sie sich auf den japanischen Soldaten, der sich zur Wehr setzte, indem er sie in den Bauch trat. Das Stoffbündel in ihrer Hose dämpfte den Tritt, aber der Schlag traf sie dennoch heftig. Mit gewaltiger Kraft wurde sie gegen die dünne Schlafzimmerwand geschleudert und donnerte geräuschvoll mit dem Hinterkopf an die Wand. Betäubt glitt sie in eine sitzende Position, und ein Schmerz, als zöge man ihr bei lebendigem Leib die Haut ab, durchzog ihren Unterleib.

Jetzt brach das Schluchzen, das meine kleine Tante bisher unterdrückt hatte, laut, volltönend, beleidigt und ein wenig nach Blut riechend aus. Zweite Großmutter war schnell wieder bei Besinnung, und den hageren Soldaten, der vor ihr stand, verband nichts mehr mit der Erscheinung des Wiesels. Er hatte ein schmales Gesicht, einen scharfen gekrümmten Nasenrücken, und seine Augen waren schwarz und glänzend. Er sah aus wie ein kluger, redekundiger, erfahrener und gebildeter Mann. Zweite Großmutter kniete auf der Bettstatt und flehte ihn schluchzend an. Tränen und Rotz liefen ihr übers Gesicht: «Mein Herr... ehrenwerter Herr Kommandant... verschont uns... bitte, verschont uns... habt ihr denn zu Hause keine Frauen, Töchter, Schwestern...»

Die Rattenfalten im Gesicht des Japaners zuckten ein paarmal. Hinter seinen schwarzen Augen lag ein hellblauer Nebel versteckt. Natürlich kann er die tränenreichen Beschwörungen meiner Zweiten Großmutter nicht verstanden haben, aber um was es ging, schien ihm klar zu sein. Sie sah, wie seine Schultern hilflos zuckten, als ihm das Weinen meiner kleinen Tante ins Ohr drang, und das fieberhafte Zucken der Rattenwangen verlieh seinem Gesicht den Anschein hilflosen Mitleids. Er sah seinen Kumpel neben dem Bett blöde an, und Zweite Großmutter warf einen verstohlenen Blick auf die übrigen fünf Japaner. Sie sahen alle verschieden aus, aber sie konnte eine ölig grüne wäßrige Weichheit erkennen, die unter der harten Kruste der Bösartigkeit auf ihren Gesichtern Wogen schlug. Sie gaben sich Mühe, den Ausdruck bösartigen Spotts beizubehalten, mit dem sie den hageren Japaner auf dem Bett anblickten. Er wandte schnell den Blick ab. Ebenso schnell sah ihm Zweite Großmutter in die Augen. Die blaugrüne Nebelschicht war träge geworden wie eine regenschwere Kumuluswolke vor dem Gewitter. Die Rattentaschen schienen sich von seinen fieberhaft zuckenden Backen trennen zu wollen. Zähneknirschend, als müsse er gegen ein tiefsitzendes Gefühl angehen, schob er die glänzende Spitze seines Bajonetts vor den offenen Mund meiner kleinen Tante.

«Du da, Hose ausziehen! Du Hose ausziehen!» Sein Chinesisch klang, als sei seine Zunge gelähmt, aber er sprach es besser als der fette Kahlkopf.

In diesem Augenblick begann Zweite Großmutter, die sich gerade erst vom Bann des Wiesels befreit hatte, wieder den Bezug zur Realität zu verlieren. Sie sah den Japaner, der auf ihrem Bett stand, in einem Augenblick als einen gebildeten Gelehrtentyp, im nächsten als genaues Abbild des schwarzschnäuzigen Wiesels. Lautes, krampfartiges Schluchzen durchzuckte sie. Die glänzende Bajonettspitze war tief im Mund meiner kleinen Tante vergraben. Scharfer, herzzerreißender Schmerz und Fürsorge für ihr Kind, wie sie keine Wölfin hätte stärker empfinden können, ließen sie wieder zur Besinnung kommen. An sich selbst verschwendete sie nicht einen Gedanken mehr. Rasch zog sie die Hose, die Unterhose und das Hemd aus, bis sie splitternackt dastand. Dann schleuderte sie das Stoffbündel beiseite, mit dem sie ihre Hose ausgestopft hatte, und traf dabei, ohne es zu wollen, einen jungen Japaner mitten ins Gesicht. Das eng zusammengerollte Bündel fiel dem jungen Mann direkt vor die Füße, und er stand wie angefroren da. Seine hübschen Augen blickten verwirrt in die Welt. Zweite Großmutter lachte ihn hysterisch an. Ihren Augen entströmten Tränen. Sie legte sich auf den Rücken und sagte mit lauter Stimme: «Kommt schon, kommt schon, tut, was ihr wollt! Aber rührt mein Kind nicht an! Rührt mir nur mein Kind nicht an!»

Der japanische Soldat auf dem Bett zog das Bajonett zurück und stand wie leblos mit müde herabhängenden Armen da. Zweite Großmutter lag ausgestreckt da, und ihr nackter Körper hatte die appetitliche Farbe gerösteter, leicht angebrannter Hirse. Ein leuchtendheller, nahezu magisch verklärter Sonnenstrahl fiel zwischen ihre Beine, als beleuchte er eine herrliche alte Legende oder einen Mythos, als beleuchte er die jungfräuliche Grotte der Feen, als beleuchte er das wohlwollende und zugleich majestätische Auge Gottes. Die Japaner blickten auf den Pfad, den jeder Mensch gehen muß, auf das Organ, das auch die besaßen, die sie liebten. Ihre Augen trübten sich, und ihre Gesichter wurden hart wie Ton.

Ich habe oft darüber nachgedacht, ob Zweite Großmutter der Vergewaltigung entkommen wäre, wenn es nur ein japanischer Soldat gewesen wäre, der an jenem Tag vor ihrem prachtvollen nackten Körper stand. Aber ich bezweifle es. Wäre es nur ein männliches Tier in menschlicher Form gewesen, das da stand, und hätte er nicht unter dem Zwang gestanden, sich wie ein dressierter

Affe zu benehmen, er hätte seine reichbestickte Uniform um so wilder und besessener ausgezogen, um sich wie eine Bestie auf sie zu stürzen. Unter normalen Umständen hält die Macht der Moral das rauhhaarige Tier in uns unter einem harmlosen Äußeren gefangen. Eine ruhige und friedfertige Gesellschaft ist die Schule der Menschlichkeit, und wilde Tiere in Gefangenschaft nehmen immer mehr von der menschlichen Natur an, je länger sie gefangengehalten werden. Einverstanden? Ja oder nein? Also was? Wenn ich kein Mensch wäre und wenn mir das Schwert der Rache in die Hand gegeben wäre, würde ich jeden einzelnen Menschen auf der Welt umbringen! Wäre es an jenem Tag nur ein japanischer Soldat gewesen, der vor dem prachtvollen nackten Körper meiner Zweiten Großmutter stand, hätte er vielleicht an seine Mutter oder an seine Frau gedacht und wäre still wieder gegangen. Was meinen Sie?

Die sechs Japaner rührten sich nicht. Sie starrten den nackten Körper meiner Zweiten Großmutter an wie die Opfergabe auf einem Altar. Keiner wollte gehen, keiner wagte zu gehen. Sie lag ausgestreckt da wie ein gewaltiger Hundsfisch in der glühenden Sonne. Meine kleine Tante war heiser vom Weinen, die Geräusche wurden schwächer, die Pausen länger. Als Zweite Großmutter den japanischen Soldaten ihren Körper anbot, hatte sie ihre überquellende Energie in der Tat gebändigt. Als sie sich auf dem Bett hinstreckte wie eine liebevolle Mutter vor ihren Söhnen, dachten sie alle über den Weg nach, den sie gegangen waren.

Ich glaube, wenn Zweite Großmutter ein wenig länger durchgehalten hätte, hätte sie den Sieg errungen. Zweite Großmutter, nachdem du schon so dalagst, warum mußtest du aufstehen und deine Kleider wieder anziehen? Kaum hattest du ein Bein ins Hosenbein gesteckt, schon wurden die japanischen Soldaten neben dem Bett unruhig. Der Dicke, den du in die Nase gebissen hast, warf das Gewehr beiseite und kletterte auf die Bettstatt. Du sahst seine verletzte Nase angeekelt an, und der Wahnsinn überkam dich wieder. Aber der hagere Japaner, der dich zu zähmen gewußt hatte, sprang auf, riß seinen fetten Kumpel beiseite, ballte drohend die Fäuste und knurrte seine Kameraden, die noch unten standen, in einer Sprache an, die du nicht verstehen konntest. Dann warf er sich, ehe du noch zur Besinnung gekommen warst, über dich. Keuchen, das dem Krähen eines Hahns glich, und ein Atem, der nach Pferdemist stank, fielen wie Regen auf dein Gesicht.

Das Bild des schwarzschnäuzigen Wiesels erschien vor deinem inneren Auge. Wieder schriest du auf wie eine Wahnsinnige. Aber dein Wahnsinn weckte nur den Wahnsinn der japanischen Soldaten, deinen Schreien antwortete ein Chor von Schreien aus ihren Mündern.

Der kahle Japaner mittleren Alters war es, der den hageren Japaner von deinem Körper riß. Dann preßte er sein wildes Gesicht gegen das deine, und du schlossest angeekelt die Augen. Du glaubtest, du könntest fühlen, wie sich der drei Monate alte Embryo in deinem Bauch wand, und du hörtest die erstickten Schreie meiner kleinen Tante wie das Geräusch eines rostigen Messers am Wetzstein, die schweinischen Atemzüge des kahlen Japaners und das Fußstampfen und obszöne Gelächter der Japaner, die rund um das Bett standen. Der kahle Japaner kaute mit messerscharfen Zähnen an deinem Gesicht, als wollte er sich dafür rächen, daß du ihn in die Nase gebissen hattest. Tränen, frisches Blut und der Speichel des kahlen Japaners, dicker, zäher Speichel, flossen über dein Gesicht. Plötzlich brach frisches rotes heißes Blut aus deinem Mund, und ein widerlicher Gestank drang in deine Nase. Der Embryo wand sich in deinem Bauch und löste Wellen von leberzerreißendem, lungendurchbohrendem Schmerz aus. Jeder Muskel, jeder Nerv deines Körpers spannte sich an und verknotete sich wie eine Bogensehne. Der Embryo schien sich im tiefsten Winkel deines Körpers verbergen zu wollen, um der unauslöschlichen Schande zu entgehen. Zorn kochte in deinem Herzen, und als die fettigen Backen des Soldaten über deine Lippen strichen, machtest du einen schwachen Versuch, ihn zu beißen. Seine Haut war zäh wie Gummi und schmeckte sauer. Angewidert hast du losgelassen, und deine angespannten Muskeln und Nerven erschlafften gelähmt.

Der letzte, der sich auf Zweite Großmutter warf, war der junge Soldat mit den schönen Augen. In seinem Gesicht war nichts als

Scham zu sehen, nur die schönen Augen füllte die Panik eines gehetzten Kaninchens. Sein Körper roch nach Wermutkraut. Zwischen zitternden vollen roten Lippen glänzten die Zähne silbrig. Ein Anfall von Mitleid überkam Zweite Großmutter, und traurige und zugleich süße Stiche einer Nadel von Stahl bohrten sich in ihr betäubtes Herz. Unter Tränen blickte sie in ein Gesicht auf, das unter Schweißperlen von Selbsthaß und Scham gezeichnet war. Zuerst rieb er sich an ihrem Körper, aber dann hörte er damit auf und wagte sich nicht mehr zu bewegen. Sie spürte seine Gürtelschnalle, die sich in ihren Bauch preßte, und das Zittern, das durch seinen Körper ging.

Die Soldaten, die um das Bett standen, brüllten vor Lachen und machten spöttische Bemerkungen über ihren impotenten jungen Kameraden. Der hagere Japaner, der inzwischen wieder bei Atem war, sprang auf das Bett, riß den jungen Soldaten roh beiseite und führte seine eigene Potenz ohne einen Anflug von Scham oder Verlegenheit vor. Zweite Großmutter fühlte sich vom Hals abwärts wie tot. In ihrem Kopf kreiste etwas Gelbes, etwas Gelbes und Elliptisches...

Später hörte sie aus weiter Entfernung einen Schrei meiner kleinen Tante, der ihr das Blut gerinnen ließ. Mühsam öffnete sie die Augen und sah etwas, das sie für einen Alptraum hielt: Der junge Soldat mit den schönen Augen stand auf dem Bett und hob meine kleine Tante auf der Spitze seines Bajonetts in die Luft, ließ sie ein paarmal in weitem Bogen kreisen und schleuderte sie dann von sich. Wie ein großer Vogel mit flatternden Flügeln segelte meine kleine Tante langsam durch die Luft und landete neben dem Bett auf dem Boden. Die kleine rote Jacke öffnete sich im Sonnenschein, begann sich auszubreiten wie ein Stück weiche, glatte rote Seide und füllte allmählich das Zimmer mit wehenden, hellen Wogen.

Die Arme meiner kleinen Tante erstarrten im Flug, und das Haar stand ihr vom Kopf wie die Borsten eines Stachelschweins. Der junge japanische Soldat stand da und hielt sich an seinem Gewehr fest. Aus seinen Augen flossen klare blaue Tränen.

Zweite Großmutter schrie so laut sie konnte und versuchte

sich aufzurichten. Aber ihr Körper war bereits tot. Vor ihren Augen flammte eine Welle von Gelb auf, dann ein grünes Licht. Schließlich versank sie in einer tuscheschwarzen Flut.

Schwingt eure Säbel und schlagt die Japaner!
Die Hirse ist rot, der Feind kommt von Ost.
Sie schänden das Land. Sie schänden die Frauen.
Brüder, die ihr das Vaterland liebt,
Gekommen ist zum Kampf die Zeit.

5

Großvater kam am nächsten Morgen in das Dorf an der Salzwassermündung. Er war vor Morgengrauen auf einem unserer beiden großen schwarzen Maultiere aufgebrochen und kam an, als die Sonne über den Bergen erschien. Bei seiner Abreise hatte er sich mit Großmutter gestritten, und seine schlechte Laune hatte sich auf dem ganzen Weg nicht verflüchtigt. Das prächtige Kaleidoskop farbigen Morgenlichts im Sonnenaufgang über dem schwarzen Boden von Nordost-Gaomi würdigte er keines Blickes und sah auch die Krähen nicht an, die auf grünen Schwingen in den vormorgendlichen Himmel aufstiegen. Er peitschte das Maultier gnadenlos mit den Zügelenden aus gewundenem Hanf. Das wandte den Kopf und starrte den Mann auf seinem Rücken an. Es war überzeugt, sich ohnehin schon mit der höchstmöglichen Geschwindigkeit zu bewegen, und wußte, daß jeder weitere Versuch, es anzutreiben, zum Scheitern verurteilt war. Tatsächlich marschierte es recht flott voran.

Mit Großvater auf dem Rücken trottete das große schwarze Maultier so schnell es konnte über den gewundenen Feldweg. Die Hufe schleuderten Erdklumpen in die Morgenluft, und die Hufeisen glitzerten wie helle Mondsicheln. Pfützen von herbstlichem Regenwasser standen in den tiefen, engen Spuren der Wagenräder, die vor ihnen vorbeigezogen waren. Großvater saß bleich und stocksteif auf dem Rücken des Tieres und fing die Stöße und Schläge der Straße auf. Erdmäuse, auf der Suche nach ihrem Frühstück, brachten sich vor dem Hufschlag in Sicherheit.

Großvater hatte in der Empfangshalle der Brennerei mit dem alten Onkel Luohan getrunken, als er von Nordwesten her Artillerie- und Gewehrfeuer hörte. Fast wäre ihm das Herz stehengeblieben. Er stürzte aus dem Haus und sah sich auf der Straße um, aber alles schien seinen normalen Gang zu gehen, so ging er wieder ins Haus und trank weiter mit Onkel Luohan, der immer noch Vorarbeiter in der Brennerei war. Als es hieß, Großvater sei ermordet worden, und als Großmutter mit Schwarzauge wegging, rollten die Brennereiarbeiter ihr Bettzeug zusammen und gingen auf Arbeitssuche. Doch Onkel Luohan blieb wie ein treuer Wachhund zurück und paßte auf den Familienbesitz auf. Er war fest davon überzeugt, daß die dunkle Nacht bald zu Ende sei und ein neuer Morgen anbrechen werde. Er hielt die Stellung, bis Großvater, der den Klauen des Todes entsprungen war, aus dem Gefängnis ausbrach und sich mit Großmutter versöhnte, die bereit war, wieder zu ihm zu ziehen. Sie trug Vater in den Armen, als sie von der Salzwassermündung heimkehrte. Als sie an das verfallene Tor klopften, stürzte Onkel Luohan wie von Furien gehetzt aus dem Schuppen, in dem er sich eingerichtet hatte, und als er seinen Herrn und seine Herrin erkannte, warf er sich auf den Boden, und heiße Tränen rannen über sein wettergegerbtes Gesicht. Onkel Luohan war ein so grundanständiger und treu ergebener Mann, daß Großvater und Großmutter ihn wie ihren eigenen Vater behandelten. Wo es um die Angelegenheiten der Brennerei ging, ließen sie ihm – auch in Geldfragen – freie Hand, egal, um wieviel Geld es ging, und prüften nie seine Buchhaltung.

Die Sonne stand hoch im Südosten, als man wieder Gewehrfeuer hörte, und Großvater wußte, daß das Geräusch irgendwo aus der Gegend der Salzwassermündung kam, vielleicht sogar aus dem Dorf selbst. Besorgt und ungeduldig wollte er das Maultier fertigmachen und losziehen, aber Onkel Luohan bat ihn abzuwarten, wie die Dinge sich entwickeln würden, und sich nicht voreilig in eine mögliche Katastrophe zu stürzen. Onkel Luohans Vorschlag war vernünftig, aber Großvater war zu unruhig, um still sitzen zu bleiben. Während er auf den Bericht des Arbeiters wartete, der auf Befehl Onkel Luohans die Lage erkunden sollte, lief er ständig aus der Empfangshalle heraus und wieder hinein. Atemlos, mit schweißbedecktem Gesicht und schlammbedecktem Körper, kam der Mann kurz vor Mittag zurück und berichtete, daß die Japaner das Dorf an der Salzwassermündung bei Tagesanbruch umzingelt hatten. Niemand wußte genau, was im Dorf vor sich ging. Er hatte sich anderthalb Kilometer vor dem Dorf in einem Schilfbusch versteckt. Er hatte bestialische Schreie und Wolfsgeheul gehört und dicke Rauchsäulen über dem Dorf gesehen. Der Mann ging, und Großvater schenkte sich etwas Schnaps ein, warf den Kopf in den Nacken, leerte die Schale und rannte los, um die Pistole zu holen, die er vor langer Zeit in einem Loch in der doppelten Lehmwand versteckt hatte.

Auf dem Weg aus der Empfangshalle traf er auf sieben oder acht abgerissene, bleiche Flüchtlinge von der Salzwassermündung. Sie führten ein glotzäugiges haarendes Maultier mit zwei Körben auf dem Rücken. Eine zerrissene Jacke mit herausquellendem Futter bedeckte den linken Korb, der Inhalt des rechten war ein etwa vierjähriger Junge. Großvater sah auf den hageren Nacken, den zu großen Kopf und die langen, fleischigen Elefantenohren des Jungen, der friedlich in einem Korb saß, sich um nichts kümmerte und mit einem rostroten Messer an einem weißen Weidenzweig herumschnitzte. Holzspäne flogen aus dem Korb. Großvater, der von dem Kind fasziniert war, erkundigte sich bei seinen Eltern nach dem Stand der Dinge im Dorf. Dabei sah er die ganze Zeit das Kind an, das so in seine Schnitzerei versunken war und so große Ohren hatte: Vorzeichen für Glück, ein langes Leben und Erfolg.

Seine Eltern wollten die Taten der Japaner im Dorf beschreiben und unterbrachen einander ständig. Sie hatten es ihrem Sohn zu verdanken, daß sie entkommen waren, denn der hatte am Nachmittag herumgequengelt und verlangt, seine Großmutter mütterlicherseits zu besuchen, und nichts hatte ihn davon abbringen können. Schließlich hatten sie nachgegeben und früh am Morgen ihr Maultier beladen. Als die ersten Schüsse fielen, waren sie den Japanern, die sofort das Dorf umzingelten, immer um einen Schritt voraus. Die anderen Flüchtlinge, die knapp dem Rachen des Todes entkommen waren, erzählten von ihrer Flucht. Als Großvater nach Zweiter Großmutter und meiner kleinen Tante Xiangguan fragte, schüttelten sie die Köpfe, machten ein besorgtes Gesicht und stotterten, ohne etwas zu sagen.

Der Junge im Körbchen ließ die fleißigen Hände auf den Bauch sinken, hob den Kopf und sagte mit geschlossenen Augen und schwacher Stimme: «Warum geht es nicht weiter? Warten wir darauf, daß sie uns umbringen?» Seine Eltern erstarrten einen Augenblick, schienen über den möglichen prophetischen Gehalt seiner Worte nachzudenken und erwachten dann wieder in die Wirklichkeit, die sie umgab. Die Mutter starrte Großvater in seinen bunten Kleidern düster an, der Vater versetzte dem Maultier einen Schlag auf den Rücken, und die Flüchtlinge zogen unruhig wie heimatlose Katzen und munter wie Fische, die dem Netz entronnen sind, weiter die Straße entlang. Großvater sah den Rücken nach, die sich entfernten, und behielt den Knaben mit den großen hängenden Ohren im Blick. Seine Ahnung sollte sich bewahrheiten, denn zwanzig Jahre später erwies sich der kleine Schweinehund in dem Sündenpfuhl, das die Gemeinde Nordost-Gaomi für ihn war, als ein von dämonischem Fanatismus besessener Eiferer.

Großvater eilte zum Westflügel und öffnete das Versteck in der doppelten Wand, um seine Pistole herauszuholen. Sie war verschwunden, aber wo sie gelegen hatte, konnte man ihre Umrisse noch erkennen. Irgend etwas stimmte nicht. Er drehte sich um und erblickte Großmutter, die ihn mit verächtlichem Lächeln ansah. Die dünnen Augenbrauen zogen sich über einem dunklen, trübsinnigen Gesicht nach unten; die Lippen verzogen sich zu einem Grinsen, das von einer Backe zur anderen reichte. Großvater starrte sie drohend an und schrie: «Wo ist meine Pistole?»

Großmutters Oberlippe zuckte verächtlich. Sie schnaubte kalt durch die hochgezogene Nase. Mit einem letzten abfälligen Blick griff sie zum Staubwedel und fing an, das Bettgestell abzustauben.

«Wo ist meine Pistole?» brüllte Großvater mit Donnerstimme.

«Wie zum Teufel soll ich das wissen?» gab sie zurück und prügelte gnadenlos auf das unschuldige Bettzeug ein.

«Gib mir meine Pistole», sagte Großvater und versuchte, seiner Nervosität Herr zu werden. «Die Japaner haben das Dorf an der Salzwassermündung umzingelt», sagte er, so ruhig er konnte. «Ich muß nachsehen, was los ist.»

Großmutter drehte sich ärgerlich zu ihm um und sagte: «Dann geh doch! Was geht das mich an?»

«Dann gib mir meine Pistole!»

«Ich weiß von nichts. Frag mich nicht danach.»

Großvater trat ganz nah an sie heran und sagte: «Du hast meine Pistole gestohlen und sie Schwarzauge gegeben, oder etwa nicht?»

«Jawohl! Ich habe sie ihm gegeben! Und außerdem hab ich mit ihm geschlafen. Und es war toll! Ich habe mich großartig amüsiert!»

Großvaters Mund verzog sich zu einem bösartigen Grinsen. «Ach so!» sagte er nur. Dann ballte er die Faust und schlug sie ihr genau auf die Nase. Dunkles Blut spritzte aus Großmutters Nase. Sie schrie erschreckt auf und fiel wie eine umstürzende Säule zu Boden. Als sie sich mühsam aufraffte, schlug er ihr die Faust in den Nacken. Er legte all seine Kraft in den zweiten Hieb, und sie flog vier oder fünf Meter durchs Zimmer, bis sie gegen eine Truhe an der Wand donnerte.

«Nutte! Dreckige Sau!» zischte Großvater zwischen zusammengepreßten Zähnen hervor. Er kochte vor Wut. Das schwarze Blut, das sich jahrelang aufgestaut hatte, kreiste wie Gift in seinen Adern. Er dachte an die unaussprechliche Schande zurück, als Schwarzauge ihn zusammengeschlagen hatte, und daran, wie oft er sich Großmutter vorgestellt hatte, die stöhnend, nach Luft schnappend, sich schamlos räkelnd unter dem Wolfsmann lag. Seine Eingeweide wanden sich wie Schlangen, Mittsommerhitze durchzuckte seinen Körper, er griff nach dem Türriegel aus Dattelholz und wollte ihn Großmutter auf den blutbefleckten Kopf schlagen. Mit gespanntem Hals versuchte sie so hartnäckig und energisch wie eh und je wieder auf die Füße zu kommen.

«Nein, Pflegevater!» schrie Vater, der ins Zimmer stürzte und nach dem Türriegel griff, den Großvater gerade durch die Luft schwang.

Vaters Schrei hat Großmutter das Leben gerettet. Er war auch der Grund, daß sie nicht durch Großvaters Hände, sondern durch eine japanische Kugel starb und daß ihr Tod so ruhmreich und leuchtend wurde wie reife rote Hirse.

Großmutter kroch auf Großvater zu und schlang die Arme um seine Knie. Krämpfe durchschossen die brennendheißen Arme, die sie gegen seine stahlharten Beine rieb. Sie hob ihm das düstere, von Blut und Tränen überströmte Gesicht entgegen und sagte: «Zhan'ao, Zhan'ao! Geliebter, mein Geliebter, bring mich um, na los, töte mich schon. Du ahnst nicht, wie es mir weh tut, wenn ich dich gehen sehe, und wie sehr ich mir wünsche, daß du dableibst. Da draußen sind überall Japaner, und ich habe Angst, daß du nie mehr zurückkommst. Du bist groß und stark, aber du bist ganz allein mit deiner Waffe, Geliebter, und selbst der Tiger ist der Wolfsmeute nicht gewachsen. Die kleine Nutte ist an allem schuld. Ich habe die ganze Zeit an dich gedacht, Geliebter, als ich mit Schwarzauge zusammen war, und ich lasse dich nicht in den Tod rennen. Ich kann nicht leben ohne dich! Außerdem darfst du sowieso erst morgen gehen. Meine zehn Tage sind noch nicht vorbei. Sie hat mir die Hälfte von dir gestohlen... also gut, wenn es sein muß... sie kann einen von meinen Tagen haben.»

Als sie ihr Gesicht an seine Beine preßte, fühlte es sich an, als wolle sie verbrennen. Alles, was er an ihr liebte, fiel ihm ein, und als er Vater ansah, der sich ängstlich hinter der Tür versteckte, überkam ihn Reue. Er haßte sich für seine eigene Brutalität. Er bückte sich, hob meine halb ohnmächtige Großmutter auf und trug sie zum Bett. In diesem Augenblick faßte er den Entschluß, erst am nächsten Morgen zum Dorf an der Salzwassermündung zu reiten. Der Himmel möge Mutter und Tochter dort beschützen und alles Übel von ihnen fernhalten.

Großvater galoppierte auf seinem Maultier von unserem Dorf zum Dorf an der Salzwassermündung. Die Entfernung betrug kaum acht Kilometer, aber die Strecke kam ihm endlos vor, und wenn das schwarze Maultier auch dahinstürmte wie der Wind, war es Großvater doch nicht schnell genug, und er peitschte es mitleidlos mit den Hanfzügeln. Er glaubte, er werde die acht Kilometer niemals schaffen. Lehmklumpen stoben unter den galoppierenden Maultierhufen in alle Himmelsrichtungen. Ein dünner Staubschleier hing in der Luft über den Feldern. Schwarze Wolkenströme wanden sich über den Himmel. Im Wind, der von der Salzwassermündung herüberwehte, lag ein eigentümlicher Gestank.

Großvater ritt, ohne einen Blick an die verstreuten Leichen und Kadaver zu verschwenden, durchs Dorf und direkt zum Hoftor meiner Zweiten Großmutter. Er zügelte sein Reittier und stürzte in den Hof. Der Anblick der aufgebrochenen Haustür und der Blutgestank in der Luft ließen sein Herz sinken. Er wollte den Blutgeruch nicht wahrhaben. Er rannte über den Hof ins Haus und durch die Schlafzimmertür, die schief in den Angeln hing. Sein Herz sank, als habe man es mit einem Stein beschwert. Zweite Großmutter lag in der Stellung auf dem Bett, die sie eingenommen hatte, als sie ihren Körper als Preis für das Leben meiner kleinen Tante angeboten hatte. Xingguan lag auf dem Lehmboden vor dem Bett. Ihr Kopf war in eine Pfütze ihres eigenen Bluts getaucht, ihr Mund zu einem stummen Schrei geöffnet.

Großvater stieß einen brüllenden Schrei aus, zog die Pistole und wankte aus dem Haus. Er sprang auf das schwarze Maultier, das immer noch nach Luft rang, schlug ihm den Pistolenlauf gegen den Rumpf und wollte als Engel der Rache in die Bezirksstadt fliegen, um den Mord zu rächen. Erst als er einen Klumpen dürren gelben Riedgrases bemerkte, der still und feierlich in der Morgensonne stand, merkte er, daß er den falschen Weg eingeschlagen hatte. Er ließ das Maultier umkehren und schlug den Weg zur Bezirksstadt ein. Hinter sich hörte er immer wieder von langem Schweigen unterbrochene Rufe, aber er prügelte auf das Maultier ein, ohne zurückzublicken. Das verängstigte Maultier konnte die Prügel nicht mehr ertragen und schlug aus. Je mehr es sich wehrte, desto wütender wurde Großvater. Er peitschte es so kräftig, daß es mit den Hinterbeinen drei Meter hoch über dem Erdboden ausschlug. Er tobte all seine Wut an dem armen Tier aus, das sich so wild wand und aufbäumte, daß es den Reiter schließlich in die Hirse vom letzten Jahr warf.

Wie ein verwundetes Tier stand Großvater wieder auf und richtete die Pistole auf den schmalen Kopf des schweißüberströmten Maultiers, das mit gesenktem Kopf starr dastand und verzweifelt schnaufte. Sein Körper war von gänseeigroßen Schwielen und dunklen Blutstriemen bedeckt. Großvater brachte mit zitterndem Arm die Pistole in Anschlag. Gerade in diesem Augenblick kam aus dem roten Sonnenaufgang unser zweites Maultier mit Onkel Luohan auf dem Rücken angetrabt. Sein Fell glänzte wie mit goldenem Staub überzogen. Die gebrochenen Lichtstrahlen, die wie Blitze von den fliegenden Hufen sprangen, blendeten Großvater.

Erschöpft sprang Onkel Luohan vom Maultier, machte ein paar taumelnde Schritte und brach dann fast zusammen. Er schob sich zwischen Großvater und das schwarze Maultier und griff mit schwacher Hand nach der Pistole. «Zhan'ao», sagte er, «komm zu dir!»

Als er in Onkel Luohans altvertrautes Gesicht blickte, verwandelte sich Großvaters kochende Wut in siedenden Kummer, und Tränen liefen ihm übers Gesicht. «Onkel», sagte er mit erstickter Stimme, «alle beide... Mutter und Tochter... es ist entsetzlich.»

Vom Kummer überwältigt, hockte er auf dem Boden. Onkel Luohan half ihm auf die Füße und sagte: «Direktor Yu, der Edle wartet ein Jahrzehnt, bis er Rache nimmt. Du solltest ins Dorf gehen und dich um alles kümmern, damit die Toten in Frieden ruhen können.»

Sich mühsam auf den Füßen haltend, stolperte Großvater ins Dorf, und Onkel Luohan folgte ihm mit den beiden Maultieren.

Zweite Großmutter war nicht tot. Sie blickte Großvater und Onkel Luohan, die neben dem Bett standen, in die Augen. Großvater sah ihre üppigen schweren Wimpern, die brechenden Augen, die blutig gebissene Nase, die zerkratzten Wangen und die geschwollenen Lippen, und sein Herz fühlte sich an, als habe es ein Messerhieb durchschlagen. Der brennende Schmerz mischte sich mit einer Erregung, deren er nicht Herr werden konnte.

Kleine Wassertropfen quollen aus ihren Augenwinkeln, und die Lippen zitterten schwach, als sie ausrief: «Geliebter...»

«Lian'er...», rief Großvater verzweifelt.

Schweigend verließ Onkel Luohan den Raum.

Großvater beugte sich über das Bett und zog Zweiter Großmutter die Kleider wieder an. Sie schrie auf, wenn seine Hand ihre Haut berührte, und fing an zu toben wie damals, als sie von dem Wiesel besessen war. Er hielt ihre Arme fest und zog ihr die Hosen über den toten, beschmutzten Unterleib.

Onkel Luohan kam ins Zimmer. «Direktor Yu, ich habe bei den Nachbarn einen Wagen geliehen... Wir bringen Mutter und Tochter nach Hause, bis es ihnen bessergeht...»

Er wartete auf ein Zeichen von Großvater. Der nickte.

Onkel Luohan griff nach zwei Decken und breitete sie draußen auf dem Boden des hochrädrigen Wagens aus. Großvater nahm Zweite Großmutter auf die Arme. Ein Arm lag unter ihrem Nakken, der andere unter den Knien, als trage er einen Schatz von unschätzbarem Wert. Vorsichtig stieg er über die Türschwelle und ging hinaus. Er trug sie über den Hof, in dem noch die Hufspuren der japanischen Pferde zu sehen waren. Er ging durch das zerbrochene Tor auf die Straße, wo ein großer Wagen mit Speichenrädern auf sie wartete. Die Deichsel zeigte nach Südosten. Onkel Luohan spannte eines der Maultiere ein. Das schwarze Maultier, das Großvater blutig gepeitscht hatte, wurde hinten angebunden. Großvater legte meine schreiende Zweite Großmutter, deren Augen nur noch waagerechte Schlitze waren, auf den Wagenboden. Er mußte sie nur ansehen, um zu wissen, wie sie sich bemühte, tapfer zu sein, aber er wußte auch, daß ihre Kräfte kaum mehr reichten.

Als Zweite Großmutter versorgt war, drehte er sich um und sah Onkel Luohan mit tränenüberströmtem Gesicht auf sich zukommen. In den Armen trug er die Leiche meiner kleinen Tante Xiangguan. Großvaters Kehle schien von einer eisernen Zange zusammengeschnürt. Tränen flossen über seine Nase, in seinen Mund, in seine Kehle. Er hustete und würgte. Er hielt sich an der Wagenachse fest, blickte zum Himmel auf und sah den riesigen achteckigen smaragdfarbenen Feuerball der Sonne, der sich wie ein wild gewordenes Wagenrad vom Südosten her auf ihn zuwälzte.

Großvater, der die Leiche meiner kleinen Tante im Arm hielt, blickte hinab auf ein von unerträglichem Schmerz verzerrtes Gesicht. Zwei heiße Altmännertränen fielen zur Erde. Er legte die Leiche meiner kleinen Tante neben den toten Unterleib meiner Zweiten Großmutter, hob eine Ecke der Decke hoch und bedeckte das entsetzte Gesicht meiner kleinen Tante.

«Steig auf, Direktor Yu», sagte Onkel Luohan.

Großvater saß teilnahmslos auf dem Geländer und ließ die Beine an der Seite herabhängen.

Onkel Luohan ließ die Zügel schnalzen. Er beugte sich zu dem schwarzen Maultier vor, und mit schwerem Achsendrehen begann der Wagen voranzurollen. Das trockene ungeölte Sandelholz stöhnte schwer, dann quietschten die Räder laut, und der Wagen bewegte sich mühsam aus dem Dorf an der Salzwassermündung und auf die Straße zu unserem Dorf, wo der Duft von Hirsebrand in der Luft lag. Schlaglöcher in der Landstraße schüttelten den Wagen heftig, und das laute protestierende Quietschen der Räder klang nach Todesschreien. Großvater drehte sich um und ließ die Beine in den Wagen hängen. Obwohl es aussah, als habe die beschwerliche Fahrt Zweite Großmutter in den Schlummer gewiegt, waren ihre neblig grauen Augen noch immer geöffnet. Großvater hielt ihr den Finger unter die Nase und spürte ihren Atem. Er war schwach, aber noch spürbar, und das beruhigte ihn.

Ringsum ein weites offenes Feld, ein Wagen des Leidens, der es durchquert, darüber ein Himmel so grenzenlos wie ein schwarzes Meer, flacher schwarzer Boden, so weit das Auge sieht, selten, wie eine treibende Insel, ein Dorf. Großvater hatte den Eindruck, die Welt bestünde aus verschiedenen Grüntönen.

Die Deichselarme waren viel zu eng für unser großes Maultier, und die Speichenräder waren zu leicht. Sein Bauch war zwischen die Arme geklemmt, und es wollte davonrennen. Aber Onkel Luohan war Herr über die Trense, und es konnte in seinem stummen Protest nichts tun als die Vorderbeine hochwerfen, als wolle es tänzeln. Onkel Luohans Mund murmelte flüsternd Verwünschungen: «Verdammte Schweine ... verdammte unmenschliche Schweine ... haben die ganze Familie nebenan massakriert ... haben der Schwiegertochter den Bauch aufgeschlitzt ... der Embryo neben ihr auf dem Boden ... kaum mehr zu erkennen ... perverse Schweine ... das Baby sah aus wie eine gehäutete Ratte ... ein Haufen gelbe flüssige Scheiße ... verdammte Schweine ...»

Vielleicht wußte er, daß Großvater seinen Flüchen lauschte, aber er sah sich nicht um. Er hielt die Zügel fest und hinderte das Maultier daran, sich zu wehren. Es wedelte ungeduldig mit dem Schwanz und schlug ihn geräuschvoll gegen das vordere Querholz. Das schwarze Maultier, das hinten am Wagen angebunden war, lief mit tiefgebeugtem Kopf hinterher, aber niemand konnte sehen, ob sein langes Gesicht von Empörung, Wut, Scham oder bedingungsloser Kapitulation sprach.

6

Vater erinnerte sich, daß der Maultierwagen mit der kaum mehr atmenden Zweiten Großmutter und der Leiche meiner kleinen Tante Xiangguan gegen Mittag unser Dorf erreichte. Ein starker Nordwestwind wirbelte auf den Straßen Staubwolken auf und raschelte im Laub der Bäume. In der trockenen Luft schälten sich seine Lippen. Als der Wagen mit einem vorgespannten Maultier und einem, das hinten angebunden war, im Dorf auftauchte, rannte Vater ihm flink wie der Wind entgegen. Onkel Luohan humpelte neben dem ächzenden und krächzenden Wagen her. Eine staubige, klebrige Schleimschicht saß den Maultieren so wie Großvater und Onkel Luohan in den Augenwinkeln wie Spatzendreck. Großvater saß auf der Seitenwand und hielt den Kopf in beiden Händen, wie eine Tonstatuette oder ein holzgeschnitztes Götterbild. Der Anblick verschlug Vater die Sprache. Als er noch zwanzig Meter von dem Wagen entfernt war, entdeckte seine scharfe Nase – oder eher eine Art von schicksalhaftem Geruchssinn – einen unheilverheißenden Duft, der von dem Wagen ausging. Erschreckt kehrte er um und lief nach Hause, um Großmutter, die unruhig auf und ab ging, zuzurufen: «Mutter, Vater ist wieder da, das Maultier zieht einen langen Wagen, hinten drin sind tote Leute, Vater sitzt auf dem Wagen, Onkel Luohan führt das Maultier, das andere Maultier läuft hinterher.»

Großmutters Miene verriet ihr Entsetzen. Einen Augenblick stockte sie, dann lief sie hinter ihm her.

Die Wagenräder kamen knarrend zum Stillstand und quietschten ein letztes Mal auf, als der Wagen genau am Tor stehenblieb. Großvater stieg langsam ab und starrte Großmutter aus blutunterlaufenen Augen an. Der Anblick jagte Vater Furcht ein. Großvaters Augen erinnerten ihn an die Katzenaugen am Ufer des Schwarzwasserflusses in ihren ständig wechselnden Farben.

«Jetzt hast du, was du wolltest», zischte Großvater Großmutter an.

Sie wagte nicht, sich zu verteidigen, und trat ängstlich näher zum Wagen. Vater stand dicht hinter ihr, als sie in den Wagen sah. Die Falten der Bettdecke waren mit schwarzer Erde gefüllt, in der sich klobig die Umrisse von etwas abzeichneten, das darunter lag. Sie hob eine Ecke der Decke auf und ließ sie wieder fallen, als habe sie sich die Finger verbrannt. Vater, der scharfe Augen hatte, konnte das zu Brei geschlagene Gesicht meiner Zweiten Großmutter und den starren offenen Mund meiner kleinen Tante sehen.

Der offene Mund meiner kleinen Tante rief bei Vater viele schöne Erinnerungen wach. Auch wenn es Großmutter nicht recht war, hatte er oft ein paar Tage im Dorf an der Salzwassermündung verbracht. Großvater hatte ihm befohlen, meine Zweite Großmutter mit Zweite Mutter anzureden, und weil sie ihn immer behandelte, als sei er ihr eigener Sohn, fand er sie einfach großartig und hielt ihr einen Ehrenplatz in seinem Herzen frei. Wenn er sie besuchte, war es, als käme er nach Hause. Meine kleine Tante Xiangguan füllte die Luft mit honigsüßen Rufen nach ihrem «älteren Bruder». Die dunkelhäutige kleine Schwester war sein Liebling, und der feine, fast durchsichtige Flaum auf ihrem Gesicht faszinierte ihn. Am meisten liebte er ihre Augen, die glänzten wie Messingknöpfe. Aber immer, wenn sie auf dem Höhepunkt gemeinsamer Freude waren, schickte Großmutter irgend jemanden, der ihn nach Hause schleppte. Vater lag in den Armen des berittenen Boten auf seinem Maultier und blickte auf die kleine Tante Xingguan herab. Tränen standen in ihren leuchtenden Augen, und ihn überfiel schreckliche Trauer. Er fragte sich oft, warum Großmutter und Zweite Großmutter einander nicht ausstehen konnten.

Vater dachte daran, wie er einmal ein totes Baby gewogen hatte. Das war vor ein paar Jahren gewesen. Großmutter hatte ihn ins Tal der Toten Säuglinge anderthalb Kilometer vor dem Dorf mitgenommen. Das war der Ort, wo man die toten Babys wegwarf. Es war in unserer Gegend nicht üblich, Kinder unter fünf zu begraben. Man ließ sie im Freien liegen, wo sich die Hunde an ihnen gütlich tun konnten. Damals hielt man noch die traditionellen Geburtssitten ein, und da die ärztliche Versorgung primitiv war, war auch die Säuglingssterblichkeit hoch. Nur die Kräftigsten überlebten.

Manchmal beunruhigt mich das Gefühl, daß kultureller Verfall, wachsender Wohlstand und zunehmende Bequemlichkeit wohl eng miteinander verbunden sind. Wohlstand und bequemes Leben sind bewußt gewählte und zugleich natürlich vorherbestimmte Ziele menschlichen Strebens. So entsteht ein unausweichlicher, fundamentaler und erschreckender Widerspruch: Im Streben nach Wohlstand und Bequemlichkeit beraubt die Menschheit sich selbst einiger ihrer edelsten Eigenschaften.

Damals, als Vater mit Großmutter ins Tal der Toten Säuglinge östlich vom Dorf ging, war sie besessen von der «Blumenlotterie». Sie dachte fast nur noch an den Hauptgewinn. Dieses Glücksspiel im Kleinformat, bei dem man weder sehr viel gewinnen noch allzuviel verlieren konnte, hatte die Herzen der Dorfbewohner, besonders der Frauen, erobert. Da Großvater ein solides, von Wohlstand geprägtes Leben führte, wählten die Dorfbewohner ihn zum Präsidenten der Spielgemeinschaft. Er verschloß Zettel mit zweiunddreißig Blumennamen in einem Bambusrohr und zog dann jeden Tag öffentlich zwei Gewinnlose, eins am Morgen, eins am

Abend. Mal war es die Pfingstrose, ein andermal die Gartenrose, die chinesische Rose oder die Wildrose. Wessen Blume gezogen wurde, der gewann den dreißigfachen Einsatz. Das angesammelte Kapital wurde natürlich Großvater anvertraut. Die Frauen, deren Leben um die Blumenlotterie kreiste, bewiesen einen außerordentlichen Einfallsreichtum, wenn es darum ging, besondere Taktiken zu entwickeln, um den Namen der kommenden Ziehung zu erraten. Sie schütteten ihren kleinen Töchtern Schnaps in den Hals, um aus dem trunkenen Lallen die Wahrheit zu lesen, sie zwangen sich mit Gewalt zu ahnungsvollen Träumen, sie entwickelten komplizierte Pläne, die kaum zu beschreiben sind. Aber der Gang ins Tal der Toten Säuglinge entsprang allein Großmutters wildem Sinn für Schwarze Magie. Sie hatte die Namen von zweiunddreißig Blumen in den Balken einer Waage geritzt.

In jener Nacht war es so dunkel, daß Vater die eigene Hand nicht vor den Augen sehen konnte. Großmutter weckte ihn mitten in der Nacht. Erschreckt fuhr er aus dem Tiefschlaf auf und hätte sie vor Wut am liebsten angeschrien. «Keinen Ton», flüsterte sie. «Komm mit. Wir gehen Blumen raten.» Neugierig, wie er auf alles Geheimnisumwitterte war, war er sofort hellwach und aufbruchsbereit. Schnell zogen sie Stiefel und Mützen an, schlichen sich auf Zehenspitzen an Großvater vorbei und schlüpften heimlich aus dem Hof und aus dem Dorf. Leise und vorsichtig suchten sie ihren Weg, und nicht einmal die Dorfhunde bemerkten sie. Großmutter hielt Vaters linke Hand, in der rechten trug er eine rote Papierlaterne. Sie hielt ihn mit der rechten Hand und trug in der linken ihren präparierten Waagebalken.

Als sie das Dorf verließen, hörte Vater den Südostwind durchs Hirsefeld pfeifen und in den breiten grünen Blättern rascheln. In der Ferne roch er den Schwarzwasserfluß. Nachdem sie sich ein paar hundert Meter vorgetastet hatten, gewöhnten sich seine Augen an die Dunkelheit, und er konnte die braune Straßenoberfläche von der hüfthohen Hirse am Straßenrand unterscheiden. Das Seufzen des Windes in den Getreidehalmen verstärkte das Geheimnis der dunklen Nacht, und der Ruf einer Eule im Baum legte eine rostfarbene Patina des Schreckens über das geheimnisvolle Dunkel der Nacht.

Die kreischende Eule saß in einer Weide über dem Tal der Toten Säuglinge und stieß Rufe wohliger Zufriedenheit aus, nachdem sie sich den Magen mit dem Fleisch toter Babys vollgeschlagen hatte. Selbst als Großmutter und Vater schon ganz nah an dem Baum waren, stieß sie einen kreischenden Ruf nach dem anderen aus. Im Tageslicht hätten sie die blutroten Auswüchse am Stamm des Baumes gesehen, der mitten in einem sumpfigen Landstück stand. Das Kreischen der Eule ließ die nervöse Spannung, die in der Luft lag, erzittern, bis sie wie die dünne durchsichtige Membran in einem Schilfrohr schwang und mit dem Geräusch einer überspannten Bogensaite riß. Vater spürte, wie die grünen Augen der Eule ernst und feierlich unter den Weidenzweigen glühten. Bei jedem Schrei klapperten seine Zähne, und Kälteschauer stiegen von den Fußsohlen bis zur Schädeldecke auf. Er klammerte sich an Großmutters Hand und glaubte, der Schrecken, der sich in ihm aufbaute, werde seinen Kopf zerspringen lassen.

Ein stickiger, fauler Geruch hing über dem Tal der Toten Säuglinge. Unter der Weide war es tiefdunkel, und das Zirpen der Herbstzikaden füllte Vaters Ohren. Schneeweiße Regentropfen so groß wie Messingmünzen fielen hie und da auf den Boden und schlugen helle Bahnen in die undurchdringliche Finsternis. Großmutter zupfte Vater an der Hand und gab ihm ein Zeichen, daß er niederknien sollte. Als er es tat, berührten seine Hände und Beine die Wildkräuter, die üppig im Marschland wuchsen. Blattspitzen so hart wie Nadeln bohrten sich in sein Kinn und versuchten, das Gleichgewicht seiner Seele zu zerstören. Tief im Rückgrat verspürte er durchdringende Kälte, als bohrten sich die Blicke zahlloser toter Säuglingsaugen in seinen Rücken. Er hörte Scharen von toten Babys strampeln, stampfen, um sich schlagen, krabbeln und lachen.

Knisternd schlug Großmutter einen Feuerstein gegen ein Stück Stahl. Zarte rote Funken beleuchteten ihre zitternden Hände. Als der Zunder Feuer fing, blies sie in die Glut, und plötzlich begann sich ein schwacher Schimmer auszubreiten. Sie zündete die rote

Kerze in der Papierlaterne an, und wie ein einsames Gespenst leuchtete das Licht auf. Der Schrei der Eule verstummte, und Scharen von toten Babys umringten Vater, Großmutter und die rote Papierlaterne.

Während Großmutter das sumpfige Tal durchsuchte, flatterten Dutzende von Nachtfaltern ins trügerische Licht der roten Laterne in ihrer Hand. Wilde Kräuter und der weiche, nachgiebige Boden machten es ihr schwer, auf ihren gebundenen Füßen zu gehen. Die Abdrücke ihrer Fersen hinterließen im Schlamm kleine Wasserwirbel. Vater war neugierig, nach was sie wohl suchte, aber er wagte nicht zu fragen. Er folgte ihr stumm. Der Boden war übersät von winzigen gebrochenen und abgetrennten Gliedmaßen, die einen stechenden Geruch ausströmten.

Unter einem Busch dickstämmiger, breitblättriger Kletten lag eine zusammengerollte Strohmatte. Großmutter ließ Vater die Laterne halten, legte den Waagebalken auf die Erde, beugte sich vor und hob die Matte auf. Im roten Laternenlicht glichen ihre Finger sich windenden rosa Würmern. Die Matte öffnete sich und gab einen toten, in Lumpen gewickelten Säugling frei. Der kahle Schädel sah aus wie ein glänzender Kürbis. Vater zitterten die Knie. Großmutter hob den Waagebalken auf und hängte die Lumpen an einem Ende ein. Dann hielt sie die Waage mit einer Hand hoch und bewegte mit der anderen das Gewicht. Geräuschvoll zerriß der Lumpen, und das Baby fiel zu Boden. Das Gesicht landete auf Großmutters Zehen, und der Waagebalken schlug Vater ins Gesicht. Er schrie vor Schmerz auf und hätte beinahe die Laterne fallen gelassen. Die Eule stieß einen bösartigen, lachenden Schrei aus, als spotte sie über die Ungeschicklichkeit der beiden Menschen. Großmutter hob den Waagebalken auf und rammte mit einem wütenden Ruck den Haken in das Fleisch des Säuglings. Das Geräusch jagte Vater so große Furcht ein, daß er eine Gänsehaut bekam. Er sah weg, und als er wieder hinsah, bewegte Großmutter das Gewicht am Waagebalken hin und her, Einkerbung um Einkerbung, höher und wieder tiefer, bis die Waage vollkommen ausbalanciert war. Sie gab Vater ein Zeichen, die Laterne näher zu halten. Der Waagebalken glühte rot. Da war das Zeichen: «Pfingstrose».

Noch als sie kurz vor dem Dorf waren, konnte Vater den zornigen Schrei der Eule hören.

Siegesgewiß setzte Großmutter ihr Geld auf «Pfingstrose».

Der Sieger des Tages war «Winterpflaume».

Großmutter wurde ernstlich krank.

Als Vater auf den offenstehenden Mund meiner kleinen Tante Xiangguan sah, erinnerte er sich, daß auch der Mund des toten Säuglings offengestanden hatte. In seinen Ohren erklang das Lied der Eule, einmal verstört, einmal fröhlich, und zu seinem eigenen Erstaunen verspürten seine Muskeln Sehnsucht nach der feuchten Luft über dem Marschland. Der trockene Nordwestwind, der Staub zum Himmel aufwirbelte und sein Herz verwirrte, trocknete seine Lippen und seine Zunge aus.

Vater sah Großvaters Blick, der dunkel und bösartig auf Großmutter ruhte, wie der Blick eines alten Raubvogels, der sich gleich auf sie stürzen und sie verschlingen würde. Ihr Rücken krümmte sich unversehens, und sie beugte sich über den Wagen. Ihr Gesicht war von Tränen und Rotz bedeckt, und sie schlug klagend auf die Bettdecke: «Meine süße Kleine... Xiangguan... mein Kind...»

Angesichts so großen Leids schmolz Großvaters Zorn. Onkel Luohan trat neben sie und sagte leise: «Herrin, weine nicht. Bringen wir sie ins Haus.»

Schluchzend zog Großmutter die Decken zurück, beugte sich über den Wagen, nahm Tante Xiangguans Leiche auf den Arm und trug sie ins Haus. Großvater folgte ihr mit Zweiter Großmutter.

Vater blieb draußen auf der Straße und sah zu, wie Onkel Luohan das Maultier ausspannte – seine Flanken waren von den engen Deichselarmen wund gerieben – und dann das andere Maultier vom hinteren Wagenteil losband. Sie rollten sich im weichen Staub, um sich Erleichterung zu verschaffen. Einmal streckten sie den Bauch in die Luft, das andere Mal rieben sie ihn am Boden. Dann standen sie auf und schüttelten sich heftig. Staubwolken stiegen in die Luft. Onkel Luohan führte die Maultiere ins östliche Gehöft. Vater folgte ihm. «Geh nach Hause, Douguan», sagte Onkel Luohan, «geh nach Hause.»

Großmutter hockte auf dem Boden und stocherte das Feuer im Herd an. Auf dem Herd stand ein halbvoller Wasserkessel. Sobald sich Vater ins Zimmer schlich, sah er Zweite Großmutter, die mit offenen Augen und unaufhörlich zuckenden Wangen auf der Bettstatt lag. Er sah auch die kleine Tante Xiangguan, die am Kopfende des Bettes lag. Ein rotes Tuch verhüllte ihr grauenhaft verzerrtes Gesicht. Wieder mußte er an die Nacht denken, in der er mit Großmutter ins Tal der Toten Säuglinge gegangen war, um ein totes Baby zu wiegen. Das Schreien der Maultiere im Osthof glich auf unglaubliche Weise dem Ruf der Eule. Fauliger Todesgeruch füllte seine Nase, und er dachte an Xiangguan, die bald im Tal der Toten Säuglinge liegen und von Eulen und wildernden Hunden gefressen werden würde. Er hatte nie gedacht, daß die Toten so abstoßend aussahen, und das abscheuliche Gesicht der toten Xiangguan unter dem roten Tuch übte einen so starken Reiz auf ihn aus, daß er sich kaum davon zurückhalten konnte, das Tuch aufzuheben und sie anzusehen.

Großmutter kam mit einem Messingbecken voll heißem Wasser ins Zimmer und stellte es neben das Bett. Sie stieß Vater an und sagte: «Geh raus!»

Zögernd und verwirrt ging er ins vordere Zimmer und hörte, wie sich die Tür hinter ihm schloß. Neugierig spähte er durch einen Türspalt, um zu sehen, was drinnen geschah. Großvater und Großmutter knieten neben dem Bett und zogen Zweite Großmutter aus. Als sie ihre Kleider auf den Boden warfen, landeten ihre durchnäßten Unterhosen mit einem lauten Plumpsen. Ekelerregender Blutgestank drang in Vaters Nase. Zweite Großmutter schlug schwach mit den Armen um sich, und gräßliche Geräusche drangen aus ihrer Kehle. In Vaters Ohren klangen sie wie die Schreie der Eule im Tal der Toten Säuglinge.

«Halt ihre Arme fest», sagte Großmutter beschwörend. Großmutters und Großvaters Gesichter verschwanden im Dampf, der aus dem Becken aufstieg.

Großmutter zog ein dampfend heißes Handtuch aus Schafsfell aus dem Messingbecken und wrang es aus. Das überschüssige Wasser tropfte geräuschvoll in das Becken. Das Tuch war so heiß, daß es ihr die Hände verbrühte, und sie warf es von einer Hand in die andere. Sie breitete es aus und legte es über das beschmutzte Gesicht meiner Zweiten Großmutter. Obwohl Großvater ihr die Arme festhielt, verdrehte sie den Hals, und schreckerfüllte, gedämpfte, eulenartige Schreie drangen durch das Tuch. Großmutter nahm Zweiter Großmutter das Tuch vom Gesicht. Es war schmutzig. Sie zog es durch das Becken, wrang es aus und wischte langsam mit vom Kopf abwärts gerichteten Bewegungen den Körper der Zweiten Großmutter ab.

Immer weniger Dampf stieg aus dem Messingbecken auf. Dampfperlen sammelten sich auf Großmutters Gesicht. «Schütte das schmutzige Wasser weg», sagte sie zu Großvater, «und bring mir sauberes Wasser.»

Vater rannte in den Hof, um zuzusehen, wie Großvater das Wasserbecken trug. Sein Rücken war gebeugt, und er strauchelte, als er es zur niedrigen Wand um die Toilette trug und das Wasser hinüberschüttete. Ein bunter Wasserfall segelte durch die Luft und verschwand schnell.

Vater legte wieder das Auge an den Türspalt. Inzwischen glänzte der Körper der Zweiten Großmutter wie poliertes Sandelholz. Ihre Schreie waren jetzt schwach und mühsam, kaum mehr als schmerzerfülltes Stöhnen. Großmutter ließ Großvater die Kranke hochheben, so daß sie die Matte vom Bett nehmen konnte, die sie zusammenrollte und unter die Bettstatt warf. Dann holte sie eine saubere Matte und breitete sie über das Bett. Großvater legte Zweite Großmutter wieder hin, und Großmutter legte ein dickes Stück Watte zwischen ihre Beine und deckte sie mit einem Laken zu. «Jüngere Schwester», sagte sie leise, «schlaf! Schlaf jetzt ein! Zhan'ao und ich bleiben bei dir.»

Friedlich schloß Zweite Großmutter die Augen.

Großvater ging noch einmal Wasser wegtragen.

Als Großmutter die Leiche meiner kleinen Tante Xiangguan wusch, schlich sich Vater wieder ins Zimmer und blieb vor dem Bett stehen. Großmutter sah ihn, aber sie jagte ihn nicht fort. Als sie das getrocknete Blut vom Körper der kleinen Tante wusch, fielen wie Perlenschnüre Tränen aus ihren Augen. Als sie fertig war, lehnte sie den Kopf an die Schlafzimmerwand und blieb lange bewegungslos stehen, als sei sie tot.

Kurz vor Sonnenuntergang wickelte Großvater die Leiche der kleinen Xiangguan in eine Decke und nahm sie in die Arme. Vater folgte ihm zur Tür. «Geh wieder rein, Douguan. Bleib bei deiner Mutter und deiner Zweiten Mutter.»

Onkel Luohan hielt Großvater am Südtor auf. «Direktor Yu», sagte er, «geh du auch wieder rein. Ich kümmere mich darum.»

Großvater übergab Onkel Luohan meine kleine Tante, kehrte an die Haustür zurück, nahm meinen Vater bei der Hand und sah zu, wie Onkel Luohan das Dorf verließ.

7

Am dreiundzwanzigsten Tag des zwölften Monats im Jahre 1973 feierte Geng mit den Achtzehn Stichen seinen achtzigsten Geburtstag. Als er bei Morgengrauen aufwachte, hörte er den Lautsprecher auf dem Dorfplatz und die schwache, kränkliche Stimme einer alten Frau: «Yongqi…» Mit rauher Stimme antwortete ein Mann: «Geht es dir besser, Mutter?» Die alte Frau antwortete: «Nein, beim Aufwachen ist mir noch schwindliger, als wenn ich ins Bett gehe…»

Geng mit den Achtzehn Stichen stützte sich auf die eiskalte Matte, um aufzustehen. Auch er fühlte sich heute morgen schwindlig. Draußen pfiff ein kalter Wind und wehte Schneeflokken gegen das trübe Fensterpapier. Er warf den mottenzerfressenen Hundepelz über die Schultern und ließ sich von der Bettstatt auf den Boden gleiten. Er griff nach dem Stock mit dem Drachenknauf, der an der Wand lehnte, und stolperte zur Tür hinaus. Eine dichte Schneedecke lag über dem Hof, und wenn er auf die zerbröckelnde Mauer sah, konnte er nichts ausmachen als ein silberweißes Meer, auf dem hie und da Häufchen von Hirseschalen trieben wie kleine Boote.

Es sah nicht aus, als wolle der Schneesturm nachlassen. Mit dem Glücksgefühl im Herzen, das nur Überlebende einer Katastrophe kennen, ging er wieder ins Haus und hob mit seinem Stock die Deckel des Reisbehälters und der Mehldose hoch. Sie waren beide leer. Also hatte er sich gestern abend doch nicht geirrt. Zwei Tage lang hatte sein Magen kein Essen mehr gesehen, und seine nutzlosen alten Därme krümmten und wanden sich. Er wußte, daß es an der Zeit war, seinen Stolz zu überwinden und den Zweigsekretär der Produktionsbrigade um Getreide zu bitten. Auch wenn sein Bauch leer war und er vor Kälte zitterte, wußte er, daß es nicht einfach sein würde, Getreide aus dem hartherzigen Zweigsekretär herauszuholen. Er beschloß, ein bißchen Wasser warm zu machen, um seinen Magen anzuwärmen, bevor er sich auf den Kampf mit diesem Schweinehund einließ. Er hob den Deckel des Wasserfasses mit dem Drachenknauf seines Stocks: kein Wasser, nur Eisklumpen.

Allmählich wurde ihm klar, daß er seit drei Tagen den Ofen nicht mehr angemacht hatte und daß sein letzter Gang zum Dorfbrunnen zehn Tage zurücklag. Er griff nach einer aufgesprungenen Kürbisschale und schaufelte zwanzig oder dreißig Schalen voll Schnee auf, die er in seinen brüchigen ungewaschenen Kochtopf schüttete. Er legte den Deckel auf den Topf und sah sich nach Brennholz um. Es gab keins. Also ging er ins Schlafzimmer, riß eine Handvoll Stroh aus der Matte über dem Bett und hackte mit seiner Axt ein paar geflochtene Hirsestrohkissen und einen Strohblock klein. Er kniete nieder und zündete mit seinem Feuerstein das Feuer an. Streichhölzer, die früher zwei Fen das Päckchen gekostet hatten, gab es jetzt nur noch gegen Bezugsscheine, die er nicht hatte, und markenfreie Streichhölzer konnte er sich nicht leisten. Er wußte, daß er ein abgerissener, verarmter alter Hundesohn war.

Aus dem schwarzen Ofenloch züngelten die ersten wärmenden roten Flammen, und er schmiegte sich eng daran, um seinen Bauch aufzuwärmen. Vorne verflüchtigte sich die Kälte, aber sein Rükken blieb kalt. Schnell stopfte er noch mehr Stroh in den Ofen und kehrte dem Feuer den Rücken zu. Jetzt wurde sein Rücken wärmer, aber auf dem Bauch sammelte sich Eis. Mit einem Körper, der zur Hälfte warm, zur Hälfte kalt war, fühlte er sich noch elender als zuvor. Also gab er den Versuch, warm zu werden, auf und konzentrierte sich darauf, Stroh in den Ofen zu stopfen, um das Wasser zum Kochen zu bringen. Mit einem Bauch voll heißem Wasser konnte er sich gegen den kleinen Schweinehund wehren, und wenn er kein Getreide aus ihm herausholen konnte, würde er ihn wenigstens von seinem bequemen Ofen weglocken.

Das Feuer unter dem Wasserkessel war am Erlöschen. Also stopfte er die letzte Handvoll Stroh in das gierig geöffnete schwarze Maul des Küchengotts und hoffte, daß es langsam brennen würde. Aber es loderte auf und brannte wie verrückt. Im Topf rührte sich nichts. Hurtiger, als er es sich selbst zugetraut hätte, sprang er auf und stürzte ins Schlafzimmer. In einem letzten Versuch, das Eis im Topf zu schmelzen, riß er das wenige übrige Stroh aus der Bettmatte und stopfte es ins Ofenloch. Dann schob er mit brutaler Entschlossenheit seinen kleinen dreibeinigen Hocker in das Ofenloch und stopfte seinen beinahe kahlen Besen in den schwarzen Schlund des Küchengotts. Der rülpste ein-, zweimal und spuckte dicke schwarze Rauchwolken aus. Blaß vor Angst riß er mit dem Drachenknauf den Bambusfächer von der Wand, hob ihn auf und fächelte dem Ofen emsig Luft zu. Der schluckte weiter und spuckte Rauchwolken aus. Ein lautes Knistern kündete die hartglühenden Flammen des Hockers und des Besens an. Er wußte, daß Holz langsamer brannte, und so konnte er endlich aufatmen. Aus seinen alten rauchgeschwärzten Augen rannen Tränen und liefen über das wettergegerbte Gesicht wie zähflüssiger Schleim. Vier oder fünf Tropfen vereinten sich zu einem großen Tropfen und liefen ihm in den Bart.

Das Wasser im Topf begann zu simmern wie zirpende Zikaden. Das war Musik in seinen Ohren, und ein unschuldig kindliches Grinsen breitete sich über seinem Gesicht aus. Als das Feuer im Ofen nachließ, wich das Grinsen einem Ausdruck panischen Schreckens. Er sprang auf und suchte nach etwas Brennbarem, egal was. Die Pfeiler und Dachbalken hätten es getan, aber er war zu schwach, um sie auszureißen. Plötzlich ging ihm die Geschichte von einem der Acht Unsterblichen durch den Sinn. Li mit der Eisernen Krücke hatte sein eigenes Bein verbrannt. Die Legende berichtete, Li habe sein Bein in den Ofen gesteckt und gelauscht, wie es knisternd verbrannte. «Lieber Mann», hatte seine Frau gesagt, «du machst dich noch zum Krüppel.» Und genau wie sie es mit ihrem stinkenden Maul vorausgesagt hatte, wurde das Bein lahm. Natürlich war er kein Unsterblicher, und auch ohne sich das Bein zu verbrennen, konnte er kaum mehr einen Schritt gehen. Aber lahm oder nicht, er würde sich zum Haus des Zweigsekretärs durchkämpfen und Getreide verlangen.

Als das Feuer im Ofen endgültig zu erlöschen drohte, fiel sein Blick auf den Schrein in der Wand und die schwarze Geistertafel darin. Er streckte den Stock mit dem Drachenknauf aus, um die Tafel loszurütteln. Unter lautem Poltern stoben Staubwolken auf und legten die ursprüngliche Holzfarbe frei, die von jahrealten Rauchschichten bedeckt war. Furcht ergriff sein altes Herz, und Elend erfaßte ihn bis ins Knochenmark. Tief in sein Elend versunken, griff er nach der Geistertafel des Fuchsgeistes, vor der er sechsunddreißig Jahre lang Opfer dargebracht hatte, und warf sie mitten in den Ofen. Die hungrigen Flammen streckten ihre Zungen aus und beleckten die Tafel. Die zischte und krachte und versprühte saftige dunkelrote Tropfen, als werde das Fleisch des Fuchsgeistes geröstet, des Fuchses, der so eifrig die achtzehn Wunden seines Körpers geleckt hatte. Noch Jahre später konnte er sich genau an die wunderbare, kühle Zunge erinnern. Die Fuchszunge muß Wunderkräfte besessen haben. Den Glauben konnte ihm niemand nehmen, denn als er ins Dorf zurückgekrochen war, waren seine Wunden nicht entzündet, und er hatte keine ärztliche Behandlung gebraucht.

Wenn er den Nachgeborenen von dieser seltsamen Begebenheit erzählte, erntete er ungläubige Blicke. Wütend zog er dann sein Hemd aus und zeigte ihnen seine Narben. Aber selbst das überzeugte sie nicht. Er aber war sicher, daß seine wundersame Rettung Gutes für die Zukunft bedeutete, auch wenn sich das Glück nie einstellte. Schließlich wurde er Rentner im Schutz der Fünf Garantien und wußte, daß das Glück ihn endlich gefunden hatte.

Aber selbst dies Glück war ihm nicht treu geblieben. Keiner kümmerte sich um ihn, und schon gar nicht der kleine Schweinehund, der vor Jahren in dem Korb auf dem Rücken eines Maultiers gesessen und an einem Holzstück geschnitzt hatte. Der war jetzt Zweigsekretär und wäre wohl Provinzsekretär geworden, wenn er nicht während des Großen Sprungs nach vorn am Tod von neun Menschen schuld gewesen wäre. Der kleine Schweinehund hatte ihm das Recht auf die Fünf Garantien entzogen! Die hölzerne Tafel verbrannte genauso langsam wie ein echter Fuchs, und als die blutroten Flammenzungen erstarben, hörte er das Wasser im Topf sieden und kochen.

Mit der gesprungenen Kürbisschale schöpfte er das trübe, kochende Wasser, schlürfte schnell einen Mundvoll und ließ ihn in den Magen strömen. Er schüttelte sich vor Wohlbehagen und schluckte noch einen Schluck heißes Wasser. Jetzt war er ein Unsterblicher.

Als er zwei Kürbisschalen heißes Wasser getrunken hatte, war sein Körper schweißüberströmt, und die Läuse, die aus ihrem Winterschlaf erwachten, fingen an sich zu regen und herumzukrabbeln. Aber sie bissen ihn nicht. Jetzt war er noch hungriger als zuvor, aber er fühlte sich wieder kräftig. Auf den Stock mit dem Drachenkopf gestützt, wanderte er in die verschneite Landschaft hinaus. Klare weiße Jadescherben knirschten unter seinen Füßen. Das Geräusch hallte in seinen Ohren wider, sein Geist war so klar wie der Himmel im August. Die Straße war menschenleer. Nur ein schwarzer Hund mit einem Mantel von Schnee auf dem Rükken lief behutsam über das Eis. Immer wieder blieb er stehen und schüttelte sich. Dann wirbelten Schneeflocken durch die Luft, und das schwarze Fell wurde für einen Augenblick sichtbar, bevor der Schnee es wieder bedeckte.

Er folgte dem schwarzen Hund zum Haus des kleinen Schweinehunds. Das glänzendschwarze Hoftor war verschlossen. In hellen roten Tropfen fielen die Blüten der Winterpflaume über die Wand. Zerstreut betrachtete er die Blumen, stieg die steinerne Treppe hinauf, atmete tief durch und klopfte ans Tor. Im Hof bellte ein Hund, kein Mensch rührte sich. Wut packte ihn. Er lehnte sich gegen die Wand, hob den Stock mit dem Drachenknauf und ließ ihn donnernd auf den Türriegel fallen. Der Hund auf der anderen Seite kläffte und heulte.

Schließlich öffnete sich das Tor. Ein fetter kleiner Hund mit hellen Augen und glänzendem geflecktem Fell stürzte sich auf ihn, zog sich aber schnell zurück, als er ihm den Stock vors Gesicht hielt. Er knirschte mit den wunderschönen weißen Zähnen, bellte und knurrte. Dann erschien das hellhäutige Gesicht einer Frau mittleren Alters. «Ach, du bist es, Meister Geng», sagte sie freundlich, als sie Geng mit den Achtzehn Stichen vor dem Tor stehen sah. «Was kann ich für dich tun?»

Heiser antwortete der alte Geng: «Ich will den Sekretär sprechen.»

«Er ist zu einer Sitzung in der Kommune gegangen», sagte die Frau freundlich und mitfühlend.

«Laß mich rein», sagte er mit schwacher Stimme. «Ich will ihn fragen, mit welchem Recht er mir die Fünf Garantien entzogen hat. Die Japaner haben achtzehnmal mit dem Bajonett zugestoßen, aber sie haben mich nicht umgebracht. Habe ich das alles durchgemacht, nur damit er mich jetzt verhungern läßt?»

«Meister Geng», sagte die Frau verlegen, «er ist wirklich nicht zu Hause. Er ist früh am Morgen zu einer Sitzung in die Kommune gegangen. Wenn du Hunger hast, komm rein und iß etwas. Wir haben selber nichts Richtiges. Aber Süßkartoffelplätzchen kannst du haben, so viele du willst.»

«Süßkartoffelplätzchen?» fragte er mit eisiger Stimme. «Nicht einmal euer Hund frißt Süßkartoffelplätzchen.»

Allmählich verlor die Frau die Geduld. «Wenn du nicht willst, brauchst du sie ja nicht zu essen. Er ist nicht zu Hause. Er ist in einer Sitzung in der Kommune. Such ihn dort, wenn du willst.»

Sie zog den Kopf zurück und warf die Tür zu. Er hob den Stock und schlug noch ein paarmal ans Tor, aber er war so schwach, daß er fast zu Boden gefallen wäre. Mit schlurfendem Schritt schlich er sich durch den Tiefschnee und murmelte vor sich hin: «Geh zur Kommune ... geh zur Kommune ... verklagen werd ich den kleinen Schweinehund ... verklagen, weil er anständige Leute unterdrückt... verklagen, weil er meine Getreideration unterschlägt.» Er schlurfte mit den Füßen wie eine lahme Ente und hinterließ zwei Reihen abwechselnd tiefer und flacher Fußabdrücke im Schnee. Noch weit vom Haus des Sekretärs entfernt konnte er den zarten Duft der Winterpflaume im Schneefall riechen. Er hielt an und drehte sich um. Dann spuckte er in Richtung des glänzendschwarzen Tors. Unter den Schneeflocken wehten die roten Blüten wie knisternde Flammenzungen.

Er erreichte die Kommune kurz vor der Abenddämmerung. Die Stahlstangen des gewaltigen Tors waren so dick wie sein Daumen und trugen scharfe Spitzen. Nicht einmal ein gesunder junger Mann hätte darüberklettern können. Durch die Zwischenräume konnte er sehen, daß der Schnee im Hof der Kommune schwarz und schmutzig war. Leute mit neuen Kleidern und neuen Mützen, mit großen Köpfen, fleischigen Ohren und fettigen Mündern liefen auf und ab. Ein paar davon trugen abgesengte Schweineköpfe mit blutroten spitzen Ohren, andre silbrig glänzende Bandfische und wieder andere frisch geschlachtete Hühner und Enten. Er schlug mit dem Drachenknaufstock gegen die Metallstangen, so daß sie laut dröhnten. Aber die Leute drinnen waren zu beschäftigt, um ihm mehr als einen kalten Blick zuzuwerfen. Zornig und mit tränenerstickter Stimme rief er: «Chef... Anführer... man raubt mir mein Recht... ich bin am Verhungern...»

Ein junger Mann mit drei Füllfederhaltern in der Jackentasche kam ans Tor und fragte kühl: «Was gibt es, Alter? Was soll der Lärm?»

Beim Anblick der vielen Füllfederhalter nahm er an, er habe die Aufmerksamkeit eines wichtigen Beamten auf sich gezogen. Er kniete im Schnee nieder, hielt sich an zwei Metallstangen fest und klagte unter Tränen: «Großer Anführer, der Zweigsekretär der Produktionsbrigade hat meine Getreideration zurückgehalten. Ich habe seit drei Tagen nichts gegessen. Ich bin am Verhungern. Achtzehn japanische Stiche haben mich nicht umgebracht, und jetzt soll ich verhungern...»

«Aus welchem Dorf bist du?» fragte der junge Mann.

«Kennst du mich nicht, großer Anführer?» fragte er erstaunt. «Ich bin Geng mit den Achtzehn Stichen.»

Der junge Mann lachte. «Woher soll ich wissen, daß du Geng mit den Achtzehn Stichen bist? Geh nach Hause und wende dich an deinen Brigadeführer. Die Organisationskader der Volkskommune sind in Ferien.»

Er schlug lange gegen das Metallgitter, aber niemand kümmerte sich um ihn. Warmes gelbes Licht fiel aus den Fenstern, davor tanzten federleichte Schneeflocken. Irgendwo im Dorf hörte man Feuerwerk, und er erinnerte sich, daß es Zeit war, den Küchengott zur Berichterstattung in den Himmel zu schicken. Er wollte heimgehen, aber beim ersten Schritt fiel er kopfüber zu Boden, als hätte man ihm von hinten einen Stoß gegeben. Als sein Gesicht auf die Schneedecke fiel, fühlte sie sich unglaublich warm an und erinnerte ihn an den Busen seiner Mutter – nein, eher an den Mutterleib. Im Mutterleib hielt er die Augen geschlossen, schwamm in vollkommener Freiheit und brauchte sich keine Gedanken um Essen, um Kleidung, um irgend etwas zu machen. Zum zweitenmal sorgenfrei im Mutterleib, war er unbeschreiblich glücklich. Er spürte weder Hunger noch Kälte, nur noch überwältigende Freude.

Mit dem gedämpften Hundegebell aus dem Dorf erwachte die vage Erkenntnis, daß er den Leib seiner Mutter schon vor langer Zeit verlassen hatte und in die wirkliche Welt hinausgezogen war. Die goldenen Lichtstrahlen aus den Fenstern der Kommune und die feuerroten Blüten am Haus des Zweigsekretärs erleuchteten die Welt wie lodernde Flammen, und ihr Licht blendete ihn. Schneeflocken tanzten und knisterten wie Blattgold und Silberfolie, und die Familien im Dorf sandten den Küchengott auf seinem Papierpferd in den Himmel. Unter all dem Licht, das auf ihn fiel, fühlte sich sein Körper brennendheiß und trocken an. Schnell zog er die Jacke aus: heiß. Dann zog er seine gefütterten Hosen aus: heiß. Er zog die warmen Schuhe aus: heiß. Er zog die Filzmütze aus: heiß. Nackt wie aus dem Mutterleib: heiß. Er legte sich in den Schnee: heiß, so schrecklich heiß. Er stopfte sich Schnee in den Mund. Der Schnee brannte in seiner Kehle wie sonnenheiße Kieselsteine: heiß! So schrecklich heiß! Er erhob sich aus dem Schnee und griff nach den metallenen Gitterstangen, aber sie waren so heiß, daß sie seine Handflächen versengten und Fell ausschwitzen ließen. Seine Hände klebten am Zaun, und er konnte sie nicht mehr losreißen. Die letzten Worte, die er in die Luft zu schreien versuchte, waren: Heiß! So schrecklich heiß!

Der junge Mann mit den Füllfederhaltern trat früh am nächsten Morgen zum Schneeschaufeln vors Tor. Als er lässig den Kopf hob und Ausschau hielt, wurde sein Gesicht blaß vor Furcht. Er sah den alten Mann vom Vorabend, der sich Geng mit den Achtzehn Stichen genannt hatte. Splitternackt hing er mit den Händen am Tor wie der gekreuzigte Jesus. Das Gesicht des alten Mannes hatte sich dunkelviolett verfärbt, die Gliedmaßen waren ausgestreckt, die starren Augen auf die Gebäude der Kommune gerichtet. Auf den ersten Blick hätte niemand geglaubt, daß es nur ein einsamer alter Mann war, der verhungert war.

Sorgfältig zählte der junge Mann die Narben auf dem Körper des alten Mannes. Es waren genau achtzehn, nicht mehr, nicht weniger.

8

Nachdem er ihnen alle Sandalenwerkstätten im Dorf gezeigt hatte, ließen die Japaner Cheng Mazi endlich frei. Die Werkstätten hatten sie in die Luft gesprengt. Der Mann mit der kastanienfarbigen Mütze fragte: «Sind das alle, oder gibt es noch welche?»

«Nein», sagte er entschieden, «das waren wirklich alle.»

Der mit der Kastanienmütze sah einen der Japaner an. Der Japaner nickte. «Verschwinde, aber schnell!» sagte der mit der Kastanienmütze. Weit vornübergebeugt verneigte Cheng sich ein paarmal, ging ein paar Schritte rückwärts, drehte sich um und wollte sich davonmachen, so schnell ihn die Beine trugen. Aber die waren weich wie Gummi, und sein Herz schlug so laut, daß er wie angefroren stehenblieb. Die Bajonettwunde in seiner Brust brannte heiß, der Kot in seiner Hose war klebrig und kalt. Er lehnte sich an einen Baum, um Atem zu schöpfen, und hörte aus den Häusern um sich herum das Heulen und Schreien der Totengeister. Die Beine wollten ihn nicht mehr tragen, er glitt zur Erde und kratzte auf seinem Weg nach unten mit dem Rücken über die trockene, spröde Baumrinde. Rauchwolken standen am Himmel über dem Dorf: die Spuren explodierender Handgranaten.

Die Japaner warfen Hunderte von schwarzen Eierhandgranaten durch die Dachfenster und Türen der Sandalenwerkstätten. Dann bildeten sie einen Kreis um jede Werkstatt und blieben mit unbeteiligter Miene stehen, wenn gedämpfte Explosionen die Häuser erschütterten und die Erde erzittern ließen. Aus den Fenstern drangen dichter Rauch und die mitleiderregenden Schreie der Überlebenden. Die japanischen Soldaten verstopften die Fensterhöhlen mit Stroh, und die Schreie von drinnen waren so gedämpft, daß man sich anstrengen mußte, sie zu hören. Er zeigte den Japanern den Weg, und sie sprengten zwölf Werkstätten. Er wußte, daß drei Viertel der Männer im Dorf in den Werkstätten arbeiteten, wo man Strohsandalen herstellte, und daß sie auch dort schliefen, so daß es wohl kaum Überlebende geben würde. Plötzlich wurde ihm bewußt, wie schwer sein Verbrechen war. Die Japaner hätten die Werkstatt im äußersten östlichen Winkel des Dorfs nie gefunden, wenn er ihnen den Weg nicht gezeigt hätte. Es war die größte gewesen. Hier arbeiteten zwanzig oder dreißig Männer, die nachts Strohsandalen webten und einander Witze erzählten. Die Japaner hatten mehr als vierzig Handgranaten in die Werkstatt geschleudert, und das Dach des Gebäudes war in die Luft geflogen. Nach der letzten Explosion war die zerstörte Werkstatt ein plattgewalzter Friedhof. Nur ein einziger Dachpfosten aus Weidenholz stand wie ein einsamer Gewehrlauf im Schlamm und wies zum scharlachroten Himmel.

Er hatte Angst. Er war schuldbeladen. Hunderte von vertrauten Gesichtern umgaben ihn und klagten ihn voll Empörung an. Er verteidigte sich hartnäckig: Die Japaner haben mich mit vorgehaltenem Bajonett dazu gezwungen. Wenn ich ihnen den Weg nicht gezeigt hätte, hätten sie die Werkstätten allein gefunden und sie trotzdem in die Luft gejagt. Die ermordeten Dorfbewohner sahen einander verblüfft an und zogen sich dann schweigend zurück. Er blickte auf ihre zerfetzten Körper, und obwohl sein Gewissen rein war, fühlte er sich wie jemand, der in Eiswasser treibt und von innen und außen zugleich erfriert.

Als er sich nach Hause schleppte, fand er seine schöne Frau und seine dreizehnjährige Tochter. Sie lagen nackt im Hof, und ihre Eingeweide lagen neben ihnen. Ihm wurde schwarz vor Augen, und er fiel um. Er lag einfach nur da, und einen Moment glaubte er, er sei tot, im nächsten, er lebe. Er rannte um sein Leben nach Südwesten. Er rannte hinter irgend etwas her. Eine ovale rote Wolke schwebte im Südwesten am rosafarbenen Himmel, und dort standen seine Frau, seine Tochter, seine Dorfgenossen, alle, Männer und Frauen. Er rannte, als hätten seine Füße Flügel. Das Gesicht zum Himmel gewandt, verfolgte er die Wolke, die langsam dahintrieb. Die Menschen in der Wolke, selbst seine Frau und seine Tochter, kümmerten sich nicht um seine Mühen und spuckten ihn an. Verzweifelt versuchte er, sich zu verteidigen. Die Japaner hatten ihn gezwungen, ihnen den Weg zu zeigen. Aber aus der Wolke fiel noch mehr Speichel auf ihn. Er sah, wie sich die Wolke immer höher in den Himmel erhob, bis sie nur noch ein heller, blutroter Fleck war...

Seine schöne, junge, hellhäutige Frau hatte sich geschämt, einen Mann mit Narben im Gesicht zu heiraten. Er hatte jede Nacht in der Dorfkneipe Flöte gespielt. Die Flöte weinte und seufzte und brach ihr beinahe das Herz. Sie hatte die Flöte geheiratet, nicht ihn. Immer wieder spielte er seine Melodien, bis sie der Flöte überdrüssig wurde. Sie hatte sein Narbengesicht von Anfang an abstoßend gefunden, jetzt wurde es ihr unerträglich. Also brannte sie mit einem Tuchhändler durch. Aber er lief hinterher, schleppte sie zurück und schlug ihr den Hintern windelweich. Eine geschlagene Frau ist wie geknetеter Teig. Von da an widmete sie sich mit ganzem Herzen dem Haushalt und den Kindern. Erst bekam sie ein kleines Mädchen, dann einen Jungen. Cheng kam wieder zu Sinnen und begab sich auf die Suche nach seinem Sohn. Der achtjährige Junge steckte mit dem Kopf nach unten und den Füßen in der Luft im Wasserfaß. Sein Körper war starr wie ein Stock.

Cheng Mazi befestigte ein Seil am Türrahmen, knüpfte eine Schlinge, stellte sich auf einen Schemel, steckte den Kopf in die Schlinge und stieß den Schemel weg. Die Schlinge zog sich zusammen. Ein halbwüchsiger Junge zog ein Messer und schnitt das Seil durch. Cheng Mazi stürzte zu Boden. Er kam wieder zu Bewußtsein, nachdem der Junge seinen Hintern massiert hatte.

«Onkel Cheng!» sagte der Junge ärgerlich. «Haben die Japaner noch nicht genug von uns getötet? Warum willst du dich selbst umbringen? Rache kannst du nur nehmen, solange du am Leben bist, Onkel.»

Unter Tränen beklagte sich Cheng Mazi: «Chunsheng, mein Junge», sagte er, «deine Tante, die kleine Lanzi, der kleine Chuzi, sie sind alle tot. Ich habe keine Familie mehr.»

Chunsheng ging mit dem Messer in der Hand in den Hof hinaus. Als er zurückkam, war sein Gesicht weiß wie ein Laken, und seine Augen waren rot. «Onkel», sagte er und half Cheng auf die Beine, «komm, wir schließen uns dem Jiao-Gao-Regiment an. Sie sind in Liangxian und kaufen Pferde und werben Rekruten an.»

«Und mein Haus, und mein Besitz?» fragte Cheng Mazi.

«Du bist ein verrückter alter Mann. Eben noch wolltest du dich aufhängen, und was wäre dann aus deinem Haus und deinem Besitz geworden? Komm, gehen wir!»

Im Frühjahr 1940 war es besonders kalt. Sämtliche Dörfer der Gemeinde Nordost-Gaomi waren zerstört. Die Überlebenden hausten wie Murmeltiere in ihren Höhlen. Hunger und Kälte hielten das mächtige Jiao-Gao-Regiment im Würgegriff. Die Anzahl der Kranken stieg ständig, und alle Kämpfer, vom Kommandanten bis hinab zum einfachen Infanteristen, waren vor Hunger hager und ausgemergelt und zitterten in ihren dünnen Jacken vor Kälte. Sie schlugen ihr Lager in einem kleinen Dorf in der Nähe der Salzwassermündung auf, und wenn die Sonne schien, lagen sie auf der eingerissenen Dorfmauer, jagten Läuse und sogen Sonnenstrahlen ein. Den ganzen Tag lang sammelten sie Energie, und in der Nacht zitterten sie vor Kälte. Sich dem Feind zu stellen, wagten sie nicht. Selbst wenn die Japaner sie nicht töten würden, hatten sie Angst zu erfrieren.

Inzwischen hatte sich Cheng Mazi zum tapfersten Kämpfer des Regiments entwickelt, ein Mann mit einem Herzen wie ein Löwe, der das volle Vertrauen des Kommandanten genoß. Er brauchte kein Gewehr. Seine Lieblingswaffe waren Handgranaten. In der Schlacht stürzte er sich in die vorderste Reihe und schleuderte eine Handgranate nach der anderen auf den Feind. Auch wenn der Feind nur noch sechs oder sieben Meter entfernt war, blieb er aufrecht stehen. So seltsam es auch ist, selbst wenn Granatsplitter wie Heuschrecken um ihn herumschwirrten, wurde er nie verwundet.

Füßchen Jiang, der Kommandant des Jiao-Gao-Regiments, berief zur Beratung über Hunger- und Kälteprobleme eine Offizierssitzung ein. Cheng Mazi hockte sich mit strenger Miene dazu und sprach kein Wort.

«Alter Cheng», fragte ihn Füßchen Jiang, «was sollen wir deiner Meinung nach tun?»

Cheng Mazi gab keinen Ton von sich.

Ein Korporal, der wie ein Intellektueller aussah, meldete sich zu Wort: «Wie die Dinge stehen, ist es gleich, ob wir uns hier in Nordost-Gaomi verschanzen oder ob wir einfach auf den Tod warten. Wir sollten diese Todesfalle verlassen und uns zu den Baumwollfabriken in Süd-Jiao durchschlagen, damit wir zu Kleidung kommen. Außerdem ist die Gegend reich an Süßkartoffeln, so daß es auch kein Ernährungsproblem gibt.»

Kommandant Jiang zog eine hektographierte Zeitung aus der Hemdtasche und sagte: «In den Nachrichten hieß es, die Lage in Süd-Jiao sei noch schlimmer als hier. Die Eisenbrigade ist von den Japanern umzingelt und niedergemacht worden. Dagegen ist die Gemeinde Nordost-Gaomi ein ideales Gelände für den Partisanenkampf. Das Land ist weit, die Dörfer liegen verstreut, und die Japaner und ihre Marionettentruppen sind hier schwächer. Der größte Teil der Hirseernte ist letztes Jahr nicht eingebracht worden, so daß wir uns besser verstecken können. Wir müssen nur das

Nahrungs- und Kleidungsproblem lösen. Wenn wir nur durchhalten, bekommen wir schon noch eine Chance zuzuschlagen.»

Ein Offizier mit hagerem Gesicht sagte: «Hältst du das für möglich? Wo sollen wir Stoff finden? Und was ist mit Watte für das Futter? Wie steht es um den Proviant? Wir haben nichts zu essen außer knospender Hirse. Das wird uns umbringen. Mein Vorschlag ist, daß wir so tun, als wollten wir uns dem Kommandanten des Marionettenregiments Zhang Zhuxi ergeben. So könnten wir an gefütterte Kleidung herankommen, unsere Munitionsvorräte ergänzen und dann wieder verschwinden.»

Wütend sprang der intellektuelle Korporal auf und fragte: «Sollen wir etwa Verräter werden?»

Der Offizier verteidigte sich: «Wer hat denn verlangt, daß du zum Verräter wirst? Ich habe gesagt, *so tun*, als ob wir uns ergeben wollten. In der Zeit der Drei Reiche im Altertum haben große Feldherren wie Jiang Wei und Huang Gai das gleiche getan.»

«Wir sind Widerstandskämpfer! Hunger kann unser Haupt nicht beugen, Kälte zwingt uns nicht in die Knie. Wer hier dem Feind Gefolgschaft leisten und seine Ehre verlieren will, wird es nur über meine Leiche tun!»

Verärgert antwortete der Offizier: «Ist es die Aufgabe der Widerstandskämpfer, zu verhungern und zu erfrieren? Nein! Wir müssen listig und flexibel handeln. Geduld ist ein Teil unserer Taktik. Wir können den Widerstandskampf nur gewinnen, wenn wir unsere Kräfte bewahren.»

«Genossen», sagte Kommandant Jiang, «genug gestritten! Wer etwas zu sagen hat, soll warten, bis er dran ist.»

«Ich habe einen Plan, Kommandant», sagte Cheng Mazi.

Als er Füßchen Jiang von seinem Plan erzählte, rieb der sich vor Begeisterung die Hände und lobte ihn überschwenglich.

In der Nacht, in der das Jiao-Gao-Regiment Cheng Mazis Plan durchführte, erbeuteten sie mehr als hundert Hundepelze, die Großvater und Vater an die zerbröckelnde Dorfmauer genagelt hatten, und stahlen die Gewehre, die Großvater in dem trockenen Brunnen versteckt hatte. Nachdem dieser Teil des Plans erfolgreich abgeschlossen war, gingen sie auf die Hundejagd, um Fleisch zu finden und sich zu stärken und um zusätzlichen Schutz gegen die Kälte zu organisieren. Jeder bekam einen warmen Hundepelz.

Im Frühling dieses Jahres tauchte aus Frost und Kälte eine Armee heldenhafter Kämpfer in Hundepelzen in den weiten Ebenen von Nordost-Gaomi auf. Sie schlugen mehr als ein Dutzend größere und kleinere Schlachten gegen die Japaner und ihre Marionetten, darunter auch Zhang Zhuxis 28. Bataillon, das vor Angst fast erstarrte, wenn es Hunde bellen hörte.

Die erste Schlacht fand am zweiten Tag des zweiten Monats statt, dem Tag, an dem der Drache sein Haupt erhebt. Das Jiao-Gao-Regiment schlich sich, Hundepelze auf der Schulter und Gewehre in der Hand, in den Weiler der Familie Ma und umzingelte die 9. Kompanie von Zhang Zhuxis 28. Bataillon und einen japanischen Schützenzug. Das feindliche Hauptquartier war die ehemalige Dorfschule des Weilers der Familie Ma und bestand aus vier Reihen blaugekachelter Gebäude, die ein hoher Wall aus blauen Ziegeln und ein Stacheldrahtzaun umgaben. 1938 hatten die Japaner auf dem Gelände eilig ein paar Kasernen errichtet, aber während des Herbstregens im vergangenen Jahr waren die Fundamente unterspült worden, und die Gebäude hatten sich so gefährlich geneigt, daß die Japaner abgezogen waren und sie abgerissen hatten. Dann kamen die Winterfröste, die jede Bautätigkeit unmöglich machten. Deshalb hatten die Japaner und die 9. Kompanie ihrer Marionetten sich in die vier alten Gebäudereihen zurückgezogen.

Der Kompaniechef der 9. Kompanie war ein brutaler Mann aus Nordost-Gaomi, dessen Gesicht immer ein trügerisch freundliches Lächeln zierte. Seit Winteranfang hatte er eine Kampagne zur Sammlung von Ziegeln, Steinen und Bauholz eingeleitet, um die Kasernen wiederzuerrichten und die Gefechtsbereitschaft zu erhöhen. Im Gefolge der Materialbeschaffungskampagne hatte sich sein persönlicher Reichtum um das Hundertfache vergrößert. Die Einheimischen verachteten ihn.

Der Weiler der Familie Ma lag in der Nordwestecke des Bezirks Jiao, etwa fünfzehn Kilometer vom Lager des Jiao-Gao-Regiments entfernt, und grenzte an die Gemeinde Nordost-Gaomi. Die Jiao-Gao-Soldaten warteten den Abend ab, um das Dorf zu verlassen, und ein paar Dorfbewohner beobachteten ihren Aufbruch. Unter einem blutroten Himmel marschierten über zweihundert Soldaten aus dem Dorf. Sie alle hatten Hundepelze über die Schultern gelegt, mit der Fellseite nach außen; die Schwänze baumelten zwischen ihren Beinen. Die bunten Pelze glänzten im schwachen Licht der Abendsonne hell: eine schöne, bizarre, groteske Armee von Dämonen der Unterwelt machte sich auf den Marsch.

Als sie das erste Mal in ihren Hundeuniformen auszogen, hatten die Soldaten des Jiao-Gao-Regiments das Gefühl, einer Geisterarmee anzugehören. Sie sahen die blutigen Strahlen der Sonne, die den Pelz auf dem Rücken ihrer Kameraden färbten, und sie liefen wie über Nebel und Wolken, mal langsam, mal schnell, wie eine Hundemeute.

Füßchen Jiang, der Regimentskommandant, trug ein rotes Hundefell über den Schultern – es war wohl der Rote, unser Familienhund –, und wie er so vor seinen Truppen hermarschierte und sich auf kleinen Füßen vor- und zurückbewegte, wehte das Fell auf seinem Pelz im Wind, der dicke buschige Schwanz hing zwischen seinen Beinen herab, und die Schwanzspitze schleifte am Boden nach. Cheng Mazi trug einen schwarzen Hundepelz. Vor seiner Brust hing ein Beutel, in den er achtundzwanzig Handgranaten gestopft hatte. Alle trugen ihren Pelz auf die gleiche Art: Die Vorderbeine waren zusammengebunden, so daß man das Fell über den Kopf streifen konnte, auf beiden Seiten waren Löcher in den Bauch geschnitten, durch die ein Strick lief, den man als Gürtel um sich schlingen und zuknoten konnte.

Es war tiefe Nacht, als sie sich in den Weiler der Familie Ma schlichen. Kalte Sterne standen am Himmel, und wenn der Wind den Soldaten auch ins Gesicht wehte, war ihr Rücken doch wohlig warm. Als sie das Dorf betraten, bellten ihnen ein paar Hunde ein freundliches Willkommen entgegen, und ein übermütiger junger Soldat erwiderte ihr Bellen. Den anderen juckte es in der Kehle, und sie verspürten den überwältigenden Drang, auch wie Hunde zu bellen. Aber von vorne ging der Befehl durch die Reihen: Nicht bellen! Nicht bellen! Nicht bellen!

Nach sorgfältiger Erkundung des Geländes und detaillierter Planung bezogen sie hundert Meter vor dem Haupttor Stellung im Schatten eines Haufens von Ziegeln und Steinen, die der Kommandant der Marionettentruppen für den Kasernenbau im Frühjahr gesammelt hatte.

«Mazi», sagte Füßchen Jiang zu Cheng, der dicht neben ihm stand, «es geht los!»

«Nummer Sechs, Chunsheng, hierher», flüsterte Cheng.

Er setzte den Beutel mit den Handgranaten ab, um beweglicher zu sein. Dann steckte er eine Granate in den Gürtel, überreichte einem hochgewachsenen Soldaten den Beutel und sagte: «Bring mir das, wenn wir am Tor sind.» Der Soldat nickte.

Die Sterne warfen schwaches Licht auf die Erde. Vor den Kasernen hatte man ein Dutzend Wagenlaternen angezündet. Das Gehöft lag im Dämmerlicht. Zwei Marionettensoldaten hielten vor dem Tor Wache. Ihre langen Schatten auf dem Boden hatten etwas Geisterhaftes. Ein älterer schwarzer Hund sprang hinter einem Steinhaufen hervor und rannte auf das Tor zu. Ihm folgte ein weißer, dann ein gefleckter. Knurrend wälzten sie sich auf der Erde. Je näher sie dem Tor kamen, desto enger schienen die schemenhaften Gestalten miteinander zu verschmelzen. Ein paar Schritte vor dem Tor, im Schatten eines Holzstapels, wurde der Kampf der Hunde heftiger. Es sah aus, als stritten sich die drei Köter um einen Happen Futter.

Befriedigt beobachtete Kommandant Füßchen Jiang die Meisterleistung Cheng Mazis und seiner Kameraden. Er dachte an den trübsinnigen, ängstlichen Cheng Mazi zurück, der sich heulend und stöhnend wie ein altes Weib zur Armee gemeldet hatte. Geduldig führten Cheng und seine Gefährten ihren Hundekampf im Schatten fort. Unaufmerksam standen die Wachposten da und lauschten dem Geheul. Einer hob einen Stein und warf ihn nach den Hunden. «Verdammte räudige Köter!»

Cheng Mazi heulte auf wie ein Hund, den ein Stein getroffen hat. Seine Laute waren nicht von wirklichem Kläffen zu unterscheiden. Kommandant Jiang mußte sich anstrengen, nicht zu lachen.

Die Jiao-Gao-Soldaten hatten angefangen, Hundegebell zu üben, sobald der Angriffsplan auf den Weiler der Familie Ma gefaßt war. Cheng Mazi, der Opernfreund, der Flöte spielen konnte, verfügte über hervorragende Atemtechnik, eine laute, dröhnende Stimme und eine flinke Zunge. Er wurde bald zum Meisterhund des Regiments. Nummer Sechs und Chunsheng waren auch nicht schlecht, so daß es nahelag, sie auszuwählen, wenn die feindlichen Wachposten abgelenkt werden mußten.

Die Wachposten wurden ungeduldig und näherten sich vorsichtig, die Gewehre im Anschlag und die Bajonette aufgepflanzt, dem Holzstapel, hinter dem die Hunde immer wilder kläfften. Sie waren nur noch drei oder vier Schritt von dem Stapel entfernt, als die Hunde aufhörten, zu bellen und zu knurren, und anfingen zu winseln, als hätten sie Angst, aber nicht so viel Angst, daß sie davongelaufen wären.

Die Wachposten näherten sich um einen weiteren vorsichtigen Schritt.

Cheng Mazi und seine Kameraden sprangen auf. Das Hundefell glänzte unter den Strahlen der Wagenlaternen. Die drei stürzten sich wie der Blitz auf die Wachposten. Dem einen schlug Cheng seine Handgranate auf den Kopf, in der Brust des anderen vergruben Nummer Sechs und Chunsheng ihre Bajonette. Beide fielen um wie Zementsäcke.

In ihren Pelzuniformen sahen die Soldaten des Jiao-Gao-Regiments aus wie eine Meute tollwütiger Hunde, die sich auf die feindliche Kaserne stürzte. Cheng Mazi nahm seinen Beutel Handgranaten wieder an sich und stürzte sich wie ein Verrückter auf die gekachelten Gebäude.

Gewehrfeuer, explodierende Handgranaten, Schlachtrufe und Klagegeschrei der Japaner und ihrer Marionetten zerrissen die winterliche Stille über dem Weiler der Familie Ma. Die Hunde im Dorf bellten, als seien sie wahnsinnig geworden.

Cheng Mazi schleuderte zwanzig Handgranaten durch ein Fenster, und die mitleiderregenden Schreie der Japaner im Haus erinnerten ihn an den Tag, an dem die Japaner ihre Granaten in die Werkstätten der Sandalenmacher geworfen hatten. Doch die Szene, die sich nun zum zweitenmal unter entgegengesetzten Vorzeichen vor seinen Augen abspielte, stillte seinen Rachedurst nicht, sondern verursachte ihm so viel Pein, als durchbohre ein Rasiermesser sein Herz.

Dies sollte für das Jiao-Gao-Regiment das heftigste Gefecht seit seiner Gründung werden, und es endete mit dem vollkommensten und großartigsten Sieg in der ganzen Region Binhai. Das Sonderkomitee für die Region Binhai sprach dem gesamten Regiment per Tagesbefehl sein Lob aus. Das Jiao-Gao-Regiment in seinen Hundepelzen wurde von wilder Freude ergriffen, aber wenig später ereigneten sich zwei Vorfälle, die den Soldaten großen Kummer bereiteten. Zunächst wurde der große Vorrat an Waffen und Munition, der ihnen in der Schlacht am Weiler der Familie Ma in die Hände gefallen war, dem unabhängigen Bataillon Binhai zugeteilt. Kommandant Jiang wußte, daß die Entscheidung des Sonderkomitees richtig war, aber seine Soldaten beschwerten sich grollend. Als die Soldaten des Bataillons kamen, um bei den pelzgekleideten Jiao-Gao-Truppen die Waffen abzuholen, schämten sie sich offensichtlich. Dann fand man Cheng Mazi, der sich in der Schlacht um den Weiler der Familie Ma so bewährt hatte. Er hing an einem Baum am Dorfeingang. Alles sprach für Selbstmord. Von hinten sah er aus wie ein Hund, doch von vorne wie ein Mensch.

9

Nachdem Großmutter sie mit heißem Wasser gewaschen hatte, hörte Zweite Großmutter auf zu schreien. Den ganzen Tag verklärte ein zartes Lächeln ihr zernarbtes, zerschlagenes Gesicht, aber unten floß weiter Blut. Großvater holte alle Ärzte der Umgebung, und sie bekam Heiltränke aller Art, die zusammen Linderung brachten. In diesen Tagen füllte Blutgestank Großmutters

Zimmer, und es schien, als könne der Körper der Zweiten Großmutter keinen Tropfen Blut mehr enthalten. Ihre Ohrläppchen waren ganz durchsichtig.

Den letzten Arzt brachte Onkel Luohan aus der Stadt Pingdu, einen Mann in den Achtzigern mit silbergrauem Bart, breiter fleischiger Stirn und langen gebogenen Fingernägeln. An seinen Jakkenknöpfen hingen ein Kamm aus Horn, ein silberner Ohrlöffel und ein Zahnstocher aus Elfenbein. Großvater sah zu, wie er Zweite Großmutter mit dem Finger den Puls fühlte. Dann legte er ihre linke Hand über die rechte und sagte: «Bereitet die Beerdigung vor.»

Großmutter und Großvater begleiteten den alten Arzt zur Haustür. Sie fühlten sich elend. Großmutter blieb auf, um Begräbniskleidung zu nähen, und Großvater schickte Onkel Luohan zum Schreiner, um einen Sarg auszusuchen.

Am nächsten Tag zog Großmutter gemeinsam mit den Frauen der Nachbarschaft der Zweiten Großmutter die neuen Kleider an. Zweite Großmutter, die in einer roten Seidenjacke, blauen Samthosen, einem grünen Seidenrock und bestickten Pantoffeln aus rotem Samt still und starr auf dem Bett lag, zeigte weder Unruhe noch Ärger. Gegen Mittag entdeckte Vater eine tuschschwarze Katze, die auf dem Dachfirst auf und ab ging und Schreie ausstieß, daß ihm das Blut gerinnen wollte. Er hob eine Ziegelscherbe auf und warf sie nach der schwarzen Katze. Die wich dem Geschoß aus, landete auf den Dachziegeln und spazierte davon.

Als es Zeit war, die Lampen anzuzünden, brachten die Brennereiarbeiter einen Sarg und stellten ihn im Hof ab. Im Zimmer zündete Großmutter eine Öllampe mit drei Dochten an. Der Rauch, der zur Decke aufstieg, roch nach Hammelbraten. Die ganze Familie stand an dem Bett, auf dem Zweite Großmutter lag. Vater versteckte sich hinter der Tür und starrte auf ihre blutleeren Ohrläppchen, die im Lampenschein wie Bernstein aussahen. Sie waren von einem Geheimnis umgeben, das in strahlenden Farben in seinem Herzen tanzte. Er spürte, daß die tuschschwarze Katze wieder mit funkelnden Augen auf dem Dach stand und mit obszönen Schreien den Schleier der Finsternis zerriß. Seine Kopfhaut brannte, und die Haare standen ihm zu Berge wie die Stacheln eines Igels.

Plötzlich öffnete Zweite Großmutter die Augen. Die Augäpfel waren starr und unbeweglich, aber die Lider zuckten wie ein starker Regenschauer. Ihre Backen verkrampften sich, die üppigen Lippen zitterten einmal, zweimal, dreimal... Dann stieß sie einen Schrei aus, der gräßlicher war als das Geheul einer läufigen Katze. Vater sah das goldene Licht der Öllampe grün wie Frühlingszwiebeln werden, und im flackernden Lampenschein nahm das Gesicht meiner Zweiten Großmutter einen Ausdruck an, der nichts Menschliches mehr an sich hatte.

Großmutter war freudig erregt, als sie sah, daß sich Zweite Großmutter erholt hatte, aber schnell wich die Erregung tiefstem Entsetzen.

«Kleine Schwester», sagte sie, «was fehlt dir, kleine Schwester?»

Zweite Großmutter öffnete den Mund zu einem Strom wilder Verwünschungen: «Hurensohn, ich werde dir nie vergeben. Ihr könnt meinen Körper töten, aber nicht meinen Geist. Ich werde dir bei lebendigem Leib die Haut abziehen und dir jede Sehne einzeln aus dem Körper reißen!»

Das war nicht die Stimme meiner Zweiten Großmutter. Vater war sicher, daß es die Stimme einer über Fünfzigjährigen war.

Großmutter zuckte vor dem Strom von Beschimpfungen zurück, die Zweite Großmutter ausstieß.

Die Augenlider meiner Zweiten Großmutter flatterten blitzschnell. Im einen Augenblick schrie sie wie wild, im nächsten stieß sie wütende Flüche aus. Der Klang ihrer Stimme ließ die Dachbalken erzittern, die Kälte ihres Atems füllte das Zimmer. Vater sah, daß ihr Körper vom Hals abwärts steif war wie ein Brett, und er fragte sich, woher sie die Kraft für all die Schreie und Flüche nahm.

Großvater, der nicht wußte, was er tun sollte, schickte Vater, um Onkel Luohan aus dem Osthof zu holen. Man konnte die grauenhaften Schreie bis dorthin hören. Sieben oder acht Brennereiarbeiter standen in Onkel Luohans Zimmer und redeten über die Ereignisse. Als sie Vater sahen, verstummten sie sofort. «Onkel Luohan», sagte Vater, «mein Pflegevater ruft dich.»

Onkel Luohan betrat das Zimmer, warf einen Blick auf Zweite Großmutter, packte Großvater am Ärmel und zog ihn schnell aus dem Zimmer. Vater folgte den beiden. «Direktor Yu», sagte er leise, «sie ist bereits tot. Sie muß von einem Geist besessen sein.»

Kaum hatte er die Worte über die Lippen gebracht, als Zweite Großmutter drinnen im Zimmer anfing, ihn zu verfluchen. «Liu Luohan, du Hurensohn! Du wirst keinen leichten Tod sterben! Sie werden dir bei lebendigem Leib die Haut abziehen, dir jede Sehne einzeln aus dem Körper reißen, dir den Schwanz abschneiden...»

Wortlos blickten Großvater und Onkel Luohan einander an.

Onkel Luohan dachte kurz nach, dann sagte er: «Wascht sie mit Flußwasser, um den bösen Geist zu bannen.»

Die Flüche strömten weiter aus dem Mund meiner Zweiten Großmutter.

Onkel Luohan holte einen Krug schmutziges Flußwasser. Vier kräftige Brennereiarbeiter folgten ihm, als er zurückkam. Schallendes Gelächter empfing sie aus dem Zimmer, in dem Zweite Großmutter lag. «Luohan, Luohan, schütt es in mich, schütt es über mich, deine alte Tante hat Durst!»

Vater sah zu, wie einer der Arbeiter Zweiter Großmutter einen kleinen Trichter in den Mund schob. Ein anderer goß Wasser in den Trichter. Im Trichter bildeten sich Wasserwirbel, und das Wasser floß so schnell ab, daß man sich kaum vorstellen konnte, es werde tatsächlich in ihrem Magen landen.

Nachdem man ihr einen Krug Wasser in den Hals gegossen hatte, wurde Zweite Großmutter ruhiger. Ihr Bauch war noch genauso flach wie vorher, aber die Brust hob und senkte sich, als schnappe sie nach Luft.

Erleichtert atmeten alle auf.

«Gut», sagte Onkel Luohan, «jetzt ist sie alt.»

Wieder hörte Vater das Trippeln winziger Tatzen auf den Dachziegeln, als liege die schwarze Katze auf der Lauer.

Das starre Gesicht der Zweiten Großmutter erwachte wieder

zum Leben und verzog sich zu einem bezaubernden Lächeln. Sie streckte den Hals aus wie eine gackernde Henne. Die Haut war so hart gespannt, daß sie glänzte. Sie schrie einmal, zweimal auf, und ein Strom trüben Wassers brach aus ihrem Mund. Der Strahl sprang mehr als einen halben Meter in die Luft und fiel dann wieder herab. Wassertropfen sprühten wie Blütenblätter über ihre neuen Begräbniskleider.

Der Springbrunnentrick, den Zweite Großmutter vorführte, ließ die Arbeiter entsetzt aus dem Zimmer stürzen. «Lauft nur, lauft nur!» rief sie ihnen nach. «Ihr könnt nicht entkommen. Der Mönch mag laufen, der Tempel bleibt stehen.»

Ihre Schreie ließen den Arbeitern das Herz in der Brust gefrieren. Sie wünschten sich ein zweites Paar Beine, um schneller davonlaufen zu können.

Onkel Luohan blickte Großvater beschwörend an. Der blickte ihn an. Blicke aus vier Augen kreuzten sich und trafen sich in zwei hilflosen Seufzern.

Großmutters Verwünschungen wurden lebhafter. Jetzt begleitete sie heftiges Zittern ihrer Arme und Beine. «Japanische Hunde», fluchte sie, «chinesische Hunde, in dreißig Jahren werden sie überall sein. Yu Zhan'ao, du kannst ihnen nicht entkommen. Wenn die Kröte einen Giftkäfer frißt, hat sie das Schlimmste noch vor sich.»

Ihr Körper spannte sich zu einem Bogen, als wolle sie sich aufsetzen.

«Oh», rief Onkel Luohan, «eine sitzende Leiche! Gebt mir schnell einen Zündstein.»

Großmutter warf ihm den Zündstein zu. Irgendwoher nahm Großvater den Mut, Zweite Großmutter festzuhalten, so daß ihr Onkel Luohan den Zündstein aufs Herz drücken konnte. Der Versuch blieb erfolglos.

Onkel Luohan wollte sich rückwärts aus dem Zimmer schleichen. «Onkel», sagte Großvater, «du kannst mich jetzt nicht allein lassen.»

«Herrin», sagte Onkel Luohan zu Großmutter, «bring mir schnell einen Spaten!»

Als der Spaten fest auf dem Brustkorb von Zweiter Großmutter lag, entspannte sich ihr Körper.

Großvater und Onkel Luohan verließen das Zimmer. Vater folgte ihnen.

Großmutter, Großvater, Onkel Luohan und Vater gingen hinaus in den Hof, und Zweite Großmutter blieb mit ihrem Leiden allein im Zimmer.

«Yu Zhan'ao», rief Zweite Großmutter ihnen von drinnen nach, «ich will ein Hähnchen mit gelben Beinen essen.»

«Nimm mein Gewehr und schieß eins», sagte Großvater.

«Nein», sagte Onkel Luohan, «jetzt nicht mehr. Sie ist tot.»

«Schnell, Onkel Luohan», sagte Großmutter, «laß dir etwas einfallen.»

Onkel Luohan sagte: «Zhan'ao, ich werde den Bergprediger aus Bolan holen.»

Im Morgengrauen zerrissen die Schreie, die Zweite Großmutter ausstieß, beinahe das Fensterpapier. «Luohan», tobte sie, «Luohan, du und ich, wir sind Feinde, die nicht unter einem Himmel leben können.»

Als Onkel Luohan mit dem Bergprediger den Hof betrat, verwandelten sich die Flüche, die Zweite Großmutter ausstieß, in lang hingezogene Seufzer.

Der siebzigjährige Bergprediger trug eine schwarze Kutte, die vorn und hinten mit geheimnisvollen Zeichen geschmückt war. Ein Schwert aus Pfirsichholz hing auf seinem Rücken, in den Händen trug er ein Stoffbündel.

Großvater ging ihm entgegen, um ihn zu begrüßen, und erkannte gleich den Bergprediger Li wieder, der vor Jahren den Wieselgeist meiner Zweiten Großmutter gebannt hatte. Inzwischen war er hagerer geworden.

Der Bergprediger stieß mit seinem Holzschwert ein Loch ins Fensterpapier und sah ins Zimmer. Als er den Kopf wieder aus dem Fenster zog, war sein Gesicht aschfahl und blutleer. Er verneigte sich vor Großvater und sagte: «Direktor Yu, ich fürchte, meine Kräfte sind zu schwach, diesem Übel zu begegnen.»

Von Angst ergriffen, bat Großvater: «Bergprediger, du kannst jetzt nicht gehen. Du mußt den Geist vertreiben. Du sollst reich belohnt werden.»

Die dämonisch funkelnden Augen des Bergpredigers zwinkerten, und er sagte: «Also gut! Ich werde einen Tropfen trinken, meinen Mut zusammennehmen und mit dem Kopf gegen die goldene Glocke schlagen!»

Noch heute erzählt man sich im Dorf davon, wie Bergprediger Li den Geist beschwor, von dem Zweite Großmutter besessen war.

Die Legende berichtet, mit wirr gesträubtem Haar habe Bergprediger Li im Hof den Beschwörungstanz getanzt, Zaubersprüche gesungen und sein Schwert in der Luft geschwungen. Zweite Großmutter habe drinnen auf der Bettstatt gelegen, sich gesträubt und gewunden, geheult und geschrien.

Schließlich ließ sich der Bergprediger von Großmutter eine Holzschale bringen und füllte sie zur Hälfte mit klarem Wasser. Er nahm einen Zaubertrank aus seinem Bündel, schüttete ihn in das Wasser und rührte kräftig mit der Schwertspitze um. Dabei sang er die ganze Zeit. Das Wasser wurde rot und röter, bis es die Farbe von frischem Blut annahm. Mit fettigem, schweißüberströmtem Gesicht sprang er ein-, zweimal hoch in die Luft und fiel mit dem Gesicht nach oben zu Boden. Schaum stand ihm vor dem Mund, und er verlor das Bewußtsein.

Als der Bergprediger wieder erwachte, stieß Zweite Großmutter ihren letzten Atemzug aus. Der Gestank ihrer verrotteten Leiche und ihres verfaulten Bluts schwebte durch das offene Fenster ins Freie. Als man sie in den Sarg legte, hielten alle Handtücher vor die Nase, die in Hirsebranntwein getaucht waren.

Manche behaupten, als man sie in den Sarg legte, habe sie die Sargträger verflucht und mit dem Fuß den Sargdeckel weggestoßen…

10

Ich war seit zehn Jahren nicht mehr zu Hause im Dorf gewesen. Nun stand ich vor dem Grab meiner Zweiten Großmutter. Was hatte ich aus der Stadt mitgebracht? Die verlogenen Gefühle, mit denen ich mich in der besseren Gesellschaft infiziert hatte, und einen Körper, der sich so lange im Schmutz des städtischen Lebens gesuhlt hatte, daß fauliger Gestank aus allen seinen Poren quoll. Ich hatte schon viele Grabstätten besucht, doch jetzt stand ich vor dem Grab der Frau, deren kurzes und ruhmreiches Leben eine ganze Seite in dem Buch füllte, das die Geschichte der Helden und Schurken meiner Heimat aufzeichnet. Die unheimlichen, überweltlichen, jenseitigen Aspekte ihres Todes rühren an ein Geheimnis, das seit langem in den ländlichen Seelen der Gemeinde Nordost-Gaomi geschlummert hat. Es ist ein Geheimnis, das tief verborgen keimt, heranwächst, erstarkt und schließlich zu einer mächtigen ideologischen Waffe wird. Nur diese Waffe ist einer Welt gewachsen, die versteckt und unbekannt, zähflüssig, dunkelrot und süß durch die Erinnerungen der ältesten Dorfbewohner fließt.

Jedesmal, wenn ich ins Dorf komme, enthüllt sich die Macht des Geheimnisses in den trunkenen Augen der Dorfältesten. Ich will nicht vergleichen, nicht Dinge und Begriffe einander gegenüberstellen; aber der Zwang zum logischen Denken reißt mich in einen Wirbel von Vergleichen und Gegenüberstellungen. Nach zehn Jahren in der Fremde drängt sich mir die erschreckende Erkenntnis auf, daß man die vertraute Schönheit dieser trunkenen Augen nur noch in den zerbrechlichen Augen von schwarzgefleckten Hauskaninchen finden kann, die grenzenlose Sehnsucht so rot gefärbt hat wie die frischen Früchte des Hagedorns. Vergleich und Gegenüberstellung zeigen, daß es zwei Arten von Menschen gibt. Alle Menschen entwickeln sich so, wie sie es selbst entschieden haben, und jeder sucht nach seinem eigenen System von Werten, das ihn ins Reich des Vollkommenen führt. Doch mich befällt die Furcht, auch meine Augen könnten diesen schlauen Blick annehmen, mein Mund werde Worte aussprechen, die schon vor mir andere immer wieder benutzt haben, und ich selbst werde mich in eine gut verkäufliche Ausgabe von Reader's Digest verwandeln.

Dann springt meine Zweite Großmutter aus dem Grab. In der Hand hält sie einen goldschimmernden Bronzespiegel. In den Winkeln ihrer wulstigen Lippen kräuseln sich die tief eingegrabenen Linien ihres spöttischen Lächelns. «Du bist nicht mein Enkel! Sieh dich nur im Spiegel an!»

Ihre Kleider flattern im Wind, alles ist wie damals, als man sie in den Sarg legte, und doch ist sie jünger und lieblicher, als ich je geträumt hätte. Die Botschaft, die ihre Stimme verkündet, beweist, daß sie unendlich viel weiser und tiefsinniger ist als ich. Ihre Gedanken sind freiheitlich, würdevoll, biegsam und doch ruhig und fest. Die meinen schweben ungewiß in der Luft wie das durchsichtige Rohrblatt einer Flöte.

Ich betrachte mein Bild in dem Spiegel, den mir Zweite Großmutter vorhält. Es ist, wie ich befürchtet habe. Der kluge Blick eines Hauskaninchens leuchtet in meinen Augen. Worte, die anderen, nicht mir, gehören, dringen aus meinem Mund, wie die Worte, die der Mund meiner Zweiten Großmutter auf dem Totenbett sprach, anderen, nicht ihr gehörten. Meinen Körper bedeckt die Zustimmung der Prominenz.

Ich empfinde tödliche Furcht.

«Enkel», sagte meine großmütige Zweite Großmutter, «komm nach Hause! Tust du es nicht, bist du verloren. Ich weiß, daß du nicht heimkehren willst, daß du Angst vor den Fliegenschwärmen hast, Angst vor Wolken von Moskitos, Angst vor den beinlosen Schlangen, die über die feuchte, hirsetragende Erde gleiten. Du verehrst Helden und verabscheust Schurken, aber wer von uns ist nicht der größte Held und der größte Schurke zugleich? Jetzt stehst du vor mir, und ich rieche den Kaninchengeruch, den du aus der Stadt mitgebracht hast. Auf, spring in den Schwarzwasserfluß, laß dich drei Tage und drei Nächte treiben. Meine einzige Sorge ist, daß die Katzenfische im Fluß den Gestank deines Körpers einsaugen werden, und dann werden ihnen Kaninchenohren wachsen.»

Zweite Großmutter kehrt schnell ins Grab zurück. Die Hirse steht aufrecht und schweigend, die Sonnenstrahlen sind feucht und glühend heiß, es weht kein Wind. Der Duft der Wildkräuter auf dem Grab füllt meine Nase. Es ist, als sei nichts geschehen. In der Ferne höre ich die Gesänge der Bauern, die ihre Felder bestellen.

Die Hirse rund um Großmutters Grab ist eine hybride Zuchtsorte, die von der Insel Hainan stammt. All die üppig grüne Hirse, die heutzutage die reiche schwarze Erde der Gemeinde Nordost-Gaomi bedeckt, ist Hybridhirse. Die rote Zuckerhirse, die einem Meer von Blut glich, die Hirse, deren Lob ich immer wieder gesungen habe, ist in der tobenden Flut der Revolution ertrunken. Sie existiert nicht mehr. Sie wurde verdrängt von kurzstieliger, dickstämmiger, dichtblättriger Hybridhirse, die ein feines weißes Pulver bedeckt und deren Rispen so lang sind wie Hundeschwänze. Sie bringt einen hohen Ertrag, hat einen säuerlich bitteren Geschmack und verursacht Verstopfung. Kader oberhalb des Rangs eines Zweigsekretärs ausgenommen, haben die Gesichter aller Dorfbewohner die Farbe von rostigem Eisen.

Mein Gott, wie ich die Hybridhirse hasse!

Hybridhirse scheint nie reif zu werden. Ihre graugrünen Augen öffnen sich nie ganz. Ich stehe vor dem Grab meiner Zweiten Großmutter und sehe die häßlichen Eindringlinge an, die das Reich der roten Hirse okkupiert haben. Sie nennen sich Hirse, aber sie haben die großen geraden Stiele nicht. Sie nennen sich Hirse, aber ihnen fehlt die blendende Farbe der roten Zuckerhirse. Was ihnen fehlt, ist die Seele der Hirse, das Wesen der Hirse. Ihre dunklen, trübsinnigen, unentschlossenen, langen und schmalen Gesichter verschmutzen die Luft der Gemeinde Nordost-Gaomi.

Hybridhirse umgibt mich, und ich verspüre einen gewaltigen Verlust.

Ich stehe mitten in dem dichtbewachsenen Feld voll Hybridhirse und denke an Szenen unübertrefflicher Schönheit, die ich nie wieder sehen werde. Unter dem hohen klaren Herbsthimmel des achten Monats bedeckt Hirse wie ein glänzendes Meer von Blut die Erde. Wenn die herbstlichen Regenfälle reichlich sind, verwandelt sich das Feld in ein sumpfiges Meer, und die roten Spitzen der Hirse steigen aus dem trüben gelben Wasser auf und rufen tapfer den blauen Himmel über sich an. Wenn die Sonne durch die Wolken bricht, leuchtet der Meeresspiegel, und Himmel und Erde sind von reichen majestätischen Farben bedeckt.

Das ist der Inbegriff des Menschseins und der Inbegriff der Schönheit, nach der ich mich sehne, nach der ich mich immer sehnen werde.

Von Hybridhirse umgeben, deren schlangenähnliche Blätter sich um meinen Körper winden, deren durchdringendes Grün meine Gedanken vergiftet, liege ich in Fesseln, aus denen ich mich nicht befreien kann. Ich ringe nach Luft und stöhne, und weil ich mich nicht von meinem Leiden befreien kann, versinke ich im Abgrund der Verzweiflung.

Dann ertönt aus dem tiefsten Herzen des Landes ein einsam verzweifelter Laut, der mir vertraut und zugleich fremd ist. Er klingt wie die Stimme meines Großvaters und zugleich wie die Stimme meines Vaters, wie Onkel Luohans Stimme und wie die volltönenden, singenden Stimmen meiner Großmutter, meiner Zweiten Großmutter, meiner Dritten Großmutter. Die Geister meiner Vorfahren senden mir eine Botschaft, sie weisen mir den Weg aus dem Labyrinth:

Du erbarmungswürdiges, schwaches, mißtrauisches, störrisches, voreingenommenes Kind! Deine Seele ist dem Zauber vergifteten Weins erlegen. Geh hinunter zum Schwarzwasserfluß und laß dich drei Tage und drei Nächte – nicht einen Tag weniger, nicht einen Tag mehr – in seinem Wasser treiben, um deinen Körper und deine Seele zu reinigen. Dann kannst du in die wirkliche Welt zurückkehren. Zwischen dem Yang am Berg des Weißen Pferdes und dem Yin am Schwarzwasserfluß wächst ein Stengel rote Hirse. Du mußt alles opfern, um ihn zu finden. Wenn du ihn gefunden hast, trage ihn hoch vor dir her auf deinem Weg durch dichtes Dornengestrüpp und reißende Tiere. Er ist dein Talisman, das Totem unserer ruhmreichen Familie, das Symbol der Tradition, der Geist der Gemeinde Nordost-Gaomi!

Nachwort zum Film

Die letzten Bilder sind ein einziger Aufschrei: die Leinwand rot; bis zum Horizont ein Meer aus blühender Hirse; eine Sonnenfinsternis; ein kleiner Junge, der ein Lied brüllt. Unter die verzweifelte Kinderstimme mischt sich der Schlag einer Trommel, in den der grelle Chor einer Schalmeienkapelle einfällt. Mit diesem Schluß entläßt der chinesische Regisseur Zhang Yimou 1987 das Publikum aus seinem Debütfilm «Rotes Kornfeld». Liebe und Wut, Zartheit und Gewalt verschmelzen zu einem Bild. Der Schlußakkord dieser furiosen Symphonie war 1987 ein Versprechen. Hier meldete sich ein neues China zu Wort, und das Signal wurde verstanden, auch in der Heimat des Filmemachers. Dort sahen zwischen 300 und 500 Millionen Zuschauer den Film. Die Auswirkung auf ein den landesüblichen sozialistischen Realismus gewöhntes Publikum war nachhaltig.

«Rotes Kornfeld», das war weder ein Mittel der Agitation noch ein melodramatisches Narkotikum. Von der alten Zeit erzählte Zhang Yimou in seinem Film so, daß die Gegenwart immer spürbar blieb. Das Leben im vorrevolutionären China gerann nicht zum Abbild einer finsteren Welt, die auf die revolutionäre Erlösung wartet. Vielmehr gab die in den dreißiger Jahren angesiedelte Geschichte dem Regisseur erst den Spielraum, um von der Freiheit zu erzählen, vom Geist der Rebellion und der Emanzipation des Individuums. In «Rotes Kornfeld» bilden Yu, der Großvater des Erzählers und seine spätere Frau Jiuer den Kristallisationspunkt der Handlung. Jiuer wird von ihrem Vater für ein Maultier an einen alten, reichen und leprakranken Schnapsbrenner verheiratet. Der Weg zu ihrem künftigen Mann führt durch ein riesiges Kornfeld, das zu einem schicksalhaften Ort wird: Hier wird die Sänfte der Braut überfallen, hier lieben sich Jiuer und Yu zum ersten Mal, hier richten die japanischen Soldaten ihre Gefangenen, und hier kommt es auch zu dem Überfall auf die Besatzer, den nur Yu und sein kleiner Sohn überleben. Das Kornfeld, in dem nach alter Überlieferung Geister wohnen, ist ein gleichermaßen mythischer wie realer Ort. Die sagenhaften Züge der Geschichte sind immer im Hier und Jetzt verankert.

Der Geist der Freiheit

«Rotes Kornfeld» lebt von vollkommen gegenläufigen Momenten. Einem Augenblick prächtigen Ausstattungskinos folgt eine poetische Szene, der sich ein ethnographischer Exkurs über Schnapsbrennerei anschließt. Westernzitate stehen neben brutalen Folterszenen oder ländlichen Burlesken. Das Disparate, Disharmonische unterläuft den elegischen Rhythmus der weiten Scope-Optik. Das wogende Feld, Horizont und Himmel atmen Weite und Ungebundenheit. Die Zuschauerperspektive widerspricht der Perspektive der Protagonisten, denen dieser Blick verstellt bleibt. Die Distanz zum Gesehenen, die von der Montage immer wieder eingefordert wird, kippt erst am Schluß. Der Blick des Kindes, das den Tod seiner Mutter beweint, wird zum Blick des Publikums auf das wogende Feld und die glühende Sonne. Das Kind, im Film der Vater des Erzählers, stellt die Verbindung der Geschichte in die Gegenwart dar, eine Verknüpfung, die von der Montage vorweggenommen wird.

Die Menschen in «Rotes Kornfeld» sind keine Untertanen. Sie leben in einer streng hierarchischen patriarchalischen Gesellschaft, ein Umstand, der mit wenigen Hinweisen angedeutet wird. Mehr Raum nimmt die Beschreibung des Lebens in der Brennerei ein, das sich mit Jiuers Eintreffen wandelt. Von der

Willkürherrschaft des vorherigen Besitzers wird nur erzählt, gezeigt wird die Euphorie des Neuanfangs, die Hoffnung und die Gefährdungen. Eine Bande überfällt die Brennerei, entführt Jiuer und fordert ein Lösegeld. Der Vergewaltigung entgeht sie, indem sie behauptet, ihr leprakranker Ehemann habe vor seinem Tod noch mit ihr geschlafen. An diesem Punkt wandelt sich die Figur Jiuers. Sie wirft Yu hinaus, als der sich, nachdem sie sich im Hirsefeld geliebt haben, in der Brennerei großspurig als Ehemann aufführt. So wie Jiuer sich gegen die Männer wehrt, behauptet sich Yu gegen die Räuber und die japanischen Besatzer. Der Geist der Freiheit liegt selbst noch in den traditionellen Ritualen, mit dem in der Brennerei der erste Schnaps gefeiert wird. «Wer unseren Schnaps trinkt, macht vor dem Kaiser keinen Kotau», intonieren die Arbeiter, und die Darstellung des Lebens in der einsamen Destillation schwankt zwischen dem fröhlichen Anarchismus einer Landkommune und der Ranch-Romantik einschlägiger Western. Den Traum von Selbstbestimmung und Emanzipation, den Zhang Yimou 1987 exemplarisch ausmalt, zerstören die japanischen Invasoren. Die Gewalt, die die Hoffnungen zunichte macht, kommt von außen und nicht aus der Gesellschaft selbst.

Die Farbe des Todes

Rot ist die Farbe des Films, und sie schafft Zusammenhänge über vermeintliche Gegensätze hinweg. Jubel und Trauer, Schmutz und Reinheit, Vergangenheit und Zukunft symbolisiert das Rot in diesem Film gleichermaßen. Die Braut trägt Rot, rot ist der Schnaps, mit dem nach dem Tod des Leprakranken das Haus desinfiziert wird, rotverschmiert sind auch die Arbeiter in der Brennerei. Das selbstbestimmte Leben, die Freiheit und die Gleichheit, die in der Schnapsbrennerei herrschen, sind mit dieser

Farbe verbunden. In «Rote Laterne», nach dem Massaker auf dem Tiananmen-Platz gedreht, greift Zhang Yimou diese Farbsymbolik noch einmal auf. Aber jetzt ist von der Hoffnung, für die das Rot in seinem Debütfilm stand, nichts mehr zu sehen. «Das Rot der Revolution, das sich mit dem Rot der alten Ordnung verbündet hat, wird bei Zhang Yimou zur Farbe des Terrors und des Untergangs, das Zeichen Rot zum Zeichen Tod», schreibt Andreas Kilb in der «Zeit».

Der junge chinesische Film

«Rotes Kornfeld», auf internationalen Festivals gefeiert, war auch in China in der kurzen Zeit seiner Kinoauswertung ein großer Erfolg und schien auf eine allmähliche Liberalisierung der rigiden Zensurpraxis hinzudeuten.

Zhang Yimou gehört zur fünften Generation der chinesischen Filmemacher. In China steht die erste Generation für die Filmer, die vom Anfang bis zur Revolution arbeiteten. Die zweite und dritte Generation begleiteten die Gründerzeit der Volksrepublik bis zur Kulturrevolution 1965 bis 1969. Während dieser Zeit, in der zweiten Hälfte der sechziger Jahre, entstand die vierte Generation. Die Regisseure der fünften Generation haben die verordnete Kulturrevolution nur als Kinder erlebt. Der begeisterte, kaum sechzehnjährige Rotgardist Zhang Yimou beteiligte sich während der Revolte an der Zerstörung seiner Schule und fand sich kurz darauf als «Jungintellektueller» klassifiziert beim Landwirtschaftseinsatz wieder. Als Bauer, Hirte und Arbeiter einer Textilfabrik erlebte er die nächsten Jahre. Das Hauptvergehen Zhang Yimous bestand aus seiner Familie: Der Vater war einst Kuomintang-Offizier, und ein Bruder flüchtete mit den unterlegenen Kuomintang-Truppen nach Taiwan.

Für 186 Yuan, das waren 1974 über vier Monatslöhne des

Textilarbeiters Zhang Yimou, kaufte er sich einen klapprigen Seagull-Rollei-Nachbau, mit dem der talentierte Maler zu fotografieren begann. 1978 bewarb sich Zhang Yimou für die gerade wiedereröffnete Filmhochschule und wurde abgelehnt. Mit knapp 28 Jahren sei er zu alt, befanden die Schuloberen, und erst ein Brief an den Kulturminister mit dem Hinweis auf die verlorenen Jahre durch die Landverschickung während der – mittlerweile kritisch beurteilten – Kulturrevolution brachte ihm den Studienplatz. Besonders Western, von denen er alle Klassiker gesehen hat, begeisterten den Filmstudenten. Zum Schlüsselerlebnis für Zhang Yimou und seine Mitstudenten wurde aber ein kleiner Film aus Shanghai aus der vorkommunistischen Ära. Die Erkenntnis, daß ein Film von 1948 moderner wirkte, als alles was Ende der Siebziger im chinesischen Kino aktuell war, beflügelte die jungen Filmemacher. Der Bruch mit den Fesseln des sozialistischen Realismus setzte ungeahnte Kreativität frei.

So entstanden Mitte der achtziger Jahre die Filme von Tian Zhuanzhang, Chen Kaige und Wu Tianming, die auf Festivals schnell Furore machten. Wu, damals auch Chef der Studios in Xian, wo besonders die unangepaßten Filmemacher unterstützt wurden, inszenierte 1987 «Der alte Brunnen». Zhang Yimou übernahm darin eine Hauptrolle und arbeitete als Kameramann. Doch der vielbeachtete Aufbruch der Jungen war mit dem Massaker von 1989 schlagartig zu Ende. Außer Zhang Yimou arbeitet keiner der hoffnungsvollen Regisseure mehr in China, und auch Zhang Yimou muß sich die Geldgeber seiner Filme im Ausland suchen. So konnte er «Ju Dou» mit japanischem Geld finanzieren und «Rote Laterne» mit taiwanesischem, was diskret hinter einer Hongkonger Anschrift der nationalchinesischen Geldgeber verborgen bleibt.

Gong Li war Schauspielschülerin und gerade 21 Jahre alt, als sie mit «Rotes Kornfeld» zum Star wurde. Dem schutzbedürftigen, lieblichen und vollkommen lebensuntüchtigen Frauenideal des fernöstlichen Films setzt sie das Bild einer jungen, selbstbewußten und schönen Frau entgegen. So wurde sie im Aufbruchs-China von 1987 ein Star, wie es Jean Seberg Ende der fünfziger Jahre für das junge europäische Kino war. In allen Filmen Zhang Yimous hat sie seither mitgespielt: in dem in Deutschland unveröffentlichten Actionfilm «Operation Cougar» (1988) wie in «Ju Dou» (1989), «Rote Laterne» (1991), «Die Geschichte der Qiuju» (1992) oder jüngst in «Leben!» (1993). Daß Zhang Yimou sich wegen ihr von Frau und Kind getrennt hat, ist in China ein besonderer Skandal, widersprechen die beiden damit doch vollkommen der verordneten Moral und Familienpolitik.

Seine internationale Popularität half Zhang Yimou bei seiner weiteren Arbeit in China. In «Ju Dou», seinem nächsten veröffentlichten Film, erzählt er die Geschichte einer schönen jungen Frau, die von einem alternden Färbereibesitzer gekauft wird, der kurz darauf stirbt. Das Glück der von ihrem verhaßten, impotenten Mann befreiten Frau scheitert an einem Rat greiser Männer, der ihr verbietet, ihren Geliebten zu heiraten. Trotzdem gibt es in «Ju Dou» noch Momente überbordender Lebensfreude. Die in der Sonne zum Trocknen aufgehängten Stoffbahnen vermitteln ein ganz unerklärbares Gefühl von Hoffnung. Mit ihnen wird am Ende das Feuer gelegt, das die Färberei vernichtet und damit die Träume Ju Dous. Für Träume ist es in «Rote Laterne» zu spät. Songlian heißt die junge Frau, die ihr Studium aufgibt und die vierte Frau eines reichen Mannes wird, weil sie für sich keine andere Möglichkeit sieht. «Ja, ich werde heiraten», sagt Songlian gleich am Anfang, und das ist das Eingeständnis vom Ende aller Träume. Vom Augenblick ihres Eintreffens in dem weitläufigen Herrensitz verharrt die Kamera in Zentralperspektiven. Der

Blick ist von Mauern umstellt, die Menschen sind Eingeschlossene. Die Kamera registriert das Geschehen nahezu bewegungslos. Nur manchmal stören Diagonalen die Symmetrie der Bilder. Dann verliert das komplizierte Gefüge aus Unterwerfung und erträumter Auflehnung kurzzeitig die Balance. Doch schon in der nächsten Einstellung ist die alte Proportion wiederhergestellt. Der Rhythmus der Montage macht unmißverständlich klar: Aus dem Gefängnis gibt es kein Entkommen. Die Bildsymmetrie stellt sich immer wieder ein, ähnlich einem trägen Pendel, das, einmal kurz in Schwingung versetzt, doch immer wieder zur Ruhe kommt. Die Menschen bleiben umstellt. Als Songlian in der Schlußszene erkennt, daß eine der Ehefrauen umgebracht werden soll, fängt sie an zu schreien: «Mörder! Mörder! Ihr seid Mörder!» Kurz darauf erleben wir die Ankunft einer neuen Frau. Gleich wird der Lampenanzünder wieder die roten Laternen anzünden. Das Leben geht weiter, wie es nach dem Massaker auf dem Tiananmen-Platz weitergegangen ist.

Starke Frauen, greise Männer

In Zhang Yimous Filmen stehen Frauen im Mittelpunkt, die versuchen, ein selbstbestimmtes Leben zu führen. Ihr Scheitern ist exemplarisch und verweist auf die Gegenwart. Während die Unterdrückung in «Rotes Kornfeld» einzig von den Besatzern ausgeht und Freiheit und Emanzipation eher als allgemeiner Appell formuliert werden, ist es in «Ju Dou» und «Rote Laterne» die Struktur der Familie mit ihren greisen Oberhäuptern, die das Leben unmöglich machen. In seiner historischen Trilogie liefert das vorrevolutionäre China die Folie einer überkommenen patriarchalischen Gesellschaft, durch die man die Konturen der Gegenwart noch gut erkennen kann. Das historische Sujet als unverhohlener Kommentar zur chinesischen Greisendiktatur wandelt sich im folgenden Film «Die Geschichte der Quiju» zu einer lakonischen, vom Cinéma-vérité inspirierten Gegenwartsbeschreibung. In «Leben!», in dem die chinesische Geschichte des 20. Jahrhunderts mit dem Schicksal einer Familie verknüpft wird, versucht Zhang Yimou die beiden Elemente seiner bisherigen Filme zu verbinden, ohne jedoch die Klarheit und Entschiedenheit zu erreichen, die Chen Kaiges Revolutionspanorama «Lebewohl meine Konkubine» auszeichnet.

Den Kotau verweigert

Weit gelungener erscheint da die Trilogie, die mit «Rotes Kornfeld» begann und als historisierende Parabel das gegenwärtige China beschreibt – unversöhnt. Das hat die Zensur verstanden, die seit Zhang Yimous Debüterfolg alle weiteren Filme unter Verschluß hält. Und da helfen auch keine Preise in Cannes und Berlin und keine Oscar-Nominierung. So konnte weder die Initiative von Woody Allen, David Lynch, Oliver Stone und anderen Künstlern Chinas Machthaber dazu bewegen, Zhang Yimou nach Hollywood reisen zu lassen, noch durfte der Regisseur 1994 «Leben!» in Cannes selbst präsentieren.

Mögen Zhang Yimous Filme außerhalb Chinas den Eindruck einer liberalen Kulturpolitik vermitteln; soweit, daß sie Chinas derzeit wichtigstem Regisseur die Möglichkeit geben, im Ausland Unbotmäßiges zu Protokoll zu geben, wollen es die Funktionäre den Liberalismus dann doch nicht treiben. Zhang Yimou realisiert allen Behinderungen und Einschränkungen zum Trotz weiter Filme, die vielleicht auch einmal in China zu sehen sein werden. Regisseur sein in China heißt, sich bestimmten Regeln zu unterwerfen. Den Kotau vor den Mächtigen hat Zhang Yimou mit seinen Filmen stets verweigert.

HONG GAOLIANG

(ROTES KORNFELD)

VR China 1987

Regie:	Zhang Yimou
Drehbuch:	Chen Jianyu, Zhu Wei, Mu Yan, nach Kurzgeschichten von Mu Yan
Kamera:	Gu Changwei
Musik:	Zhao Jiping
Schnitt:	Du Yuan
Ausstattung:	Yang Gang
Bauten:	Liu Zhiren
Kostüme:	Liu Jianzhong
Darsteller:	Gong Li, Jiang Wen, Teng Rujun, Quin Min Ji Chinhua, Liu Ji und andere

Deutsche Erstaufführung 1989

Rowohlt im Kino

John Updike
Die Hexen von Eastwick
(rororo 12366)
Updikes amüsanten Roman über Schwarze Magie, eine amerikanische Kleinstadt und drei geschiedene Frauen hat George Miller mit Cher, Susan Sarandron, Michelle Pfeiffer und Jack Nicholson verfilmt.

Hubert Selby
Letzte Ausfahrt Brooklyn
(rororo 1469)
Produzent: Bernd Eichinger
Regie: Uli Edel
Musik: Mark Knopfler

Alberto Moravia
Ich und Er
(rororo 1666)
Ein Mann in den Fallstricken seines übermächtigen Sexuallebens – erfolgreich verfilmt von Doris Doerrie.

Paul Bowles
Himmel über der Wüste
(rororo 5789)
«Ein erstklassiger Abenteuerroman von einem wirklich erstklassigen Schriftsteller.»
Tennessee Williams
Ein grandioser Film von Bernardo Bertolucci mit John Malkovich und Debra Winger

John Irving
Garp und wie er die Welt sah
(rororo 5042)
Irvings Bestseller in der Verfilmung von George Roy Hill.

Alice Walker
Die Farbe Lila
(rororo neue frau 5427)
Ein Steven Spielberg-Film mit der überragenden Whoopi Goldberg.

rororo Unterhaltung

Henry Miller
Stille Tage in Clichy
(rororo 5161)
Claude Chabrol hat diesen Klassiker in ein Filmkunstwerk verwandelt.

Oliver Sacks
Awakenings – Zeit des Erwachens
(rororo 8878)
Ein fesselndes Buch – ein mitreißender Film mit Robert de Niro.

Ruth Rendell
Dämon hinter Spitzenstores
(rororo thriller 2677)
Rendells atemberaubender Thriller wurde jetzt unter dem Titel «Der Mann nebenan» mit Anthony Perkins in der Hauptrolle verfilmt.

Marti Leimbach
Wen die Götter lieben
(rororo 13000)
Das Buch zum Film «Entscheidung aus Liebe» mit Julia Roberts und Campbell Scott in den Hauptrollen.

3290/1